악마의 시 1

THE SATANIC VERSES
by Salman Rushdie

세계문학전집
217

Salman Rushdie : The Satanic Verses

악마의 시 1

살만 루슈디 장편소설

김진준 옮김

문학동네

이 책의 출간을 도와주신

여러 개인과 단체에 바칩니다.

이렇게 유랑하고 배회하고 떠돌아야 하는 처지이기에 사탄에게는 일정한 거처가 없다. 비록 천사의 본성을 지녀 황량한 물속이나 허공에 제 왕국을 세웠으나…… 정해진 장소나 공간에서 지친 발을 쉴 수 없다는 것이 그에게 주어진 형벌의 일부이기 때문이다.

대니얼 디포, 『악마의 역사』

일러두기

1. 번역 대본으로는 *The Satanic Verses*(Salman Rushdie, Ramdom House, 1992)를 사용했다.
2. 주석은 모두 옮긴이주다.
3. 원서의 우르두어, 힌디어 및 기타 언어는 이탤릭체로 처리했고, 강조 부분은 고딕체로 처리했다.

차례

제1부

천사 지브릴

1

"다시 태어나려면 우선 죽어야 한다네." 하늘에서 곤두박질치며 지브릴 파리슈타가 노래했다. "이야호! 야호! 젖가슴 같은 대지에 내리려면 우선 날아야 한다네. 파다닥! 파다다닥! 먼저 울지 않고서야 어찌 다시 웃으랴? 연인의 사랑을 한숨 없이 어찌 얻으랴? 바바,* 그대 다시 태어나고 싶다면……" 새해 첫날이나 그즈음의 어느 겨울날 아침, 동트기 직전의 쾌청한 하늘에서, 멀쩡히 살아 있는 성인 남자 두 명이 자그마치 29,002피트**에 달하는 까마득한 높이에서 낙하산도 날개도 없이 영국해협을 향해 떨어져내렸다.

---

* 원래는 '아버지'라는 뜻으로 귀족, 노인, 성직자 등의 이름에 붙이는 경칭이지만 나이와 신분을 막론하고 남자를 부르는 애칭으로 폭넓게 사용한다.

** 에베레스트산의 높이(8,848미터)에 맞먹는다.

"그대에게 말하건대 죽어야만 한다네, 그대에게 말하건대, 그대에게 말하건대."* 그러면서 설화석고 같은 달 아래로 내려갈 때 돌연 요란한 고함소리가 어둠을 흔들었다. "그따위 노래는 집어치워!" 하얗게 얼어붙은 밤하늘에 날말들이 수정처럼 매달렸다. "자네는 영화에서도 녹음한 노래에 맞춰 입만 뻥긋거렸잖아. 그러니까 그 끔찍한 소음 좀 당장 그만두라고."

음치 가수 지브릴은 즉흥적으로 가잘ghazal을 노래하면서도 허공에서 허우적거리며 접영이나 개구리헤엄을 치다가, 몸을 둥글게 말았다가, 거의-동틀녘의 거의-무궁한 창공을 향해 사지를 쫙 벌렸다가, 문장紋章 속의 짐승처럼 벌떡 일어섰다가 도로 웅크리는 등 온갖 경망스러운 몸짓으로 중력에 맞서던 참이었다. 그러다가 방금 빈정거린 목소리를 향해 반갑게 몸을 뒤집었다. "아하, 살라드 바바, 자네였군, 이렇게 좋을 수가. 어서 오게, 첨치." 그러자 상대방은 이 별명이 못마땅한지 눈살을 찌푸렸다. 회색 양복 차림에 재킷 단추를 빠짐없이 채워 단정한 모습이었는데, 어이없게도 당연하다는 듯이 중산모를 쓴 채 두 팔을 몸에 붙이고 머리부터 거꾸로 떨어지는 중이었다. "어이, 스푸노!" 지브릴이 소리치자 상대방은 거꾸로 뒤집힌 채 다시 움찔했다. "진짜 런던이야, *형씨*! 우리가 간다! 저 밑에 있는 놈들은 뭐가 떨어졌는지 어리둥절하겠지. 운석인지 벼락인지 하느님의 징벌인지 말이야. 이렇게 허공에서 느닷없이. 우당탕탕! 콰앙, 어때? 굉장한 등장이잖아, *친구*. 그렇고말고: 철퍼덕."

* 극작가 베르톨트 브레히트와 작곡가 쿠르트 바일의 오페라 〈마하고니 도시의 흥망〉 중 〈앨라배마 송〉의 후렴구.

허공에서 느닷없이: 빅뱅이 터지고 별이 쏟아졌다. 작은 우주의 시작, 소규모로 되풀이되는 시간의 탄생…… 거대하고 부패하고 아름답고 눈처럼 하얗고 환히 빛나는 이 도시의 드높은 상공에서 점보제트기 보스탄호, AI-420편이 아무런 예고도 없이 폭발했다. 마하고니, 바빌론, 알파빌*. 그러나 지브릴이 벌써 이름을 붙여놓았으니 내가 간섭할 일은 아니다. 진짜 런던, 빌라예트**의 수도, 그곳이 어둠 속에서 반짝반짝 깜박깜박 끄덕끄덕. 그때 이 히말라야 높이에서 1월의 파삭파삭한 대기 속에 때 이른 태양이 잠깐 나타나더니 여러 레이더 스크린에서 깜박거리던 빛이 퍽 꺼져버렸고, 재앙의 에베레스트처럼 아득한 허공에서 수많은 몸뚱이가 희부연 바다를 향해 우수수 떨어졌다.

나는 누구냐고?

나 말고 또 누가 있더냐?

씨앗을 흩뿌리는 꼬투리처럼, 비밀을 꺼내놓는 새알처럼, 비행기는 두 토막으로 쪼개졌다. 그리고 부러진 시가에서 쏟아지는 담배 부스러기처럼 두 배우가, 저 미쳐 날뛰는 지브릴과 단추를 다 잠그고 잔뜩 찡그린 살라딘 참차 씨가 튕겨나왔다. 그들의 앞, 뒤, 밑의 허공에는 비행기 좌석, 스테레오 헤드폰, 음료 손수레, 멀미봉투, 입국카드, 면세품 비디오게임기, 털모자, 종이컵, 담요, 산소마스크 따위가 둥둥 떠다녔다. 그리고—꽤 많은 이민자가 탑승한 터였고, 그런즉 저마다 맡은 일을 할 뿐이라는 합리적인 공무원들은 이후 수많은 아내에게 남편의 생식기 길이는 얼마이며 그곳에 신원을 확인할 만한 사마귀는 없는

* 장뤼크 고다르 감독의 동명 영화(1965)에 등장하는 도시.

** 힌디어, 우르두어로 '외국'을 뜻하며 여기서는 '영국'을 지칭한다.

지를 꼬치꼬치 캐묻고, 또한 언제나 합리적인 영국 정부는 수많은 아이들이 과연 합법적인 부부로부터 태어났을까 의심했으므로—비행기의 잔해 속에는 역시 산산이 부서지고 역시 어처구니없는 영혼의 파편, 부서진 추억, 벗어던진 자아, 버려진 모국어, 침해당한 사생활, 도저히 번역할 수 없는 농담, 소멸된 미래, 잃어버린 사랑, 그리고 토지, 소유물, 집 등등 거창하지만 공허한 낱말들의 이미 사라져버린 의미 따위가 마구 뒤섞여 있었다. 폭발의 충격으로 좀 멍해진 지브릴과 살라딘은 마치 조심성 없는 황새가 부리를 벌리다가 놓쳐버린 아기 보따리처럼 쏜살같이 내리꽂히는 중이었는데, 산도에 들어서는 태아에게 권장할 만한 자세로 머리부터 떨어지던 참차는 그렇게 평범한 방식으로 떨어지길 한사코 거부하는 상대에게 조금 짜증이 났다. 살라딘이 급강하하는 동안에도 파리슈타는 대기를 포옹하듯이 두 팔과 두 다리를 쫙 벌리고 마구 허우적거리는데, 그 몸짓이 꼭 열성이 지나쳐 자제력을 잃고 만 배우 같았다. 저 밑에서는 구름에 덮인 영국의 '옷소매'*가 그들의 진입을 기다렸다. 느릿느릿 흐르는 그 해류 속이 그들의 수중 환생을 위해 예정된 장소였다.

"오, 내 신발은 일제日製라네."** 급격히 다가오는 저 나라에 경의를 표해야겠다는 무의식적인 생각에서 지브릴은 이 오래된 노래를 영어로 바꿔 불렀다. "이 바지는 영국제라네. 머리에는 빨간 러시아 모자, 그래도 내 심장은 인도인이지." 구름이 그들을 향해 뭉클뭉클 솟아올랐다. 그리고 그 뭉게구름과 소나기구름의 장엄한 신비 때문인지, 새

---

* 영불해협을 뜻하는 프랑스어 '라 망슈(La Manche)'를 직역한 말.

** 라지 카푸르 감독의 영화 〈슈리420〉(1955) 삽입곡.

벽빛 속에 망치처럼 곤두서서 우르르 굉음을 토해내는 저 막강한 먹구름 때문인지, 아니면 노래 때문인지(한 명은 공연하느라 바쁘고, 한 명은 야유를 퍼붓고), 그것도 아니면 폭발의 충격으로 얼떨떨해 눈앞에 닥친 상황을 제대로 파악하지 못한 탓인지…… 이유야 무엇이든 간에, 이렇게 천사처럼악마처럼 끝없지만 끝나가는 추락의 운명에 처한 두 남자, 지브릴살라딘 파리슈타참차는 그들의 탈바꿈이 시작되는 순간을 알아차리지 못했다.

탈바꿈?

그렇다, 하지만 아무렇게나 바뀐 것은 아니다. 이 허공, 이 부드럽고 감지할 수 없는 공간, 금세기에 들어 비로소 가능해졌으며 그후 금세기를 규정짓는 공간이 됨으로써 금세기를 가능케 한 곳, 온갖 움직임과 전쟁의 현장, 지구를 점점 축소시키는 곳, 힘의 공백, 가장 불안정하고 무상한 영역, 혼미하고 불연속적이며 변화무쌍한 곳—무엇이든 일단 공중으로 던져올리면 무슨 일이든지 일어날 수 있으므로—아무튼 그런 허공에서 얼빠진 배우 두 명에게 일어난 변화를 보았다면 라마르크 씨*도 기뻐했으리라. 극심한 환경적 압박을 받으면 여러 형질이 나타난다.

무슨 형질 어떤? 서두르지 말라. '창조'가 그렇게 후닥닥 일어난다고 생각하는가? 그러므로 설명도 마찬가지인데…… 저 두 사람을 보라. 특이한 점을 발견하지 못했는가? 두 남자가 쏜살같이 곤두박질할

---

* 프랑스 생물학자이자 진화론자 장 바티스트 라마르크. 생물은 환경에 적응력이 있어 자주 사용하는 기관은 발달하고 그렇지 않은 기관은 퇴화한다는 학설, 라마르키슴을 제창했다.

뿐, 그리 새로울 일은 아니라고 생각할지도 모른다. 너무 높이 올라갔다, 주제를 몰랐다, 태양에 너무 가까이 날아올랐다, 그렇게 보는가?

그렇지 않다. 더 들어보라.

살라딘 참차 씨는 지브릴 파리슈타의 입에서 나오는 소음에 질려 마침내 자기도 노래로 맞섰다. 그리하여 파리슈타는 저 환상 같은 밤하늘 너머에서 울려퍼지는 노래를 듣게 되었는데, 이 또한 오래된 노래였다. 작사자는 제임스 톰슨 씨, 1700~1748. 참차는 추위에 얼어 무시무시한 새빨간새하얀시퍼런 입술을 열고 소리 높여 노래했다. "……하늘의 명에 따라 저허허 푸른 대양에서 솟아올랐네헤."* 그러자 경악한 파리슈타는 더욱 큰 소리로 일제 신발과 러시아 모자와 변함없는 아대륙의 심장을 노래했지만 살라딘의 광적인 리사이틀을 잠재울 수는 없었다. "수호천사들이히히 노래를 부훌러헜네헤헤."

현실을 직시하자. 이때 그들이 서로의 목소리를 듣기란 불가능했고 더욱이 대화를 나눈다거나 이렇게 노래 대결을 벌인다는 것은 가당치도 않았다. 지구를 향해 점점 더 빠르게 떨어져내려 엄청난 굉음에 휩싸인 상태에서 어떻게 그럴 수 있단 말인가? 그러나 이 현실도 직시하자. 어쨌든 그들은 정말 그랬다.

아래로아래로 그들은 내리꽂혔고, 속눈썹에 서리를 내리고 심장마저 얼어붙게 하는 겨울의 냉기 덕분에 이 몽롱한 백일몽에서 막 깨어나려는 찰나였고, 그리하여 노래를 부른다는 것 자체가 하나의 기적이라는 사실을, 그리고 그들과 더불어 폭우처럼 쏟아지는 팔다리와 아기

* 영국인이 즐겨 부르는 애국적인 노래 〈지배하라, 브리타니아!〉의 앞부분.

들을, 그리고 저 밑에서 닥쳐오는 무서운 운명을 마침내 의식하기 직전이었는데, 바로 그 순간 영하로 들끓던 구름에 부딪히며 두 사람은 흠뻑 젖었다가 순식간에 얼어붙고 말았다.

마치 긴 수직굴 속을 지나가는 듯했다. 단정하고 완고하고 여전히 거꾸로 선 참차는 자줏빛 부시 셔츠를 입은 지브릴 파리슈타가 구름으로 이루어진 이 깔때기 속을 가로질러 자기 쪽으로 헤엄쳐오는 모습을 보고 '오지 마, 저리 가!' 하고 외치려는데, 순간 어떤 일이 벌어지는 바람에 그러지 못하고, 창자 속에서 뭔가 실룩거리는 듯 강렬한 느낌이 든 탓이었는데, 그래서 그는 거부의 말을 내뱉는 대신 두 팔을 벌렸고, 파리슈타가 냉큼 품속으로 뛰어들었고, 결국 두 사람은 서로 아래위가 뒤바뀐 자세로 부둥켜안게 되었고, 이 충돌의 힘으로 빙글빙글 돌며 원더랜드*로 가는 이 구멍이 끝날 때까지 거듭거듭 이인조 재주넘기를 선보일 수밖에 없었다. 그들이 이 하얀 세계를 뚫고 나오는 동안에도 구름은 끊임없이 모습을 바꿔 신에서 황소로, 여자에서 거미로, 남자에서 늑대로 시시각각 변해갔다. 온갖 잡종 구름괴물이 그들에게 덤벼들었고, 통통한 꽃대에 인간의 유방이 달랑대는 거대한 꽃, 날개 달린 고양이, 켄타우로스 등등, 그리하여 어렴풋한 무의식 상태에서 참차는 자신도 구름처럼 변형과 잡종의 특성을 지니게 되었다고, 그래서 다리 사이에 머리가 끼어 있으며 길고 귀족적인 목에는 다리가 휘감겼다고 생각했다.

그러나 지브릴 쪽은 그런 '과대망상'에 사로잡힐 겨를이 없었다. 아

---

* 『이상한 나라의 앨리스』의 무대.

니, 아예 아무 생각도 할 수 없었다. 방금 저 소용돌이치는 구름 속에서 매혹적인 중년 여자가 나타났기 때문인데, 녹색과 금색이 섞인 수단 사리를 입고, 코에는 다이아몬드를 달고, 높이 틀어올린 머리는 스프레이를 뿌려 이런 고공에 휘몰아치는 바람에도 끄떡없이, 그렇게 그녀는 날아다니는 양탄자에 평온하게 앉아 있었다. "레카 메르찬트." 지브릴이 인사를 건넸다. "천국 가는 길을 못 찾은 거야, 뭐야?" 죽은 여자에게 저렇게 무신경한 말을 던지다니! 그러나 충격을 받은데다 추락중인 상황을 감안한다면 충분히 납득할 만도 한데...... 그때 지브릴의 다리를 움켜쥔 참차가 어리둥절하여 물었다. "무슨 소리야?"

"저 여자 안 보여?" 지브릴이 버럭 고함을 질렀다. "저 빌어먹을 보하라 양탄자가 안 보여?"

아냐, 아냐, 지보. 지브릴의 귓속에서 그녀의 목소리가 속삭였다. 그 사람이 확인해주길 기대하지 마. 나는 당신 눈에만 보이니까. 당신이 미쳐가는지도 모르는데, 어떻게 생각해? 이 나마쿨, 돼지똥 같은 놈, 내 사랑. 사람이 죽으면 솔직해지지. 그래서 이렇게 당신 정체를 말할 수도 있고.

레카가 심술궂은 말을 이어갔지만 지브릴은 다시 참차에게 소리쳤다. "스푸노? 저 여자 보여, 안 보여?"

살라딘 참차는 아무것도 보지 못하고 아무것도 듣지 못하고 아무것도 말하지 않았다. 지브릴은 혼자서 레카를 상대할 수밖에 없었다. 그는 레카를 나무랐다. "그런 짓은 하지 말았어야지. 아무렴. 죄악이야. 정말 나쁜 짓이라고."

오, 이젠 훈계까지 하시는군. 레카는 웃음을 터뜨렸다. 혼자 도덕군자인 척하다니 참 재미있네. 나를 떠난 건 당신이었어. 그렇게 속삭이는 레카의 목소리가 마치 귓불을 잘근잘근 깨무는 듯했다. 구름 뒤로 숨어버린 건 당신이었어, 내 환희의 달님, 당신. 그리고 나는 사랑에 눈멀어 어둠 속을 헤맸지.

지브릴은 두려워졌다. "그래서 어쩌겠다는 거야? 아냐, 말하지 말고 그냥 가버려."

당신이 아팠을 때는 스캔들이라도 생길까봐 만날 수 없었어. 내가 당신을 위해 일부러 안 찾아갔다는 건 당신도 알았지. 그러면서도 나중에 나한테 벌을 줬어. 그걸 핑계 삼아 나를 버렸어. 그걸 구름 삼아 숨어버렸어. 그 일 때문에, 그리고 그 여자, 그 얼음여자 때문에. 나쁜 자식. 이제 나는 죽었으니 용서하는 방법도 잊어버렸어. 당신을 저주해, 나의 지브릴, 당신의 삶이 지옥 같길. 지옥, 왜냐하면 당신이 나를 그리로 보냈으니까. 이 악마, 당신이 떠나온 곳, 개자식, 당신이 돌아갈 곳, 거기서 핏물 목욕이나 즐기라고. 그것이 레카의 저주였다. 그다음에는 지브릴이 알아듣지 못하는 언어로 어떤 시를 읊조렸는데, 몹시 사납고 마찰음이 많은 그 시에서 지브릴은 알라트*라는 말을 여러 번 들은 듯싶었지만 아닐 수도 있었다.

그는 참차를 힘껏 붙잡았다. 그들은 구름의 바닥을 뚫고 빠져나왔다.

속도, 속도감이 다시 느껴졌다. 무시무시한 휘파람소리가 귓가를 스쳐갔다. 구름지붕이 쏜살같이 날아오르고 수면이 시시각각 가까워졌다. 두 사람은 눈을 뜨고 있었다. 비명, 아까 지브릴이 하늘 저편에서

* 아라비아의 고대 모신(母神), 다산의 여신.

날아들 때 참차의 뱃속에서 실룩거리던 그 비명이 입으로 터져나왔다. 한줄기 햇살이 벌린 입을 꿰뚫고 비명을 해방시켰다. 그러나 참차와 파리슈타는 끊임없이 탈바꿈하는 구름 속을 지나왔고, 그래서 그들의 윤곽도 아직 뚜렷하지 않아 유동적이었고, 참차를 강타한 햇살은 소음을 끄집어내는 정도에서 그치지 않았다.

"날아라!" 참차가 지브릴에게 버럭 소리쳤다. "날기 시작하라고, 당장." 그러더니 어디서 들려오는지도 모르는 두번째 명령을 덧붙였다. "그리고 노래를 불러."

새로움은 어떻게 세상에 등장하는가? 어떻게 태어나는가?

어떤 융합, 변환, 결합을 통해 이루어지는가?

새로움이란 극단적이고 위험한 것인데 그후 어떻게 살아남는가? 철거인부와 파괴의 천사와 단두대를 피하려면 어떤 절충, 어떤 타협이 필요하고 또 자신의 어떤 은밀한 본성을 스스로 배반해야 하는가?

탄생이란 항상 추락인가?

천사에게 날개가 있을까? 인간도 날 수 있을까?

영국해협 상공의 구름 속을 벗어났을 때 살라딘 참차 씨는 어떤 무자비한 힘이 심장을 움켜쥐는 것을 느꼈고, 그래서 자신은 도저히 죽을 수 없음을 깨달았다. 그러나 나중에 다시 두 발로 대지를 굳건히 밟았을 때는 지금의 그 생각을 불신하고, 이 믿기 어려운 상황은 폭발 때문에 사고력이 뒤죽박죽이 된 탓으로 돌리고, 자신과 지브릴이 무사히 살아남은 것은 순전히 우연이었다고 믿게 될 터였다. 그러나 지금 이 순간에는 아무런 의심도 없었다. 그를 사로잡은 것은 오직 살겠다는 의지, 도저히 억누를 수 없고 아무것도 섞이지 않은 순수한 삶의 의지였고, 그 의지는 우선 그의 한심한 성격에 대해서는 아랑곳하지 않겠으며, 덜 떨어진 흉내내기나 목소리 따위도 아예 무시하겠다고 참차에게 알려주었고, 그러자 그는 자기도 모르게, 그래, 마음대로 해라, 하며 그 의지에 굴복했고, 그러자 마치 자신의 몸과 마음 안에서 방관자가 되어버린 듯했고, 그 의지는 몸의 중심에서 시작하여 바깥쪽으로 퍼져나가며 피를 무쇠로 바꿔놓고 살을 강철로 변화시켰는데, 마치 어떤 주먹이 나타나 참을 수 없을 만큼 단단하면서도 견딜 수 없을 만큼 부드럽게 밖에서부터 온몸을 감싸쥐는 듯한 느낌이었다. 그리하여 마침내 그 의지는 참차를 완전히 정복하여 그의 입이든 손가락이든 무엇이든 마음대로 부릴 수 있게 되었는데, 이런 지배력을 확인하고 나더니 이번에는 몸 바깥으로 뻗어나가 지브릴 파리슈타의 불알을 움켜쥐었다.

"날아라." 그 의지가 지브릴에게 명령했다. "노래해라."

참차는 지브릴을 붙잡고 늘어졌고, 지브릴은 처음에는 천천히, 그러다 차츰 속도와 힘을 더해 두 팔을 파닥거리기 시작했다. 그는 더 힘껏, 더 힘껏 파닥거렸고, 그렇게 파닥거리는 동안 입에서는 노래가 터져나왔는데, 레카 메르찬트의 유령이 불렀던 노래처럼 자신도 알지 못하는 언어였고 들어본 적도 없는 곡조였다. 지브릴은 기적을 부정하지 않았다. 나중에 참차는 이 기적을 이성으로 설명하려 했지만 지브릴은 이 노래가 정말 아름다웠다고, 노래가 없었다면 퍼덕임도 쓸모가 없었을 테고, 그 퍼덕임이 없었다면 두 사람은 돌멩이 따위처럼 곧장 떨어져 파도에 부딪혔을 테고 저 팽팽한 북 같은 바다에 닿는 순간 산산이 터져버렸으리라는 말을 몇 번이고 되풀이할 터였다. 그런데 그들은 점점 느려지기 시작했다. 지브릴이 점점 더 힘껏 퍼덕이며 노래할수록, 노래하며 퍼덕일수록 추락속도는 더욱 뚜렷하게 줄어들었고, 마침내 두 사람은 산들바람에 날린 종잇장처럼 사뿐히 해협에 내려앉았다.

생존자는 그들뿐이었다. 폭파된 보스탄호에서 떨어져 무사히 살아남은 사람은 둘뿐이었다. 그들은 어느 해변에서 발견되었다. 둘 중 말이 많은 쪽, 그러니까 자줏빛 셔츠를 입은 자는 정신없이 횡설수설하는 과정에서 자기들이 물위를 걸었으며 파도가 자기들을 태워 가만히 해변까지 데려다주었다고 증언했다. 그러나 젖은 중산모를 무슨 마술처럼 여전히 쓴 다른 사람은 그 말을 부인했다. "운이 좋았을 뿐이죠. 이렇게 운이 좋을 수도 있습니까?"

물론 나는 진실을 안다. 처음부터 끝까지 지켜보았으니까. 지금으로서는 무소부재無所不在니 무소부지無所不知니 따위를 주장하지 않겠지만 이것만은 말할 수 있다. 그 일은 참차의 의지가 원했고 그 의지에 따라 파리슈타가 이룩했다는 사실이다.

그렇다면 기적을 일으킨 자는 누구였을까?

파리슈타의 노래는 어떤 것이었나, 천사의 노래, 악마의 노래?

나는 누구냐고?

이렇게 표현해보자: 누구의 노래가 최고인가?*

눈에 갇혀버린 영국 해변에서 깨어났을 때—터무니없게도 귓가에

---

* 18세기 영국의 종교 지도자 존 웨슬리가 좋은 노래를 악마가 독차지하게 둘 수 없다며 찬송가를 편찬한 일에 대한 언급.

불가사리 하나가 있었다—지브릴 파리슈타가 제일 먼저 내뱉은 말은 이러했다. "다시 태어난 거야, 스푸노, 자네와 나. 생일 축하하네, 이봐, 생일 축하한다고."

그러자 살라딘 참차가 캑캑 물을 토하며 눈을 뜨더니 갓 태어난 아기에게 걸맞게 바보 같은 울음을 터뜨렸다.

2

벌써 십오 년째 인도 영화계의 최고 스타인 지브릴은 옛날부터 환생에 관심이 많았는데, '환상의 병'을 '기적적으로' 물리치기 전에도 마찬가지였다. 당시 사람들은 그 병 때문에 모든 계약이 해지되리라 믿기 시작했으니, 설령 그가 자리를 털고 일어나더라도 결국 병균이 실패한 일을 스스로 매듭짓게 될 것을 누군가는 충분히 예견했을 법한데 그러지 못했다. 그리하여 마흔 살 생일로부터 일주일쯤 지난 어느 날 지브릴은 아무도 모르게 과거의 생활을 청산하고 무슨 눈속임처럼 펑! 사라져버렸다. 흔적도 없이.

그의 실종을 제일 먼저 눈치챈 이는 영화촬영소 휠체어팀의 네 사람이었다. 병에 걸리기 오래전부터 지브릴은 거대한 D. W. 라마 촬영소의 세트장과 세트장 사이를 오갈 때마다 발 빠르고 힘 좋고 믿음직한 사람들에게 몸을 맡겼는데, 최다 열한 편의 영화를 '동시에' 찍어야 하는 사람은 마땅히 힘을 아껴야 하기 때문이다. 봄베이의 저 유명한 도시락 배달원들 틈에서 어린 시절을 보낸 지브릴은 그때의 기억을 되살려 사선, 원, 점 따위로 계획표를 작성했고, 이 복잡한 부호 체계를 바탕으로 휠체어맨들은 이 배역에서 저 배역으로 쏜살같이 지브릴을 옮겨주었는데, 일찍이 그의 아버지가 도시락을 배달할 때처럼 시간을 정확히 지켰고 전혀 실수가 없었다. 촬영이 끝나면 지브릴은 다시 휠체어에 앉아 다음 세트장으로 신속하게 이동하여 의상을 갈아입고 분장을 하고 대본을 받아들었다. 그는 이 충직한 일꾼들에게 이렇게 말했다. "봄베이 영화계는 잠깐씩 쉬었다가 다시 달리는 휠체어 경주 같은 거야."

'유령 병균' '신비의 질병' '환상의 병' 등으로 불리던 병을 앓고 난 후 지브릴은 복귀하여 한 번에 일곱 편만 찍으며 서서히 일에 적응해 가더니…… 갑자기 온데간데없이 증발해버렸다. 방음 스튜디오에는 빈 휠체어만 덩그러니 남아 있었다. 그가 실종되자 겉만 번지르르한 세트장의 실체가 백일하에 드러났다. 영화사 간부들이 노발대발하여 다그치자 휠체어맨들은 너나없이 사라진 스타를 변명해주었다. 편찮으신 모양입니다, 시간 잘 지키기로 유명한 분인데, 아뇨, 나무랄 일도 아니지요, 마하라지*, 위대한 예술가라면 이따금 내키는 대로 행동하기도 하잖습니까. 그렇게 항의하다가 그들은 결국 파리슈타의 설명할 수 없는 증발이 낳은 첫 희생물이 되어 넷 셋 둘 하나, *순식간에* 모두 촬

* 왕이나 윗사람에 대한 경칭.

영장 문밖으로 쫓겨났고, 그래서 휠체어는 톱밥으로 만든 해변의 페인트칠한 코코야자들 아래 버려진 채 먼지만 쌓여갔다.

도대체 지브릴은 어디로 갔나? 갑자기 큰 손실을 입고 낭패를 보게 된 영화제작자 일곱 명은 몹시 당황하고 말았다. 보라, 저 윌링던클럽 골프장을—거대한 잡초처럼, 혹은 갈기갈기 찢긴 옛 도시의 시체가 묻혀 있는 곳을 표시한 비석처럼 하나둘씩 자라난 마천루가 9홀을 차지하는 바람에 지금은 9홀밖에 안 남았지만—저기, 바로 저기, 그곳에서는 지금 영화사 최고 간부들이 아주 간단한 퍼팅조차 망쳐버리는 중이고, 저 위쪽을 보면 또다른 늙은이들이 쥐어뜯은 번민의 머리카락이 드높은 창문에서 너울너울 떨어진다. 제작자들이 동요하는 점도 쉽게 납득할 만하다. 영화 관객이 점점 줄어드는 대신 텔레비전 방송망이 사극을 만들어내고 기세등등한 현대 주부들을 양산하는 이 시대에, 그나마 영화 제목 위에 내걸었을 때 아직도 백 퍼센트 틀림없는 대성공을, 울트라히트를 보장해주는 이름은 하나뿐인데, 그 이름의 주인공이 하늘로 솟았는지 땅으로 꺼졌는지 옆으로 튀었는지 아무튼 분명하고도 확실하게 사라져버렸으니……

전화통과 오토바이와 경찰과 잠수부와 어부가 항구 안팎을 샅샅이 뒤졌지만 아무런 성과도 거두지 못하자 도시 전역에서 불 꺼진 별을 기리는 묘비명이 사람들의 입에 오르내리기 시작했다. 라마 영화사의 일곱 개 촬영장 가운데 한 곳에서는 최근 등장한 톡톡 튀는 미녀 여배우 미스 핌플 빌리모리아가—그렇다고 경망스러운 여느 계집애는 아니고 아주 화끈한 다이너마이트 같은 여자인데—전라에 가까운 신전 무희 차림에 베일을 쓰고, 몸부림치며 성교하는 찬델라왕조의 탄트라 조각상을 묘사한 마분지 밑에서—자기가 등장하는 중요한 장면을 영영 못 찍게 되었음을, 일생일대의 기회가 날아가버리고 말았음을 깨닫고—냉소적인 태도로 비디*를 피우는 전기 및 녹음 담당자들 앞에서 지브릴을 향해 원한 가득한 작별인사를 보냈다. "하, 재수도 좋지, 이거야 원! 오늘은 러브신을 찍는 날이었거든요, 퉷퉷, 입에서 썩은 바퀴벌레똥 냄새가 나는 그 떠버리한테 다가갈 생각을 하니 속으로는 정말 죽고 싶더라고요." 그녀가 발을 구르자 방울이 잔뜩 달린 발찌가 딸랑거렸다. "영화에서 냄새가 안 나니까 망정이지, 안 그랬으면 그 사람은 문둥이 배역조차 얻어내지 못했을걸요." 핌플의 독백은 그때부터 절정에 이르러 온갖 욕설을 퍼붓기 시작했는데, 비디를 피우던 사람들도 그제야 똑바로 앉더니, 순식간에 총신銃身이 녹아내리고 기자들이 얼른 연필을 뒤집어 지우개로 사용할 만큼 지독했다는 풀란 데비**의 욕지거리와 핌플의 말솜씨를 비교하며 열띤 토론을 벌였다.

핌플 퇴장, 검열 가위에 잘려 편집실 바닥에 나뒹구는 필름 조각. 뛰쳐나가는 핌플의 배꼽에서 라인석이 좌르르 떨어지며 그녀의 눈물을 비추고…… 그러나 파리슈타의 입냄새에 대한 지적만은 결코 허튼소리가 아니었다. 오히려 사실을 좀 축소시켰다고 해야 하리라. 유황을 태운 싯누런 연기 같은 날숨, 그리고 이마에 뚜렷한 V자형 머리선과 까마귀처럼 새까만 머리카락 때문에 지브릴은 대천사의 이름을 가졌으면서도 후광은커녕 오히려 음침한 분위기를 풍겼다. 그가 실종된 후 항간에는 그저 쓸 만한 정도의 코만 있으면 쉽게 찾을 수 있는 사람을

* 다른 식물의 잎으로 말아놓은 싸구려 담배.

** 유명한 여자 산적 두목. 영화 〈밴디트 퀸〉의 주인공.

왜 못 찾는지 이상하다는 말이 떠돌 정도였고…… 그가 사라지자 그토록 오랫동안 향기로웠던 이름에서 악취가 나기 시작했는데, 일주일 후 핌플 빌리모리아의 퇴장보다 훨씬 더 비극적인 퇴장 사건이 일어나며 냄새가 더욱 지독해졌다. 지브릴은 이제 스크린을 떠나 세상으로 내려온 셈인데, 영화와 달리 현실에서는 남들도 냄새를 알아차리기 마련이다.

'우리는 대기의 피조물, 꿈과 구름 속에 뿌리를 내렸나니, 비상飛翔을 통하여 거듭나리라. 안녕.' 이 수수께끼 같은 편지는 경찰이 지브릴 파리슈타의 펜트하우스에서 찾아냈는데—그 집은 말라바르 힐에 우뚝 솟은 고층 아파트 에베레스트 빌라의 꼭대기 층으로, 이 도시에서 가장 높은 지대에 자리잡은 가장 높은 빌딩의 가장 높은 집이었으며, 앞뒤로 시야가 탁 트여 이쪽을 바라보면 야회용 목걸이 같은 마린 드라이브*가 보이고 저쪽을 바라보면 스캔들곶과 바다가 보였다—그 편지 때문에 신문 헤드라인의 불협화음이 연장되었다. 『블리츠』**는 파리슈타, 지하로 숨다라는 다소 섬뜩한 제목을 뽑았으며 〈데일리〉의 '참견쟁이'는 지브릴, 탈출하다를 선택했다. 이 유명한 집은 일찍이 페르세폴리스에서 솜씨를 발휘하여 레자 팔레비***의 추천서까지 받아 쥔 프랑스 실내 장식가들이 백만 달러를 들여 이 높은 곳에 베두인의 천막 같은 효과를 살렸는데, 이 집을 찍은 사진도 여기저기 많이 실렸다. 그러나 지브릴

---

* 봄베이의 해안도로. 정식 명칭은 '네타지 수바시 로드'이며 '여왕의 목걸이'라는 별명이 있다.

** 봄베이 영화잡지.

*** 이란 국왕. 1979년 이슬람혁명 발발로 망명했다.

의 실종으로 이런 환상도 깨어지고 말았다. 지브릴, 천막을 거두다라는 헤드라인이 빗발쳤지만 정작 본인은 하늘로 솟았나, 땅으로 꺼졌나, 옆으로 튀었나? 아무도 알지 못했다. 수없는 혀와 수없는 귓속말이 있는 이 대도시에서 가장 예민한 귀를 가진 사람들조차도 믿을 만한 소식이라고는 전혀 들을 수 없었다. 그러나 모든 신문을 읽고 모든 라디오 방송을 듣고 두르다르샨* 텔레비전 프로그램 앞에 아주 붙박여 살던 레카 메르찬트 부인은 파리슈타의 전언에서 남들이 발견하지 못한 무엇인가를 읽어냈고 어떤 신호를 알아들었다. 그리하여 딸 둘과 아들 하나를 데리고 산책을 하러 고층 아파트 옥상으로 올라갔다. 그 빌딩의 이름도 에베레스트 빌라였다.

그녀는 지브릴의 이웃일 뿐 아니라 바로 아래층이었다. 그들은 이웃인 동시에 친구였다. 무슨 말이 더 필요할까? 물론 스캔들에 민감한 심술쟁이 잡지들은 넌지시 암시하거나 비꼬는 기사로 지면을 채웠지만 나까지 그런 수준으로 떨어질 수는 없다. 뭣하러 그녀의 이름을 더럽히겠는가?

레카가 어떤 여자였느냐고? 물론 부자였지만 에베레스트 빌라는 쿠를라**의 싸구려 아파트가 아니니 당연한 일이다. 일하지 않고도 살 만큼은 벌어놓았는데, 양탄자와 골동품을 파는 그녀의 가게들이 콜라바 일대에서 성업중이기 때문이다. 그녀는 양탄자를 '클림'이나 '클린'이라고 불렀고*** 골동품을 '고루동품'으로 발음했다. 아, 그리고 아름

---

* 인도 국영방송국.

** 중국 북서부 신장 위구르 자치구의 도시.

*** 얇은 양탄자를 가리키는 페르시아어. 정확한 발음은 '글림(gleem)'이다.

다웠다. 이 도시의 하늘집에 사는 극소수 사람들만 지닌 단단하고 매끈한 아름다움이었고, 그녀의 뼈 피부 몸가짐 그 모든 것이 저 궁핍하고 무겁고 사람들이 우글거리는 대지로부터 오랫동안 떨어져 살았음을 말해주었다. 남들은 레카 메르찬트가 성격이 강인하고 랄리크 크리스털*로 물 마시듯 술을 마셨고 부끄러운 줄 모르고 촐라 나트라지**에 모자를 걸어놓았으며 자기가 원하는 것이 무엇이고 어떻게 하면 빨리 얻을 수 있는지 잘 아는 여자라고 입을 모았다. 그녀의 남편은 스쿼시 솜씨가 좋았을 뿐, 돈에 대해서는 좀팽이였다. 레카 메르찬트는 신문에서 지브릴 파리슈타의 작별인사를 읽고 자신도 편지 한 통을 남긴 후 아이들을 불러모아 엘리베이터를 타고 하늘 쪽으로 (겨우 한 층이었지만) 올라가서 스스로 선택한 운명을 맞이했다.

그녀의 편지에는 이렇게 적혀 있었다. '여러 해 전에 나는 비겁했기 때문에 결혼했다. 드디어 용감한 일을 감행한다.' 그녀가 침대 위에 놓아둔 신문에는 지브릴의 전언을 빨간색 동그라미로 표시하고 밑줄 세 개를 그었는데, 얼마나 모질게 그어댔는지 한 줄은 지면을 찢고 지나갔을 정도였다. 당연히 황색언론이 쾌재를 불렀고, 사랑을 잃고 투신한 미인, 상심한 미녀 최후의 다이빙 등이 대서특필되었다. 그러나:

어쩌면 레카에게도 부활병이 있었는데 지브릴이 은유의 막강한 힘을 깨닫지 못하고 부지중에 비행을 추천했는지도 모른다. 다시 태어나려면 우선, 그래서 그녀는 하늘의 피조물이었고 랄리크 샴페인을 마셨

---

* 프랑스 보석 디자이너 르네 랄리크의 공예품.

** 9~12세기에 남인도를 지배한 촐라왕조 시대의 조각품으로, 팔이 여섯 개 달린 시바신이 불속에서 춤추는 모습을 묘사했다.

고 에베레스트에서 살았는데, 이 올림포스의 이웃 하나가 하늘로 날아가버렸다. 지브릴이 할 수 있다면 그녀도 날개를 달고 꿈속에 뿌리내릴 수 있지 않을까.

그러나 그녀는 성공하지 못했다. 에베레스트 빌라의 정문을 지키던 *관리인*이 무신경한 목격담을 세상에 들려주었다. "제가 이 단지 안에서 이렇게 걸어갈 때 갑자기 쿵 소리가 들렸습니다. 얼른 돌아섰죠. 맏딸의 시체였어요. 머리통이 완전히 박살났더군요. 고개를 들자 때마침 아들이 떨어지는 중이었고 곧이어 둘째딸도 떨어졌어요. 말도 마십쇼, 하마터면 멀쩡히 서 있다가 깔려죽을 뻔했어요. 손으로 입을 틀어막고 가까이 가봤죠. 어린 계집애가 희미하게 우는 소리를 내더군요. 그때 다시 고개를 들었더니 이번에는 *사모님*이 떨어지더라고요. 사리가 큰 풍선처럼 부풀고 머리는 온통 산발이었습니다. 그렇게 떨어지시는데 옷 속을 들여다보면 무례한 짓이니까 얼른 고개를 돌렸죠."

레카와 자녀들은 에베레스트에서 추락했고 생존자는 없었다. 사람들은 수군거리며 지브릴을 탓했다. 그러나 이 문제는 당분간 덮어두기로 하자.

아, 잊지 말아야 할 일: 지브릴은 레카가 죽기 전에 만난 적이 있었다. 사실은 몇 번 만났다. 사람들은 오래 시간이 지나서야 비로소 이 위대한 인물이 얼마나 심각한 환자였는지 알게 되었다. 스타 지브릴. '이름 없는 병'을 물리친 지브릴. 잠을 두려워했던 지브릴.

그가 떠난 후, 곳곳에서 볼 수 있는 그의 얼굴이 부패하기 시작했다. 현란한 색깔로 그려진 거대한 광고판에서 사람들을 굽어보던 나른한 눈꺼풀이 얇게 벗어지고 부스러지며 자꾸 내려앉아, 두 개의 달 같은 눈동자가 구름에 가려지거나 긴 속눈썹의 무른 칼날에 잘린 듯했다. 결국 눈꺼풀이 아예 떨어져나가 색칠한 눈이 툭 튀어나온 듯하고 사나워 보였다. 봄베이의 여러 영화관 앞에 서 있는 지브릴의 거대한 마분지 인형도 망가지고 기울어졌다. 뼈대가 있어 간신히 버티고 서 있었지만 팔이 떨어지거나 축 늘어지거나 목이 부러졌다. 영화잡지에 실린 표지 사진은 죽음의 창백한 안색이었고 퀭한 눈가에는 공허가 깃들었다. 그의 얼굴은 점점 희미해지다가 마침내 인쇄된 지면에서 아주 사라졌고, 잡지매점에 깔린 『셀러브리티』『소사이어티』『일러스트레이티드 위클리』 등의 빛나는 표지가 공백이 되어버리자 출판사는 인쇄공을 파면하거나 질 나쁜 잉크를 탓했다. 어둠 속 높은 곳에서 숭배자들을 내려다보는 은막에서조차, 불멸이라던 얼굴이 곪아 물집이 생겼다가 하얗게 퇴색했다. 그의 모습이 지나갈 때마다 까닭 없이 영사기가 말썽을 일으켜 필름을 긁어내다가 결국 정지했고, 고장난 영사기의 램프 열 때문에 셀룰로이드에 간직된 그의 기억이 모조리 타버리곤 했다. 별이 초신성으로 변한 것인데, 이 파괴의 불길은 상황에 걸맞게도 그의 입술에서 시작되어 밖으로 번져나갔다.

신의 죽음이었다. 적어도 그와 매우 유사했다. 저 거대한 얼굴, 영화관의 인공 밤하늘에서 신자들을 굽어보는 저 얼굴은 적어도 인간과 신의 중간쯤은 되는 어떤 고귀한 존재처럼 빛을 발하지 않았던가? 중간 이상이라고 주장하는 사람도 많을 텐데, 왜냐하면 지브릴은 남다른 영화 인생에서 특히 '신화영화'라는 인기 장르에 자주 출연하여 인도 아대륙에 존재하는 무수한 신의 모습을 더할 나위 없이 생생하게 육화시켰기 때문이다. 그렇게 종교의 경계를 넘나들면서도 사람들의 기분을 상하게 하지 않았던 까닭은 그의 페르소나가 지닌 마법의 힘이었다. 그는 파란 피부의 크리슈나*가 되어 황홀하게 아름다운 목부들과 젖이 무거운 암소들 틈에서 피리를 불며 춤을 추었고, 고타마가 되어 활엽수의 볼품없는 보리수 밑에서 두 손바닥을 위로 향한 채 인간의 고통에 대해 고요히 명상하기도 했다. 어차피 드문 일이었지만 설령 천상에서 내려오더라도 너무 심하게 전락하는 일은 결코 없었다. 예컨대 이미 고전이 된 〈악바르와 비르발〉에서는 무굴제국의 악바르황제를 연기했을 뿐 아니라 교활한 대신의 역할까지 멋지게 소화해냈다. 오늘날까지 인간의 수가 신의 수의 세 배를 넘지 못한다는 이 나라에서, 그는 신으로 분장했을 때 금방 알아볼 수 있고 또 가장 그럴듯해 보이는 얼굴을 가진 배우로서 십오 년이 넘도록 수억 명의 신자에게 두루 인정받았다. 그의 팬들 중에는 연기자와 역할을 구분하는 경계선을 이미 오래전에 잃어버린 사람들도 많았다.

팬들은 그랬는데? 지브릴은 어땠을까?

그 얼굴. 현실 속에서 실제 크기로 축소되어 평범한 인간들 틈에 섞여 있을 때는 이상하리만큼 스타와는 거리가 멀어 보였다. 축 늘어진 눈 때문에 지친 듯한 표정이기도 했다. 코도 어딘지 모르게 천박해 보이고, 입술은 너무 두툼해 강인한 맛이 없고, 귀는 잭프루트**의 우툴두툴한 어린 열매처럼 귓불이 길었다. 지극히 세속적이고 지극히 육감

---

* 힌두교의 주신 비슈누의 여덟번째 화신. 어릴 때 마귀가 먹인 독젖 때문에 피부색이 파랗게 변했다고 한다.

** 뽕나뭇과의 열대식물.

적인 얼굴이었다. 더구나 최근 목숨을 위협했던 병 때문에 주름살까지 눈에 띄었다. 그러나 이 같은 세속적 인상이나 쇠약 징후에도 불구하고 어떤 성스러움과 완벽함과 품위가 함께 깃들었다. 신적인 요소였다. 어차피 사람들의 취향은 설명할 수 없으니까. 아무튼 그런 배우가 (아마 다른 배우, 이를테면 참차의 경우에도 그렇겠지만 누구보다 지브릴의 경우) 가령 수없이 모습을 바꾼 비슈누처럼 '아바타' 문제에 골몰한 것은 별로 놀라운 일도 아니다. 부활: 이 또한 신적인 요소니까.

아니, 그렇지만, 따지고 보면…… 꼭 그런 것만은 아니다. 세속적인 환생도 있다. 지브릴 파리슈타는 원래 이스마일 나지무딘이라는 이름으로 태어났다. 출생지는 푸나, 제국의 끄트머리에 자리잡은 영국령 푸나였고, 라즈니시 등등의 푸네*보다 훨씬 오래전의 일이었다. (푸네, 바도다라, 뭄바이, 요즘은 도시조차도 예명을 짓는 모양이다.) 이스마일은 이브라힘의 번제와 관련된 아이의 이름을 땄고** 나지무딘은 믿음의 별이다. 그는 천사의 이름을 가지려고 이토록 대단한 이름을 포기했다.

나중에 항공기 보스탄호가 납치범에게 장악되었을 때, 그리고 승객들이 앞날을 두려워하며 저마다 과거 속으로 침잠할 때, 지브릴은 살라딘 참차에게 고백했다. 자기가 선택한 가명은 죽은 어머니를 기리기 위해서였다고. "우리 *어머니* 말이야, 스푸노, 하나뿐인 우리 *엄마*, 왜냐하면 천사가 어쩌고 하는 말을 제일 먼저 시작한 사람이 바로 어머니였거든. 나를 당신의 천사라고 부르셨는데, 파리슈타라고, 왜냐하면

* 푸나시의 다른 이름. 인도의 구루 오쇼 라즈니시의 고향이자 활동 무대.

** 「창세기」 22장 아브라함이 아들 이삭을 제물로 바치려던 일화가 쿠란에서는 이삭이 아니라 하가르의 아들 이스마일로 나온다.

너무 예쁘다고, 믿거나 말거나, 금덩어리처럼 귀하다고 말이야."

그러나 푸나는 그를 묶어두지 못했다. 그가 어렸을 때 이 탕녀 같은 도시로 이사하게 된 것인데, 그의 첫 이주였다. 아버지는 봄베이의 발 빠른 도시락 배달원, 즉 다바왈라와 함께 일하게 되는데, 이 일은 장차 휠체어 사인조를 탄생시키는 계기가 되기도 한다. 이스마일도 열세 살 때부터 아버지의 뒤를 따랐다.

AI-420편에 억류되었을 때 지브릴이 열변을 토한 일은 충분히 이해할 만했다. 그는 반짝이는 눈으로 참차를 응시하며 배달원들의 신비로운 부호 체계를 자세히 설명했고—검은 만卍자 붉은 원圓 노란 사선 점 등등—집에서 사무실 책상까지의 모든 노선을 마음의 눈으로 그려보며, 날마다 이천 명의 다바왈라가 십만 개의 도시락 통을 배달하던 그 믿기지 않는 체계를 떠올렸다. 그런데도 말이야, 스푸노, 잘못 배달하는 경우는 기껏해야 하루 열다섯 개 정도였어, 대부분 일자무식이었지만 그런 부호가 우리만의 언어였던 셈이지.

보스탄호는 런던 상공을 선회하고, 총잡이들이 통로를 순찰하고, 객실에는 불이 꺼졌지만 지브릴의 열정이 어둠을 환히 밝혀주었다. 지저분한 영사막에는 비행이 시작된 직후부터 비행중에 피할 수 없는 월터 매소와 역시 하늘에서는 빠지지 않는 골디 혼의 슬픈 만남이 상영되었지만 지금은 인질들의 회상이 낳은 그림자만 스쳐지나갔는데, 그중에서도 가장 뚜렷한 것은 어머니의 천사라는 가냘픈 사춘기 소년 이스마일 나지무딘이 간디 모자를 쓰고 도시 곳곳에 음식을 배달하는 장면이었다. 이 젊은 다바왈라는 그림자 인파 속을 재빠르게 비집고 다녔는데, 이런 상황에는 이미 익숙했기 때문이다. 생각해봐, 스푸노, 그려보라고, 도시락 서른 개 마흔 개를 담은 길쭉한 나무 쟁반을 머리에 이고, 기차가 멈출 때마다 일 분 이내로 다녀오지 못하면 기차를 놓치고, 그때는 트럭 버스 스쿠터 자전거 기타 등등을 요리조리 피하며 전속력으로 하나둘, 하나둘, 도시락이오, 도시락, 자, 도시락 지나갑니다, 그러다가 장마철에 기차가 고장나면 철도를 따라 냅다 달리거나 허리까지 차오른 물속에서 허우적거리고, 게다가 불량배들이 있어서, 살라드바바, 정말이야, 조직적인 도시락 도둑패였는데, 워낙 굶주린 도시니까 어쩌겠나, 하지만 우린 놈들을 너끈히 처리했지, 우린 어디든 없는 데가 없고 무엇이든 모르는 게 없었으니, 어떤 도둑인들 우리 눈과 귀를 피할 수 있었겠나, 경찰을 찾아간 적은 한 번도 없었지, 우리 스스로 동료들을 돌봐줬으니까.

밤이 되면 기진맥진한 아버지와 아들은 산타크루즈공항의 활주로를 따라 오두막집으로 돌아오고, 이륙하는 제트기의 초록 빨강 노랑 불빛 아래 돌아오는 아들을 바라보며 이스마일의 어머니는 그의 모습을 보기만 해도 모든 꿈이 이루어진다고 말했는데, 이는 지브릴에게 뭔가 특이한 점이 있다는 최초의 징후였으니, 이렇게 옛날부터 자신도 모르는 가운데 사람들의 가장 내밀한 욕망을 실현시키는 능력이 있었다. 그의 아버지 나지무딘 씨는 아내가 아들만 쳐다보고 밤마다 자기 발은 무시한 채 아들의 발만 주물러주는데도 고깝게 여기지 않는 듯했다. 아들은 축복이며 축복은 축복받은 자의 감사를 요구하는 법이니까.

그런데 나이마 나지무딘이 죽었다. 버스에 치이는 바람에 끝장나고 말았는데, 당시 그 자리에 없었던 지브릴은 살고 싶어하는 그녀의 기도를 들어주지 못했다. 아버지도 아들도 비통하다고 이야기하지 않았다. 말없이, 마치 일상적이고 예상했던 일이라는 듯, 그들은 더 많은 일 속에 슬픔을 파묻으며 소리 없는 경쟁을 벌였는데, 누가 더 많은 도시락을 머리에 이고 나를 수 있을까, 한 달 동안에 누가 더 많은 계약을 새로 따낼까, 누가 더 빨리 달릴까, 마치 더 많은 노동이 더 큰 사랑을 증명하듯이 경쟁했다. 어느 날 밤 아버지를 보다가, 그 목과 관자놀이에 툭툭 튀어나온 울퉁불퉁한 핏줄을 보다가, 이스마일 나지무딘은 아버지가 자기를 얼마나 원망하는지, 아들을 이겨냄으로써 죽은 아내의 애정에서 빼앗겼던 우선순위를 되찾는 일이 아버지에게 얼마나 중요한지 깨달았다. 그 사실을 알고부터 이 젊은이는 굳이 안간힘을 쓰지 않았건만 아버지의 열성은 수그러들 줄 몰랐고 머지않아 배달원에서 *관리책임자*로 승진했다. 지브릴이 열아홉 살 때 나지무딘 씨는 도시락 배달원들의 조합인 '봄베이 음식배달원 협회(BTCA)'의 회원이 되었고, 지브릴이 스무 살 때 온몸이 터져나가듯 지독한 뇌졸중 발작으로 즉사하고 말았다. 당시 조합장이던 바바사헤브 마트레가 말했다. "죽도록 달리기만 했지. 불쌍한 친구, 결국 지쳐 죽었다고." 그러나 고아가 된 지브릴의 생각은 좀 달랐다. 그는 아버지가 온 힘을 다해 달리다가 마침내 이승과 저승의 국경선을 넘었음을, 그리하여 자신의 사랑이 더 크다는 사실을 확실히 증명한 후 그대로 껍질을 벗어던지고 아내의 품으로 뛰어들었음을 알았다. 철새에게는 떠남이 곧 행복이다.

바바사헤브 마트레는 미궁 같은 시장통이 내려다보이는 초록색 문 너머 파란색 사무실에 앉아 있었다. 어마어마한 체구, 부처님처럼 뚱뚱한 그는 이 대도시를 움직이는 막강한 힘을 가진 한 사람이었고, 자기 방에 틀어박혀 미동도 없이 앉아 있다가도 중요한 곳이라면 어디든지 나타나고 봄베이에서 중요한 인물이라면 빠짐없이 만날 수 있는 불가사의한 재간을 가진 사람이었다. 젊은 이스마일의 아버지가 국경을 넘어 나이마를 만나러 간 이튿날 바바사헤브가 이 청년을 불러들였다. "어떠냐? 괴로우냐?" 대답은, 눈을 내리깔고, 고맙습니다, *어르신*, 괜찮습니다. "닥쳐라. 오늘부터 나하고 같이 산다." 하지만하지만, *어르신*…… "하지만이고 뭐고 집어치워라. 벌써 마누라한테 말해놨다. 내 얘긴 끝났어." 제발 죄송합니다만 *어르신* 그렇지만 어떻게 뭘 어째서? "얘기 끝났다니까!"

지브릴 파리슈타는 바바사헤브가 자신을 가엾게 여겨 미래도 없는 길거리에서 건져준 까닭을 끝내 들을 수 없었지만, 차츰 사정을 짐작하게 되었다. 마트레 부인은 가냘픈 여자라서 피둥피둥한 바바사헤브 옆에 있으면 꼭 연필 한 자루처럼 깡말라 보였지만 마음속에는 모성애가 가득해 차라리 감자처럼 뚱뚱해야 어울릴 듯싶었다. 남편이 귀가하면 그녀는 단것을 손수 입속에 넣어주었고, 새로 식구가 된 이스마일은 밤마다 BTCA의 위대하신 조합장께서 항의하는 소리를 들을 수 있었다. 이거 놔, 여보, 옷은 나 혼자서도 벗을 수 있다니까. 아침식사 때는 맥아죽을 듬뿍 퍼놓고 숟가락으로 떠먹였고, 출근하기 전에 머리도 빗겨주었다. 그들에게는 자식이 없었고, 젊은 나지무딘은 자기가 그런 짐을 덜어주길 기대하는 바바사헤브의 심정을 이해할 수 있었다. 그러나 이상하게도 마나님은 이 젊은이를 아이로 취급하지 않았다. "보세요, 어엿한 청년이잖아요." 그녀가 말하자 불쌍한 마트레는 이렇게 호소했다. "이 빌어먹을 죽 따위는 저 꼬마한테나 퍼먹이란 말이야." 아뇨, 어엿한 청년이라니까요, 그러니까, "어른 대접을 해줘야죠, 여보,

애 취급을 하는 건 곤란해요." 마침내 바바사헤브가 벌컥 화를 냈다. "그렇다면 염병할, 나한테는 왜 이러는 거야?" 마트레 부인은 울음을 터뜨렸다. "내겐 당신이 전부잖아요, 아버지이기도 하고 연인이기도 하고 아기이기도 하고. 내 주인이면서 젖먹이라고요. 당신을 기쁘게 하지 못하면 내 인생은 아무것도 아니에요."

바바사헤브 마트레는 패배를 인정하고 맥아죽을 꿀꺽 삼켰다.

온갖 욕설과 고함으로 위장했지만 조합장은 원래 인정이 많은 사람이었다. 고아가 된 젊은이를 위로하려고 그 파란색 사무실에서 윤회 사상을 이야기했고, 혹시 네 부모가 아주 성스러운 삶을 살아서 최후의 은총을 얻었다면 또 모를까, 지금쯤은 어딘가에 새로 태어나도록 벌써 예정이 잡혔으리라 말하며 달래주었다. 그러므로 애당초 파리슈타가 부활 어쩌고 하는 일을 믿게 된 것은 바로 마트레 때문이었다. 부활만이 아니었다. 바바사헤브는 아마추어 심령술사였고 식탁 다리를 두드려 유리잔 속으로 신령을 불러들이는 사람이었다. 자신의 피보호자에게 그는 아주 그럴듯하게 신파적인 어조와 몸동작과 찡그린 표정을 섞어가며 말했다. "그러다가 죽도록 무서운 일을 당한 뒤로는 그런 짓을 그만뒀다."

한번은 (마트레가 이야기했다) 이 유리잔에 대단히 협조적인 신령이 들어왔는데, 지나칠 정도로 상냥한 친구더란 말씀이야, 그래서 몇 가지 거창한 문제를 물어보기로 했지. 하느님이 정말 있습니까, 그러자 생쥐처럼 뱅글뱅글 돌던 유리잔이 식탁 한복판에서 우뚝 멈추더니 아예 죽은듯이 꼼짝달싹도 않지 뭐냐. 그래서 난, 좋습니다, 그 질문에 대답하지 않겠다면 이건 어떻습니까, 하고 꺼낸다는 게 이번에는 악마가 정말 있습니까였어. 그랬더니 이 유리잔이—맙소사!—까딱까딱 흔들리기 시작하는데—잘 들어라!—처음에는 느릿느릿, 그러다가 점점 빨리빨리, 무슨 젤리처럼 흔들거리더니 갑자기 펄쩍 뛰는 거야!—이야호!—식탁 위에서 공중으로 휙, 그랬다가 누운 채로 떨어지면서—아이코!—천 조각하고도 한 조각으로 박살이 나고 말았지. 믿거나 말거나, 하고 바바사헤브 마트레가 말을 이었다. 바로 그때 그 자리에서 이런 교훈을 얻었지. 마트레, 네가 이해할 수 없는 일은 아예 건드리지도 마라.

이 이야기는 그것을 듣는 젊은이의 의식 속에 깊은 인상을 남겼다. 어머니가 죽기 전부터 그는 이미 초자연적 세계의 존재를 믿었기 때문이다. 이따금, 특히 공기가 끈적끈적해지는 오후의 열기 속에서 주위를 둘러보면 눈에 보이는 세계가, 그 속의 온갖 생물과 사물이 대기 속에 불쑥불쑥 솟아오른 뜨거운 빙산처럼 보였고, 그때마다 그는 그 모든 것이 사실은 걸쭉한 공기의 표면 아래 가라앉아 있다고 생각했다. 사람, 자동차, 개, 영화 광고판, 나무, 그 모든 것의 9할은 눈에 보이지 않는 곳에 감춰져 있다고. 눈을 깜박거리면 그런 환상이 희미해졌지만 그 느낌만은 사라지지 않았다. 성장하면서 그는 하느님과 천사와 악마와 마귀와 정령 따위를 소달구지나 가로등 기둥처럼 당연한 존재로 믿었고, 다만 지금껏 유령을 보지 못한 것은 자신의 시력이 부족한 탓이라고 생각했다. 그리고 언젠가는 마법의 안경사를 찾아 이 안타까운 근시안을 교정해줄 초록색 색안경을 사겠다는 꿈을 꾸었는데, 그렇게만 된다면 시선을 가로막는 저 짙은 공기를 뚫고 그 밑의 멋진 세상을 구경할 수 있으리라 믿었다.

어머니 나이마 나지무딘에게 그는 예언자 무함마드에 대한 이야기를 많이 들었는데, 설령 그녀의 이야기에 정확하지 않은 부분이 있더라도 그것을 확인하는 데는 관심이 없었다. 당시 그는 이렇게 생각했다. '얼마나 대단한 분이냐! 어느 천사인들 그런 사람에게 말을 건네고 싶지 않겠어?' 그러나 때로는 불경스러운 생각에 빠져들기도 했는데, 가령 어느 날은 마트레의 집에서 자기 침대에 누워 잠을 청하다가 비몽사몽간에 자기도 모르게 공상을 하게 되었고, 그때 그는 예언자가 부모를 잃고 빈털터리였던 시절에 부유한 미망인 카디자의 사업 관리자가 되어 큰 성공을 거두고 마침내 그녀와 결혼까지 했던 일을 생각하며 자신의 처지와 비교해보기 시작했다. 서서히 잠에 빠져들며 그는 장미꽃을 뿌린 침상에 앉아 있는 자신의 모습을 보았는데, 얼굴에는 얌전하게 사리 자락을 드리운 채 수줍은 웃음을 머금었고, 그때 새신랑 바바사헤브 마트레가 사랑스러운 듯 손을 내밀어 사리 팔루*를 걷으며 신부의 무릎에 놓인 거울을 통해 얼굴을 찬찬히 바라보았다. 바바사헤브와 결혼하는 이 꿈은 잠을 깨끗이 쫓아버렸고, 수치심에 뜨겁게 얼굴을 붉히며 그때부터 그는 이렇게 끔찍한 환상이 보이다니 자신에게 뭔가 추잡한 구석이 있는 것은 아닐까 걱정했다.

그러나 그의 신앙심이란 대체로 그리 두드러지지 않았고 특별한 관심을 기울여야 하는 부분도 아니었다. 바바사헤브 마트레가 자신을 자기 집으로 데려온 일에 대해서도 젊은이는 자기가 이 세상에서 혼자가 아니며 무엇인가 자기를 돌봐준다는 증거로 받아들였고, 그래서 스물

---

* 사리를 입을 때 어깨에 걸치는 부분으로, 결혼 첫날밤을 맞은 신부가 베일처럼 사용한다.

한 살이 되던 생일날 아침 바바사헤브가 그를 파란색 사무실로 불러들여 하소연도 일절 듣지 않고 다짜고짜 내쫓겠다고 했을 때도 그리 놀라지 않았다.

마트레는 빙그레 웃으며 힘주어 말했다. "넌 해고야. 네 녀석은 파면이니까 이젠 끝났다 이거야. 어서 꺼져버렷!"

"하지만 아저씨,"

"닥쳐라."

그러더니 바바사헤브는 이 고아에게 인생 최고의 선물을 주었다. 영화계의 전설적인 거물 D. W. 라마 씨의 영화사에서 면접을 볼 수 있도록 주선해두었다고 말해주었다. "그건 체면치레일 뿐이야. 라마는 내 절친한 친구라서 벌써 다 얘기해놨다. 처음에는 작은 배역일 테고 그 다음은 너한테 달렸어. 이젠 내 앞에서 사라져라. 그리고 그 겸손한 표정은 집어치워라, 어울리지도 않으니까."

"하지만 아저씨,"

"너 같은 녀석은 한평생 음식이나 나르기엔 너무 잘생겼단 말이야. 이젠 나가라, 당장, 가서 호모 영화배우가 되든지 하라고. 나는 벌써 오 분 전에 너를 해고했으니까."

"하지만 아저씨,"

"내 얘긴 끝났어. 네 행운의 별에게나 감사해라."

그리하여 그는 지브릴 파리슈타가 되었다. 그러나 처음 사 년 동안은 스타가 되지 못한 채 부산스럽고 우스꽝스러운 단역을 전전하며 수습 기간을 보냈다. 그러나 그는 마치 미래를 훤히 내다볼 수 있다는 듯

서두르지 않고 침착한 태도를 유지했는데, 지극히 이기적인 영화계에서 이렇게 야심이 없어 보이는 모습 때문에 일종의 아웃사이더가 되었다. 사람들은 그가 멍청하거나 건방지거나 아니면 둘 다라고 생각했다. 그리고 이 쓸쓸한 사 년 동안 그는 단 한 명의 여자에게도 입맞춤을 하지 못했다.

스크린 안에서 그는 늘 희생물이었다. 천 년이 지나도 자기를 좋아할 턱이 없음을 모르고 미녀를 사랑하는 얼간이, 익살꾼 삼촌, 가난한 친척, 동네 천치, 하인, 솜씨 없는 도둑놈 등등, 도대체 러브신을 찍을 만한 배역은 한 번도 맡지 못했다. 여자들은 그를 걷어차거나 따귀를 때리거나 놀리거나 비웃을 뿐이었고, 필름 속에서 사랑이 담긴 눈으로 그를 쳐다보거나 노래를 불러주거나 그의 주위를 맴돌며 춤을 추는 일 따위는 전혀 없었다. 스크린 밖에서는 촬영소 부근의 휑뎅그렁한 방 두 개짜리 아파트에 혼자 살았고, 여자가 옷을 벗은 모습은 상상 속에서만 볼 수 있었다. 사랑이나 욕망을 마음속에서 지우려고 공부를 했다. 잡식성 독학생이 되어 유피테르의 수많은 아바타, 꽃이 된 소년, 거미 여인, 키르케 등등 그리스와 로마의 온갖 변신 신화, 애니 베전트*의 신지학神智學, 통일장 이론, 예언자 무함마드가 활동 초기에 겪었던 '악마의 시' 사건, 그가 의기양양하게 메카로 돌아온 후 하렘에서 진행된 온갖 술책, 그리고 나비들이 제발 먹어달라고 소녀의 입속으로 날아든다느니, 얼굴 없는 아이들이 태어난다느니, 어떤 소년은 전생에 대해, 예컨대 보석이 가득한 황금 요새 따위에 대해 터무니없이 자

* 영국 사회개혁가로 신지학에 심취했으며, 인도의 사회개혁과 교육 향상에 힘썼다.

세한 꿈을 꾼다느니 하는 초현실적 신문기사 등등을 닥치는 대로 먹어 치웠다. 그렇게 온갖 지식으로 머릿속을 채웠지만 불면증에 시달리는 야심한 시각이면 자신의 내부에 아직 써보지 않은 무엇, 어떻게 사용해야 좋을지 자기도 모르는 무엇이 가득하다는 사실을 부인할 수 없었다. 사랑이었다. 꿈속에서 그는 견딜 수 없을 만큼 다정하고 아름다운 여인들에게 괴롭힘을 당했고, 그래서 차라리 깨어 있는 편이 낫다고 생각하여 억지로 온갖 잡지식을 되새기며, 남들보다 많은 사랑을 가슴에 품었는데도 그것을 바칠 상대는 지상에 단 한 명도 없다는 비애감을 억누르려 했다.

그에게 큰 기회가 찾아온 것은 신화영화의 시대가 시작되면서부터였다. 『푸라나』*를 바탕으로 노래와 춤과 익살꾼 삼촌 따위를 뒤섞어 영화를 만들었는데, 그것이 성공을 거두자 모든 신이 저마다 스타가 될 기회를 얻었다. D. W. 라마가 가네샤** 이야기로 영화를 제작할 때만 하더라도 흥행을 주도하는 배우 중에서 처음부터 끝까지 코끼리 가면을 뒤집어쓴 채 찍어야 하는 영화에 출연하려는 사람은 아무도 없었다. 그것이 지브릴의 첫 히트작 〈간파티 바바〉였다. 그는 갑자기 슈퍼스타가 되었지만 긴 코와 귀를 붙인 상태에서였다. 지브릴은 모두 여섯 편의 영화에서 코끼리 신을 연기한 후 비로소 두껍고 덜렁거리는 회색 마스크를 벗을 수 있었는데, 이번에는 긴 털북숭이 꼬리를 달고 원숭이왕 하누만이 되어야 했다. 『라마야나』***보다는 홍콩에서 만든

---

* 인도의 신화 성시집(聖詩集).

** 코끼리 모습을 한 부(富)와 지혜의 신.

*** 고대 인도의 산스크리트어 서사시.

싸구려 텔레비전 시리즈를 더 많이 모방한 어드벤처 영화 시리즈였다. 그런데 이 시리즈가 굉장한 인기를 끌어, 화끈하게 놀 줄 알아서 '폭죽'이라는 별명이 붙은 수녀원 부속학교 학생들이 즐겨 찾는 파티장에 모인 도시 청년들 사이에 원숭이 꼬리가 유행할 정도였다.

하누만 이후에는 아무것도 지브릴을 가로막을 수 없었다. 이렇게 경이로운 성공을 거두자 그는 수호천사가 있음을 더욱 확신하게 되었다. 그러나 성공은 유감스러운 결과를 가져오기도 했다.

(결국 여기서 가엾은 레카의 비밀을 누설하는 수밖에 없겠다.)

가짜 머리를 가짜 꼬리로 바꾸기 전부터 그는 이미 여자들에게 참을 수 없을 만큼 매혹적인 남자였다. 명성은 엄청난 매력을 지녔으므로 어떤 아가씨들은 정사중에도 가네샤 가면을 써달라고 부탁했지만 그는 신의 위엄을 존중하려고 거절했다. 워낙 순진하게 교육받은 지브릴은 당시만 하더라도 양과 질을 분간하지 못하고 그간의 아쉬움을 한꺼번에 벌충하려 들었다. 성교 상대가 하도 많아 여자가 방을 나서기도 전에 이름을 잊어버리는 일도 드물지 않았다. 그는 바람둥이 중에서도 최악의 바람둥이가 되었을 뿐 아니라 시치미를 떼는 재주까지 익혔다. 신의 역할을 맡으려면 나무랄 데 없이 깨끗해야 하기 때문이다. 난잡하고 방탕한 생활을 감쪽같이 숨겼다. 오죽했으면 옛 보호자 바바사헤브 마트레가 임종의 자리에서, 어엿한 남자임을 증명하기 위해서라도 제발 결혼하라고 애원까지 했을까. 그가 젊은 다바왈라 지브릴을 환상과 검은 돈과 욕망의 세계로 내보낸 후 십 년이 지났을 때였다. "도대체 이 녀석아, 그때 내가 호모가 되라고 했던 말은 진담이 아니었단 말이다. 어른을 공경해도 한도가 있어야지." 지브릴은 두 손을 번쩍 들며 자신은 결코 그런 망측한 놈이 아니라고, 좋은 여자가 나타나기만 하면 언제든지 식을 올리겠다고 약속했다. "뭘 기다리냐? 하늘에서 여신이 나타나길 바라? 그레타 가르보나 그레이스칼리* 같은 여자?" 노인은 객혈까지 하며 외쳤지만 지브릴은 수수께끼 같은 미소를 지으며 그 자리를 떠났고, 그래서 노인은 완전히 마음을 놓지 못한 채 생을 마감했다.

지브릴 파리슈타가 섹스의 눈사태 속에서 헤어나지 못하는 사이에 그의 가장 훌륭한 능력은 깊이 파묻히고 말았다. 진짜 사랑, 깊디깊고 아무런 거리낌도 없는 사랑, 그에게는 그런 사랑의 능력도 있었는데 이 희귀하고 섬약한 재능을 미처 써보지도 못하고 영영 잃게 될지도 모르는 상황이었다. 한때는 마법사의 칼날처럼 가슴을 후벼파는 사랑의 갈망 때문에 괴로워했는데 병에 걸릴 무렵에는 벌써 그런 기억조차 까맣게 잊어버린 뒤였다. 꿈속의 여인들 때문에 애태우던 일도, 차라리 심장이 없었으면 좋겠다고 생각하던 일도 언제 그랬냐는 듯이, 요즘은 밤마다 격렬한 운동을 마친 후 쉽게 잠들었고 오래오래 곤하게 잘 수 있었다.

구름 속에서 나타난 레카 메르찬트가 지브릴에게 말했다. "당신 문제는 말이야, 무슨 까닭인지 사람들이 언제나 당신을 용서해줬다는 점이야. 말하자면 살인을 저지르고도 매번 무사히 풀려난 셈이거든. 당신이 저지른 죄에 책임을 묻는 사람이 아무도 없었다고." 지브릴은 반박하지 못했다. 레카가 고함을 질렀다. "참 놀라운 재주라니까! 자기가

* 영화배우 그레이스 켈리의 변용. 칼리(Kali)는 시바신의 아내로 파괴의 여신이지만 꽃봉오리라는 뜻도 있다.

어디 출신이라고 생각하는지 모르겠지만 당신은 시궁창에서 기어나왔을 뿐이야. 무슨 병균이 있는지 알 게 뭐야."

그러나 그 시절의 지브릴은 여자라는 존재가 원래 그런 거라고 생각했다. 여자들은 배설을 위한 도구이며, 내가 떠나더라도 천성이려니 이해하고 용서하리라. 사실 그는 많은 여자를 버렸고 천 가지하고도 한 가지 잘못을 저질렀지만 그를 원망하는 여자는 아무도 없었다. 구름구멍 속에서 레카는 도대체 낙태가 몇 번이고 상심한 여자가 몇 명이었느냐고 따졌다. 지난 세월 동안 지브릴은 여자들의 끝없는 너그러움 덕분에 혜택을 입었지만 피해도 없지 않았다. 그런 관대함 때문에 한없이 깊고 감미로운 타락의 늪으로 빠져들었기 때문이다. 즉 자신은 아무 잘못도 없다고 생각하게 되었다.

레카: 그녀가 지브릴의 삶에 뛰어든 것은 그가 에베레스트 빌라의 펜트하우스를 샀을 때 이웃으로서 그리고 사업가로서 그에게 양탄자와 골동품을 보여주겠다고 나서면서부터였다. 때마침 그녀의 남편은 볼베어링 제조업자들의 국제회의에 참석하느라 스웨덴 고텐부르크로 갔는데, 남편이 없는 사이에 지브릴을 자기 집으로 초대했다. 그곳에는 자이살메르*의 석제 격자창, 케랄라주州의 궁전에서 가져온 조각된 나무 난간, 그리고 지금은 욕조로 전락해버린 무굴제국의 석제 차트리, 즉 둥근 돔이 있었다. 그녀는 대리석 벽에 등을 기대고 그 서늘한 돌결을 느끼며 지브릴에게 프랑스 샴페인을 따라주었다. 그가 샴페인을 홀짝이자 레카는, 신들은 술을 안 드실 텐데요 하며 놀렸고, 지브릴

* 라자스탄주의 타르 사막에 있는 요새 도시.

은 아가 칸*의 인터뷰 기사에서 읽은 말로 대답했다. 아, 이 샴페인은 과시용일 뿐, 내 입술에 닿는 순간 물로 변하죠. 그후 그녀가 그의 입술을 만져보다가 그의 품으로 녹아들기까지는 오랜 시간이 걸리지 않았다. 그러나 *보모*와 함께 학교에 갔던 자식들이 돌아왔을 때 그녀는 흠잡을 데 없이 단정한 머리와 옷맵시로 거실에 앉아 지브릴에게 양탄자 사업의 여러 비밀을 털어놓았다. 아트 실크라는 말은 예술적artistic이 아니라 인공적artificial이라는 뜻이고, 자기가 펴낸 소책자에 실린 어떤 양탄자는 새끼 양의 목털로 만들었다며 제법 매력적으로 설명해놓았지만 그 말에 속지 말라고 말해주었다. 사실은 말이죠, 저질 양털이라는 뜻이거든요, 어쩔 수 있나요, 광고라는 게 그렇죠 뭐.

지브릴은 그녀를 사랑하지 않았고, 그녀에게 충실하지도 않았고, 그녀의 생일을 번번이 잊어버렸고, 전화를 걸어달라고 애원해도 무시했고, 하필 볼베어링의 세계에서 찾아온 식사 손님들 때문에 지극히 불편한 상황일 때 불쑥불쑥 찾아오곤 했지만 다른 여자들처럼 그녀도 그를 용서했다. 그러나 겁먹은 듯 말없이 용서해주는 다른 여자들과는 달랐다. 레카는 미친듯이 불평을 늘어놓으며 그를 나무랐고, 쓸모없는 *부랑자*, *불한당*, *개새끼*라고 고래고래 소리치며 욕설을 퍼부었고, 심한 경우에는 있지도 않은 여동생과 붙어먹는 나쁜 놈이라며 말도 안 되는 비난을 해대기도 했다. 그렇게 인정사정없이 몰아붙이며 영화 스크린처럼 거죽만 번드르르한 놈이라고 나무라다가도 결국 용서하고 다시 블라우스를 벗기도록 허락했다. 지브릴은 레카 메르찬트의 시끌

* 이스마일파 이슬람교도의 정신적 지도자를 가리키는 세습적 명칭. 여기서 말하는 당대의 아가 칸은 세계적인 억만장자이며 악명 높은 바람둥이였다.

벅적한 용서의 과정에 홀딱 반해 사족을 못 쓰고 이 독설의 매질을 남자답게 묵묵히 견뎌냈다. 레카 자신도 볼베어링의 제왕을 속였으니 그리 떳떳한 입장은 아니었지만 그래서 오히려 더 감동적이었고 지브릴은 그런 말을 입 밖에 내지 않았다. 다른 여자들의 너그러움은 별다른 감명을 주지 못했고, 그래서 용서한다는 말이 떨어지기가 무섭게 깨끗이 잊어버렸지만 레카의 경우는 달랐다. 지브릴은 자꾸 그녀를 다시 찾게 되었고, 그때마다 그녀는 그를 욕하다가 다시 그녀만 아는 방법으로 위로해주었다.

그러다가 지브릴이 죽을 고비를 맞이했다.

아시아의 땅끝에 자리잡은 카냐쿠마리의 코모린곶에서 격투 장면을 촬영중이었는데, 그 지점은 정말 세 개의 바다가 맞부딪히는 듯한 곳이었다. 세 무리의 파도가 각기 동쪽 서쪽 남쪽에서 밀려와 물의 손으로 엄청난 손뼉을 치며 충돌하는 와중에 지브릴은 완벽한 타이밍으로 날아온 주먹에 정통으로 턱을 얻어맞은 후 그대로 정신을 잃고 세 바다가 일으키는 물거품 속으로 떨어졌다. 그리고 일어나지 못했다.

우선 사람들은 모두 주먹을 휘둘렀던 덩치 큰 영국 스턴트맨 유스터스 브라운을 비난했다. 그는 격렬하게 항의했다. N. T. 라마 라오 주지사의 수많은 신화영화에서 그를 상대했던 사람이 바로 내가 아니더냐? 그때도 그 노인네를 다치지 않으면서 멋져 보이도록 하는 완벽한 솜씨를 발휘하지 않았더냐? 당시 라마 라오는 때리는 시늉만 한 것이 아니었지만 내가 언제 한 마디라도 불평했더냐? 한 끼 식사거리도 안 되는 조그마한 노인네에게 얼이 빠지도록 얻어터져 온몸이 시퍼렇게 멍들었지만 언제 한 번이라도 화를 낸 적이 있었더냐? 그래서 어쨌다는 거냐고? 어떻게 그런 내가 저 불멸의 지브릴을 다치게 했다고 생각할 수 있단 말이냐? 그러나 그는 결국 해고되었고 경찰은 만일에 대비하여 그를 구치소에 보호했다.

하지만 지브릴을 때려눕힌 것은 그의 주먹이 아니었다. 이 스타가 그를 위해 마련된 공군 제트기편으로 봄베이의 브리치 캔디 병원으로 수송된 후, 철두철미한 검사에서도 아무것도 알아내지 못한 후, 혈구 수가 정상 수치인 15에서 치명적인 4.2로 뚝 떨어져 지브릴이 의식불명 상태로 죽어갈 때 병원측 대변인은 브리치 캔디의 희고 널찍한 계단에서 전국의 기자들을 만나 이렇게 밝혔다. "괴상한 수수께끼가 아닐 수 없습니다. 신의 뜻이라고 해도 좋겠지요."

지브릴 파리슈타는 뚜렷한 이유도 없이 전신에서 내출혈을 일으켜 그야말로 몸속으로 피를 흘리며 죽어가는 중이었다. 최악의 순간에는 직장과 성기에서 핏물이 배어나기 시작했고 금방이라도 눈 코 귀에서 펑펑 쏟아질 듯했다. 그는 이레 동안 그렇게 피를 흘렸고, 수혈뿐만 아니라 의학적으로 알려진 응혈제를 총동원했고, 그중에는 농축된 형태의 쥐약도 있었는데, 이 치료를 통해 약간의 효과를 보았으나 의사들은 이미 그를 포기한 터였다.

인도 전역이 지브릴의 병상에 시선을 집중했다. 모든 라디오 뉴스에서 그의 병세를 톱기사로 다루었고, 전국적인 텔레비전 방송망에서도 매시간 뉴스 속보를 내보냈고, 워든 로드에는 너무 많은 군중이 모여들어 경찰이 강제로 해산시켜야 했다. 안 그래도 하나같이 눈물을 흘리며 울부짖는 50만 애도 인파에 경찰은 라티*와 최루가스를 사용했다. 총리**도 공식 일정을 취소하고 날아와 지브릴을 문병했다. 항공사

파일럿인 총리의 아들은 파리슈타의 병실에 앉아 배우의 손을 꼭 붙잡았다. 나라 전체가 걱정하는 분위기였다. 신께서 자신의 가장 유명한 화신에게까지 이런 징벌을 내리셨으니 나머지 백성에게는 또 어떤 무서운 벌을 내리실까? 전국의 성원이나 신전은 수많은 신자들로 발 디딜 틈도 없었는데, 그들은 죽어가는 배우의 목숨뿐 아니라 미래와 자신들을 위해서도 기도를 올렸다.

그런데 누가 병원으로 지브릴을 찾아가지 않았을까? 누가 편지를 쓰지 않고, 전화도 걸지 않고, 꽃도 보내지 않고, 집에서 만든 맛있는 요리를 보내지도 않았을까? 수많은 연인들이 부끄러운 줄 모르고 그에게 쾌유를 기원하는 카드와 양고기 파산다***를 보냈건만, 볼베어링 같은 남편이 감쪽같이 모르게 그 누구보다 지브릴을 사랑하면서도 속으로만 끙끙 앓았던 여자가 누구였을까? 레카 메르찬트는 무쇠처럼 단단히 마음을 다져먹고 아이들과 놀아주거나 남편과 잡담을 나누거나 필요에 따라 손님들에게 여주인 노릇도 해가며 일상적인 삶을 영위했고, 절대로, 단 한 번도 참담한 심정을 내비치지 않았다.

지브릴이 회복되었다.

발병이 그랬듯이 회복도 신비로웠고 역시 신속했다. 이 현상도 (병원, 언론, 친지들은) 신의 뜻으로 간주했다. 국민 축제일을 선포했고 방방곡곡에서 불꽃놀이를 진행했다. 그러나 지브릴이 기력을 되찾았을 때 종전과 달라진 점이 명백히 드러났는데 그것도 매우 경악할 만

---

* 나무에 쇠를 입힌 인도 경찰봉.

** 인디라 간디.

*** 얇게 썬 고기를 요구르트 소스에 끓여낸 요리.

한 변화였다. 그는 믿음을 잃어버렸다.

그가 퇴원하던 날, 그가 구원받은 것을 축하하고 또한 자기들의 구원을 자축하기 위해 엄청난 군중이 모여들었는데, 경찰의 호위를 받으며 군중을 뚫고 빠져나가 자신의 메르세데스에 올라탄 지브릴은 운전사에게 뒤쫓아오는 차를 모두 따돌리라고 지시했고, 장장 일곱 시간 오십일 분이 소요된 이 작전이 끝날 무렵에는 다음에 할 일을 이미 정해놓은 뒤였다. 그는 타지호텔에서 리무진을 내려 곁눈질도 하지 않고 곧장 대식당으로 들어갔고, 그곳에는 금지된 음식들의 무게로 신음하는 뷔페 테이블이 있었고, 그는 모든 음식을 접시에 잔뜩 담았는데 윌트셔의 돼지고기 소시지와 소금에 절인 요크셔 햄과 어디서왔는지모를 베이컨에다 불신앙의 돼지고기 스테이크와 세속주의의 돼지 족발을 곁들이더니, 식당 한복판에 우뚝 선 채로, 어디선가 불쑥불쑥 나타나는 사진 기자들 앞에서, 허겁지겁 음식을 먹기 시작했는데, 죽은 돼지들을 입속에 쑤셔넣는 속도가 너무 급해 양쪽 입가에 베이컨 조각이 길게 늘어졌다.

병을 앓는 동안 그는 의식이 돌아올 때마다 한순간도 쉬지 않고 하느님에게 간절히 애원했다. 알라시여 당신의 종이 여기 누워 피를 흘리오니 지금껏 돌봐주신 저를 이제 와서 버리지 마옵소서. 알라시여 저에게 어떤 조짐을 보이시어, 무엇이든 당신의 은총을 나타내는 작은 표시를 보이시어 저로 하여금 이 병을 치유할 수 있는 힘을 제 안에서 찾아내게 하옵소서. 자비롭고 너그러우신 하느님, 제가 위기에 처한 지금, 가장 절박한 지금 제 곁에 함께 하시옵소서. 그러다가 문득 자신이 벌을 받는다는 생각이 들었는데, 처음에는 덕분에 고통을 견딜 수 있었지만 얼마 후에는 화가 치밀었다. 그는 소리 없는 말로 따졌다. 그만하면 됐습니다, 하느님, 살인을 저지르지도 않았는데 제가 왜 죽어야 합니까, 당신은 앙갚음입니까 사랑입니까? 신에 대한 분노 덕분에 다시 하루 더 버틸 수 있었는데, 분노가 수그러들자 이번에는 무서운 허탈감과 소외감이 밀려왔고, 자기가 텅 빈 허공을 향해 말했음을, 그곳에는 아무도 없음을 깨달았고, 자신이 이토록 어리석게 느껴지기는 평생 처음이었고, 그는 그 공허를 향해 호소했다. 알라시여, 그곳에 계시옵소서, 빌어먹을, 제발 있으시란 말입니다. 그러나 아무것도, 아무것도 아무것도 느낄 수 없었고, 그러던 어느 날 그는 이제 아무것도 못 느껴도 상관없음을 깨달았다. 바로 이 변신의 날부터 병세가 변화를 보였고 회복이 시작되었다. 그리고 자신에게 신의 부재를 증명하기 위해 그는 지금 시내에서 가장 유명한 호텔의 식당에 우뚝 선 채 돼지고기를 질질 흘려가며 먹어치웠다.

문득 접시에서 고개를 들자 한 여자가 그를 쳐다보고 있었다. 거의 백발로 보일 만큼 연한 금발이었고 피부는 산정의 얼음처럼 맑고 투명했다. 그녀가 그를 보고 웃더니 곧 돌아섰다.

"모르겠어요?" 지브릴은 소시지 부스러기를 마구 튀기며 그녀의 뒷모습을 향해 소리쳤다. "벼락이 안 떨어지잖아요. 그게 중요하죠."

그러자 그녀가 되돌아와 그의 앞에 섰다. "당신은 살아 있어요. 생명을 되찾았죠. 그게 더 중요해요."

지브릴은 레카에게 말했다: 그녀가 돌아서서 자기 쪽으로 걸어오는 순간 사랑하게 되었다고. 알렐루야 콘, 등반가, 에베레스트의 정복자,

금발의 야후단*, 얼음여왕을. 그녀의 도발적인 한마디, 삶을 바꾸지 못한다면 생명을 되찾은들 무슨 소용인가요, 그 말에 넋을 빼앗기고 말았지.

레카는 그를 구슬려보려 했다. "부활 어쩌고 하는 헛소리. 정말 터무니없네. 간신히 죽음의 문을 빠져나와 퇴원하더니 당장 엉뚱한 짓부터 저지르고, 정신 나간 사람 같으니, 그런데 그 자리에 짜자잔, 그 금발 계집애가 나타났단 말이지. 당신이 어떤 사람인지 내가 모를 것 같아? 그래서 이제 어쩔 거야, 지보, 내가 용서해주길 바라는 거야 뭐야?"

필요 없어. 그는 레카의 아파트를 나왔고 (집주인은 바닥에 엎드려 울음을 터뜨렸다) 다시는 그 집에 발을 들여놓지 않았다.

지브릴이 부정한 고기를 입에 잔뜩 문 채 그녀를 만난 후 사흘이 지났을 때 알리는 비행기를 타고 떠나갔다. 그들은 '방해하지 마시오'라는 팻말을 걸어놓고 그 사흘을 보냈지만 결국 의견 일치를 보았다. 이 세상은 냉정한 현실이고, 가능한 일은 가능하고, 불가능한 일은 불—, 짧은 만남, 스쳐지나가는 인연, 공항 대합실에서의 사랑. 그녀가 떠난 후 휴식을 취하며 지브릴은 그녀의 도전적 발언을 무시하려 애쓰며 자신의 삶을 원래대로 되돌려놓겠다고 마음먹었다. 믿음을 잃었다고 해서 그동안 하던 일을 못할 까닭은 없고, 햄을 먹는 사진 때문에 난생처음 추문에 휩싸이기는 했으나 그는 몇몇 영화의 출연 계약을 체결하고 다시 일을 시작했다.

그러던 어느 날 아침, 휠체어가 텅 비고 그가 사라졌다. 그리고 런던

* 유대인.

행 AI-420편에는 턱수염을 기른 이스마일 나지무딘이라는 승객이 타고 있었다. 이 747기는 낙원 중에서도 굴리스탄이 아니라 보스탄의 이름을 따서 명명된 비행기였다. 오랜 시간이 흐른 뒤 지브릴 파리슈타가 살라딘 참차에게 말했다. "다시 태어나려면 우선 죽어야 해. 나야 뭐 반쯤 죽었을 뿐이지만 그런 일을 두 번이나 겪었으니, 병원과 비행기에서 말이야, 합산하면 한 번은 죽은 셈이지. 그러니까 스푸노, 친구, 지금 여기 빌라예트의 진짜 런던에서 자네 앞에 서 있는 나는 다시 태어나 새로운 인생을 시작한 새사람이라고. 스푸노, 이거야말로 기차게 멋진 일이잖아?"

그는 왜 떠났을까?

그녀 때문에, 그녀의 도발적인 발언 때문에, 그 새로움 때문에, 둘이 함께 있을 때의 격렬함 때문에, 불가능한 일이 한사코 실현시켜달라고 요구했기 때문에.

그리고, 또는, 어쩌면: 돼지고기를 먹은 후 시작된 응징, 밤의 응징, 꿈이라는 형벌 때문에.

3

양손에서 각각 두 쌍의 손가락을 서로 엇갈리게 하고 엄지손가락을 빙빙 돌리는 마법의 비결을 사용한 덕분에 런던행 비행기가 무사히 이륙했을 때, 금연석 창가 자리에 앉은 마흔 살가량의 소심한 사내는 자기가 태어난 도시가 뱀의 허물처럼 멀어져가는 모습을 내다보며 잠시나마 안도의 표정을 떠올렸다. 다소 까다롭고 귀족적인 느낌을 주는 잘생긴 얼굴인데, 입술은 길고 두툼하며 입꼬리가 처져 마치 짜증내는 가자미 같고, 가늘게 휘어진 눈썹이 날카로워 보이고, 세상을 내다보는 눈동자에는 한순간도 방심하지 않는 경멸의 빛이 담겼다. 살라딘 참차 씨가 신중하게 만들어낸 얼굴인데—마음에 쏙 드는 얼굴이 완성되기까지는 몇 년이 걸렸고—그때부터 더 많은 세월이 흘러 지금은 그 얼굴을 자신의 본모습으로 생각하게 되었고—이젠 예전의 생김새가 어떠했는지조차 잊어버린 터였다. 그는 거기서 그치지 않고 얼굴에 어울리는 목소리까지 개발했는데, 나른하다못해 게으르게 들리는 모음과 칼로 벤 듯 돌발적인 자음이 불안한 대조를 이루었다. 얼굴과 목소리가 합쳐진 효과는 강렬했다. 그런데 이번에 십오 년 만에(지브릴 파리슈타가 영화계에서 스타덤을 누린 기간과 정확히 일치한다는 점을 지적해야겠다) 처음으로 고향땅을 방문하는 동안 기이하고 걱정스러운 현상이 발생했다. 불행하게도 목소리가(첫번째 변화였다), 그리고 뒤이어 얼굴마저도 주인을 실망시키기 시작했다.

그 일이 처음 일어난 것은—참차는 약간의 당혹감을 느끼며 손가락을 풀고, 자신에게 마지막까지 남은 이 미신적인 행동을 동료 승객들이 못 보았길 바라며, 눈을 감고 두려움의 섬세한 전율을 느끼며 회상했다—몇 주 전 동쪽으로 날아오던 비행기 안에서였다. 고공에서 페르시아만의 사막 모래밭 위를 지날 때였는데, 마비된 듯한 잠에 빠졌다가 유리 피부를 가진 기괴한 사람을 만나게 되었다. 그 남자는 온몸을 감싸고 있는 얇고 깨지기 쉬운 막을 손마디로 애처롭게 두드리며 살라딘에게 도와달라고, 이 껍질의 감옥에서 풀어달라고 애원했다. 참차는 돌을 집어 유리를 부수기 시작했다. 그러자 낯선 남자의 피부에 쩍쩍 금이 가더니 곧 거미줄 같은 핏물이 배어나왔고, 참차가 부서진 조각들을 떼어내려 하자 남자는 비명을 지르기 시작했다. 유릿조각에 붙은 살점까지 한꺼번에 떨어져나왔기 때문이다. 그런데 그 순간 스튜어디스가 잠든 참차에게 다가와 몸을 숙이며 그 족속 특유의 친절하면서도 무심한 태도로, 음료수 드릴까요, 손님? 음료수? 하고 물었고, 서서히 꿈에서 깨어나며 살라딘은 그토록 공들여 (그토록 오래전에!) 떼어버렸던 봄베이식 말투가 까닭 없이 되돌아왔음을 깨닫게 되었으니, 자기도 모르게 이렇게 중얼거렸다. "그래서 뭔데여? 술도 되나여?" 그리고 스튜어디스가, 뭐든 말씀만 하세요, 손님, 음료수는 다 무료예요, 하고 대답하자 또다시 자신을 배신하는 자기 목소리가 들려왔다. "그럼 좋아여, 비비*, 위스키소다나 한 잔 주세여."

얼마나 경악스러운 일인가! 그는 화들짝 놀라 깨어났고 술과 땅콩은 거들떠보지도 않은 채 좌석에 뻣뻣하게 앉아 있었다. 변형된 모음과 어휘를 통해 과거가 도로 되살아나다니? 다음은 뭘까? 머리에 코코넛 기름을 바르게 될까? 엄지와 검지로 콧구멍을 쥐어짜며 패앵, 요란하게 코를 풀어 그 끈적끈적한 은빛 오물을 휘리릭 날려보내게 될까? 프로레슬링에 열광하게 될까? 앞으로 또 어떤 잔인한 모멸감이 기다리고 있을까? 오랜 세월이 흘렀는데 이제 와서 '귀향'한다는 것 자체가 실수였건만, 그러니 퇴행현상이 안 일어날 까닭이 있나. 이치에 맞지 않는 여행이었으니, 시간을 부정하는 짓이었으니, 역사에 대한 반역이었으니 전체적으로 실패작이 될 수밖에 없었다.

난 지금 정상이 아니야. 심장 언저리에서 희미하게 뭔가 실룩거리는 느낌이 시작될 때 그는 생각했다. 그렇지만 그게 어쨌다는 거야, 하고 다시 씁쓸히 덧붙였다. 〈천국의 아이들〉에서 과장 연기의 명배우 프레더릭이 설명했듯이 어차피 '*배우들은 진짜 사람들이 아니다.*' 가면 속에 또 가면, 그러다가 갑자기 핏기 없는 두개골이 드러난다.

좌석 벨트 표시등에 불이 들어왔고, 난기류를 경고하는 기장의 음성,

* 아가씨, 부인.

그리고 비행기가 에어포켓 속을 들락거렸다. 저 밑에서 사막이 갈팡질팡 흔들렸고 카타르에서 탑승한 떠돌이 노동자가 대형 트랜지스터라디오를 부여잡고 토하기 시작했다. 사내가 좌석 벨트를 채우지 않은 것을 본 참차는 정신을 가다듬고 지극히 도도한 영국식 억양의 목소리를 끌어올렸다. "이것 보시오, 왜 그걸 하지 않고……" 그러면서 손짓을 해보였지만 그 사내는 살라딘이 아슬아슬하게 때맞춰 건네준 종이봉지에 토하면서도 고개를 가로젓고 어깨를 으쓱거리며 대꾸했다. "사히브*, 뭣하러요? 알라께서 제가 죽길 바라신다면 어차피 죽을 겁니다. 그게 아니면 안 죽겠죠. 그렇다면 안전띠가 무슨 소용이라요?"

빌어먹을 놈의 인도. 살라딘 참차는 소리 없이 욕하며 도로 좌석에 몸을 묻었다. 썩 꺼져버려라, 나는 벌써 오래전에 네 손아귀를 벗어났으니 다시는 나를 얽매지 못하리라, 다시는 이곳으로 끌고 오지 못하리라.

옛날 옛날 한 옛날에—정말인지 아닌지 몰라도, 옛이야기에서 말하듯이, 그랬는지 안 그랬는지 몰라도—사실이든 아니든 간에, 봄베이의 스캔들곶에 살던 열 살 먹은 소년 하나가 자기 집 앞 길바닥에서 지갑 하나를 발견했다. 학교에서 돌아오는 길이었다. 학교 버스 안에서는 땀에 절어 끈끈한 반바지 차림의 소년들 틈에 꽉 끼여 앉아 귀가 먹먹해

* 남성, 특히 유럽인에게 쓰는 경칭.

지는 소란에 시달려야 했는데, 그 시절에도 그는 남들의 땀냄새와 혼잡함과 시끄러운 소음을 싫어했으므로 오랫동안 덜컹거리며 집으로 돌아오는 동안 약간의 메스꺼움을 느끼다가 방금 차에서 내린 터였다. 그러나 발치에 떨어진 검은색 가죽 돈지갑을 보는 순간 메스꺼움은 깨끗이 사라졌고 그는 신이 나서 몸을 굽혀 지갑을 움켜쥐었고—펼쳐보았고—그 속에 가득한 지폐를 발견하고 환희를 느꼈고—게다가 루피화가 아니라 진짜 돈, 암시장이나 외환거래소에서 유통되는 돈—파운드화였다! 검은 물을 건너 머나먼 곳에 있다는 저 전설의 나라 빌라예트의 진짜 런던에서 날아온 파운드화. 두툼한 외화 다발에 넋을 빼앗겼던 소년은 잠시 고개를 들고 혹시 누가 보지나 않았는지 두리번거렸는데, 그 순간 마치 하늘에서 자신을 향해 무지개가 드리워지는 듯, 천사의 입김 같은, 기도에 대한 응답 같은 무지개가 뻗어 내려와 자신이 서 있는 바로 그 자리에 와닿는 듯했다. 지갑 속으로, 그 황홀한 보고를 향해 다가가는 소년의 손가락이 파르르 떨렸다.

"내놔." 소년이 자라서 나중에 생각했을 때 아버지는 어린 시절 내내 자신을 감시하는 듯싶었고, 굳이 재산이나 사회적 지위를 들먹이지 않더라도 창게즈 참차왈라는 몸집이 크다 못해 거인이라고 할 만한 사람이었지만 언제나 발걸음이 가벼웠고, 게다가 걸핏하면 살금살금 접근하여 아들이 하던 일을 훼방 놓는 버릇이 있었고, 밤이면 어린 살라후딘의 홑이불을 확 걷어내고 죄 많은 손에 힘껏 움켜쥔 창피스러운 남근을 드러내기 일쑤였다. 그리고 그는 각종 농약과 인조 비료의 전국 최대 생산자여서 항상 온갖 약품과 거름 냄새에 찌들었지만 백 마일하고도 일 마일 밖에서도 능히 돈 냄새를 맡을 수 있었다. 창게즈 참차왈라, 박애주의자, 엽색가, 살아 있는 전설, 민족주의 운동의 태두, 그러한 그가 느닷없이 자기 집 대문에서 튀어나와 아들의 낙담한 손에서 그 불룩한 지갑을 낚아챘다. "쯧쯧." 그는 파운드화를 자기 주머니에 넣으며 점잖게 타일렀다. "길거리에서 물건을 주우면 못 쓴다. 길바닥은 지저분하고 돈은 더 지저분해."

티크목으로 단장한 창게즈 참차왈라의 서재에 놓인 한 책장에는 리처드 버턴이 번역한 열 권짜리 『아라비안나이트』 한 질이 꽂혀 있지만 곰팡이와 책벌레에 서서히 파먹히는 중이었는데, 이는 책에 대해 뿌리 깊은 반감을 가진 창게즈가 책을 모욕하기 위해 이 유해한 물건들을 수천 권이나 사들여 읽지도 않고 썩어가도록 내버려두기 때문이었고, 이 전집 옆에는 마술 램프가 있었는데 구리와 놋쇠로 만들고 반짝반짝 광을 낸, 정령이 갇혀 있던 알라딘의 램프의 아바타였다. 누군가 문질러주기만을 간절히 기다리는 램프. 그러나 창게즈는 램프를 문지르지도 않았고 누가—이를테면 아들이—문지르는 것을 용납하지도 않았다. 그는 소년에게 이렇게 말했다. "언젠가는 네 것이 될 게다. 그때는 실컷 벅벅 문질러도 좋아. 그러면 안 나오는 게 없을 테니까 봐라. 하지만 지금 당장은 내 것이다." 마술 램프에 대한 이 약속 때문에 살라후딘은 언젠가 모든 고민이 말끔히 사라지고 가슴속 깊이 감춰진 욕망이 모조리 충족될 테니 그때까지 기다리기만 하면 된다고 생각했다. 그러다가 그 지갑 사건이 일어났는데, 이때 그 무지개의 마술은 자신을 위해, 아버지가 아니라 자신을 위해 나타났건만 창게즈 참차왈라는 그 황금 항아리를 빼앗아갔다. 그후 아들은 하루빨리 아버지에게서 벗어나지 못한다면 자신의 모든 희망이 질식되리라 확신하게 되었고 그 순간부터 떠나기 위해, 도망치기 위해, 이 위대한 인물과 자신 사이에 드넓은 바다를 두기 위해 필사적으로 노력했다.

살라후딘 참차왈라는 자기가 저 근사한 빌라예트, 그 마술 지갑이 암시하듯 빳빳한 파운드화가 잔뜩 쌓여 자신을 기다리는 그곳에서 살 운명임을 열세 살 이전에 벌써 깨달았고, 그에 따라 먼지와 천박함과 반바지 차림의 경찰과 복장도착자와 영화팬 잡지와 노숙자들, 그리고 원래는 카르나타카주의 옐라마교* 신자였으나 결국 그랜트 로드**에 있는 평범한 육체의 신전에서 무희 노릇을 하게 되었다는 노래하는 창녀들만 가득한 이곳 봄베이를 점점 더 참지 못하게 되었다. 이 도시의 방직공장도, 지방철도도, 온갖 혼란과 복잡함도 모두 지긋지긋했고, 다만 밤이나 낮이나 그를 사로잡는 꿈의 빌라예트, 평온과 절제가 있는 그곳을 갈망할 뿐이었다. 가장 좋아하는 동요도 이국의 도시들을 그리워하는 노래였다. 키치콘 키치키 키치콘 스탄티아이 키치오플 키치코플 키치콘스탄티노플. 그리고 가장 좋아하는 놀이는 '할머니 발자국' 놀이의 하나로, 그가 술래가 되면 살금살금 다가오는 친구들에게 등을 돌린 채, 무슨 *진언*처럼, 주문처럼, 저 꿈의 도시를 가리키는 여섯 글자를 빠르게 외웠다. 엘오엔 디오엔. 등뒤에서 친구들이 살금살금 다가오듯 마음속 깊은 곳에서 그는 한 글자 한 글자를 말할 때마다 소리 없이 런던을 향해 다가가고 있었다. 엘오엔 디오엔 런던.

살라후딘 참차왈라가 살라딘 참차로 변신하기 시작한 것은 이렇게 옛 봄베이에서부터였고, 트래펄가의 사자들이 포효하는 소리가 들릴

---

* 칼리와 흡사한 옐라마 여신을 섬기는 종파.

** 봄베이의 홍등가.

만큼 가까이 가게 된 것은 그보다 한참 뒤의 일이었다. 브라본 경기장에서 영국과 인도의 크리켓팀이 맞붙을 때마다 그는 영국이 승리하길, 이 경기를 만들어낸 영국인들이 인도 풋내기들을 물리치길, 그리하여 순리가 지켜지길 기원했다. (그러나 시합은 번번이 무승부로 끝났는데, 브라본 운동장의 삼주문三柱門이 깃털 침대처럼 선수들을 나른하게 만들기 때문이었다. 그래서 창조자 대 모방자, 제국 대 식민지라는 대명제도 미결로 남을 수밖에 없었다.)

열세 살이 되면서부터 그는 보모 카스투르바의 보살핌을 받지 않고 혼자 스캔들곶의 암반에 나가 놀 수 있게 되었다. 그러던 어느 날 (정말인지 아닌지 몰라도) 그는 수많은 기둥과 덧문과 작은 발코니가 있는 파르시 스타일의 저 크고 소금이 덕지덕지 붙은 부서져가는 집을 어슬렁어슬렁 나섰고, 아버지의 자랑이자 기쁨이며 저녁 빛을 받으면 무한히 넓다는 인상을 주기도 하는 (그리고 아버지도 정원사도 그 누구도 이름을 알지 못하는 화초나 나무가 대부분이라 해결되지 않은 수수께끼처럼 불가해한 느낌을 주는) 정원을 지나, 로마에 있는 셉티미우스 세베루스*의 개선문을 흉내내어 만든 웅장한 대문을 통과하여, 복마전처럼 시끌벅적한 거리를 지나, 방조제를 넘어, 마침내 작은 새우가 사는 조그마한 웅덩이가 즐비하고 검게 반짝이는 드넓은 암반에 이르렀다. 원피스를 입은 기독교인 계집애들이 킥킥거렸고, 접은 우산을 든 남자들이 말없이 서서 푸른 수평선을 응시했다. 검은 바위가 움푹 꺼진 곳에서 살라후딘은 한 웅덩이 쪽으로 몸을 굽힌 도티 차림의

* 로마 황제.

사내를 보았다. 시선이 마주치자 사내는 손가락 하나를 까딱거리며 살라후딘을 부르더니 곧 입술로 가져갔다. 쉿. 소년은 암반 웅덩이의 신비에 이끌려 낯선 사내에게로 다가갔다. 뼈만 앙상한 사람이었다. 상아로 만든 듯한 안경. 그리고 손가락이 까딱까딱, 까딱까딱, 미끼 달린 낚싯바늘처럼, 이리 오너라. 살라후딘이 내려가자 사내는 그를 꽉 붙잡고 한 손으로 입을 틀어막더니, 어린 손을 강제로 끌어다가 늙고 살 없는 다리 사이에 넣고 그곳에 있는 살뼈를 만지게 했다. 바람이 드나드는 도티. 살라후딘은 반항할 줄 모르는 소년이었다. 그는 강요당한 일을 순순히 해주었고, 그러자 사내는 미련 없이 그를 놓아주고 돌아섰다.

그후 살라후딘은 두 번 다시 스캔들곶의 암반에 나가지 않았고 그날의 일을 아무에게도 말하지 않았다. 어머니는 신경쇠약으로 쓰러질 테고 아버지는 네 잘못이라고 몰아붙일 게 뻔했기 때문이다. 낯선 사내의 앙상한 포옹 속에는 이 고향땅에서 그가 혐오스러워하는 모든 것, 싫어하고 욕하는 모든 것이 응축되어 있는 듯했고, 이제 그 사악한 해골에게서 벗어났으니 봄베이에서도 하루빨리 벗어나지 못하면 죽을 것만 같았다. 그는 그 생각에만 맹렬히 몰두하기 시작했고, 먹고 싸고 자면서도 쉴새없이 그 일에 모든 의지력을 집중시켰고, 아버지의 램프가 도와주지 않더라도 자기 힘으로 기적을 일으킬 수 있다고 자신을 설득했다. 자기 방 창문으로 날아 나가는 꿈을 꾸기도 했는데, 문득 아래를 내려다보니—봄베이가 아니라—진짜 런던이었다. 빅벤 넬슨기념비 로드선술집 블러디타워 여왕. 그러나 이 거대한 도시 위를 두둥실 날아갈 때 느닷없이 고도가 낮아지기 시작했고, 제아무리 몸부림치고 발버둥치고 공중헤엄을 쳐도 계속 빙글빙글 선회하며 서서히 대지를 향해 떨어지다가, 더 빨리, 점점 더 빨리, 마침내 거꾸로 선 채 비명을 지르며 도시를 향해, 세인트폴대성당, 푸딩레인, 스레드니들스트리트를 향해, 런던을 표적으로 잡은 폭탄처럼 곧장 내리꽂혔다.

∽

불가능한 일이 일어났을 때, 즉 아버지가 뜬금없이 영국 유학을 제안했을 때, 살라후딘은 내가 거추장스러워서 저러는구나, 그게 아니면 뭐겠어, 틀림없지, 하지만 선물로 받은 말이 어쩌고저쩌고* 하고 생각했고, 어머니 나스린 참차왈라는 울지 않고 충고를 해주었다. 그녀는 이렇게 경고했다. "영국 놈들처럼 지저분하게 살지 마라. 그놈들은 ㄸㄱㅁ을 휴지로만 닦는단다. 남이 쓰던 더러운 목욕물에 또 들어가고 말이야." 그러나 살라후딘에게 이런 지독한 비방은 오히려 어머니가 자기를 못 떠나게 하려고 안간힘을 쓴다는 증거로 보일 뿐이었고, 그래서 서로 사랑하면서도 그는 어머니에게 이렇게 대꾸했다. "엄마, 그건 터무니없는 말씀이에요. 영국은 위대한 문명국이라고요. 그런 얘기는 다 헛소리고."

어머니는 희미하게 불안한 미소를 지을 뿐, 반박하지 않았다. 나중에 아들이 떠날 때도 눈물을 보이지 않았으며 산타크루즈공항까지 따라가지 않고 대문 개선문 아래 서 있었다. 하나뿐인 자식이건만. 어머

* 선물받은 말(馬)의 입을 들여다보지 말라. 선물받은 물건을 흠잡지 말라는 뜻.

니는 아들의 목에 화환을 잔뜩 걸어주었는데 어머니의 사랑이 내뿜는 숨막히는 향기 때문에 머리가 어찔어찔했다.

나스린 참차왈라는 비길 데 없이 가냘프고 연약한 여자였다. 뼈대가 마치 팅카, 즉 가늘게 쪼개진 나뭇개비 같았다. 이렇게 왜소한 까닭에 어렸을 때부터 터무니없을 만큼 지나치게 강렬한 옷차림을 즐겼다. 그녀가 입는 사리의 무늬는 화려하다못해 천박했다. 큼직큼직한 마름모꼴 무늬를 수놓은 레몬색 실크, 어지러운 흑백 옵아트식 소용돌이무늬, 밝은 흰색 바탕에 립스틱을 발라 찍어낸 듯 거대한 입술 등등. 그러나 사람들은 그녀의 현란한 취향을 기꺼이 용서했다. 이렇게 정신없는 옷들을 입으면서도 정작 그녀 자신은 한없이 순진했기 때문에, 이런 의상의 불협화음 속에서 한없이 작고 예절 바른 목소리가 머뭇머뭇 흘러나왔기 때문에. 그리고 그녀가 베푸는 *야회* 때문에.

결혼한 이후로 나스린은 금요일 밤마다 참차왈라 저택의 홀들을—평소에는 거대한 납골당처럼 어두컴컴한 그곳을—밝은 빛과 화사한 친구들로 가득 채웠다. 어렸을 때 살라후딘은 문지기 노릇을 자청하고 보석과 헤어스프레이로 치장한 손님들을 대단히 정중하게 맞이했는데, 그때마다 손님들은 머리를 쓰다듬으며 귀염둥이니 미남 총각이니 하고 말해주었다. 금요일에는 온 집안이 떠들썩했다. 악사, 가수, 무용수, 라디오 실론에서 듣던 서양의 최신 히트곡, 색칠한 점토 *임금님*이 인형 말을 타고 달려가 저주와 목검으로 인형 적병의 목을 뎅겅뎅겅 날리는 인형극. 그러나 나머지 엿새 동안 나스린은 어둑어둑한 집안을 살금살금 돌아다녔는데, 마치 어둠에 잠긴 고요를 깨뜨릴까봐 두려운 듯 비둘기처럼 발끝으로 걸었고, 아들도 어머니를 본받아, 어딘가에 숨어 있을 도깨비나 마귀를 깨울세라 발소리를 내지 않는 요령을 익혔다.

그러나: 나스린 참차왈라는 그토록 조심하고도 목숨을 건지지 못했다. 죽음의 공포가 나스린을 엄습하여 결국 생명을 빼앗아간 것은 그녀가 가장 안전하다고 믿고 있을 때, 시시껄렁한 신문사진이나 헤드라인이 가득 찍힌 사리를 입고 샹들리에의 찬란한 불빛을 받으며 친구들에게 둘러싸였을 때였다.

어린 살라후딘이 화환과 충고를 받고 더글러스 DC-8기에 올라 서쪽으로 떠나간 후 오 년 반이 지났을 때였다. 앞에는 영국, 옆에는 아버지 창게즈 참차왈라, 저 밑에는 고향땅과 아름다움. 나스린이 그랬듯이 미래의 살라딘도 쉽게 울지 못했다.

처음 타보는 비행기에서 그는 행성간의 이주를 다룬 과학소설을 읽었다. 아시모프의 『파운데이션』, 레이 브래드버리의 『화성 연대기』. 그는 DC-8기가 우주선이라고 상상했다. '선민', 즉 신과 인류에게 선택받은 사람들을 싣고 상상조차 할 수 없는 머나먼 거리를 날아가는 우주 모선, 그 안에서 우생학적 관리를 통해 몇 세대를 이어가며 자기들이 뿌린 씨앗이 언젠가는 노란 태양이 비치는 어느 멋진 신세계에 뿌리내리길 기원하는 사람들. 그는 곧 생각을 정정했다. 따지고 보면 모선이 아니라 부선이지. 저 위대한 거인, *아빠*, 아버지가 여기 타고 계시니까. 열세 살 먹은 살라후딘은 최근까지 품었던 온갖 불신과 불만을 덮어버리고 아버지에 대해 다시금 어린애다운 사모의 정을 품었다.

전에는 아버지를 숭배하기도 했었, 었, 었으니까, 적어도 내가 자라서 스스로 생각할 능력을 갖기 전에는 좋은 아버지였으니까, 물론 이후로는 아버지와 말다툼이라도 벌이면 사랑을 저버리는 놈이라는 말을 듣게 되었지만, 이제 그만 잊기로 하자, 나는 아버지가 나의 신이 되어버린 것을 고발하노라, 그랬기에 그때 일어난 일은 믿음의 상실과도 같았느니…… 그렇다, 부선이다, 우주선이란 날아다니는 자궁이 아니라 쇳덩어리 남근이며 승객들은 그것이 쏟아내게 될 정자로다.

다섯 시간 반의 시차. 봄베이에서 시계를 거꾸로 뒤집으면 런던 시각을 볼 수 있다. 그로부터 여러 해가 지난 뒤 참차는 쓰라린 원한을 느끼며 이런 생각을 하게 되리라. 나의 아버지, 그가 시간을 뒤집은 것을 고발하노라.

그들은 얼마나 멀리 날아갔던가? 직선거리로 5천하고도 5백. 또는: 인도印度적인 세계에서 영국적인 세계로, 이루 헤아릴 수 없는 거리. 또는, 그다지 멀지 않은 거리, 왜냐하면 그들은 하나의 대도시에서 날아올라 다른 대도시에 내렸을 뿐이므로. 도시와 도시 사이의 거리는 언제나 짧다. 차라리 시골 사람이 시내까지 가는 백 마일이 훨씬 더 공허하고 어둡고 무서운 공간이다.

비행기가 이륙할 때 창게즈 참차왈라가 한 일은: 아들이 보지 못하게 하려고 애쓰며, 양손에서 각각 두 쌍의 손가락을 서로 엇갈리게 하고 양쪽 엄지손가락을 빙빙 돌렸다.

그리고 옛 타이번 교수대 자리에서 불과 몇 피트 떨어진 호텔에 들었을 때 창게즈는 아들에게 말했다. "받아라. 네 것이다." 그러면서 팔을 쭉 뻗어 내민 것은, 언제 보아도 금방 알아볼 수 있는 검은색 돈지갑이었다. "너도 이젠 어른이다. 받으라니까."

압류했던 지갑을 그 속에 들었던 현금과 함께 고스란히 돌려주었는데 사실은 창게즈 참차왈라의 계략이었다. 살라후딘은 평생 이런 계략에 속으며 살았다. 벌을 주려 할 때마다 아버지는 수입 초콜릿이나 크래프트 치즈 따위의 선물을 내놓았고, 아들이 받으려고 다가오면 얼른 붙잡았다. 그리고 어린 아들을 비웃었다. "당나귀 같은 놈. 언제나, 언제나, 당근만 보면 환장해서 제 발로 매맞으러 오는구나."

런던에서도 살라후딘은 성년 선물로 아버지가 내미는 지갑을 받아 쥐었다. 그러자 아버지가 말했다. "이제 어른이 됐으니 우리가 런던에 있는 동안은 네가 이 늙은 아비를 보살펴야 한다. 돈은 네가 다 내라."

1961년 1월. 거꾸로 뒤집어도, 시계와 달리, 여전히 똑같은 시간을 말해주는 해. 겨울이었다. 그러나 살라후딘 참차왈라가 호텔방에서 떨기 시작한 것은 겁에 질려 반쯤 정신이 나간 탓이었다. 황금 항아리가 별안간 마법사의 저주로 변해버렸기 때문이다.

기숙학교로 들어가기 전 런던에서 지낸 그 두 주간은 금전 등록기와 돈 계산으로 점철된 악몽이었다. 창게즈의 선언은 에누리 없는 진담이었고, 그래서 그 기간 동안 단 한번도 자기 주머니에 손을 넣지 않았다. 살라후딘은 파란 서지로 만든 더블 매킨토시와 빳빳한 착탈식 목깃이 달린 파랗고 하얀 줄무늬의 반호이젠 셔츠 일곱 벌 따위를 자기 돈으로 사야 했는데—단추에 익숙해져야 한다며 창게즈는 아들에게 날마다 그런 옷을 입혔다—그때마다 갓 튀어나온 울대뼈 바로 밑으로 무딘 칼날이 파고드는 듯했고, 그 밖에도 객실 요금을 비롯한 모든 비용을 모자라지 않도록 관리해야 했고, 그래서 너무 불안한 나머지 아버지에게 영화 한 편이라도, 단 한 편이라도, 심지어는 〈세인트 트리니언스의 생지옥〉조차도 보러 가자는 말을 못했고, 한 번이라도, 단 한 끼의 중국 음식이라도 먹으러 나가자는 말을 못했고, 먼 훗날에도 그토록 사랑하는 엘오엔 디오엔에 와서 보낸 그 두 주간을 생각하면 떠오르는 것이라고는 파운드 실링 펜스뿐이었으니, 옛날 저 철학자 임금 차나키아의 제자가 이 위대한 현인에게 이승에 살아도 살아 있는 게 아니라는 말씀이 무슨 뜻이냐고 물었을 때 대답 대신 가득 채운 물동이를 이고 축제 인파 속을 지나가되 단 한 방울이라도 흘린다면 사형에 처하겠다는 명령을 받았고, 그리하여 무사히 돌아오기는 했으나 머리 위에 놓인 물동이만 쳐다보며 장님처럼 더듬더듬 걷느라 그날의 축제에 대해서는 아무것도 설명하지 못했던 일과 똑같은 이치였다.

그 기간에 창게즈 참차왈라는 몹시 비활동적이었다. 먹고 마시는 일은 물론이고 그 밖의 어떤 일에도 일절 관심이 없는 듯, 다만 호텔방에 앉아 텔레비전을 보는 것으로 충분히 만족했고 특히 〈프린스톤 가족〉이 방송될 때는 더욱 즐거워했는데, 윌마 비비가 나스린을 연상시키기 때문이라고 아들에게 설명했다. 살라후딘은 자신도 어른임을 증명하려고 아버지와 똑같이 단식하며 더 오래 버티려 노력했지만 번번이 실패했고, 굶주림의 고통이 너무 심해지면 결국 호텔 근처의 싸구려 식당으로 나가, 진열창 속에서 꼬챙이에 꿰인 채 천천히 돌아가는 기름진 통닭구이를 샀다. 통닭을 들고 호텔 로비에 들어설 때는 창피스러워 직원들에게 들키지 않으려고 더블 매킨토시 속에 쑤셔넣었는데, 불룩하게 튀어나온 서지 외투에 통닭구이 냄새를 풀풀 풍기며 엘리베이

터를 타고 올라가노라면 얼굴이 확확 달아올랐다. 그는 그렇게 새가슴, 아니, 통닭 가슴이 되어 귀부인이나 리프트왈라*의 시선을 받으며 억누를 수 없는 분노를 느끼기 시작했고, 이 분노는 그로부터 사반세기가 넘도록 조금도 가라앉지 않고 가슴속에서 이글이글 타올랐다. 분노의 불길은 어린 시절의 아버지 숭배를 남김없이 태워버리고 그를 세속적인 사람으로 만들었으며, 그때부터 그는 어떤 신도 섬기지 않으려고 최선을 다하며 살았다. 그리고 아버지와 다르고 또한 아버지가 결코 될 수 없는 존재, 즉 철두철미철저한 영국인이 되기로 결심한 것도 어쩌면 그 분노 때문이었는지 모른다. 그렇다, 영국인, 설령 어머니의 말이 옳았더라도, 화장실에는 달랑 휴지만 있고 운동을 한 뒤에는 남들이 들어갔다 나와 때가 둥둥 떠다니는 미지근한 비눗물에 들어가야 할지언정, 겨울마다 얼마 안 되는 흐릿한 낮 시간 동안 그 앙상한 손가락으로 축축하고 가냘픈 햇빛을 움켜쥐려고 절망적인 노력을 기울이는 헐벗은 나무들을 바라보며 평생을 보내야 할지언정. 일찍이 홑이불 한 장 이상을 덮고 잔 적이 없는 그가 겨울밤이면 산더미 같은 모직 이불에 깔린 채, 옛 전설에서 신들의 저주를 받아 가슴에 돌덩이를 올려놓고 살아야 했던 사람을 떠올리곤 했다. 그러나 아무러면 어떠랴, 영국인이 되리라, 설령 친구들이 그의 목소리를 듣고 낄낄거려도, 자기들의 비밀에 끼워주지 않아도, 오히려 그런 따돌림은 결심을 더욱 굳어지게 할 뿐이었는데, 바로 그때부터 그는 연기를 시작했고, 친구들이 금방 알아볼 수 있는 가면, 백인의 가면, 어릿광대의 가면을 찾아내

* 승강기 운전자.

기 시작했고, 마침내 그들을 거뜬히 속여 괜찮은 놈, 우리-같은-부류라고 생각하게 만들었다. 감수성이 예민한 인간이라면 고릴라들을 설득하여 자신을 가족의 일원으로 받아들이고 귀여워하고 쓰다듬고 입속에 바나나를 넣어주도록 만들 수 있듯이 그는 친구들을 그렇게 감쪽같이 속였다.

(마지막 계산서까지 지불한 후, 그리하여 무지개의 끝에서 발견한 지갑이 다 비어버린 후, 아버지가 말했다. "그것 봐라. 세상은 네 힘으로 살아가는 거야. 내가 너를 어른으로 만들어준 거다." 그러나 어떤 어른으로? 그것만은 아버지들도 모른다. 적어도 미리 알지는 못하고, 알았을 때는 이미 늦기 마련이다.)

입학한 지 얼마 안 된 어느 날, 아침을 먹으러 내려와보니 접시 위에 훈제청어 한 마리가 놓여 있었다. 어디부터 시작해야 좋을지 몰라 한동안 멍하니 들여다보기만 했다. 그러다가 한 조각 먹어보니 입속에 작은 가시가 가득했다. 가시를 모두 끄집어내고 다시 한 입, 다시 가시. 다른 학생들은 그렇게 고생하는 그를 말없이 구경할 뿐이었다. 자, 내가 가르쳐줄게, 이건 이렇게 먹는 거야, 하고 말해주는 학생은 한 명도 없었다. 그 생선을 먹어치우는 데는 장장 구십 분이 걸렸고 그 일을 끝내기 전에는 식탁에서 일어날 수 없었다. 이때쯤에는 온몸이 부들부들 떨렸는데, 울 수만 있었다면 그 자리에서 울어버렸으리라. 그런데 그때 문득, 방금 중요한 교훈을 배웠다는 생각이 떠올랐다. 영국은 색다른 맛이 있고 뼈와 가시가 가득한 훈제생선이며 그것을 먹는 방법은 아무도 가르쳐주지 않는다. 그리고 그는 자신의 호전적인 일면을 발견했다. 그는 다짐했다. "너희에게 본때를 보여주마. 어디 두고 보자."

청어를 먹어치운 일은 그의 첫 승리였고, 영국 정복을 향한 첫걸음이었다.

정복왕 윌리엄은 영국의 모래를 한 줌 집어먹으며 시작했다고 한다.

∽

오 년 후 그는 학교를 마치고 고향집으로 돌아가 영국 대학의 학기가 시작되길 기다렸는데, 그 무렵에는 빌라예티*가 되기 위한 변신 과정도 꽤 많이 진척된 상태였다. 나스린이 아버지 앞에서 아들을 놀렸다. "저애가 얼마나 불평을 잘하는지 보라니까. 온갖 일에 어찌나 어마어마한 트집을 잡는지, 실링팬은 너무 헐겁게 매달아서 우리가 잘 때 떨어져 목을 잘라버릴 거라지 않나, 음식이 너무 기름지다고, 어째서 튀기지 않은 음식이 하나도 없느냐고 따지지 않나, 꼭대기 층 발코니는 안전하질 않고 페인트가 벗어진다느니, 정원이 너무 우거졌다느니, 도대체 우리를 무슨 밀림에 사는 야만인으로 생각하는지, 이젠 우리 나라 영화도 너무 조잡하다며 안 보고, 온갖 병균이 득시글거려 수돗물도 마음놓고 마실 수 없다니, 맙소사, 저애가 교육 하나는 정말 제대로 받았어, 여보, 우리 아기 살루가 영국에서 돌아오더니 저렇게 말도 잘하고 모든 게 세련됐네."

지금 그들은 잔디밭을 거닐며 바다로 뛰어드는 저녁 해를 바라보기도 하고 넓게 펼쳐진 거대한 나무 그늘로 들어가기도 했는데, 더러는

* 외국인, 특히 영국인.

뱀처럼 매끈하고 더러는 털이 북슬북슬한 이 나무들 중에서 살라후딘은 (이제는 영국 학교에서 그랬던 것처럼 살라딘으로 불러달라고 말하지만 앞으로도 한동안은 참차왈라라는 성을 그대로 쓰게 되는데, 나중에 어느 연극 에이전트가 상업적인 이유에서 그 성을 반토막으로 줄여버린다) 몇 종류의 이름을 알고 있었다. 잭프루트, 바니안나무, 자카란다, 숲불꽃나무, 플라타너스. 특히 작달막한 추이무이* 군락에 둘러싸인 한 그루는 살라딘의 생애를 말해주는 나무, 아들이 태어나던 날 창게즈가 손수 심은 호두나무였다. 이 생일나무 앞에 이르렀을 때 아버지와 아들은 어색함을 감출 수 없었고, 그래서 나스린의 가벼운 농담에도 제대로 대꾸하지 못했다. 살라딘은, 나무들의 이름을 알기 전에는 이 정원이 더 아름다운 곳이었는데 이제 다시는 되찾을 수 없는 무엇인가를 잃어버렸다는 우울한 생각에 사로잡혔다. 그리고 창게즈 참차왈라는 아들의 눈을 더는 마주볼 수 없었다. 그 속에 담긴 원한 때문에 심장이 얼어붙을 지경이었다. 오랫동안 아들과 헤어져 살며 이따금 그는 열여덟 살 먹은 이 호두나무에 하나뿐인 아들의 영혼이 깃들었다고 상상했는데, 이윽고 나무 앞에서 거칠게 돌아섰을 때 그의 입에서는 엉뚱한 말이 흘러나왔고, 그는 몹시 완고하고 냉정한 사람처럼 보였다. 그런 아버지가 되기는 싫었건만 어쩔 수 없이 그렇게 되지 않을까 걱정하던 모습 그대로였다.

창게즈는 우렁찬 음성으로 나스린에게 말했다. "당신 아들한테, 외국에 가서 기껏 제 민족을 경멸하는 버릇만 배워온 놈은 제 민족에게

* 미모사.

도 경멸당할 수밖에 없다고 말해줘. 도대체 저놈은 뭐야? 소공자야, 고관나리야? 이게 내 운명인가, 아들을 잃고 괴물을 얻는 게?"

그러자 살라딘이 아버지에게 대꾸했다. "아버지, 지금의 제 모습은 다 아버지께 배운 겁니다."

가족으로서의 대화는 그것이 마지막이었다. 그해 여름내 두 사람의 감정이 팽팽하게 맞섰고, 나스린이 화해시키려 했지만 소용없었다. 아버지께 사과드려야 한다, 얘야, 저 불쌍한 양반이 죽어라 괴로워하면서도 자존심 때문에 너를 껴안지 못하는구나. 하인 발라브 노인과 보모 카스투르바 내외도 화해시키려 나섰지만 아버지도 아들도 굽히려 들지 않았다. 카스투르바가 나스린에게 말했다. "성격이 똑같아서 탈이에요. 그 아버지에 그 아들, 콩 심은 데 콩, 팥 심은 데 팥."

그해 9월 파키스탄과의 전쟁이 시작되었다. 그러나 일종의 반항심에서 나스린은 금요일 파티를 취소하지 않겠다고 결정했는데, '힌두교도와 이슬람교도 사이에 증오뿐 아니라 사랑도 가능하다는 걸 보여주기 위해서'라고 했다. 그녀의 눈빛을 본 창게즈는 아예 설득해볼 생각도 못했고, 그 대신 하인들을 시켜 모든 창에 등화관제용 커튼을 설치했다. 그날 밤 살라딘 참차왈라는 영국제 디너재킷을 입고 마지막으로 예전처럼 문지기 노릇을 했다. 손님들이 도착했고—예전과 똑같은 손님들, 비록 나이가 들어 백발이 늘었지만 여전히 그 손님들—그들은 예전과 똑같이 그를 쓰다듬고 입을 맞추며 어린 시절의 향수를 불러일으켰다. "많이도 자랐구나. 참 훤하게도 생겼네." 그들은 전쟁의 공포를 감추려 애썼다. 라디오에서는 공습이 우려된다 말했고, 살라딘의 머리를 장난스럽게 헝클어뜨리는 그들의 손길은 가늘게 떨리거나 조금 거칠었다.

그날 저녁 사이렌이 울려퍼지자 손님들은 저마다 숨을 곳을 찾아 흩어졌다. 침대 밑으로, 벽장 속으로, 어디든. 음식이 즐비한 식탁 앞에 남은 사람은 나스린 참차왈라뿐이었는데, 사람들을 안심시키기 위해 그녀는 신문지가 찍힌 사리 차림으로 그 자리에 서서 아무 일도 없다는 듯 생선 한 조각을 먹었다. 그래서 죽음의 생선뼈가 목에 걸려 캑캑거리기 시작했을 때 그녀를 도와줄 사람은 아무도 없었다. 모두 눈을 질끈 감은 채 구석구석에 웅크리고 있었기 때문이다. 심지어 살라딘마저, 청어 정복자, 영국에서 돌아온 불굴의 살라딘마저 기가 죽었다. 나스린 참차왈라는 바닥에 쓰러졌고, 경련하며 헐떡이다 죽었고, 해제 사이렌이 들려왔을 때 멋쩍은 듯 하나둘씩 나타나던 손님들은 만찬실 한복판에서 숨이 끊어진, 죽음의 천사가 데려가버린, 봄베이식 표현에 의하면 칼리필리 칼라스, 즉 까닭 없이 망가져버린, 아무튼 영영 깨어나지 못하는 안주인을 발견했다.

∽

나스린 참차왈라가 외국 유학생 아들과 달리 생선뼈 하나 제대로 다스리지 못하여 사망한 후 일 년도 못 되었을 때, 아무런 언질이나 예고도 없이 창게즈가 재혼했다. 당시 영국 대학에 있던 살라딘에게 아버지의 편지 한 통이 날아들었는데, 창게즈는 편지글에서 늘 사용하는 그 짜증날 만큼 거드름을 피우는 케케묵은 문체로 아들에게 행복을 느끼라고 명령했다. '기뻐해라, 잃었던 것을 되찾았노라.' 봉함 항공엽서에 적힌 이 알쏭달쏭한 문장의 의미는 한참 더 내려가서야 비로소 밝혀졌는데, 새어머니의 이름도 나스린이라는 사실을 알게 되는 순간 살라딘의 머릿속에서 뭔가 홱 뒤집혔고, 그는 아버지에게 독기와 분노가 가득한 편지를 보냈다. 그 속에 담긴 감정의 격렬함이란 아버지와 아들 사이에만 있을 수 있는 것이었고, 언제라도 실제로 맞붙어 턱이 부서져라 주먹다짐을 하게 될 가능성이 잠재되어 있다는 점에서 어머니와 딸 사이의 그것과는 달랐다. 그 편지를 받는 즉시 창게즈도 답장을 보내왔다. 짧은 편지, 고풍스러운 욕설로 이루어진 네 줄짜리 편지, 불상놈 건달 갈개발 망나니 잡놈 후레자식 개차반. 결론은 다음과 같았다. '다시는 상종하지 않을 터이니 그리 알아라. 다 네놈이 자초한 일이니라.'

그리고 일 년쯤 무소식이더니 다시 편지가 왔는데, 용서의 편지랍시고 오히려 의절의 벼락을 때렸던 먼젓번 편지보다도 더욱 받아들이기 어려운 내용이었다. 창게즈 참차왈라는 이렇게 말했다. '너도 아버지가 되면 말이다, 나의 아들아, 이런 순간들을 알게 될 게다—아! 너무도 감미로워라!—사랑 가득한 아버지가 귀여운 아기를 무릎에 안고 있을 때 건드리지도 않았는데 느닷없이 아기가 오줌을 싸버리지. 한순간쯤은 불쾌감이 치솟고 분노의 물결이 밀려들 수도 있겠지만—다시 순식간에 사라져버리기 마련이란다. 다 큰 어른이 어린것을 나무랄 수야 없지 않겠느냐? 자기가 하는 짓을 알지 못하거늘.'

자신을 오줌싸개 갓난아기로 비유했다는 데 심한 모욕감을 느낀 살라딘은 엄숙한 침묵처럼 보이길 바라며 답장조차 하지 않았다. 법이 엄격해지기 직전에 이 나라에 입국한 덕분에 졸업할 무렵에는 영국 여권을 갖게 되었고, 그래서 창게즈에게 짤막한 편지를 보내서 아주 런던에 정착하여 배우의 길을 걷겠다는 결심을 밝혔다. 창게즈 참차왈라의 답장은 속달로 도착했다. '차라리 기둥서방이 되겠다고 해라, 이놈아. 내 생각에는 네 머릿속에 악마가 들어가 정신을 흐려놓은 게 틀림없구나. 그토록 많은 혜택을 누렸으면서 아무에게도 의무감을 못 느끼느냐? 조국에 대해서도? 죽은 네 어미에 대해서도? 네놈 자신의 영혼에 대해서도? 그저 환한 불빛 아래서 깝죽대고 우쭐거리며, 돈을 내고 네놈의 수치스러운 꼴을 구경하겠다는 낯선 사람들 앞에서 금발 계집애들에게 입이나 맞추며 평생을 보내겠다는 게냐? 네놈은 내 자식이 아니다. 마귀, *막된놈*, 지옥에서 기어오른 악마 같은 놈. 배우라니! 어디 대답 좀 해봐라. 내 친구들한테는 뭐라고 얘기하란 말이냐?'

그리고 서명 밑에는 토라진 기색이 역력해 오히려 측은해 보이는 추신이 붙어 있었다. '네놈에겐 이제 그 못된 정령이 있으니 마술 램프를 물려받을 꿈도 꾸지 말거라.'

ഗ

그뒤에도 창게즈 참차왈라는 아들에게 드문드문 편지를 보냈는데, 그때마다 악마와 신들림의 문제를 거론했다. '자신에게 진실하지 못한 자는 두 발 달린 거짓에 불과하며 그런 짐승을 만드는 것은 샤이탄*의 소행이니라.' 좀더 감상적일 때도 있었다. '아들아, 네 영혼은 여기 이

* 사탄.

호두나무에 안전하게 깃들었다. 악마는 네 육체를 차지했을 뿐이다. 그놈한테서 벗어나거든 돌아와서 네 불멸의 영혼을 되찾아라. 정원에서 잘 자라느니라.'

세월이 흐르면서 편지 속의 필체도 달라졌는데, 전에는 화려하고 자신감이 넘쳐 금방 알아볼 수 있더니 차츰 폭이 좁아지고 소박해지고 깔끔해졌다. 그러다가 결국 편지가 뚝 끊겼다. 그러나 다른 경로를 통해 살라딘은 초자연적 현상에 대한 아버지의 관심이 계속 깊어지더니 마침내 은둔자가 되고 말았다는 말을 들을 수 있었다. 마귀가 아들의 몸을 훔쳐가는 이 세상, 진실한 신앙심을 가진 사람에게 안전하지 않은 이 세상에서 달아나고 싶었는지도 모른다.

서로 멀리 떨어져 있는데도 아버지가 변했다는 소식은 살라딘을 당혹스럽게 했다. 그의 부모는 봄베이 사람에 걸맞게 느슨하고 시큰둥한 무슬림이었다. 창게즈 참차왈라의 어린 아들에게는 알라보다 아버지가 훨씬 더 신다워 보였다. 그랬던 아버지가, 세속의 신이었던 (비록 지금은 안 믿지만) 아버지가 그 나이에 무릎을 꿇고 메카를 향해 절을 하기 시작했다는 사실을 그의 무신론자 아들은 받아들이기가 힘들었다.

'그 마녀 때문이야.' 수사학적인 목적에서 그는 걸핏하면 마법과 마귀를 들먹이던 아버지의 말버릇을 빌려 생각했다. '그 나스린 2호. 내가 악마의 종이 되었다고, 뭐에 홀렸다고? 필체가 변해버린 사람은 내가 아닌데.'

편지는 더이상 오지 않았다. 여러 해가 지나갔다. 이윽고 살라딘 참차왈라, 배우, 자신을 창조한 자는 조지 버나드 쇼의 〈여갑부〉에서 인도인 의사 역을 맡아 프로스페로 단원들과 함께 봄베이로 돌아가게 되었다. 무대에서는 배역이 요구하는 대로 목소리를 가다듬었지만 극장 밖에서는 오랫동안 억눌렀던 말투, 폐기처분했던 자음과 모음이 새어 나오기 시작했다. 목소리가 주인을 배반했다. 그리고 그는 자신의 다른 부분도 모반을 일으킬 수 있음을 알게 되었다.

∽

스스로 자신을 만들어내려 하는 자는 어찌 보면 조물주의 역할에 도전하는 셈이며, 따라서 자연에 거역하는 자, 신성모독자, 괴물 중에서도 으뜸가는 괴물이라고 할 수도 있다. 그러나 다른 각도에서 본다면 그에게서 비애감을 느끼고 또한 위험을 무릅쓰는 용기와 분투노력에서 영웅성을 발견할 수도 있으리라. 모든 돌연변이가 살아남는 것은 아니기 때문이다. 그리고 사회정치적 관점에서 바라볼 수도 있다. 어차피 대부분의 이민자는 위장술을 익혀 변신하기 마련이다. 주변에 즐비한 거짓에 대항하는 자위수단으로 우리도 거짓 허울을 뒤집어쓰고 진정한 제 모습을 감추게 된다.

자신을 발명하는 자에게는 자신을 믿어줄 사람이 필요하다. 성공을 확인하기 위해서다. 또 신을 흉내낸다고 말할 수도 있겠다. 혹은 몇 단계 내려와 팅커벨을 떠올려도 좋다. 아이들이 손뼉을 쳐주지 않으면 요정은 존재하지 못한다. 혹은 간단히 이렇게 말해도 좋다. 인간의 속성일 뿐이라고.

남이 자신을 믿어줄 뿐 아니라 자신도 남을 믿어야 한다. 바로 맞혔다. 사랑이다.

살라딘 참차는 1960년대가 끝나기 오 년 반 전에, 그러니까 여자들이 아직도 머릿수건을 두르던 시절에 파멜라 러블레이스를 만났다. 그녀는 트로츠키주의자 여배우가 가득한 방 한복판에서 그 빛나는, 빛나는 눈을 그에게 고정시키고 있었다. 그는 저녁내 그녀를 독점했는데 그녀는 단 한 순간도 미소를 지우지 않다가 다른 남자와 함께 나갔다. 집으로 돌아간 그는 그녀의 눈동자와 미소, 날씬한 몸매와 피부를 꿈꾸었다. 그리고 이 년 동안 쫓아다녔다. 영국은 자신의 보물을 쉽게 내어주지 않는다. 그는 자신의 인내력에 놀랐고, 그녀가 자신의 운명을 손에 쥐었음을, 그녀가 마음을 허락하지 않는다면 그동안의 변신 노력도 허사임을 알았다. "허락해줘." 그녀의 하얀 양탄자 위에서 정중히 몸을 움직이며 애원했다. 그래서 깊은 밤 버스 정류장에 서 있을 무렵에는 하얀 보푸라기가 온몸에 묻어 무슨 짓을 하다 왔는지 증언해주었다. "나를 믿어줘. 내가 천생연분이야."

그러던 어느 날 밤, 정말 느닷없이, 그녀가 그를 허락했고 또한 믿는다고 말해주었다. 그녀의 마음이 바뀌기 전에 재빨리 결혼식을 올렸지만 그녀의 생각은 끝내 읽어낼 수 없었다. 그녀는 울적할 때마다 침실 문을 잠그고 틀어박혀 기분이 나아질 때까지 나오지 않았다. "상관하지 마. 이런 모습은 누구에게도 보여주기 싫으니까." 그는 그녀를 비단조개라고 불렀다. "열어줘." 함께 살면서도 그는 잠긴 문을 무수히 두드려야 했다. 처음에는 지하실, 다음은 작은 집, 다음은 저택. "사랑해, 문 열어." 그는 자신의 존재를 확인하기 위하여 너무도 절실히 그녀를 필요로 했고, 그래서 영구적으로 굳어버린 눈부신 미소 속에 깃든 절망을, 세상을 대하는 밝은 태도 속에 도사린 공포를, 그리고 환히 빛날 수 없을 때마다 숨어버리는 까닭을 미처 알지 못했다. 그러다가 때가 너무 늦은 뒤에야 비로소 그녀는 자기가 막 월경을 시작할 무렵 부모가 노름빚 때문에 동반 자살을 했다는 사실을 털어놓았다. 그들에게 물려받은 힘차고 귀족적인 음성 덕분에 남들에게 부러움을 사고 인기를 끌었지만 사실은 버림받고 어찌할 바를 몰랐으니, 부모는 그녀가 다 자랄 때까지 기다려주지도 않았으니, 고작 그 정도밖에 사랑받지 못했으니 당연히 자신감을 가질 수 없었고, 세상 속에서 살아가는 순간순간이 공포였고, 그리하여 그녀는 미소만 짓고 또 지을 뿐, 대략 일주일에 한 번꼴로 문을 잠가놓고 덜덜 떨며 껍데기, 빈 땅콩 깍지, 혹은 땅콩을 얻지 못한 원숭이 같은 기분을 느껴야 했다.

두 사람은 자식을 갖지 못했는데, 그녀는 그것도 자기 탓이라고 생각했다. 그러나 십 년 후 살라딘은 자신의 염색체에 이상이 있음을 알게 되었는데, 막대기 두 개가 너무 길었는지 너무 짧았는지는 기억나지 않았다. 아무튼 유전이었다. 지금 멀쩡히 살아 있다는 사실, 괴상망측한 기형아가 아니라는 사실부터가 행운이었다. 어머니 때문일까, 아니면 아버지일까? 의사들도 대답하지 못했지만 그는, 어느 쪽인지 뻔하지, 게다가 돌아가신 분을 나쁘게 생각하면 못쓰는 법이니까, 하고 생각했다.

최근 그들은 금슬이 별로 좋지 못했다.

그러나 나중에 그렇게 생각했을 뿐, 당시에는 아니었다.

나중에는 파경 위기를 맞았는데, 아기가 없는 탓이었는지도 모르고, 아니면 그냥 차츰 멀어졌는지도, 어쩌면 이래서, 어쩌면 저래서.

그러나 당시에는 모든 긴장감과 모든 삐걱거림과 끝내 말다툼으로 발전하지 못하는 모든 말다툼을 외면했고, 다만 눈을 감고 그녀의 미소가 되돌아오길 기다렸다. 그 미소를, 즐거움을 가장한 거짓 미소를 믿어버렸다.

그는 두 사람의 행복한 미래를 날조했다. 미래를 꾸며내고 스스로 믿어버림으로써 현실화하려 했다. 인도로 오는 길에도 그녀를 얻은 자신이 행운아라고 생각했다. 나는 행운아야 그래 정말이야 따지지 마 나야말로 세계 제일의 행운아라고. 그리고: 그늘진 가로숫길 같은 긴 앞날이 기다리리라, 온화한 그녀 곁에서 더불어 늙어가리라, 얼마나 멋진 일이냐.

그는 이렇게 하찮은 공상에 빠져들어 거의 진실로 믿게 되었고, 그래서 봄베이에 도착하고 사십팔 시간이 안 되어 지니 바킬과 잠자리에 들자마자 정사를 채 갖기도 전에 까무러쳐 완전히 의식을 잃고 말았는데, 두뇌 속에서 오가는 생각들이 서로 심각한 충돌을 일으켜 오른쪽 눈에 보이는 세상은 왼쪽으로 돌고 왼쪽 눈에 보이는 세상은 오른쪽으로 움직이는 듯했기 때문이다.

∽

함께 잔 인도 여자는 지니가 처음이었다. 그녀는 〈여갑부〉를 공연하던 첫날 밤 그의 분장실로 불쑥 들어와 팔을 마구 내저으며 걸걸한 목소리로 떠들어댔다. 오랜 세월이 흘렀는데도 알 바 없다는 듯이. 세월. "이봐요, 실망했어요, 정말, 당신이 피터 셀러스처럼 '아이고 야단났네'를 부르는 걸 들으려고 끝까지 앉아 있었는데 노래 솜씨가 얼마나 늘었는지 보고 싶었는데, 전에 당신이 스쿼시 라켓을 들고 엘비스 흉내를 낸 적이 있잖아요. 그땐 너무 웃겨서 배꼽 빠지는 줄 알았다니까. 그런데 이게 뭐예요? 이 연극에는 노래가 없잖아. 젠장. 그건 그렇고, 저 허연 백인 놈들은 떼어버리고 우리 워그*끼리 놀아보지 않을래요? 그게 어떤 기분인지 다 잊었는지도 모르지만."

살라딘이 기억하는 지니는 부지깽이처럼 깡마른 십대 소녀였다. 한쪽으로 기울어진 퀸트식 헤어스타일, 반대쪽으로 기울어진 미소. 대책 없는 불량소녀. 한번은 장난기가 발동해 포클랜드 로드의 악명 높은 아다, 즉 사창굴에 들어가더니 척 앉아 담배를 피우며 콜라를 마시기 시작했고, 머지않아 그 집 뚜쟁이들이 얼굴을 확 그어놓겠다며 협박을 해댔는데, 프리랜서는 용납할 수 없다고 했다. 지니는 그들을 빤히 쳐다보며 담배를 마저 피운 후 밖으로 나왔다. 겁도 없이. 미친 짓이었다. 그러나 삼십대 중반이 된 지금은 의사 면허를 취득해 브리치 캔디 병원에서 전문의로 환자를 받으며 이 도시의 무주택자들을 위해 일했고, 눈에 안 보이지만 사람들의 눈과 폐를 파괴하는 미제 구름에 대한 소식을 듣고 보팔로 달려가기도 했다. 또한 미술 비평가로서 정통성이라는 편협한 신화에 대해 책도 썼는데, 이 민속학적 구속복의 대안으로 그녀가 추구한 것은 역사적으로 증명된 절충주의의 윤리였고—따지고 보면 인도의 문화는 몸에 맞기만 한다면 아무 옷이나 빌려 입는다는 원칙, 가령 아리안식이든 무굴식이든 영국식이든 좋은 것은 취하고 나머지는 버린다는 원칙을 따르지 않나?—이 책은 예상대로 물의

* 인도인, 아랍인을 경멸적으로 일컫는 말.

를 일으켰는데 특히 제목의 영향이 컸다. '유일하게 착한 인도인'이라는 제목을 붙였기 때문이다. "그런 인도인은 죽은 인도인뿐이라는 뜻이죠." 그녀가 참차에게 책 한 권을 주며 설명했다. "인도인으로 사는 데 착하고 올바른 방법이 왜 필요해요? 그건 힌두근본주의일 뿐이에요. 사실 우리는 모두 못된 인도인이죠. 일부는 특히 더 나쁘고."

그녀는 요즘 아름다움의 절정을 맞이했다. 긴 머리를 풀어내렸고 몸매도 이젠 부지깽이가 아니었다. 그녀가 분장실에 들어선 후 다섯 시간이 지났을 때 그들은 한 침대에 들었고 그는 실신했다. 그가 깨어났을 때 그녀는 '내가 미키핀*을 먹였거든' 하고 설명했다. 진담인지 농담인지 알 수 없었다.

지나트 바킬은 살라딘을 작업 대상으로 삼았다. "교화시켜야겠어. 이봐요, 당신을 원래대로 되돌려놓겠다 이거예요." 살라딘은 그녀가 그 목적을 위해 자기를 산 채로 잡아먹으려는 게 아닐까 생각했다. 정사중의 그녀는 식인종 같았고 살라딘은 그녀의 인육이었다. 인육이 물었다. "채식주의와 식인 욕구 사이에 밀접한 관계가 있다는 거 알아?" 그러자 그의 벗은 허벅지를 뜯어먹던 지니가 고개를 저었다. 살라딘이 말을 이었다. "극단적인 경우엔 말이야, 푸성귀만 너무 많이 섭취하면 체내에 생화학 물질이 생겨 사람 잡아먹는 공상을 하게 된다는 거야." 지니는 고개를 들고 그 비스듬한 미소를 지었다. 지니, 아름다운 흡혈귀. "집어치워요. 우리가 채식성 국민이고 우리 문화가 평화롭고 신비적이라는 건 모르는 사람이 없다고."

---

* 마취제가 든 술.

정작 지니 자신은 살라딘에게 조심스럽게 다뤄주길 요구했다. 그가 처음으로 유방을 만졌을 때 그녀는 놀랍게도 뜨거운 눈물을 쏟아냈는데 빛깔도 농도도 물소젖과 흡사했다. 그녀는 어머니가 식탁에 오른 새고기처럼 조각조각 잘려 죽어가는 모습을 지켜보아야 했는데, 먼저 왼쪽 유방, 다음에는 오른쪽, 그래도 암은 계속 퍼졌다고 한다. 그녀는 어머니처럼 죽게 될까봐 두려워했으므로 가슴은 출입 금지 구역이었다. 겁 없는 지니의 은밀한 공포. 그녀는 아이를 낳은 적이 없지만 그녀의 눈은 젖을 흘렸다.

첫 정사를 나눈 후 그녀는 당장 작업을 시작했다. 눈물은 이미 잊어버렸다. "당신이 어떤 인간인지 말해줘요? 도망자, 인도인이라기보다 영국인, 무슨 깃발처럼 *영국식* 말투로 몸을 감싸고, 그렇지만 그 말투가 완벽하다는 착각은 하지 마요, 바바, 가짜 수염처럼 자꾸 떨어지니까."

살라딘은 '이상한 일이 벌어지고 있어, 내 목소리가' 하고 말하고 싶었으나 어떻게 표현해야 좋을지 몰라 입을 다물었다.

"당신 같은 작자들," 지니가 코웃음을 치며 그의 어깨에 입맞춤을 했다. "오랜만에 돌아와서는 자기가 뭐라도 되는 양 잘난 체하지. 그렇지만 천만의 말씀, 우리가 보기에는 별 볼일 없다고요." 그녀는 파멜라보다 더 환한 미소를 지었다. 살라딘이 대답했다. "지니, 그 비나카 미소는 어전하네."

비나카. 그 말이 어디서 나왔더라, 오랫동안 잊고 살았던 치약 광고? 그리고 다시 그 모음, 신뢰할 수 없는 발음. 조심해라, 참차, 그림자를 주의하라고. 슬금슬금 따라오는 저 시커먼 친구를.

둘째 날 밤에 그녀는 친구 둘을 데리고 극장에 찾아왔는데, 젊은 마르크스주의자이며 영화 제작자인 조지 미란다, 쿠르타* 소매를 걷어올린, 흐느적거리는 고래 같은 그는 기름을 발라 뾰족하게 다듬은 콧수염이 의외로 군인 같은 느낌을 주는 사람이었고, 시인이며 기자인 부펜 간디, 머리는 때 이른 백발이지만 얼굴은 아기처럼 순진해 보였는데, 킬킬거리며 교활하게 웃자 달리 보였다. 지니가 말했다. "어서 가요, 살라드 바바. 우리가 시내 구경을 시켜줄 테니까." 그러더니 친구들에게 돌아섰다. "외국에서 온 이런 아시아인은 도무지 부끄러운 줄을 모른단 말이야. 살라딘이라니, 무슨 양상추 샐러드야 뭐야?"

그러자 조지 미란다가 말했다. "얼마 전에 텔레비전 리포터가 여기 온 적이 있었지요. 분홍색 머리였어요. 자기 이름이 컬리다라던가 하더군요. 무슨 말인지 알아들을 수가 없었어요."

그때 지니가 끼어들었다. "저것 봐, 조지는 세상 물정을 너무 모른다니까. 당신 같은 작자들이 어떤 괴물인지 잘 몰라. 그 미스 싱, 웃기는 여자예요. 아가씨, 그 이름은 '칼리다'라고 해야 돼요, 요리에 쓰는 달다**처럼, 하고 말해줬지만 제대로 발음을 못하더군요. 자기 이름인데도 말이죠. 차라리 캘린더라고 할 것이지. 당신 같은 부류는 문화라는 게 없어요. 이젠 생김새만 워그죠. 사실이 그렇잖아요?" 좀 심했다 싶었는지 눈을 동그랗게 뜨며 갑자기 명랑한 어조로 마지막 말을 덧붙였다. 부펜 간디가 조용히 말했다. "그분 좀 그만 들볶아, 지나트." 그러자 조지가 겸연쩍은 듯 중얼거렸다. "화내지 마세요. 농담일 뿐이니까."

참차는 씩 웃으며 반격을 가했다. "지니, 알다시피 세상에는 인도인

* 소매가 느슨하고 목깃이 없는 인도 고유의 긴 셔츠.

** 인도에서 식용유로 사용하는 정제 버터.

들이 우글우글해서 우리가 없는 곳이 없다고. 호주에서 땜장이 노릇을 하기도 하고, 머리통만 이디 아민*의 냉장고에 들어가기도 하지. 어쩌면 콜럼버스가 옳았는지도 몰라. 세상이 온통 인도거든. 동인도, 서인도, 북인도. 젠장, 당신도 우리 같은 사람들을, 우리가 가진 진취성과 개척 정신을 자랑스러워해야 돼. 우리는 당신네와는 좀 다른 인도인일 뿐이라고. 당신도 우리에게 좀 익숙해질 필요가 있어. 당신이 쓴 책 제목이 뭐였지?"

그러자 지니는 그의 팔짱을 끼었다. "들어봐. 우리 샐러드가 하는 말 좀 들어보라고. 백인이 되려고 평생 발버둥을 치다가 갑자기 인도인이 되고 싶어하시네. 그것 봐, 완전히 망가지진 않았잖아. 아직은 살아 있는 부분이 있다고." 이때 참차는 얼굴이 붉어지고 점점 당황하는 자신을 느꼈다. 인도, 그것이 모든 것을 뒤죽박죽으로 만들었다.

지니가 콕 찌르듯 입맞춤을 해주며 덧붙였다. "나 원 참. 참차라니. 그게 뭐예요. 자기 이름을 '미스터 알랑쇠'라고 지어놨으니 웃을 수밖에."

지니의 낡아빠진 힌두스탄은 하인 문화를 위해 만들어진 자동차라서 앞좌석보다 뒷좌석 실내장식이 더 좋았는데, 그 안에서 살라딘은 밤이 군중처럼 몰려온다고 느꼈다. 인도, 잊고 있던 그 광대함, 그 엄청난 존재감, 옛날부터 멸시하던 그 무질서가 그를 압도해왔다. 인도

* 우간다 독재자로, 1971년 쿠데타로 정권을 장악하고 이듬해 우간다 거주 아시아인을 축출하고 반대파를 대량 학살했다.

판 원더우먼처럼 차려입고 아마존의 전사답게 은빛 삼지창까지 갖춘 히즈라*가 오만하게 손을 들어 차들을 세우고 어슬렁어슬렁 지나갔다. 참차는 그 여자남자의 노려보는 눈을 마주보았다. 까닭 모르게 종적을 감춘 영화 스타 지브릴 파리슈타가 광고판에서 부서져갔다. 담배 광고가 연기를 내뿜으며 지나갔다. 시저스—활동적인 남성의 만족을 위하여. 그리고 더욱 터무니없는 내용은, 파나마—위대한 인도에서 빠뜨릴 수 없는 요소.

"어디로 가는 거야?" 초록색 네온사인을 켠 밤풍경이 현란했다. 지니가 차를 주차시키며 핀잔을 주었다. "어디가 어딘지도 모르는군요. 도대체 봄베이에 대해 아는 게 뭐예요? 자기가 살던 도시인데도 고향이라고 생각한 적이 없었던 거죠. 당신에겐 어린 시절의 한바탕 꿈이었지. 스캔들곶에서 자란다는 건 달나라에서 사는 것과 마찬가지예요. 거긴 *빈민굴*도 없고 고작해야 하인 숙소뿐이니까. 시브 세나**가 거기서 소란을 피운 적이 있나요? 이웃들이 방직공장에 다니다가 단식파업을 벌인 적이 있나요? 다타 사만트***가 당신네 집 앞에서 집회를 연 적이 있어요? 몇 살 때 노조원을 처음 봤어요? 운전사 딸린 승용차 말고 지방철도를 처음 이용해본 건 언제였죠? 미안하지만 그건 봄베이가 아니었어요. 그때 그건 원더랜드, 페리스탄, 네버네버, 오즈****였다고요."

"그럼 당신은?" 살라딘은 그녀를 일깨워주었다. "그때 당신은 어디

---

* 거세수술을 받은 성전환자.

** 민족주의 정당.

*** 인도의 투쟁적인 노조 지도자.

**** 루이스 캐럴, 제임스 배리, 프랭크 바움의 작품 속 상상의 나라들.

서 살았는데?"

그러자 지니가 사납게 대꾸했다. "같은 도시였죠. 빌어먹을 먼치킨* 패거리와 함께요."

뒷골목. 자이나교 사원 하나가 칠을 다시 하는 중이라 페인트가 묻지 않도록 비닐봉지에 넣은 성자상이 즐비했다. 잡지매점에 진열된 신문마다 참혹한 소식이 가득했다. 철도 참사였다. 부펜 간디가 속삭이듯 나지막이 말하기 시작했다. 사고 직후 살아남은 승객들이 기슭으로 헤엄쳐 나왔는데 (기차가 다리에서 떨어졌기 때문이다) 근처 마을 사람들이 물속에 처박아 익사시킨 후 시체에서 소지품을 약탈했다고 한다.

지니가 소리쳤다. "입 닥쳐! 그런 얘기는 뭣하러 해? 안 그래도 이 사람은 우리를 무슨 야만인이나 열등한 인종처럼 생각하는데."

한 가게에서는 근처 크리슈나 사원에서 태울 백단향과 함께 분홍색과 흰색 에나멜을 바른, 삼라만상을 볼 수 있다는 '크리슈나의 눈'을 팔았다. 부펜이 말했다. "봐야 될 게 너무 많죠. 그건 엄연한 사실입니다."

∽

조지가 영화 때문에 이 도시의 인육시장을 주름잡는 실력자나 *뚜쟁이*들을 만나게 되면서부터 자주 드나들었다는 혼잡한 다바** 안에는 알루미늄 테이블들이 놓여 있었고, 사람들은 저마다 시커먼 럼주를 마셔댔고, 조지와 부펜이 조금 취해 말다툼을 시작했다. 지니는 섬즈업

* 『오즈의 마법사』에 등장하는 난쟁이 종족.

** 규모가 작은 여관.

콜라를 마시며 참차에게 친구들을 헐뜯었다. "둘 다 술버릇이 문제예요, 둘 다 말짱 빈털터리인 주제에 아내를 학대하고 술집에나 퍼질러 앉아 그 형편없는 인생을 낭비하죠. 그러니 내가 당신한테 푹 빠진 것도 당연해요. 국산이 너무 저질이면 외제를 좋아하기 마련이니까."

조지도 지니와 함께 보팔에 다녀왔는데 지금 그 재앙을 이념적으로 해석하며 점점 시끄러워지는 중이었다. "아므리카*가 우리한테 뭐야? 거긴 실제로 존재하는 곳이 아니라고. 실체도 없는, 눈에 보이지 않는, 가장 순수한 형태의 힘이란 말이야. 보이진 않지만 그건 우리를 철저하게 착취하고 있어. 빠져나올 방법이 없지." 그는 유니언 카바이드 사를 트로이의 목마에 비유했다. "그놈들은 우리가 불러들였어." 사십인의 도적 이야기와 똑같다고도 했다. 항아리 속에 숨어 어둠을 기다리는. "안타깝게도 우리에겐 알리바바가 없었어. 그 대신에 누가 있었지? 라지브 G. 씨였어."

그러자 부펜 간디가 갑자기 비틀비틀 일어나더니 신들린 사람처럼, 무슨 정령에 사로잡힌 사람처럼 연설을 시작했다. "내가 보기엔 말이야, 문제는 외국의 개입이 아니야. 우리는 언제나 남을 탓하며 우리 자신을 쉽게 용서한다고. 아메리카, 파키스탄, 어디든지 말이야. 미안하지만 조지, 내가 보기에는 모든 게 아삼**으로 귀결되니까 거기서부터 시작해야 돼." 죄 없는 사람들의 대학살. 행군하는 군인들처럼 가지런히 줄지어 누운 아이들의 시체를 찍은 사진. 그들은 몽둥이에 맞아 죽거나 돌에 맞아 죽거나 칼로 목이 반쯤 잘렸다. 참차는 생각했다. 가지

---

* 아메리카, 미국.

** 1985년 인도 힌두교도가 방글라데시의 이슬람 난민 수천 명을 학살한 곳.

런한 죽음의 행렬. 마치 인도는 참사를 겪어야만 질서를 지킬 수 있는 나라라는 듯.

부펜은 한순간도 머뭇거리거나 중단하지 않고 장장 이십구 분 동안이나 혼자 떠들었다. "아삼 문제에 대해서는 우리 모두가 죄인이야. 우리 한 사람 한 사람이 모두. 그 아이들의 죽음이 우리 잘못이라는 걸 인정하기 전에는 스스로 문화인이라고 말할 자격이 없단 말이야." 말을 하면서 빠른 속도로 럼주를 마시더니 목소리가 점점 커지고 몸도 위태롭게 기울어졌다. 그러나 장내가 전부 조용해졌지만 그에게 다가오거나 말을 못하게 말리거나 주정뱅이라고 비웃는 사람은 아무도 없었다. 말을 하다 말고, 날이면 날마다 실명사건, 총기사건, 부정부패, 도대체 우리는 자신을 무슨, 거기서 그는 털썩 주저앉아 멍하니 술잔을 들여다보았다.

그러자 건너편 구석에서 젊은이 하나가 일어나 반론을 폈다. 아삼 사건은 정치적으로 이해해야 한다, 경제적인 이유도 있었다고 그는 외쳤고, 그러자 다른 사람이 일어나서, 성인 남자가 어린 계집애를 몽둥이로 때려죽인 일은 돈 문제로 설명할 수 없다고 대꾸했고, 또다른 사람은, 그렇게 생각한다면 너는 굶주려본 적이 없는 모양이구나, 개새끼, 경제가 인간을 짐승으로 만들 수 없다고 믿다니 얼마나 비현실적인 생각이냐. 참차는 술잔을 꽉 움켜쥐었다. 소음 수준이 점점 높아졌고, 공기도 점점 농밀해졌고, 눈앞에서 금니들이 번쩍거렸고, 어깨들이 부딪쳐왔고, 팔꿈치들이 쿡쿡 찔렀고, 공기는 죽처럼 걸쭉해졌고, 가슴이 불규칙하게 두근거리기 시작했기 때문이다. 조지가 그의 손목을 쥐고 밖으로 끌어냈다. "괜찮으세요? 얼굴이 퍼렇게 질리던데요."

살라딘은 고개를 끄덕여 감사를 표시하고 가슴 가득히 밤공기를 들이마시며 차츰 안정을 되찾았다. "럼주와 피로 때문입니다. 공연이 끝나면 신경이 예민해지는 특이한 증세가 있거든요. 불안정해질 때가 많지요. 유념했어야 했는데." 지니도 그를 바라보고 있었는데 그 눈동자에 담긴 것은 연민만이 아니었다. 반짝이는, 의기양양한, 냉정한 눈빛. 흡족한 표정이었다. 당신도 뭔가 느낀 모양이군요. 그럴 때도 됐죠.

참차는 생각했다. 장티푸스에서 회복된 사람은 십 년쯤 그 질병에 대해 면역성을 갖는다. 그러나 영원한 것은 없다. 결국 혈관 속에서 항체가 다 빠져나간다. 그는 자신의 핏속에 인도의 현실을 견뎌낼 수 있는 면역 물질이 더는 남지 않았다는 사실을 인정할 수밖에 없었다. 럼주, 심장박동, 정신의 멀미 증상. 잠자리에 들 시간이다.

지니는 그를 자기 집에 데려가려 하지 않았다. 언제나, 오로지 호텔, 한밤중에 복도에서 금메달을 목에 걸고 밀주 위스키 병을 손에 쥐고 뻐기며 돌아다니는 젊은 아랍인들. 그는 목깃과 넥타이만 느슨하게 풀어놓고 신발을 신은 채로 침대에 벌렁 드러누워 오른팔로 눈을 가렸다. 하얀 호텔 가운을 두른 지니가 몸을 굽혀 그의 턱에 입을 맞췄다. "오늘밤 당신에게 무슨 일이 생겼는지 말해볼까요? 우리가 당신의 껍질을 깨뜨렸다고 해도 좋을 거예요."

참차는 화가 나서 벌떡 일어나 앉으며 쏘아붙였다. "그래, 껍질 속에는 이런 게 들었지. 영국식으로 바뀌어버린 인도인. 요즘은 내가 힌두스탄어를 쓰기라도 하면 사람들이 공손한 표정을 짓더군. 이게 나라고." 스스로 선택한 언어가 흐물흐물 무너지기 시작하면서 그는 이 인도의 바벨탑에서 기분 나쁜 경고의 소리를 들었다: 다시는 돌아오지 마라. 거울 속으로 들어갔다가 도로 나올 때는 위험을 감수해야 한다. 거울이 너를 갈기갈기 찢어놓을지도 모르니까.

지니가 침대로 올라오며 말했다. "오늘밤 부펜이 정말 자랑스러웠어요. 술집에 들어가 그런 논쟁을 일으킬 수 있는 나라가 몇이나 되죠? 그 열정, 그 진지함, 그 경의. 당신의 그 문명 따위는 당신이나 가지라고요, 알랑쇠님. 나는 우리 것도 충분히 마음에 드니까."

"나를 포기해." 참차는 그녀에게 부탁했다. "나는 사람들이 예고도 없이 들이닥치는 걸 싫어하고, 라고리*나 카바디** 규칙도 다 잊어버렸고, 기도문도 외우질 못하고, 니카*** 예식이 어떻게 진행되는지도 모르고, 이 도시에서 자랐으면서도 우리 동네가 아니면 금방 길을 잃는단 말이야. 여긴 내 고향이 아니야. 느낌은 고향 같은데 고향이 아니라서 어지럽기만 해. 심장이 떨리고 머리가 빙빙 돈다고."

그러자 지니는 고함을 질렀다. "당신은 바보예요! 바보. 다시 변하면 되잖아! 멍청하긴! 할 수 있다고." 그녀는 그에게 옛날의 자신으로 돌아오라고 유혹하는 세이렌이었고 소용돌이였다. 그러나 그 자아는 이미 죽은 자아였고 그림자였고 귀신이었다. 유령이 되기는 싫었다. 그의 지갑 속에는 런던행 비행기표가 들어 있었고 그는 그것을 사용할 생각이었다.

---

* 한 팀이 평평한 돌 일곱 개를 쌓으면 상대팀이 공으로 맞혀 쓰러뜨리는 인도의 놀이.
** 고대 인도의 병법에서 기원한, 격투기와 술래잡기를 결합시킨 형태의 단체경기.
*** 이슬람의 결혼 예식.

깊은 밤, 둘 다 잠을 이루지 못하고 누워 있을 때 참차가 말했다. "결혼은 안 했어?" 지니는 콧방귀를 뀌었다. "정말 오래 떠나 있긴 했군요. 나를 보면 모르겠어요? 깜둥이잖아." 그러더니 등을 활처럼 뒤로 젖히며 홑이불을 홱 걷어 미끈한 몸매를 유감없이 과시했다. 산적 여왕 풀란 데비가 협곡에서 나와 자수하고 사진도 찍혔을 때 각종 신문은 자기들이 창조했던 전설적인 미녀의 신화를 당장 부인했다. 매혹적이라던 그녀가 갑자기 평범한, 못생긴, 밥맛없는 여자로 돌변했다. 북인도에 까만 피부라니.* "인정할 수 없어. 설마 그 말을 믿으라는 건 아니겠지?"

그러자 지니가 웃었다. "좋아요, 아직 완전히 백치는 아니군요. 결혼은 뭣하러 해요? 할일도 많은데."

그리고 잠깐 쉬었다가 참차의 질문을 되받아 던졌다. 그건 그렇고, 당신은요?

결혼했을 뿐 아니라 부자다. "그럼 얘기해봐요. 어떻게들 사는지, 당신과 부인 말예요." 노팅힐의 오층짜리 저택에서. 그러나 요즘은 그곳에서 불안감을 느끼기 시작했는데, 최근에 들어온 강도들이 평소처럼 비디오와 스테레오만 가져간 것이 아니라 울프하운드종 경비견까지 훔쳐간 탓이었다. 범죄자들이 동물을 납치해가는 곳에서는 살 수 없다는 생각이 들었다. 그러나 파멜라는 이 근방에서 오래전부터 있던 일이라고 말했다. 동물 유괴는 옛날 옛적부터 (파멜라는 역사를 고대, 암

* 북인도의 아리안족은 피부색이 검은 남인도의 드라비다족을 멸시한다.

흑기, 옛날 옛적, 대영제국, 근대, 현대로 분류했다) 수지맞는 장사였다. 가난한 사람들은 부자들의 개를 훔쳐다가 제 이름을 잊도록 훈련시킨 후 포르토벨로 로드의 여러 가게를 통해서 속절없이 슬퍼하는 주인들에게 되팔았다. 파멜라가 기억하는 지역사는 언제나 상세했지만 신뢰할 수 없는 경우도 많았다. 그때 지니 바킬이 말했다. "맙소사, 그래도 빨리 팔아치우고 이사해야 돼요. 나도 영국 놈들을 잘 알지만 다들 똑같죠. 인간쓰레기든 나와브*든 간에. 그놈들의 그 전통이라는 것에는 맞설 도리가 없다니까."

내 아내, 파멜라 러블레이스, 도자기처럼 연약하고, 사슴처럼 우아하고. 참차는 회상했다. 나는 여자를 사랑할 때마다 뿌리내리듯 깊이 빠져버리지. 간통을 저지르는 자의 진부한 말. 그는 그 말을 삼켜버리고 일에 대해 이야기했다.

살라딘 참차가 어떻게 돈을 벌었는지 알게 된 지니 바킬은 연거푸 날카로운 소리를 질러댔고, 덕분에 금메달 아랍인 하나가 찾아와 무슨 일이냐고 문을 두드렸다. 그리고 아름다운 여자가 침대 위에 앉아 있고 얼굴에서 물소젖 같은 것이 줄줄 흐르며 턱 끝에서 뚝뚝 떨어지는 모습을 보더니 참차에게 방해해서 죄송하다고 사과하며 황급히 물러났다. 미안합니다, 거 참, 복도 많은 분이군요.

지니는 웃음 사이사이에 간신히 말을 이었다. "이 불쌍한 양반아. 그 영국 개자식들. 그놈들이 당신을 아주 망가뜨려놨네."

이젠 직업까지 웃음거리로 만들다니. 그는 거만하게 대꾸했다. "나

---

* 상류층, 특히 부유한 영국인.

에겐 말투를 바꾸는 재능이 있어. 그걸 썩힐 필요가 뭐여?"

그러자 지니는 허공에서 발을 동동 구르며 그를 흉내냈다. "'그걸 썩힐 필요가 뭐여?' 배우 아저씨, 가짜 수염이 또 떨어졌다고요."

맙소사.

나에게 무슨 일이 벌어지는 거지?

도대체 어떤?

살려줘.

그에게는 그런 재능이 있었으므로, 정말 그랬으므로, 그는 '천 개하고도 한 개의 목소리를 가진 사나이'였다. 가령 텔레비전 광고에서 케첩 병이 어떻게 말해야 하는지 알고 싶을 때, 혹은 마늘맛 과자 상자의 이상적인 목소리가 어떠해야 하는지 확신이 안 설 때, 참차야말로 꼭 필요한 사람이었다. 그는 도매상 광고에서 양탄자가 말을 하게 했고, 유명인사의 성대모사도 했고, 볶은 강낭콩이든 얼린 완두콩이든 마다하지 않았다. 라디오에서 그는 청취자들이 러시아인이나 중국인이나 시실리인이나 미국 대통령이라고 믿게 만들 수 있었다. 한번은 서른일곱 가지 목소리가 등장하는 라디오 연극을 했는데, 여러 개의 가명을 사용하여 그 모든 역할을 도맡아 연기했지만 아무도 눈치채지 못했다. 그는 같은 일을 하는 미미 마몰리언과 함께 영국의 방송전파를 지배했다. 두 사람은 더빙 분야에서 워낙 큰 몫을 차지했으므로 미미가 '농담이라도 우리 앞에서 독과점이니 뭐니 떠드는 사람은 가만두지 않을래'라고 한 말도 과장은 아니었다. 그녀의 목소리 범위는 경이로웠다. 어떤 연령층이든, 전 세계 어느 국민이든, 또 어떤 음역이든 거뜬히 해냈고 천사 같은 줄리엣에서 악마 같은 메이 웨스트*에 이르기까지 막힘이 없었다. 언젠가 미미는 참차에게 이렇게 말했다. "나중에 당신이 자유로워지면 우리 결혼해야겠어. 당신하고 나, 우리 둘만 있으면 아예 국제연합을 차려도 될걸."

"당신은 유대인이잖아." 참차는 이렇게 대꾸했다. "난 유대인에 대해 편견을 갖도록 교육받았다고."

"그래, 유대인이지." 그러자 그녀는 어깨를 으쓱거렸다. "하지만 할례를 받은 건 당신이잖아. 완벽한 사람은 없다고."

미미는 까맣고 아주 꼬불꼬불한 곱슬머리에 미쉐린 포스터처럼 생긴 조그마한 여자였다. 봄베이의 지니 바킬은 몸을 쭉 뻗고 하품을 하며 그의 머릿속에서 다른 여자들을 몰아냈다. 그리고 그를 비웃었다. "심하네. 그놈들은 자기들 흉내를 내라고 당신에게 돈을 주면서도 얼굴은 보기 싫다는 거잖아. 목소리는 유명해졌지만 얼굴은 한사코 감추려 하고. 왜 그러는지 짐작 가는 데라도 있어요? 코에 사마귀가 있나, 사팔뜨긴가? 떠오르는 게 아무것도 없어요? 아마 그 형편없는 양상추 대가리 때문인가 보네."

그는 옳은 말이라고 생각했다. 살라딘과 미미는 전설적인 존재였으나 반쪽짜리 전설이었고 암성暗星이었다. 그들의 실력은 중력장처럼 일감을 끌어당겼지만 목소리를 위해 육신을 벗어버린 그들의 모습은 여전히 눈에 보이지 않았다. 라디오에서 미미는 보티첼리의 비너스도 될 수 있었고 올랭피아나 먼로나 그 밖의 어떤 여자로도 마음대로 변신할 수 있었다. 그래서 자신의 외모에 대해서는 조금도 아랑곳하지 않

---

* 미국 희곡작가이자 배우로, 노골적인 성적 표현으로 외설 시비를 겪고 동성애자 인권 운동을 했다.

았다. 그녀는 순전히 목소리로만 존재했고, 엄청난 부자였고, 젊은 여자 세 명이 그녀를 향한 절망적인 사랑에 빠져 있었다. 그리고 그녀는 부동산을 사들였다. "노이로제 반응이지." 부끄러워하는 기색도 없이 이렇게 고백하곤 했다. "아르메니아인과 유대인은 역사적으로 수많은 전란을 겪었기 때문에 뿌리를 내리려는 욕망이 지나치게 강하거든. 나이는 자꾸 먹어가고 목구멍에서는 작은 용종들이 발견되니까 약간의 좌절감도 없지 않고. 그런데 부동산은 안도감을 주거든. 정말 해봐야 해." 그녀는 노퍽에는 목사관을, 노르망디에는 농가 한 채를, 토스카나에는 종루를, 보헤미아에는 해변 한 조각을 보유했다*. "모두 유령이 출몰하는 곳이지. 철커덕대는 소리, 울부짖는 소리, 양탄자에는 피가 묻고, 아흔 살 먹은 여자들, 기타 등등. 버텨보지도 않고 땅을 포기하는 사람은 없거든."

나만 예외지, 참차는 생각했다. 지나트 바킬 곁에 누워 울적함을 느꼈다. 나는 이미 유령인지도 몰라. 하지만 적어도 비행기표와 성공과 돈과 아내가 있는 유령이지. 그림자에 불과하지만 엄연히 현실적이고 물질적인 세상에 산다고. 든든한 자산을 갖고 있단 말씀이야. 아무렴.

지니가 그의 귓가에 드리워진 곱슬머리를 어루만지며 중얼거렸다. "가끔은요, 당신이 가만히 있을 때, 웃기는 목소리로 말하거나 잘난 체하지 않을 때, 그리고 남이 본다는 걸 모를 때, 당신은 마치 텅 비어 있는 것처럼 보여요. 알아? 빈 석판이나 빈 집처럼. 때로는 괜히 화가 나서 때려주고 싶다고. 철썩 후려갈겨 정신 좀 차리게. 하지만 그때마다

* 우스갯소리. 보헤미아는 사방이 산맥으로 둘러싸여 해안선이 없다.

슬퍼지기도 해요. 정말 바보야, 당신은, 대스타이면서도 잘못 타고난 얼굴색 때문에 그놈들의 컬러텔레비전에 등장할 수도 없고, 시시껄렁한 극단에 묻어 이렇게 후진 나라나 찾아다니고, 게다가 연극에 끼어보겠다고 바부* 역할이나 하고. 이리저리 걷어차이면서도 여전히 붙어 앉아 그놈들을 사랑하잖아. 노예근성이랄 수밖에." 그녀는 그를 타고 앉아 양어깨를 쥐고 흔들었다. 금단의 유방이 그의 코앞까지 다가왔다. "참차, 살라드 바바, 이름이 뭐라든 좋지만 제발, 조국으로 돌아와요."

그에게는 큰 기회가 찾아왔고 덕분에 곧 돈의 의미를 잃어버릴 정도였지만 시작은 보잘것없었다. 텔레비전의 어린이 프로그램이었는데, 〈스타워즈〉에 나올 만한 〈몬스터 가족The Munsters〉을 〈세서미 스트리트〉식으로 재구성한 〈에일리언 쇼〉였다. 귀여운 놈에서 사이코 같은 놈까지 온갖 외계인들이 등장하는 시트콤으로, 동물과 식물은 물론이고 예술가 기질을 가진 우주바위도 한 놈 나오니 광물까지 망라한 셈이었다. 이 녀석은 작품 재료를 마련하려고 제 몸을 뚝뚝 떼어냈지만 다음주에는 다시 원래의 모습으로 나타나곤 했다. 그 바위의 이름은 피그메일리언Pygmalien이었고, 이 프로그램 프로듀서들 유머 감각이 워낙 비뚤어져 트림을 꺽꺽 해대는 상스러운 생물도 등장시켰는데, 구역질하는 선인장처럼 생긴 이 녀석은 시간 저 너머에 있는 사막행성에서 온 외계인이었다. 이름은 머틸다로 오스트레일리언Australien이었고**, 그 밖에도 흉측할 정도로 가슴이 큰, 노래하는 우주 세이렌 삼인조 에일리언 콘스Alien Korns***가 있었는데 그 이름은 그들 사이에 눕는 일

* 영국물이 든 인도인.

** 오스트레일리아의 민요 〈봇짐을 지고서(Waltzing Matilda)〉에서 차용한 언어유희.

이 별로 어렵지 않다는 뜻일 수도 있고, 금성의 힙합족이나 지하철 낙서광이나 흑인 형제들에 해당하는 자칭 에일리언 네이션Alien Nation이라는 패거리도 있었고, 이 프로그램의 주무대인 우주선의 한 침대 밑에는 게성운에서 아버지를 피해 도망쳐온 거대한 말똥풍뎅이 벅시가 살았고, 어항 속을 들여다보면 엄청나게 영리하고 중국 음식을 즐겨 먹는 거대한 전복 브레인스가 있었고, 정규 출연진 중에서 가장 무시무시한 리들리는 프랜시스 베이컨의 그림처럼 눈도 없는 꼬투리 끝에 입이 달리고 입속에는 이빨만 가득한데, 이 녀석은 여배우 시고니 위버에게 푹 빠져 있었다. 여기서 주인공, 그러니까 이 프로그램에서 커미트와 미스 피기****라고 할 만한 등장인물은 맥심 에일리언과 마마 에일리언으로, 대단히 유행에 민감하고 섹시한 옷차림에 충격적인 헤어스타일을 겸비한 한 쌍이며 이들의 간절한 소원이라면—달리 무엇이 있으랴?—텔레비전의 인기 스타가 되는 일뿐이었다. 바로 그들을 살라딘 참차와 미미 마몰리언이 연기했는데, 이 외계인들은 옷을 갈아입을 때마다 목소리도 달라졌고 머리카락은 장면이 바뀔 때마다 자주색에서 주홍색으로 바뀌곤 했는데 머리에서부터 대각선으로 3피트 높이까지 치솟기도 하고 아예 사라지기도 했다. 이목구비나 사지도 마찬가지여서 그들은 팔 다리 눈 코 귀를 제멋대로 바꿀 수 있으며 그럴 때마다 그들의 변화무쌍하고 전설적인 목구멍에서는 전혀 다른 말투가 튀어나왔다. 이 프로그램이 히트한 것은 최첨단 컴퓨터 영상을 활용한

*** 존 키츠의 시 「나이팅게일에 부쳐」 중 '고향이 그리워 눈물에 젖어 이국의 밀밭(alien corn)에 서 있을 때'를 인용.

**** 〈머펫 쇼〉에서 사회자 역할을 하는 개구리와 돼지 인형.

덕분이었다. 우주선, 외계 풍경, 은하계의 게임쇼 촬영장 등 무대 배경은 전부 시뮬레이션으로 제작했다. 배우들도 컴퓨터로 처리되었는데, 매일 네 시간씩 걸려 최첨단 특수 분장을 마친 후 비디오 컴퓨터로 손질을 해놓으면 그들도 마치 시뮬레이션인 것처럼 보였다. 우주 바람둥이 맥심 에일리언, 그리고 불패의 전적을 가진 은하계 레슬링 챔피언인 동시에 파스타에 대해서는 모르는 것이 없는 만능 요리사 마마는 하루아침에 센세이션을 일으켰다. 황금 시간대가 손짓했다. 미국, 유로비전*, 전 세계.

〈에일리언 쇼〉가 급성장하면서 정치적 비판도 쏟아졌다. 보수주의자들은 너무 무섭고 너무 성적으로 노골적이고(리들리는 미스 위버를 골똘히 생각할 때마다 뚜렷한 발기현상을 보였다) 너무 기괴하다고 공격했다. 급진주의자들은 고정관념이 보인다느니, 외계인은 괴물이라는 생각을 고취시킨다느니, 긍정적인 이미지가 없다느니 공격을 퍼붓기 시작했다. 참차도 이 프로그램에서 손을 떼라는 압력을 받았고, 거절했고, 그래서 표적이 되었다. 그는 지니에게 이렇게 말했다. "집에 돌아가면 골칫거리가 기다리고 있어. 젠장, 그 프로그램은 사회 풍자가 아니란 말이야. 오락 프로그램이지. 재미있으라고 만든 거라고."

"누구한테 재미있으라는 거죠?" 지니가 대꾸했다. "더군다나 지금도 그놈들은 당신을 내보내기 전에 고무 가면으로 얼굴을 가리고 빨간 가발을 씌우잖아요. 퍽도 대단하네요."

이튿날 아침, 잠에서 깨어났을 때 그녀가 다시 말했다. "중요한 건

---

* 유럽 방송 연맹 간 방송 프로그램 교환을 위한 방송망.

말이죠, 살라드, 당신이 분명 잘생겼다는 사실이에요. 피부도 매끄럽죠, 게다가 영국에서 돌아왔죠. 지브릴이 증발해버렸으니 이젠 당신이 그 뒤를 이을 수 있다고요. 이건 진담이에요. 사람들은 새로운 얼굴을 원해요. 조국에 돌아오기만 하면 이번엔 당신 차례라고요. 바크찬* 보다, 파리슈타보다 더 큰 스타가 될 수 있어요. 당신은 그 사람들처럼 괴상하게 생기지 않았거든요."

참차는 그녀에게 설명했다. 어렸을 때는 삶의 각 단계와 자신이 만들어낸 자아가 모두 일시적인 것이어서 안심할 수 있었다. 설령 불완전한 부분이 있더라도 상관없었다. 필요하다면 언제든지 한 단계에서 다음 단계로, 어떤 살라딘에서 다른 살라딘으로 넘어갈 수 있었기 때문이다. 그런데 지금은 변화가 고통을 가져온다. 가능성의 동맥이 굳어지기 시작한 탓이다. "이런 말 하기가 쉽진 않지만 나는 유부남이라고. 아내뿐만 아니라 내 삶도 그쪽에 있다는 거야." 또 말투가 어긋났다. "내가 봄베이로 온 진짜 이유가 있는데 연극 때문이 아니야. 노친네가 지금 칠십대 후반이니까 기회가 별로 많지 않을 것 같아서지. 연극도 보러 오지 않으셨어. 그러니 무함마드가 산으로 갈 수밖에**."

우리 아버지, 창게즈 참차왈라, 마술 램프의 주인. "창게즈 참차왈라라니, 웃기지 마요, 나를 팽개친다는 건 꿈도 꾸지 말라고요." 그녀는 손뼉을 탁 쳤다. "머리랑 발톱이나 손질해야겠어요." 아버지, 유명한 은

---

* 인도 영화배우 아미타브 바크찬.

** 무함마드에 얽힌 일화. 무함마드가 신자의 요청을 받고 산을 향해 명령하나 산이 움직이지 않자 무함마드가 한 말. "하느님의 뜻을 보라. 산이 오면 모두 깔려죽을 테니 우리가 산으로 가서 하느님의 자비를 찬미하자."

둔자. 봄베이는 리메이크의 문화였다. 건축은 마천루를 모방했고, 영화는 〈황야의 7인〉이나 〈러브 스토리〉를 끊임없이 재생산했고, 덕분에 모든 남자 주인공은 적어도 한 번은 흉악한 *산적*들로부터 마을을 구해야 했으며 모든 여자 주인공은 데뷔 이후 적어도 한 번은 백혈병에 걸려 죽어야 했다. 초기에 죽는다면 더욱 좋고. 백만장자들도 자기 삶을 외국에서 수입했다. 창게즈의 은거생활은 인도인들이 꿈꾸는 삶, 다시 말해서 펜트하우스를 가진 라스베이거스 백만장자 같은 삶이었다. 그러나 꿈은 사진이 아니고, 따라서 지니는 그것을 자기 눈으로 직접 보고 싶어했다. 살라딘은 그녀에게 미리 경고했다. "기분이 나쁠 때는 사람들에게 잔뜩 인상을 쓰신다고. 당해보기 전에는 아무도 안 믿지만 엄연한 사실이야. 그 표정이라니! 꼭 이무깃돌 같지. 더구나 혼자 고상한 척하며 당신을 허튼계집이라고 부를 테고, 어차피 나도 한바탕 싸우게 되겠지. 보나마나 뻔해."

살라딘 참차가 인도로 날아온 이유는: 용서. 그것 때문에 고향땅을 다시 밟았다. 그러나 용서를 해주려는 것인지 받으려는 것인지는 자신도 알지 못했다.

창게즈 참차왈라 씨의 현재 생활에서 매우 요상한 측면: 그는 일주일에 닷새는 후춰 나스린 2호와 함께 높은 담장을 두른 '붉은 요새'*라

* '랄 킬라(Lal Qila)'의 영어명. 원래는 17세기 중반 무굴제국의 황제 샤자한이 델리에 세운 성으로, 붉은 사암으로 쌓은 성벽이 인상적이다.

는 별명의 주택단지에서 지냈는데, 팔리 힐에 자리잡은 이곳은 영화배우들에게도 인기가 높았다. 그러나 주말에는 아내를 대동하지 않고 스캔들곶의 옛집으로 돌아가서 잃어버린 과거의 세계에 파묻힌 채, 사별한 전처 나스린과 더불어 휴식의 시간을 가졌다. 게다가: 두번째 아내가 이 옛집에 좀처럼 발을 들여놓지 않는다는 소문도 들렸다. "못 들어가는 건지도 모르죠." 창게즈가 아들을 데려오라고 보낸 검은 색유리를 끼운 메르세데스 리무진 뒷자리에 앉아 지니가 새로운 가설을 내놓았다. 그리고 살라딘이 배경 설명을 끝내자 지나트 바킬은 고맙다는 듯 휘파람을 불었다. "정신없군요."

참차왈라 비료사업, 즉 창게즈의 분뇨제국은 세금사기 및 수입관세탈세혐의로 곧 조사를 받을 예정이었지만 지니는 그런 일에 관심이 없었다. "자, 이제 당신이 정말 어떤 사람인지 알게 되겠네."

스캔들곶이 눈앞에 펼쳐졌다. 살라딘은 과거가 밀물처럼 밀려와 자신을 휩쓸고 다시 허파 가득히 소금기를 채워주는 것을 느꼈다. 나는 오늘 정상이 아니야. 심장이 두근거린다. 삶은 산 자들을 손상시킨다. 아무도 본래의 모습을 지키지 못한다. 지금의 우리는 우리가 아니다.

이제 무너져가는 개선문은 안에서 원격 제어 장치로 작동하는 철문으로 막혀 있었다. 위잉 하는 소리와 함께 서서히 철문이 열리며 잃어버린 시간의 집으로 살라딘을 맞아들였다. 아버지의 주장에 의하면 그의 영혼이 갇혀 있다는 그 호두나무를 보는 순간부터 손이 떨리기 시작했다. 살라딘은 중립적인 사실들 뒤로 숨기로 했다. "카슈미르에서는 말이지, 생일나무는 일종의 투자 같은 거야. 아이가 성인이 되었을 때 다 자란 호두나무는 만기가 된 보험 증권이라고 할 수 있어. 값비싼 나무니까 팔아서 결혼 비용으로 쓰거나 새로운 출발을 하는 데 보탤 수 있거든. 어른이 되면 다 자란 자신을 위해 어린 시절을 싹둑 잘라버리는 셈이지. 이런 현실주의, 매력적이잖아?"

자동차는 벌써 현관 앞에 서 있었다. 둘이서 대문을 향해 여섯 개의 계단을 오르는 동안 지니는 침묵을 지켰고, 놋쇠 단추가 달린 하얀 제복 차림의 늙고 침착한 하인이 그들을 맞이했는데, 참차는 그의 부스스한 백발이 문득 낯익어 보였고, 그것을 흑발로 바꿔보았더니 다름 아니라 바로 옛날 옛적부터 이 집의 청지기였던 발라브였다. "맙소사, 발라바이." 그는 간신히 그렇게 중얼거리며 노인을 껴안았다. 하인은 어렵사리 미소를 띠었다. "소인이 너무 늙어 도련님이 못 알아보실 줄 알았습죠." 그는 크리스털이 주렁주렁 달린 이 저택의 복도를 따라 두 사람을 안내했고, 살라딘은 지나칠 정도로 변한 것이 없으며 명백히 의도적이라는 사실을 깨달았다. 아니나다를까, 발라브는 *마님*이 돌아가셨을 때 창게즈 *나리*께서 이 집을 마나님의 기념관으로 삼겠다고 선언했다는 말을 들려주었다. 그래서 그녀가 죽은 날로부터 아무것도 변하지 않았다. 그림, 가구, 비누 그릇, 드레스덴산 도자기 발레리나들과 붉은 유리로 만든 싸움소들, 그 모든 것들이 당시 있던 자리에 그대로 있었고, 그때의 탁자 위에 그때의 잡지들이 놓여 있었고, 쓰레기통 속에는 그때의 구겨진 종이 뭉치가 들어 있었다. 마치 이 집도 함께 죽어 방부 처리가 된 것 같았다. 평소처럼 지니가 해서는 안 될 말을 내뱉었다. "미라를 만들어놨군요. 맙소사, 좀 으스스하지 않아요?" 바로 그때, 하인 발라브가 푸른 응접실의 이중문을 막 열고 있을 때, 살라딘 참차는 어머니의 유령을 보았다.

그가 크게 외마디소리를 지르자 지니가 휙 돌아섰다. 참차는 컴컴한 복도 끝을 가리켰다. "저기, 틀림없어, 저 지긋지긋한 신문지 사리, 저 큼직한 헤드라인, 그날 어머니가 입었던, 그, 그……" 그러나 이때 발라브는 날지 못하는 힘없는 새처럼 두 팔을 내저으며, 보십쇼, *도련님*, 저 사람은 카스투르바예요, 잊지 않으셨죠, 제 마누라예요, 제 마누라라고요, 하고 말했다. 암반 웅덩이에서 함께 놀아주던 보모 카스투르바. 그러다가 좀 커서는 나 혼자 나갔고 거기 움푹한 곳에는 상아 안경을 쓴 사내가 있었지. "제발, *도련님*, 화내실 일이 아니고요, *마님*이 돌아가신 후 창게즈 *나리*께서 마누라한테 옷 몇 벌을 주신 건데, 설마 반대하진 않으시겠죠? 어머님은 마음이 넓으셔서 생전에도 뭐든 아낌없이 주셨습죠." 그제야 평정을 되찾은 참차는 자신이 어리석게 느껴졌다. "젠장, 발라브. 제기랄. 물론 반대하진 않아요." 그러자 발라브는 다시 팔다리가 뻣뻣해졌다. 늙은 하인에게 허용되는 언론의 자유로 발라브가 참차를 나무랐다. "죄송하지만요, *도련님*, 나쁜 말을 쓰시면 안 됩니다요."

지니가 방백하듯 말했다. "저 땀 좀 봐요. 놀라서 몸이 더 굳은 것 같네요." 카스투르바가 방에 들어왔다. 그녀와 참차의 재상봉은 충분히 훈훈했지만 아직도 분위기는 어색했다. 발라브는 맥주와 섬즈업을 가지러 나갔고, 이내 카스투르바도 자리를 뜨자 지니가 곧바로 말문을 열었다. "뭔가 좀 수상해요. 그 여자분은 마치 이 집의 주인인 것처럼 걷던데요. 몸가짐도 그렇고. 그리고 아까 그 노인은 두려워했어요. 둘이 뭔가 꾸미는 게 분명해요." 참차는 논리적인 설명을 시도했다. "그 사람들은 대개 둘이서만 시간을 보내지. 아마 잠도 큰 침실에서 잘 테고, 식사를 할 때도 귀한 접시를 쓸 테고, 그러다보니 자기네 집처럼 느껴질 법도 하잖아.” 그러나 그 역시 내심 그 낡은 사리를 입은 *보모* 카스투르바의 모습이 놀랍도록 어머니와 닮았다고 생각했다.

그때 등뒤에서 아버지의 음성이 들려왔다. “너무 오래 떠나 있어서 이젠 살아 있는 *보모*와 죽은 어미도 구별하지 못하는구나.”

얼른 돌아선 살라딘이 발견한 것은 묵은 사과처럼 쭈그러든 아버지의 우울한 모습이었다. 그런데도 그는 살집이 넉넉하던 시절에 입던 값비싼 이탈리아제 양복을 고집했다. 뽀빠이 같던 팔뚝도, 블루토 같던 아랫배도 푹 꺼져버린 지금은 마치 도저히 생각나지 않는 무엇인가를 찾아 자기 옷 속에서 이리저리 헤매는 사람처럼 보였다. 그는 문가에 서서 아들을 바라보았다. 코와 입술도 세월의 마법에 걸려 시들고 일그러져, 도깨비처럼 무섭던 옛 얼굴은 희미한 그림자로 남아 있을 뿐이었다. 참차는 아버지가 더는 누구에게도 겁을 줄 수 없으며, 마력은 사라졌고 이제 무덤이 멀지 않은 늙은이일 뿐임을 알게 되었으며, 한편 지니는 창게즈 참차왈라의 짧게 깎은 평범한 머리를 확인하고 반짝반짝 빛나는 옥스퍼드 편상화를 신은 점으로 미루어 발톱이 11인치나 된다는 소문도 사실이 아니리라 생각하며 약간의 실망감을 느꼈는데, 바로 그때 *보모* 카스투르바가 담배를 피우며 들어와 그들 세 사람, 즉 아버지 아들 정부 앞을 지나 등받이에 단추를 박고 푸른 플러시 천을 씌운 체스터필드 소파 쪽으로 걸어가 앉더니 결코 적지 않은 나이에도 여느 젊은 여배우 못지않게 관능적인 자태를 취했다.

카스투르바의 이 충격적인 등장이 마무리되자마자 창게즈도 겅중겅중 아들 곁을 지나쳐 예전의 *보모* 곁에 자리를 잡았다. 그러자 지니 바킬이 스캔들을 발견한 듯 눈빛을 번뜩이며 참차에게 속삭였다. “입 좀 다물어요. 보기 흉해요." 그리고 문가에는 다시 하인 발라브가 음료 손수레를 앞세우고 나타났는데, 오랜 세월 주인이었던 사람이 자기 아내에게 팔을 두르고 아내도 불평하지 않는 모습을 보면서도 아무런 감정을 드러내지 않았다.

자신을 낳고 창조한 자가 실은 악마 같은 존재임을 알았을 때 자식은 흔히 까다로워지기 마련이다. 참차는 자기도 모르게 따져 물었다. "새어머니는 어떠신가요, 아버지? 잘 지내십니까?"

그러자 노인은 지니에게 말을 건넸다. "이 녀석이 아가씨한테는 이렇게 혼자 도덕군자인 체하지 않았으면 좋겠군. 마음고생이 심할 테니 말이야." 그러더니 아들에게는 더욱 냉엄한 어조로 말했다. "이제야 내 아내한테 관심이 좀 생긴 거냐? 그래봤자 나스린은 네 녀석한테 관심 없다. 이젠 너를 만나려고도 안 해. 용서할 까닭이 있겠냐? 나스린에게 너는 아들이 아니야. 지금은 내 아들도 아닐지 모르지만."

난 아버지와 싸우려고 온 게 아니다. 봐라, 저 늙은 영감을. 싸우면 안 돼. 그렇지만 이건, 이건 도저히 못 참아. 참차는 자신과의 싸움에서 패배하고 결국 신파조로 외쳤다. "어머니가 살던 집입니다! 정부에서는 아버지 사업이 부패했다고 하던데 이제 보니 아버지는 영혼마저 썩어버렸군요. 저분들한테 아버지가 무슨 짓을 하셨는지 보세요. 발라브와 카스투르바 말예요. 돈을 쓰셨겠죠. 얼마나 들었습니까? 저분들 인생을 망쳐놓는 데 말입니다. 아버지는 정신병자예요." 그는 아버지 앞에 버티고 서서 뜨거운 의분을 터뜨렸다.

그런데 뜻밖에도 하인 발라브가 중간에 끼어들었다. "도련님, 송구스럽지만 뭘 안다고 이러십니까요? 툭툭 털고 떠나시더니 이제 와서 우리를 심판하시는구먼요." 살라딘은 발밑에서 방바닥이 푹 꺼진다고 느꼈다. 지옥이 내려다보였다. 발라브가 말을 이었다. "나리께서 저희한테 돈을 주시는 건 사실입죠. 우리가 일을 해드리니까. 그리고 보시는 바와 같은 이런 일 때문이기도 하고." 그러자 창게즈 참차왈라는 저항하지 않는 보모의 어깨를 더 힘껏 움켜쥐었다.

"얼마나 받죠?" 참차가 소리쳐 물었다. "발라브, 남자들끼리 얼마에 합의를 봤습니까? 도대체 얼마를 받고 부인에게 창녀 노릇을 시키는 겁니까?"

그때 카스투르바가 경멸한다는 듯 말했다. "정말 어리석군요. 영국 유학까지 했다면서 머릿속엔 아직도 망상만 가득하네요. 어머니가 살던 집 운운하며 말은 참 거창하게 하시지만 어머님을 별로 사랑하지 않으신 모양입니다. 하지만 우리는 그분을 사랑했어요, 우리 모두. 우리 세 사람 말예요. 그리고 우리는 이런 식으로 그분의 영혼을 살아 계시게 하려는 거라고요."

"일종의 푸자라고 해도 좋겠습니다요." 발라브가 조용히 말했다. "예배 같은 거죠."

창게즈 참차왈라도 자기 하인처럼 조용하게 말을 꺼냈다. "그리고 너는, 너는 이런 사원에 들어온 거다. 불신하는 마음을 품은 채. 참 뻔뻔스럽기도 하구나."

그리고 마지막으로, 지나트 바킬마저 배신했다. "정신 차려요, 살라드." 그녀는 노인 곁으로 다가가서 체스터필드의 팔걸이에 걸터앉았다. "왜 그렇게 심술 사납게 굴죠? 당신도 천사는 아니라고요. 게다가 이분들은 나름대로 방법을 찾아낸 것 같은데."

살라딘은 입을 열다가 도로 다물었다. 창게즈가 지니의 무릎을 톡톡 두드렸다. "저 녀석은 비난하려고 온 거야, 아가씨. 어린 시절에 대해 앙갚음을 하러 온 거라고. 그런데 우리가 상황을 역전시키자 어리둥절한 게지. 이젠 저 녀석에게도 기회를 줘야겠으니 아가씨가 심판을 맡아. 저 녀석에게 판결을 받을 생각은 전혀 없지만 아가씨의 말이라면 내 얼마든지 받아들이지."

저 악당. 늙은 악당. 저렇게 허를 찌르다니, 나는 이게 뭐야, 싸워보지도 못하고 쓰러진 꼴이잖아. 말하지 말아야지, 내가 왜, 이런 식으론 절대로, 이 굴욕감. 살라딘 참차는 말했다. "파운드화가 든 지갑이 있었고 통닭구이가 있었지."

∽

아들은 무엇 때문에 아버지를 원망했을까? 모두 다: 어린 시절의 자신을 정탐했던 일, 무지개 항아리의 갈취, 추방. 이렇게 되지 않을 수도 있었는데 자신을 지금의 이런 모습으로 바꿔버린 일. 자신을 어른으로 만들어준 일. 내-친구들한테는-뭐라고-얘기하란-말이냐. 돌이킬 수 없는 의절과 모욕적인 용서. 새 마누라를 얻고 알라에게 굴복한 일. 죽은 반려자를 숭배하는 이 모독적인 행위. 그리고 무엇보다 마술 램프, 아버지의 열려라참깨. 아버지에게는 모든 것이 쉬웠다. 매력, 여자, 재산, 권력, 지위. 쓱싹쓱싹, 펑, 정령, 소원, 알겠습니다 주인님, 짜자잔. 아버지는 마술 램프를 주겠다고 약속했다가 취소해버렸다.

창게즈, 지니, 발라브, 카스투르바는 움직이지 않고 침묵만 지켰다. 이윽고 살라딘 참차는 얼굴을 붉히며 쩔쩔매다가 말을 멈추었다. 잠시 침묵이 흐른 후 창게즈가 말했다. "오랜 세월이 지났는데도 그토록 격렬한 분노를 품고 있다니. 안타깝다. 장장 사반세기가 흘러갔건만 아들은 여전히 과거의 작은 잘못까지 원망하는구나. 아들아. 나를 무슨 앵무새처럼 어깨에 짊어지고 다니지 마라. 도대체 내가 뭐냐? 다 죽어가잖느냐. 나는 '바다의 노인'*이 아니다. 사실을 직시해라. 더는 네 핑곗거리가 못 돼."

살라딘 참차는 창밖을 내다보다가 마흔 살 먹은 호두나무를 보게 되었다. "잘라버리세요. 잘라서, 팔아서, 현금으로 부치세요."

참차왈라가 일어나 오른손을 내밀었다. 지니도 일어나서 마치 꽃다발을 받는 무용수처럼 그 손을 잡았다. 그 즉시 발라브와 카스투르바는 하인으로 돌아갔다. 마치 귀에 들리지 않는 시계소리가 호박으로 되돌아갈 시간을 알린 듯이. 참차왈라가 지니에게 말했다. "아가씨가 쓴 책. 내가 보여줄 게 있어."

두 사람은 방에서 나갔다. 무력해진 살라딘은 잠시 허둥대다가 성난 듯 발을 쿵쿵 구르며 그들의 뒤를 따랐다. "심술쟁이!" 지니가 어깨 너머로 명랑하게 소리쳤다. "그러지 마요, 철 좀 들라고요."

스캔들곶의 이 집에 보관된 참차왈라의 미술품 컬렉션 중에는 전설

---

* 『아라비안나이트』에서 뱃사람 신드바드의 어깨에 올라타 그를 괴롭힌 노인.

적인 〈함자나마〉 천도 상당수 포함되었다. 영웅 함자의 일생을 묘사한 16세기 연작그림의 일부인데, 이 함자는 우후드 싸움터*에서 전사하여 메카 여자 힌드**에게 간을 먹혔다는 저 유명한 무함마드의 숙부와 동일인물일 수도 있고 동명이인일 수도 있다. 창게즈 참차왈라가 지니에게 말했다. "내가 이 그림들을 좋아하는 이유는 영웅도 실패할 수 있음을 보여주기 때문이지. 곤경에 처했다가 남에게 구원받은 일이 얼마나 많았는지 보라고." 이 그림들은 또한 인도의 예술적 전통이 본래 절충주의적이고 혼성적이라고 했던 지니 바킬의 명제를 뒷받침하는 좋은 증거이기도 했다. 무굴인들은 인도 각지에서 화가를 데려다놓고 이 그림들을 그리게 했다. 화가 개개인의 개성이 모여 수많은 머리와 수많은 붓을 가진 초인적 화가가 탄생했는데, 그것이야말로 문자 그대로 인도의 미술이었다. 한 손은 모자이크가 깔린 방바닥을 그렸고, 한 손은 사람들을 그렸고, 또 한 손은 중국을 연상시키는 구름 낀 하늘을 그렸다. 천의 뒷면에는 각각의 장면에 얽힌 사연을 적어놓았다. 이 그림들은 영화처럼 보여줄 수도 있다. 그림을 높이 치켜들고 영웅의 이야기를 읽으면 된다. 이 〈함자나마〉를 보면 페르시아의 세밀화법과 칸나다 및 케랄라의 화풍이 한데 어우러졌음을 확인할 수 있고, 또한 무굴제국 후기와 같이 힌두교와 이슬람교의 사상이 하나로 융합되었음을 확인할 수 있다.

거인이 구덩이에 갇히고 인간들이 창으로 그의 이마를 찌르며 괴롭힌다. 한 남자는 정수리에서 사타구니까지 수직으로 쫙 갈라져 쓰러지

* 무함마드가 패배한 곳(서력기원 625년, 이슬람력 3년).

** 함자에게 목숨을 잃은 바드르의 딸.

면서도 끝까지 칼을 놓지 않는다. 어디를 보나 유혈이 낭자하다. 살라딘 참차는 다시 마음을 추슬렀다. 그리고 영국인의 목소리로 크게 말했다. "저 잔혹성. 고통을 즐기는 야만성."

창게즈 참차왈라는 아들을 무시하고 지니만 바라보았다. 그녀도 그의 눈을 똑바로 마주보았다. "우리 정부에는 무식한 속물들만 모였어. 아가씨도 동의하겠지? 이 컬렉션 전체를 돈 한 푼 안 받고 기증하겠다고 제안한 적이 있었다네. 제대로 보관하기만 한다면, 건물 하나만 짓는다면 말이야. 보다시피 이 천들은 상태가 별로 안 좋으니까⋯⋯ 그런데 거절하더군. 관심도 없더라고. 아므리카에서는 다달이 한 번씩 제안이 들어오는데 말이야. 이런저런 액수를 제시하면서. 말해줘도 못 믿을 거야. 그래도 안 팔아. 아가씨, 날이면 날마다 미국이 우리 유산을 빼앗아간다고. 라비 바르마의 그림, 찬델라시대의 청동유물, 자이살메르의 격자창. 우리 자신을 팔아먹는 꼴이잖아? 놈들이 땅바닥에 지갑을 떨어뜨리면 우리는 얼른 놈들의 발치에 무릎을 꿇지. 그리고 우리의 난디* 황소는 텍사스 어느 정자에 처박히는 거야. 하지만 이건 아가씨도 다 아는 얘기겠지. 인도가 이젠 자유국가라는 것도 알 테고." 창게즈가 말을 멈추었지만 지니는 그냥 기다렸다. 이야기는 아직 끝나지 않았으니까. 아니나다를까. "언젠가는 나도 그 달러화를 받게 될 거야. 돈 때문이 아니지. 갈보 노릇을 즐기려고. 아무것도 아닌 존재가 되려고. 아무것도 아닌 존재만도 못한 존재." 드디어 나왔다. 진짜 공격, 말 뒤에 감춰진 말, 아무것도 아닌 존재만도 못한 존재. 창게즈 참차왈

* 시바신이 타고 다니는 흰 소.

라는 다시 말을 이었다. "내가 죽으면 뭐가 남지? 빈 신발 한 켤레. 그게 내 운명이야, 저 녀석이 그렇게 만들었어. 저 배우. 저 흉내쟁이. 저 놈은 있지도 않은 자들을 흉내내는 놈이 됐어. 내 뒤를 이을 사람, 내가 이룩한 것을 물려줄 사람은 아무도 없다고. 이게 저 녀석의 보복이야. 나에게서 후손을 훔쳐간 거지." 그는 미소를 지으며 그녀의 손을 톡톡 두드린 후 그녀를 아들에게 보내주었다. 그리고 살라딘에게 말했다. "내가 할 말은 끝났다. 너는 그 통닭을 아직도 품고 다니는구나. 내 불만은 다 얘기했다. 이젠 아가씨가 판정을 내려줘야겠지. 그러기로 했으니까."

지나트 바킬은 너무 큰 양복을 입은 노인에게 걸어가 두 손으로 그의 얼굴을 감싸고 입술에 입맞춤을 했다.

~

변태적인 아버지의 집에서 지나트가 자신을 배신한 후 살라딘 참차는 그녀를 만나지도 않고 그녀가 호텔 데스크에 남겨둔 메시지에 응답하지도 않았다. 〈여갑부〉도 막을 내렸다. 순회공연은 끝났다. 집으로 돌아갈 시간. 종연 파티에 참석한 후 참차는 잠자리로 향했다. 엘리베이터 안에서, 신혼여행중이 분명한 젊은 부부가 헤드폰으로 음악을 듣고 있었다. 젊은 사내가 아내에게 중얼거렸다. "그런데, 말해봐. 당신은 아직도 내가 가끔 낯설어 보여?" 여자는 다정한 미소를 지으며 고개를 흔들고, 안 들려, 헤드폰을 벗었다. 사내가 엄숙하게 다시 물었다. "낯설어 보이냐고, 아직도 가끔, 내가 당신한테?" 여자는 변함없이 미소를 지으며 사내의 높고 여윈 어깨에 잠깐 동안 볼을 갖다댔다. "응, 한두 번쯤은." 그리고 다시 헤드폰을 썼다. 사내도 그렇게 했는데, 그녀의 대답에 충분히 만족한 모양이었다. 그들의 몸은 다시 음악의 리듬을 탔다. 참차는 엘리베이터에서 내렸다. 지니가 그의 방문에 등을 기대고 바닥에 앉아 있었다.

ഗ

방안에서 그녀는 손수 위스키와 소다수를 듬뿍 따랐다. "어린애처럼 구는군요. 부끄러운 줄 알라고요."

그날 오후에 그는 아버지에게서 소포를 받은 터였다. 그 속에는 작은 나무토막 하나와 수많은 지폐가 들어 있었다. 루피화가 아니라 파운드화였다. 말하자면 호두나무의 유골이었다. 미처 정리되지 않은 감정이 가득하던 참인데 마침 지나트가 나타났으므로 그녀가 표적이 되었다. 그는 일부러 사나운 어조로 내뱉었다. "내가 당신을 사랑한다고 생각해? 내가 당신 곁에 남을 거라고 생각해? 나는 유부남이야."

"나를 위해 남아주길 바란 건 아니에요. 왠지 당신을 위해 그러길 바랐던 거라고요."

며칠 전, 그는 부끄러움이라는 주제로 사르트르가 쓴 소설을 가지고 인도에서 각색한 연극을 관람했다. 원본에서는 한 남편이 아내의 부정을 의심하고 현장을 적발하려고 덫을 놓는다. 출장을 떠나는 척하고 나갔다가 몇 시간 후 돌아와 아내를 감시한다. 그는 무릎을 꿇고 대문 열쇠구멍을 들여다본다. 그러다가 등뒤에 누가 있음을 알아차리고 일어서지 않은 채 뒤를 돌아보는데, 거기에는 아내가 불쾌감과 혐오감이 가득한 표정으로 그를 내려다본다. 이 극적인 장면, 남편은 무릎을 꿇고 아내는 내려다보는 이 장면이야말로 사르트르적 상황의 전형이다. 그런데 인도판 연극에서 무릎을 꿇은 남편은 등뒤에 누가 있음을 알아차리지 못하고, 아내에게 기습을 당하고, 벌떡 일어나 아내와 대등하게 맞서고, 미친듯이 날뛰며 고함을 지르고, 마침내 아내가 울음을 터뜨리고 남편이 아내를 포옹하고 두 사람은 화해한다.

"나더러 부끄러운 줄 알라고 했지." 참차는 지나트에게 모질게 말했다. "자기도 부끄러움을 모르면서. 사실 이건 민족성인지도 몰라. 인도인에게는 진짜 비극을 느끼는 데 필요한 윤리적 사고력이 부족해서 부끄러움이라는 개념을 이해하지 못하는 게 아닐까 하는 생각이 드는군."

지나트 바킬은 위스키를 마저 비웠다. "좋아요, 더는 말할 필요도 없어요." 그러더니 두 손을 번쩍 들었다. "항복할게요. 갈래요. 살라딘 참차 씨, 나는 당신이 아직 살아 있는 줄 알았어요. 간신히나마 아직은 숨을 쉬는 줄 알았는데 내 생각이 틀렸어요. 알고 보니 당신은 처음부터 죽어 있었던 거예요."

그리고 눈에 젖을 머금은 채 밖으로 나가기 전에 한 마디만 더. "사람들이 당신 곁에 너무 접근하지 못하게 해요, 살라딘 씨. 방어막을 열어주면 그놈들은 곧바로 당신의 심장을 찌를 테니까."

그다음에는 머무를 이유가 아무것도 없었다. 비행기가 이륙하여 도시 상공에서 비스듬히 선회했다. 저 아래 어딘가에서는 아버지가 하녀를 죽은 아내로 꾸며놓고 있었다. 새로운 교통계획이 수립된 후 시내 중심지는 완전히 막혀버렸다. 정치가들은 출세하기 위해 전국을 가로지르는 파디아트라, 즉 도보순례를 떠났다. 이런 낙서가 있었다: 정치꾼들에게 충고함. 가야 할 길은 단 하나, 지옥행 파디아트라. 혹은, 아삼행.

배우들도 정치에 휘말렸다. MGR,* N. T. 라마 라오, 바크찬. 두르가 코테**는 배우들 협회 하나가 '적색전선'이라고 투덜거렸다. 420편 기내에서 살라딘 참차는 눈을 감았다. 그리고 목구멍 속에서 움찔움찔 꿈틀꿈틀하는 감각에 깊은 안도감을 느꼈다. 그것은 그의 목소리가 저절로 예전의 믿음직한 영국식 억양으로 되돌아간다는 명백한 징후였다.

이번 비행에서 참차 씨에게 발생한 첫번째 불쾌한 사건은 동료 승객들 틈에서 꿈에 본 여인을 발견한 일이었다.

---

* 마루두르 라마찬드란. 배우 출신의 정치인.

** 반공주의 성향의 여배우.

4

꿈속의 여인은 실물보다 키도 작고 우아함도 부족했지만 보스탄호의 통로를 따라 조용히 오가는 그녀를 보는 순간 참차는 그 악몽을 떠올렸다. 지나트 바킬이 떠난 후 어수선한 잠에 빠져들었는데 그때 찾아온 것이 이 불길한 전조였다. 여자 폭파범에 대한 꿈이었다. 그녀의 목소리는 거의 안 들릴 만큼 조용한 캐나다 억양이었으며 그 나직나직한 가락 때문에 마치 아득히 멀리서 들려오는 파도소리 같았다. 꿈의 여인은 폭발물을 주렁주렁 매달아 폭파범이라기보다 차라리 그녀 자신이 하나의 폭탄이었다. 통로에서 걸어 다니는 여자는 아기를 안고 있었고 아기는 소리도 없이 자는 듯했는데, 워낙 교묘한 솜씨로 포대기를 두르고 가슴에 바싹 끌어안아서 참차는 갓난아기의 머리카락 한 올도 볼 수 없었다. 꿈에 대한 기억 때문에 그 아기가 사실은 다이너마이트 다발이나 시한장치라는 생각이 떠올랐고, 막 소리를 지르려다 간신히 이성을 되찾고 자신을 호되게 꾸짖었다. 바로 이런 미신적 망상에서 벗어나려고 떠나는 길이 아닌가. 그는 단정한 양복을 입고 런던으로 향하는 말쑥한 신사였으며 질서정연하고 만족스러운 삶을 누렸다. 그리고 현실 세계에 사는 사람이었다.

그는 다른 프로스페로 단원들과 어울리지 않고 혼자 여행했다. 단원들은 '한번 붙어볼까'라고 적힌 티셔츠를 입고 일반석 곳곳에 흩어져 앉아 나티암* 무희처럼 고개를 흔드는 시늉을 하거나 베나르시 사리를 걸친 우스꽝스러운 모습이거나 비행기에서 주는 싸구려 샴페인을 과음하며 자기들을 비웃는 스튜어디스들에게—인도 여자들이라 배우들이 저질이라는 사실을 잘 아는 그들에게—치근덕거리는 등, 한 마디로 배우들의 전형적인 추태를 보여주었다. 아기를 안은 여자는 백인 배우들을 본체만체 무시해서 그들을 무슨 담배연기나 신기루나 유령처럼 보이게 만들었다. 영국을 망신시키는 영국인들의 꼬락서니는 살라딘 참차 같은 사람에게는 생각하기도 괴로운 일이었다. 그는 관심을 돌리려고 신문을 펼쳤다. 철도를 봉쇄한 시위대를 해산시키려고 봄베이 경찰이 라티를 휘둘렀다. 기자도 팔이 부러지고 카메라가 박살났다고 한다. 그러나 경찰은 이렇게 발표했다. 기자는 물론이고 기타 누구도 계획적으로 공격하지 않았다. 참차는 기내에서의 어수선한 잠에 빠져들었다. 잃어버린 역사와 쓰러진 나무와 우발적인 공격의 도시가 생각에서 아득히 멀어져갔다. 얼마 후 다시 눈을 떴을 때 그는 이 불행한 여

* 얼굴을 돌리지 않고 머리를 좌우로 움직이는 인도 전통춤. 바라타나티암.

행의 두번째 놀라운 일을 보게 되었다. 한 남자가 화장실에 가려고 지나가는 중이었다. 수염이 길고 싸구려 색안경도 끼었지만 참차는 금방 알아볼 수 있었다. 여기, 이 AI-420편의 일반석에 가명으로 탑승한 그 사람은 사라진 슈퍼스타, 살아 있는 전설, 바로 지브릴 파리슈타였다.

"잘 쭈무셨습니까?" 자신을 향한 질문임을 깨달은 참차는 느닷없이 출현한 위대한 영화배우에게서 눈길을 떼고 옆자리를 보았는데, 거기 앉아 있는 사람도 결코 평범한 인물이 아니었다. 뜻밖에도 미국인이었다. 야구모자와 금테 안경을 쓰고 푸른 형광색 부시 셔츠를 입었으며 셔츠에는 금빛 찬란한 중국의 용 두 마리가 서로 몸을 휘감으며 꿈틀거렸다. 참차는 프라이버시의 누에고치 속에 틀어박히려고 진작 이 사내를 보고도 시야에서 삭제해버렸는데 이제 프라이버시는 불가능했다.

금룡 사나이가 크고 불그레한 손을 내밀었다. "유진 덤스데이라구 합니다. 끼독교 쥐님을 모시지요."*

잠이 덜 깬 참차는 머리를 흔들었다. "하인입니까?"

"하! 하! 예, 그렇게 말할 수도 있겠네요. 쩐능하신 쥐님의 비천한 종이니깐요." 아하, 전능하신 주님, 진작 그렇게 말씀하시지. "저는 꽈학자입니다. 제 임무는, 임무이면서 명예라구 해야겠지만, 썬생의 저 위대한 나라를 찾아가서 싸람들 대가리에 콱 박힌 못돼먹은 생각을 아주 뿌리 뽑는 일이었지요."

"무슨 말씀인지 모르겠습니다."

그러자 덤스데이는 목소리를 낮추었다. "원숭이 어쩌구 하는 헛소

* 덤스데이는 텍사스 사투리를 쓴다.

리 말씀입니다. 따윈설. 찰스 따윈의 이단적인 진화론." 어조로 미루어 그에게는 신에 대해 고뇌하며 괴로워하던 다윈의 이름이 바알세불이나 아스모데우스나 루시퍼 등등 꼬리가 두 갈래진 악마의 이름 못지않게 혐오스러운 모양이었다. "저는 썬생 나라 사람들한테 따윈과 그자의 사상을 쪼심하라구 경고했습니다. 슬라이드 쉰일곱 장을 봬줘가면서. 마지막엔 케랄라주 코친의 로터리클럽이 주최한 '세계 이해의 날' 만찬장에서두 깡의했습니다. 우리 나라에 대해, 우리 젊은이들에 대해 얘기했지요. 내가 보기에는 죄다 타락했어요. 미국 젊은이들, 쩔망의 꾸렁텅이에 빠져 마약이나 해대구, 제가 솔직한 사람이라서 하는 얘기지만 혼전 성관계도 서슴지 않는다는 거 아닙니까. 그리고 거기서도 얘기했지만 다시 말하는 건데, 나부터두 우리 증조할아버지가 침팬지였다구 믿는다면 무지무지 울적할 겁니다."

지브릴 파리슈타는 건너편에 앉아 창밖을 내다보았다. 기내 영화가 시작되면서 실내등이 어두워졌다. 아기를 안은 여자는 아기가 울지 않게 하려는 듯 여전히 이리저리 돌아다녔다. "반응이 어떻던가요?" 상대방이 거들어주길 기다리는 듯싶어 참차가 물었다.

사내는 잠시 머뭇거리다가 대답했다. "음향 시설에 문제가 있었던 모양입니다. 그렇게밖엔 생각할 수가 없지요. 내 얘기가 다 끝났다구 생각한 게 아니라면 그 착한 사람들이 왜 자기들끼리 떠들기 시작했겠습니까."

참차는 조금 당황했다. 열렬한 신앙심을 가진 나라에서는 과학이 신의 적이라는 생각이 쉽게 먹혀들리라 짐작했기 때문이다. 그런데 뜻밖에도 코친의 로터리 회원들은 몹시 따분했던 모양이다. 기내 영화의 가물거리는 불빛 속에서 덤스데이는 자신에게 불리한 내용이라는 점을 아는지 모르는지 불친소처럼 순진한 목소리로 주절주절 이야기를 늘어놓았다. 그가 저 근사한 천혜의 항구 코친을, 일찍이 바스쿠 다가마가 향신료를 구하려고 찾아와 동과 서의 모호한 역사를 출발시켰던 그곳 코친을 구경할 때 갑자기 꼬마 하나가 다가오더니 '쉿'이니 '헤이 미스터 오케이'니 하며 말을 걸었다고 한다. "안녕합니까, 예스! 하시시* 좋아, 사히브? 헤이, 미스터아메리카. 예스, 엉클샘, 아편 좋아, 최고급, 최저가? 오케이, 코카인 좋아?"

살라딘은 참지 못하고 낄낄거렸다. 그 사건이 다윈의 보복처럼 생각되었기 때문이다. 덤스데이는 저 딱딱한 빅토리아시대에 살았던 불쌍한 찰스에게 미국의 마약문화에 대한 책임을 덮어씌웠다. 그런데 지구 반대편에 와서는 자기가 그토록 반대하던 부도덕한 문화를 상징하는 존재로 전락해버렸다. 덤스데이는 기분이 상했는지 원망스러운 표정으로 살라딘을 노려보았다. 미국인이 외국에 오다니, 게다가 남들이 왜 그토록 자기를 미워하는지 모르다니, 슬픈 운명이 아닐 수 없었다.

살라딘의 입에서 본의 아니게 웃음소리가 터져나온 후 덤스데이는 잔뜩 토라져 시무룩한 표정으로 꾸벅꾸벅 졸기 시작했고, 참차는 다시 생각에 잠길 수 있었다. 기내 영화라 함은 과연 영화 중에서도 천박하고 시시한 돌연변이로 간주해야 하는 것이며 따라서 자연도태의 과정을 통해 결국 멸종하고 말 일시적 현상일까, 아니면 그것이야말로 영화 산업의 미래일까? 셸리 롱과 체비 체이스 주연의 떠들썩하고 시끌

---

* 인도 대마초로 만든 마취제. 마리화나.

벅적한 코미디 영화만 끊임없이 찍어대는 미래라니, 생각만 해도 끔찍하다. 지옥이 따로 없지…… 참차가 다시 잠들려 할 때 기내에 불이 켜졌고, 영화가 멈추었고, 영화 속의 환상 대신에 텔레비전 뉴스에서나 볼 법한 환상적인 장면이 전개되었다. 무장 괴한 네 명이 고래고래 고함을 지르며 통로를 따라 달려왔다.

승객들은 납치된 비행기 안에 백십일 일 동안이나 억류되었다. 비행기는 희미하게 빛나는 활주로 위에 고립되어 있었고 밖에서는 사막의 엄청난 모래 파도가 휘몰아쳤다. 세 남자와 한 여자로 구성된 납치범들이 조종사를 위협하여 그곳에 착륙한 후 그들을 어떻게 해야 좋을지 아무도 결정을 못 내렸기 때문이다. 그들은 국제공항에 내리지 않고 이 지방의 한 족장이 즐겨 찾는 사막의 오아시스에 어처구니없게도 점보 여객기 규모로 만들어진 거대한 활주로에 착륙했다. 이 활주로에는 이제 6차선 고속도로까지 연결되었는데, 이 길은 독신 남녀들에게 대인기였다. 그들은 이 한적하고 광활한 도로에서 느릿느릿 차를 몰며 서로 추파를 던졌고…… 그러나 420편이 착륙한 뒤로는 장갑차와 군대 수송차와 깃발을 꽂은 리무진이 우글거렸다. 그리고 외교관들이 이 비행기의 운명을 놓고 기습을 하네 마네 옥신각신하는 동안, 남들의 목숨을 담보로 타협책이냐 강경책이냐를 판단하지 못해 전전긍긍하는 동안, 비행기 안팎에는 무거운 적막이 내려앉고 머지않아 신기루가 나타나기 시작했다.

처음에는 일련의 사건이 숨가쁘게 이어졌다. 납치범 사인조는 잔뜩 흥분하여 신경질적이고 공격적이었다. 아이들이 비명을 지르고 공포가 얼룩처럼 번져갈 때 참차는 생각했다. 지금이 최악의 순간이야. 이 자리에서 모두 한꺼번에 황천행일지도 몰라. 그러나 그들은 곧 사태를 장악했다. 세 남자와 한 여자, 모두 키가 컸고 아무도 복면을 쓰지 않았고 모두 잘생겼는데, 이제 그들도 배우였고 유성이든 별똥별이든 스타는 스타였으며 저마다 예명도 있었다. 다라 싱 부타 싱 만 싱. 여자는 타블린이었다. 잠을 자면서 가명까지 생각해낼 겨를이 없었는지 꿈속의 여인은 익명이었다. 그러나 그 여인이 그랬듯이 타블린도 원순모음 O의 발성에서 금방 알아볼 수 있는 매끄러운 캐나다 억양을 사용했다. 비행기가 알잠잠Al-Zamzam 오아시스에 착륙한 후 코브라를 노려보는 몽구스처럼 한시도 눈을 떼지 않고 납치범들을 면밀히 관찰하던 승객들은 세 남자의 아름다움에서 어떤 허세랄까, 위험과 죽음을 사랑하는 성향을 알아차릴 수 있었다. 오아시스의 야자나무 숲속에는 틀림없이 전문적인 저격수들이 매복해 있을 텐데도 그들은 활짝 열린 문가에 모습을 드러낼 때가 많았다. 그러나 여자는 그런 어리석은 짓을 하지 않았고 세 동료를 나무라는 일조차 자제하는 듯했다. 그녀는 자신의 아름다움을 조금도 의식하지 않는 듯했고, 그래서 넷 중에서 가장 위험한 인물이었다. 살라딘 참차가 판단하기에 세 남자는 너무 깔끔하고 자아도취적이어서 손에 피를 묻히고 싶어할 사람들이 아니었다. 그들은 텔레비전에 나가고 싶어 이 자리에 있을 뿐, 차마 사람을 죽이지는 못하리라. 그러나 타블린의 경우는 장난이 아니었다. 그는 이 여자를 예의주시했다. 그리고 생각했다. 남자들은 아무것도 모른다. 그저 영화나 텔레비전에서 보았던 납치범들처럼 행동할 뿐이다. 그들은 현실을 흉내낸 부질없는 허상을 좇을 뿐, 이를테면 제 꼬리를 삼키려고 덤벼드는 벌레 같은 놈들이다. 그러나 저 여자는 알고…… 다라, 부타, 만 싱이 건들건들 으스대며 돌아다닐 때 그녀는 오히려 더욱 차분해지며 자기 안으로 침잠했다. 그래서 승객들에게 가장 두려운 존재였다.

그들은 무엇을 원했을까? 색다른 것은 없었다. 조국의 자주독립, 종교적 자유, 정치범 석방, 정의, 인질들의 몸값, 그리고 자기들이 선택한 나라로 안전하게 보내줄 것. 언제 처형당할지 모르는 상황에서도 많은 승객들이 그들에게 동조했다. 적어도 20세기를 살아가는 사람이라면 자신보다 무모한 사람, 세상을 자기 뜻대로 바꿔놓으려는 사람에게 쉽게 공감하기 마련이다.

착륙 후 납치범들은 오십 명만 남기고 승객들을 모두 풀어주었다. 인질들을 제대로 통제하려면 오십 명까지가 한계라고 판단했기 때문이다. 여자, 어린이, 시크교도는 모두 석방되었다. 나중에 보니 프로스페로 단원 중에서 자유를 얻지 못한 사람은 살라딘 참차 하나뿐이었다. 그러나 그는 이 얄궂은 상황을 별다른 저항감 없이 받아들였고, 혼자 남았다는 데 당황하기보다 행실 나쁜 동료들이 없어져 반갑기만 했다. 속이 다 시원하네.

반면에 창조론을 믿는 과학자 유진 덤스데이는 납치범들이 자신을 풀어줄 생각이 없음을 알게 되자 그만 이성을 잃었다. 그 큰 키로 벌떡 일어서더니 마치 폭풍에 휘말린 마천루처럼 휘청거리며 앞뒤도 안 맞는 말을 고래고래 외쳐대기 시작했다. 입가에서 침이 주르르 흘러내리자 날름날름 미친듯이 핥았다. 아니, 이럴 수가 있습니까, 여보쇼들, 이런 젠장, 보자보자 하니깐, 대체무슨 대체어디서 이렇게 제멋대로, 기타 등등, 그는 생시에 악몽을 꾸고 있는 듯 밑도 끝도 없이 지껄였고, 마침내 네 명 중 한 명, 아니나다를까 여자가 불쑥 다가들어 소총 개머리판으로 냅다 후려갈기는 바람에 나불거리던 턱주가리가 박살나고 말았다. 그뿐이 아니었다. 침을 질질 흘리던 덤스데이는 하필이면 턱이 콱 닫히는 순간에 입술을 핥았고, 그래서 혀끝이 깨끗이 잘려 살라딘 참차의 무릎에 툭 떨어졌고, 곧이어 주인이었던 사람도 혓조각의 뒤를 따랐다. 유진 덤스데이는 혀도 잃고 의식도 잃은 채 맥없이 배우의 품속으로 쓰러졌다.

유진 덤스데이는 혀를 잃은 대신 자유를 얻었다. 납치범들을 설득하려고 나섰던 그는 설득의 도구를 내어줌으로써 설득에 성공했다. 다친 사람을 보살피는 일도, 상처가 썩고 어쩌고 하는 일도 귀찮은 노릇이다. 그래서 덤스데이는 결국 비행기를 나서는 엑소더스 행렬에 합류하게 되었다. 광란의 도가니였던 처음 몇 시간 동안 살라딘 참차의 마음속에는 자질구레한 의문들이 자꾸 떠올랐다. 저 소총은 자동일까 반자동일까, 어떻게 저 많은 쇠붙이를 기내로 숨겨 들어왔을까, 총에 맞아도 안 죽는 부위는 어디어디일까, 저들은 지금 얼마나 두려울까, 저 네 사람은 얼마나 절실하게 자신들의 죽음을 의식하고 있을까…… 그는 덤스데이가 나간 뒤에는 혼자 지내게 되려니 생각했는데, 웬걸, 한 남자가 다가오더니 창조론자가 앉았던 자리에 털썩 앉았다. 앉아도 되겠죠, 친구, 이런 상황에선 말동무라도 있어야 하니까. 영화계의 스타, 지브릴이었다.

지상에서의 처음 며칠이 불안 속에서 흘러간 후—그 기간 동안 터번을 두른 젊은 납치범 세 명은 미치기 일보 직전까지 가서 바락바락 악을 쓰며 사막의 밤을 뒤흔들었는데, 내용인즉슨, 개새끼들아, 이리 나와서 잡아봐라, 그게 아니면, 맙소사 맙소사 저 염병할 놈들이 곧 특공대를 투입할 거야, 제어미붙을 미국 놈들이, 그래, 제누이붙을 영국 놈들이였는데, 그럴 때마다 남은 인질들은 눈을 감고 기도를 올렸으니, 납치범들이 약한 모습을 보일 때가 가장 두려운 순간이기 때문이었다—이윽고 안정 국면으로 접어들며 일상적인 느낌마저 들기 시작했다. 하루에 두 번씩 자동차 한 대가 음식과 음료수를 싣고 와서 보스탄호가 있는 활주로에 내려놓고 갔다. 인질들이 상자를 나르는 동안 납치범들은 안전한 기내에서 그들을 감시했다. 날마다 찾아오는 이 자동차가 외부 세계와의 유일한 접촉이었다. 라디오도 죽은 지 오래였다. 이번 사건은 아주 잊힌 듯했다. 너무 난처한 사건이어서 아예 기록에서 지워버린 듯했다. "저 자식들은 우리가 여기서 썩어 없어질 때까지 기다릴 작정인가봐!" 만 싱이 소리치자 인질들도 진심으로 입을 모았다. "히즈라! 추티아*! 병신들!"

무더위와 침묵이 그들을 휘감았다. 이내 그들의 눈가에서는 유령이 스멀스멀 기어나오기 시작했다. 인질 중에서 가장 긴장한 사람은 염소수염을 기르고 곱슬머리를 짧게 깎은 젊은 사내였는데, 그는 새벽녘에

* 멍청이.

깨어나 공포의 비명을 질렀다. 낙타를 타고 모래언덕을 넘어가는 해골을 보았다고 했다. 다른 인질들도 하늘에 걸린 색색의 공을 보거나 거대한 날개가 퍼덕이는 소리를 들었다. 남자 납치범 세 명은 운명론적인 깊은 우울증에 빠져버렸다. 어느 날 타블린이 비행기 꼬리 쪽으로 그들을 불러내 회의를 열었다. 인질들은 성난 음성을 들을 수 있었다. 지브릴 파리슈타가 참차에게 말했다. "저 여자는 최후통첩을 해야겠다고 말하고 있어. 우리 중 하나가 죽거나 어떻게 될 거야." 그러나 남자들이 돌아왔을 때 타블린은 그들과 함께 있지 않았고 그들의 낙담한 눈빛 속에는 부끄러움이 담겨 있었다. 지브릴이 속삭였다. "저자들은 용기를 잃었어. 아무짝에도 쓸모가 없지. 이제 우리 타블린 비비에게 남은 길은 무엇일까? 없어. *끝장이라고.*"

타블린이 한 일은:

포로들에게 그리고 동료 납치범들에게, 실패나 항복 따위의 생각으로 자신의 결심이 약해지는 일은 결코 없다는 것을 증명하기 위해, 그녀는 잠시 들어가 있던 일등석 칵테일 라운지에서 나오더니 마치 안전대책을 설명하려는 스튜어디스처럼 사람들 앞에 섰다. 그러나 구명재킷을 걸치거나 바람 넣는 물부리를 들어 보이거나 하는 대신 그녀는 헐렁한 검은색 젤라바*를 재빨리 걷어올렸는데, 그렇게 하나뿐이던 옷이 사라지자 알몸이 고스란히 드러났고 사람들은 그녀가 지닌 무기를 똑똑히 확인할 수 있었다. 가슴골에는 별도의 유방처럼 수류탄을 주렁주렁 달았고, 양쪽 허벅지에는 젤리그나이트**를 빙 둘러 테이프로 고

---

* 아랍인이 입는 긴 겉옷. 소매가 넓고 후드가 있다.

** 니트로글리세린이 섞인 강력 폭탄의 일종.

정시켰다. 참차가 꿈속에서 본 그대로였다. 이윽고 그녀가 겉옷을 도로 내린 후 희미한 바다 같은 목소리로 말했다. "어떤 위대한 사상이나 대의가 세상에 등장할 때마다 몇 가지 중요한 질문이 떠오르기 마련이야. 역사가 우리에게 묻지. 너희는 어떤 대의를 지녔느냐? 타협할 줄 모르는 강인하고 절대적인 사람들이냐, 아니면 타협하고 양보하고 굴복하는 기회주의자들이냐?" 대답은 이미 그녀가 몸으로 보여주었다.

하루하루가 계속 지나갔다. 가마솥처럼 뜨겁고 비좁은 공간, 서로가 가깝고도 먼 공간, 그런 곳에 갇혀 지내며 살라딘 참차는 여자와 한바탕 입씨름을 벌이고 싶었다. 불굴의 정신이 때로는 편집병일 수도, 횡포일 수도, 더 나약한 것일 수도 있다고, 오히려 유연한 태도가 더 인도적이고 강인하고 오래 지속될지도 모른다고 말해주고 싶었다. 그러나 물론 아무 말도 하지 않고 무감각하게 하루하루를 보낼 뿐이었다. 지브릴 파리슈타는 앞좌석에 달린 주머니 속에서 덤스데이가 쓴 팸플릿을 발견했다. 그 무렵에 참차는 이 영화 스타가 잠을 안 자려고 얼마나 지독하게 노력하는지 알아차린 터였고, 따라서 지브릴이 그 창조론자의 소책자를 깡그리 외워 암송하는 것을 보고도 별로 놀라지 않았다. 그렇게 안간힘을 썼지만 이미 무거워진 눈꺼풀은 자꾸자꾸 내려앉았고, 그때마다 지브릴은 다시 억지로 눈을 크게 뜨곤 했다. 소책자의 주장은 이러했다. 이젠 과학자들도 신을 다시 발명하느라 바쁜데, 만약 그들이 하나의 통일된 힘이 존재한다는 것을 입증한다면,* 그리고 전자기장과 중력장을 비롯하여 현대 물리학에서 말하는 크고 작은 힘

---

* 통일장 이론.

이 모두 그 통일된 힘의 여러 모습, 이를테면 아바타나 천사 같은 것에 불과하다는 사실을 밝혀낸다면, 그때 우리에게 남는 것은 무엇일까, 그야말로 가장 오래된 존재, 모든 피조물을 다스리는 절대자가 아니겠는가…… "자, 이 친구가 하려는 말은 이거야. 실체가 없는 어떤 힘의 장과 실제로 살아 있는 신 중에서 하나를 선택해야 한다면 어느 쪽을 고르겠느냐? 좋은 지적이잖아? 어차피 전류에게 기도 드릴 수는 없으니까. 무슨 파동波動에 천국의 열쇠를 부탁해봤자 소용없는 짓이고." 그는 눈을 감았다가 다시 번쩍 떴다. 그리고 매섭게 내뱉었다. "다 터무니없는 헛소리야. 구역질나."

처음 며칠이 지난 후로 참차는 더는 지브릴의 입냄새를 느낄 수 없었다. 땀과 불안이 넘치는 이 작은 세계에서는 이제 아무도 향기롭지 않았기 때문이다. 그러나 지브릴의 얼굴은 도저히 무시할 수가 없었다. 잠을 못 자서 눈가에 푸르죽죽한 얼룩이 생기더니 수면에 뜬 기름처럼 차츰 밖으로 번져갔다. 그러다가 마침내 저항력이 바닥나자 살라딘의 어깨에 푹 쓰러져 나흘 동안 단 한 번도 깨어나지 못했다.

이윽고 의식을 되찾았을 때 그는 참차가 염소수염을 기르고 생쥐를 닮은 잘란드리라는 인질과 힘을 합쳐 자신을 기내 중앙의 빈 줄로 옮겨놓았음을 알게 되었다. 그리고 화장실로 가서 십일 분이나 오줌을 누더니 돌아올 때의 눈빛에는 공포가 가득했다. 그는 다시 참차 옆에 앉았지만 한사코 입을 열지 않았다. 이틀 밤이 지났을 때 참차는 그가 또다시 잠의 공격에 맞서 싸우는 소리를 들었다. 아니, 나중에 알고 보니 잠이 아니라 꿈이 문제였다.

지브릴이 중얼거렸다. "세계에서 열번째로 높은 봉우리, 시샤방마

펭, 팔공일삼 미터. 안나푸르나는 아홉번째, 팔천칠십팔." 혹은 거꾸로 시작하기도 했다. "첫번째, 초몰룽마, 팔팔사팔. 두번째, K2, 팔천육백십일. 칸첸중가, 팔천오백구십팔, 마칼루, 다울라기리, 마나슬루. 낭가파르바트, 팔천백이십육 미터."

참차가 물었다. "잠을 자려고 팔천 미터짜리 봉우리들을 외운단 말이야?" 양떼보다 덩치는 크지만 숫자는 그리 많지 않은데.

지브릴 파리슈타는 참차를 노려보았다. 그러더니 곧 고개를 떨어뜨렸다. 모종의 결심을 한 모양이다. "자려는 게 아니야, 친구. 깨어 있으려는 거라고."

∽

그때 비로소 살라딘 참차는 지브릴 파리슈타가 잠을 두려워하게 된 까닭을 알게 되었다. 누구에게나 마음을 털어놓을 사람이 필요한 법인데 지브릴은 부정한 돼지고기를 먹은 후 일어난 일에 대해 아무에게도 말한 적이 없었다. 꿈은 바로 그날 밤부터 시작되었다. 꿈속에서 그는 언제나 그 자리에 있었지만 자기 자신이 아니라 같은 이름을 가진 다른 존재였다. 그렇다고 어떤 역할을 연기했다는 뜻은 아니야, 스푸노, 내가 그였고 그가 나였어, 나는 망할 놈의 지브릴, 바로 대천사 지브릴이었단 말씀이야.

스푸노. 지나트 바킬이 그랬듯이 지브릴도 살라딘의 축약된 성에 대해 유쾌하다는 반응을 보였다. "*형씨*, 히야. 재미있군요, 정말. 기차게 재미있어요. 어쨌든 형씨가 이제 영국산 참차가 되기로 했다면 그렇게 하는 거죠 뭐. 미스터 샐리 스푼이라. 우리끼리 통하는 농담으로 합시다." 지브릴 파리슈타는 남을 화나게 하고도 눈치채지 못하는 경향이 있었다. 스푼, 스푸노, 내 친구 첨치. 살라딘은 전부 싫었다. 그러나 어쩔 도리가 없었다. 그저 싫어하는 수밖에.

그런 별명 때문이었든 아니든 간에 살라딘은 지브릴의 고백이 한심스럽고 허무하다고 생각했다. 꿈속에서 천사가 되었다 한들 무엇이 그토록 이상하단 말인가, 꿈속에서야 온갖 요상한 일들이 벌어지기 마련이고, 그의 꿈도 실은 진부한 과대망상에 불과하지 않은가? 그러나 지브릴은 겁에 질려 식은땀을 흘렸다. 그는 이렇게 호소했다. "문제는 말이야, 스푸노, 내가 잠들 때마다 그 꿈은 중단되었던 부분에서 다시 시작된다는 거야. 똑같은 곳, 똑같은 꿈이라고. 마치 내가 방에서 나간 사이에 누가 비디오를 멈춰놓은 듯이. 아니면, 아니면. 그쪽이 깨어 있고 지금 여기가 지독한 악몽이라는 듯이. 그가 꾸는 지긋지긋한 꿈, 우리 말이야. 여기. 이 모든 일." 참차는 멍하니 그를 쳐다보았다. "정신 나간 생각이지, 맞아. 천사들이 꿈은 고사하고 잠이라도 자는지 어떻게 알아? 내 얘기는 미친 소리로 들릴 거야. 내 말이 맞지?"

"그래. 미친 소리로 들리는군."

그러자 지브릴이 탄식했다. "그렇다면 도대체 내 머리가 어떻게 돼가는 거지?"

∽

잠을 안 자고 버티면 버틸수록 그는 점점 더 말이 많아졌다. 그래서 인질들은 물론이고 납치범들까지, 그리고 420편의 초라해진 승무원들까지—승객들을 경멸하던 스튜어디스들과 번쩍거리던 조종사들은 얼마 전까지만 해도 러미*에 지칠 줄 모르는 열정을 보이더니 이젠 그것마저 시들해졌는지 기내 한구석에 비참한 꼬락서니로 널브러졌다—즐겁게 해주기 시작했다. 그는 점점 더 황당무계한 환생설을 늘어놓았는데, 알잠잠 오아시스 옆의 활주로에 머무는 이 순간을 제2의 임신기간에 비유하며 그들 모두가 이승을 떠나 새로 태어날 환생의 때를 기다리는 중이라고 말했다. 지브릴 자신에게는 이런 생각이 어느 정도 위안을 주는 듯했지만 인질 중에는 그를 목매달아 죽이고 싶어하는 사람들도 많았다. 그러나 그는 의자 위로 펄쩍 뛰어올라 그들이 석방되는 날이야말로 부활의 날이 되리라 설명했고 이 낙관적인 말에 청중도 분노를 가라앉혔다. "이상하게 들리겠지만 사실입니다! 그날이 바로 첫날이지요. 그리고 그날은 우리 모두의 생일이니까 그날부터 죽을 때까지 모두 동갑입니다. 한 어머니에게서 태어난 오십 명의 아이들을 뭐라고 부르죠? 알 게 뭡니까. 오십 쌍둥이. 히야!"

이렇게 흥분하는 지브릴에게 환생이란 슬하에 수많은 개념을 거느린 용어였다. 잿더미 속에서 날아오르는 불사조, 그리스도의 부활, 달라이 라마가 죽는 순간 그의 영혼이 갓 태어난 아이의 몸속으로 옮아간다는 이야기 등등…… 거기에 비슈누의 여러 아바타, 그리고 비슈누를 흉내내어 황소로 둔갑하는 등 유피테르가 변신했던 갖가지 모습이 마구 뒤섞였고, 물론 인간이 바퀴벌레가 되었다가 왕이 되었다가

* 카드놀이의 일종.

하며 해탈의 기쁨을 향해 나아가는 연속적인 과정에 있다는 환생설도 예외는 아니었다. 다시 태어나려면 우선 죽어야 한다. 참차는 지브릴이 그렇게 혼자 떠들며 제시했던 대부분의 사례가 죽지 않고도 변신한 경우였다는 점, 다시 말해서 죽음이 아닌 다른 경로를 거쳐 새로운 육신을 얻은 경우였다는 점을 생각했으나 굳이 반론을 펴지는 않았다. 한창 흥분해서 두 팔을 장엄하게 너울거리던 지브릴도 참차가 끼어들 틈을 주지 않았다. "내 말 알겠지, 낡은 것이 죽지 않으면 새로운 것이 어쩌고 하는 얘기 말이야."

때로는 이런 장광설이 눈물로 끝나기도 했다. 파리슈타는 지칠 대로 지친 나머지 자제력을 잃고 참차의 어깨에 기대어 흐느끼곤 했는데, 그때마다 살라딘은—억류 기간이 길어지면서 인질들은 평소에 꺼리던 일도 서슴지 않게 되었으므로—그의 얼굴을 어루만지고 정수리에 입맞춤을 해주었다. 자, 자, 자. 그러나 짜증을 참지 못할 때도 있었다. 파리슈타가 그람시*의 케케묵은 재담을 일곱번째로 인용했을 때 살라딘은 화가 나서 버럭 고함을 질렀다. 맞았어, 자네가 바로 그런 꼴이란 말이야, 이 떠버리야, 자네는 늙어서 죽어가고 꿈속의 천사가 자네 몸을 빌려 태어나려 하는지도 모른다고.

"정말 정신 나간 얘기 하나 해볼까?" 백 일하고도 하루가 더 지났을

* 이탈리아 사회주의 정치가이자 이론가 안토니오 그람시.

때 지브릴은 참차에게 또하나의 비밀을 털어놓았다. "내가 왜 여기 있게 됐는지 알고 싶어?" 그러더니 제멋대로 말을 이었다. "여자 때문이야. 그렇다니까. 내 평생 최고의 사랑 때문이라고. 그 여자와 나는 통산 삼 점 오 일을 함께 보냈을 뿐인데. 이거야말로 내가 정말 돌았다는 증거 아니겠어? 확실한 증거 말이야, 스푸노, 첨치."

그리고: "자네에게 어떻게 설명해야 좋을까? 겨우 사흘 반이었지만 이게 내 일생일대의 사랑, 가장 깊은 사랑, 하나뿐인 사랑이라는 사실을 깨닫는 데 긴 시간이 필요하겠나? 그녀에게 입을 맞췄을 때 망할 놈의 불꽃이 튀었는데, 친구, 믿거나 말거나, 그녀는 카펫에서 나온 정전기라고 했지만, 전에도 호텔방에서 여자들과 키스한 적이 있는데 그런 일은 난생처음, 그때 딱 한 번이었어. 놀라서 펄쩍 뛸 만큼 짜릿한 전기 쇼크였다고."

그는 그녀를, 산정의 얼음 같은 그 여자를 말로 표현할 수 없었다. 자신의 일생이 산산이 부서져 내리고 오직 그녀만이 삶의 의미가 되어버렸던 그 순간의 느낌을 어떻게 설명해야 좋을지 몰랐다. 결국 포기했다. "이해를 못하는군. 자네는 아직 모든 걸 팽개치고 벌떡 일어나 비행기를 잡아타고 지구 끝까지 찾아갈 만한 여자를 만나지 못한 모양이지. 그 여자는 에베레스트를 정복했단 말이야. 이만구천이 피트, 혹은 이만구천백사십일 피트. 꼭대기까지 올라갔다고. 그런 여자라면 점보제트기로 쫓아갈 만하잖아?"

지브릴 파리슈타가 등반가 알렐루야 콘에 대한 집착을 설명하려고 노력하면 할수록 살라딘은 파멜라에 대한 기억을 불러내려 노력했으나 그녀는 좀처럼 떠올라주지 않았다. 처음에는 지니의 희미한 모습이

나타나기도 했지만 얼마 후에는 아무도 없었다. 지브릴의 열정은 참차에게 미칠 듯한 분노와 좌절감을 안겨주기 시작했지만 정작 파리슈타는 전혀 눈치채지 못하고 그의 등을 탁 치곤 했다. 기운 내, 스푸노, 금방 끝날 테니까.

ശ

백 일하고도 열흘째 되는 날 타블린이 염소수염의 인질 잘란드리에게 다가가 손짓했다. 그녀가 말했다. 우리 인내심이 바닥났다. 몇 번이나 최후통첩을 했는데 반응도 없고, 이제 첫 제물을 바칠 시간이다. 그렇게 말했다: 제물이라고. 그녀는 잘란드리의 눈을 똑바로 들여다보며 사형선고를 내렸다. "네놈이 먼저다. 믿음을 저버린 변절자 새끼." 그녀는 처형 후 비행기가 공격당할지도 모른다며 승무원들에게 이륙 준비를 지시한 후 잘란드리에게 총구를 겨눈 채 문이 열린 기수 쪽으로 몰아갔고 잘란드리는 비명을 지르며 살려달라고 애원했다. "저 여자 눈썰미가 제법이네." 지브릴이 참차에게 말했다. "저 사람은 단발-시르드cut-sird거든." 잘란드리가 첫 표적이 된 까닭은 터번을 버리고 머리를 깎은 죄, 즉 신앙을 배신한 죄 때문이었다. 털 깎은 시크교도a Shorn Sirdarji. 단발-시르드. 이 말은 유죄판결과 다름없다. 항소권조차 없다.

잘란드리는 무릎을 꿇었고, 바지 엉덩이에 얼룩이 번져갔고, 타블린은 그의 머리끄덩이를 움켜쥐고 문 쪽으로 질질 끌고 갔다. 아무도 움직이지 않았다. 다라 부타 만 싱은 이 광경을 외면해버렸다. 잘란드리는 열린 문을 등지고 무릎을 꿇은 자세였다. 타블린이 돌려 앉히고 뒤통수에 대고 발사하자 그는 활주로 위에 털썩 떨어졌다. 타블린이 문을 닫았다.

사인조 중에서 가장 어리고 신경질적인 만 싱이 그녀에게 고래고래 소리쳤다. "이젠 어디로 가야 하지? 어디로 도망치든 특공대가 쫓아올 텐데. 이제 우린 다 끝났어."

"순교는 특권이다." 그녀가 조용히 말했다. "우리는 별이 될 거야. 태양처럼 빛날 거라고."

모래가 끝나고 눈이 나타났다. 유럽은 겨울이었고, 새하얀 융단에 덮여 탈바꿈한 모습이었고, 새하얀 풍경이 어둠 속에서도 어렴풋이 빛났다. 알프스, 프랑스, 영국 해안, 하얀 절벽 너머 하얗게 뒤덮인 초원. 살라딘 참차는 미리 중산모를 푹 눌러썼다. 세상이 AI-420편을, 보잉 747 보스탄호를 다시 발견했다. 레이더가 비행기를 추적했다. 무선 메시지가 치직거리며 날아들었다. 착륙 허가를 원하십니까? 그러나 허가 따위는 요청하지 않았다. 보스탄호는 거대한 바닷새처럼 영국 연안 상공을 선회했다. 갈매기처럼. 앨버트로스처럼. 연료계 눈금이 서서히 내려갔다: 제로를 향하여.

싸움이 붙었을 때 모든 승객은 깜짝 놀랄 수밖에 없었는데, 왜냐하면 이번에는 남자 납치범 세 명이 타블린과 말다툼을 벌이지도 않고, 연료가 어쨌다는 둥 씨팔 무슨 짓이냐라는 둥 성난 어조로 속닥거리지도 않고, 하다못해 자기들끼리 말도 섞지 않아서 마치 모든 희망을 버린 듯싶더니, 느닷없이 만 싱이 이성을 잃고 타블린에게 와락 덤벼들었기 때문이다. 인질들은 이 싸움을 최후까지 지켜보면서도 도무지 자신의 일이라고 실감하지 못했는데, 왜냐하면 비논리적 태평함이랄까, 숙명론이랄까, 아무튼 현실과는 동떨어진 야릇한 분위기가 기내를 지배했기 때문이다. 두 사람이 바닥에 쓰러지는 순간 그녀의 칼날이 그의 배를 꿰뚫었다. 그뿐이었고, 그렇게 금방 끝나버려 더욱더 대수롭지 않은 일처럼 보였다. 그러나 그녀가 벌떡 일어나는 순간 모두가 잠에서 화들짝 깨어나는 듯했고, 타블린이 진심이라는 사실을, 이 사태를 끝까지 밀어붙일 작정이라는 사실을 모두가 명료하게 깨달았는데, 이때 그녀의 손에는 철사 한 가닥이 있었고, 그 철사는 그녀의 겉옷에 감춰진 수많은 수류탄에, 그 치명적인 유방들의 안전핀에 빠짐없이 연결된 상태였고, 그 순간 부타와 다라가 허둥지둥 달려갔지만 타블린은 아랑곳없이 철사를 잡아당겼고, 사방에서 벽이 허물어졌다.

아니, 죽음이 아니다: 탄생이다.

제2부

마훈드

지브릴이 피할 수 없는 일에 굴복할 때, 무거운 눈꺼풀을 이기지 못해 천사 노릇을 하는 꿈속으로 빠져들 때, 그는 사랑 가득한 어머니 곁을 지나가고, 어머니가 부른다, 샤이탄, 넌 샤이탄 같은 녀석이야, 영락없어, 왜냐하면 시내로 가져갈 회사원들의 점심 도시락에 그가 장난을 쳤으므로, 말썽꾸러기 녀석, 그녀의 손이 허공을 가르고, 저 개구쟁이가 비非채식 힌두교도용 도시락 배달원들의 쟁반에 무슬림용 고기반찬을 넣었으니. 꼬마 악마, 하고 꾸짖다가 그녀는 이내 그를 부둥켜안고, 우리 꼬마 천사, 사내애들은 어쩔 수 없다니까, 그리고 그는 어머니 곁을 지나 더 깊은 잠 속으로, 그렇게 떨어지며 점점 자라고, 추락은 오히려 비상처럼 느껴지기 시작하고, 저 아래 아득한 곳에서 어머니의 음성이, 바바, 많이도 자랐구나, 거대하게, 와와, 짝짝짝. 그는 거대하고, 날개는 없고, 지평선을 밟고 서서 두 팔로 태양을 껴안는다. 초기에 꾸던 꿈에서는 태초를 보았는데, 하늘에서 내던져진 샤이탄은 가장 높은 '그것'을, 신의 '보좌' 옆에 우뚝 선 금단의 로테나무*의 가지를 붙잡으려 하고, 그러나 놓치고, 내리꽂히고, 철퍼덕. 그러나 그는 죽지 않고, 죽을 수도 없고, 지옥에서 조용한 유혹의 시를 노래했다. 그가 아는 노래는 얼마나 감미로운가. 그의 딸들이 합창을 맡고, 그렇다, 그 셋, 라트 마나트 우자,** 어미 없는 딸들이 *아비*와 함께 웃어대고, 입을 가린 채 지브릴을 비웃고, 너를 위해 재미있는 걸 준비했어, 킬킬, 너를 위해, 그리고 언덕 위의 저 장사꾼***을 위해. 그러나 장사꾼에 앞서 다른 이야기들도 있으니, 보라, 대천사 지브릴이 이집트 여인 하가르****에게 잠잠Zamzam의 샘을 보여주고, 예언자 이브라힘에게 버림받고 둘 사이에서 태어난 아기와 함께 사막을 헤매던 그녀는 시원한 샘물을 마시고 살아난다. 그리고 다음, 주르훔족이 진흙과 황금 영양을 던져 잠잠을 메운 후 샘은 한동안 잊히고, 그러나 이윽고 진홍색 천막의 무탈리브***** 앞에 지브릴이 다시 나타나 샘을 가리키고, 무탈리브는 은발의 아이를 낳고, 그 아이는 다시 장사꾼을 낳는다. 그 장사

---

* 낙원의 경계에 있다는 나무로, 천사들조차 그 너머로 나갈 수 없다고 한다.

** 이슬람교 이전에 아랍인이 섬기던 사막의 세 여신. 말 그대로 '여신'이라는 뜻의 라트(알라트)는 고대 모신이며 다산의 여신, 마나트는 운명과 시간의 여신, 우자는 샛별의 여신이며 메카의 수호신.

*** 무함마드를 가리킨다.

**** 무슬림이 아랍인의 조상으로 믿는 이스마일의 어머니. 구약성서에는 하갈이라는 이름으로 등장하며, 원래 아브라함의 여종이었다.

***** 압둘 무탈리브. 무함마드의 조부.

꾼, 그가 나타난다.

이따금 지브릴은 자면서도 꿈은 꾸지 않고 다만 잠든 자신을 의식하다가, 꿈을 의식한다고 꿈꾸는 자신을 의식하다가, 곧 두려움이 엄습해오고, 그는 외친다, 신이여, 자비로우신 알라신*이여, 끝장이옵니다, 저는. 머릿속에 귀신이 들었나이다, 미쳤나이다, 돌았나이다, 회까닥했나이다. 장사꾼이 대천사를 처음 보았을 때 그랬듯이 지브릴은 자신이 미쳤다고 생각했고, 암벽에서, 높은 암벽에서, 지지러진 로테나무가 자라는 암벽에서, 세계의 지붕만큼 높은 암벽에서 몸을 던지고 싶었다.

그가 온다. 콘Cone산을 올라 동굴 쪽으로 다가온다. 생일 축하합니다: 그는 오늘부터 마흔네 살이다. 산 밑에서는 군중이 잔치를 벌이건만 그는 홀로 산을 오른다. 생일의 새 옷도 필요 없다. 곱게 다린 그 옷은 침대 발치에 가지런히 개켜놓은 그대로 있다. 금욕적인 취향을 가진 사내. (무슨 장사꾼이 이렇게 괴팍할까?)

질문: 믿음의 반대말은 무엇이냐?

불신은 아니다. 너무 확정적이고 분명하고 폐쇄적이다. 그 자체가 일종의 믿음이다.

의심.

인간의 천성이다. 그러나 천사의 천성은 어떨까? 알라신과 얼간이 인간**의 중간 존재, 그들도 의심할 때가 있을까? 있다: 어느 날 그들은

* allahgod. 동어반복을 이용한 언어유희. '알라'는 아랍어로 '신'을 뜻한다.

** homosap. '지성인'을 뜻하는 '호모사피엔스(homosapiens)'에서 '얼간이'를 뜻하는 'sap'만 남긴 언어유희.

신의 뜻에 도전하여 보좌 밑에 숨어 툴툴거리며 감히 금지된 질문을 던졌다. 반역적인 질문. 이것이 옳지 않습니까. 저것은 논쟁의 여지가 있지 않겠습니까. 자유, 케케묵은 반역적 갈망. 물론 신은 그들을 진정시키기 위해 신의 방식으로 탁월한 경영 수완을 발휘했다. 사탕발림도 마다하지 않았다. 너희는 내 뜻을 지상에 펼치는 매개자가 될 것이며, 인간에게 구원천벌을 내릴 것이며, 어쩌고저쩌고. 그러자 짜자잔, 시위 끝, 각자 다시 후광 뒤집어쓰고 작업 시작. 천사들은 참 쉽게도 누그러진다. 고작 매개자 노릇을 시켜줘도 마냥 좋다고 하프를 튕긴다. 그러나 인간들은 좀더 까다롭다. 무엇이든 의심하는데, 심지어 제 눈으로 보고도 믿지 못한다. 눈 감고 본 것도 마찬가지. 무거운 눈꺼풀이 내려앉고 제 눈깔 앞에 나타나는 것조차…… 그런데 천사들, 도무지 의지가 박약하다. 의지력이란 곧 다른 의견을 갖는 것, 순종하지 않는 것, 반대하는 것.

나도 안다. 악마 같은 생각이지. 지브릴을 방해하는 샤이탄 같은.

나?

장사꾼은: 과연 장사꾼답게 생겼으니, 높은 이마, 매부리코, 넓은 어깨, 좁은 엉덩이. 보통 키, 심각한 표정, 입은 옷은 수수한 천 두 장으로 길이는 각각 4엘*씩, 한 장은 몸에 두르고 한 장은 어깨에 걸쳤다. 커다란 눈, 계집애처럼 긴 속눈썹. 다리 길이에 비해 보폭이 너무 넓어 보일 수도 있지만 그는 원래 발이 빠른 사람이다. 고아들이란 흔히 움직

* 천 길이를 재던 옛 단위.

이는 표적이 되기 쉬우므로 걸음도 빨라지고 반응도 빨라지고 입을 다물 줄 아는 신중함도 겸비하기 마련. 그가 올라온다, 가시덤불을 헤치고 발삼나무 숲을 지나, 돌을 밟고 미끄러지며, 그는 건강한 사람, 아랫배가 물렁물렁한 고리대금업자와는 다르다. 그리고 다시 말하건대: 이렇게 광야로 나서는 일, 때로는 한 번에 한 달씩이나 콘산에서 지내는 일, 그것도 혼자 있고 싶어 그러다니 참으로 특이한 장사꾼이 아닐 수 없다.

그의 이름은: 꿈속의 이름, 꿈이 바꿔놓은 이름. 정확히 발음한다면 '마땅히-감사-드려야-할-사람'이라는 뜻이지만 여기서는 그런 이름을 쓰지 않는다. 그리고 저 아래 자힐리아*에서는 콘-산을-오르내리는-사람이라는 별명을 붙여주었음을 그도 알지만 그것 역시 아니다. 여기서 그는 마호메트도 아니고 모해머드**도 아니고, 그 대신 파랑기***들이 목에 걸어준 악마의 꼬리표를 선택했다. 모욕을 오히려 장점으로 바꾸기 위해, 일찍이 휘그당, 토리당, 흑인들도 모두 남들이 경멸의 뜻으로 붙여준 이름을 자랑스럽게 사용했다. 마찬가지로, 예언자가 되겠다고 산을 오르는 이 고독한 인물도 여기서는 중세부터 아이들을 겁주던 이름, 악마의 동의어, 즉 마훈드라고 칭한다.

바로 이 사람이다. 장사꾼 마훈드, 히자즈****의 뜨거운 산을 오른다.

---

* 메카를 지칭하나, 작가가 바꿔 붙인 이 이름은 '무지' 또는 '미개하다'는 뜻이다.

** MoeHammered. 모하메드(Mohammed)의 발음을 비튼 말장난. '망치에 얻어맞은 놈'.

*** 외국인, 특히 유럽인.

**** 메카가 있는 지역으로 사우디아라비아의 홍해 연안에 해당한다.

저 밑에서 도시의 신기루가 햇살을 받아 반짝거린다.

자힐리아는 순전히 모래만으로 건설된 도시이며 건물도 도시가 자리잡은 사막을 재료로 만들어졌다. 놀라운 광경이 아닐 수 없다. 성벽에 둘러싸이고 네 개의 성문이 있는 이 도시는 전체가 하나의 기적이다. 그곳의 백성들은 이 황량한 고장의 희고 섬세한 모래를—그야말로 변화의 상징인 이 물질을, 불안정과 변천과 배반과 무정형의 전형인 이 물질을—변형시키는 기술을 찾아냈고, 그리하여 그것을 새로 발명한 정착생활의 바탕으로 삼는 연금술을 발휘했다. 불과 서너 세대 전만 하더라도 그들은 방랑생활을 했는데, 그때는 모래언덕처럼 뿌리 없이 떠돌았다. 아니, 방랑 그 자체를 집처럼 뿌리처럼 여겼다고 하는 편이 낫겠다.

—반면에 이민자는 방랑을 하지 않아도 아쉬울 게 없다. 방랑이란 필요악에 지나지 않고 목표는 어딘가에 도착하는 일이다.—

아무튼 자힐리아인들은 이렇게 최근에 정착한 사람들인데, 약삭빠른 장사꾼들답게 큰 대상隊商의 통행로가 만나는 교차 지점에 자리를 잡고 모래언덕들을 마음대로 부렸다. 이제 모래는 이 막강한 도시 장사꾼들을 섬긴다. 모래를 다져 만든 자갈이 자힐리아의 구불구불한 거리를 뒤덮고 밤이면 모래로 만든 화로에서 황금빛 불길이 이글거린다. 장사꾼들의 대저택에는 한없이 높은 모래벽이 우뚝하고 틈새처럼 길쭉한 창에는 유리를 끼웠다. 자힐리아의 골목마다 당나귀들이 매끈한 규소 바퀴가 달린 마차를 끌고 다닌다. 나는 가끔 사악한 상상을 해본다. 거대한 파도를, 거품을 부글거리고 으르렁대며 사막을 가로지르는 드높은 물의 벽을, 부서지는 배들과 허우적대는 팔들을 싣고 콸콸 흐르는 액체의 재앙을, 이 하찮은 모래성을 깨끗이 깔아뭉개 낱낱의 모래알로 되돌려놓을 엄청난 해일을. 그러나 이곳에는 파도가 없다. 물은 자힐리아의 적이다. 질그릇 항아리에 담아 운반할 때도 결코 흘려서는 안 된다(위반자는 무거운 처벌을 받는다). 물이 쏟아진 곳에서는 도시가 무섭게 무너져내리기 때문이다. 길바닥에 구멍이 뻥뻥 뚫리고 집이 기운다. 자힐리아의 물장수들은 필요불가결한 존재이면서도 미움을 받는다. 그렇다고 무시할 수도 없는, 그래서 결코 용서할 수 없는 *천민*이다. 자힐리아에는 비가 내리지 않는다. 규소 정원에도 분수대 따위는 없다. 울타리를 친 안뜰에는 듬성듬성 몇 그루 야자수가 서 있고 나무뿌리는 물기를 찾아 땅속으로 더 깊고 넓게 파고든다. 이 도시는 지하 수맥과 샘에서 물을 얻는다. 그중 하나가 저 유명한 잠잠으로, 이 샘은 동심원 형태의 이 모래 도시에서도 중심부, 그러니까 '검은 돌의 집'* 바로 옆에 있다. 이곳 잠잠에서는 지금 한 베헤슈티, 즉 멸시당하는 물장수가 저 귀중하고 위험한 액체를 길어올린다. 그에게도 이름은 있다. 할리드.**

자힐리아는 장사꾼들의 도시다. 부족의 이름은 상어족***이다.

---

* 메카에서 이슬람교 이전부터 종교 의식의 중심지였던 신전 카바(Ka'aba)를 가리킨다. 그 안에는 하늘에서 떨어졌다는 신비의 돌이 있다.

** 할리드 이븐 알왈리드. 나중에 무함마드 휘하의 장군이 되었다.

*** Shark. 무함마드의 출신 부족인 쿠레이시족을 지칭한다.

바로 이 도시에서, 예언자가 된 장사꾼 마훈드는 세계에서 가장 큰 종교 하나를 일으켰는데, 생일인 오늘 그는 일생일대의 위기를 맞이한다. 귓속에서 속삭이는 목소리가 들린다. 너는 어떤 존재냐? 인간이냐 생쥐냐?

우리는 그 목소리를 안다. 전에도 들어본 적이 있으니까.

마훈드가 콘산을 오를 때 자힐리아는 또다른 기념일을 경축한다. 먼 옛날, 족장 이브라힘이 하가르와 둘 사이에서 태어난 아들 이스마일을 데리고 이곳으로 들어왔다. 그리고 여기, 물도 없는 광야에서 그녀를 버렸다. 그녀가 물었다. 설마 이것이 신의 뜻이란 말입니까? 그는 그렇다고 대답했다. 그리고 떠나버렸다. 나쁜 놈. 태초부터 남자들은 정당화할 수 없는 일을 정당화하기 위해 하느님을 이용했다. 하느님의 뜻은 불가사의하다면서. 그러다보니 여자들이 나에게 의지하는 것도 당연한 일이다. 그러나 본론으로 돌아가자. 하가르는 마법사가 아니었다. 그녀는 믿었다: 그렇다면 나를 죽게 내버려두진 않으시리라. 이브라힘이 떠난 후, 그녀는 아기에게 젖을 먹였다. 이윽고 젖마저 말라버리자 처음에는 사파, 다음에는 마르와, 그렇게 두 언덕 사이를 뛰어다니며 천막을, 낙타를, 인간을 애타게 찾았다. 그러나 아무것도 없었다. 바로 그때 지브릴이 나타나 잠잠의 물을 보여주었다. 그래서 하가르는 살아남았다. 그런데 지금 순례자들이 모여드는 이유는 무엇일까? 하가르의 생존을 경축하려고? 아니, 그건 아니다. 이미 짐작했겠지만 그들은 이브라힘이 이 골짜기를 다녀갔다는 영광스러운 사실을 경축하는 중이다. 퍽도 다정했던 사내를 기리기 위해 여기 모여 예배를 드리고 돈을 펑펑 쓴다.

오늘 자힐리아에는 온통 향기가 진동한다. '아라비아 오도리페라', 즉 아라비아의 온갖 향기가 허공에 맴돈다. 발삼, 계피, 육계, 유향, 몰약. 순례자들은 대추야자술을 마시거나 이브라힘 축제가 열리는 큰 장터를 배회한다. 그런데 이 유쾌한 군중 틈에서 홀로 눈살을 찌푸린 사람이 있다. 길고 헐렁한 흰옷을 걸친 키가 큰 사내, 마훈드보다 거의 머리 하나만큼은 더 커 보인다. 뼈대가 불거진 비스듬한 얼굴선을 따라 턱수염을 짧게 다듬었다. 그의 걸음걸이에는 권력에서 나오는 무시무시한 기품이 깃들어 있다. 그의 이름은? 꿈은 곧 그의 이름을 알려준다. 역시 꿈속에서 바뀐 이름이다. 보라, 카림 아부 심벨을, 자힐리아의 대공이며 저 사납고 아름다운 힌드의 남편인 그를. 이 도시를 다스리는 장로원의 우두머리, 이루 헤아릴 수 없는 재산을 가진 갑부, 성문 부근 돈이 잘 들어오는 신전 몇 곳의 소유주, 수많은 낙타들의 주인, 대상들을 조사하는 감사관, 그리고 그의 아내는 이곳 최고의 미녀. 대체 무엇이 이런 사내의 자신감을 흔들어놓을 수 있겠는가? 그러나 아부 심벨에게도 위기가 닥쳐온다. 한 사람의 이름이 그의 마음을 어지럽힌다. 이미 짐작했겠지만, 마훈드 마훈드 마훈드.

자힐리아 장터의 화려함이여! 크고 향긋한 천막마다 향신료와 센나 잎과 향기로운 나무가 가득 쌓였다. 향료 노점상들도 이곳으로 몰려와 저마다 순례자들의 코와 돈지갑을 차지하려고 경쟁한다. 아부 심벨은 군중 사이를 뚫고 나아간다. 유대인, 단성론자*, 나바테아인 등의 장사꾼들이 금과 은을 팔거나 사고, 무게를 달아보고, 능숙한 이로 금화나 은화를 깨물어본다. 이집트산 아마포도 있고 중국산 비단도 있다. 바스라에서 온 무기와 곡류도 있다. 도박과 술과 춤도 있다. 노예도 판다. 누비아인, 아나톨리아인, 에티오피아인. 상어 부족은 네 파로 나뉘어 각각 장터의 한 구역을 장악했는데, 진홍색 천막에서는 향료와 향신료를 팔고 흑색 천막에서는 옷감과 가죽을 판다. 은발파銀髮派는 귀금속이나 도검류를 맡았다. 그리고 오락 사업은—주사위, 배꼽춤 무희들, 야자술, 하시시 또는 아편** 흡연 등등—이 부족의 네번째 일파인 '얼룩낙타파'의 관할인데, 그들은 노예 판매업도 겸한다. 아부 심벨은 춤 천막 한 곳을 들여다본다. 순례자들이 왼손에 돈주머니를 들고 있다. 이따금 동전 하나가 주머니에서 오른손으로 옮겨간다. 무희들은 땀을 흘리며 온몸을 흔들고, 그러면서도 순례자들의 손끝에서 한시도 눈을 떼지 않는다. 동전이 더 나오지 않으면 춤도 끝난다. 위대한 아부 심벨은 얼굴을 찌푸리며 천막 자락을 놓는다.

자힐리아는 몇 겹의 동그라미 모양으로 건설되었다. 집들은 검은 돌의 집을 둘러싸고 차츰 밖으로 퍼져나가는데, 그 순서는 대체로 재산이나 지위에 따른다. 아부 심벨의 저택은 제일 안쪽에 있는 첫번째 동그라미에 속한다. 그는 구불구불하고 바람이 부는 방사상 도로를 따라 걸으며 이 도시에 우글거리는 수많은 점쟁이들을 지나친다. 그들은 순례자에게서 돈을 받고 저마다 새나 짐승이나 뱀 따위의 정령에 신들

---

* 그리스도가 신인양성(神人兩性)을 지녔다고 믿는 양성론자와 달리, 성육신한 그리스도는 신성과 인성이 완전히 융합된 존재라고 주장하는 기독교인.

** 아편.

려 짹짹거리거나 으르렁거리거나 쉭쉭거린다. 한 여자 점쟁이가 고개도 들지 않고 쭈그려 앉으며 그의 앞을 가로막는다. "아가씨 마음을 사로잡고 싶으냐? 적을 굴복시키고 싶으냐? 이리 오너라. 내 매듭을 믿어보아라!" 그러면서 인생을 묶는다는 매듭진 밧줄 한 가닥을 들어 보인다. 그러다가 상대가 누구인지 보더니 실망하여 팔을 내리고 뭐라고 중얼거리며 슬그머니 모래 속으로 도망친다.

어디를 가나 소음, 팔꿈치. 시인들이 상자 위에 서서 시를 낭송하고 순례자들은 그들의 발치에 동전을 던져준다. 어떤 시인은 라자즈를 읊조리는데, 이 시의 사보격 운율은 낙타의 걸음걸이를 본떴다고 한다. 다른 시인은 카시다를 낭송한다. 변덕스러운 연인에 대한 시, 사막의 모험에 대한 시, 야생당나귀 사냥에 대한 시. 내일은 연례 시 경연대회가 열리는 날이고, 대회가 끝나면 검은 돌의 집 벽에 최우수작 일곱 편이 내걸린다. 시인들은 이 중요한 날에 대비하여 연습중이다. 아부 심벨은 음유시인들이 노래하는 지독한 풍자시를 듣고 웃음을 터뜨린다. 어느 족장의 위촉으로 다른 족장을 헐뜯는 시, 어느 부족의 위촉으로 이웃 부족을 헐뜯는 시. 그러다가 한 시인이 따라붙는 것을 보고 고개를 끄덕여 인사한다. 손가락을 가만두지 못하는 영리하고 날렵한 청년이다. 이 젊은 풍자시인의 혀는 벌써부터 자힐리아 전역에서 두려움의 대상이지만 아부 심벨에게는 제법 공손한 편이다. "뭐가 그리 바쁘십니까, 대공 나리? 그나마 남은 머리마저 다 빠지게 생겼네요." 아부 심벨은 일그러진 미소를 짓는다. "대단하더군. 젖니도 빠지기 전에 그런 명성을 얻다니. 하지만 조심하게. 그 젖니를 다 뽑아버리기 전에." 쾌활한 어조로 놀리는 말이지만 그의 권력이 워낙에 막강해서 쾌활함조차도 사뭇 위협적이다. 그러나 젊은이는 태연하다. 그는 아부 심벨과 보조를 맞추며 대꾸한다. "젖니 한 개를 뽑으실 때마다 더 튼튼한 이빨이 새로 나올 겁니다. 더 깊이 물어뜯고 더 많은 피를 볼 수 있겠지요." 대공은 건성으로 고개를 끄덕인다. "피맛을 즐기는군." 청년은 어깨를 으쓱거린다. "시인이 해야 할 일이지요. 말할 수 없는 것을 말하는 일, 거짓을 손가락질하는 일, 어느 한 편에 서서 논쟁을 일으키고 세상을 가다듬어 잠들지 못하게 만드는 일." 그리고 자신의 시에 찔려 상처가 나고 피의 강물이 흐르면 거기서 양분을 얻는다. 그는 풍자시인 바알* 이다.

장막을 드리운 가마 한 대가 지나간다. 어느 귀부인이 아나톨리아 노예 여덟 명의 어깨에 실려 장터를 구경나온 모양이다. 아부 심벨은 바알의 팔꿈치를 붙잡고 길 밖으로 끌어내는 체하며 속삭인다. "안 그래도 자네를 찾고 있었네. 괜찮다면 얘기 좀 하지." 바알은 대공의 교묘한 말솜씨에 감탄한다. 사람을 찾을 때도 그는 상대방이 스스로 사냥꾼을 찾아온 사냥감 같은 기분을 느끼게 한다. 아부 심벨의 손아귀에 힘이 들어간다. 그는 바알의 팔꿈치를 쥐고 도시 중앙의 지성소로 데려간다.

"자네한테 맡길 일이 있어. 문학적인 일일세. 나도 내 한계를 잘 안다네. 각운으로 적개심을 드러내는 재간, 운율 속에 비방을 담는 솜씨, 그건 내 능력 밖이거든. 자네도 알겠지만."

그러나 바알은, 이 오만하고 건방진 젊은이는 갑자기 뻣뻣해지며 점

---

* 고대 페니키아 및 이집트의 신 이름. 유대교 및 기독교에서는 악마로 간주하여 배격했으며 바알세불과 동일시하기도 했다.

잔을 뺀다. "예술가가 정치의 하수인이 되는 건 옳지 않습니다." 그러자 심벨의 음성이 더욱 낮아지며 부드러운 리듬을 탄다. "아, 그렇겠지. 반면에 암살당할 짓을 하는 건 아주 명예로운 일이고." 요즘 자힐리아에는 죽은 자에 대한 숭배가 만연한다. 어떤 사람이 죽으면 고용된 대곡代哭꾼들이 제 몸을 때리고 가슴을 할퀴고 머리를 쥐어뜯는다. 그리고 오금을 자른 낙타 한 마리를 무덤 위에 남겨 죽어가게 한다. 망자가 살해된 경우에는 가장 가까운 친족이 나서서 금욕을 맹세하고 살인자를 추적하여 마침내 피를 피로 갚고 만다. 이때 시를 지어 자축하는 것이 관습이지만 보복자가 시적 재능을 겸비한 경우는 그리 많지 않다. 그래서 많은 시인이 암살의 노래를 지어주며 생계를 이었는데, 이렇게 피를 찬양하는 시쟁이 중에서도 가장 뛰어나다고 널리 인정받는 자가 바로 이 조숙한 논객 바알이다. 그러나 직업에 대한 그의 자부심은 대공의 비웃음에도 아랑곳하지 않는다. "그거야 문화적인 일이지요." 그러자 아부 심벨은 검은 돌의 집의 대문 앞에 이르러 더욱 부드러운 어조로 속삭인다. "그럴지도 모르지. 하지만 바알, 이번만은 양보하게. 내게도 자네에게 작은 부탁을 할 만한 자격은 있잖나? 우리 둘 다 같은 여인을 사랑하는 듯한데 말이야."

그러자 바알의 얼굴에서 핏기가 싹 가신다. 마치 껍질이 떨어져나가듯 자신감도 자취를 감춘다. 대공은 그런 변화를 눈치채지 못한 듯 풍자시인을 안으로 밀어넣는다.

자힐리아 사람들은 이 골짜기를 세계의 배꼽이라고 부른다. 지구가 만들어질 때 이 지점을 중심으로 회전했다고 한다. 아담도 이곳에 와서 기적을 보았다. 우뚝 솟은 에메랄드 기둥 네 개가 찬란하게 빛나는 거대한 루비를 높이 떠받쳤는데 그 밑에는 그의 영혼을 상징하듯 역시 스스로 빛을 발하는 커다란 흰색 돌이 있었다. 아담은 이 환상을 영원히 지상에 묶어두기 위해 그 주변에 튼튼한 담을 쌓았다. 그것이 최초의 집이었다. 이 집은 그후 여러 차례 재건되었으며—하가르와 이스마일이 천사의 도움으로 살아난 후 이브라힘이 새로 짓기도 했다—수세기 동안 무수한 순례자들이 어루만진 까닭에 흰 돌이 차츰 검게 변했다. 그러다가 우상의 시대가 시작되었다. 마훈드의 시대에는 신이 내려주신 돌 주위에 자그마치 삼백육십 개의 석상이 놓여 있었다.

아담이 이 꼴을 본다면 어떻게 생각할까? 지금 이곳에는 그의 자식들도 있다. 헌금통 위쪽에는 히트의 아말렉족*이 들여온 거대한 후발** 석상이 서 있다. 양치기 후발, 차오르는 조각달 후발. 무섭고 험악한 카인도 있다. 그는 이지러지는 조각달이며 대장장이이며 음악가다. 그에게도 숭배자들이 있다.

안으로 들어서는 대공과 시인을 후발과 카인이 내려다본다. 그리고 디오니소스와 유사한 나바테아 샤라의 신, 샛별의 신 아스타르테, 음침한 나크루. 이쪽에는 태양신 마나프! 보라, 저쪽에서는 독수리 형상의 나스르가 거대한 날개를 펄럭인다! 보라, 무지개를 움켜쥔 쿠자를…… 그야말로 순례자들의 게걸스러운 욕망을 빠짐없이 채워줄 신들의 잔칫상이 아니랴, 그들의 더러운 갈증을 남김없이 씻어줄 석상들의 홍수가 아니랴. 이 신들은 나그네들을 유혹하기 위해—순례자들이

---

* 구약성서에서 이삭의 맏아들이었으나 동생 야곱에게 장자의 상속권을 팔아버린 에서의 후손.

** 아담의 차남 '아벨'의 아랍식 표기.

그렇듯이—세계 각지에서 이곳으로 왔다. 가히 세계우상박람회라고 할 만하다.

이쪽에는 알라라는 (간단히 '신'이라는 뜻의) 이름을 가진 신도 있다. 자힐리아인들에게 물어보면 전반적인 권능을 가진 신이라고 대답하겠지만 인기는 별로 없다. 전문 분야를 가진 신들이 유행하는 시대에 만능 재주꾼이라니.

아부 심벨과 진땀을 흘리기 시작한 바알은 이윽고 자힐리아에서 가장 사랑받는 세 여신의 제단이 나란히 놓인 곳에 이르렀다. 그들은 세 여신 모두에게 고개 숙여 절한다. 빛나는 얼굴의 우자, 아름다움과 사랑의 여신. 어둡고 불분명한 마나트, 얼굴을 돌리고 있어 의도를 짐작할 수 없으며 손가락 사이로 모래를 떨어뜨린다. 그녀는 운명을 담당한다. 마지막으로 셋 중에서 가장 높은 여신, 모신이며 그리스인들이 라토라고 부르는 여신. 그러나 여기서는 일라트라고 부르기도 하고 대개는 알라트라고 부른다. 여신이라는 뜻. 이름만 보더라도 알라와 짝을 이루는 동격의 신이다. 전능한 라트. 그때 바알이 갑자기 안도의 표정을 떠올리며 바닥에 몸을 던져 여신 앞에 엎드린다. 아부 심벨은 그대로 서 있다.

대공 아부 심벨의 가족—아니, 정확히 말하자면 그의 아내 힌드의 가족—은 이 도시의 남문에 있는 유명한 라트 신전을 관리한다. (그들은 동문의 마나트 신전과 북문의 우자 신전에서도 돈을 벌어들인다.) 이런 이권이야말로 대공이 가진 엄청난 재산의 기반이고, 따라서 대공도 물론 라트의 신자다. 그리고 이 여신에 대한 시인의 신앙심은 이미 시내 전역에 잘 알려졌다. 아까 그 말은 여신을 가리키는 거였구나! 바알은 엎드린 채 안도감으로 몸을 떨며 수호여신에게 감사드렸다. 여신은 자비로운 얼굴로 그를 굽어본다. 그러나 여신의 표정이란 믿을 것이 못 된다. 바알의 생각은 심각한 착각이었다.

대공이 아무런 경고도 없이 시인의 옆구리를 걷어찬다. 이제 안심해도 된다고 생각하다가 느닷없이 공격을 받은 바알은 비명을 지르며 데굴데굴 굴러가고, 대공은 따라가며 계속 발길질을 퍼붓는다. 갈비뼈 하나가 뚝 부러지는 소리가 들린다. 여전히 나지막하고 상냥한 목소리로 대공이 말한다. "변변찮은 놈. 불알이 콩알만 한, 앵앵거리는 뚜쟁이 같은 놈. 네 놈이 풋사랑을 품었다 한들 라트 신전의 주인이 너 따위 녀석에게 맞먹자고 할 줄 알았더냐?" 그리고 다시 발길질, 정확하고 규칙적이다. 바알은 아부 심벨의 발치에서 울음을 터뜨린다. 지금 검은 돌의 집에는 다른 사람도 많지만 누가 감히 대공의 분노를 가로막으랴? 그렇게 바알을 괴롭히던 대공이 별안간 쭈그려 앉더니 시인의 머리끄덩이를 쥐고 고개를 홱 젖히며 귓가에 속삭인다. "바알, 내가 말한 여인은 여신이 아니었다." 그 순간 바알은 자기연민에 빠져 무시무시하게 울부짖는다. 자기 목숨이 여기서 끝난다는 것을 알았기 때문이다. 아직도 해야 할 일이 많은데 죽어야 하다니, 가엾어라. 대공의 입술이 귀를 스친다. 아부 심벨이 소곤거린다. "겁에 질려 똥이나 싸는 낙타 같은 놈, 네놈이 내 아내와 붙어먹는다는 사실을 안다."

아부 심벨, 오쟁이 진 대공이 일어서며 명령한다. "일어낫!" 바알은 얼이 빠진 채 대공을 따라 밖으로 나간다.

이스마일과 그의 어머니인 이집트 여인 하가르의 무덤은 검은 돌의 집에서 서북쪽에 있으며 낮은 담장에 둘러싸였다. 아부 심벨은 그곳으로 다가가다가 조금 못 미쳐 걸음을 멈춘다. 경내에 남자 몇 명이 모였다. 물장수 할리드도 있고, 살만이라는 이국적인 이름을 가진 페르시아 출신의 쓸모없는 놈팡이도 있고, 이 인간쓰레기 삼총사의 마지막 인물은 노예 빌랄이다. 마훈드가 해방시킨 노예, 검고 거대한 괴물, 몸집에 어울리는 목소리를 가진 놈. 세 게으름뱅이가 경내 담장에 걸터앉았다. 아부 심벨이 말한다. "저 쓰레기들. 바로 저놈들이 네 표적이다. 놈들에 대해서 써. 놈들의 우두머리에 대해서도." 겁에 질렸으면서도 바알은 의혹을 감추지 못한다. "대공 나리, 저 머저리들, 저 촌놈들 말씀입니까? 저놈들은 걱정하지 않으셔도 될 텐데요. 도대체 무슨 생각을 하시는 거죠? 마훈드의 하나뿐인 신 때문에 신전들이 파산할까봐서요? 삼백육십 대 일인데 설마 하나 쪽이 이길까요? 그럴 리 없죠." 그는 낄낄거린다. 히스테리에 가깝다. 그러나 아부 심벨은 여전히 차분하다. "욕지거리는 나중에 시 쓸 때나 써먹어라." 그러나 바알은 멈추지 못하고 계속 낄낄거린다. "물장수와 이민자와 노예 들의 혁명이라…… 히야, 대공 나리. 정말 무섭네요." 아부 심벨은 킥킥대는 시인을 유심히 바라본다. "그래, 맞아, 넌 두려워해야 돼. 시를 써라. 그게 네 최고 걸작이 되길 기대하겠다." 바알은 풀이 죽어 푸념을 늘어놓는다. "보잘것없는 재능일망정 저런 놈들한테 써먹긴 좀 아까운데……" 그러다가 말이 너무 많았음을 깨닫는다.

"시키는 대로 해라." 아부 심벨이 마지막 말을 던진다. "너는 선택의 여지가 없다."

대공은 자기 침실에 누워 있고 첩들이 그를 보살핀다. 듬성듬성한 머리를 위해 코코넛 기름을, 미각을 위해 포도주를, 쾌락을 위해 혀를. 그 애녀석 말이 옳아. 나는 왜 마훈드를 두려워할까? 그는 괜스레 첩들의 수를 헤아려보다가 열다섯에서 손을 내저으며 포기해버린다. 그 애녀석. 힌드는 그 녀석을 계속 만날 거야, 틀림없어. 그녀가 원하는데 그놈인들 별수 있나? 이것이 자신의 단점임을 그도 잘 안다. 너무 많이 알고 너무 많이 참는다. 그러나 그에게도 온갖 욕망이 있는데 그녀라고 없으랴? 다만 그녀가 은밀하게 즐기기만 한다면, 그리고 그가 그 사실을 모르지만 않는다면. 그는 꼭 알아야 한다. 안다는 것, 그것은 마약이다. 그는 앎에 중독되었다. 모르는 것은 용납하지 못한다. 그 이유만으로도 마훈드는 그의 적이다. 마훈드와 그 너절한 패거리. 애녀석이 비웃는 것도 당연하다. 그러나 대공은 그렇게 편안히 웃지 못한다. 적수가 그렇듯이 대공도 신중한 사람이다. 늘 발끝으로 조심조심 걷는다. 그는 그 거인을, 노예 빌랄을 떠올린다. 언젠가 라트 신전 앞에서 빌랄의 주인이 빌랄에게 신들의 수를 물었다. "하나입니다." 빌랄은 그 우렁차고 음악적인 목소리로 대답했다. 신성모독, 사형에 처할 만한 중죄였다. 사람들이 그를 장터에 눕히고 가슴에 돌덩이를 올려놓았다. 몇이라고 했느냐? 빌랄은 다시 대답했다. 하나입니다, 하나. 두번째 돌덩이가 올라갔다. 하나 하나 하나. 결국 마훈드가 주인에게 거금을 치르고 빌랄을 해방시켰다.

아부 심벨은 생각한다. 그래, 바알 녀석이 틀렸어. 놈들을 상대하는 건 시간 낭비가 아니야. 나는 왜 마훈드를 두려워하는가? 바로 그것, 하나 하나 하나, 그자의 그 무시무시한 단수單數 때문이다. 반면에 나는 항상 나뉘어 있다. 항상 둘이나 셋이나 열다섯이다. 그자의 마음도 이해할 수 있다. 그자도 누구 못지않게, 어느 장로 못지않게 부유하지만 가문이 변변찮은 탓에 우리는 그를 끼워주지 않았다. 고아 출신이라는 이유로 거상巨商 반열에서 소외되었으니 자기 몫의 대접을 못 받고 기만당했다고 느낄 만도 하다. 그자는 옛날부터 야망이 컸다. 야심 있으나 고독했다. 혼자 언덕을 오르는 사람은 정상에 도달하지 못한다. 혹시 거기서 천사라도 만난다면 또 모를까…… 그래, 바로 그거야. 그자가 무엇을 노리는지 알겠어. 그렇지만 그는 나를 이해하지 못할 거야. 나는 어떤 존재인가? 나는 굽힌다. 흔들린다. 확률을 계산하고 상황에 따라 움직이고 사태를 조작하고 그리하여 살아남는다. 그렇기 때문에 힌드의 간통도 눈감아준다. 우리는 어울리는 한 쌍이다. 불과 얼음. 그녀 가문의 문장, 저 유명한 붉은 사자, 수많은 이빨을 가진 맨티코어*. 그녀가 풍자시인과 놀아나든 말든 내버려두자. 어차피 우리 사이에서 중요한 것은 육욕이 아니었으니까. 그녀가 싫증을 내면 그때 가서 녀석을 처치하면 그만이다. 자힐리아의 대공은 서서히 잠들며 생각한다. 펜이 칼보다 강하다니, 다 헛소리지.

* 사람의 머리, 사자 또는 호랑이의 몸, 용 또는 전갈의 꼬리를 가진 괴수.

∽

자힐리아가 번성한 것은 모래가 물을 이긴 덕분이다. 옛날에는 바다보다 사막이 상품을 운반하기에 더 안전하다고 생각했다. 바다에서는 언제 우기가 닥칠지 모른다. 기상학이 등장하기 전에는 그런 일을 예측할 수 없었다. 그래서 대상을 위한 여관이 번창했다. 세계 각지의 산물이 자파르에서 시바로, 거기서 자힐리아와 야트리브*의 오아시스를 거쳐 모세가 살던 미디안으로, 거기서 다시 아카바와 이집트로 이동했다. 자힐리아에서 시작되는 교역로도 있었다. 동쪽이나 동북쪽으로 가면 메소포타미아와 거대 제국 페르시아였다. 솔로몬왕이 시바의 여왕을 사랑했던 팔미라와 페트라로 가는 길도 있었다. 풍요로운 시절이었다. 그러나 지금은 반도 주변의 물길을 오가는 배도 전보다 튼튼하고, 뱃사람들의 솜씨도 늘었고, 각종 항해도구도 더욱 정확하다. 낙타 행렬은 배들에 사업을 빼앗긴다. 사막의 배와 바다의 배, 이 오랜 경쟁관계에서 힘의 균형이 깨져간다. 자힐리아의 지배자들은 초조해하지만 뾰족한 수가 있을 리 없다. 아부 심벨은 이 도시가 그나마 무너지지 않고 지탱하는 것은 순례자들 덕분이 아닐까 생각하곤 한다. 장로원은 새로운 순례자들을 이 모래 도시로 유인하기 위해 세계 각지에서 이국의 신상들을 들여온다. 그러나 그 일에도 경쟁자들이 있다. 시바에 거대한 신전이 건설되어 검은 돌의 집을 위협한다. 많은 순례자들이 남쪽으로 몰려가는 탓에 자힐리아 장터에 모여드는 숫자는 점점 줄어든다.

---

* 메디나의 옛 이름.

아부 심벨의 건의에 따라 자힐리아의 지배자들은 종교의식에 곁들일 양념으로 몇 가지 매혹적인 세속적 요소를 도입했다. 그리하여 이 도시는 방탕한 곳으로도 명성을 얻게 되었다. 도박장, 매음굴, 그리고 음란한 노래와 시끄러운 광란의 음악이 있는 도시. 한번은 상어 부족의 일부가 순례자들의 돈에 눈이 어두워 무리한 짓을 저질렀다. 검은 돌의 집 문지기들이 피곤한 나그네들에게 뇌물을 요구하기 시작했는데, 겨우 푼돈을 내놓는 데 앙심을 품은 문지기 네 명이 높고 가파른 계단에서 나그네 둘을 떠밀어 죽게 만든 사건도 발생했다. 이런 관행은 역효과를 거두어 사람들이 이곳을 다시 찾고 싶지 않게 만들 뿐이고…… 요즘은 몸값을 노려 여자 순례자를 납치하거나 첩으로 팔아버리는 일도 흔하다. 젊은 상어 패거리들이 시내를 돌며 자기들의 법을 행사한다. 아부 심벨이 남몰래 우두머리들을 만나 모두 규합했다는 소문도 들린다. 이런 세상에서 마훈드는 그런 가르침을 전하고 있다. 하나 하나 하나. 이런 다양성 속에서는 매우 위협적으로 들리는 말이다.

대공이 일어나 앉자마자 첩들은 다시 기름칠과 머리단장 등을 시작하려고 다가온다. 대공은 손을 내저어 그들을 물리고 손뼉을 친다. 내시가 들어온다. 아부 심벨이 명을 내린다. "카힌* 마훈드의 집에 심부름꾼을 보내라." 그자에게 작은 시험을 마련하는 거야. 공평한 싸움이지. 겨우 삼 대 일이니까.

---

* 예언자.

물장수 이민자 노예: 마훈드의 세 제자가 잠잠의 우물에서 몸을 씻는다. 이 모래 도시에서 물에 집착하는 그들은 정신병자 취급을 받기 십상이다. 세정식洗淨式, 언제나 세정식, 다리는 발끝에서 무릎까지, 팔은 팔꿈치까지, 머리는 목까지만. 몸통은 조금도 적시지 않고 팔다리와 머리만 씻다니 얼마나 괴상한 자들인가! 철퍼덕, 찰파닥, 씻고 기도하고. 무릎 꿇고, 무소부재의 모래 속에 팔과 다리와 머리를 처박고, 다시 물과 기도를 되풀이하고. 바알에게는 독설을 퍼붓기 딱 좋은 행동이 아닐 수 없다. 그렇게 물을 좋아하는 것은 일종의 반역이다. 자힐리아 사람들은 모래의 전능함에 순응하기 때문이다. 모래는 그들의 손가락이나 발가락 사이에 파고들고 속눈썹이나 머리카락에 달라붙고 땀구멍을 막아버린다. 사람들은 사막을 향해 자신을 열어놓는다. 오라, 모래여, 그 건조함으로 우리를 씻어다오. 그것이 빈부귀천을 막론하고 한결같은 자힐리아인들의 태도다. 그들은 규소를 사랑하는 사람들이다. 그런데 물을 사랑하는 자들이 나타났다.

바알은 안전한 거리에서 그들 주위를 맴돌며—빌랄은 우습게 볼 상대가 아니므로—조롱을 퍼붓는다. "마훈드의 사상이 정말 옳다면 어째서 너희 같은 쓰레기들만 좋다고 따라다닐까?" 살만이 빌랄을 제지한다. "저 위대하신 바알께서 우리를 공격하는 걸 영광으로 생각해야지." 살만이 빙그레 웃자 빌랄도 힘을 빼고 마음을 가라앉힌다. 그러나 물장수 할리드는 안절부절못하다가 마훈드의 풍채 좋은 숙부 함자가 다가오는 것을 보고 허겁지겁 달려간다. 예순 살의 나이에도 함자는 여전히 이 도시에서 가장 유명한 투사이며 사자 사냥꾼이다. 물론 진실은 찬사에 미치지 못한다. 함자는 싸움터에서 패배하여 친구들이나 행운의 도움으로 살아난 적도 많고 사자의 아가리에서 간신히 빠져나온 일도 허다했다. 그러나 그에게는 그런 소문을 미리 방지할 만한 돈이 있다. 그리고 그의 나이와 지금껏 살아 있다는 사실 자체가 전설적인 용맹성을 뒷받침하는 것도 사실이다. 빌랄과 살만도 바알을 잊어버리고 할리드를 뒤따른다. 셋 다 젊고 불안한 모습이다.

함자는 그가 아직 돌아오지 않았다고 말한다. 할리드가 걱정한다. 벌써 몇 시간이 지났는데 그 망할 자식이 그분께 무슨 짓을 할까요. 고문, 엄지 죔틀, 채찍? 이번에도 살만이 가장 침착한 태도를 보인다: 심벨은 그런 방법을 쓰지 않아. 뭔지 몰라도 비열한 수작일 게 틀림없어. 그러자 빌랄이 충성스럽게 외친다: 비열하거나 말거나 나는 그분을, 예언자를 믿어. 절대로 굴복하지 않으실 거야. 함자가 가볍게 꾸짖는다: 어허, 빌랄, 그가 몇 번이나 말해야 알아듣겠나? 우리가 믿어야 할 분은 하느님이란 말이야. 하느님의 사자使者도 인간일 뿐이라고. 그러자 할리드가 긴장감을 폭발시킨다: 그는 늙은 함자에게 덤벼들 태세로 따져 묻는다. 사자님이 나약하다는 말씀입니까? 아무리 그분의 숙부님이라 해도 감히…… 함자는 물장수의 머리통을 후려갈긴다. 그의 앞에서는 이렇게 두려움을 보이지 마라, 설령 죽도록 겁에 질리더라도.

네 사람이 다시 씻고 있을 때 마훈드가 도착하고 그들은 그의 곁으로 모여든다. 누가무엇을왜. 함자가 뒤로 물러나며 병사의 구령 같은 음성으로 냅다 소리친다. "조카님, 심상찮은 일이야! 콘산에서 내려올 때 자네에게선 빛이 나지. 그런데 오늘은 어두워 보여."

마훈드는 우물 가장자리에 걸터앉으며 빙그레 웃는다. "제안을 하나 받았어요." 할리드가 소리친다. 아부 심벨에게서요? 말도 안 돼요. 거절하세요. 그러자 충실한 빌랄이 꾸짖는다: 하느님의 사자께 훈계하려 들지 마. 당연히 거절하셨을 거야. 페르시아인 살만이 묻는다: 어떤 제안입니까. 마훈드는 다시 미소 짓는다. "알고 싶어하는 사람이 한 명은 있군."

"작은 일이지요." 그는 다시 이야기를 시작한다. "모래알만한. 아부 심벨은 알라께 작은 부탁 하나를 드리고 싶어합니다." 함자는 그에게서 지친 기색을 발견한다. 마치 악마와 싸우고 돌아온 듯. 물장수가 소리친다. "아무것도 안 돼요! 절대로!" 함자가 그를 함구시킨다.

"우리 하느님이 조금만 양보해서—심벨이 썼던 말입니다, 양보라고요—겨우 세 개, 그 집에 있는 삼백육십 개 우상 가운데 세 개에 대해서만 예배를 드려도 좋다고 허락하신다면……"

"신 이외의 신은 없다!" 빌랄이 소리친다. 그러자 친구들도 따라 외친다. "야 알라Ya Allah!" 마훈드가 성난 표정을 짓는다. "믿는 자들이여, 사자의 말을 듣겠는가?" 그들은 입을 다물고 모래를 발로 비빈다.

"그는 알라께서 라트와 우자와 마나트를 승인해주시길 바라는 겁니다. 그 대가로 우리에 대해서도 묵인하겠다고, 아예 공식적으로 인정하겠다고 약속했어요. 그 표시로 저를 자힐리아 장로원에 뽑아주고. 제안은 그것입니다."

페르시아인 살만이 말한다. "함정입니다. 스승님이 콘산에 올라가 그런 신탁을 받고 내려오시면 그자는 어떻게 지브릴에게서 꼭 알맞은 계시를 얻어냈느냐고 물을 거예요. 그렇게 되면 스승님을 협잡꾼으로,

가짜로 몰아붙일 수 있는 겁니다." 마훈드는 고개를 젓는다. "살만, 나는 듣는 방법을 배웠다. 이 듣기는 평범한 그것과는 달라. 묻기이기도 하거든. 지브릴께서 내 마음속의 생각을 훤히 아시는 듯할 때가 많다. 대개는 마치 내 마음속에서 나오신 듯이 느껴져. 내 가장 깊은 곳, 내 영혼 속에서 말이야."

"또다른 함정인지도 모릅니다." 살만이 고집을 부린다. "저희는 스승님께서 가르치신 교의를 오랫동안 외우지 않았습니까? 신 이외의 신은 없다. 그런데 이제 와서 그걸 포기한다면 우리는 뭐가 됩니까? 나약하고 우스꽝스러워 보일 겁니다. 더는 위험인물들이 아니죠. 그때부터 우리 말을 진지하게 듣는 사람은 아무도 없을 거예요."

마훈드는 정말 재미있다는 듯 웃는다. 그리고 상냥하게 말한다. "너는 아직도 뭘 모르는구나. 네 눈으로 보지 못했느냐? 사람들은 우리 말을 진지하게 듣지 않아. 내 말을 듣는 청중은 채 오십이 넘지 않고 그나마도 절반은 나그네들이지. 너는 바알이 시내 곳곳에 붙여놓은 풍자시도 읽어보지 않았느냐?" 그는 시를 암송한다.

사자여, 부디 신중히 들으시오.
그대의 하나 중독증,
그대의 하나 하나 하나,
자힐리아에는 어울리지 않소이다.
반송하시오.

그리고 소리친다. "남들은 이렇게 사방에서 우리를 조롱하는데 너는 우리가 위험인물이라고 말하는구나!"

이번에는 함자가 걱정스러운 얼굴이다. "전에는 남들이 어떻게 생각하든 아랑곳하지 않았잖나. 지금은 왜 그러지? 심벨과 얘기하더니 왜?"

마훈드는 고개를 젓는다. "사람들이 더 믿기 쉽게 해줘야 한다는 생각이 가끔 듭니다."

제자들 사이에 불안한 침묵이 흐른다. 서로 표정을 살피며 안절부절못한다. 마훈드가 다시 소리친다. "지금의 상황은 다들 알고 있을 겁니다. 우리는 새로운 개종자들을 얻지 못하고 있어요. 사람들은 자기네 신들을 포기하려 하지 않아요. 절대로, 절대로 포기하지 않아요." 그는 일어나 잠잠 우물 건너편으로 걸어가더니 혼자 몸을 씻고 무릎을 꿇으며 기도를 올린다.

빌랄이 슬픈 듯이 말한다. "사람들은 어둠 속에 갇혀 있어요. 그렇지만 곧 보게 될 겁니다. 듣게 될 겁니다. 하느님은 한 분이라는 걸." 네 사람은 모두 비참한 기분을 느낀다. 함자까지 풀이 죽었다. 마훈드가 흔들리자 그를 따르는 자들은 몹시 동요한다.

마훈드가 일어나 절하고 한숨짓고 그들에게 돌아온다. "내 말 들어요, 모두." 그는 한쪽 팔을 빌랄의 어깨에 올려놓고 다른 팔을 숙부의 어깨에 올린다. "들어봐요. 이건 흥미로운 제안입니다."

안기지 못한 할리드가 모질게 말을 끊는다. "강렬한 유혹이지요." 다른 사람들은 경악한 표정이다. 함자가 물장수에게 대단히 점잖게 말한다. "할리드, 조금 전에 내가 사자도 인간이라고 말했을 때 나약하다는 뜻으로 오해하고 덤벼들려 했던 사람이 자네 아니었나? 그런데 왜 이래? 이번엔 내가 자네에게 도전할 차례야?"

마훈드가 진정하라고 부탁한다. "우리끼리 싸운다면 희망이 없습니다." 그는 논의의 내용을 신학적 수준으로 끌어올려본다. "심벨은 알라께서 그 셋을 동등한 자격으로 인정해야 한다고 요구한 게 아닙니다. 라트조차도 말예요. 그저 그들에게 적당한 지위를, 그러나 알라보다는 좀 떨어지는 지위를 인정해달라는 거였어요."

그러자 빌랄이 불쑥 말한다. "이를테면 악마처럼."

그러나 페르시아인 살만은 곧 요점을 알아듣는다. "아냐. 대천사처럼. 대공은 영리한 사람이야."

"천사와 악마." 마훈드가 말을 잇는다. "샤이탄과 지브릴. 우리는 이미 그들의 존재를 인정합니다. 신과 인간의 중간 존재들이죠. 아부 심벨은 그 위대한 무리 속에 세 여신을 끼워달라고 요구하는 겁니다. 겨우 셋. 그렇게만 해준다면 자힐리아의 모든 영혼을 우리에게 넘기겠다는 거예요."

"그럼 그 집에 있는 석상들을 모조리 치우겠답니까?" 살만이 묻는다. 마훈드는 그런 구체적인 언급은 없었다고 대답한다. 살만이 고개를 가로젓는다. "스승님을 파멸시키려는 수작입니다." 빌랄도 거든다. "신이 네 명이나 될 수는 없습니다." 할리드는 울음을 터뜨리기 직전이다. "사자님, 무슨 말씀을 하시는 겁니까? 라트, 마나트, 우자—모두 여신이잖아요! 이거야 원! 이젠 여신들을 섬겨야 하는 거예요? 그 늙은 두루미들, 왜가리들, 할망구들을요?"

비참함 긴장감 피로감, 예언자의 얼굴에는 그런 것들이 깊이 새겨진다. 함자는 싸움터에서 부상당한 전우를 위로하는 병사처럼 그의 얼굴을 두 손으로 감싼다. "이건 우리가 해결해줄 수 없는 일이네, 조카님.

산으로 올라가게. 가서 지브릴께 여쭤봐."

지브릴: 꿈꾸는 자, 그의 시선은 때로는 카메라의 시선이 되고 또 때로는 구경꾼의 시선이 된다. 카메라일 때는 시점이 계속 움직이는데, 정지 촬영을 싫어하는 그는 크레인에 올라타고 높이 떠올라 배우들을 멀리서 내려다보기도 하고, 혹은 휙 내려와 모습을 드러내지 않은 채 그들 사이에 서서 발꿈치로 한 바퀴 돌며 360도 팬 촬영을 하기도 하고, 혹은 걸어가는 바알과 아부 심벨을 나란히 따라가며 돌리 촬영도 해보고, 혹은 스테디캠을 이용하여 핸드헬드로 대공의 침실에서 벌어지는 은밀한 비밀을 파헤치기도 한다. 그러나 대개는 극장 특등석 손님처럼 콘산에 앉아 있고 자힐리아는 그의 은막이다. 그는 평범한 영화 관객처럼 배우들의 연기를 지켜보고 평가하며 싸움 배신 윤리적 위기 따위를 즐긴다. 그런데 여자들이 저렇게 적어서야 어디 인기를 끌겠나, 원, 게다가 노래는 왜 하나도 안 나와? 저 장터 장면은 더 보강했어야 되는데, 이를테면 쇼 천막에 펌플 빌리모리아를 카메오로 출연시켜 그 유명한 젖통을 흔들게 하든지.

그런데 느닷없이 함자가 마훈드에게 '가서 지브릴께 여쭤봐' 하고 말하는 순간, 꿈꾸는 자는 놀라서 가슴이 덜컥 내려앉는다. 누구, 나? 내가 대답해야 한다고? 나는 여기 앉아 영화를 보고 있을 뿐인데 저 배우가 뜬금없이 나를 손가락질하다니, 이런 터무니없는 일이 있나, 도대체 '신화영화'를 구경하는 관객더러 플롯을 해결해달라고 조르는 놈이 어디 있어? 그러나 꿈은 한시도 쉬지 않고 모습이 바뀌어가고, 지브릴은 어느새 구경꾼이 아니라 주연 배우, 스타가 되어버린다. 너무 많은 배역을 맡는 결점도 여전하다. 그렇다, 그는 대천사의 배역뿐만 아니라 산을 오르는 그 사람, 장사꾼, 하느님의 사자, 마훈드의 배역까지 연기한다. 이런 일인이역을 효과적으로 처리하려면 절묘한 편집 솜씨가 필요하다. 한 화면에 두 인물을 함께 찍을 수 없으므로 각자 상대방의 모습을 상상하며 허공을 향해 말해야 하고, 그다음은 기술의 몫이다. 가위와 스카치테이프, 혹은 좀더 색다른 기법으로 트래블링 매트 따위를 이용하여 빈자리를 채운다. 하하, 그렇다고 마법 양탄자와 혼동하면 곤란하지.

그는 깨닫는다: 자신이 상대방을, 장사꾼을 두려워한다는 것을. 이거야말로 웃기는 노릇이 아닌가? 대천사가 하찮은 인간 앞에서 벌벌 떨다니. 그러나 사실이다. 난생처음 촬영장에 가서 이제 막 등장하려는 찰나에 느껴지는 공포감, 그것은 영화계의 살아 있는 전설이다. 망신만 당할 게 분명해, 얼어붙을 거야, 실수할 거야, 하고 생각하면서도 한편으로는 훌륭히 해내고 싶다. 마훈드가 하는 대로 따라가기만 하면 될 거야, 고공비행처럼 멋지게 해낼 테니 걱정하지 말자. 그러나 혹시 제대로 해내지 못한다면 스스로 알게 될 테고, 더구나 마훈드도 금방 눈치챌 테고…… 그런 두려움, 꿈이 창조한 자아가 느끼는 두려움, 그래서 지브릴은 마훈드가 도착하지 못하게 하려고, 최대한 늦춰보려고 안간힘을 쓰지만 헛일이고, 마훈드는 계속 다가오고, 대천사는 숨을 죽인다.

누군가에게 떠밀려 무대로 나가는 꿈, 자기는 나갈 이유가 없는데,

연극의 내용도 모르고 대사도 외우지 않았는데 객석을 가득 메운 관객들은 뚫어져라 쳐다보고, 그런 기분이다. 혹은 셰익스피어 연극에서 흑인 여자 역할을 맡은 어느 백인 여배우의 실화. 그녀는 무대에 오른 후 비로소 안경을 벗지 않았다는 사실을 깨달았고, 이크, 그러나 깜빡 잊고 손을 까맣게 칠하지 않았으니 안경을 벗을 수도 없고, 또 이크. 그런 기분이기도 하다. 마훈드는 계시를 내려달라고, 유일신교냐 단일신교냐를 놓고 판단해달라고 나를 찾아오건만 나는 이런 빌어먹을 악몽이나 꾸는 멍청한 배우일 뿐인데, 내가 뭘 알겠어, 친구, 도대체 무슨 말을 해야 하나, 살려줘. 살려줘.

∽

자힐리아에서 콘산으로 가려면 캄캄한 협곡을 지나야 한다. 이곳의 모래는 흰색이 아니고, 까마득한 옛날 해삼의 몸속을 통과하던 순수한 모래가 아니고, 태양의 빛마저 빨아들이는 검고 칙칙한 빛깔이다. 콘산은 마치 상상의 짐승처럼 웅크리고 있다. 그 짐승의 등뼈를 따라 올라간다. 마지막 나무들, 두툼한 유백색 잎을 달고 하얀 꽃을 피운 나무들을 뒤로하고 바위 사이로 걸어간다. 바위는 올라갈수록 점점 커지다가 나중에는 거대한 벽처럼 태양을 가로막는다. 도마뱀들도 그림자처럼 푸르스름하다. 이윽고 정상에 도달한다. 뒤에는 자힐리아, 앞에는 황량한 사막. 여기서 사막 쪽으로 오백 걸음쯤 내려가면 동굴이 나타나는데, 서서 지나갈 수 있을 만큼 천장이 높으며 신기하게도 바닥에는 하얀 모래가 깔렸다. 사막의 비둘기가 내 이름을 부르고 바위마다 사람의 언어로 인사를 건넨다. 마훈드, 마훈드. 이윽고 동굴에 이르면 피로가 몰려와 눕게 되고 곧 잠이 든다.

ഗ

그러나 휴식을 취한 후 그는 또다른 잠에 빠져들고, 잠 아닌 잠, 그가 듣기라고 일컫는 이 상태에서 그는 마치 무엇인가 태어나려는 듯 쥐어뜯는 복통을 느끼고, 허공에 떠올라 내려다보던 지브릴은 혼란에 빠지고, 나는 누구냐, 이런 순간에는 마치 대천사가 실제로 예언자의 몸속에 들어가 있는 듯 느껴지고, 저 쥐어뜯는 복통은 바로 나야, 잠든 자의 배꼽에서 빠져나오는 천사가 바로 나야, 지브릴 파리슈타, 내가 나타난 거야, 그리고 또하나의 나인 마훈드는 누운 자세로 무아지경에 빠져 듣는 중이고, 그와 나는 배꼽과 배꼽을 잇는 찬란한 빛의 끈으로 연결되어 둘 중 어느 쪽이 상대방을 꿈꾸는지 알 수 없다. 우리는 이 탯줄을 타고 쌍방향으로 흐른다.

오늘은 마훈드의 강렬한 집중력뿐 아니라 그의 절망, 그의 의혹까지 느껴진다. 간절한 갈망도 느껴진다. 그러나 지브릴은 아직 자신의 대사를 알지 못하고…… 그는 묻기이기도-한-듣기를 듣는다. 마훈드가 묻는다: 사람들이 기적을 보고도 믿지 않습니다. 온 도시가 보는 가운데 당신이 나타나 제 가슴을 열어젖히고 잠잠의 물에 심장을 씻어 도로 제 몸속에 넣어주셨습니다. 많은 이들이 이를 보았지만 그들은 여전히 돌을 숭배합니다. 그리고 당신이 밤중에 나타나 저를 데리고 예루살렘으로 날아갔을 때, 그리하여 제가 성스러운 도시 위에 둥실 떠 있었을 때, 돌아와서 저는 사람들에게 아무것도 빠뜨리지 않고 사실 그대로 이야기하지 않았습니까? 더이상 기적을 의심하지 않도록 한 일이었습니다. 그런데도 그들은 여전히 라트를 찾아갑니다. 저는 이미 그들의 편의를 위해 최선을 다하지 않았습니까? 당신이 저를 하느님의 보좌로 데려가셨을 때, 그리고 알라께서 믿는 자들에게 하루에 마흔 번 기도하라는 무거운 짐을 내리셨을 때 말입니다. 돌아오는 길에 저는 모세를 만났고, 그는 짐이 너무 무거우니 돌아가 짐을 덜어달라고 부탁해보라 했습니다. 저는 네 번이나 되돌아갔지만 모세는 아직도 너무 많으니 다시 돌아가라고 했습니다. 그러나 네번째에는 알라께서 우리의 의무를 기도 다섯 번으로 줄여주셨기에 다시 돌아가지 않았습니다. 더이상 애원하기가 부끄러웠습니다. 하느님이 그토록 너그럽게 마흔 번을 다섯 번으로 줄여주셨는데도 사람들은 여전히 마나트를 사랑하고 우자를 원합니다. 제가 어찌해야 합니까? 뭐라고 전해야 합니까?

지브릴은 대답할 말을 몰라 침묵을 지킨다. 거 참, *형씨*, 나한테 묻지 말라니까. 그러나 마훈드의 고뇌는 깊디깊다. 그가 묻는다: 혹시 그들이 정말 천사입니까? 라트, 마나트, 우자…… 그들을 천사라고 불러도 됩니까? 지브릴이시여, 당신에게 누이들이 있습니까? 하느님의 따님들입니까? 그러더니 곧 자신을 꾸짖는다: 오 저의 이 허영심, 저는 교만한 인간입니다, 이 솔깃한 마음, 이것은 권력을 향한 꿈에 지나지 않습니까? 장로원 자리 하나를 얻으려고 자신을 기만해야 합니까? 이는 현명하고 올바른 일입니까, 아니면 공허한 이기심에 불과합니까? 대공의 말이 진심인지조차 모르겠습니다. 본인은 알고 있을까요? 어쩌면 자기도 모르는지도 모릅니다. 저는 약하고 그는 강합니다. 그 제안을 받아들이면 그는 여러 방법으로 저를 파멸시킬 수 있게 됩니다. 그렇지만 저에게도 얻는 것이 많습니다. 이 도시의, 아니 전 세계의 수많은 영혼을, 그것만으로도 세 명의 천사만한 가치는 있지 않겠습니까? 인류를 구원하는 일인데 알라께서 겨우 세 명을 더 포용하지 못할 만큼 완고한 분입니까? 저는 아무것도 모르겠습니다. 하느님은 거만해야 하는지 겸손해야 하는지, 위풍당당해야 하는지 소박해야 하는지, 너그러워야 하는지 고집—? 그는 어떤 존재인가? 나는 어떤 존재인가?

∽

반쯤 잠든, 혹은 반쯤 깬 상태로 지브릴 파리슈타는 이 지긋지긋한 꿈속에 한 번도 나타나지 않는 신에게, 모든 답을 안다는 그 '하나'에게 종종 분노를 느끼는데, 내가 죽어갈 때도, 내가 간절히 간절히 필요로 할 때도 나 몰라라 하던 그 하나, 알라 이슈바르 하느님*. 이 모든 일이 자기 때문인데도, 자기 때문에 우리가 이렇게 몸부림치며 괴로워하는데도 신은 예나 지금이나 온데간데없다.

'절대자'는 나타나지 않는다. 다만 이 장면, 무아지경의 예언자와 배꼽 탈장과 빛의 탯줄이 자꾸 반복될 뿐이고 그때마다 일인이역 지브릴은 위에서-내려다보는 동시에 밑에서-올려다본다. 그리고 둘 다 이 초자연적 현상이 두려워 돌아버릴 지경이다. 예언자의 존재감, 그 위대함에 온몸이 굳어버린 지브릴은 생각한다. 한 마디도 못하겠어, 너

* 각각 이슬람교, 힌두교, 기독교에서 '신'을 일컫는 말.

무 멍청해 보일 테니까. 함자의 충고: 두려움을 보이지 마라. 물장수뿐만 아니라 대천사에게도 그런 충고가 필요하다. 모름지기 대천사라면 침착해 보여야 하건만, 하느님의 고귀하신 천사께서 무대공포증으로 더듬거린다면 예언자가 어떻게 생각하겠는가?

그러나 시작된다: 계시가. 다음과 같이: 여전히 잠아닌잠에 빠진 채 마훈드가 몸이 굳으며 목에 핏줄이 툭툭 불거지더니 자기 배를 움켜쥔다. 아니, 아니, 간질 발작 같은 것은, 그렇게 간단히 설명할 수 있는 것은 전혀 아니다. 간질 발작이라면 저렇게 낮을 밤으로 바꾸고 구름을 불러모으고 공기를 죽처럼 걸쭉하게 만들 수 있을까, 그리고 저렇게 잔뜩 겁에 질린 천사를 허공에 띄워 금실에 묶인 연처럼 높이 매달아 놓을 수 있을까? 쥐어뜯는 다시 그 쥐어뜯는 그리고 곧 그의 나의 우리의 뱃속에서 기적이 시작되고, 그는 무엇인가에 안간힘을 쏟고, 무엇인가를 억지로 밀어내고, 지브릴은 그 힘을 그 압력을 느끼기 시작하고, 바로 이거야 내 턱이 움직인다, 열렸다 닫혔다, 그리고 마훈드의 몸속에서 시작된 힘이 내 성대를 움켜쥐자 목소리가 나온다.

내 목소리가 아니야 나는 저런 말 몰라 나는 저렇게 점잖게 말할 줄 몰라 전에도 그랬고 앞으로도 그럴 테고 이건 내 목소리가 아니야 그냥 '목소리'야.

마훈드가 눈을 크게 뜬다, 어떤 환상을 보는 중이다, 뚫어지게 바라본다, 아하, 그렇구나. 지브릴은 그제야 깨닫는다. 나였어. 나를 보고 있어. 내 입술이 움직이니까, 움직여지니까. 무엇이, 누가? 모른다, 말할 수 없다. 어쨌든 나온다, 내 입에서, 목구멍을 지나, 잇새를 뚫고: '말씀'이.

신의 우체부 노릇도 재미있는 건 아니라네, 친구.

그러나그러나그러나: 이 장면에도 신은 나오지 않는다.

내가 누구의 우체부였는지는 아무도 모를걸.

그들은 자힐리아의 우물가에서 마훈드를 기다린다. 언제나처럼 가장 참을성 없는 물장수 할리드가 망을 보려고 성문으로 달려간다. 늙은 병사들이 으레 그렇듯이 혼자 지내는 데 익숙한 함자는 땅바닥에 쭈그리고 앉아 조약돌을 가지고 놀이를 한다. 긴박감은 없다. 마훈드는 한번 나가면 며칠씩, 심지어 몇 주씩 돌아오지 않을 때도 있기 때문이다. 그리고 오늘은 시내가 거의 텅 비었다. 시인들의 시합을 구경하려고 다들 대형 천막을 친 장터로 몰려갔다. 이 적막 속에서 들리는 것은 함자의 조약돌 소리, 그리고 콘산에서 날아온 양비둘기 한 쌍이 꾸르륵거리는 소리뿐이다. 그때 달려오는 발소리가 들린다.

할리드가 나타난다. 숨을 헐떡이는데 실망한 얼굴이다. 사자께서 돌아오셨지만 잠잠으로 오시지 않겠답니다. 이제 모두 서 있는데, 평소와 다른 사자의 행동에 어리둥절한 표정들이다. 야자수 잎이나 줄기를 들고 기다리던 사람들이 함자에게 묻는다. 그렇다면 신탁은 없는 겁니까? 그러자 할리드가 아직도 숨을 가다듬으며 고개를 젓는다. “아마 있긴 있을 겁니다. 말씀을 듣고 오실 때의 모습이었거든요. 하지만 저에게는 얘기하지 않고 그냥 장터 쪽으로 가셨어요.”

함자가 주도권을 쥐고 논란을 잠재운 후 먼저 앞장선다. 제자들도—스무 명가량 모였다—그를 따라 도시의 환락가로 향한다. 저마다 경멸이 담긴 경건한 표정이다. 함자만은 장터에 가게 되어 즐거운 모양이다.

그들은 얼룩낙타파의 천막 앞에서 마훈드를 발견한다. 거기 서서 눈을 감고 이제부터 해야 하는 일을 위해 마음을 가다듬는 중이다. 그들이 걱정스러운 질문을 퍼붓지만 마훈드는 대답하지 않는다. 잠시 후 그는 시 천막으로 들어간다.

인기 없는 예언자와 너절한 신자들이 들어서자 천막 안의 청중들이 조롱을 퍼붓는다. 그러나 마훈드가 눈을 질끈 감은 채 앞으로 나아가자 이내 야유와 비웃음이 그치고 침묵이 흐른다. 마훈드는 한순간도 눈을 뜨지 않으면서도 전혀 비틀거리거나 부딪히지 않고 자신 있는 걸음걸이로 무사히 무대 앞에 이른다. 그리고 몇 계단을 올라가 불빛 속으로 들어선다. 그 자리에 모인 서정시인, 암살찬가시인, 설화시인, 풍자시인 등등이—물론 바알도 있다—재미있으면서도 조금은 불안한 표정으로 몽유병자 같은 마훈드를 바라본다. 군중 속의 제자들도 사람들 사이로 비집고 들어간다. 서기들이 마훈드의 말을 받아 적으려고 서로 가까이 가려 다툰다.

아부 심벨 대공은 무대 옆의 비단 양탄자 위에서 긴 쿠션에 느긋이 기대고 있다. 그의 곁에는 눈부신 이집트산 황금 목걸이를 목에 건 아내 힌드가 있는데, 그 유명한 옆모습은 그리스 조각상 같고 검은 머리는 몸길이와 같다. 아부 심벨이 일어나 마훈드를 부른다. "어서 오시오." 더할 나위 없이 점잖다. "어서 와요, 마훈드, 예언자여, 카힌이여." 공공연히 존경을 표시하는 태도에 사람들은 깊은 인상을 받는다. 그래서 예언자의 제자들을 이리저리 밀치지 않고 순순히 길을 열어준다. 제자들은 어리둥절하면서도 조금은 기뻐하며 앞으로 나아간다. 마훈드가 눈을 감은 채 낭랑한 음성으로 말한다.

"이곳에는 많은 시인이 모였지만 나는 결코 시인이 아니오. 그러나 심부름꾼으로서 여기 있는 누구보다 위대하신 분의 시를 가져왔소."

청중들은 참을성을 잃기 시작한다. 종교는 신전에나 어울린다. 자힐리아인과 순례자를 막론하고 모두 즐기려고 이곳을 찾은 사람들이다. 저 친구 좀 닥치게 해! 내쫓아버려! 그러나 아부 심벨이 다시 말한다. "그대의 신께서 하신 말씀이라면 온 세상이 들어야겠지." 즉시 천막 안은 완전한 정적에 휩싸인다.

"별." 마훈드가 외치자 서기들이 바삐 받아 적는다.

"자비로우시며 너그러우신 알라의 이름으로!

저물어가는 묘성昴星에 걸고 말하건대 너희 동무는 착각한 것이 아니며 거짓을 말하는 것도 아니로다.

또한 제 욕심을 채우려는 것도 아니로다. 이는 계시가 내려 밝혀졌음이니 무한한 권능을 가진 분이 가르치신 바와 같노라.

그분은 수평선 높이 서 계셨으니 바로 전능하신 하느님이었노라. 이윽고 그의 종에게 두 개의 활보다 가까이 다가와 마침내 밝히실 바를 밝히셨도다.

그 모습을 바라볼 때 종의 마음은 진실했노라. 이처럼 목격된 일을 너희가 감히 의심하겠느냐?

저 안식의 낙원에서, 천상의 끝에 있는 로테나무 앞에서 나 또한 그 분을 보았노라. 나무는 무성한 잎으로 덮였고 나는 한시도 눈길을 돌리거나 피하지 않았으며 하느님의 위대한 징표들을 똑똑히 보았도다."

여기까지 읊은 후 마훈드는 일말의 망설임이나 의혹도 보이지 않고 두 구절을 더 암송한다.

"너희는 알라트와 알우자, 그리고 세번째이자 마지막인 알마나트에 대하여 들어보았느냐?" 첫 구절이 끝나자마자 힌드가 벌떡 일어선다. 자힐리아의 대공은 진작 일어나 꼿꼿하게 서 있다. 마훈드가 눈을 감고 외운다. "그들은 고귀한 여신이니 행하는 바가 참으로 바르도다."

그러자 천막 안에서는 대소동이 벌어졌는데—알라트 여신을 찬미하는 부르짖음, 악담, 환호성, 고함—이미 경악한 군중은 더욱 놀라운 장면을 보게 되었으니, 아부 심벨 대공이 양쪽 귓불에 엄지를 대고 손가락을 쫙 펼치며 큰 소리로 기도문을 낭송했다. "알라후 아크바르."* 이 말을 마친 그는 무릎을 꿇고 땅바닥에 공손히 이마를 댄다. 그의 아내 힌드도 즉시 뒤따른다.

이런 일이 벌어지는 동안 물장수 할리드는 벌어진 천막 자락 앞에 남아 있었다. 그가 경악한 눈으로 바라보는 가운데 지금 이 자리에 모인 사람들이, 천막 안에 있는 사람들은 물론이고 바깥에 남은 사람들까지 모두 무릎을 꿇기 시작하고, 한 줄 한 줄, 마치 호수에 조약돌을 던진 듯, 힌드와 대공에게서 시작된 움직임은 차츰 밖으로 퍼져나가

* 하느님은 위대하시다.

마침내 천막 안팎을 막론하고 이곳에 모인 남녀노소 모두가 하나도 빠짐없이, 이 도시의 수호신들을 인정해준 눈 감은 예언자를 향해 무릎을 꿇고 엉덩이를 하늘로 치켜든다. 정작 신의 사자는 군중의 예배에 동참하기 싫은 듯 그대로 서 있다. 물장수는 결국 울음을 터뜨리며 모래 도시의 텅 빈 심장부 쪽으로 내닫는다. 그렇게 달려가며 떨어뜨리는 눈물방울이 지독한 산성액처럼 땅속으로 파고들며 구멍을 뚫는다.

마훈드는 여전히 움직이지 않는다. 질끈 감은 속눈썹에서도 물기를 찾아볼 수 없다.

이렇게 장사꾼이 이교도의 천막에서 씁쓸한 승리를 거두던 밤, 몇 사람이 목숨을 잃고 그때부터 자힐리아에서 가장 지체 높은 여인은 끔찍한 복수를 위해 여러 해를 벼르게 된다.

예언자의 숙부 함자는 혼자 집으로 걸어가는 중인데, 푹 숙인 머리가 우울한 승리의 여명을 받아 잿빛으로 빛나고, 불현듯 으르렁대는 소리가 들려 고개를 들어보니 도시를 둘러싼 높은 성벽 위에서 거대한 진홍색 사자 한 마리가 그를 덮칠 자세를 취한다. 그는 이 짐승을, 이 우화를 안다. 빛나는 진홍색 털가죽은 눈부시게 찬란한 사막의 모랫빛과 하나로 어우러진다. 사자는 지상의 황폐한 곳에 살며 콧구멍으로 공포를 내뿜는다. 입으로는 역병을 뱉어낸다. 사막으로 들어가는 군대마저 남김없이 삼켜버린다. 푸르스름한 마지막 저녁 빛 속에서 함자는 가진 무기도 없어 속절없이 죽을 각오를 하며 짐승을 향해 고함친다. "덤벼봐라, 이놈아,

맨티코어야. 한때는 너처럼 큰 고양이들을 맨손으로도 숱하게 목 졸라 죽였다." 내가 더 젊었을 때. 아니, 그냥 젊었을 때.

등뒤에서 웃음소리가 들리고 멀리서 다시 웃음소리, 어쩌면 성벽에 부딪혀 돌아오는 메아리인 듯도 하다. 주변을 둘러본다. 성벽 위의 맨티코어는 이미 사라지고 없다. 장터에서 돌아오는 화려한 옷차림의 자힐리아인들이 그를 에워싸고 낄낄거린다. "이 신비주의자 놈들이 우리 라트 여신을 믿겠다고 나서더니 이젠 사방에서 새로운 신이 보이는 모양이지?" 이 밤에 무서운 일이 벌어지리라 짐작한 함자는 집에 돌아가자마자 칼부터 가져오라고 이른다. 그리고 전시와 평화시를 통틀어 마흔네 해 동안 자신을 따라다닌 비실비실한 시종에게 으르렁댄다. "인정하긴 싫지만 내 원수들의 생각에도 일리가 있어. 개자식들은 그저 죽여 없애는 게 상책이거든. 그게 제일 깨끗해." 조카를 따라 개종한 후 칼을 가죽 칼집에 꽂아두고 오랫동안 쓰지 않았지만 오늘밤 그는 시종에게 이렇게 털어놓는다. "사자가 돌아다닌다. 지금은 평화를 찾을 때가 아니야."

이브라힘 축제의 마지막 밤이다. 자힐리아에는 각양각색의 가면과 광기가 넘친다. 씨름꾼들의 기름칠한 살찐 몸뚱이도 몸부림을 마쳤고 검은 돌의 집의 벽에는 일곱 편의 시가 내걸렸다. 이제 시인들 대신 노래하는 창녀들과 춤추는 창녀들이 역시 기름칠한 몸뚱이로 영업을 개시했다. 낮 동안의 행사는 끝나고 밤의 몸씨름이 시작되었다. 새부리가 달린 황금 가면을 쓴 고급 창녀들이 노래하며 춤추고, 그 황금빛이 고객들의 눈동자에 얼비친다. 황금, 도처에 황금, 폭리를 취하는 자힐리아인들의 손바닥에서도, 음란한 손님들의 손바닥에서도, 이글거리는 모래 화로에서도, 밤의 도시의 찬연한 벽마다 온통 황금빛. 그런 황금의 거리에 서글픈 표정의 함자가 걸어간다. 의식을 잃은 순례자들이 사방에 쓰러져 있고, 때를 만난 소매치기들이 돈벌이에 열을 올린다. 집집마다 황금빛이 새어나오는 문으로 취한 음성들이 왁자지껄 터져 나오는데, 함자에게는 그 노래와 떠들썩한 웃음과 짤랑거리는 동전소리가 참을 수 없는 모욕으로 느껴진다. 그러나 그는 끝내 자기가 찾던 것을 찾지 못하고, 이곳은 아니다, 그래서 대낮처럼 밝은 황금의 환락가를 떠나 어둠 속을 배회한다. 유령 사자를 찾아서.

그리고 몇 시간이나 헤맨 끝에 도시 바깥쪽 성벽의 어두운 구석에서 드디어 발견한다. 어딘가에서 기다리고 있을 줄 알았던 그놈, 이빨이 세 줄로 박힌 시뻘건 맨티코어를. 놈의 눈은 새파랗고 얼굴은 사람을 닮았으되 목소리는 나팔소리와 피리소리를 반반씩 섞어놓은 듯하다. 바람처럼 빠르게 움직이고 발톱은 타래송곳처럼 생겼으며 꼬리는 독침을 쏘아낸다. 놈은 인간의 살을 즐겨 먹는데…… 싸움이 벌어졌구나. 적막 속에서 칼날이 휙휙 날아다니고 이따금 쇠붙이와 쇠붙이가 맞부딪힌다. 함자는 공격당하는 사람들을 금방 알아본다. 할리드, 살만, 빌랄. 함자도 한 마리 사자가 되어 칼을 뽑아들고 한 마디 고함을 질러 적막을 산산이 깨뜨린 후 예순 해 묵은 다리가 허락하는 전속력으로 돌진해 들어간다. 벗들을 공격하는 놈들은 가면을 쓰고 있어 누구인지 알 수 없다.

가면이 넘쳐나는 밤이다. 쓰디쓴 가슴을 안고 자힐리아의 타락한 거리를 걸으며 함자는 독수리, 자칼, 말, 그리폰, 샐러맨더, 혹멧돼지, 록 따위로 가장한 남녀를 숱하게 보았다. 캄캄한 골목에서 튀어나온 자들은 쌍두사들과 아시리아의 스핑크스라고도 하는 날개 돋친 황소들이었다. 환상과 욕망이 한꺼번에 터져나온 이 밤, 이 도시에는 온갖 정령과 마녀와 마귀가 들끓는다. 그러나 지금껏 찾아다니던 붉은 가면은 바로 이 순간, 이 어두운 곳에서 비로소 발견했다. 인간사자의 가면. 함자는 자신의 운명을 향해 돌격한다.

∽

세 제자는 비참한 기분을 견디지 못하고 자기파괴적 충동에 사로잡혀 술을 퍼마시기 시작했고, 평소 술을 마시지 않는 터라 곧 알딸딸한 정도가 아니라 곤드레만드레 취해버렸다. 그들은 작은 광장에 둘러서서 지나가는 사람들을 욕했고, 얼마 후에는 물장수 할리드가 가죽 물자루를 휘두르며 빼겨대기 시작했다. 자기가 마음만 먹으면 이 도시를 송두리째 파괴할 수도 있다고, 가장 무서운 무기가 자기 손에 있다고. 물: 이것만 있으면 자힐리아에서 온갖 더러움을 깨끗이 씻어낸 후 맑고 하얀 모래 위에서 새로 시작할 수 있으리라. 바로 그때 사자인간들이 나타나 그들을 쫓아오기 시작했고, 기나긴 추격 끝에 결국 이 구석으로 몰린 그들은 두려움 때문에 취기마저 말끔히 사라진 상태였고, 그렇게 죽음의 붉은 가면들을 바라볼 때 마침 함자가 도착했다.

……지브릴은 도시 상공에 뜬 채 싸움을 지켜본다. 함자가 등장하자 싸움은 금방 끝나버린다. 가면을 쓴 공격자 둘은 도망치고 둘은 시체가 되어 쓰러졌다. 빌랄과 할리드와 살만도 칼침을 맞았지만 그리 심한 부상은 아니다. 그들의 상처보다 죽은 자들의 사자 가면 뒤에서

나타난 사실이 훨씬 더 심각하다. 함자가 그들을 알아본다. "힌드의 동생들이야. 우린 이제 끝장났어."

맨티코어들을 죽인 자들, 물 테러리스트들, 마훈드의 제자들, 그들은 성벽 밑 어둠 속에 주저앉아 울음을 터뜨린다.

∽

한편 예언자 심부름꾼 장사꾼은: 이제 눈을 뜨고 있다. 자신의 집, 아내의 집 안뜰에서 서성대며 그는 아내가 있는 집안으로 들어가려 하지 않는다. 그녀는 이미 일흔에 가까워 요즘은 차라리 어머니 같다. 그녀, 돈 많은 여자, 오래전에 그를 고용하여 자기 소유의 대상을 관리하게 했던 그녀. 그녀가 제일 먼저 좋아했던 것은 그의 경영 솜씨였다. 그리고 얼마 후 그들은 사랑에 빠졌다. 신들은 여성이지만 여자들은 상품에 불과한 이 도시에서는 총명하고 부유한 여자로 사는 것도 쉬운 일이 아니다. 남자들은 그녀를 두려워하거나 아니면 남자의 보살핌이 필요 없을 만큼 강한 여자이리라 생각했다. 그러나 그는 두려워하지도 않았고 그녀에게 항상 변함없는 사람이라는 믿음직한 인상을 심어주었다. 그리고 고아였던 그는 그녀에게서 여러 여자의 모습을 보았다. 어머니 누이 연인 무녀 친구. 자기가 미쳤다고 생각했을 때 그의 환상을 믿어준 사람도 그녀였다. "그건 대천사였어. 무슨 망상 같은 게 아니라고. 그분은 지브릴이고 당신은 신의 사자야."

지금 그는 그녀를 차마 못 본다 안 본다. 아내는 석제 격자창 너머로 남편을 지켜본다. 그는 한시도 걸음을 멈추지 못하고 무심결에 온갖

기하학적 도형을 그리며 안뜰을 이리저리 서성거린다. 그의 발자취가 수많은 타원과 사다리꼴과 장사방형과 동그라미를 끊임없이 그려낸다. 그 사이에 그녀는 길가 오아시스에서 들은 수많은 이야기를 가슴에 품고 대상 길에서 돌아오던 그를 회상한다. 예언자 이사*는 마리암이라는 여인에게서 태어났으되 아버지도 없이 사막의 야자수 밑에서 태어났다고 한다. 이런 이야기를 들려줄 때 그의 눈은 밝게 빛나다가 아련히 멀어졌다. 그녀는 그가 흥분하는 모습을 떠올린다. 필요하다면 밤을 새워서라도 자기주장을 내세우던 열정. 그는 사람들이 어린 딸들을 광야에 내다버리는 이 황금의 도시보다 차라리 유목민 시절이 좋았다고 말했다. 옛 부족에서는 빈털터리 고아들도 넉넉한 보살핌을 받았다고 했다. 하느님도 이 사생아 같은 도시가 아니라 사막에 계신다고 했다. 그때마다 그녀는 이렇게 대답하곤 했다. 누가 뭐랬나, 내 사랑, 너무 늦었어, 내일은 결산도 해야 되잖아.

그녀는 귀가 밝다. 그가 라트와 우자와 마나트에 대해 말했다는 내용도 이미 전해들었다. 그래서 어쨌다고? 전에도 그는 자힐리아의 어린 딸들을 보호하고 싶어했다. 이번엔 알라의 딸들을 보살피겠다는 것뿐인데 뭐가 어때서? 그러나 자신에게 이 질문을 던져본 후 그녀는 고개를 가로저으며 석제 격자창 옆의 서늘한 벽에 털썩 등을 기댄다. 한편 밑에서는 그녀의 남편이 걸어 다니며 그리던 오각형이나 평행사변형이나 육각 별이 추상적인 도형으로 바뀌더니 점점 복잡해져 이름도 붙일 수 없는 형태로 변해간다. 더는 단순한 선을 찾아낼 수 없다는 듯이.

---

* 예수. 이슬람교에서는 신의 아들이 아니라 예언자의 한 사람으로 여긴다.

그러나 얼마 후 그녀가 다시 안뜰을 내려다보자 그는 온데간데없다.

머리가 깨질 듯한 두통을 느끼며 깨어나보니 예언자는 처음 보는 방의 비단 홑이불 속에 누워 있다. 창밖에는 태양이 중천에 떠올랐고 그 하얀 빛 속에 두건 달린 검은 망토를 두른 키 큰 그림자가 보인다. 낮지만 힘이 담긴 목소리로 조용히 노래한다. 북을 울리며 남자들을 전쟁터로 내보내는 자힐리아 여인들의 합창이다.

전진하라 그리하면 그대들을 안으리라
안으리라 안으리라
전진하라 그리하면 그대들을 안으리라
폭신한 양탄자를 펼쳐주리라.

돌아서라 그리하면 그대들을 버리리라
떠나리라 버리리라
후퇴하라 그리하면 사랑하지 않으리라
사랑의 침실도 없으리로다.

그는 힌드의 목소리를 알아듣고 일어나 앉았다가 매끄러운 홑이불 속이 알몸이라는 사실을 깨닫는다. 그녀에게 말을 건넨다. "내가 습격당했소?" 힌드가 돌아서며 힌드 특유의 미소를 짓는다. "습격당했소?"

그의 말을 흉내내더니 손뼉을 쳐 아침식사를 가져오게 한다. 노예들이 들어오고 가져오고 차려놓고 치우고 총총히 나간다. 마훈드는 시중을 받으며 검은색과 금색의 긴 옷을 걸치고, 힌드는 과장된 몸짓으로 눈길을 돌린다. 그가 다시 묻는다. "내 머리. 얻어맞기라도 했소?" 그녀는 창가에 서서 고개를 푹 숙이고 얌전한 시녀 같은 시늉을 한다. 그러다가 그를 놀린다. "사자여, 사자여. 무슨 사자가 그렇게도 용기가 없어요? 제정신으로, 스스로 내 방에 찾아올 수는 없던가요? 네, 당연히 그랬겠죠, 나를 싫어하실 테니." 그는 그녀의 장난에 말려들지 않는다. "나를 감금한 거요?" 그러자 그녀가 다시 비웃는다. "바보 같은 소리 마요." 그리고 어깨를 으쓱거리더니 이내 상냥해진다. "간밤에 축제를 구경하려고 가면을 쓰고 시내를 돌아다녔지요. 그러다가 뭔가에 걸려 넘어졌는데 글쎄 당신이 의식을 잃고 쓰러져 있지 않겠어요? 너절한 주정뱅이처럼 말예요, 마훈드. 그래서 하인들에게 가마를 가져오라고 해서 이리로 모셨죠. 고맙다고 하세요."

"고맙소."

"내 생각이지만 당신을 알아본 사람은 아마 없을 거예요. 당신이 곧 죽을 것 같지도 않고. 간밤에 이 도시가 어땠는지 아시잖아요. 사람들이 도를 넘어버리죠. 내 동생들도 지금껏 돌아오지 않았어요."

그제야 기억이 돌아온다. 번민에 휩싸여 이 부패한 도시를 마구 헤매던 일, 그러면서 자기가 구원해주었다는 수많은 영혼을 바라보던 일, 시무르그와 악마 가면과 비히머스와 히포그리프. 콘산에서 내려오고, 시내까지 걷고, 시 천막에서 힘겨운 일을 겪어내고—게다가 그뒤에는 제자들의 분노와 의혹까지—그 기나긴 하루의 피로가 한꺼번에 몰려왔다. "내가 기절했군."

그녀가 다가와 침대 위에 있는 그의 곁에 가까이 걸터앉더니 손가락 하나로 앞섶을 헤치고 그의 가슴을 쓰다듬으며 중얼거린다. "기절했죠. 나약한 모습이었어요, 마훈드. 당신도 이제 약해지나요?"

그러더니 미처 대꾸하기도 전에 그녀는 쓰다듬던 손가락으로 그의 입을 막는다. "아무 말도 하지 마세요, 마훈드. 나는 대공의 아내예요. 둘 다 당신의 친구는 아니죠. 하지만 내 남편은 나약한 사람이에요. 자힐리아 사람들은 그이가 교활하다고 생각하지만 내가 더 잘 알죠. 그이는 나에게 애인들이 있다는 걸 알면서도 그냥 내버려둬요. 신전들이 우리 집안 것이니까요. 라트 신전도, 우자 신전도, 마나트 신전도. 당신의 새로운 천사들을 위한 그—이제 이렇게 말해도 되겠죠?—모스크 말예요." 그녀는 접시에 담긴 멜론 조각들을 권한다. 자기 손으로 먹여주려 한다. 그는 받아먹지 않고 스스로 집어먹는다. 그녀가 말을 잇는다. "마지막 애인은 그 아이였어요. 바알." 그녀는 그의 얼굴에 떠오르는 분노를 본다. 그리고 만족스러운 듯이 말한다. "그래요. 그 아이가 당신을 귀찮게 한다는 말도 들었어요. 하지만 그 아이는 대수롭지 않아요. 그 아이나 아부 심벨은 당신의 맞수가 못 되니까. 하지만 나는 달라요."

"가야겠소." "곧 보내드리죠." 그녀는 창가로 돌아간다. 도시 외곽에서는 사람들이 한창 천막을 거두는 중이고, 긴 낙타 행렬이 떠날 준비를 하고, 벌써 사막을 가로질러 떠나가는 마차들도 보인다. 축제는 끝났다. 그녀는 다시 그를 향해 돌아선다.

"난 당신의 맞수예요. 적이기도 하고. 당신이 약해지는 건 바라지 않아요. 당신은 그런 짓을 하지 말았어야 했어요."

마훈드는 씁쓸히 대답한다. "당신들에겐 이익일 텐데. 이젠 신전 수입이 줄어들 염려도 없으니까."

"말귀를 못 알아듣는군요." 그녀는 더 가까이 다가와 얼굴을 바싹 들이대며 조용히 말한다. "당신이 알라 편이라면 나는 알라트 편이에요. 당신의 신이 여신을 인정한다고 해도 여신께서는 그 신을 믿지 않아요. 당신의 신에 대해 돌이킬 수도 억누를 수도 없는 확고한 적대감을 갖고 계시니까. 우리 사이의 전쟁은 결코 협상으로 끝낼 수 없는 전쟁이에요. 더구나 그런 협상이라니! 당신의 신은 거만하고 건방져요. 알라트는 조금도 그 신의 딸이 되고 싶어하지 않으신다고요. 내가 당신의 맞수이듯이 여신도 그 신의 맞수니까. 바알에게 물어보세요. 그 아이는 여신을 잘 알거든요. 나에 대해서도 알고."

"그렇다면 대공은 약속을 저버리겠군."

그러자 힌드가 냉소한다. "누가 알겠어요? 그이 자신도 모르는걸. 앞으로 열심히 계산해봐야겠죠. 아까도 말했듯이 나약하다니까요. 하지만 내가 진실을 말하고 있다는 건 당신도 알겠지요. 알라와 그 세 분 사이에 평화란 결코 있을 수 없어요. 내가 원하지 않아요. 나는 싸움을 원해요. 죽을 때까지. 나는 그런 존재예요. 당신은 어떤 존재인가요?"

"당신은 모래, 나는 물이오. 물은 모래를 씻어버리지."

"사막은 물을 삼켜버리죠. 주위를 둘러보세요."

그가 떠난 직후, 부상당한 남자들이 대공의 저택에 도착한다. 그들은 가까스로 용기를 내서 늙은 함자가 동생들을 죽였다는 소식을 힌드에게 전한다. 그러나 사자는 벌써 자취도 없이 사라졌다. 다시 콘산을 향해 느릿느릿 걸어가는 중이다.

∽

피곤할 때마다 지브릴은 그렇게 형편없는 별명을 붙여준 어머니를 죽여버리고 싶어하는데, 천사라니, 말도 안 되잖아. 그는 저 허물어지는 모래성과 세 줄의 이빨을 가진 사자들이 있는 꿈의 도시를 벗어나게 해달라고, 예언자의 심장을 씻겨주거나 시를 암송하라고 지시하거나 천국을 약속하는 일 따위는 지긋지긋하다고, 제발 계시고 뭐고 끝, 피니토, 카탐슈드, 하고 무엇에게? 누구에게? 애원한다. 그가 바라는 것은: 꿈 없는 캄캄한 잠. 빌어먹을 꿈, 인류에게 온갖 골칫거리를 안겨주는 꿈, 영화도 그렇고, 내가 신이라면 당장 인간의 상상력을 깨끗이 없애버릴 텐데, 그렇게만 한다면 나처럼 불쌍한 놈도 단잠을 잘 수 있을 텐데. 그는 잠과 싸우며 억지로 눈을 뜨고, 깜박거리지도 않고, 마침내 망막에서 시홍視紅이 퇴색하여 눈뜬장님이 되고, 그래도 한낱 인간이므로 결국 토끼굴 속으로 굴러떨어지고, 그리하여 다시 원더랜드에 들어와 산꼭대기에 이르고, 때마침 장사꾼이 깨어나고, 그의 갈망과 요구가 다시 시작되고, 다만 이번에는 내 턱이나 목소리가 아니라 온몸을 휘어잡는다. 그는 나를 자기 크기로 축소시켜 자기 쪽으로 끌어당기고, 그의 중력장은 무식하게 크기만 한 별처럼 어마어마하고…… 그때부터 지브릴과 예언자는 씨름을 시작하는데, 둘 다 알몸으로, 이리저리 뒹굴며, 동굴 바닥에 깔린 희고 고운 모래가 베일처럼 뭉클뭉클 솟아오르고. 마치 나를 배우고 있는 듯, 나를 탐색하는 듯, 내가 시험받는 듯.

콘산 정상에서 오백 걸음 아래에 위치한 동굴에서 마훈드는 대천사와 씨름을 하며 이리저리 집어던지는데, 도무지 가리는 곳이라고는 아무것도 없으니, 내 귀에 혀를 쑤셔넣기도 하고 불알을 꽉 움켜쥐기도 하고, 도대체 이렇게 사나운 사람도 다 있나, 알아야겠소 알아야겠소 무슨 일이 있어도 알 아 야 겠 소, 그런데 나는 해줄 말이 아무것도 없고, 그는 나보다 몸도 최소 두 배는 튼튼하고 아는 것도 네 배는 많고, 우리는 둘 다 많이 들음으로써 독학했다고 말할 수도 있겠으나 누가 보아도알수있듯이 듣기에서도 그가 나보다 낫고, 그래서 우리는 구르고 차고 할퀴고, 그는 여기저기 긁혀 꽤 많은 상처를 입었지만 내 피부는 당연히 갓난아기처럼 깨끗하고, 그야 천사는 가시덤불에 뒹굴어도 생채기 하나 안 생기니까, 바윗돌에 처박아도 멍 하나 안 드니까. 그리고 관중도 있으니, 바위마다 정령과 마귀와 온갖 귀신 도깨비가 걸터앉아 싸움을 구경하고, 하늘에는 날개 달린 것들이 셋 있는데, 보는 각도에 따라 왜가리 같기도 하고 백조 같기도 하고 그냥 여자 같기도 하고…… 마훈드가 싸움을 끝낸다. 싸움을 포기해버린다.

몇 시간이었는지 몇 주간이었는지 모를 씨름이 끝난 후 마훈드는 천사 밑에 깔려 꼼짝도 못하게 되었는데, 그가 바라던 일이었고, 나에게 자신을 짓누를 힘을 주려 했고, 왜냐하면 대천사가 이런 싸움에서 지다니 말도 안 되니까, 당치않은 일이니까, 이런 상황에서 패배해야 하는 것은 악마뿐이니까, 그래서 내가 올라타는 순간 그는 기쁨의 눈물을 흘리더니 다시 종전의 재간을 부려 억지로 내 입을 벌리고, 목소리를, 그 '목소리'를 내 속에서 끄집어내고, 구역질하듯 자신의 온몸에

울컥울컥 토해내게 하고.

대천사 지브릴과의 씨름 시합이 끝난 후 예언자 마훈드는 기진맥진하여 언제나처럼 계시 직후의 잠에 빠져든다. 그러나 이번에는 평소보다 빨리 깨어난다. 이 높은 광야에서 정신을 차렸을 때 그곳에는 아무도 없고, 바위 위에 날개 달린 것들이 웅크리고 있지도 않고, 그는 이 소식을 빨리 알려야 한다는 생각에 벌떡 일어난다. 그리고 텅 빈 허공을 향해 큰 소리로 말한다. 소리를 냄으로써 현실화한다. "악마였어. 지난번 그놈은 샤이탄이었어." 바로 그것이 그가 듣기에서 들은 말이다. 그가 속았다는 것, 악마가 대천사로 가장하여 나타났다는 것, 그러므로 그가 암기했던 시는, 시 천막에서 암송했던 그 시는 진짜가 아니라 정반대인 사악한 말이었다는 것, 신의 말씀이 아니라 악마의 말이었다는 것. 그는 최대한 서두르며 허둥지둥 도시로 돌아가는데, 지독한 유황 냄새를 풍기는 그 못된 시를 제거하기 위해, 영원히 기록에서 지워버리기 위해, 그리하여 어쩌다가 옛이야기 책 한두 권에서나 간신히 찾아볼 수 있고 그나마도 정통파 해석자들이 말짱 백지화하도록, 그러나 카메라 앵글을 최대한 높게 잡고 두둥실 떠오른 채 지켜보는 지브릴은 한 가지 사소한 사실을 아는데, 지극히 사소하지만 여기서는 약간의 문제가 될 수 있는 일, 그것은 바로, 둘 다 나였어, 바바, 처음에도 나였고 두번째도 나였다고. 내 입에서 나온 말, 앞서 선언한 말도 그렇고 이번에 부인한 말도 그렇고, 시verses와 반시converses, 올바른 시universes와 뒤집힌 시reverses, 전체가, 우리 둘 다 알다시피 내 입은 저절로 움직였으니까.

마훈드는 자힐리아로 달려가며 투덜거린다. "지난번엔 악마였어. 하지만 이번엔 천사가 틀림없어. 나를 땅바닥에 때려눕혔으니까."

콘산 밑의 협곡에 이르렀을 때 제자들이 막아서서 힌드의 분노에 대해 경고한다. 그녀는 하얀 상복을 입고 검은 머리를 풀어헤쳤는데 긴 흑발이 폭풍처럼 사방으로 휘날리거나 땅바닥을 쓸어 발자국마저 지워버리므로 복수의 여신 같은 모습이라고 한다. 그들은 모두 도시를 떠나 도망쳤고 함자 역시 몸을 숨겼다. 그러나 소문에 의하면 피를 피로 씻어야 한다는 힌드의 요구에 아부 심벨이 아직은 동의하지 않았다고 한다. 그는 여전히 마훈드와 여신들의 문제를 놓고 이해득실을 계산하는 중이고…… 마훈드는 신자들의 충고를 무시하고 자힐리아로 돌아가 곧장 검은 돌의 집으로 향한다. 제자들도 두려움을 억누르며 뒤따른다. 또하나의 추문이나 사지절단 따위의 오락을 기대하며 사람들이 모여든다. 마훈드는 그들을 실망시키지 않는다.

세 여신의 신상 앞에 선 그는 샤이탄이 귓가에 속삭여준 구절들을 취소한다고 발표한다. 이 구절들은 진정한 암송문, 즉 알-쿠란에서 제외된다. 그 대신 새로운 구절들이 우렁차게 등장한다.

마훈드는 이렇게 읊조린다. "너희에게 아들이 있건만 하느님은 딸만 낳으셨으랴? 이 얼마나 불공평한 일이겠느냐!

그들은 너희 조상이 지어낸 이름에 불과하나니 일말의 진실도 없느니라. 하느님은 그들에게 권능을 내리지 않으셨도다."

그는 어리둥절한 사람들이 정신을 차리고 누가 먼저 돌을 집어들거나 던지기 전에 그곳을 빠져나온다.

'악마의 시'를 부인한 후 예언자 마훈드가 집으로 돌아가 보니 일종의 형벌이 기다리고 있다. 드문 일도 아니지만 일종의 복수가—누구의? 빛이냐 어둠이냐? 착한 놈이냐 나쁜 놈이냐?—무고한 사람을 덮쳤다. 예언자의 아내, 일흔 살 그녀가 석제 격자창 앞에 앉았는데, 벽에 등을 기대고 똑바로 앉았는데, 이미 이 세상 사람이 아니다.

마훈드는 슬픔에 잠겨 홀로 지내며 몇 주 동안 거의 한마디도 하지 않는다. 자힐리아의 대공은 박해정책을 수립하지만 힌드가 보기에는 진행이 너무 느리다. 새 종교의 이름은 순종*이고, 따라서 아부 심벨은 이 종교의 신자들에게 이 도시에서 가장 비참하고 허름한 지역에 격리된 채 살아야 한다는 방침과 야간통금 및 고용제한에 고분고분 순종하라고 명한다. 그리고 신체적 폭행도 빈발하여 여자들은 가게에서 침세례를 받고, 비밀리에 대공이 조종하는 젊은 터키인 무리가 신자들을 구타하고, 사람들이 곤히 자는 한밤중에 느닷없이 불덩어리가 날아든다. 그리고 이율배반적이지만 역사에서 흔히 찾아볼 수 있는 일인데,

---

* '이슬람(Islam)'의 본뜻.

마치 토양이나 기후가 나빠질수록 오히려 더 잘 자라는 신기한 농작물처럼 뜻밖에도 신자들의 수가 급증한다.

북쪽에 있는 오아시스 마을 야트리브의 주민들이 한 가지 제안을 내놓는다. '순종교도' 중 자힐리아를 떠나고자 하는 사람이 있다면 야트리브가 받아주겠다고 한다. 함자의 의견은 떠나야 한다는 쪽이다. "여기서는 자네 가르침을 완성할 수 없다니까, 조카님, 내 말 믿게나. 힌드는 자네 혀를 뽑아버리기 전에는 결코 만족하지 못해. 물론 내 불알도 마찬가지고." 아내를 잃고 추억에 사로잡혀 혼자 지내던 마훈드도 결국 그 말에 동의하고, 신자들은 계획을 세우러 나간다. 물장수 할리드만 뒤에 남고, 퀭한 눈의 예언자는 그가 말을 꺼내길 기다린다. 이윽고 그가 말한다. "저는 사자님을 의심했습니다. 하지만 당신은 우리가 알던 것보다 현명하셨어요. 처음에 우리는 마훈드는 절대로 타협하지 않는다고 말했지만 당신은 타협하셨지요. 그다음에 우리는 마훈드가 우리를 배신했다고 말했지만 당신은 우리에게 더 깊은 진실을 가져오셨어요. 악마를 데려오신 겁니다. 우리에게 악마의 소행을, 악마가 '정의'에 패망하는 모습을 보여주시려고. 우리의 믿음을 더욱 강하게 해주셨죠. 오해해서 죄송합니다."

마훈드는 창으로 들어오는 햇살을 피해 물러선다. "아무렴." 씁쓸함, 냉소. "내가 한 짓은 멋진 일이었지. 더 깊은 진실이라. 너희에게 악마를 데려왔단 말이지. 그래, 그거야말로 나다운 짓이구나."

콘산 봉우리에서 지브릴은 자힐리아를 탈출하는 신자들을 지켜본다. 메마른 도시를 떠나 시원한 야자수와 물, 물, 물이 있는 곳으로. 여러 작은 무리를 지어, 거의 빈손으로, 시간이 새로 시작되는 첫해의 첫날*, 시간도 다시 태어난 오늘, 낡은 것들은 뒤에 남아 죽어가고 새로운 것들은 앞에서 기다리는 오늘, 그들은 태양의 제국을 가로질러 나아간다. 그리고 어느 날 마훈드도 슬그머니 빠져나간다. 그가 탈출한 사실이 발견되자 바알은 고별의 시를 짓는다.

오늘날 '순종'이란
대체 무엇이더냐?
겁 많은 것.
남몰래 도망치는 것.

마훈드는 무사히 오아시스에 도착했다. 그러나 지브릴은 그런 행운을 얻지 못한다. 이제 그는 콘산 정상에 홀로 서는 일이 많은데, 차가운 유성들에 씻기노라면 밤하늘에서 그들이, 날개 달린 삼총사가, 라트 우자 마나트가 덮쳐와 머리 주위에서 퍼덕거리며 발톱으로 눈을 할퀴려 하고 물어뜯고 머리카락과 날개로 후려갈긴다. 그는 두 팔로 머리를 감싸지만 그들의 보복은 지칠 줄 모르고, 그가 쉴 때마다, 그가

---

* 헤지라, 즉 이슬람교도가 메카를 떠나 메디나로 도피한 사건이 있던 서기 622년 7월 16일이 이슬람력의 기원이 되었다.

경계를 늦출 때마다 다시 시작된다. 그는 안간힘을 쓰며 대항해보지만 날개 달린 그들이 더 빠르고 민첩하다.

그에게는 부인해야 할 악마도 없다. 꿈속에서는 그들이 사라지길 기원하지도 못한다.

제3부

엘오엔 디오엔

1

나는 유령이 뭔지 알아. 노파가 소리 없이 단언했다. 그녀의 이름은 로사 다이아몬드였고, 여든여덟 살이었고, 눈을 가늘게 뜨고 소금기가 말라붙은 침실 유리창을 통해 보름달이 뜬 바다를 바라보고 있었다. 그러다가 다시 고개를 끄덕였다. 그리고 유령 아닌 것들이 무엇무엇인지도 잘 알지. 무서운 흉터도 아니고, 펄럭이는 홑이불도 아니고, 그러니까 부질없는 이야기 따위는 다 웃기는 수작이야. 유령이 뭐야? 끝맺지 못한 일, 바로 그거야.—그런 생각을 하며 노파는, 키가 6피트에 등은 굽고 머리는 남자처럼 짧게 자른 이 노파는 양쪽 입가를 축 늘어뜨리고 입을 삐죽거리며 비극 가면을 닮은 만족스러운 표정을 짓고,—앙상한 어깨에 파란 니트 숄을 단단히 여미고,—잠도 오지 않는 눈을 잠시 감고 과거가 돌아오길 기도했다. 어서 오너라, 노르만의 배들이

여, 어디 한번 만나보자, 정복자 윌리-더-콘*이여.

구백 년 전에는 이 모든 것이 물속에 있었다. 이 분할된 바닷가, 이 사유私有 해변, 페인트가 벗어지는 몇 채의 별장을 향해 가파르게 치솟은 조약돌 둔덕, 역시 허물을 벗는 보트 창고, 그 속에 가득 들어찬 접의자와 빈 액자와 케케묵은 과자 상자, 그 상자 속에 꽉꽉 채워진, 리본으로 묶은 편지 다발, 방충제와 함께 넣은 실크와 레이스로 만든 란제리, 한때의 젊은 처녀가 남긴 눈물로 얼룩진 읽을거리, 라크로스** 스틱, 우표책, 수많은 기억과 잃어버린 시간이 묻힌 그 모든 보물 상자. 해안선이 달라졌고, 바다 쪽으로 1마일 남짓 나아갔고, 그래서 노르만족이 세운 최초의 성은 물에서 멀리 떨어진 곳에 좌초되었고, 지금은 늪지대가 야금야금 핥아먹는 중인데, 이 늪 때문에 그곳의 거뭇이냐 이른바 사유지에 사는 가난한 사람들은 습기와 소택지에서 비롯되는 온갖 질병에 시달렸다. 노파는 이 성이 먼 옛날 썰물 때를 놓치고 죽은 물고기의 유해라고, 시간의 흐름에 돌이 되어버린 바다 괴물이라고 상상했다. 구백 년! 구 세기 전에는 노르만족 함대가 이 영국 여인의 집까지 곧장 들어올 수 있었다. 보름달이 뜨는 쾌청한 밤이면 그녀는 저승에서 돌아오는 함대의 찬란한 유령을 기다렸다.

그들이 오는 모습을 가장 잘 볼 수 있는 곳이지, 특별관람석처럼, 하고 그녀는 자신을 안심시켰다. 나이가 들면서 반복은 편안함을 주었다. 케케묵은 표현들, 끝맺지 못한 일, 특별관람석처럼, 이런 말은 자신

* 1066년 헤이스팅스 전투에서 노르만족을 이끌고 색슨족을 물리친 정복왕 윌리엄(William the Conqueror)을 가리킨다.

** 하키 비슷한 구기의 일종.

이 견고하고 변하지 않고 영속적인 존재라는 느낌을 갖게 했다. 물론 실제로는 여기저기 갈라지고 뻥뻥 뚫렸음을 알지만.—보름달이 진 후 동트기 직전의 어둠, 바로 이때가 그들이 나타날 순간이다. 굽이치는 돛, 번뜩이는 노, 기함의 뱃머리에 우뚝 선 정복자, 따개비가 즐비한 나무 방파제와 뒤집어놓은 몇 척의 경주용 보트 사이로 덮쳐오는 함대.—오, 한때는 나도 많은 일을 볼 수 있었지, 옛날부터 그 능력을 가졌으니, 환상을 보는 눈을.—정복자는 코를 덮는 쇠붙이가 달리고 끝이 뾰족한 투구를 쓰고 그녀의 집 앞문으로 들어서고, 케이크 스탠드와 등받이 덮개를 씌운 소파 사이를 미끄러지듯 지나고, 마치 이 추억과 갈망의 집에서 희미하게 울리는 메아리처럼, 그러다가 고요해진다. 무덤처럼.

—배틀 힐의 한 처녀였던 시절 그녀는 이야기하길 좋아했는데, 자세하게, 언제나 오래된 말을 사용하며,—당시 외동딸이었던 난 어느 날 느닷없이, 뭔가 이상하다는 느낌도 없이, 싸움터 한복판에 서 있었어. 큰 활, 갈고리 철퇴, 미늘창. 아맛빛 색슨족 소년들이 향기로운 청춘을 잃고 속절없이 꺾여갔어. 화살눈 해럴드와 한 입 가득히 모래를 삼키는 윌리엄. 그래, 옛날부터 그런 능력이 있었지, 환상을 보는 눈.—어린 로사가 헤이스팅스 전투의 환상을 보았던 그날의 이야기는 노파의 삶을 정의하는 획기적 사건의 하나가 되었다. 워낙 자주 이야기한 탓에 아무도, 심지어 그녀 자신도 사실이라고 단언할 수 없었지만. 가끔 그리워. 로사의 생각은 능숙하게 이어졌다. 아름다운 시절: 지나가버린 소중한 나날. 그녀는 회상에 잠긴 눈을 다시 감았다. 그리고 눈을 떴을 때 그녀는, 저 아래 물가, 틀림없어, 뭔가 움직이는 것을 보았다.

흥분한 그녀가 소리 내서 한 말은: "저럴 수가!"—"설마!"—"저 사람은 현실이 아니야!"—후들거리는 다리로, 두근거리는 가슴으로, 로사는 모자, 망토, 지팡이를 가지러 갔다. 한편 그 겨울 해변에서는 지브릴 파리슈타가 깨어나고 있었다. 한 입 가득히, 아니, 모래 아니고.

눈.

퉷!

지브릴은 눈을 뱉어내며 마치 추진력을 얻은 듯 벌떡 일어섰고, 참차에게—앞에서 밝혔듯이—생일을 축하한다고 말했고, 평 젖은 자줏빛 옷소매에서 눈을 털어내기 시작했다. 그리고 왼발 오른발 깡충깡충 뛰며 소리쳤다. "맙소사, *친구*, 여기 사람들이 얼음처럼 차가운 것도 무리가 아니구먼."

그러나 곧 이렇게 많은 눈에 둘러싸였다는 순수한 환희가 냉소적인 생각을 몰아냈고—열대 출신이니까—그는 흠뻑 젖고 퍼렇게 질린 채 이리저리 뛰어다니기 시작했다. 눈뭉치를 만들어 엎드린 친구에게 던지고, 눈사람을 구상해보고, 캐럴 〈징글벨〉을 시끄럽고 난폭하게 불러대며. 하늘은 새벽빛으로 물들기 시작했고 샛별 루시퍼가 이 아늑한 해안에서 춤을 추었다.

어찌된 셈인지 그의 숨결에서 악취가 전혀 안 난다는 사실도 짚고 넘어가야겠고……

"일어나라, 아가야!" 못 말리는 지브릴이 외쳤다. 그의 행동을 보고

독자는 혹시 추락의 영향으로 생긴 정신착란 및 혼란 증세가 아닐까 생각할 텐데 충분히 근거 있는 추측이다. "모두 기상! 우리는 이곳을 기습한다." 바다 쪽으로 등을 돌리고, 앞으로 일어날 일을 위해 불쾌한 기억은 지워버리고, 언제나 그렇듯이 새로운 것에 대한 정열을 보이며, 그는 이 하얀 나라, 새로 발견한 이 땅에 깃발을 꽂고 (수중에 깃발만 있었다면) 누구인지알게뭐냐의 이름으로 점령하고 싶었으리라. "스푸노, 움직여봐, 바바, 혹시 죽은 건 아니겠지?" 그 말을 하는 순간 그는 (조금이나마) 제정신을 차렸다. 축 늘어진 상대방에게 다가가 살펴보면서도 차마 손대지 못했다. "지금 죽으면 안 돼, 첨치. 우리 지금까지 잘 버텼잖아."

한편 살라딘은: 죽은 게 아니라 울고 있었다. 충격에서 비롯된 눈물방울이 얼굴에 얼어붙었다. 그리고 온몸에 유리처럼 매끄러운 얼음이 얇게 덮여 악몽이 실현된 듯했다. 저체온으로 의식이 흐려진 그는 얼음이 쩍쩍 갈라지고 그 사이로 핏물이 솟구치고 깨진 얼음조각과 함께 살점이 뚝뚝 떨어지는 악몽 같은 공포에 사로잡혔다. 의문이 끊임없이 이어졌다. 우리가 정말, 아니, 자네가 손을 퍼덕이며, 그러다 물에 빠지고, 설마 바닷물이 실제로, 영화에서처럼, 찰턴 헤스턴이 지팡이를 내밀었을 때처럼, 그래서 우리가 바다 밑바닥을 지나서, 그럴 리는, 그럴 수는, 하지만 그게 아니면 어떻게, 혹시 우리가 물속에서, 인어들의 호위를 받으며, 무슨 물고기나 유령처럼 바다를 헤치고, 그렇게 된 건지, 맞는지 틀리는지, 난 그걸 꼭, 반드시…… 그러나 눈을 뜨자 의문은 꿈처럼 희미해졌고, 더는 붙잡을 수 없었고, 의문의 꼬리가 잠시 눈앞에 너울거리는가 싶더니 잠수함 수평타처럼 깨끗이 사라져버렸다.

그는 하늘을 올려다보다가 문득 하늘빛이 완전히 잘못되었음을 깨달았다. 군데군데 녹색이 섞인 핏빛 오렌지색이고 눈발도 잉크처럼 새파랬다. 힘껏 눈을 깜박여보았지만 색깔은 변하지 않았고, 그래서 떠오른 생각이, 혹시 하늘에서 추락할 때 엉뚱한 곳에 떨어진 것은 아닐까, 어딘가 다른 곳, 영국이 아닌 곳, 혹은 비非영국, 가짜 영국, 어느 고약한 땅, 변질된 나라가 아닐까. 혹시, 잠시 생각해보았다: 지옥? 그러자 곧 기절할 것 같아 황급히 자신을 달랬다. 아냐, 아냐, 그럴 리 없어, 아직은 아냐, 넌 아직 안 죽었어. 죽어가는 중이지만.

그렇다면: 일종의 대합실.

그는 부들부들 떨기 시작했다. 진동이 너무 심해서 문득 이러다 스트레스 때문에 부서져버릴지도 모른다는 생각이 들었다. 이를테면, 이를테면, 비행기처럼.

그때 모든 것이 사라졌다. 그는 공허 속에 있었다. 살아남으려면 스스로 무에서 만물을 창조해야 하고 한 걸음을 내딛으려면 먼저 발밑에 땅부터 만들어야 했다. 그러나 그런 걱정은 다 쓸데없는 것이었으니, 끝내 피할 수 없는 것이 눈앞에 나타났기 때문이다. 키 큰 해골의 형상을 한 저승사자였다. 챙 넓은 밀짚모자를 쓰고 산들바람에 검은 망토를 펄럭이는, 올리브색 웰링턴 부츠를 신고 은제 손잡이가 달린 지팡이에 몸을 기댄.

"자네들 지금 여기서 뭐하는 거야?" 저승사자가 따져 물었다. "여긴 사유지라고. 표지판도 있어." 여자 목소리였다. 다소 떨리는, 적잖이 흥분한.

잠시 후 저승사자가 다가와 몸을 굽혔고 살라딘은 공포에 사로잡혔

다: 입을 맞추려고, 내 몸에서 숨을 다 빨아내려고. 그는 작은 몸짓으로 부질없는 반항을 해보았다.

"살긴 살았군." 저승사자가, 저게 누구더라, 지브릴에게 말했다. "그런데 맙소사. 저 입냄새. 악취가 굉장하네. 언제 이를 닦았지?"

한 사람의 숨결은 향긋해졌고, 그것과 동일하면서도 반대되는 불가사의한 현상에 따라 또 한 사람의 숨결은 지독해졌다. 무엇을 기대하랴? 하늘에서 그렇게 떨어졌는데도 아무런 부작용이 없길 바란다? 이번 일에 초자연적 권능을 가진 존재가 개입했다는 정도는 둘 다 분명히 짐작할 만한데, 그런 존재는 (물론 바로 나 말이다) 떨어지는 파리들을 보며 약간의 장난기랄까, 잔인함에 가까운 어떤 충동을 느끼기 마련이다. 그리고 또하나, 이것만은 확실히 해두자: 엄청난 추락은 누구든 변화시킨다. 그들이 까마득히 떨어졌다고? 떨어지는 일에 대해서라면 나는 누구에게도 일등의 자리를 양보할 수 없다. 유한한 존재든 무—. 구름 속에서 잿더미 속으로, 굴뚝에 빠졌다고 말할 수도 있겠고, 천국의빛 속에서 지옥의불 속으로…… 그러니까 내 말인즉슨 한참이나 곤두박질치며 스트레스를 겪고 나면 돌연변이가 일어나는 것도 당연하다는 사실이다. 그리고 모든 변이가 임의적인 것은 아니다. 부자연도태. 그러나 살아남는 값, 다시 태어나는 값, 새사람이 되는 값이라고 생각한다면 그리 비싼 대가도 아니다.

뭐? 어떤 변화가 일어났는지 자세히 설명해달라고?

좋은 숨결/나쁜 숨결.

그리고 로사 다이아몬드에게는 새벽빛을 등지고 선 지브릴 파리슈타의 머리 언저리에 희미한, 그러나 분명히 황금빛의 어떤 광채가 보이는 듯했다.

그리고 참차의 양쪽 관자놀이에 불룩한 저것, 지금껏 제자리에 있는 축축한 중산모 밑으로 보이는 저것은 혹인가?

그리고, 그리고, 그리고.

∽

눈밭에서 사티로스처럼 기괴하게 미쳐 날뛰는 지브릴 파리슈타를 처음 보았을 때 로사 다이아몬드가 생각한 것은, 말해버렷, 천사가 아니었다. 창 너머로, 소금기로 흐려진 유리와 나이 탓으로 흐려진 눈을 통하여 그를 발견했을 때 그녀는 심장이 쿵쿵 두 차례 뛰는 것을 느꼈고 고통이 너무 극심해 심장이 멈춰버리지나 않을까 염려할 정도였는데, 그 불분명한 모습에서 영혼의 가장 깊은 곳에 파묻혔던 욕망의 화신을 본 듯했기 때문이다. 그녀는 노르만족 침략자들을 거짓말처럼 까맣게 잊어버리고 조약돌이 깔린 위험한 비탈길을 힘겹게 내려갔다. 낼모레면 구십대가 되는 늙은 팔다리를 위태로울 만큼 급하게 움직이며, 자신의 땅을 무단 침범한 터무니없는 이방인에게 꾸짖는 시늉이라도 하려고.

평소 그녀는 자기 소유의 이 사랑스러운 해변 한 조각을 지키는 데 있어 결코 물러섬이 없었는데, 여름철에 주말 여행자들이 어쩌다 만조

선 위로 넘어오기라도 하면 당장, 그녀의 표현을 빌리자면 양떼를 덮치는 늑대처럼 쫓아내려갔고 그들에게 설명하고 요구했다. —여긴 내 정원이야, 눈들도 없나. —그러다 그들이 뻔뻔스럽게 나오면, —거짓말 마세요할머니, 여긴해변이잖아요, —그녀는 집으로 돌아가 긴 초록색 정원용 호스를 가져다가 그들의 격자무늬 담요와 플라스틱 크리켓 배트와 선탠 로션 따위에 가차없이 물을 퍼붓고 아이들의 모래성도 뭉개버리고 간肝 소시지 샌드위치도 흠뻑 적셔버렸는데, 시종 상냥한 미소를 지으며, 내 잔디밭에 물 주는 건데 괜찮지? …… 아, 우리 마을에서도 알아주는 괴짜예요, 그렇다고 양로원 같은 곳으로 보내버릴 수도 없으니, 언젠가 가족들이 그런 말을 꺼냈다가 한꺼번에 집에서 쫓겨났는데, 다시는 내 집에 발끝도 들여놓지 말아라, 그러면서 돈 한 푼 주지도 않고, 미안하지만 어쩌고 하는 말도 없이 온가족과 깨끗이 의절해버렸죠. 그래서 이젠 혈혈단신인데, 몇 주가 지나도록 손님 한 명 찾아오지 않고, 그나마 오랫동안 집안 살림을 돌봐주던 도라 셔플보덤마저 발길을 끊었으니, 작년 9월에 숨을 거뒀거든요, 부디 편히 쉬소서, 아무튼 그 나이에 저 할망구가 어떻게 혼자 살아가는지 신기할 뿐이죠, 좀 괴팍하긴 해도 인정할 건 인정해줘야지, 저렇게 혼자 살다가는 웬만한 사람은 다 미쳐버릴 텐데.

그러나 지브릴에게는 호스도 매서운 독설도 사용되지 않았다. 로사는 몇 마디 나무라는 시늉을 했을 뿐, 이내 코를 움켜쥐고, 쓰러진 채 유황냄새를 풍기기 시작한 살라딘을 살펴보더니(이때까지도 살라딘은 중산모를 벗지 않았고), 느닷없이 수줍어하며, 그 사실에 스스로 향수어린 놀라움을 느끼며, 말까지 더듬으며, 바깥이 추추우니까 치치친구

녀석을 지집안으로 데려가, 하고 초대했고, 쿵쿵거리며 둔덕 위로 다시 올라가 주전자를 올려놓으며, 두 볼을 빨갛게 얼려준, 그리하여 저 편안한 옛날식 표현대로 상기된 얼굴을 감춰준 싸늘한 겨울 공기를 고마워했다.

청년 시절 살라딘 참차의 얼굴은 특이할 정도로 순진해 보였는데, 도무지 환멸이나 불행 따위는 단 한 번도 경험해보지 못한 듯한 얼굴이었고, 피부도 공주님 손바닥처럼 매끄럽고 깨끗했다. 덕분에 여자를 사귈 때도 유리했고, 아닌 게 아니라 나중에 아내가 된 파멜라 러블레이스도 바로 그 점이 그를 사랑하게 된 이유 중 하나라고 고백했다. 그녀는 두 손으로 그의 턱을 떠받치며 감탄해 마지않았다. "포동포동한 게 꼭 아기 천사 같아. 고무공 같기도 하고."

그는 기분이 상해 항변했다. "내게도 뼈가 있어. 뼈대 있는 몸이라고."

그녀도 인정해주었다. "어딘가에 있긴 있겠지. 누구에게나 있으니까."

이후 한동안 그는 자기가 두루뭉수리 해파리처럼 생겼다는 생각에 시달려야 했고, 지금은 제2의 천성이 되어버린 근엄하고 거만한 태도를 개발하는 데 착수한 일에서도 실은 그런 느낌을 덜어보려는 목적이 큰 몫을 차지했다. 그러므로 이번에 일어난 일도 결코 시시한 사건이 아니었다. 그는 참을 수 없는 꿈을 차례로 꾸다가 간신히 긴 잠에서 깨어났는데, 꿈속에서 특히 두드러진 것은 지니 바킬의 모습이었고, 그녀는 인어로 변하여 빙산에 앉아 괴로울 만큼 달콤한 노래를 불러주었고, 마른땅에서 그를 만날 수 없는 처지를 한탄하며 간절히 그를 불렀고, 또 불렀고, —그러나 그가 다가가자 순식간에 얼음산에 가둬버렸고, 곧 그녀의 노래는 승리와 복수의 노래로 바뀌었고…… 어쨌든 살라딘 참차가 잠에서 깨어났을 때, 그리고 가장자리가 파란색 황금색 일본풍으로 채색된 거울을 보았을 때, 그 속에서 아기 천사의 얼굴을 다시 발견한 것은 매우 심각한 문제였다. 그리고 양쪽 관자놀이에는 무시무시하게 변색된 혹이 하나씩 있었는데, 아마 이번 모험 중 무엇인가에 심하게 부딪힌 모양이었다.

거울 속에서 자신의 달라진 얼굴을 들여다보며 참차는 원래 모습을 떠올리려 해보았다. 그는 거울에게 말했다. 난 진짜 인간이야, 진짜 과거가 있고 계획된 미래가 있는. 나에겐 몇 가지 중요한 것이 있어. 엄격함, 자제력, 이성, 그리고 숭고함을 추구하는 자세, 다만 신이라는 낡은 목발엔 의지하지 말 것. 아름다움의 이상, 정신적 고양의 가능성, 지성. 나는: 유부남이야. 그러나 이런 장황한 설명에도 불구하고 온갖 빙퉁그러진 생각이 자꾸 떠올랐다. 예컨대: 저 아래 저 해변, 그리고 지금은 이 집, 그 너머에는 세상이 존재하지 않는다는 생각. 경솔하게 굴다가는, 허둥대다가는, 자칫 모서리를 넘어 구름 속으로 떨어질 수도 있다는. 만물을 새로 만들어야 한다는. 또는: 지금 집으로 전화를 건다면, 물론 그래야겠지만, 마땅히 해야 할 현명한 행동이지만, 전화를 받는 사람이 자기 이름을 모를 것이라는 생각. 또는 세번째로: 귓속에서 울리는 저 발소리, 먼 발소리, 그러나 점점 가까워지는 저 소리는 추락에서 기인한 일시적 이명현상이 아니라 운명이 다가오는 소리라는 생각, 점점 가까워지는, 한 글자 한 글자씩, 엘오엔, 디오엔, 런던. 내가 왔다, 할머니 댁에. 할머니의 저 큰 눈, 큰 손, 큰 이빨.

침대 옆의 탁자에 전화기가 있었다. 그는 자신을 타일렀다. 자, 저걸 집어들고 번호를 돌리기만 하면 마음의 안정을 되찾을 수 있어. 그런 쓸데없는 생각, 너답지 않아, 너에겐 어울리지 않아. 그녀의 슬픔을 생각해봐, 당장 연락해.

밤이다. 몇시인지는 알 수 없다. 방안에 시계가 하나도 없고 손목시계도 어디선가 잃어버렸기 때문이다. 해야 하나 말아야 하나?—그는 숫자 아홉 개를 눌렀다. 전화벨이 네번째 울릴 때 남자 목소리가 들렸다.

"뭐야?" 잠에 취한, 누구인지 알 수 없는, 그러나 귀에 익은.

"미안합니다. 실례했습니다. 잘못 걸었네요."

그리고 멍하니 전화기를 바라보다가 그는 문득 봄베이에서 보았던 연극을 떠올렸다. 원작은 영국 작품이었는데, 작가는, 작가는, 이름이 얼른 안 떠오르는데, 테니슨? 아냐, 아냐. 서머싯 몸?—관두자.—작가를 알 수 없는 이 원작에서는 오랫동안 죽었다고 여겨진 남자가 여러 해 만에 나타나, 살아 있는 망령처럼, 예전에 자주 가던 곳을 돌아다닌다. 그러다가 밤이 되자 예전의 자기 집에 몰래 찾아가 열린 창으로 안을 들여다본다. 그리고 자기가 죽은 줄 알고 아내가 재혼했다는 사실을 알게 된다. 창턱에 어린 아이의 장난감이 있다. 그는 한참 동안 어둠 속에 서서 자신의 감정과 싸운다. 그러다 창턱에서 장난감을 집어들고, 자신의 존재를 알리지 않고, 영영 그곳을 떠나버린다. 인도판 줄거리는 전혀 달랐다. 아내는 남편의 절친한 친구와 결혼했다. 돌아온 남편은 문 앞에 이르러 아무 생각도 없이 불쑥 들어갔다. 아내와 친구가 함께 앉아 있는 모습을 보고도 두 사람이 결혼했다는 사실을 깨닫지 못했다. 그래서 친구에게 아내를 위로해줘 고맙다고, 그러나 이제 자기가 돌아왔으니 아무 문제도 없다고 말했다. 결혼한 두 사람은 사실을 어떻게 말해야 좋을지 몰랐다. 결국 비밀을 누설한 사람은 하인이었다. 남편이 그토록 오랫동안 집을 비운 까닭은 기억상실증 때문이었는데, 두 사람의 결혼 소식을 듣고 그는 집을 떠나 있는 동안 자기도 틀림없이 재혼했으리라 짐작했다. 그러나 안타깝게도, 예전의 삶에 대한 기억이 돌아오면서 이번에는 실종된 사이에 일어났던 일을 모두 잊어버리고 말았다. 그는 경찰을 찾아가 새 아내를 찾아달라고 부탁했다. 그녀에 대해서는 아무것도, 그녀의 눈동자도, 심지어 그녀가 정말 있는지 없는지조차 기억하지 못하면서도.

막이 내렸다.

낯선 침실에서 낯선 빨간색 흰색 줄무늬 파자마를 입고 홀로 앉아 있던 살라딘 참차는 마침내 비좁은 침대에 엎드려 울어버렸다. "지긋지긋한 인도 놈들!" 이불 속에 얼굴을 파묻고 소리쳤다. 두 주먹으로 베개를 마구 후려갈겼다. 부에노스아이레스의 해로즈 백화점에서 구입한 오십 년 묵은 주름 장식 베갯잇이 너덜너덜 찢어질 정도였다. "빌어먹을. 정말 천박해, 젠장 젠장 상스러워. 빌어먹을. 개자식, 개자식들, 세련미라고는 코딱지만큼도 없다니까."

바로 그 순간 경찰이 그를 체포하려고 들이닥쳤다.

∽

해변에서 두 사람을 데리고 들어온 다음날 밤, 늙어 잠이 없는 로사 다이아몬드는 다시 창가에 서서 구백 살 먹은 바다를 바라보았다. 냄새나는 사내는 침대에 데려다 눕힌 후 지금껏 잠만 잔다. 당시 뜨거운 탕파 몇 개를 몸에 바싹 붙여놓았는데, 그에게는 더없이 좋은 약이니까, 곧 기운을 차릴 테니까. 그녀는 그들을 위층에 재웠는데, 참차는 예비 침실, 지브릴은 죽은 남편이 쓰던 서재, 그리고 지금 광활한 평야처럼 빛나는 바다를 내다보며 그녀는 위층에서 지브릴이 돌아다니는 소리를 들었다. 고故 헨리 다이아몬드의 조류 사진과 새소리 호각, 아득히 먼 옛날, 아득히 먼 곳, 로스알라모스 목장의 항공사진, 생가죽 채찍, 볼라*, 그 방에서 다시 남자의 발소리가 들리다니 이렇게 마음이 놓일 수가 없다. 파리슈타는 나름대로 이유가 있어 잠을 피하려고 걸어 다니는 중이었다. 그리고 그의 발밑에서 로사는 천장을 올려다보며 오랫동안 입 밖에 내지 않았던 이름으로 그를 속삭여 불렀다. 마르틴. 그의 성은 자기 나라에서 가장 치명적인 독사의 이름과 같았다. 북살모사, 비보라, 데 라 크루즈.**

그 순간 그녀는 해변에서 움직이는 것들을 발견했다. 금지된 이름이 죽은 자들을 불러낸 듯이. 또 왔냐, 하고 생각하며 그녀는 작은 쌍안경을 가지러 갔다. 돌아와보니 해변에는 수많은 그림자가 우글거렸고 이번에는 그녀도 덜컥 겁이 났다. 옛날 노르만족 함대는 전혀 속임수

---

* 짐승의 발을 향해 던져 휘감는 방식으로 잡는 쇠뭉치 달린 올가미.

** 십자가살모사.

를 쓰지 않고 당당히 공개적으로 쳐들어왔는데 이 그림자들은 살금살금, 숨죽인 소리로 저주와 경고를 내뱉으며, 나지막이 지껄이고 명령하며, 잔뜩 웅크려 머리는 안 보이고 팔다리만 꿈틀거려 마치 껍질 없는 거대한 게를 닮은 모습으로 다가왔다. 허겁지겁, 옆걸음으로, 무거운 군홧발로 와작와작 조약돌을 밟으며 둔덕 위로. 수많은 그림자. 그녀는 놈들이 자신의 보트 창고에 도달하는 것을 보았고, 거기에는 안대를 낀 애꾸눈 해적이 칼을 치켜들고 씩 웃는 빛바랜 그림이 있고, 더는 용납할 수 없었고, 도저히 못 참아, 그렇게 결심한 그녀는 아래층으로 내려가 따뜻한 옷을 챙긴 후 그들을 응징할 무기를 가져왔다. 긴 초록색 정원용 호스 한 다발. 그녀는 문 앞으로 나가 낭랑한 소리로 외쳤다. "훤히 다 보인다. 누군지 몰라도 빨리들 나와."

그러자 놈들은 일곱 개의 태양에 불을 밝혀 그녀를 눈멀게 했고, 순간 그녀는 당황하고 말았다. 일곱 개의 청백색 투광조명등 불빛이 일제히 쏟아지고 그 주위에는 반딧불이나 위성처럼 작은 불빛이 무수히 날아다녔다. 랜턴 손전등 담뱃불. 머리가 핑핑 돌았다. 순간적으로 그녀는 그때와 지금의 분별력을 잃고 갈팡질팡하며 중얼거렸다. 빨리 불 꺼요, 등화관제도 모르나요, 그러다 독일군한테 당한단 말예요. "내가 헛소리를 하다니." 그녀는 분개하여 지팡이 끝으로 현관 매트를 쾅 찍었다. 그러자 마술처럼, 눈부신 빛의 동그라미 속으로 경찰관들이 스르르 나타났다.

알고 보니 해변에 수상한 사람이 있다고 누가 신고한 모양인데, 전에도 밀입국자들이 어선을 타고 잠입했으니, 아무튼 익명의 전화 한 통 때문에 지금 정복 경관 쉰일곱 명이 해변을 샅샅이 훑고 투광조명

등이 미친듯이 어둠을 갈랐다. 헤이스팅스 이스트본 벡스힐어폰시 등지에서 몰려온 경관들, 심지어는 멀리 브라이턴에서 보낸 파견대까지 있었으니, 이런 재미를, 범인 추격의 스릴을 아무도 놓치고 싶지 않았으리라. 해변을 뒤지는 경관 쉰일곱 명은 개 열세 마리를 함께 데려왔고 녀석들은 잔뜩 흥분한 채 바닷바람을 킁킁 들이마시며 분주히 돌아다녔다. 한편 사람과 개로 구성된 이 거창한 수색대를 앞두고 로사 다이아몬드는 자기 집 출구를 지키는 다섯 명의 경관을 바라보았다. 앞문, 일층 창문, 부엌문—악당으로 추정되는 자가 탈출을 시도하리라 짐작하고 미리 대비하려는 속셈이다. 그녀는 또 사복 차림의 세 사내를 보았는데, 그들은 평범한 외투를 입고 평범한 모자를 썼으며 얼굴 생김새까지 평범했다. 그리고 그들 앞에는 젊은 라임 경위가 서 있는데, 감히 그녀와 눈을 마주치지도 못하고 두 발을 땅바닥에 비벼대며 코를 문지르는 그는 마흔 살의 나이에 비해 훨씬 늙어 보였고 눈도 심하게 충혈되었다. 그녀는 지팡이 끝으로 그의 가슴을 툭툭 건드렸고, 이 시간에 말이야, 프랭크, 도대체 무슨 짓인가, 그러나 그는 그녀가 자신을 쥐고 흔드는 것을 용납할 수 없었으니, 오늘밤만은 절대로, 자신의 일거일동을 주시하는 저 이민국 사람들 앞에서만은 절대로, 그래서 자세를 바로잡고 턱을 끌어당겼다.

"죄송합니다만, D. 부인—제보가 들어와서요,—우리측 정보에 의하면,—믿을 만한,—그러니까 조사해볼 가치가 있다고,—댁을 수색해야,—영장도 가져왔습니다."

"얼빠진 소리 말게, 프랭크." 로사가 그렇게 말문을 여는데 바로 그때 평범한 얼굴의 세 사내가 자세를 바로잡으며 몸이 굳어지는 듯했는데, 마치 포인터종 사냥개처럼 저마다 한쪽 다리를 살짝 들어올렸다. 첫번째 사내가 기쁨을 나타내는 듯 쉭쉭거리는 특이한 소리를 내더니 두번째 사내의 입에서는 끙끙거리는 나지막한 신음소리가 새어나오고 세번째 사내는 묘하게 만족스러운 표정으로 눈을 데굴데굴 굴리기 시작했다. 그러더니 일제히 로사 다이아몬드를 스쳐 지나 불빛이 쏟아지는 현관으로 향했는데, 그곳에는 살라딘 참차 씨가 왼손으로 파자마를 치켜올리며 서 있었다. 침대로 몸을 던질 때 단추 하나가 떨어진 탓이었다. 오른손으로는 눈을 비비는 중이었다.

"찾았다." 쉭쉭이가 말하자 끙끙이는 마치 기도했던 일이 모두 이루어졌다는 듯 턱 밑에서 두 손을 맞잡았고 데굴이는 예의범절도 무시한 채 로사 다이아몬드를 어깨로 밀치고 들어갔다. 그래도 한 마디 던지기는 했다. "부인, 실례하겠습니다."

다음 순간 해일이 밀려들었고, 로사는 출렁이는 경찰 헬멧의 바다에 휩쓸려 자기 집 거실 구석에 처박혔고, 그래서 더는 살라딘 참차를 볼 수도 없고 그의 말을 들을 수도 없었다. 그가 보스탄호 폭발 사건에 대해 설명하는 말도 듣지 못했다. 이건 착오입니다, 난 고깃배 타고 숨어든 밀항자가 아니라고요, 우간다인도 케냐인도 아니라고요. 경관들은 빙긋빙긋 웃었다. 알겠습니다, 3만 피트 상공에서 떨어진 후 헤엄쳐 나오셨다고요. 당신은 묵비권을 행사할 수 있으며, 하며 킥킥거리기 시작하더니 이내 요란한 폭소를 터뜨렸고, 잡긴 제대로 잡았어, 틀림없이 이자야. 그러나 로사는 경관들의 웃음소리 때문에 살라딘의 항변을 알아들을 수 없었고, 내 말 좀 믿어주십쇼, 난 영국인입니다, 영주권도 있어요, 그렇게 외쳤지만 살라딘이 여권이나 그 밖의 증빙 서류를 내놓지 못하자 경관들은 즐거움에 겨워 울기 시작했고, 심지어 이민국에서 나온 사복 사내들의 무표정한 얼굴에서도 눈물이 줄줄 흘러내렸다. 그야 그러시겠지, 말 안 해도 압니다, 낄낄거리며, 떨어질 때 지갑을 흘리셨을 수도 있고, 혹시 바다에서 인어들이 소매치기한 건 아닐까요? 사람과 개가 뒤섞여 웃음이 넘실대는 무리 속에서 제복을 입은 팔이 참차의 팔에, 주먹이 그의 배에, 군홧발이 그의 정강이에 어떤 짓을 하는지 로사는 볼 수 없었다. 그리고 방금 그 소리가 살라딘의 비명인지 개가 짖는 소리인지도 확실치 않았다. 그러나 필사적으로 외치는 마지막 고함소리만은 똑똑히 들었다. "당신들은 텔레비전도 안 봅니까? 모르겠어요? 내가 맥심이에요. 맥심 에일리언이라고."

그러자 통방울눈의 데굴이가 대꾸했다. "그러셨군요. 저는 개구리 커미트라고 합니다."

살라딘 참차가 하지 않은 말, 상황이 몹시 잘못되었음을 분명히 깨달은 후에도 끝내 꺼내지 않은 말: 그는 자신을 체포한 경관들에게 '이게 내 런던 전화번호요' 하고 밝히지 않았다. '이리로 전화를 걸어보면 내 말을 보증해줄 겁니다, 내 말이 사실이라는 걸, 우리 예쁜, 백인, 영국인 아내가 말입니다.' 그럴 순 없지. 빌어먹을.

로사 다이아몬드가 기운을 차리고 소리쳤다. "잠깐, 프랭크 라임. 내 말 좀 들어봐." 그러나 이때 세 사복 사내가 다시 그 괴상한 쉭쉭 끙끙 데굴데굴을 시작했고, 갑자기 실내가 조용해지더니 데굴이가 떨리는 손으로 참차를 가리키며 말했다. "부인, 증거를 원하신다면 저것보다 확실한 게 없겠지요."

이 통방울눈의 손가락을 따라 자기 이마를 만져보던 살라딘 참차는 자신이 최악의 악몽 속으로 뛰어들었음을, 그리고 악몽은 이제 막 시작되었을 뿐임을 깨달았으니, 양쪽 관자놀이에서 시시각각 길어지는 그것, 찔리면 피를 볼 만큼 뾰족한 그것은 틀림없이 새로 돋아난 염소뿔 한 쌍이었다.

∽

경찰 대부대가 살라딘 참차를 새로운 삶 속으로 데려가기 전에 뜻밖의 사건이 하나 더 있었다. 눈부신 불빛을 보고 경관들의 미친듯한 웃음소리를 들은 지브릴 파리슈타가 헨리 다이아몬드의 옷장에서 밤색 스모킹 재킷과 승마 바지를 챙겨 입고 내려왔다. 그는 희미한 방충제 냄새를 풍기며 이층 층계참에 서서 아무 말 없이 사태를 지켜보았다. 그때까지는 아무도 그를 보지 못했지만 수갑을 차고 여전히 파자마를 움켜쥔 채 맨발로 블랙마리아*를 향해 끌려가던 참차가 때마침 그를 발견하고 소리쳤다. "지브릴, 제발 이 사람들한테 뭐가 어떻게 됐는지 설명 좀 해줘."

쉭쉭이 끙끙이 통방울눈이 신난다는 듯 지브릴을 향해 돌아섰다. 라임 경위가 물었다. "저건 또 누구지? 저 친구도 스카이다이버야?"

그러나 그 말은 흐지부지 스러지고 말았다. 때마침 투광 조명등이 모두 꺼졌는데 참차에게 수갑을 채워 무사히 체포했으니 불을 끄라는 명령이 떨어졌기 때문이고, 일곱 개의 태양이 한꺼번에 사라지자 누구

---

* '죄수호송차'를 가리키는 속어.

나 분명히 알 수 있었던 사실은 스모킹 재킷을 입은 그 남자 쪽에서 희미한 황금빛이 비친다는 사실, 정확히 말하자면 그의 머리 바로 뒤에서 은은히 퍼져나온다는 사실이었다. 라임 경위는 그 빛에 대해 두 번 다시 거론하지 않았고, 혹시 누가 물었다면 그런 것을 보았다는 사실을 완강히 부인했으리라. 후광이라니, 20세기 말에, 농담도 유분수지.

그러나 어쨌든, 지브릴이 '이분들이 원하는 게 뭔데?' 하고 물었을 때, 그 자리에 있던 사람들은 모두 그의 질문에 꾸밈없고 상세하게 대답해주고 싶다는, 모든 비밀을 남김없이 고백하고 싶다는 강렬한 욕망에 사로잡혔으니, 마치 그가, 마치, 하지만 아냐, 말도 안 돼, 그들은 그 후 몇 주 동안이나 고개를 가로저었고, 마침내 자기들이 그렇게 행동했던 것은 순전히 논리적인 이유에서였다고 믿어버렸고, 그는 다이아몬드 부인의 오랜 친구니까, 두 사람은 부랑자 참차가 물에 빠져 죽을 뻔한 후 해변에서 놈을 발견하고 인정상 집으로 데려갔을 뿐이니까, 로사와 파리슈타 씨를 더이상 괴롭힐 필요가 있었겠나, 그렇게 점잖은 신사분은 눈 씻고 찾아봐도 없을 텐데, 그 스모킹 재킷과 그, 그, 뭐랄까, 특이한 현상은 어차피 범죄라고 할 수도 없으니까.

살라딘 참차가 말했다. "지브릴, 나 좀 도와줘."

그러나 지브릴의 시선은 로사 다이아몬드에게 못박혀 있었다. 그는 그녀를 바라보았고 도저히 눈을 뗄 수 없었다. 이윽고 고개를 끄덕인 후 도로 위층으로 올라갔다. 아무도 그를 막지 않았다.

블랙마리아 앞에 이르러 참차는 로사의 침실에 붙은 작은 발코니에서 자신을 내려다보는 배신자 지브릴 파리슈타를 보았는데 그 망할 자식의 머리에서는 아무런 빛도 나오지 않았다.

2

칸 마 칸Kan ma kan/피 카딤 아자만Fi qadim azzaman…… 정말인지 아닌지 몰라도, 까마득히 잊힌 한 옛날에, 저 은빛 나라 아르헨티나에 돈 엔리케 다이아몬드라는 사람이 살았는데, 새에 대해서는 많이 알되 여자에 대해서는 잘 몰랐고, 그의 아내 로사는 남자에 대해 아무것도 몰랐으나 사랑에 대해서는 많이도 알았더라. 어느 날 이 세뇨라께서 말 타고 나가더니, 깃털 꽂힌 모자 쓰고 곁안장에 걸터앉아, 이윽고 어처구니없게도 허허벌판 팜파스 한복판에 우뚝 선 다이아몬드 목장의 거대한 돌대문에 이르렀을 때, 느닷없이 타조 한 마리가 죽자사자 달려드는 꼴을 보게 되었으니, 제 목숨 하나 건져보자고 가진 재간일랑 다 부려가며 이리 뛰고 저리 뛰는데, 타조란 놈이 워낙 꾀 많은 날짐승이라 붙잡기가 여간 까다롭지 않다더라. 이 타조의 바로 뒤에 구름 같은 흙먼지 피어오르고 사냥꾼들 고함소리 요란하더니, 마침내 이 타조가 마나님 코앞까지 당도했을 때, 구름 속에서 볼라 하나가 쏜살같이 날아들어 놈의 두 다리에 휘감기는지라, 마나님 타고 계신 잿빛 암말의 발치에서 속절없이 땅바닥에 나뒹굴고 말더라. 이 날짐승의 멱을 따려고 뒤미처 말에서 뛰어내리던 사내, 로사의 얼굴에서 한시도 눈을 떼지 못하더라. 허리띠에 찬 칼집에서 은 손잡이 달린 칼을 뽑아들더니 곧장 날짐승의 목에 꽂는데, 단숨에 자루 밑까지 푹 찌르면서도 죽어가는 타조는 거들떠도 안 보고, 누렇고 드넓은 땅에 무릎을 꿇은 채 로사 다이아몬드의 눈동자만 쳐다보더라. 그의 이름은 마르틴 데 라 크루즈였더라.

∾

참차가 끌려간 후 지브릴 파리슈타는 자신의 행동에 대해 자주 생각해보았다. 꿈을 꾸는 듯 늙은 영국 여자의 눈동자에 사로잡혔던 그 순간, 그는 자신의 의지가 이제 자신이 아니라 다른 사람의 욕구에 지배당한다고 느꼈다. 최근 일어난 사건들이 워낙 어리둥절할 만한 일인 까닭에, 그리고 최대한 깨어 있으려고 굳게 마음먹은 까닭에, 그로부터 며칠이 지난 뒤에야 비로소 그는 이 사건들을 눈꺼풀 속의 세계와 관련지을 수 있었고, 그제야 빨리 도망쳐야 한다는 것을 깨달았는데, 왜냐하면 악몽 속의 세계가 현실 세계로 침투하기 시작했으니 앞으로 조심하지 않으면 새로 시작할 수 없을 터, 알렐루야와 함께, 세계의 지붕을 본 그녀를 통해 다시 태어날 수 없을 터였다.

그는 지금껏 알리에게 아무런 연락도 시도하지 않았음을 깨닫고 충격을 받았다. 참차가 곤경에 처했을 때 도와주지 않은 일도 마찬가지였다. 그리고 살라딘의 머리에 돋아난 멋진 새 뿔 한 쌍을 보고도 전혀 동요하지 않았는데, 조금은 관심을 갖는 것이 당연한데도 말이다. 그는 일종의 무아지경에 빠졌는데, 노파에게 그때의 일을 어떻게 생각하느냐고 묻자 그녀는 기이한 미소를 짓더니, 태양 아래 새로운 것은 없다, 자기도 온갖 신기한 일을 보았다, 영국 비슷한 어느 옛 땅에서 뿔 달린 투구를 쓴 유령도 보았다, 그러니까 새로운 일이란 존재할 수 없다, 제아무리 신기해 보이는 일도 벌써 골백번은 일어났을 것이다, 하고 대답했다. 그녀는 하루에도 몇 번씩 두서없이 갈팡질팡하며 이야기를 늘어놓았다. 그러지 않을 때는 느끼한 음식을 잔뜩 만들어 지브릴에게 먹였는데, 셰퍼드 파이, 진한 커스터드 소스를 뿌린 루바브 크럼블, 국물이 걸쭉한 고기찜, 각양각색의 부담스러운 수프 등등이었다. 그리고 무슨 까닭인지 늘 흐뭇한 표정이었는데, 마치 지브릴이 곁에 있기만 해도 뜻하지 않게 깊은 만족감을 얻는 듯했다. 그는 그녀와 함께 마을에서 장을 보기도 했다. 사람들이 쳐다보았지만 그녀는 무시해버리고 오만하게 지팡이를 휘둘렀다. 하루하루가 흘러갔다. 지브릴은 떠나지 않았다.

그는 생각했다. '지긋지긋한 영국 할망구. 진작 멸종된 부류인데 말이야. 도대체 내가 여기서 뭘 하는 거지?' 그러면서도 보이지 않는 사슬에 묶여 그대로 머물렀다. 한편 그녀는 기회만 있으면 오래된 노래를 불렀는데, 에스파냐어라서 지브릴은 한 마디도 알아듣지 못했다. 저게 무슨 주문일까? 늙은 모건 르 페이*가 젊은 멀린을 수정동굴로 유혹하는 노래일까? 지브릴은 문 쪽으로 향했다. 로사의 노랫소리가 커졌다. 그는 걸음을 멈추었다. 그리고 어깨를 으쓱거렸다. '안 될 것도 없지. 저 노인에겐 말동무가 필요해. 화려했던 옛날은 가버렸노라! 지금의 저 모습을 보라고. 어차피 나에게도 휴식이 필요하잖아. 기운을 차려야지. 며칠 동안만.'

저녁이 오면 그들은 거실에 앉아 있곤 했는데, 그곳에는 은제 장식품이 즐비했고, 벽에 걸린 은 손잡이 달린 칼도 그중 하나였고, 그 위쪽의 코너장 위에서는 헨리 다이아몬드의 석고 흉상이 내려다보았고, 대형 괘종시계가 여섯시를 치면 지브릴은 셰리주 두 잔을 따랐고, 그때부터 그녀는 이야기를 시작했고, 그러나 먼저 시계처럼 어김없이 되풀이하는 말이 있었으니, 저 고물은 언제나 사 분씩 늦는데, 예의상 시간을 너무 정확히 지키길 싫어하거든. 그러고는 옛날옛날한옛날 어쩌고 하는 서론도 없이 곧바로 이야기를 시작했는데, 모두 사실이든 모두 거짓이든 간에 그녀가 이야기 속에 쏟아붓는 무시무시한 에너지만은, 마지막 남은 필사의 의지력만은 생생히 느낄 수 있었고, 내 기억에서 유일하게 즐거웠던 시절이야, 그 말을 듣고 그는 온갖 추억이 뒤섞인 헝겊 자루 같은 이 이야기가 실은 그녀의 핵심, 그녀의 자화상, 말하자면 아무도 없는 방안에서 혼자 들여다보는 거울 같은 것임을 깨달았고, 또한 그녀가 여기보다는 차라리 과거 속의 은빛 나라에 머물고 싶어한다는 것을 깨달았으니, 이 낡아빠진 집에서는 끊임없이 여기저기 부딪힐 뿐이므로,—커피 테이블에 걸려 넘어지고, 문고리에 걸려 멍들고—그때마다

* 아서왕 전설에 등장하는 여자 마법사.

눈물을 쏟으며 울부짖을 뿐이므로: 모든 것이 작아졌어.

1935년 그녀가 로스알라모스의 영국계 아르헨티나인 돈 엔리케의 신부가 되어 아르헨티나로 향할 때 그가 바다를 가리키며 말했다. 저런 게 팜파예요. 그냥 보기만 해서는 얼마나 넓은지 알 수 없어요. 몸소 다녀봐야 알지, 그 불변함을, 오늘도 내일도. 어떤 곳에는 바람이 주먹질처럼 강하게 부는데, 그러면서도 완벽하게 고요해서 그 바람에 얻어맞고 쓰러지면서도 아무 소리도 들을 수 없어요. 나무가 없기 때문이죠. 한 그루의 옴부ombú도, 포플러도, 아무것도 없어요. 그건 그렇고, 옴부나무 잎사귀는 조심해야 해요. 맹독성이거든요. 바람 때문에 죽는 일은 없겠지만 그 잎사귀 즙을 마시면 죽을 수도 있으니까. 그녀는 어린애처럼 손뼉을 쳤다. 아니, 헨리, 소리 없는 바람과 독 있는 잎사귀라니. 무슨 동화 같네요. 금발, 물렁살, 커다란 눈, 그리고 답답한 성격의 헨리는 소스라치게 놀란 표정을 지었다. 아, 그렇진 않아요. 그렇게 끔찍한 곳은 아니에요.

이윽고 그녀는 끝없는 둥근 지붕 같은 푸른 하늘 아래 펼쳐진 광활한 땅에 도착했고, 그것은 헨리가 불쑥 던진 질문에 그녀가 마흔 살 먹은 노처녀에게 가능한 단 하나의 대답을 한 결과였다. 그러나 그곳에 도착했을 때 그녀는 더욱 엄청난 질문을 자신에게 던졌다: 이 드넓은 공간에서 내가 할 수 있는 일이 뭘까? 감히 무슨 일을 할 수 있을까, 어떻게 하면 내가 저렇게 넓어질 수 있을까? 착하게 살거나 악하게 살 수는 있겠지만 완전히 새로운 삶을 살아야 한다니. 그녀가 지브릴에게 말했다. 우리 이웃에 살던 호르헤 배빙턴 박사는 처음부터 나를 싫어했어. 남미에 사는 영국인들에 대한 이야기를 들려줬는데, 하나같이 한

심한 종자들이죠, 스파이나 산도적이나 약탈자, 하고 경멸한다는 듯이 말했어. 추운 영국 땅에도 그렇게 못된 놈들만 있습니까? 그렇게 묻더니 스스로 대답했다. 세뇨라, 아마 그렇진 않을 겁니다. 관짝만큼 비좁은 섬에 갇혀 살다가 이렇게 탁 트인 곳으로 나오니 감춰졌던 본성이 드러나는 것이겠지요.

로사 다이아몬드가 감추고 있던 비밀은 사랑의 능력이었는데, 워낙 엄청난 능력이라 무미건조한 헨리로서는 도저히 그 용량을 채워줄 수 없다는 사실이 금방 분명해졌으니, 그 물렁물렁한 몸에 낭만적인 구석이 조금이라도 있다면 전부 새들의 몫이었기 때문이다. 개구리매, 칼새, 도요새. 그는 인근 라구나*에 작은 배를 띄우고 쌍안경으로 갈대숲을 살필 때가 가장 행복했다. 한번은 부에노스아이레스로 가는 기차 식당칸에서 두 손을 입에 대고 자기가 좋아하는 새소리를 흉내내어 로사를 당혹스럽게 만들기도 했다. 홍오리, 따오기, 꾀꼬리. 왜 나를 그렇게 사랑해주지 않나요, 묻고 싶었다. 그러나 결국 못했다. 헨리에게 그녀는 착한 여자였고 열정 따위는 다른 여자들에게나 어울리는 괴상한 짓이었다. 그녀는 목장의 주인 마나님이 되었고 사악한 갈망을 억누르려 노력했다. 밤이 오면 산책을 나가서 팜파에 누워 은하수를 쳐다보는 버릇이 생겼는데, 이따금 아름다운 빛의 강물에 마음을 빼앗기면 온몸을 부들부들 떨고, 강렬한 환희에 전율하고, 자기도 모르는 노래를 흥얼거리고, 이 별들의 음악은 그녀가 얻을 수 있는 최고의 쾌감이었다.

---

* 모래 등이 만의 입구를 막아 형성된 바다와 분리된 호수.

지브릴 파리슈타는: 그녀의 이야기가 거미줄처럼 자신을 휘감아 잃어버린 세계에 묶어놓는 것을 느꼈다. 날마다 오십 명이 모여 앉아 저녁을 먹었는데, 굉장한 사내들이었지, 우리 가우초*, 비굴한 구석은 조금도 없고, 몹시 사납고 자존심도 강했지, 몹시. 맹수 같았어. 사진만 봐도 알 거야. 불면의 기나긴 밤을 함께 보내며 그녀는 팜파의 아지랑이에 대해 말해주었는데, 얼마 안 되는 나무가 섬처럼 둥실 떠오르고 말을 타고 지나가는 사람은 신화 속의 어떤 존재처럼 바다 위를 달려가는 듯했다고 한다. 바다의 유령 같았지. 그녀는 으스스한 이야기도 들려주었는데, 그중에는 천국이 존재하지 않음을 증명한 무신론자 가우초에 대한 이야기도 있었다. 어머니가 세상을 떠났을 때 그는 이레 동안 밤마다 어머니의 영혼을 간절히 불렀다. 여드렛날 밤이 되자 어머니가 자신의 목소리를 못 들은 모양이라고, 만약 들었다면 사랑하는 아들을 위로하러 돌아오지 않을 리가 없다고, 그러므로 죽음이 곧 끝이라고 말했다. 그녀는 페론 지지자들이 찾아왔던 이야기로 지브릴을 사로잡았는데, 그들은 하얀 양복을 입고 머릿기름을 발랐으나 곧 일꾼들에게 쫓겨났다고 했고, 영국인들이 자기들 목장을 위해 철도나 댐을 건설한 이야기도 들려주었는데, 예를 들자면 그녀의 친구 클로데트의 이야기도 있었다. "정말 예뻤지. 그랜저라는 기술자와 결혼했을 땐 헐링햄 남자들이 모두 낙담했을 정도니까. 두 사람은 당시 신랑이 건설중이던 어느 댐으로 가게 됐는데, 머지않아 반란군이 그 댐을 폭파하러 온다는 소식이 들려왔어. 그랜저는 사람들을 데리고 댐을 지키러 나갔고, 클로데트는 하녀

---

* 팜파스 지대에 사는 주민을 일컫는 표현으로 목동을 칭하기도 한다.

와 단둘이 남게 됐지. 그런데 아니나다를까, 몇 시간 후 하녀가 달려오더니, 세뇨라, 어떤 옴브레가 찾아왔는데요, 몸집이 집채만하구먼요. 누구였겠나? 반란군 대장이었지.—'부군은 어디 계십니까, 부인?'—'댐에서 당신들을 기다려요, 당연하잖아요.'—'부군께서 부인을 보살피지 않는다면 우리 혁명군이 보호해드리지요.' 그러더니 집 밖에 보초들을 남겨둔 거야. 대단한 일이지. 그런데 그 싸움에서 두 남자가 모두 죽고 말았어. 남편도 대장도, 그러자 클로데트는 합동 장례식을 치르자고 고집했고, 결국 두 관이 나란히 땅속으로 들어가는 걸 지켜보며 두 사람 모두를 위해 눈물을 흘렸어. 그때부터 우린 그녀가 위험인물이라는 걸 알게 됐지. '트로 파탈'*이랄까? 안 그래? 정말 트로 파탈이었어." 아름다운 클로데트에 대한 이 믿기지 않는 이야기에서 지브릴은 로사 자신의 갈망이 빚어낸 음악소리를 들었다. 그럴 때 그는 그녀가 곁눈질로 자신을 훔쳐보는 것을 종종 발견했는데, 그때마다 배꼽 부위에서 쥐어뜯는 듯한 느낌이 일어났다. 뭔가 빠져나오려 하는 것처럼. 그러다가 그녀가 눈길을 돌리면 그 느낌도 서서히 사라졌다. 어쩌면 스트레스에서 비롯된 부작용이었는지도 모른다.

어느 날 밤 그녀에게 참차의 머리에 돋아난 뿔을 보았느냐고 물어보았지만 그녀는 못 들은 척하며 대답을 회피하고 대신 로스알라모스의 갈폰, 즉 소울타리 앞에서 접의자에 앉아 있노라면 커다란 황소들이 다가와 자기 무릎에 뿔 달린 머리를 얹어놓곤 했다는 이야기를 들려주었다. 어느 날 오후, 마르틴 데 라 크루즈의 약혼녀였던 오로라 델 솔

---

* '위험한 여자'라는 뜻의 팜 파탈(femme fatale)을 더욱 강조하는 말. '너무 위험한 여자.'

이라는 아가씨가 빼 있는 농담을 던졌다. 소들은 숫처녀에게만 저런다고 하던데. 킥킥거리는 친구들에게 속삭이는 체했지만 로사도 그 말을 듣고 오로라에게 상냥한 얼굴로 응수했다. 그렇다면 아가씨도 한번 해보지 그래요? 그때부터 목장의 여자 일꾼 중에서 춤도 제일 잘 추고 제일 매력적이었던 오로라 델 솔은 바다 건너에서 온 너무 키 크고 너무 깡마른 여자를 불구대천의 원수로 여겼다.

"자넨 그 사람을 쏙 빼닮았어." 창가에 나란히 서서 밤바다를 바라보다가 로사 다이아몬드가 말했다. "아주 똑같아. 마르틴 데 라 크루즈." 목동의 이름을 듣는 순간 지브릴은 배꼽에서 맹렬한 통증을 느꼈고, 쥐어뜯는 듯한, 뱃속에 갈고리가 꽂힌 듯한 아픔을 견디지 못해 외마디소리가 새어나왔다. 로사 다이아몬드는 듣지 못한 모양이었다. 그녀가 즐거운 듯 소리쳤다. "저것 봐, 저기."

한밤의 해변을 따라 마르텔로 탑과 휴가촌이 있는 쪽으로 달려가는 그것,—물가를 따라 달려가서 밀려드는 파도가 발자국을 지워버리는 그것,—갈팡질팡 방향을 바꾸고 현란한 몸동작으로 속임수를 쓰며 죽자사자 달려가는 그것은 다 자란 진짜 타조 한 마리였다. 놈은 해변을 따라 쏜살같이 도망쳤고, 지브릴은 타조가 어둠에 묻혀 보이지 않을 때까지 놀란 눈으로 지켜보았다.

그다음에 일어난 일은 마을에서였다. 두 사람은 케이크 한 개와 샴페인 한 병을 사려고 읍내로 들어갔는데, 그날이 자신의 여든아홉번째 생일이라는 사실을 로사가 기억해냈기 때문이다. 가족들은 이미 그녀의 인생에서 추방해버린 터, 카드도 전화도 오지 않았다. 지브릴은 둘이서라도 축하 행사를 치러야 한다며 셔츠 속의 비밀을 보여주었는데, 봄베이를 떠나기 전에 암시장에서 마련했던 두툼한 파운드화 한 다발이었다. "신용카드도 많지요. 저는 가난뱅이가 아닙니다. 자, 가시죠. 제가 대접하겠습니다." 그는 이제 로사의 이야기 마술에 깊이 빠져, 되찾아야 할 자신의 인생이 있고 또한 자기가 살아 있다는 사실을 밝혀 깜짝 놀라게 해줄 한 여자가 있다는 사실을 까맣게 망각한 채 하루하루를 보냈다. 그는 다이아몬드 부인의 쇼핑백을 들고 그녀를 졸졸 따라다녔다.

로사가 빵장수와 잡담을 나누는 동안 길모퉁이에서 빈둥거리던 그는 또다시 뱃속을 쥐어뜯는 갈고리의 통증을 느꼈고, 가로등 기둥을 붙잡고 쓰러져 숨을 헐떡였다. 그때 또각또각 하는 소리가 들려오더니 고풍스러운 이륜 경마차 한 대가 모퉁이를 돌아나왔는데 첫눈에도 무도회 의상으로 보이는 옷차림의 젊은이들이 잔뜩 타고 있었다. 남자들은 종아리에 은단추가 길게 박힌 꼭 끼는 검은색 바지에 앞트임이 거의 허리춤까지 내려오는 하얀 셔츠를 받쳐 입고, 여자들은 여러 겹으로 이루어진 풍성한 스커트를 입었는데 진홍색 에메랄드색 황금색 등 빛깔도 선명하고 주름 장식이 달려 있었다. 그들은 낯선 언어로 노래했는데, 그 즐거운 분위기 때문에 거리가 어둡고 초라해 보일 정도였다. 그러나 지브릴은 뭔가 이상하다는 것을 깨달았다. 거리에 오가는 다른 사람들은 그 마차를 조금도 눈여겨보지 않았기 때문이다. 때마침 로사가 케이크 상자를 묶은 리본에 왼손 집게손가락을 걸고 빵집에서 나오더니 탄성을 질렀다. "오, 저기들 오네, 무도회에 가려고. 우린 춤을 자주 췄다네. 저 사람들은 춤을 좋아해. 천성이지." 그리고 잠시 후: "저건 그 사람이 독수리를 죽이던 날의 무도회였어."

바로 이 무도회에서, 깡마른 얼굴 때문에 독수리라는 별명이 붙은 후안 훌리아라는 자가 술을 너무 많이 마시고 오로라 델 솔의 명예를 더럽혔고, 마침내 결투를 피할 수 없는 지경까지 마르틴을 몰아붙였으니, 어이 마르틴, 네가 저 여자랑 자는 걸 좋아하는 이유를 모르겠더군, 나도 따먹어봤지만 맛도 없던데. "밖으로 나가자." 마르틴이 말했고, 어둠 속에서, 무도회장 주변의 나무에 걸린 색색의 꼬마전구 불빛을 배경으로 두 사내는 팔뚝에 폰차를 감았고, 칼을 뽑았고, 원을 그렸고, 싸웠다. 후안이 죽었다. 마르틴 데 라 크루즈는 죽은 자의 모자를 집어 오로라 델 솔의 발치에 팽개쳤다. 그녀는 모자를 집어들고, 돌아서서 걸어가는 마르틴의 뒷모습을 바라보았다.

여든아홉 살의 로사 다이아몬드는 몸에 꼭 맞는 긴 은빛 드레스를 입고 장갑 낀 손에 담뱃대를 쥐고 머리에는 은빛 터번을 두르고 초록색 삼각형 유리잔으로 진앤드신gin-and-sin을 마시며 좋았던 옛 시절의 이야기를 들려주었다. 그러다가 불쑥 말했다. "춤추고 싶군. 내 생일인데 한 번도 춤을 못 췄어."

로사와 지브릴은 새벽녘까지 춤을 추었는데 노인에게는 지나친 중노동이었으니, 결국 그녀는 이튿날 미열이 있어 침대에 쓰러졌고 착란

상태에서 더욱더 많은 허깨비를 불러냈다. 지브릴은 박공이 있는 다이아몬드 저택의 기와지붕에서 플라멩코를 추는 마르틴 데 라 크루즈와 오로라 델 솔을 보았고, 또한 하얀 양복을 입고 보트 창고 위에서 일꾼들에게 연설하는 페론주의자들을 보았다. "페론이 집권하면 모든 토지를 수용하여 국민들에게 골고루 나눠줄 것입니다. 영국 철도 역시 국유화될 것입니다. 놈들을 몰아냅시다, 그 산도적들을, 해적들을……" 헨리 다이아몬드의 석고 흉상이 허공에 매달려 이 광경을 지켜보았는데, 하얀 양복의 선동가는 그를 손가락질하며 외쳤다. 바로 저놈, 여러분을 억압하는 저놈이 여러분의 적입니다. 지브릴은 복통이 너무 심해 목숨을 염려할 정도였는데, 그의 이상적 사고가 궤양이나 맹장염의 가능성을 떠올리는 순간 머리 한편에서는 진실을 속삭였으니, 지금의 그는 로사의 강력한 의지에 포로가 되어 질질 끌려다닌다는 사실, 이 상황은 천사 지브릴이 예언자 마훈드의 엄청난 갈망을 못 이겨 억지로 말해야 했던 경우와 똑같다는 사실이었다.

그는 깨달았다. '그녀는 죽어간다. 게다가 얼마 안 남았어.' 신열을 못 이겨 몸을 뒤척이며 로사 다이아몬드는 옴부나무의 독과 이웃 배빙턴 박사의 적개심에 대해 중얼거렸다. 박사는 헨리에게, 부인께서 이젠 전원생활에 어울릴 만큼 조용해지셨나요, 하고 물었고, 그녀에게는 (티푸스에서 회복된 선물로) 아메리고 베스푸치의 여행기를 주었다. 배빙턴은 미소를 지으며 말했다. "물론 그 사람은 악명 높은 공상가였지만 공상이 사실보다 강할 수도 있지요. 어쨌든 그의 이름을 붙인 대륙까지 있으니까요." 몸이 쇠약해질수록 그녀는 남은 힘을 점점 더 아르헨티나의 꿈속에 쏟아넣었고 지브릴의 배꼽은 불붙은 듯한 느낌이었다. 그는 로사의 침대 옆에 놓인 안락의자에 축 늘어졌고 시간이 갈수록 허깨비의 숫자도 늘어났다. 목관 음악이 허공에 맴돌고, 무엇보다 놀라운 것은 바닷가 바로 앞에 나타나 뗏목처럼 파도를 타고 오르내리는 조그맣고 하얀 섬 하나였다. 하얀 모래밭이 비스듬히 올라간 곳에 하얀 나무 몇 그루가 있었는데, 뿌리 끝부터 잎사귀 끝까지 백묵처럼 백지장처럼 새하얬다.

흰 섬이 나타난 후 지브릴은 깊디깊은 혼수상태에 빠져들었다. 죽어가는 여인의 침실에서 안락의자에 축 늘어져 눈꺼풀을 내리깐 채 그는 자신의 몸이 점점 무거워져 마침내 일체의 움직임이 불가능해지는 것을 느꼈다. 다음 순간에는 또다른 침실에 있었는데, 종아리에 은단추가 박힌 꽉 끼는 검은색 바지를 입고 허리띠에는 무거운 은제 버클이 달려 있었다. 부르셨습니까, 돈 엔리케? 그는 하얀 석고상 같은 얼굴의 뚱뚱하고 물렁물렁한 남자에게 물었다. 그러나 그는 누가 자신을 불렀는지 알았으며 그녀의 얼굴에서 한시도 눈을 떼지 않았다. 하얀 주름장식에 둘러싸인 그녀의 목에서 홍조가 번져 올라오는 것을 보면서도.

헨리 다이아몬드는 마르틴 데 라 크루즈의 일에 당국이 개입하는 것을 허락하지 않았다. 그는 로사에게 말했다. 이 사람들은 내 책임이고 이건 명예가 걸린 문제예요. 그는 오히려 살인자 데 라 크루즈를 변함없이 신뢰하고 있음을 일부러 과시하기까지 했는데, 예를 들자면 목장 폴로팀의 주장으로 임명한 일도 그랬다. 그러나 마르틴이 독수리를 죽인 뒤부터 돈 엔리케는 예전의 그가 아니었다. 점점 더 쉽게 지쳤고, 기운이 없었고, 새들에게조차 흥미를 잃었다. 로스알라모스의 사정도 악화되기 시작했다. 처음에는 눈에 안 띄게, 그러다가 점점 뚜렷하게. 하얀 양복을 입은 남자들이 다시 찾아왔지만 이번에는 쫓겨나지 않았다. 로사 다이아몬드가 티푸스에 걸렸을 때 목장 사람들 중에는 이 유서 깊은 땅의 몰락을 알리는 징조로 생각하는 이들도 많았다.

내가 여기서 뭘하는 거지? 지브릴은 목장주 돈 엔리케의 서재에서 경악했고, 한쪽에서는 도냐 로사가 얼굴을 붉혔다. 여긴 딴 사람 집인데.—자네만 믿네, 하고 헨리가 말했는데, 영어가 아니었지만 지브릴은 알아들을 수 있었다.—아내가 자동차로 요양하러 떠나는데 자네가 따라가줬으면 해서…… 나는 로스알라모스에서 할 일이 있어 함께 갈 수 없어서 말이야. 이번에는 내가 말해야 하는데, 뭐라고 대답하나, 그러나 입을 벌리자 자기도 모르는 말이 튀어나오고, 영광입니다, 돈 엔리케, 발뒤꿈치를 척 붙이고, 뒤로 돌앗, 퇴장.

여든아홉 살의 쇠약해진 몸으로 로사 다이아몬드는 반세기가 넘도록 감추었던 생애 최고의 이야기를 꿈꾸기 시작했고, 지브릴은 말을 타고 그녀의 이스파노 스위사*를 뒤따랐다. 이 목장 저 목장을 지나서, 아라야나나무가 우거진 숲을 지나서, 드높은 산맥 아래를 지나서, 스코틀랜드 성이나 인도 궁전을 흉내낸 괴상망측한 저택들을 지나서, 주당 하룻밤만으로도 만족할 줄 아는 일곱 아내를 거느린 캐드왈러더 에번스 씨의 땅을 지나서, 독일로부터 아르헨티나로 들어오는 온갖 사상에 홀딱 빠져 하얀 동그라미 속에서 춤추는 검은 갈고리 십자가가 그려진 붉은 깃발을 목장 깃대에 게양하기 시작한 저 악명 높은 맥스윈의 땅을 지나서. 바로 그 맥스윈의 목장에서 그들은 석호를 만나게 되

* 옛 스포츠카의 일종.

었고, 로사는 운명의 하얀 섬을 처음으로 보았고, 배를 저어 그곳으로 건너가 점심을 먹겠다고 했고, 더구나 하녀도 운전사도 필요 없고 단 한 명, 마르틴 데 라 크루즈만 데려가겠다고 고집을 부렸는데, 노를 젓고 하얀 모래밭에 진홍색 천을 깔아주고 자신에게 고기와 포도주를 차려줄 사람이 필요하다는 설명이었다.

눈처럼 희고 피처럼 붉고 흑단처럼 검고.* 검은 스커트와 흰 블라우스를 입은 그녀가 흰 모래밭에 펼쳐진 진홍색 천에 비스듬히 누웠을 때, 그가 (역시 검고 흰 옷차림으로) 흰 장갑을 낀 그녀의 손에 쥐어진 술잔에 붉은 포도주를 따라주었을 때,—그리고 그 자신도 놀랐지만, 이런 빌어먹을, 그녀의 손을 붙잡고 입을 맞추기 시작했을 때,—무슨 일이 일어났고, 장면이 갑자기 흐릿해졌고, 한순간 그들은 진홍색 천 위에서 이리저리 뒹굴었고, 그래서 치즈와 얇게 저민 냉육과 샐러드와 고기 파이가 욕망의 무게에 짓눌려 마구 뭉개졌고, 그들이 이스파노 스위사가 있는 곳으로 돌아갔을 때는 옷이 온통 음식으로 얼룩져 운전사나 하녀에게 아무것도 감출 수 없었고,—그러나 다음 순간에는 그녀가 그에게서 움찔 물러났고, 냉랭한 표정이 아니라 슬픈 표정이었고, 손을 피하며 보일 듯 말 듯 고갯짓을 했고, 안 돼요, 그는 일어나서 머리 숙여 절하며 물러났고, 그녀의 정절과 점심식사는 무사했고,—이 두 가지 가능성이 서로 엇갈리며 교대로 나타났고, 한편 죽어가는 로사는 침대 위에서 뒤척였고, 이랬을까-저랬을까, 생애 마지막 이야기를 털어놓으면서도 어느 쪽이 사실이면 좋을지 몰라 갈팡질팡했다.

---

* 백설공주의 모습을 묘사하는 말.

∽

지브릴은 생각했다. '내가 미쳐간다. 그녀는 죽어가고 나는 제정신을 잃어가는구나.' 달이 떠올랐고 방안에서 유일한 소리는 로사의 숨소리뿐이었다. 들이쉴 때는 코를 골고, 내쉴 때는 무겁게, 조그맣게 끙끙거리는 소리와 함께. 지브릴은 의자에서 일어나려 해보았지만 도저히 일어날 수 없었다. 환상과 환상 사이의 이런 휴지기에도 그의 몸은 여전히 터무니없이 무거웠다. 가슴에 돌덩이를 올려놓은 듯. 그리고 영상들은 나타날 때마다 온통 뒤죽박죽이었고, 그래서 한순간은 로스알라모스의 건초 창고에서 그녀와 사랑을 나누었고, 그녀는 그의 이름을 거듭거듭 중얼거렸고, 십자가의 마르틴,—또 다음 순간은 밝은 대낮에 오로라 델 솔이라는 여자가 지켜보는 앞에서 로사가 그를 완전히 무시했고,—그래서 추억과 소망을 분간할 수 없고 상상 속의 불륜과 진실한 고백을 가려낼 수 없었으니,—임종의 자리에 누워서도 로사 다이아몬드는 자신의 과거를 차마 직시할 수 없었기 때문이다.

달빛이 방안으로 흘러들었다. 그 빛은 로사의 얼굴에 닿자마자 그녀의 몸을 뚫고 지나가는 듯했고, 지브릴은 그녀의 베갯잇을 장식한 레이스 자수의 무늬까지 또렷이 볼 수 있었다. 그러다가 돈 엔리케와 그의 친구, 즉 엄격하고 까탈스러운 배빙턴 박사도 보았는데, 발코니에서 있는 그들의 모습은 더할 나위 없이 확실한 실물 같았다. 로사가 점점 희미해지며 사라져갈수록 허깨비들은 점점 또렷해진다는 생각이 문득 떠올랐다. 말하자면 유령들과 자리바꿈을 하는 셈이었다. 그리고 그는 이렇게 유령이 출몰하는 것은 자기 때문임을, 복통과 돌덩이 같은 무거움 때문임을 알고 자신의 목숨에 대해서도 걱정하기 시작했다.

"자네는 후안 훌리아의 사망진단서를 허위로 작성해달라고 했지." 배빙턴 박사가 말했다. "난 오랜 우정 때문에 그렇게 해주었네. 하지만 옳지 않은 일이었어. 그리고 나는 지금 그 결과를 보고 있네. 자네는 살인자를 감싸줬고, 지금 자네를 파먹는 것은 자네 양심인지도 몰라. 고향으로 돌아가게, 엔리케. 돌아가, 자네 부인도 데리고, 더 나쁜 일이 벌어지기 전에."

"여기가 내 고향일세." 헨리 다이아몬드가 대답했다. "그리고 내 아내를 들먹인 일은 이번만 눈감아주겠네."

"영국인들은 어디 가서 살아도 영국을 떠나지 못한다네." 배빙턴 박사가 달빛 속으로 사라져가며 말했다. "도냐 로사처럼 사랑에 빠진다면 또 모르지만."

구름이 달빛을 가렸고, 이제 발코니에는 아무도 없었으므로 지브릴 파리슈타는 드디어 억지로나마 의자에서 몸을 일으킬 수 있었다. 걸음을 걷기가 마치 쇳덩이 달린 차꼬를 바닥에 질질 끌며 걸어가는 듯했지만 마침내 창가에 이르렀다. 어느 방향을 보아도 시력이 미치는 곳까지 온통 바람에 흔들리는 커다란 엉겅퀴 천지였다. 바다였던 곳이 지금은 엉겅퀴 바다였다. 어른 키만한 엉겅퀴가 수평선까지 뻗어갔다. 육신을 벗어버린 배빙턴 박사의 음성이 그의 귓속에서 중얼거렸다. "오십 년 만에 보는 엉겅퀴 재앙이야. 과거가 되풀이되는 모양이군." 지브릴은 우거져 물결치는 풀숲을 뚫고 달려가는 한 여자를 보았다. 맨발로, 검은 머리를 풀어헤친 채. "저 여자가 한 짓이야." 등뒤에서 로사의 목소리가 또렷이 들려왔다. "그이를 속이고 독수리와 놀아나다가 결국 그이를 살인자로 만들어놓고서도. 그후 그이는 저 여자를 쳐다보지도 않았지. 그래, 저 여자가 한 짓이야. 몹시 위험한 여자야, 저 여자, 몹시.” 지브릴은 엉겅퀴 밭에서 오로라 델 솔의 모습을 놓쳤다. 신기루가 신기루를 덮었다.

그는 뭔가 등뒤에서 자신을 움켜쥐고 빙빙 돌리다가 휙 내동댕이치는 것을 느꼈다. 아무도 보이지 않았지만 로사 다이아몬드가 침대 위에 똑바로 일어나 앉아 있었고, 눈을 크게 뜨고 그를 바라보았고, 이미 삶에 대한 희망을 모두 버렸으며 이제 마지막 비밀을 밝히기 위해 그의 도움이 필요하다고 그에게 알렸다. 꿈속에서 장사꾼을 만났을 때 그랬듯이 이번에도 그는 자신의 무력함과 무지함을 절감할 뿐이었고…… 그러나 그녀는 그에게서 영상을 끄집어내는 방법을 아는 듯했다. 그는 두 사람의 배꼽과 배꼽을 잇는 빛나는 끈을 보았다.

이제 그는 끝없는 엉겅퀴 밭의 한 연못에서 말에게 물을 먹이는 중인데 그녀가 암말을 타고 다가왔다. 이제 그는 그녀를 끌어안으며 옷과 머리를 풀어 내렸고, 또 이제 두 사람은 사랑을 나누었다. 이제 그녀가 속삭이고 있었고, 어떻게 나를 사랑할 수 있나요, 내 나이가 당신보다 훨씬 많은데, 그는 그녀를 달래주었다.

이제 그녀가 일어났고, 옷을 입었고, 말을 타고 떠났고, 그는 그곳에 남았고, 온몸이 나른하고 따뜻했고, 그래서 엉겅퀴 속에서 여자의 손이 몰래 빠져나와 은 손잡이 달린 칼을 움켜쥐는 것도 보지 못했고……

아냐! 아냐! 아니, 이쪽으로!

이제 그녀는 연못가의 그에게 다가왔고, 그녀가 불안한 표정으로 그를 지켜보며 말에서 내리는 순간 그가 그녀를 덮쳤고, 그녀의 거절을 더는 참을 수 없다고 말했고, 두 사람은 함께 땅바닥으로 쓰러졌고, 그녀는 비명을 질렀고, 그는 그녀의 옷을 찢어버렸고, 그의 몸을 할퀴던 그녀의 손이 칼 손잡이에 닿았고……

아냐! 아냐, 절대로, 아냐! 이쪽으로: 여기야!

이제 두 사람은 사랑을 나누었고, 다정하게, 느린 애무를 무수히 주고받으며, 그런데 또 한 사람이 말을 타고 연못이 있는 빈터로 들어섰고, 두 연인은 황급히 떨어졌고, 이제 돈 엔리케가 작은 권총을 뽑아 연적의 심장을 겨누었고, ―

―그리고 그는 오로라가 가슴을 찌르는 것을 느꼈고, 거듭거듭, 이건 후안 몫이고, 이건 나를 버렸으니까, 그리고 이건 그 잘난 영국 창녀 때문이고, ―

―그리고 그는 피해자의 칼이 심장에 파고드는 것을 느꼈고, 로사는 그를 찔렀고, 한 번, 두 번, 또 다시, ―

―그리고 헨리의 총탄이 그를 죽인 후 영국인은 죽은 자의 칼을 집어들고 피 흐르는 상처를 몇 번이고 연거푸 찔러댔다.

그 순간 지브릴은 큰 소리로 비명을 지르며 의식을 잃고 말았다.

그가 정신을 차렸을 때 노파가 침대 위에서 혼잣말을 했는데 무슨 말인지 간신히 알아들을 수 있을 만큼 작은 음성이었다. "팜페로*가 불어왔어, 서남풍이, 엉겅퀴를 쓰러뜨리며. 그때 사람들이 그이를 발견했지. 아니, 어쩌면 그보다 먼저였는지도 몰라." 이야기의 결말은: 마르틴 데 라 크루즈의 장례식 때 오로라 델 솔이 로사 다이아몬드의 얼

* 안데스산맥에서 아르헨티나 초원 지대를 가로질러 브라질 쪽으로 내리 부는 차가운 바람.

굴에 침을 뱉었다. 이 살인 사건에 대해서는 누구에게도 죄를 묻지 않는다는 결정이 내려졌고, 다만 돈 엔리케가 도냐 로사를 데리고 최대한 서둘러 영국으로 돌아가야 한다는 조건이 붙었다. 두 사람은 로스알라모스 역에서 기차를 탔는데 하얀 양복을 입고 보르살리노를 쓴 남자들이 플랫폼에 서서 그들이 정말 떠나는지 확인했다. 기차가 움직이기 시작하자 로사 다이아몬드가 옆자리에 놓인 여행가방을 열고 여봐란듯이 말했다. 내가 가져온 게 있어요. 작은 기념품이죠. 헝겊 꾸러미를 풀자 은 손잡이가 달린 가우초 칼이 나왔다.

"헨리는 조국으로 돌아온 첫 겨울에 죽었지. 그다음엔 아무 일도 없었어. 전쟁. 끝." 그녀는 잠시 입을 다물었다. "이렇게 찌그러지다니, 그 광대함 속에 있다가 말이야. 도저히 견딜 수 없어." 그리고 다시 침묵이 흐른 후: "모든 것이 작아졌어."

달빛 속에서 변화가 일어났다. 지브릴은 가슴을 짓누르던 무거운 짐이 사라져가는 것을 느꼈다. 그 속도가 하도 빨라 천장을 향해 두둥실 떠오를 것만 같았다. 로사 다이아몬드는 눈을 감고 조각보 이불에 두 팔을 얹은 채 가만히 누워 있었다. 그녀는: 정상인 듯했다. 지브릴은 이제 자신을 떠나지 못하게 막을 것은 아무것도 없음을 깨달았다.

그는 조심조심 아래로 내려갔다. 아직도 다리가 조금 후들거렸다. 헨리 다이아몬드의 것이었던 무거운 개버딘 외투와 돈 엔리케의 아내가 안감에 남편의 이름을 수놓은 회색 펠트 트릴비를 찾아낸 후 뒤도 안 돌아보고 그 집을 떠났다. 밖으로 나서는 순간 모자가 바람에 날려 해변 쪽으로 굴러갔다. 그는 얼른 쫓아가 붙잡아서 다시 꾹 눌러썼다. 런던 샤리프*여, 내가 간다. 도시는 그의 손안에 있었다: 런던 지도, A부터 Z까지 대도시 하나가 통째로 담긴 너덜너덜한 책.

'어떻게 할까?' 그는 생각중이었다. '전화를 걸까 말까? 아냐, 그냥 불쑥 나타나서, 초인종을 누르고, 아가씨, 당신 소원이 이뤄졌어, 바닷속에서 그대의 침대 속으로, 그까짓 비행기 사고 따위가 나를 막을 수는 없지.—뭐 꼭 그렇게 말하지는 않더라도 대강 그런 뜻으로 말하면 될 거야.—그래. 놀래주는 게 낫겠어. 알리 비비, 우와, 놀랐지!'

그때 노랫소리가 들렸다. 바깥벽에 애꾸눈 해적이 그려진 낡은 보트 창고 쪽이었는데, 외국 노래지만 귀에 익은 곡이었다. 로사 다이아몬드가 자주 흥얼거리던 노래였다. 음성도 귀에 익고, 다만 조금 달라진 음성, 떨림이 적어진 음성이었다. 젊어진 음성. 웬일인지 보트 창고의 문이 열려 바람에 덜컹거렸다. 그는 노랫소리가 들리는 쪽으로 걸어갔다.

"외투 벗어요." 그녀가 말했다. 그녀의 옷차림은 하얀 섬으로 건너갔던 그날과 똑같았다. 검은 스커트와 부츠, 하얀 실크 블라우스, 모자는 없고. 그는 보트 창고 바닥에 외투를 깔았고 선명한 진홍색 안감이 비좁고 달빛 가득한 실내에서 은은히 빛났다. 그녀는 영국 생활의 온갖 잡동사니 사이에 드러누웠다. 크리켓 기둥, 누렇게 바랜 전등갓, 이 빠진 꽃병, 접탁자, 트렁크. 그리고 그를 향해 팔을 뻗었다. 그는 그녀 곁에 드러누웠다.

그녀가 중얼거렸다. "어떻게 나를 사랑할 수 있나요? 내 나이가 당신보다 훨씬 많은데."

---

* 본래 '메카 샤리프' '쿠란 샤리프' 등에 쓰이는 표현으로 '거룩한'을 뜻한다.

3

창문도 없는 경찰차 안에서 그들이 파자마를 끌어내렸을 때, 그리고 검고 꼬불꼬불한 털로 뒤덮인 자신의 허벅지를 보게 되었을 때, 살라딘 참차는 이 밤 들어 두번째로 무너지고 말았다. 다만 이번에는 건잡을 수 없이 낄낄거리며 웃기 시작했는데, 경찰의 유쾌한 분위기에 휩쓸린 탓인지도 모른다. 특히 세 명의 이민국 요원은 유난히 즐거워했으며 살라딘의 바지를 벗긴 것도 그중 한 명, 스타인이라는 이름의 퉁방울눈 사내였다. 그는 신난다는 듯이 외쳤다. "개봉시간이다, 패키* 놈아. 어떻게 생겨먹었는지 어디 좀 보자!" 참차가 항의했지만 빨갛고 하얀 줄무늬는 속절없이 흘러내렸다. 그는 경찰차 바닥에 벌렁 누워

* 원래는 파키스탄인을 지칭하나 남아시아인에게 두루 쓰는 경멸적 속어.

있었는데, 양쪽 팔에 각각 순경 두 명씩 달라붙고 또 한 명은 군홧발로 가슴을 짓밟았다. 참차의 항변은 유쾌한 소란 속에 묻혀 들리지도 않았다. 그의 뿔이 이리저리 부딪혔다. 바퀴 덮개에, 깔개도 없는 맨바닥에, 혹은 어느 순경의 정강이에—특히 마지막 경우가 발생할 때마다 그는 호되게 따귀를 얻어맞았는데, 피해를 본 순경들이 노발대발하는 것도 무리가 아니었다. 아무튼 한마디로 참차는 세상에 태어나 이토록 비참하고 우울했던 적이 없었다. 그런데도 빌려 입은 파자마 속에서 드러난 광경을 보고는 너무 기가 막혀 잇새로 터져나오는 웃음을 참을 수 없었다.

그의 허벅지는 털북숭이였을 뿐 아니라 대단히 굵고 튼튼해졌다. 그러나 무릎 아래부터는 털도 없고 굵기도 가늘었다. 종아리는 살이 거의 없고 뼈만 앙상했으나 역시 강인해 보였고, 그 끝에는 둘로 갈라지고 윤기가 흐르는 발굽이 달렸다. 염소 발굽과 똑같았다. 그리고 살라딘을 또 한번 놀라게 한 것은 남근이었다. 엄청나게 커지고 민망스럽게도 잔뜩 발기한 그것이 자신의 것이라고는 도저히 믿을 수 없었다. 노박—즉 앞서 말했던 '쉭쉭이'—이 장난스레 성기를 잡아당기며 농담을 던졌다. "이건 또 뭐야? 우리 중에 마음에 드는 사람이라도 있나?" 그 말을 듣고 이민국 요원 중 '끙끙이' 조 브루노가 자기 허벅지를 탁 치고 노박의 옆구리를 쿡 찌르며 소리쳤다. "아니, 그게 아냐. 우리 때문에 뿔다귀가 나서 저럴 거라고." 그러자 노박이 살라딘의 큼직한 고환을 실수인 척 쥐어박으며 마주 소리쳤다. "아하, 그랬구나!" 그러자 벌써 눈물이 글썽글썽한 스타인이 울부짖었다. "이봐! 이봐! 더 웃기는 게 있는데…… 저건 사타구니에 뿔난 거라고."

그 말이 떨어지자마자 세 사람은 "뿔다귀가 났대…… 사타구니에 뿔 났대……" 하고 몇 번이나 되뇌며 서로 부둥켜안고 폭소를 터뜨렸다. 참차는 말을 하고 싶었지만 목소리마저 염소 울음으로 바뀌었을까 봐 두려웠고 더욱이 순경의 군홧발이 가슴을 더 힘껏 짓눌러 어떤 말도 할 수 없었다. 참차로서는 납득하기 어려운 점이 있었는데, 이렇게 곤혹스럽고 터무니없는 사태가 벌어졌는데도—즉 그가 괴상망측한 도깨비로 둔갑했는데도—남들은 한없이 진부하고 평범한 일인 듯한 반응을 보인다는 사실이었다. '여긴 영국이 아니야.' 그런 생각을 하기는 이번이 처음도 아니고 마지막도 아니었다. 어떻게 영국일 수 있으랴. 영국처럼 온건하고 상식적인 나라의 경찰차에서 어떻게 이런 일이 태연히 자행될 수 있단 말이냐? 그러므로 자신은 비행기가 폭발할 때 죽었고 이후 일어난 일은 모두 일종의 사후 세계였다는 결론 쪽으로 생각이 기울었다. 만약 사실이라면 오래전부터 영생을 부인했던 자신이 어리석었던 셈이다.—그런데 어째서 선신이든 악신이든 절대자라고는 찾아볼 수 없을까? 이곳이 연옥이든 지옥이든 어디든 간에, 어째서 아이들도 다 아는 상금과 요정*의 서식스와 똑같은 모습일까?—그러자 또다른 생각이 떠올랐다. 혹시 보스탄호 사고 때 죽지 않고 살아남았지만 심하게 다쳐 지금 어느 병원에서 악몽을 꾸는 것은 아닐까? 이런 설명은 그에게도 반가운 일이었다. 만약 그렇다면 한밤중에 걸었던 그 전화도 없었고, 지금껏 잊으려고 노력했지만 허사였던 그 남자 목소리도 사실이 아니었다는 뜻이니까…… 그런데 그 순간 강력한 발

* 서식스 지방을 배경으로 한 러디어드 키플링의 소설 제목 'Rewards and Fairies'에서 차용.

길질이 갈비뼈에 작렬했다. 하도 아프고 현실적이어서 환상에 대한 모든 이론을 깨끗이 쓸어버리기에 충분했다. 그는 다시금 당면한 현실로 눈을 돌렸다. 밀폐된 경찰차, 그 속에 타고 있는 이민국 요원 세 명과 순경 다섯 명—적어도 지금으로서는 그것이 그에게 주어진 세계였다. 공포의 세계였다.

노박 패거리의 즐거운 분위기가 어느새 달라졌다. "짐승." 스타인이 연거푸 발길질을 퍼부으며 참차를 욕했고 브루노도 거들었다. "너희 놈들은 다 똑같아. 짐승들에게 예절을 기대할 수야 없는 일이지. 안 그러냐?" 그러자 노박이 말을 이었다. "위생관념 말이다, 멍청한 자식아."

참차는 어리둥절했다. 그러다 문득 블랙마리아의 바닥에 잔뜩 떨어진 말랑말랑한 구슬 같은 것을 보게 되었다. 쓰라린 슬픔과 부끄러움을 가눌 수 없었다. 이제 생리현상마저 염소처럼 변해버린 모양이다. 이런 굴욕이 또 있을까! 나는 지성인이었는데, 그렇게 되려고 얼마나 노력했는데! 실헤트의 어느 촌놈이나 구지란왈라의 자전거 수리점에서 일하는 어중이떠중이였다면 이런 몰락이 어울릴지도 모르지만 내 경우는 전혀 다르단 말이야! "여러분." 그가 말문을 열었다. 근엄한 어조였다. 발굽 달린 두 다리를 쫙 벌린 채 자신의 똥무더기 속에 나자빠진 꼴사나운 상황에서 그런 목소리를 내기란 결코 쉽지 않았다. "여러분, 더 늦기 전에 실수를 깨닫는 것이 좋겠소."

그러자 노박이 한 손을 귀에 갖다댔다. "저게 뭐지? 방금 그 소리는 뭐였어?" 그가 주위를 두리번거리며 묻자 스타인이 대답했다. "나도 몰라." 그러자 조 브루노가 말했다. "어떤 소리였는지 말해주지." 그러더니 두 손을 입에 대고 목청껏 외쳤다. "매애애애!" 세 사람은 일제히 폭소를 터뜨렸다. 살라딘은 그들이 자기를 모욕하는 것인지, 아니면 일말의 예고도 없이 들이닥친 이 무서운 마귀병 때문에 실제로 자신의 성대가 변해버렸는지 분간할 수 없었다. 그는 다시 부들부들 떨었다. 극도로 추운 밤이었다.

이민국 삼총사 중 상관이거나 적어도 동료들 중 우두머리쯤으로 보이는 사람은 스타인 요원이었는데, 달리는 경찰차 바닥에서 이리저리 굴러다니는 동글동글한 구슬 똥 문제를 갑작스럽게 다시 들먹인 것도 그자였다. 그가 살라딘에게 말했다. "이 나라에서는 자기 똥은 자기가 치우게 돼 있단 말씀이야."

그러자 살라딘을 짓누르고 있던 순경들이 그를 일으켜 무릎을 꿇게 했다. 노박이 말했다. "맞았어, 깨끗이 치우라고." 그러자 조 브루노가 커다란 손으로 참차의 목덜미를 움켜쥐고 구슬 똥이 흩어진 바닥 쪽으로 밀어붙이며 격의 없는 말투로 명령했다. "어서 해라. 빨리 시작해야 빨리 끝나지."

이 어처구니없는 굴욕의 와중에서도—다시 말하자면, 기적적으로 살아났다가 점점 끔찍하고 기괴한 쪽으로만 치닫는 이 상황 속에서도—가장 비참한 이번 일을 감행하며(선택의 여지가 없었으므로), 살라딘 참차는 이민국 요원 세 명의 생김새나 행동이 처음처럼 이상해 보이지 않는다고 느꼈다. 우선 그들은 이제 서로 조금도 닮아 보이지 않았다. 동료들이 '맥' 또는 '자키'라고 부르는 스타인 요원은 롤러코스터처럼 큼직한 코에 몸집도 크고 건장한 사내였다. 이제 보니 말씨도 스코틀랜드 사투리가 심했다. 참차가 비참한 표정으로 우적우적 먹는 모습을 지켜보며 스타인이 칭찬하듯 말했다. "그래야지. 배우라고 했나? 나도 연기 잘허는 배우를 좋아허네."

그 말을 들은 노박 요원은—일명 '킴'*이라고도 하는데, 안색이 무섭게 창백하고 고행자처럼 뼈가 불거져 중세의 성자상을 연상시키는 얼굴에 깊은 번뇌를 담은 듯 잔뜩 찌푸린 표정을 한 사내였다—자기가 좋아하는 연속극 주인공이나 게임쇼 진행자들에 대해 잠시 열변을 토했고, 브루노 요원은—참차의 눈에는 그가 갑자기 굉장한 미남으로 돌변한 것처럼 보였는데, 머리는 스타일링 젤을 발라 반짝거렸고 가운데 가르마를 탔으며, 수염은 황금빛이어서 어두운 머리색과 더불어 극적인 대조를 이루었고, 또한 셋 중 제일 젊었다—음탕한 어조로, 나는 여자들을 구경하는 게 더 좋은데, 하고 말했다. 새로운 화제가 등장하자 세 사람은 일제히 실패로 끝났던 각양각색의 일화를 털어놓기 시작했는데 한결같이 어떤 한 가지 일을 암시하는 내용이었다. 그러나 다섯 명의 순경이 끼어들려고 하자 요원들은 분수를 알라는 듯 일제히 엄격해졌다. 스타인 씨가 그들을 타일렀다. "어른들 말씀허시는데 아해들이 껴들면 못 쓰는 법이여."

이 무렵 참차는 식사중에 구역질이 나서 웩웩거리면서도 한사코 토하지 않으려고 안간힘을 썼다. 자칫 그런 실수를 저질렀다가는 이 시련이 더 연장될 뿐이니까. 그는 이리저리 구르는 저 고통의 구슬 똥을

* 영화 〈현기증〉으로 널리 알려진 미국 여배우 킴 노박을 빗댄 별명.

쫓아 경찰차 바닥을 엉금엉금 기어다녔고, 순경들은 이민국 요원의 꾸지람에서 비롯된 좌절감을 해소하려고 애꿎은 살라딘을 가차없이 학대했다. 그들이 엉덩이 털을 잡아당기는 바람에 살라딘의 불쾌감과 당혹감은 더욱 커질 수밖에 없었다. 그런 다음에 다섯 순경은 여봐란듯이 이민국 요원들의 대화를 모방하여 자기들끼리 이야기를 나누었다. 그들은 영화배우, 다트 경기 선수, 프로레슬러 등등의 장단점을 분석했는데, '자키' 스타인의 거만한 태도에 잔뜩 기분이 상했으므로 자기들의 상관인 이민국 요원들처럼 관념적이고 이지적인 어조를 유지하지 못하고 결국 1960년대 초의 토튼햄 핫스퍼 '더블' 팀과 현재 막강한 리버풀 팀의 장단점을 놓고 말다툼을 벌이기 시작했으니,—리버풀 지지자들은 저 위대한 대니 블랜치플라워가 '색골'이었다느니 암사내였다느니 성姓은 플라워flower요 천성은 팬지*였다느니 하며 스퍼스 팬들을 약올렸고,—그러자 격분한 상대편은 리버풀의 경우에는 선수가 아니라 팬들이 호모니까 스퍼스 팬들이 두 손을 등뒤에 묶고서도 얼마든지 때려눕힐 수 있다고 맞받아쳤다. 이 순경들은 전국 각지의 운동장을 두루 돌면서도 경기는 못 보고 관객들만 구경하며 수많은 토요일을 보냈고 자연히 축구 난동꾼들의 기술을 잘 알았는데, 차츰 논쟁이 격해지며 마침내 '찢어 죽인다' '불알 깐다' '병으로 찍는다' 따위의 참뜻을 상대편 동료들에게 몸소 실천하고 싶어 안달하는 지경에 이르렀다. 양편 모두 화가 나서 서로 노려보더니 갑자기 살라딘 참차에게 일제히 시선을 돌렸다.

* 남성 동성애자를 칭하는 경멸적 속어.

자, 그리하여 경찰차 안의 소동은 점점 더 요란해졌고,—거기에는 참차도 적잖은 역할을 담당하여 돼지처럼 울부짖었고—젊은 순경들은 그의 온몸을 골고루 걷어차거나 짓밟으며 실험용 동물 겸 화풀이 상대로 활용했고, 다만 흥분한 상태에서도 웬만하면 어디를 부러뜨리거나 타박상을 입히는 일만은 피하려고 비교적 연하고 살 많은 부위를 골라가며 때렸고, 자키와 킴과 조이는 하급자들이 하는 짓을 빤히 알면서도 묵인했다. 아이들도 때로는 재미를 봐야 하니까.

게다가 스타인과 브루노와 노박은 지금껏 구경하기에 대한 이야기를 하다가 더욱 심각한 문제를 검토하려는 참이었다. 그들은 사뭇 엄숙한 표정으로, 사뭇 명철한 어조로, 작금의 세태를 감안하건대 모름지기 관찰에 더 많은 노력을 기울여야 한다고 역설했다. 단순한 '구경'이 아니라 '주의'와 '감시'가 필요하다는 주장이었다. 스타인은 저 젊은 순경들의 경험이야말로 지극히 바람직하다고 말했다. 경기가 아니라 군중을 지켜봐야 한다. 그리고 이렇게 단언했다. "끊임없는 경계 태세는 자유를 위해 치러야 허는 대가라고 봐야지."

한쪽에서는 참차의 비명이 연달아 터져나오며 대화를 방해했다. "으헉. 아으으, 으으, 아우우우."

얼마 후 살라딘의 마음속에 기묘한 초연함이 찾아왔다. 블랙마리아 안에서 지독한 모욕을 받으며 보낸 시간이 얼마였는지도 알 수 없고 궁극적인 목적지가 어디쯤인지도 짐작할 수 없었다. 다만 귓속의 이명

현상이 점점 더 커졌다. 저 유령 같은 할머니의 발소리, 엘오엔, 디오엔, 런던. 지금 온몸에 쏟아지는 뭇매도 연인의 애무처럼 가볍게 느껴지고, 변해버린 몸뚱이도 전혀 경악스럽지 않고, 심지어 남김없이 먹어버린 염소똥조차 혹사당한 뱃속을 뒤집어놓지 못했다. 그는 무감각한 상태로 자신의 작은 세계 속에 웅크린 채 자신의 몸을 더 작게, 더 작게 줄이려고 노력했다. 결국 완전히 사라져 자유를 되찾게 되길 바라며.

이민국 요원들과 순경들은 각종 감시 기술에 대한 대화를 통하여 화해할 수 있었다. 자키 스타인의 딱딱한 책망이 빚어냈던 불화는 말끔히 치유되었다. 경찰차 바닥에 뒹구는 한 마리 벌레가 된 참차는 도청방지 전화에서 흘러나오는 소리처럼 아련한 음성들을 들었다. 그들은 공공 행사에 비디오 장비를 더 많이 활용해야 한다느니, 정보를 컴퓨터로 관리하면 어떤 이점이 있다느니 하며 열띤 토론을 벌였다. 그리고 앞뒤가 전혀 안 맞는 듯하지만, 중요한 경기 전야에 경찰마에게 기름진 먹이를 주는 것이 효과적이라는 의견도 나왔는데, 말들이 배탈이 나서 군중에게 똥을 퍼부으면 군중은 폭력적인 행동을 하기 마련이란다. 그때는 우리도 본격적으로 나설 수 있잖습니까. 참차는 연속극과 오늘의경기와 온갖 음모가 뒤섞인 이 복잡한 세계에서 아무런 일관성도 발견할 수 없어 결국 그들의 잡담을 무시하고 귓속의 발소리를 듣기로 했다.

그 순간 뒤늦게 떠오르는 생각이 있었다.

"컴퓨터로 조회해보시오!"

이민국 요원 세 명과 순경 다섯 명은 일제히 입을 다물었다. 냄새도 지독한 괴물이 일어나 앉아 고함을 질렀다. 제일 젊은 순경이—토튼햄 지지자 중 하나였다—미심쩍은 듯 말했다. "저게 뭐라고 떠드는 거야? 한 방 더 갈겨줄까?"

염소 인간은 정신없이 지껄였다. "내 이름은 살라후딘 참차왈라, 예명은 살라딘 참차요. 배우조합과 자동차협회와 개릭 클럽 회원이오. 자동차 등록번호는 이러저러하오. 컴퓨터로 조회해보시오. 부탁이오."

그러자 리버풀 팬 중 하나 역시 자신 없는 어조로 대꾸했다. "누구를 속이려는 수작이야? 네 꼬락서니를 좀 보란 말이야. 넌 꼴같잖은 패키 염소일 뿐이야. 샐리 뭐라고? 영국인이라면서 무슨 이름이 그 따위야?"

참차는 어딘가에 숨어 있던 한 가닥의 분노를 찾아냈다. 그는 이민국 요원들을 고갯짓으로 가리키며 따져 물었다. "저 사람들은 또 어떻고? 내가 듣기엔 사람들 이름도 앵글로색슨 계통은 아니던데."

한순간, 이런 만용을 저지른 그에게 모두가 한꺼번에 덤벼들어 사지를 갈기갈기 찢어놓을 태세였다. 그러나 해골 같은 얼굴의 노박 요원이 나서서 몇 차례 따귀를 후려갈긴 것이 고작이었다. "난 웨이브리지 출신이다, 이 망할 자식아. 똑바로 알아둬라. 웨이브리지, 씨팔, 비틀스가 살던 거기 말이야."

그러자 스타인이 말했다. "확인해보는 게 좋겠구먼." 그로부터 삼분 삼십 초 후 블랙마리아가 정지했고, 이민국 요원 세 명과 순경 다섯 명과 경찰 운전사 한 명은 비상대책회의를 열었고—젠장, 이거 골치 아프게 생겼는데—참차는 아홉 명의 분위기가 판에 박은 듯 똑같은 것을 볼 수 있었다. 긴장과 두려움 때문에 서로 엇비슷해져 별로 차이가 없었다. 경찰의 전국 컴퓨터망에 연락하여 확인한 결과, 참차가 일등급 영국 시민이라는 사실이 금방 밝혀졌다. 그러나 머지않아 그는 이 사실로 상황이 개선되기는커녕 오히려 자신에게 더 큰 위험이 닥쳤음을 깨달았다.

—이렇게 말하면 어떨까요, —하고 아홉 명 중 한 명이 말했다—저놈이 의식을 잃고 해변에 쓰러져 있었다고 말입니다. —그러자 누군가 대꾸했다—소용없어, 그 할머니와 또 한 녀석이 있잖아. —그렇다면 저놈이 체포에 불응해 거칠게 반항하다가 몸싸움 과정에서 실신했다고 하면 어떻겠습니까. —어차피 그 할망구는 노망이 나서 무슨 말인지 알아듣지도 못하게 횡설수설했고, 누군지 모를 그 녀석은 아무 말도 안했고, 이 망할 자식이야 그냥 두들겨 패는 수밖에 없었잖아요. 악마 같은 꼬락서니를 하고 있으니 우리가 무슨 생각을 하겠어요? —그러다가 느닷없이 기절해버렸으니 저희들인들 어쩌겠습니까, 판사님, 상식적인 선에서 판단했을 때 적절한 치료를 거쳐 관찰 및 심문이 가능한 구치소 의료시설에 수용할 수밖에 없었습니다. 이런 일에 대해 어떻게 생각하십니까? —어차피 아홉 명 대 한 명이야. 다만 그 노인네와 또 한 자식 때문에 문제가 좀 복잡해졌지. —있잖아요, 서로 입을 맞추는 건 나중에 하기로 하고 우선 이 자식부터 기절시키는 게 좋겠는데요. —옳거니.

병원 침대에서 깨어났을 때 참차는 허파에서 푸르스름한 점액을 토해내는 중이었다. 온몸의 뼈가 오랫동안 아이스박스에 들어 있었던 것처럼 느껴졌다. 그는 기침을 하기 시작했고, 그로부터 십구 분 삼십 초 후 가까스로 발작이 가라앉자 당면한 상황을 살펴볼 겨를도 없이 다시 고달픈 선잠에 빠져들었다. 다시 정신이 들었을 때, 한 여자의 친절한 얼굴이 그를 내려다보며 안심하라는 듯 미소를 지었다. 그녀가 그의 어깨를 두드리며 말했다. “괜찮으실 거예요. 약간 폐렴 증세가 있을 뿐이에요.” 그녀는 물리치료사 히아신스 필립스라고 자신을 소개했다. “저는 겉모습으로 사람을 판단하지 않아요. 그럼요. 그렇게 생각하시면 섭섭하죠.”

그 말과 함께 그녀는 참차를 옆으로 눕혔고, 입가에 작은 마분지 상자를 가져다댔고, 하얀 실내복을 추켜올렸고, 신발을 벗어던졌고, 날렵하게 침대 위로 뛰어올라 참차의 몸에 걸터앉았다. 마치 참차가 한 마리 말이라는 듯, 그래서 그에게 올라탄 채 침대 주변의 칸막이 커튼을 뚫고 짐작조차 할 수 없을 만큼 괴상망측한 풍경 속으로 곧장 달려나갈 듯이. “의사 선생님 지시예요. 삼십 분씩 하루에 두 번.” 그녀는 설명을 끝내고 두 주먹을 가볍게 쥐더니 다짜고짜 능숙하고 재빠른 솜씨로 그의 몸통을 두드리기 시작했다.

경찰차 안에서 실컷 얻어맞은 후 다시 이렇게 공격을 받게 되자 가엾은 살라딘은 더이상 참을 수 없었다. 그는 그녀의 주먹질을 피하려고 몸부림을 치며 목청껏 외쳤다. “여기서 내보내주시오! 누가 내 아내에게 연락했소?” 고함을 지르느라 두번째 기침이 터져나왔고, 이번 발작은 십칠 분 사십오 초 동안 지속되었고, 덕분에 물리치료사 히아신스에게 한바탕 꾸지람을 들어야 했다. “당신 때문에 시간만 낭비했잖아요. 지금쯤은 오른쪽 허파를 끝냈어야 하는데 아직 시작도 못했어요. 얌전히 좀 계시지 못해요?" 그녀는 여전히 침대 위에서 참차를 깔고 앉았는데 그의 몸이 경련을 일으킬 때마다 그녀의 몸도 함께 튀어 올랐다. 마치 구 초 벨이 울리기만 기다리며 악착같이 버티는 로데오 선수처럼. 이윽고 참차는 패배를 인정하고 잠잠해져, 부어오른 허파에서 녹색 점액을 뽑아내려는 그녀의 주먹질을 순순히 받아들였다. 이윽고 그 일이 끝나자 기분이 훨씬 좋아졌음을 인정하지 않을 수 없었다. 그녀는 점액이 반쯤 찬 상자를 치우고 명랑하게 말했다. "금방 회복되실 거예요." 그러다가 갑자기 당황한 듯 얼굴을 붉히더니 '실례해요'라는 한 마디를 남기고 커튼을 도로 닫는 것도 잊어버린 채 황망히 도망쳐버렸다.

참차는 생각했다. '상황을 정리해볼 시간이야.' 대략적인 신체검사를 통하여 자신의 몸이 변형된 모습 그대로인 것을 확인했다. 마음이 울적해졌고, 이로 미루어 자기가 자는 동안 이 악몽이 끝나길 막연하게나마 기대했음을 깨달았다. 옷차림은 다시 낯선 파자마로 바뀌어 이번에는 특징 없는 연녹색이었는데, 칸막이 커튼을 비롯하여 정체를 알 수 없는 이 알쏭달쏭한 병실 안에서 눈에 들어오는 벽이나 천장도 모두 똑같은 빛깔이었다. 다리에는 근심스러운 발굽이 여전하고, 머리에 돋아난 뿔도 변함없이 날카롭고…… 이렇게 침울한 점검을 계속하던 참차를 방해한 것은 가까운 곳에서 가슴이 찢어지는 듯 비통하게 부르짖는 한 남자의 목소리였다. "아, 이렇게 괴로울 수가……!"

'왜 저러지?' 참차는 확인해보기로 마음먹었다. 그러나 곧 다른 소리도 의식하게 되었는데 한결같이 불길했다. 온갖 동물의 소리가 빠짐없이 들려오는 듯했다. 황소의 콧바람 소리, 원숭이가 캑캑대는 소리, 심지어 앵무새나 말하는 잉꼬가 사람을 흉내내며 끽끽거리는 소리까지 있었다. 또다른 방향에서는 어떤 여자가 끙끙대며 비명을 지르는 소리도 들렸는데 분만의 고통이 극에 달한 듯했고 머지않아 신생아 울음소리가 뒤를 이었다. 그러나 아기의 울음이 시작된 후에도 여자의 비명은 그치지 않고 오히려 더 극렬해질 따름이었으며 그로부터 십오 분쯤 후 참차는 첫 아기의 울음소리와 더불어 터져나오는 두번째 신생아의 울음소리를 분명히 들었다. 그런데도 여자의 진통은 끝날 줄 몰랐다. 십오 분에서 삼십 분의 간격을 두고 그녀는 연거푸 아기를 낳았고, 벌써 터무니없는 숫자가 태어났지만 아기들은 정복군처럼 그녀의 자궁 속에서 계속 행진해 나왔다.

그리고 참차의 코는 요양소인지 무엇인지 모를 이곳에서 지독한 악취가 풍기기 시작했음을 말해주었다. 밀림과 농장의 냄새, 그리고 정제 버터에 고수풀, 심황, 계피, 소두구, 정향 등 온갖 이국적인 향신료를 한꺼번에 넣고 볶는 듯 강렬한 냄새가 진동했다. 그는 결연히 생각했다. '더는 못 참아. 몇 가지 일부터 해결해야겠어.' 그러나 침대 위에서 두 다리를 휙 내리고 우뚝 서려다가 금방 바닥에 쓰러지고 말았다. 새로운 다리에 전혀 익숙해지지 못한 탓이었다. 이 문제를 극복하기까지 한 시간가량이 소요되었다. 걸음마를 배우듯 침대를 붙잡고 비틀비틀 돌아다니는 동안 차츰 자신감이 붙었다. 아직은 적잖이 불안정한 걸음걸이였지만 마침내 제일 가까운 커튼을 향해 나아갔다. 바로 그때 왼쪽의 두 커튼 사이에서 이민국 요원 스타인의 얼굴이 체셔 고양이처럼 불쑥 나타나더니 곧이어 나머지 부분도 모습을 드러냈다. 안으로 들어서자마자 그는 수상쩍을 만큼 신속한 동작으로 커튼을 도로 닫았다.

"잘 지냈수?" 그렇게 물으면서도 스타인은 여전히 씩 웃었다.

"의사는 언제 만날 수 있소? 화장실엔 언제 갈 수 있소? 언제 나갈 수 있소?" 참차는 숨가쁘게 질문을 퍼부었다. 스타인은 침착하게 대답해주었다. 의사는 곧 올 테고, 필립스 간호사가 변기를 갖다줄 테고, 몸이 회복되자마자 퇴원하게 된다고. "선생 허파에 문제가 생긴 게 천만다행이여." 스타인의 어조는 작중인물이 뜻밖에도 골치 아픈 기술적 난점을 해결해주었을 때 고마워하는 작가 같았다. "덕분에 얘기가 훨씬 그럴싸해졌거덩. 그렇게 병이 났으니 기절허는 것도 당연허지. 우리 아홉 명도 똑똑히 기억허고 있수다. 고맙소." 참차는 아무 대꾸도 할 수 없었다. 스타인이 말을 이었다. "한 가지 더 있소. 그 할망구, 다이아몬드 부인 말이오. 침대 위에서 차디찬 시체가 돼버렸구 또 한 명의 신사분은 깨끗이 증발했더라 이거요. 범죄가 개입됐을 가능성두 아직 배제헐 수 없구."

그는 살라딘의 새로운 삶에서 영원히 사라지기 전에 몇 마디 말을 덧붙였다. "결론적으루, 시민 살라딘 선생, 어디 가서 쓰잘데기없는 불평은 안 허는 게 좋을 거요. 단도직입적으루 말허기 미안스럽긴 허지만서두, 댁의 그 뿔이랑 큼지막한 발굽을 볼작시면 그다지 믿음이 가는 증인이라구 허긴 어렵거덩. 그럼 안녕히 계슈."

살라딘 참차가 눈을 감았다가 다시 떠보니 자신을 괴롭히던 스타인 대신 간호사 겸 물리치료사 히아신스 필립스가 있었다. "왜 돌아다니세요? 원하는 게 있으면 언제든지 히아신스를 부르세요. 어떻게든 해결해볼 테니까."

"쉿."

그날 밤, 이 정체불명의 시설에서 푸르스름한 불빛을 받으며 인도의 저잣거리를 꿈꾸던 살라딘은 누군가의 신호음을 듣고 잠에서 깨어났다.

"쉿. 이봐요, 바알세불. 어서 일어나요."

도저히 믿을 수 없는 괴물이 서 있는 것을 보고 참차는 얼른 홑이불을 뒤집어쓰고 싶었지만 차마 그럴 수 없었다. 어차피 자신의 모습도……

괴물이 입을 열었다. "그래요. 보시다시피 당신만 그런 게 아닙니다."

몸뚱이는 사람이었으나 머리는 사나운 호랑이였고 이빨이 세 줄로 박혀 있었다. 괴물이 설명했다. "야간 경비원들은 걸핏하면 졸거든요. 그래서 이렇게 이야기를 나눌 수 있죠."

그 순간 다른 침대에서—참차는 이제 모든 침대가 각각 칸막이 커튼으로 둘러싸였음을 알았다—시끄러운 울부짖음이 터져나왔다. "아, 이렇게 괴로울 수가!" 그러자 인간 호랑이—본인의 말에 의하면 맨티코어—가 벌컥 화를 내며 으르렁거렸다. "저 모너리자*! 놈들이 한 짓이라고는 눈을 멀게 했을 뿐인데."

참차는 어리둥절했다. "누가 뭘 어쨌다는 거요?"

그러자 맨티코어가 대답했다. "중요한 건 그걸 그냥 참겠느냐는 겁니다."

살라딘은 여전히 뭐가 뭔지 알 수 없었다. 상대방은 이런 돌연변이

---

* Moaner Lisa. 레오나르도 다빈치의 〈모나리자〉에 빗대어 'moan(신음하다)'을 써서 '울보'라고 조롱하는 말.

가 누군가의 책임이라고 암시하는 듯한데 도대체 누구라는 것일까? 어떻게 그럴 수 있을까? 그는 조심스럽게 말을 꺼냈다. “누구 탓이라는 건지 도무지……”

맨티코어는 불만이 역력한 표정으로 세 줄의 이빨을 뿌드득 갈았다. “저쪽에 있는 어떤 여자는 이제 물소가 다 됐어요. 나이지리아에서 온 장사꾼들은 튼튼한 꼬리가 생겼고. 세네갈에서 휴가를 보내러 온 사람들은 비행기를 갈아타다가 갑자기 미끌미끌한 뱀으로 변해버렸단 말입니다. 저는 의상업계에서 일해요. 꽤 오래전부터 봄베이에서 잘나가는 남성복 모델이었지요. 양복이나 셔츠라면 안 입어본 게 없어요. 그런데 이젠 누가 저를 고용해주겠습니까?” 뜻밖에도 그는 별안간 울음을 터뜨렸다. “자, 자.” 살라딘 참차는 자기도 모르게 말했다. “다 괜찮아질 거요, 틀림없이. 용기를 내요.”

괴물은 곧 마음을 가라앉히더니 사나운 어조로 말했다. “중요한 건 우리 중에도 그냥 앉아서 당하지 않겠다는 사람들이 있다는 사실입니다. 놈들이 더 끔찍한 모습으로 바꿔놓기 전에 도망칠 거예요. 밤마다 내 몸의 다른 부분이 변하는 걸 느껴요. 예를 들자면 시도 때도 없이 방귀를 뀌는데…… 죄송합니다…… 보셨죠? 그건 그렇고, 이걸 써보세요.” 그는 참차에게 초강력 박하 정제 한 상자를 건넸다. “입냄새를 좀 없애줄 겁니다. 경비원한테 뇌물을 주고 사다달랬지요.”

“그런데 놈들이 어떻게 그런 짓을 한다는 거요?” 참차는 그것이 궁금했다.

그러자 상대방이 엄숙하게 속삭였다. “놈들은 우리 모습을 묘사합니다. 그뿐이에요. 놈들에겐 묘사의 힘이 있고 우리는 놈들이 그려놓은 모습대로 변하죠."

참차는 반론을 펼쳤다. "믿기 어려운 일이오. 오래전부터 여기서 살았지만 그런 일은 한 번도……" 그가 말을 멈춘 까닭은 맨티코어가 수상쩍다는 듯 눈을 가늘게 뜨고 자신을 바라보았기 때문이었다. "오래전부터라고요? 어떻게 그럴 수가 있죠? 당신 혹시 밀고자 아냐? 그래, 맞아, 간첩이지?"

바로 그때 병실 저쪽 구석에서 울부짖는 소리가 들렸다. 어떤 여자가 고함을 질렀다. "내보내줘요. 오 예수님 나가고 싶어요. 예수님 성모님 나가야 돼요, 보내주세요, 오 하느님, 오 예수님 하느님." 몹시 호색적인 인상의 늑대 한 마리가 살라딘의 커튼 사이로 불쑥 머리를 들이밀더니 다급한 어조로 맨티코어에게 속삭였다. "경비원들이 곧 들이닥칠 거야. 또 그 여자야, 유리 버사."

"유리……?" 살라딘이 서두를 꺼내자마자 맨티코어가 초조한 듯 얼른 설명해주었다. "피부가 유리로 변해버렸죠." 맨티코어는 몰랐지만 참차가 꾸었던 최악의 악몽이 실현되는 순간이었다. "그런데 그 개자식들이 그걸 깨뜨렸어요. 이젠 화장실까지 걸어 다니지도 못해요."

푸르스름한 불빛 너머에서 새로운 목소리가 들렸다. "제발, 이 여자야. 그냥 변기에 싸면 되잖아."

늑대가 맨티코어를 잡아끌었다. "저 사람은 우리 편이야 아니야?" 늑대가 묻자 맨티코어가 어깨를 으쓱거렸다. "마음을 정하지 못하더군. 자기 눈을 믿지 못해서 문제야."

그들은 점점 다가오는 경비원들의 무거운 군홧발소리를 들으며 재빨리 피했다.

이튿날이 되었지만 의사도 파멜라도 나타나지 않고, 참차는 어찌할 바를 모르는 상태에서 자고 깨길 되풀이하고, 마치 그 두 가지가 더이상 상반되는 현상이 아니라 서로 맞물려 끝없이 이어지며 감각의 착란을 일으키는 듯하고…… 그는 여왕의 꿈을 꾸었다. 여왕과 함께 다정한 정사를 나누는 중이었다. 그녀는 영국의 육체였고, 이 나라의 아바타였고, 그는 그녀를 선택했고, 그녀와 결합했다. 그녀는 그의 연인이며 환희의 달님이었다.

히아신스는 정해진 시간에 나타나 참차에게 올라타고 마구 두들겼으며 그는 소란을 피우지 않고 순순히 따랐다. 그런데 그 일이 끝났을 때 그녀가 그의 귀에 속삭였다. "당신도 낄래요?" 참차는 이 엄청난 모의에 그녀도 가담했음을 깨닫고 자기도 모르게 대답했다. "당신도 끼었다면 나도 끼워주시오." 그녀는 기쁜 표정으로 고개를 끄덕였다. 참차는 가슴이 훈훈해졌고, 대단히 섬세하면서도 힘찬 물리치료사의 조그마한 두 주먹을 꼭 쥐어보고 싶다고 생각했다. 그러나 바로 그 순간, 눈먼 사내가 있는 쪽에서 고함소리가 들렸다. "지팡이, 내 지팡이가 없어졌어."

"불쌍한 영감님." 히아신스는 참차를 놓아두고 눈먼 노인 쪽으로 황급히 달려가더니 바닥에 떨어진 지팡이를 집어 주인에게 돌려주고 살라딘에게 돌아왔다. "자, 그럼 오후에 보기로 해요. 괜찮죠, 문제없죠?"

살라딘은 그녀가 남아 있길 바랐지만 그녀는 서둘렀다. "저도 바쁜 사람이에요, 참차 씨. 할일도 많고 보살필 사람도 많다고요."

그녀가 떠난 후 그는 다시 드러누워 아주 오랜만에 미소를 머금었다. 한 흑인 여자에게 낭만적인 생각을 품은 덕분에 지금 이 순간에도 변신이 계속된다는 생각은 미처 떠오르지 않았다. 그렇게 복잡한 일에 생각이 미치기 전에 눈먼 노인이 다시 입을 열었다.

참차는 그의 말에 귀를 기울였다. "아가씨를 의식했소. 전부터 아가씨를 의식했고 그간의 친절과 이해에 감사하고 있소." 살라딘은 노인이 아직도 물리치료사가 있다고 믿는 빈 공간을 향해 정식으로 감사인사를 하고 있음을 깨달았다. "나도 친절을 망각하는 사람은 아니오. 언젠가는 이 은혜를 갚을 수 있을지도 모르지만 지금 당장은 내가 기억한다는 것만 알아주시오. 고마워하면서……" 참차는 차마 말할 수 없었다. 그녀는 거기 없어요, 노인장, 아까 나갔습니다. 처연한 심정으로 듣고 있을 뿐이었다. 이윽고 눈먼 노인이 허공을 향해 질문을 던졌다. "아가씨도 나를 기억해주겠소? 조금이라도? 가끔이라도?" 그러더니 침묵, 마른기침, 갑자기 누군가 무겁게 털썩 주저앉는 소리. 그리고 참을 수 없는 적막이 흐른 후 마침내 진부한 감상. 독백을 하던 노인이 다시 부르짖었다. "아, 이렇게 괴로울 수가……!"

참차는 생각했다. 우리는 높이 오르려고 노력하지만 천성이 우리를 배반한다. 왕관crown을 얻으려 하는 어릿광대clown. 벅찬 슬픔이 밀려왔다. 한때는 나도 더 명랑하고 더 행복하고 따뜻한 사람이었지. 그러나 이제 내 혈관 속엔 검은 물이 흐른다.

파멜라는 아직도 소식이 없다. 알 게 뭐냐. 그날 밤, 참차는 맨티코어와 늑대에게 자신도 끝까지 함께 가겠다고 말했다.

대탈주를 감행한 때는 그로부터 며칠이 지난 밤이었다. 미스 히아신스 필립스의 도움으로 살라딘의 허파에는 점액이 거의 남지 않았다. 알고 보니 꽤나 조직적이고 규모가 큰 작전이었다. 요양소 환자들 이외에 다른 사람들도 끼었는데 맨티코어의 말에 의하면 근처 구치소 철조망에 갇혔던 *수감자*들이었다. 참차는 탈출을 계획한 전략가들의 일원이 아니었으므로 시키는 대로 침대 옆에서 기다렸다. 마침내 히아신스가 나타나 때가 왔음을 알려주었고 그들은 악몽의 병실을 박차고 나가 차고 맑고 달빛 가득한 하늘로 뛰어들었다. 남자 몇 명이 꽁꽁 묶인 채 재갈을 물고 있었다. 경비원들이었다. 찬란한 밤하늘 아래 수많은 그림자가 달려가는데, 참차는 상상조차 못했던 괴물들을 얼핏얼핏 보았다. 남자들과 여자들, 그러나 신체 일부분은 식물이거나 거대한 곤충이었고 심지어 벽돌이나 암석인 경우도 가끔 눈에 띄었다. 코가 있을 자리에 코뿔소의 뿔이 달린 남자도 있고 기린처럼 목이 긴 여자도 있었다. 괴물들은 신속하고 조용하게 구치소 외곽을 향해 달렸고, 그곳에는 맨티코어를 비롯하여 이빨이 날카로운 돌연변이들이 울타리를 물어뜯어 구멍을 뚫어놓고 기다리는 중이었고, 이윽고 그들은 그곳을 빠져나가 자유의 몸이 되어 뿔뿔이 흩어졌다. 희망은 없으나 부끄러움도 없었다. 살라딘 참차와 히아신스 필립스는 나란히 달렸다. 딱딱한 포석 위에서 참차의 염소 발굽이 다각다각 소리를 냈다. 그가 귓속의 이명 대신 자신의 발소리를 들을 때 그녀가 동쪽 하고 말했고, 동쪽 동쪽 동쪽으로, 후미진 길을 골라가며 두 사람은 런던 시내를 향해 부리

나케 달려갔다.

4

점피 조시가 파멜라 참차의 연인이 된 것은 그녀가 보스탄호 폭발 사고로 남편이 사망했다는 소식을 전해 듣던 바로 그날 밤이었고, 나중에 그녀는 '순전히 우발적인' 일이었다고 말했지만 어쨌든, 죽었다던 대학 동창 살라딘의 음성, 미안합니다, 실례했습니다, 잘못 걸었네요, 한밤중에 이 네 마디 말을 들었을 때—더구나 자신과 파멜라가 위스키 두 병의 도움으로 두 개의 잔등을 가진 짐승이 된 후* 미처 두 시간도 안 지났을 때였으니,—점피로서는 정말 난감할 수밖에 없었다. "누군데?" 취침용 눈가리개를 쓴 파멜라가 돌아누우며 여전히 잠에 취한 목소리로 물었고, 점피는 이렇게 대답하기로 했다. "아무도 아니니까

* 셰익스피어의 『오셀로』에서 차용한 표현.

신경 꺼." 거기까지는 좋았지만 그때부터 모든 근심을 혼자 도맡아야 했다. 침대 위에 일어나 앉아, 벌거벗은 채, 평생 그랬듯이 이번에도 위안을 얻으려고 오른손 엄지손가락을 쪽쪽 빨며.

그는 철사 옷걸이 같은 어깨를 가진 왜소한 사내였다. 눈이 푹 꺼진 창백한 얼굴에서도 짐작할 수 있듯이 걸핏하면 신경이 곤두서서 안절부절못했고, 숱이 적어진 머리는—아직은 모두 까맣고 곱실거렸지만—두 손으로 마구 헝클어뜨리는 일이 하도 많아 이젠 빗이나 브러시로 빗어도 전혀 효과가 없고 사방팔방 뻗치기만 해서 마치 늦잠을 자고 방금 깨어나 황급히 뛰쳐나온 사람처럼 보였고, 낄낄거리는 웃음소리는 음조가 높고 수줍음과 자기 비하가 담겨 귀여운 맛도 없지 않지만 딸꾹질 소리와 비슷하고 지나치게 흥분한 기색이 역력했다. 이런 특징 때문에 잠셰드라는 본명 대신 점피*라는 별명을 얻었고, 지금은 처음 보는 사람들까지 모두 그렇게 불렀다. 파멜라 참차만 예외였다. 점피는 미친듯이 손가락을 빨며 생각했다. 살라딘의 아내—아니, 과부?—아니면, 맙소사, 아직은 아내일지도 몰라. 참차가 원망스러웠다. 수중 무덤에서 돌아오다: 지금 같은 시대에 이렇게 극적인 사건이 벌어지다니 배신행위랄까, 아무튼 부당하다는 생각마저 들었다.

그날 점피는 소식을 듣자마자 황급히 파멜라의 집으로 달려갔지만 파멜라는 울지도 않고 침착했다. 그녀는 난장판 같은 서재로 그를 안내했다. 벽에는 장미 정원을 그린 수채화와 더불어 불끈 쥔 주먹을 그린 사회당 포스터, 친구들 사진, 아프리카산 가면 따위가 즐비하고 바

---

* 작은 일에도 잘 놀라는 사람을 일컫는 말. 겁쟁이.

닥에는 재떨이와 〈보이스〉 신문과 페미니스트 과학소설 등이 마구 흩어져 있었다. 점피가 그 사이로 요리조리 걸음을 옮길 때 파멜라가 냉담한 어조로 말했다. "놀랍게도 말이야, 그 소식을 들었을 때 이런 생각이 들더라. 그래, 까짓거, 그이가 죽었다고 내 인생이 달라질 건 별로 없다는." 온갖 추억이 한꺼번에 밀려들어 곧 울음을 터뜨릴 것 같던 점피는 걸음을 딱 멈추고 두 팔을 내저었다. 크고 펑퍼짐한 검은색 외투와 경악을 감추지 못하는 핏기 없는 얼굴 때문에 그의 모습은 대낮의 무서운 햇빛을 느닷없이 마주친 한 마리 박쥐 같았다. 그 순간 그는 빈 위스키 병들을 발견했다. 파멜라는 몇 시간 전부터 마시기 시작했으며 그때부터 지금까지 꾸준히, 규칙적으로, 장거리 육상선수처럼 몰입한 채 마시는 중이라고 말했다. 그는 그녀의 낮고 쿨렁쿨렁한 침대 겸용 소파에 나란히 앉아 페이스메이커 구실을 자청했다. "마음대로 해." 그러면서 그녀는 그에게 술병을 건넸다.

술병 대신 엄지손가락을 입에 물고 침대 위에 앉아 있는 지금, 부끄러운 비밀과 숙취가 머리를 두들기며 똑같은 고통을 주는 지금(그는 원래 비밀도 별로 없고 술도 잘 마시지 않는 사람이었다), 점피는 다시 눈물이 솟구치는 것을 느끼고 차라리 일어나서 좀 돌아다니기로 마음먹었다. 그가 찾아간 곳은 위층, 살라딘이 한사코 자신의 '골방'이라고 주장하던 공간이었다. 천창을 비롯하여 몇 개의 창이 있는 이 널찍한 다락방에서는 인근 공원이 한눈에 내려다보였다. 곳곳에 아늑한 나무가 눈에 띄었다. 떡갈나무, 낙엽송, 그리고 몇 년에 걸친 전염병을 견디고 살아남은 몇 그루 느릅나무. 점피는 생각했다. 처음에는 느릅나무, 이번에는 우리 차례야. 저 나무들이 전조였는지도 몰라. 그는 야심한 시각에 떠오른 이 섬뜩한 생각을 떨쳐버리고 친구의 마호가니 책상 모서리에 걸터앉았다. 대학 시절 어느 파티에서도 그는 지금처럼 테이블에 앉아 있었다. 테이블은 포도주와 맥주에 젖어 축축했고 그의 곁에는 검은색 레이스 미니드레스와 자줏빛 깃털 목도리 차림의 가냘픈 여자가 앉아 있었는데, 그는 눈꺼풀이 은빛 투구 같은 그녀에게 차마 인사를 건넬 용기를 못 내고 전전긍긍했다. 그러다 간신히 그녀를 돌아보며 더듬더듬 몇 마디 진부한 말을 던졌다. 그러자 그녀가 철저한 경멸이 담긴 표정으로 힐끗 쳐다보더니 검은 립스틱을 바른 입술을 움직이지도 않으며 말했다. 말 시키지 마요. 점피는 불쾌했다. 하도 불쾌해서 따져 물었다. 말해봐요, 어째서 이 동네 여자들은 다 그렇게 무례하죠? 그러자 그녀는 생각해볼 필요도 없다는 듯 즉각 대답했다. 사내자식들이 대체로 댁 같으니까. 얼마 후 참차가 나타났고, 하얀 쿠르타를 입고 파출리 냄새를 풀풀 풍기는 그는 누가 보아도 동양의 신비를 간직한 만화 주인공 같은 모습이었고, 그로부터 오 분 후 여자는 참차와 함께 나가버렸다. 점피 조시는 그때의 쓰라린 심정을 다시 느꼈다. 망할 자식, 부끄러운 줄 모르고, 여자들에게 환심을 사기 위해서라면 수단 방법을 가리지 않고, 손금봐주기 훌이불재킷 하레크리슈나* 다르마 행려**, 죽어도 나를 당해내지 못하리라. 거기서 그는 흠칫했다. 바로 그 말, 죽음 때문에. 솔직히 인정해라, 잠셰드, 애당초 여자들은 너에게 별로 관심이 없었어, 사실이잖아, 나머지는 시기심일 뿐이라고. 스스로도 반쯤은 시인할 수밖에 없었다. 그래, 그럴지도 몰라, 그렇지만. 그리고

* 1960년대 미국에서 시작된 크리슈나 신앙의 일파.

** dharma-bum. 미국 소설가 잭 케루악의 소설 제목에서 따온 말.

이렇게 덧붙였다. 죽었을지도 몰라, 그렇지만, 안 죽었을지도 몰라.

잠을 잊은 침입자에게 참차의 방은 사뭇 부자연스러워 보였고 그래서 더 애처로웠다. 배우의 방을 묘사한 풍자화 같은 방—동료들의 사인이 담긴 사진, 광고지, 액자에 넣은 프로그램, 공연 장면을 찍은 스틸 사진, 인용문, 상패, 영화배우의 회고록 몇 권—한마디로 말해서 이 방은 하나의 기성품, 인생의 모조품, 가면의 가면이었다. 온갖 희한한 장식품이 즐비하여 빈자리라고는 찾아볼 수 없었다. 피아노 모양의 재떨이, 책꽂이 뒤에서 밖을 내다보는 도자기 피에로. 그리고 벽에도, 영화 포스터에도, 청동 에로스가 떠받친 램프의 불빛에도, 하트 모양의 거울에도, 어디를 보아도 사랑을 갈망하는 살라딘의 마음이 담겼다. 그 마음은 핏빛 양탄자에서도 배어나오고 천장에서도 뚝뚝 떨어졌다. 연극에서는 누구나 입맞춤을 받고 누구나 사랑받는다. 배우의 삶이란 나날이 사랑을 흉내내는 일이니까, 가면을 쓰고 무엇인가를 추구하며 그 메아리에서 만족을 얻거나 적어도 어떤 위안을 얻으니까. 그러나 점피는 살라딘의 필사적인 심정을 엿볼 수 있었다. 사랑의 말 한마디만 들을 수 있다면 무슨 짓이든 가리지 않는, 제아무리 우스꽝스러운 의상도 주저 없이 입을 수 있는, 어떤 모습으로도 변신할 수 있는 자세. 전에도 보았듯이 여자들에게 적잖은 인기를 누렸으면서도. 불쌍한 놈. 아름답고 총명한 파멜라조차 살라딘을 만족시키지 못했다.

그리고 살라딘 자신도 파멜라를 만족시키지 못했음이 분명했다. 두 번째 위스키 병이 거의 바닥날 무렵 그녀는 점피의 어깨에 머리를 기대며 취한 목소리로 말했다. "내 의견을 말할 때마다 싸우지 않아도 된다는 것, 그런 사람과 함께 있다는 것이 얼마나 편안한지 넌 모를 거야. 생각이 제대로 박힌 사람 말이야." 점피는 기다렸다. 잠시 후 그녀의 말이 이어졌다. "그이가 왕실을 얼마나 동경했는지, 넌 아마 믿지 못할 거야. 크리켓, 의회, 여왕. 그이한테 왕실은 언제나 그림엽서 같은 거였어. 진짜 현실은 보려 하지도 않았지." 그녀는 눈을 감고 우연처럼 점피의 손에 손을 얹었다. 점피가 말했다. "그 친구는 진정한 살라딘이었던 거야.* 성지를 정복해야 하는 사내였어. 영국을, 자기가 믿는 이 나라를. 너도 이 땅의 일부였고." 그러자 그녀는 몸을 굴려 잡지와 구겨진 종이 뭉치와 잡동사니 위에 드러누웠다. "그 땅의 일부였다고? 나야말로 대영제국 그 자체였어. 미지근한 맥주, 민스파이, 상식, 그리고 나. 하지만 나는 진짜 현실이기도 해, J. J. 나는 진짜 진짜 존재한단 말이야." 그녀는 그에게 팔을 뻗어 자신의 입이 기다리는 곳으로 끌어당겼고, 전혀 파멜라답지 않게 요란한 소리를 내며 입맞춤을 했다. "무슨 뜻인지 알겠지?" 그는 물론 알아들었다.

"포클랜드 전쟁**에 대해 그이가 뭐라고 했는지 알아?" 얼마 후 그에게서 떨어져나가 머리를 매만지며 그녀가 말했다. "'파멜라, 한밤중에 아래층에서 무슨 소리가 들려 당신이 확인하러 내려갔다고 가정해봐. 그런데 거실에 엽총을 든 덩치 큰 사내가 있다가 당신에게 도로 올라가라고 말한다면 어떻게 할래?' 난, 도로 올라가야지, 하고 대답했어. '그래, 똑같은 거야. 집안에 침입자들이 들어온 거지. 용납할 수 없는 일이야.'" 점피는 관절이 백골처럼 하얗게 변할 정도로 힘껏 움켜쥔 그녀의 주먹을 보았다. "난 이렇게 대답했어. 기왕 그렇게 얄팍한 비

* 12세기 예루살렘에서 유럽인들을 몰아냈던 술탄 살라딘을 가리킨다.

** 1982년 포클랜드 제도의 영유권을 둘러싸고 일어난 영국과 아르헨티나 사이의 분쟁.

유를 써야겠다면 제대로 알고나 써. 현실은, 어떤 집에 대해 두 사람이 소유권을 주장할 때 그중 한 명이 집을 차지한다면 상대방은 엽총을 꺼낼 수밖에 없는 거라고. 그게 현실이야." 점피는 심각한 표정으로 고개를 끄덕였다. "그게 진짜 현실이지." 그러자 그녀가 그의 무릎을 찰싹 때렸다. "맞았어! 정말 옳은 말이야, 잠셰드 아저씨…… 그게 진짜 확실한 현실이지. 정말이야. 한 잔 더."

그녀가 테이프 데크 단추를 눌렀다. 점피는 생각했다. 맙소사, 보니 엠*? 제발 참아줘. 저 여자, 꽤나 강한 척하지만 음악에 대해서는 아직 한참 더 배워야겠군. 자, 나온다, 쿵짜작쿵짝. 그 순간, 느닷없이, 그는 울기 시작했다. 가짜 감정 때문에, 디스코 리듬에 실린 흉내낸 고통 때문에 진짜 눈물을 흘렸다. 「시편」 137장, '수퍼 플루미나'**였다. 몇 세기 전의 다윗왕이 부르짖었다. 우리가 이방異邦에 있어서 어찌 여호와의 노래를 부르고.***

"학교에서 시편을 외워야 했어." 파멜라 참차가 말했다. 그녀는 바닥에 앉아 소파 침대에 머리를 기대고 눈을 감고 있었다. 우리가 바빌론의 여러 강변 거기 앉아서 시온을 기억하며 울었도다…… 그녀는 테이프를 정지시킨 후 다시 몸을 기대며 암송하기 시작했다. "예루살렘아, 내가 너를 잊을진대 내 오른손이 그 재주를 잊을지로다. 내가 예루살렘을 기억하지 아니하거나 내가 가장 즐거워하는 것보다 더 즐거워하지 아니할진대 내 혀가 내 입천장에 붙을지로다."

---

* 1970년대 독일에서 미군 출신 흑인들로 결성된 디스코 그룹.

** '강변에서'라는 뜻의 라틴어. 같은 제목의 성가곡이 있다.

*** 「시편」 137장의 일부이며 보니 엠의 히트곡 〈바빌론의 강변에서〉(1978)의 가사.

그후 침대에 누워 잠든 그녀는 수녀원 부속학교를, 아침기도와 저녁기도를, 시편 영창을 꿈꾸었다. 그때 점피가 뛰어들어 그녀를 흔들어 깨우며 소리쳤다. "안 되겠어, 말해야겠어. 그 친구는 죽지 않았어. 살라딘이 살아 있다고."

그녀는 당장 잠에서 깨어났고, 숱 많고 곱슬곱슬하고 요즘 들어 새치 몇 가닥이 눈에 띄는 적갈색 머리에 두 손을 파묻었고, 벌거벗은 채 침대 위에 무릎을 꿇고 두 손을 머리에 올린 자세로 움직이지 못했고, 이윽고 점피가 설명을 끝내자 느닷없이 그를 때리기 시작했고, 가슴과 팔과 어깨와 심지어 얼굴까지 가리지 않고, 있는 힘껏 후려갈겼다. 그는 주름 장식이 달린 그녀의 화장옷을 입은 우스꽝스러운 모습으로 그녀 곁의 침대 위에 앉아 있었고 그녀는 주먹질을 계속했다. 그는 온몸에 힘을 빼고, 날아드는 주먹을 고스란히 맞아주었다. 이윽고 매질이 끝났을 때 그녀의 몸은 땀에 흠뻑 젖었고 그는 팔 하나가 부러진 것 같다고 생각했다. 그녀는 숨을 헐떡이며 그의 곁에 털썩 주저앉았고 두 사람은 침묵을 지켰다.

그녀의 개가 침실에 들어와 걱정스러운 표정으로 터덜터덜 다가오더니 그녀에게 앞발을 내밀고 그녀의 왼쪽 다리를 핥았다. 점피는 조심스럽게 몸을 움직였다. 그리고 마침내 입을 열었다. "이 녀석은 도둑맞은 줄 알았는데." 그러자 파멜라가 고갯짓으로 대답했다. 그랬지, 하지만. "도둑놈들이 연락을 해왔어. 몸값을 치렀지. 이젠 글렌이라고 불러야 반응을 보이더군. 하지만 상관없어. 어차피 셰르 칸*이라는 이름은 제대로 발음할 수 없었으니까."

얼마 후 점피는 자신이 대화를 원한다는 사실을 깨달았다. 그래서 이렇게 말을 꺼냈다. "좀 전에 네가 한 짓은……"

"오, 맙소사."

"아냐. 나도 비슷한 짓을 한 적이 있어. 아마 내 평생 제일 잘한 짓이었을 거야." 1967년 여름, 그는 '비정치적'인 스무 살의 살라딘을 억지로 끌고 반전시위에 참여했다. "인상파 선생, 네 평생 단 한 번이겠지만 오늘은 너를 내 수준으로 끌어내려야겠어." 해럴드 윌슨이 온다고 했는데 노동당 정부가 베트남 문제에 관여한 미국을 지지했으므로 대규모 항의 시위가 계획되었다. 참차는 '호기심 때문'이라고 말하며 따라나섰다. "소위 지성인이라는 자들이 폭도로 돌변하는 장면을 구경하고 싶거든."

엄청난 폭우가 쏟아지는 날이었다. 마켓 스퀘어에 모인 시위대는 꼼짝없이 흠뻑 젖었다. 점피와 참차는 군중 속에 휩쓸려 시청 계단까지 떠밀려갔다. 참차가 특별관람석이라고 빈정거렸다. 그들 곁에는 러시아 암살자처럼 차려입은—검은 페도라, 방한 외투, 검은 색안경—학생 두 명이 서 있었는데, 그들이 들고 있는 구두 상자에는 큼직한 인쇄체로 폭탄이라는 말을 적어놓았고 그 속에는 잉크에 적신 토마토가 잔뜩 들어 있었다. 총리가 나타나기 직전, 그중 한 학생이 어느 경찰관의 어깨를 두드리며 말했다. "실례합니다. 자칭 총리라는 윌슨 씨가 긴 차를

* 러디어드 키플링의 소설 『정글북』에 등장하는 호랑이.

타고 도착하면 차창 좀 내려달라고 말씀해주시겠습니까? 그래야 제 친구가 폭탄을 던져줄 수 있으니까요." 그러자 경찰관이 대답했다. "하, 하, 재미있네요. 한 가지만 말씀드리지. 총리 각하께 달걀을 던지는 건 좋습니다. 내가 상관할 일이 아니죠. 그리고 그 상자 속에 있는 것처럼 까맣게 색칠하고 '폭탄'이라고 쓴 토마토를 던지는 것도 괜찮아요. 내가 상관할 일이 아니니까. 그런데 뭐든 딱딱한 물건을 던지면 여기 있는 내 동료가 총을 쏠 겁니다." 아, 옛날이여, 순수했던 시절이여…… 자동차가 도착하자 군중이 한꺼번에 움직였고 참차와 점피는 헤어지고 말았다. 이윽고 다시 나타난 점피는 해럴드 윌슨이 타고 있는 리무진의 보닛 위로 올라가 펄쩍펄쩍 뛰었다. 군중의 연호 소리에 박자를 맞춰 미친 사람처럼 발을 구를 때마다 보닛이 움푹움푹 꺼졌다. 싸우리라, 이기리라, 호치민 만세.

"살라딘은 빨리 내려오라고 고함을 질렀어. 군중 속에 섞인 공안부 요원 같은 놈들이 리무진 쪽으로 몰려오는 것도 한 가지 이유였지만 무엇보다 창피했기 때문이지." 그러나 그는 계속 뛰었다. 더 높이 뛰어오르고, 더 힘껏 발을 구르고, 속살까지 흠뻑 젖은 채, 긴 머리를 휘날리며. 점피, 점프하다. 그의 행동은 그 시대의 신화였다. 그리고 윌슨과 마샤는 뒷좌석에서 잔뜩 웅크리고 있었다. 호! 호! 호치민! 점피는 최후의 순간까지 기다렸다가 심호흡을 한 번 하고, 비에 젖은 우호적인 얼굴들의 바다를 향해 다이빙을 하듯 몸을 던졌다. 그리고 사라졌다. 놈들은 끝내 그를 붙잡지 못했다. 짭새들 돼지들 머저리들. "살라딘은 일주일이 넘도록 나랑 말도 하지 않았어. 그러다가 입을 열더니 딱 이 말만 하더군. '경찰이 너를 벌집으로 만들 수도 있었다는 것만 알아둬라.'"

그들은 여전히 침대 모서리에 나란히 걸터앉아 있었다. 점피가 파멜라의 팔뚝을 건드렸다. "네 기분을 이해한다는 말을 하고 싶었어. 쾅, 퍽. 정말 신나더라. 참을 수 없었지."

"오, 맙소사." 그녀가 그에게 몸을 돌렸다. "오, 맙소사, 미안해, 그렇지만 맞아, 그런 기분이었어."

∽

아침이 왔다. 이번 참사 때문에 아직도 통화량이 폭주해 항공사에 전화가 연결되기까지 한 시간이 걸렸고, 이쪽 주장을 내세우는 데 다시 이십오 분이 걸렸고—하지만 그이가 전화를 걸었다고요, 그이 목소리였어요—그러나 저쪽에서 들려오는 여자 목소리는 위기 상황에 처한 인간들을 다루는 전문적인 훈련을 받은 터, 파멜라의 심정을 십분 이해하고 슬픈 일을 당한 그녀에게 삼가 조의를 표한다고 말하면서도 그녀의 말을 한 마디도 믿지 않는 기색이 역력했다. 죄송합니다, 부인, 너무 잔인하게 들리겠지만 그 비행기는 3만 피트 상공에서 폭발했습니다. 통화가 끝날 무렵 파멜라 참차가—평소 그토록 침착하던 그녀가, 울고 싶을 때는 문을 잠그고 방안에 틀어박히던 그녀가—수화기에 대고 바락바락 악을 썼다. 제발 좀, 이 여자야, 쓸데없이 동정하는 체하지 말고 내 말도 좀 들어보란 말이야! 결국 그녀는 수화기를 쾅 내려놓더니 다짜고짜 점피 조시에게 화살을 돌렸고, 때마침 그녀에게 커피를 가져오던 점피는 그녀의 눈빛을 보고 겁에 질린 나머지 팔다리가 후들거려 커피를 엎지르고 말았다. 그녀가 욕설을 퍼부었다. "이 멍청한 자식아! 그이가 아직 살아 있다고? 갑자기 날개가 돋아 하늘에서 파닥파닥 내려왔다는 거야? 그리고 가까운 전화 부스에 들어가 슈퍼맨 옷으로 갈아입고 마누라한테 전화를 걸었다고?" 그들은 부엌에 있었는데, 점피는 파멜라의 왼팔 부근의 벽에 부착된 자석 띠에 가지런히 붙어 있는 식칼 여러 개를 보았다. 그가 입을 열었지만 파멜라는 말할 기회조차 주지 않았다. "내가 무슨 짓을 저지르기 전에 빨리 사라져. 그런 말에 넘어가다니 나도 참 어처구니가 없지 뭐야. 전화 목소리를 들었다고? 진작 알아차렸어야 하는 건데."

1970년대 초에 점피는 노란 미니밴의 짐칸을 이용하여 이동식 디스코텍을 운영했다. 그리고 아일랜드 전설에 등장하는 잠자는 거인 핀 맥쿨*—참차의 표현에 의하면 '그놈도 젖먹이'—의 이야기를 바탕으로 '핀의 엄지'라는 이름을 붙였다. 어느 날 살라딘이 점피에게 장난을 쳤는데, 지중해 쪽 억양이 조금 섞인 목소리로 전화를 걸어, 재클린 케네디 오나시스 여사를 대신하여 연락한다며 스코르피오스섬에 와서 음악을 틀어달라고 요청했다. 보수는 일만 달러, 그리고 최대 여섯 명까지 그리스로 날아올 수 있도록 전용기를 보내주겠다고 했다. 잠셰드 조시처럼 순진하고 어리숙한 사람에게는 너무 잔인한 짓이었다. "한 시간쯤 생각해보겠습니다." 그렇게 대답한 후 조시는 깊은 고뇌에 빠져들었다. 한 시간 후 살라딘이 다시 연락했을 때 점피는 정치적인 이유를 들어 오나시스 여사의 제안을 거절했고, 살라딘은 친구가 성자가

* 마법의 엄지손가락을 빨아 미래를 알아냈다고 한다.

되려고 훈련중이므로 그를 놀리려 해도 소용없음을 알았다. "오나시스 여사께서 몹시 실망하실 텐데요." 살라딘이 말하자 점피는 걱정스러운 듯이 대답했다. "여사님께 개인적 감정은 없다고 전해주세요. 사실 저도 개인적으로는 여사를 존경하니까요."

우리는 너무 오래 알고 지냈어. 점피가 떠난 후 파멜라는 생각했다. 이십 년 묵은 기억으로 서로에게 상처를 줄 수 있으니까.

그날 오후, 그녀는 M4 고속도로를 따라 지나치게 빠른 속도로 달려갔다. 자동차는 낡은 MG 하드톱이었는데, 그녀는 늘 '이데올로기 측면에서 불건전할 만큼' 이 차를 좋아한다고 고백했다. 차를 몰면서 그녀는 생각했다. 목소리에 대한 착각, 그 문제에 대해서라면 나는 좀더 너그러워질 필요가 있어.

파멜라 참차, 결혼 전의 성은 러블레이스, 그녀는 한 가지 목소리에 대한 전문가였다. 여러 면에서 그녀의 인생은 그 목소리를 벌충하려는 노력의 시간이었다고 해도 과언이 아니었다. 그것은 트위드 옷과 머리 스카프와 서머푸딩과 하키 스틱과 초가집과 가죽용 비누와 하우스파티와 수녀들과 교회 가족석과 대형견과 속물근성 따위로 이루어진 목소리였고, 성량을 낮추려는 온갖 노력에도 불구하고 그 목소리는 마치 디너재킷 차림의 주정뱅이가 클럽에서 롤빵을 집어던지며 내지르는 고함소리처럼 여전히 우렁차기만 했다. 젊은 시절의 비극은 그 목소리 때문에 부농이나 바람둥이나 도시의 거물 등등 그녀가 경멸해 마지 않는 자들에게 쉴새없이 쫓겨야 했고, 반대로 환경론자나 반전시위자나 세계개혁자처럼 그녀가 본능적으로 편안함을 느끼는 부류는 반감에 가까운 뿌리 깊은 불신의 눈으로 그녀를 대했다. 입을 열 때마다 못된 놈들의 목소리를 내는 여자가 생각인들 제대로 박혔으랴? 속력을 높여 레딩시를 지나치며 파멜라는 이를 악물었다. 운명의 손길이 미치기 전부터 그녀가 결혼생활을, 인정햇, 끝내기로 결심했던 한 가지 이유는 어느 날 잠에서 깨어났을 때 참차가 자신을 사랑하지 않는다는 사실을 깨달았기 때문이었다. 그가 사랑하는 것은 요크셔푸딩과 떡갈나무 심재心材의 냄새를 풍기는 그녀의 목소리, 그가 그토록 갈망하는 옛날 옛적 꿈의 영국을 상징하는 힘차고 건강한 목소리였다. 그들은 서로 다른 목적을 품고 결혼했으며 둘 다 상대방이 피해 도망치려는 대상을 향해 달려갔다.

생존자는 없다. 그런데 얼간이 점피가 한밤중에 잘못된 경보를 울렸다. 그녀는 너무 놀란 나머지, 자신이 점피와 함께 침대에 올라갔고, 인정햇, 매우 만족스러운 정사를 나누었다는 사실에 놀랄 겨를도 없었다. 그녀는 자신을 꾸짖었다. 냉정한 척하지 마, 그렇게 좋았던 게 또 언제였지? 그녀에게는 골칫거리가 산더미처럼 쌓여 있었다. 그리고 지금은 골칫거리에 대처하려고 최고 속력으로 도망치는 중이었다. 시골의 값비싼 호텔에서 며칠쯤 빈둥거리다보면 이 지옥 같은 세상도 조금은 나아 보이겠지. 말하자면 사치요법이다. 그래그래, 나도 알아: 나는 지금 상류층으로 되돌아간다. 알 게 뭐냐, 간다면 가는 거지. 이의 있으면 네 똥구멍으로 쏟아내라. 항문. 아니, 똥구멍.

시속 백 마일로 스윈던을 지난 후 금방 날씨가 나빠졌다. 갑작스러운 먹구름, 번개, 폭우. 그녀는 가속페달에서 발을 떼지 않았다. 생존자는 없다. 사람들은 언제나 그녀를 두고 죽어버린다. 할 말은 많은데 그 말을 뱉어줄 사람은 이미 떠나고 없다. 고대 그리스어로 말장난을 할 수 있는 고전학자였으며 파멜라에게 유산이자 저주인 '목소리'를 물려준 아버지, 그리고 전쟁 때부터 아버지를 연모하던 어머니,—당시 선도기 조종사였던 그는 느릿느릿한 비행기를 몰고 백열한 번이나 독일까지 날아가 폭격기들을 위해 밤하늘 가득 조명탄을 터뜨린 후 돌아왔고,—타타타타, 여전히 귓가에 쟁쟁한 소음을 들으며 아버지가 집으로 돌아올 때마다 어머니는 한시도 그의 곁을 떠나지 않겠다 다짐했고,—그래서 어디든 졸졸 따라다녔고, 하다못해 우울증의 깊은 수렁 속에도 함께 빠졌고, 아버지는 끝끝내 그 수렁에서 헤어나지 못했고,—빚더미 속에도 함께 빠졌는데, 아버지가 표정 관리에 서툴러 포커에 소질이 없는 탓이었고, 그런데도 돈이 다 떨어지자 어머니의 돈까지 써버린 탓이었고,—어머니는 마침내 아버지를 따라 고층건물 꼭대기로 올라갔고, 그곳에서 두 사람은 비로소 가야 할 길을 찾았다. 파멜라는 그들을 결코 용서할 수 없었다. 무엇보다 그들에게 용서 못한다고 말해줄 수도 없다는 사실이 가장 분했다. 앙갚음을 위해 그들이 자신에게 물려준 모든 것을 거부하기 시작했다. 예컨대 자신의 총명한 두뇌: 그녀는 일부러 대학에 가지 않았다. 그리고 자신의 목소리를 버릴 수는 없으므로 그 목소리를 이용하여, 보수적인 방법으로 자살한 부모가 질색했을 만한 생각을 서슴없이 내뱉었다. 인도인과 결혼했다. 그리고, 남편도 그녀의 부모와 너무 비슷하다는 사실을 깨닫고 떠나려 했다. 떠나기로 마음먹었다. 그런데 이번에도 죽음이 그녀를 좌절시켰다.

냉동식품 트레일러를 앞지르는 중이었는데 그 차의 바퀴에서 튕겨져 나오는 물보라 때문에 앞이 보이지 않았고, 그 순간 살짝 기울어진 내리막길에서 그녀를 기다리던 물웅덩이와 맞닥뜨렸고, 그때부터 MG는 무시무시한 속도로 미끄러지며 추월 차선을 벗어나 핑그르르 돌았고, 그래서 죽음의 천사 아즈라일의 눈처럼 자신을 노려보는 트레일러의 전조등을 마주보았다. '끝장이구나' 하고 생각했다. 그러나 차가 홱 돌면서 미끄러져 트레일러 앞을 벗어나더니 고속도로 세 차선을 모두 가로질러 지나갔고, 놀랍게도 모든 차선이 비어 있었고, 그리하여 갓길 바깥에 설치된 가드레일에 부딪혔고, 충격은 예상보다 사뭇 가벼웠고, 차는 백팔십도를 더 회전하여 다시 서쪽을 향했고, 진부하긴 하지만 현실 속에서 자주 볼 수 있는 절묘한 타이밍에 따라 때마침 태양이 폭풍우를 몰아냈다.

∽

살아 있다는 사실이 살아오며 겪었던 모든 고통을 상쇄시킨다. 그날 밤, 떡갈나무 벽널을 두르고 낡은 깃발로 장식된 식당에서 파멜라 참차는 가장 화려한 가운을 입고 은식기와 크리스털이 즐비한 테이블에 앉아 사슴고기를 먹고 샤토 탈보를 마시며 자축했다. 새로운 시작, 죽음의 아가리에서 벗어난 일, 새 출발, 다시 태어나려면 우선: 그래, 어쨌든 거의 죽을 뻔했으니까. 미국인들과 세일즈맨들에게 유혹의 눈길을 받으며 그녀는 혼자서 먹고 마셨고, 돌탑에 마련된 공주 침실로 일찌감치 들어가 오랫동안 목욕을 즐긴 후 텔레비전으로 옛날 영화를 보왔다. 죽을 고비를 넘긴 후 자신에게서 과거가 떨어져나가는 것을 느꼈다. 예컨대 심술궂은 외삼촌 해리 하이엄과 함께 살던 사춘기 시절. 외삼촌의 집은 17세기에 지어진 영주 저택이었고, 한때 이 집의 주인은 먼 친척뻘 되는 사람으로 다름아닌 마녀 사냥꾼 매슈 홉킨스*였는데, 외삼촌은 이 집에 '그렘린스'**라는 이름을 붙여놓았으니 좀 섬뜩하긴 하지만 나름대로 유머 감각을 발휘하고 싶었던 모양이다. 하이엄 판사님을 잊기 위해 오히려 그를 떠올리며 파멜라는 자신에게도 베트남에 얽힌 사연이 있다고 그 자리에 없는 점피에게 중얼거렸다. 그로스베너 스퀘어에서 열린 첫번째 대규모 시위 당시 돌진해오는 경찰마들의 발밑에 구슬을 던지는 사람이 많았는데, 이후 구슬은 흉기로 간주되어 영국 법률사에 전무후무한 기록을 남겼고 이 작은 유리알을 소지했다는 이유로 젊은이들이 감옥에 갇히거나 심지어 국외로 추방되는 일도 허다했다. 그로스베너 구슬 사건을 맡은 판사가 바로 해리 하이엄이었고(재판 이후에는 '행엄'***이라는 별명이 붙었다) 그의 조카딸이라는 사실은 이미 자신의 우파적인 목소리 때문에 고민하던 젊은 아가씨에게 또하나의 짐이 될 수밖에 없었다. 지금, 임시로 묵고 있는 이 성城의 따뜻한 침대 속에서 파멜라 참차는 그 늙은 마귀를 멀리 떠나보냈고, 안녕, 행엄, 당신에게 신경쓸 시간이 없어요, 부모의 유령들도 떠나보냈고, 마침내 가장 최근에 나타난 유령에게서도 벗어날 채비를

---

* 실존 인물. 수백 명을 처형하여 악명을 떨쳤으나 1647년 자신도 마법사로 몰려 교수형 당했다.

** 2차 대전 당시, 조종사들이 비행기에 고장을 일으킨다고 생각하던 도깨비. 1984년에 같은 제목의 영화가 제작되기도 했다.

*** 교수형.

했다.

파멜라는 코냑을 마시며, 텔레비전에 나오는 흡혈귀들을 바라보며, 뭐랄까, 지금의 자신을 기뻐했다. 자신의 형상대로 자신을 창조하지 않았던가? 나는 스스로 있는 자니라,* 하며 나폴레옹 브랜디를 부어 축배를 들었다. 나는 런던 브릭홀 지역의 방범 홍보 위원회(CRC)에 근무한다. 방범 홍보관 대리이며, 내입으로말하긴좀쑥스럽지만, 일솜씨 하나는 끝내준다. 건배! 최근 우리는 처음으로 흑인 위원장을 선출했는데 반대표는 전부 백인들이었다. 잔을 비워라! 지난주에는 십팔 년 동안이나 영국에 거주하던 존경받는 아시아계 노점상이 정당을 불문한 국회의원들의 중재 노력에도 불구하고 결국 추방되었는데, 사유는 십오 년 전 어떤 서류를 고작 사십팔 시간 늦게 제출한 탓이었다. 친친!** 다음주에는 브릭홀 경범 재판소에서 경찰이 오십 세의 나이지리아 여인을 기소할 예정인데 죄목은 폭행죄, 그러나 당시 그녀는 경찰에게 두들겨 맞아 의식을 잃었다. 스콜!*** 이것은 내 머리다: 보여? 내가 직업이라고 부르는 것은: 브릭홀에 박치기하기.

살라딘은 죽었고 파멜라는 살았다.

그녀는 그 사실에 건배했다. 당신에게 해주고 싶은 말이 많았어, 살라딘. 더러는 거창한 일: 이를테면 브릭홀 하이 스트리트의 맥도널드 건너편에 새로 생긴 고층 오피스 빌딩에 대하여—완벽한 방음 시설을 갖춘 건물인데, 적막에 질린 회사원들은 스피커 시스템으로 백색소음

---

* 「출애굽기」 3:14.

** 영국 구어체로 '건배'.

*** 스웨덴어로 '건배'.

이 담긴 테이프를 틀어놓지.—당신이 좋아할 만한 이야기잖아?—그리고 내가 아는 파르시 여자에 대하여: 이름은 뱁시, 한동안 독일에서 살았는데 거기서 어느 터키인을 사랑하게 됐지.—문제는 말이야, 둘 다 아는 언어가 독일어뿐이라는 점이었어. 이제 뱁시는 자기가 알던 말도 거의 다 잊어버렸지만 남자는 말솜씨가 자꾸 좋아지는 거야. 남자의 편지는 날이 갈수록 한 편의 시처럼 아름다워지는데 여자는 동요 수준의 답장을 보내주는 게 고작이거든.—언어의 불균형 때문에 사랑이 죽어간다, 어떻게 생각해?—사랑이 죽어간다. 우리에게도 해당되는 말 아니겠어? 살라딘? 당신 생각은 어때?

그리고 몇 가지 작고 사소한 일. 우리 동네에 살인자가 돌아다녀. 할머니들을 죽이는 게 전공이지. 그러니 걱정 마, 나는 안전하니까. 나보다 늙은 여자도 많거든.

한 가지만 더: 당신이랑 헤어질래. 이젠 끝났어. 우리 사이는 종쳤다고.

난 당신에게 아무 말도 할 수 없었어. 어떤 일에 대해서도 제대로 대화를 나눌 수 없었지. 당신에게 살이 좀 붙었다고 말하면 당신은 한 시간 동안 고함을 질렀지. 그런다고 거울에 비친 모습이 달라지는 것도 아닌데, 꽉 끼는 바지만 보아도 알 수 있는데. 당신은 남들 앞에서 내 말을 가로막았어. 남들도 눈치챘지. 당신이 나를 어떻게 생각하는지. 나는 당신을 용서했고, 그게 내 실수였어. 나는 당신의 핵심을 들여다볼 수 있었어. 너무 끔찍해서 당신이 온갖 허세를 부려가며 한사코 감춰야 했던 문제를. 그 텅 빈 공간을.

안녕, 살라딘. 그녀는 술잔을 비우고 옆에 내려놓았다. 다시 돌아온

빗방울이 유리창을 두드렸다. 그녀는 커튼을 치고 불을 껐다.

자리에 누워 잠을 청하던 그녀는 죽은 남편에게 해야 할 마지막 말을 생각해냈다. '잠자리에서도 당신은 늘 나에게 무관심해 보였어. 내가 쾌감을 느끼는지, 무엇을 원하는지, 정말 관심을 보여준 적은 한 번도 없었어. 그래서 이렇게 생각하게 됐지. 당신이 원하는 건 연인이 아니라 하녀라고.' 자, 됐어. 이젠 고이 잠들어버려.

그녀는 살라딘의 꿈을 꾸었다. 그의 얼굴이 꿈속을 가득 채웠다. 그가 말했다. '끝이 멀지 않았어. 이 문명, 종말이 다가온다고. 참 대단한 문화였지. 찬란하면서도 더러운, 식인종과 기독교도*가 공존하는, 그야말로 세계적인 자랑거리였어. 아직 시간이 있을 때 마음껏 누려야 해. 곧 밤이 올 테니까.'

그녀는 꿈속에서조차 그 말에 동의하지 않았지만 꿈속에서도 알고 있었다. 이젠 그에게 말해줘도 소용없음을.

파멜라 참차에게 쫓겨난 후 점피 조시는 브릭홀 하이 스트리트에 있는 수피안 씨의 샨다르 카페에 앉아 자신이 바보인지 아닌지 판단하려고 노력했다. 아직 이른 시간이라 카페 안은 거의 비어 있었다. 손님이라고는 피스타 바르피와 잘레비 한 상자를 사는 뚱뚱한 여자 하나, 찰루 차이를 마시는 독신의 의류 노동자 둘, 그리고 유대인들이 이 근방

* 미국 소설가 노먼 메일러의 에세이 제목 'Cannibals and Christians'에서 차용.

의 모든 공장을 소유하고 직공들을 착취하던 시절부터 이곳에 살았다는 늙은 폴란드 여자 하나가 전부였는데, 그녀는 한구석에 앉아 야채 사모사 두 개와 푸리 한 개와 우유 한 잔을 놓고 하루종일 시간을 보냈고, 누가 들어올 때마다 자신은 '여기가 *유대인 식당* 다음으로 괜찮은 곳이고 요즘은 아쉬운 대로 만족할 수밖에 없으니까' 이곳에 올 뿐이라고 말했다. 점피는 커피를 마시며 앉아 있었다. 그의 머리 위에는 가슴을 드러낸 신화 속의 여인을 묘사한 울긋불긋한 그림이 걸려 있었는데, 연어색과 네온그린색과 황금색을 사용하여 실물 크기로 그려진 그녀는 머리가 여러 개였고 구름 몇 가닥이 젖꼭지를 감춰주었다. 아직은 그리 바쁘지 않았으므로 수피안 씨가 곧 점피의 울적한 기분을 알아차렸다.

"어이, 성聖 점피!" 그가 소리쳤다. "어쩌자고 우리집 분위기까지 흐려놓는 거야? 안 그래도 이 나라에는 구름이 너무 많잖아?"

수피안이 껑충껑충 다가오자 점피는 얼굴을 붉혔다. 수피안은 평소처럼 신앙을 상징하는 작고 하얀 모자를 핀으로 고정시켜 썼고, 콧수염은 깎았지만 턱수염은 최근 메카 순례를 다녀온 후 헤나로 붉게 물들였다. 무함마드 수피안은 체격이 건장하고 팔뚝도 굵고 아랫배가 나왔으며 신앙심이 두터우면서도 광신적인 구석이 없는 남자였는데, 조시는 그를 친척 어르신쯤으로 여겼다. 카페 주인이 자기 앞에 서자 점피가 물었다. "저기요, 아저씨, 제가 진짜 얼간이라고 생각하세요?"

"자네 돈 좀 버나?" 수피안이 물었다.

"못 벌어요, 아저씨."

"장사를 해본 적은? 수입이나 수출? 주류판매점? 구멍가게?"

"저는 숫자 관념이 없다고요."

"가족들은 어디 있지?"

"가족도 없어요, 아저씨. 혼자뿐이죠."

"그렇다면 외로울 때마다 하느님께 기도를 올려 인도해달라고 빌어야 할 텐데?"

"저를 아시잖아요, 아저씨. 기도 같은 건 안 해요."

"의문의 여지가 없군." 수피안이 결론을 내렸다. "자넨 역시 스스로 생각하는 것보다 훨씬 더 멍청해."

"고맙습니다, 아저씨." 점피는 남은 커피를 마저 마시며 말했다. "큰 도움이 됐어요."

점피의 표정은 침울했지만 수피안은 그렇게 애정을 담아 놀려대면 오히려 격려가 되기도 한다는 것을 알고, 방금 들어온 아시아계 남자에게 말을 걸었다. 피부색이 밝고 눈동자가 파란 남자는 옷깃이 넓은 멋쟁이 체크무늬 외투를 걸치고 있었다. "이봐, 하니프 존슨, 이리 와서 이 문제 좀 해결해보게." 존슨은 이 지역 출신으로, 유능한 변호사로 성공하여 샨다르 카페 위층에 사무실을 차렸다. 그는 수피안의 아름다운 두 딸을 뿌리치고 점피의 테이블로 다가왔다. 수피안이 말했다. "이 친구를 좀 설명해봐. 나로서는 통 모르겠어. 술도 안 마시고, 돈이라면 전염병 보듯 질색하고, 가진 거라고는 달랑 셔츠 두 장, VCR도 없고, 마흔 살이나 먹었는데 여태껏 미혼이고, 스포츠센터에서 무술인지 뭔지를 가르쳐 한두 푼 버는 게 고작이라 굶기를 밥먹듯이 하고, 행실은 리시나 피르* 같지만 신앙심은 없고, 별 볼일 없는 친구 같지만 뭔가 비밀을 아는 듯해 보인단 말씀이야. 게다가 대학물까지 먹었으니, 자네가 이 수수께끼를 풀어보라고."

하니프 존슨은 점피의 어깨에 주먹을 날렸다. "이 친구는 어떤 목소리가 들린대요." 그러자 수피안은 두 손을 번쩍 들며 놀라는 시늉을 했다. "목소리라, 그것 참! 어디서 들린다는 거지? 전화기에서? 하늘에서? 외투 속에 감춘 소니 워크맨에서?"

"마음속에서죠." 하니프는 엄숙하게 대답했다. "저 위층, 이 친구 책상에 시를 끼적거린 종이가 있어요. 제목은: 피의 강."

점피가 펄쩍 뛰었다. 빈 컵이 굴러떨어졌다. "죽여버린다!" 점피가 고함을 질렀지만 하니프는 재빨리 달아나며 소리쳤다. "이 자리에 시인 한 분이 계신다고요, 수피안 사히브. 정중히 대하세요. 조심하셔야 해요. 저 친구는 길거리가 강이고 우린 강물이래요. 인류는 피의 강이다, 그게 시인의 요지죠. 이 말은 개개인에게도 해당되는데—" 그는 거기서 말을 끊고 팔인용 테이블 맞은편으로 도망쳤다. 얼굴이 시뻘게진 점피가 두 팔을 마구 휘두르며 덤벼들었기 때문이다. "우리 몸속에도 피의 강이 흐르잖아요?" 족제비 같은 이너크 파웰**은 이런 말을 했다. 저 로마인처럼 나도 티베르강이 피로 물든 장면을 보는 듯하다.*** 점피 조시는 이 비유를 재활용하기로 마음먹었다. 말만 좀 바꾸면 써먹을 만하니까. "이건 강간과 똑같은 짓이야." 그는 하니프에게 애원했다. "제발 그만둬."

---

* 각각 힌두교의 현자와 이슬람교의 현자.

** 영국 정치가로 인종차별을 지지했다.

*** 1968년 마틴 루터 킹이 암살당한 후, 파웰이 인종 전쟁을 예고하며 했던 말. 여기서 로마인이란 베르길리우스의 서사시 『아이네이스』(제6부)에서 역시 전쟁을 예언했던 아폴로 신전의 여사제 시빌을 가리킨다.

한편 카페 주인은 이렇게 중얼거렸다. "목소리란 원래 바깥에서 들려오지. 하지만 잔다르크의 경우는 달랐어. 그리고 고양이를 키우던, 누구더라, '돌아가라 휘팅턴'의 경우도.* 그런 목소리를 들은 사람은 위대한 인물이 되거나 적어도 부자가 되지. 그런데 이 친구는 위대하지도 않고 더구나 가난뱅이거든."

"그만들 해요." 점피는 두 손을 머리 위로 번쩍 들며 마음에도 없는 미소를 지었다. "항복할게요."

그로부터 사흘간, 수피안 씨와 수피안 부인과 그들의 딸 미샬과 아나히타, 그리고 변호사 하니프 존슨까지 나서서 온갖 노력을 기울였지만 점피 조시는 예전의 그가 아니었다. 수피안의 말처럼 '점피가 아니라 덤피**'였다. 그는 평소의 활동을 계속했다. 청소년 클럽에도 나갔고, 자기가 소속된 영화 협동조합 사무실에도 나갔고, 길거리에서 전단을 돌리거나 신문을 팔거나 그냥 시간을 보내기도 했다. 그러나 늘 걸음걸이가 무거웠다. 그러다가 나흘째 되던 날 저녁, 샨다르 카페의 카운터 뒤에서 전화벨이 울렸다.

"잠셰드 조시 씨!" 상류층 영국인의 억양을 흉내내며 아나히타 수피안이 소리쳐 불렀다. "조시 씨, 이쪽으로 좀 오시겠습니까? 전화가 왔습니다."

그녀의 아버지는 기쁨이 가득한 점피의 얼굴을 보고 아내에게 조용

* 15세기 런던 시장을 지낸 자선가 리처드 휘팅턴의 삶을 바탕으로 전승되는 이야기로, 어린 시절 부모를 잃고 전전하던 휘팅턴은 학대를 피해 도망치다 '돌아가라, 휘팅턴, 런던 시장이여' 하고 말하는 듯한 종소리를 들었다고 한다. 이후 그는 고양이 한 마리를 시작으로 부를 얻게 된다.

** 청승꾸러기.

히 속삭였다. "마누라, 저 친구가 듣고 싶어하는 목소리는 내면의 목소리가 아니었어."

파멜라와 잠셰드가 이레를 함께 보낸 후, 둘 사이에서 믿을 수 없는 일이 벌어졌다. 그 기간 동안 그들은 지칠 줄 모르는 의욕과 무한한 애정과 넘치는 활력으로 사랑을 나누었는데, 마치 그 행위가 전에는 존재하지 않다가 새로 생겨난 것처럼 느껴질 정도였다. 이레 동안 중앙난방을 고온으로 맞춰놓고 어느 뜨겁고 눈부신 남쪽 나라에 사는 열대의 연인들처럼 줄곧 옷을 입지 않은 채 지냈다. 늘 여자들에게 서툴렀던 잠셰드가 파멜라에게 말했다. 고생 끝에 마침내 자전거 타는 법을 배웠던 열여덟 살 어느 날 이후로 이렇게 신나는 기분은 처음이라고. 그러나 그 말을 입 밖에 내는 찰나, 문득 만사를 망쳐버리지나 않았을까 두려웠다. 일생일대의 위대한 사랑을 학창 시절의 고물 자전거와 비교하다니 명백한 모욕이 아닐 수 없었다. 그러나 기우였다. 파멜라는 그의 입에 입맞추며, 어떤 여자도 남자에게 그토록 아름다운 말을 들어보지는 못했으리라 말했다. 그 순간 그는 자신의 어떤 말이나 행동도 잘못될 리 없음을 깨닫고 난생처음으로 진정한 편안함을 느꼈다. 기막힌 안도감, 사랑받는 사람만 느낄 수 있는 안도감이었다. 파멜라 참차의 기분도 똑같았다.

이레째 되던 날 밤, 그들은 꿈도 없이 곤하게 자다가 어떤 소리를 듣고 깨어났다. 틀림없이 누군가 집안에 침입하려는 소리였다. "침대 밑에 하키 스틱이 있어." 겁에 질린 파멜라가 소곤거렸다. "이리 줘." 똑같이 무서워하며 점피가 속삭였다. "같이 갈래." 파멜라가 떨며 말하자 점피도 떨리는 목소리로 대답했다. "아니, 안 돼." 결국 그들은 살금살금 아래층으로 함께 내려갔다. 둘 다 주름 장식이 달린 파멜라의 화장옷을 입었고 둘 다 사용할 엄두조차 못 내는 하키 스틱 하나를 함께 움켜쥐고 있었다. 파멜라는 자기도 모르게 생각했다. 엽총을 든 사내라면 어쩌나, 엽총을 들이대며 도로 올라가라고 말한다면…… 이윽고 계단 아래에 이르렀다. 누군가 불을 켰다.

파멜라와 점피는 동시에 비명을 지르며 하키 스틱을 떨어뜨리고 걸음아 날 살려라 위층으로 달려 올라갔다. 한편 아래층 현관에는 밝은 불빛을 받으며 누군가 서 있었고, 그 옆으로 보이는 정문은 유리가 깨져버렸는데 은촉 이음식 자물쇠의 손잡이를 돌리기 위해서였고(보안 자물쇠도 몇 개 달려 있었지만 열정에 사로잡힌 파멜라가 미처 잠가놓지 못했다), 그 누군가는 악몽이나 심야 텔레비전 영화에 등장할 만한 괴물이었으니, 온몸이 진흙과 얼음과 핏자국으로 뒤범벅이었고, 두 번 다시 보기 어려운 털북숭이였고, 정강이와 발굽은 커다란 염소와 같았고, 상반신은 사람이었으나 염소털로 뒤덮였고, 팔은 사람이었고, 머리에는 뿔이 달렸으되 그 밖에는 사람의 머리였는데, 온통 오물과 먼지를 뒤집어썼으며 수염이 거뭇거뭇 돋아난 모습이었다. 이 터무니없는 괴물은 보는 사람도 없이 홀로 우두커니 서 있다가 이윽고 바닥에 푹 쓰러져 움직이지 않았다.

위층, 이 집에서 제일 높은 곳, 그러니까 살라딘의 '골방'에서는 파멜라 참차 부인이 연인의 품에서 몸부림치고 가슴이 찢어져라 울부짖으며 목이 터져라 고함을 질렀다. "이건 사실이 아냐. 내 남편은 산산이 터져버렸어. 생존자는 없었다고. 내 말 들려? 나는 과부가 됐고 내 남편 참차는 짐승처럼 뒈져버렸단 말이야."

5

지브릴 파리슈타 씨는 런던행 열차에 몸을 실었다. 그는 다시금 (누군들 그렇지 않으랴) 하느님이 믿음을 버린 자신을 벌하려고 미치게 만들었다는 두려움에 사로잡혔다. 지브릴은 일등칸 금연실 창가에 앉았는데, 불행히도 건너편 자리를 다른 사람이 차지해서 어쩔 수 없이 기관차 쪽을 등져야 했고, 머리에는 트릴비를 꾹 눌러쓰고 진홍색 안감의 개버딘 외투에 두 손을 깊이 찔러넣은 채 전전긍긍했다. 이제 존재한다고 믿지도 않는 존재 때문에 이렇게 파멸하다니, 아무리 광기에 사로잡혔어도 하필이면 대천사로 변해가다니, 이렇게 역설적인 상황에서 미쳐간다는 공포는 차마 오랫동안 직시할 수도 없을 만큼 어마어마했다. 그러나 사실이 아니라면 최근에 목격했던 온갖 기적과 돌연변이와 도깨비는 어떻게 설명해야 좋단 말인가? 그는 부들부들 떨며 생

각했다. '둘 중 하나야. 첫째, 내가 미쳤다. 둘째, 누군가 이 세계의 규칙을 바꿔버렸다.'

그러나 지금 이 열차의 칸막이방은 누에고치처럼 아늑하고 신기한 점이 아무것도 없어 마음이 놓였다. 좌석 팔걸이는 너덜너덜하고, 어깨 위의 독서등은 고장났고, 거울이 있을 자리에는 테만 남았고, 게다가 온갖 규정이 있었다: 빨간색과 흰색으로 그려진 조그맣고 동그란 금연 표시, 비상줄을 오용하면 처벌받는다는 스티커, 작은 미닫이창을 열 수 있는 한계 지점을 표시한—그 이상은 금지!—화살표. 지브릴은 화장실에 다녀왔는데 그곳에도 갖가지 사소한 금지 조항과 지시사항이 있어 마음을 기쁘게 했다. 그리하여 이윽고 차장이 들어와 열차표에 초승달 모양의 구멍을 뚫는 권위의 가위를 들이댈 무렵에는 이미 그 같은 규범의 증거 덕분에 웬만큼 진정된 상태였고, 비로소 기운을 차려 여러 가지 합리적인 설명을 궁리하기 시작했다. 그는 운좋게 죽음을 모면하고 곧이어 일종의 정신착란에 빠졌지만 지금은 제정신을 되찾았으니 예전의 삶—즉 예전의 새로운 삶, 다시 말해서 그, 뭐랄까, 방해가 있기 전에 계획했던 새로운 삶—으로 돌아갈 수 있을 터였다. 자신이 상륙했던, 그리고 불가사의하게 붙잡혀 있던 알쏭달쏭한 여명 지대에서 열차가 점점 멀어질수록, 예측이 가능하기에 반갑기 그지없는 쇠붙이 평행선을 따라 자꾸자꾸 달려갈수록 그는 자신에게 작용하는 대도시의 마력을 느끼기 시작했고, 예전처럼 희망의 재능도 다시 나타났으니, 새로움을 끌어안는 재주, 즉 미래를 바라보기 위하여 과거의 고난을 외면해버리는 재주였다. 그는 자리에서 벌떡 일어나 건너편 좌석에 털썩 앉았다. 비록 창가를 포기해야 했지만 런던 쪽을 바라본다는 것은 상징적인 일이었다. 창문 따위가 무슨 소용이랴? 어차피 그가 원하는 런던은 마음속에 있었다. 그는 그녀의 이름을 소리 내어 불렀다. "알렐루야."

"알렐루야, 형제여." 방안에 있던 유일한 동료 승객이 대답했다. "반갑습니다, 호산나,* 아멘."

∽

낯선 사람이 말을 이었다. "그렇지만 제 신념은 특정 종교와 무관하다는 사실을 밝혀두겠습니다. 선생이 '라일라하'라고 하셨다면 저는 기꺼이 '일랄라'**라고 힘차게 외쳤을 겁니다."

지브릴은 자리를 옮기고 무심결에 알리의 특이한 이름을 입 밖에 냈을 뿐이건만 상대방은 그 말을 사교적이며 종교적인 의사표시로 오해하고 말았다. 사내는 작은 악어가죽 케이스에서 명함을 척 꺼내 지브릴에게 건네며 소리쳤다. "존 마슬라마라고 합니다. 악바르황제가 주창하신 포괄적 신앙을 나름대로 변형시켜 믿고 있지요. 하느님은 '천체의 음악'과 흡사한 존재라고 봅니다."

마슬라마 씨는 말을 하고 싶어 미칠 지경이었던 모양인데, 이제 말문이 터졌으니 청산유수 같은 장광설이 끝날 때까지 꾹 참고 기다리는 수밖에 없었다. 사내는 권투선수처럼 딱 바라진 체격이었으므로 비

---

* '구원하소서.'

** '라 일라하 일라 알라(La ilaha illa Allah)'. '신 이외의 신은 없다'는 뜻으로, 칼마(qalmah)라 불리는 이슬람교의 핵심적 가르침.

위를 건드리면 바람직하지 않을 듯싶었다. 파리슈타는 사내의 눈에서 '진짜 신앙인'만 지닐 수 있는 번뜩이는 섬광을 발견했는데 최근까지 자신의 면도용 거울에서 날마다 보던 것과 똑같은 눈빛이었다.

마슬라마는 잘 다듬어진 옥스퍼드 말투로 느릿느릿 자랑을 늘어놓았다. "저도 꽤 성공한 편이지요. 갈색 인종으로서는 엄청난 성공을 거둔 셈인데, 선생도 이해하시겠지만 우리에게 주어진 엉터리 같은 현실을 감안해야 하니까 말입니다." 그러고는 두툼한 손을 살짝 움직였는데, 비록 동작은 작았지만 자신의 고급스러운 옷차림을 한꺼번에 가리키는 효과적인 손짓이었다. 맞춤 제작한 가는 줄무늬의 스리피스 정장, 사슬이 달린 금시계, 이탈리아제 구두, 멋들어진 실크 넥타이, 풀 먹인 하얀 소맷부리와 보석 박힌 커프스단추 등등. 이렇게 영국 신사 같은 차림새에 머리통은 또 어마어마하게 컸고, 숱 많은 머리카락은 기름을 발라 매만졌고, 역시 놀랍도록 풍성한 눈썹 아래로 지브릴이 이미 눈여겨보았던 사나운 눈빛이 이글거렸다. "아주 멋지군요." 상대가 어떤 반응을 기대하는 듯했으므로 지브릴은 순순히 인정해주었다. 마슬라마도 고개를 끄덕였다. "제가 원래 멋부리길 좋아하지요."

그는 광고 음악을 제작하여 처음으로 한 재산 모았는데, 주로 여자들에게 속옷이나 립글로스 따위를 팔고 남자들을 유혹에 빠뜨리는 '악마의 음악'이었다고 말했다. 지금은 시내 곳곳에 자기 소유의 레코드점이 있고, '핫 왁스'라는 나이트클럽도 번창하고 있으며, 특히 자기가 아끼고 자랑스럽게 여기는 가게에는 번쩍거리는 악기가 가득하다고 했다. 그는 가이아나 출신의 인도인이었다. "하지만 거긴 아무것도 남지 않았죠. 사람들이 꽁지 빠지게 달아나거든요." 마슬라마는 짧은 기간에 눈부신 성공을 거두었다. "다 전능하신 신의 은총이지요. 저는 안식일을 철저히 지킵니다. 영어 찬송가를 좋아해서 지붕이 떠나가게 노래하면서."

그는 한 명의 아내와 여남은 명의 아이들을 간단히 언급하며 자전적 이야기를 매듭지었다. 지브릴은 그에게 축하의 말을 건네며 바야흐로 조용해지길 바랐는데, 바로 그때 마슬라마가 폭탄선언을 했다. "저한테 자기소개를 하실 필요는 없습니다." 쾌활한 어조였다. "당연한 일이지만 누구신지 잘 아니까요. 이스트본-빅토리아 노선에서 선생 같은 분을 만날 줄이야 누가 알았겠습니까마는." 그는 짓궂은 윙크를 던지며 손가락 하나를 코 옆으로 가져갔다. "입도 뻥긋하지 않겠습니다. 저도 남의 사생활을 존중할 줄 아는 사람이니까요. 지당한 일이지요. 지당하고말고요."

"저요? 제가 누군데요?" 지브릴은 너무 놀라 맹해졌다. 그러나 상대방은 무겁게 고개를 끄덕였다. 두 눈썹이 연한 갈래 뿔처럼 너울거렸다. "아주 좋은 질문이군요. 도덕적인 사람에게 지금은 몹시 힘겨운 시대입니다. 자신의 본질을 모른다면 자신이 선한지 악한지 어떻게 알 수 있겠습니까? 제 이야기가 지루하신 모양이군요. 제가 꺼낸 질문이지만 '절대자'에 대한 제 신념을 가지고 스스로 대답해보겠습니다."—여기서 마슬라마는 열차 칸막이방의 천장 쪽을 가리켰다.—"물론 선생은 자신의 정체성에 대해 추호의 흔들림도 없겠지요. 선생은 저 유명한, 아니, 전설적이라고 해도 될 만한 지브릴 파리슈타 씨니까 말입니다. 은막의 스타, 그리고 유감스러운 일이지만 점점 늘어나는 해적판 비디오의 스타이기도 하고. 우리 열두 아이들과 아내와 저는 모두 오래전부터 선생이 출연한 성극聖劇 영화의 무조건적인 팬이었습니다." 그러면서 지브릴의 오른손을 붙잡고 마구 흔들었다.

마슬라마가 우렁찬 목소리로 말을 이었다. "제가 워낙 범신론적 경향이 있다보니 선생이 작품 속에서 온갖 신의 역할을 연기하는 데 대해서도 십분 공감합니다. 선생은 무지개처럼 갖가지 신을 한몸에 지녔어요. 걸어 다니는 국제연합, 신들의 국제연합인 셈이지요! 한 마디로 선생은 곧 미래입니다. 삼가 경의를 표합니다." 그는 의문의 여지도 없는 진짜 미치광이의 냄새를 풍기기 시작했다. 아직은 말이나 행동이 다소 특이하다 싶을 따름이었지만 지브릴은 걱정스러워 문까지의 거리를 힐끔힐끔 곁눈질하기 시작했다. 마슬라마가 계속 말했다. "저는 절대자를 가리키는 모든 이름이 하나의 기호에 불과하다고 생각합니다. 하나의 암호랄까, 아무튼 파리슈타 씨, 신의 진짜 이름은 그 속에 숨어 있지요."

지브릴은 여전히 침묵을 지켰고, 마슬라마는 실망한 기색을 감추지 않으며 지브릴의 말까지 대신해주었다. "진짜 이름이 뭐냐고 물으시는 소리가 들리는군요." 그 순간 지브릴은 자신의 생각이 옳았음을 알았다. 이 사내는 돌아도 아주 단단히 돌아버렸고, 자전적 이야기도 그의 이른바 '신념'처럼 꾸며낸 내용일 가능성이 농후했다. 지브릴은 생각했다. 가는 곳마다 허구가 판치는구나, 진짜 인간인 체하는 저런 허구. 그는 자신을 나무랐다. '내가 이자를 불러들였어. 내가 내 정신상태를 염려했기 때문에 나타난 거야, 어느 캄캄한 굴에서 튀어나왔는지 모를 저 말 많고 위험해 보이는 얼간이가.'

"당신이 그걸 모르다니!" 느닷없이 마슬라마가 벌떡 일어나며 버럭 고함을 질렀다. "협잡꾼! 위선자! 사기꾼! 당신은 은막의 신인 척, 수많은 신들의 아바타인 척하지만 사실은 쥐뿔도 아냐! 내가 아는 일을, 에세퀴보 강변 바르티카의 가난뱅이 아이였던 나도 다 아는 일을 어떻게 지브릴 파리슈타가 모를 수 있단 말이야? 엉터리! 웃기지 마쇼!"

지브릴도 얼른 일어섰지만 이미 상대방이 거의 모든 공간을 차지했으므로 그는 풍차처럼 휘둘러대는 마슬라마의 두 팔을 피하려고 한쪽으로 어정쩡하게 기댈 수밖에 없었다. 그랬는데도 결국 그 팔에 맞아 회색 트릴비가 벗겨지고 말았다. 그 순간 마슬라마의 입이 딱 벌어졌다. 키도 몇 인치쯤 줄어드는 듯했는데, 잠시 그렇게 얼어붙어 있더니 갑자기 털썩 무릎을 꿇었다.

지브릴은 어리둥절했다. 왜 저러지, 내 모자를 주워주려고? 그러나 미치광이는 용서를 빌었다. "당신이 오실 것을 의심한 적이 없습니다. 꼴사납게 성낸 점을 용서해주십시오." 그때 열차가 터널 속으로 들어갔고, 지브릴은 자신의 뒤통수 쪽에서 뻗어나와 주위를 밝히는 따뜻한 황금빛 광채를 보았다. 그리고 미닫이문의 유리에 비친 자신의 모습에서 머리카락 주위를 둥글게 감싼 후광을 확인했다.

마슬라마는 자신의 구두끈과 씨름하고 있었다. "옛날부터 제가 선택받았다는 사실을 알았습니다." 조금 전에 험악했던 음성과는 딴판으로 지금은 겸손하기 그지없었다. "바르티카에 살던 어린 시절에도 알았지요." 그는 오른쪽 구두를 벗은 후 양말까지 벗기 시작했다. "계시를 받았거든요." 이윽고 양말이 벗겨지며 발이 나타났는데, 엄청나게 크긴 하지만 모든 면에서 정상적으로 보였다. 그러다가 문득 지브릴은 헤아려보고 다시 헤아렸다. 하나에서 여섯까지. 마슬라마가 자랑스럽게 말했다. "이쪽 발도 똑같습니다. 저는 이 일의 의미를 한순간도 의심치 않았지요." 그는 자칭 신의 일꾼이었고 '절대적 존재'의 발에 달린 여섯번째 발가락이었다. 지브릴 파리슈타는 생각했다. 이 행성의 정신세계는 크게 잘못됐어. 신을 믿는다는 사람들의 마음속에 마귀가 너무 많아.

열차가 터널을 빠져나왔다. 지브릴은 마음을 정했다. "일어나거라, 여섯 발가락의 존이여." 그는 힌디어 영화에서 써먹던 음성 중에서도 가장 근사한 음성으로 명령했다. "마슬라마, 일어서라."

그러자 상대방은 허둥지둥 일어나더니 고개를 푹 숙인 채 손가락을 잡아당기며 중얼중얼 물었다. "알고 싶은 게 있는데요, 어느 쪽입니까? 전멸인가요 구원인가요? 무슨 일로 다시 오셨습니까?"

지브릴은 재빨리 머리를 굴렸다. 이윽고 이렇게 대답했다. "판정을 내리기 위함이로다. 이 문제에 얽힌 사실을 낱낱이 살펴 찬부贊否 양쪽의 경중을 가려내야 하리라. 바야흐로 인류는 심판을 받게 되었으니 참으로 죄 많은 피고가 아닐 수 없도다. 무수한 악행을 저지르는 쓰레기 같은 무리인바, 사뭇 면밀한 검토가 필요하리라. 지금으로서는 판결을 유보했으나 머지않아 널리 알리려 하노라. 그때까지는 나의 존재를 비밀로 해야 함이니, 중차대한 보안상의 이유 때문이니라." 그는 자신의 재간에 흐뭇함을 느끼며 모자를 다시 썼다.

마슬라마는 정신없이 고개를 끄덕이며 약속했다. "믿으셔도 됩니다. 남의 사생활도 존중해줘야죠. 다시 말씀드리지만 입도 뻥긋하지 않겠습니다."

지브릴이 객실에서 빠져나오자마자 미치광이의 찬송 소리가 시작되었다. 지브릴은 열차 끄트머리를 향해 허둥지둥 달려갔지만 마슬라마의 외침은 여전히 희미하게 들려왔다. "알렐루야! 알렐루야!" 지브릴의 새로운 신봉자는 헨델의 〈메시아〉에서 몇 대목을 부르는 듯했다.

그러나: 지브릴을 따라오는 사람은 없고, 다행히 열차 뒤쪽에도 일등칸이 있었다. 이 객차는 개방형으로 설계했으며 테이블을 사이에 두고 편안한 오렌지색 의자를 네 개씩 배치했는데, 지브릴은 창가에 자리를 잡고 런던 쪽을 물끄러미 응시했다. 그는 두근거리는 가슴을 안고 모자를 꾹 눌러썼다. 후광이라는 부인할 수 없는 사실을 받아들이려고 노력했지만 잘되지 않았다. 존 마슬라마의 광란에 놀란 직후인데다 알렐루야 콘과의 만남을 앞둔 흥분 때문에 생각을 정리하기 힘들었다. 그런데 다시 절망적인 일이 벌어졌다. 창가에 레카 메르찬트 부인이 비행 양탄자를 타고 두둥실 떠올랐는데, 바깥에는 지금 눈보라가 휘몰아쳐 영국 땅이 마치 방송이 다 끝난 텔레비전 화면처럼 보였지만 그녀는 조금도 영향을 받지 않는 듯했다. 레카가 가볍게 손을 흔드는 모습을 보고 지브릴은 희망이 사라지는 것을 느꼈다. 양탄자를 타고 떠다니는 응징의 여신. 지브릴은 눈을 질끈 감고 몸이 떨리지 않도록 하는 데 정신을 집중했다.

"나는 유령이 뭔지 알아요." 알리 콘이 교실에 모인 십대 소녀들에게 말했다. 그들의 얼굴은 마음속에서 우러나는 숭배의 빛으로 은은히 물들었다. "히말라야 고산지대에서는 유령이 등반가들을 따라다니는 일이 많아요. 정상에 오르려다 실패한 유령도 있지만, 성공한 후 하산하다 죽음을 당한 유령은 더 슬퍼하면서도 더 자랑스러워하죠."

바깥에는 눈이 내려 필즈의 키 크고 헐벗은 나무들과 넓고 평평한 주차장에 소복소복 쌓였다. 눈을 머금고 낮게 깔린 먹구름과 하얀 양탄자에 덮인 도시 사이의 하늘은 누렇고 우중충한데, 이 답답하고 흐릿한 빛은 사람의 마음마저 가라앉혀 꿈조차 꿀 수 없게 만든다. 알리는 과거를 회상했다. 저 위에서는, 해발 8천 미터 고산에서는 하늘이 어찌나 맑은지 짜랑짜랑 울리며 음악소리를 내는 듯했지. 그런데 이 납작한 땅에서는 하늘빛마저 납작하고 진부하구나. 여기서는 아무것도 날지 않고, 풀은 시들고, 새들도 노래하지 않는다. 금방 어두워지겠네.

"콘 선생님?" 소녀들의 손이 허공에서 너울거리며 그녀의 마음을 다시 교실로 불러들였다. "유령이라고요? 정말인가요?" "농담이죠?" 그들의 얼굴에서 의심과 동경의 표정이 힘겨루기를 했다. 알리는 그들이 정말 물어보고 싶지만 아마도 묻지 않을 질문이 무엇인지 알았는데: 그녀의 신기한 피부에 대한 질문. 그녀가 교실에 들어서는 순간 속닥거리는 들뜬 목소리가 들렸으니까. 진짜네, 저것 봐, 너무너무 새하얗잖아, 보고도 못 믿겠어. 알렐루야 콘의 얼음 같은 피부는 해발 8천 미터의 태양이 뿜어내는 열기도 거뜬히 견뎌냈다. 눈처녀 알리, 얼음여왕 알리. 선생님, 어떻게 피부가 하나도 안 타요? 그녀가 성공적인 콜링우드 등반대의 일원으로 에베레스트를 정복했을 때 언론은 그들을 '백설공주와 일곱 난쟁이'라고 불렀지만 그녀는 디즈니풍의 귀염둥이가 아니었다. 입술은 도톰하지만 장밋빛이 아니라 창백했고, 머리도 흑발이 아니라 얼음처럼 차가운 금발이었고, 눈도 크고 순진해 보이기는커녕 강렬한 설광 때문에 늘 가늘게 뜨는 버릇이 생겼다. 문득 지브릴 파리슈타에 얽힌 추억이 엄습했다: 두 사람이 함께 지낸 사흘 반 중 언제쯤이었더라, 지브릴은 평소처럼 실없는 소리를 거리낌없이 지껄였다. "아가씨, 남들이 뭐라고 하든 당신은 빙산이 아냐. 오히려 정열적인 아가씨지. 카초리처럼 화끈하다고." 그러더니 불에 덴 사람처럼 손가락을 후후 불고 내저으며 호들갑을 떨었다: 앗, 뜨거. 앗, 물 좀. 지브릴 파리슈타. 알리는 마음을 가다듬었다. 하이호, 일하러 가세.*

"유령 맞아요." 그녀는 단호하게 다시 말했다. "에베레스트 등반 당시, 막 빙폭을 통과했을 때 어느 바위에 결가부좌를 틀고 앉은 남자를 봤어요. 머리에는 격자무늬 태머섄터**를 썼는데 눈을 감고 오래된 진언을 외우더군요. 옴 마니 파드메 훔***." 유령의 고풍스러운 차림새와 특이한 행동을 보자마자 알리는 모리스 윌슨이라는 사실을 알아차렸다. 요기****였던 그는 1934년 에베레스트 단독 등정을 준비한답시고 꼬박 삼 주 동안 단식을 했는데, 고산의 시련에도 분리되지 않도록 육체와 영혼을 단단히 결합시키기 위해서였다. 그는 경비행기를 타고 올라갈 수 있는 높이까지 올라간 후 일부러 눈밭에 불시착해 등반을 시작했지만 다시는 돌아오지 못했다. 알리가 다가가자 윌슨이 눈을 뜨더니 가볍게 고개를 끄덕여 인사했다. 그리고 그날 내내 알리와 나란히 걷기도 하고 그녀가 암벽을 탈 때는 허공에 둥실둥실 떠 있기도 했다.

---

* 월트 디즈니 만화영화 〈백설공주〉에서 난쟁이들이 부르는 노래의 가사.

** 스코틀랜드인이 쓰는 베레모.

*** 관세음보살의 자비를 구하는 진언.

**** 요가 수도자.

한번은 가파른 산비탈에 쌓인 눈에 철퍼덕 배를 깔고 엎드리더니 중력을 이겨내는 투명한 썰매를 탄 듯이 미끄러지며 오르막길을 거슬러 올라갔다. 알리는 우연히 마주친 옛 친구를 대하듯 태연히 행동했는데, 나중에 생각해보니 그때 왜 그랬는지 알쏭달쏭하기만 했다.

윌슨은 말이 꽤 많은 편이었는데—"올라가는 길이든 내려가는 길이든 요즘은 사람 만나기가 하늘의 별따기란 말씀이야"—특히 1960년 중국 등반대가 자기 시신을 발견했던 일에 크나큰 불쾌감을 표시했다. "누렇고 조그마한 놈들이 낯짝도 참 두껍지, 글쎄 뻔뻔스럽게 내 시체에 카메라를 들이대더라니까." 알렐루야 콘은 흠잡을 데 없이 깨끗한 반바지의 화사한 노랑검정 격자무늬를 보고 감탄했다. 그녀는 브릭홀필즈 여학교의 소녀들에게 그런 이야기까지 숨김없이 들려주었다. 이번 강연은 빗발치는 편지 요청을 차마 거절할 수 없어 승낙한 터였다. 그들은 이렇게 애원했다. '꼭 와주셔야 해요. 더구나 이 근처에 사시잖아요.' 교실 창문을 내다보면 주차장 너머로 그녀의 아파트가 보이는데, 지금은 눈발이 점점 거세져 간신히 알아볼 수 있을 뿐이었다.

학생들에게 말하지 않은 이야기도 있다. 모리스 윌슨은 자신의 등반 경험에 대해, 그리고 죽은 다음에 알게 된 일에 대해 차근차근 자세히 설명했는데, 예컨대 최근 사우스콜*에서는 몹시 더디고 조심스럽고 한없이 섬세하면서도 지극히 비생산적인 예티**들의 짝짓기 의식을 목격했고,—그래서 그녀는 1934년 실종되었던 이 기인이, 에베레스트 단독 등정을 시도한 최초의 인간이, 본인도 설인과 다름없는 그가 자신

---

* 에베레스트와 로체 사이의 능선.

** 히말라야산맥에 산다는 설인.

에게 모습을 나타낸 것은 우연이 아니라 어떤 이정표랄까, 친근감의 표현 같은 것이라고 생각했다. 어쩌면 미래에 대한 예언일지도 모르는데, 왜냐하면 바로 그 순간부터 그녀의 은밀한 꿈, 불가능한 꿈이 시작되었기 때문이다: 단독 등정의 꿈. 그러므로 그녀에게 모리스 윌슨은 죽음의 천사일 수도 있었다.

"유령에 대해 이야기하고 싶었어요. 산악인 대부분은 일단 산에서 내려오면 이런 이야기를 꺼내기 난처해서 그냥 생략해버리거든요. 하지만 유령은 정말 있어요. 나야 언제나 두 발로 단단한 땅을 디디고 사는 사람이지만 그 사실만은 인정할 수밖에 없죠."

웃기는 소리였다. 그녀의 발. 에베레스트 등반 이전부터 욱신거리는 통증에 시달렸는데, 근엄한 봄베이 여자인 주치의 미스트리 박사는 편평족 때문이라고 했다. "흔히 말하는 평발이죠." 알리의 발은 원래 장심이 약했는데 오랫동안 운동화 따위의 부적절한 신발을 신는 바람에 더욱더 약해졌다. 미스트리 박사로서도 추천할 만한 방법이 많지 않았는데: 발가락 구부리는 운동, 맨발로 계단 오르기, 바람직한 신발. "당신은 아직 젊어요. 조심하기만 하면 괜찮을 거예요. 안 그러면 마흔 살쯤엔 절름발이가 되겠죠." 알리가 발바닥 통증을 무릅쓰고 에베레스트에 올랐다는 말을 들은 지브릴은—젠장!—그녀를 실키*라고 불렀다. 어느 특대판 동화책에서 인어 이야기를 읽었다는데, 그녀는 사랑하는 남자 때문에 바다를 포기하고 인간의 모습으로 탈바꿈했다고 한다. 지느러미 대신 다리가 생겼지만 한 걸음 한 걸음이 유릿조각을 밟는 듯

* 켈트 및 북유럽 신화에서, 바다표범의 가죽을 벗고 인간으로 변신하는 반인반수.

고통스러웠다. 그런데도 계속 걸음을 옮기며 바다를 떠나 뭍으로 올라갔다. 지브릴이 말했다. 당신은 그 빌어먹을 산 때문에 그런 일을 해냈지. 남자를 위해서도 그럴 수 있겠어?

그녀는 동료 산악인들에게도 발바닥 통증을 숨겼다. 에베레스트의 유혹이 더 강렬했기 때문이다. 그러나 고통은 요즘도 여전하고 오히려 점점 더 심해지는 듯했다. 우연히 타고난 약점이 그녀에게는 전족이 되어버린 셈이다. 알리는 생각했다. 모험은 끝났다. 내 발이 나를 배반하다니. 전족의 이미지가 뇌리를 떠나지 않았다. 그녀는 윌슨의 유령이 했던 말을 되풀이했다. 빌어먹을 중국 놈들.

지브릴 파리슈타의 품에 안겨 울기도 했다. "어떤 사람들한테는 인생이 너무 편하잖아. 그런 사람들은 왜 발이 다 멀쩡해?" 그는 그녀의 이마에 입맞춤을 했다. "당신한테 인생은 언제나 투쟁일지도 몰라. 원하는 게 너무 많아서."

학생들이 그녀의 말을 기다리고 있었다. 유령 이야기가 길어지자 그들은 차츰 조바심을 냈다. 그들이 원하는 것은 본론, 즉 그녀 자신에 대한 이야기였다. 그들은 산꼭대기에 서고 싶어했다. 그녀는 그들에게 묻고 싶었다. 자신의 한평생이 한순간으로, 불과 몇 시간으로 집약될 때 어떤 기분이 드는지 알아? 이제 내려가는 길만 남았다는 게 어떤 기분인지 알아? "나는 펨바라는 셰르파와 함께 2조가 됐어요. 날씨는 더 바랄 나위 없이 완벽했죠. 하늘이 하도 맑아 그 너머 어디든 훤히 보일 것 같았어요. 내가 펨바에게 말했어요. 지금쯤 1조는 정상에 도착했겠네. 상황이 좋으니까 우리도 출발하죠. 그러자 펨바가 몹시 심각해졌는데, 등반대에서 익살꾼 노릇만 하던 사람이 갑자기 확 달라지더라고요. 그 사람도 정상은 처음이었어요. 그때까지는 산소통 없이 올라갈 생각이 아니었는데 펨바가 그러려는 걸 보고, 좋아, 나도 해보자, 그렇게 결심했죠. 물론 어리석은 변덕이었고 사실 비상식적인 짓이었지만 문득 숨쉬는 기계가 아니라 한 여자로서, 한 인간으로서 그 망할 놈의 산꼭대기에 걸터앉고 싶더군요. 펨바는, 알리 비비, 그러지 마요, 하고 말렸지만 나는 그냥 출발했어요. 얼마 후 산에서 내려오는 사람들과 마주쳤는데 눈빛에서 뭔가 굉장한 걸 봤어요. 너무들 흥분해서, 기분이 너무 좋아서, 내가 산소마스크를 안 썼다는 사실조차 알아차리지 못하더군요. 그들이 우리에게 소리쳤어요. 조심들 해, 천사도 좀 찾아보고! 펨바는 고르게 숨을 쉬었고 나도 보조를 맞췄어요. 그가 들이쉬면 나도 들이쉬고 그가 내쉬면 나도 내쉬었죠. 그러다가 문득 정수리가 붕 뜨는 기분이 들어 빙그레 웃었는데, 그냥 입이 찢어져라 웃었는데, 펨바가 내 쪽을 돌아볼 때 보니까 그 사람 표정도 똑같더군요. 찡그린 듯했지만, 고통스러운 듯했지만 사실은 백치 같은 희열이었어요." 알리는 얼음에 뒤덮인 높은 절벽을 기어오르는 힘겨운 육체노동을 통해 초월성이랄까, 영혼의 기적 같은 것을 경험했다. "그 순간 모든 것을 믿게 됐어요." 그녀는 한 걸음 한 걸음 자신을 따라오는 소녀들에게 말했다. "우주가 소리를 낸다든지, 베일을 걷어내고 하느님의 얼굴을 본다든지, 뭐든지 믿을 수 있었어요. 발아래 펼쳐진 히말라야산맥을 봤는데 그것도 하느님의 얼굴이었죠. 그런 내 표정을 보고 뭔가 걱정스러웠는지 펨바가 소리쳤어요. 조심해요, 알리 비비, 여기 높아요! 지금 돌이켜보면 마지막 오버행을 넘어 정상까지는 그냥 두둥실 떠올랐던 것 같은데, 마침내 꼭대기에 도착했고 사방에 낭떠러지뿐이었어요. 그런 빛이라니! 온 우주가 정화돼서 빛으로 변했어요. 옷을 다 찢어버리고 그 빛을 내 피부로 흡수하고 싶더군요." 킥킥거리는 여학생은 아무도 없었다. 그들도 그녀와 함께 세계의 지붕 위에서 알몸으로 춤을 추었다. "바로 그때 환상이 시작됐는데, 하늘에는 둥그런 무지개가 너울너울 떠다니고, 햇살이 폭포수처럼 쏟아지고, 천사들까지 나타났어요. 아까 그 사람들이 한 말은 농담이 아니었어요. 나도 봤고 셰르파 펨바도 봤으니까. 그때 우리는 무릎을 꿇은 자세였어요. 펨바의 눈동자가 순백색으로 보였는데 내 눈동자도 그랬으리라 믿어요. 그리고 둘 다 설광에 눈멀고 산에 취해 넋을 잃은 채 십중팔구 거기서 죽었으리라 믿어요. 그런데 그때 어떤 소리가, 대포소리처럼 크고 요란한 폭발음이 들렸어요. 그래서 정신이 번쩍 들었죠. 내가 고래고래 소리치자 펨바도 부르르 떨며 정신을 차렸고 우리는 하산하기 시작했어요. 날씨가 급변하더군요. 눈보라가 다가오는 중이었죠. 이제 하늘도 어둡고 무거워져 아까 그 빛, 그 가벼움은 온데간데없었죠. 우리는 간신히 합류 지점에 도착했고, 우리 네 사람은 해발 2만 7천 피트에 설치한 제6캠프의 작은 텐트 안으로 들어갔어요. 그렇게 높은 곳에서 말이 많은 사람은 없어요. 다들 밤새도록 에베레스트를 다시 오르고 또 오를 뿐이죠. 다만 중간에 내가 물어보긴 했는데: '아까 그 폭음은 뭐였을까? 누가 총이라도 쐈을까?' 다들 귀신에 씌었느냐는 표정으로 쳐다보더군요. 이런 고산에서 누가 그렇게 멍청한 짓을 하겠느냐면서, 그리고 알리 당신도 잘 알다시피 이 산을 다 뒤져봐도 총 따위는 한 자루도 없다면서. 물론 옳은 말이었지만 나는 분명히 그 소리를 들었어요. 콰앙, 폭음과 메아리. 이게 다예요." 그녀는 갑작스럽게 이야기를 마무리했다. "끝. 내 인생의 절정이었죠." 그녀는 은제 손잡이가 달린 지팡이를 집어들고 나가려 했다. 여교사 베리 부인이 상투적인 인사말을 건네려고 다가왔다. 그러나 여학생들은 단념할 줄 몰랐다. "그런데 그게 뭐였나요, 알리?" 그들이 따져 물었고, 그녀는 서른세 살의 나이에 비해 갑자기 십 년은 늙어버린 모습으로 으쓱 어깻짓을 했다. "나도 몰라요. 모리스 윌슨의 유령이 그랬는지도 모르죠."

그녀는 지팡이에 심하게 의지하며 교실을 나섰다.

도시는—진짜 런던이야, 친구, 저게 진짜라고!—장례식에 참석한 조객처럼 흰옷으로 갈아입었다.—젠장, 누구 장례식이냐, 하고 지브릴 파리슈타는 미친 사람처럼 중얼거렸다. 젠장, 설마 내 장례식은 아니길 믿고 또 바라노라. 열차가 빅토리아역에 들어서자 그는 완전히 멈출 때까지 기다리지도 않고 그냥 뛰어내렸고, 그 순간 발목을 삐끗하는 바람에 짐수레들 사이에 보기 좋게 널브러져 열차를 기다리는 런던 사람들의 비웃음을 샀는데, 그렇게 쓰러지면서도 점점 망가져가는 모자만은 꼭 붙잡고 있었다. 레카 메르찬트는 어디에도 보이지 않았고, 이 순간을 놓칠세라 지브릴은 신들린 사람처럼 달려 나갔고, 사람들이 황급히 비켜주었고, 그런데 개찰구에서 그녀와 딱 마주쳤고, 양탄자를 타고 지면으로부터 3피트 높이에 느긋하게 떠 있는 그녀의 모습은 그의 눈에만 보였다.

지브릴은 버럭 소리쳤다. "원하는 게 뭐야, 나한테 무슨 볼일 있어?"

그러자 그녀가 즉각 대답했다. "당신이 쓰러지는 꼴을 봐야지." 그리고 덧붙였다. "주위를 둘러봐. 나 때문에 벌써 얼간이 같은 짓을 했잖아."

사람들이 지브릴에게서 멀찌감치 떨어졌다. 헐렁한 외투에 부랑자 같은 모자를 쓴 미치광이, 저 아저씨가 혼잣말을 했어, 한 아이의 목소리가 들렸고, 쉿, 아가야, 불쌍한 사람을 놀리면 못써, 엄마의 목소리도 들렸다. 런던에 잘 오셨습니다. 지브릴 파리슈타는 지하철로 내려가는 계단을 향해 허둥지둥 달려갔다. 양탄자를 탄 레카도 그를 막지 않았다.

그러나 굉장히 서둘렀는데도 북행선 플랫폼에 도착했을 때 그녀를 다시 보았다. 이번에는 선로 건너편 벽에 붙은 전지 48장 크기의 광고 포스터에 담긴 컬러사진이 되어 직통 국제전화 시스템의 장점을 선전했다. 당신의 음성을 마법 양탄자에 실어 인도까지 보낼 수 있습니다. 정령도 램프도 필요 없습니다. 그는 요란한 외마디소리로 다시금 다른 승객들이 그의 정신상태를 의심하게 한 후 남행선 플랫폼으로 달아났다. 막 열차가 들어오고 있었다. 얼른 올라타고 보니 양탄자를 둘둘 말아 무릎에 얹은 레카 메르찬트가 맞은편에 앉아 있었다. 등뒤에서 쿵 소리와 함께 문이 닫혔다.

그날 지브릴 파리슈타는 런던 지하철을 종횡무진 누비며 도망쳤지만 레카 메르찬트는 그가 어디로 가든 반드시 찾아냈다. 옥스퍼드 서커스의 끝없는 상향 에스컬레이터에서는 바로 옆에 앉았고 터프넬 파크의 만원 엘리베이터에서는 뒤에 서 있었는데, 생전이었다면 그녀 자신이 터무니없는 꼴불견이라고 생각했을 동작으로 몸을 비벼댔다. 메트로폴리탄 노선의 외곽 구간에서는 발톱 같은 나무들의 우듬지에 앉아 자기 아이들 모습의 환영을 마구 집어던졌고, 그가 맑은 공기를 마시려고 잉글랜드 은행을 빠져나가자 그녀가 이 건물의 신고전주의적 인 박공 꼭대기에서 연극조로 몸을 던졌다. 그리고 지브릴은 카멜레온처럼 변화무쌍한 이 도시의 참모습을 짐작조차 못했지만 지하에서 이리 뛰고 저리 뛰는 사이에 도시가 자꾸 모습을 바꾼다고 믿게 되었으니, 가령 지하철역도 이 노선 저 노선으로 옮겨 다니고 순서마저 제멋대로 섞바뀌었다. 이렇게 공간과 시간의 규칙이 송두리째 무너져버린 곳에서는 숨이 막힐 듯싶어 밖으로 빠져나가 택시를 타려 했던 것도 한두 번이 아니었지만 택시는 한 대도 멈춰주지 않았고, 그래서 다시 지옥 같은 미로 속으로, 해답 없는 미궁 속으로 뛰어들어 장엄한 도피 행각을 계속하는 수밖에 없었다. 그러다가 마침내 모든 희망을 잃고 기진맥진한 그는 결국 광기에서 비롯된 위험천만한 논리에 굴복했으니, 부활이라는 키메라*를 찾아 나섰던 이 길고 무익한 여행에서 종착역이 될 곳을 아무렇게나 골라잡고 무의미한 곳이든 말든 무작정 열차에서 내리고 말았다. 밖으로 나와보니 쓰레기가 나뒹구는, 애가 타도록 무심한 길거리였고, 근처에는 트럭이 떼 지어 몰려드는 로터리가 있을 뿐이었다. 이미 어둠이 찾아왔고, 그는 마지막 남은 낙천주의를 억지로 짜내며 비틀비틀 걷기 시작하여 이윽고 텅스텐 가로등의 엑토플라즘** 같은 불빛이 괴기스러운 분위기를 자아내는 이름 모를 공원에 들어섰다. 겨울밤, 인적도 끊어진 곳에서 털썩 무릎을 꿇었을 때 문득 눈 덮인 잔디밭을 지나 천천히 다가오는 한 여자를 보았고 복수의 여신 레카 메르찬트이리라 짐작했다. 이미 지하철에서 그의 상처 입은

* 그리스신화에서 사자의 머리와 염소의 몸과 뱀의 꼬리를 하고 불을 뿜는 괴물.

** 영매의 몸에서 흘러나온다는 물질. 영기(靈氣).

영혼을 절망에 빠뜨린 터, 이제 죽음의 입맞춤을 전하고 더 깊은 지하 세계로 끌고 내려가기 위해 나타났으리라. 그러나 어찌되든 상관없었다. 여자가 그의 앞에 이르렀을 때 그는 앞으로 푹 쓰러져 팔뚝으로 몸을 지탱했는데, 외투 자락을 길게 늘어뜨린 모습이 마치, 무슨 까닭인지 더러운 회색 트릴비 모자를 쓰고 죽어가는 커다란 딱정벌레처럼 보였다.

그에게는 까마득히 멀게 들렸지만 여자의 입에서 히익 하고 놀라는 소리가 터져나왔고, 그 속에는 의혹과 기쁨과 이상한 원망 따위가 한꺼번에 뒤섞였고, 의식을 잃어버리기 직전에 그는 레카가 당분간 자신에게 안전한 피난처에 도착했다는 망상을 품게 만들려는 속셈이라고 생각했다. 그래야 마지막에 거둘 승리가 더욱 달콤할 테니까.

"당신은 살아 있어." 여자는 처음 만났을 때 했던 말을 되풀이했다. "생명을 되찾았지. 그게 더 중요해."

지브릴은 알리의 평발 앞에서 쏟아지는 눈을 맞으며 미소를 머금고 잠들었다.

제4부

아예샤

꼬리를 물고 나타나던 환상도 지금은 어디론가 떠나고 없다. 지브릴보다 그 환상들이 이 도시를 더 잘 아니까. 그리고 로사와 레카의 영향으로 지브릴의 또다른 모습인 대천사의 세계, 그 꿈의 세계가 더욱 생생해져 이젠 깨어 있을 때 보는 세계, 변화하는 현실 세계에 비해 조금도 뒤떨어짐이 없는 듯하다. 예를 들자면 이런 일이 벌어진다: 런던 어느 지역에 네덜란드풍으로 지은 아파트 한 동이 있고, 그도 곧 알게 되겠지만 그 지역은 바로 켄싱턴이며 꿈은 그를 데리고 쏜살같이 그곳으로 날아가는데, 중간에 바커스 백화점을 지나고, 새커리가 『허영의 시장』을 썼던, 이중 퇴창이 있는 작은 회색 집을 지나고, 늘 제복을 입은 어린 소녀들이 들어가지만 나오는 일은 좀처럼 보기 어려운 수녀원 학교가 있는 광장을 지나고, 탈레랑이 자신의 신의와 원칙을 카멜레온처럼 일천 번하고도 한 번 더 뒤집은 후 런던 주재 프랑스 대사의 허울을 쓰고 노년을 보낸 집을 지나고, 드디어 오층까지 녹색 단철 발코니가 있는 칠층짜리 모퉁이 건물에 도착하고, 그러자 꿈은 이 건물의 바깥 벽을 따라 그를 밀어올리고, 오층에 이르러 거실 창문에 드리워진 무거운 커튼을 젖히고, 마침내 그곳에 앉아 있는 사람이 보인다. 평소처럼 잠을 잃은 채 침침하고 노란 불빛 아래서 눈을 크게 뜨고 미래를 응시하는 사람, 수염을 기르고 터번을 쓴 이맘*이다.

그는 누구인가? 망명객이다. 그렇다고 사람들이 함부로 내뱉는 다른 말과 혼동하거나 동일시해서는 안 된다: 이를테면 이민, 추방자, 피난민, 이주자, 침묵, 교활함 따위. 망명은 화려한 귀환을 꿈꾸는 일이다. 망명은 혁명을 그리는 상상력, 그러니까 세인트헬레나가 아니라 엘바인 셈이다.** 망명은 끝없는 역설이니, 늘 뒤를 돌아봄으로써 앞을 내다보는 일이다. 망명객은 하늘 높이 던져진 공과 같다. 한 장의 사진처럼 정지된 시간 속에 갇혀 허공에 매달려 있을 뿐, 터무니없는 일이지만 조금도 움직일 수 없어 그저 멀리서 조국 땅을 내려다볼 뿐, 그러나 그 사진이 움직이기 시작하고 땅이 제 것을 되찾게 되는 필연적인 그 순간을 그는 기다린다. 지금 이맘이 생각하는 바가 바로 그런 것들이다. 그의 집은 임대한 아파트다. 하나의 대기실, 사진, 허공일 뿐이다.

크림색 바탕에 올리브색 줄무늬가 그려진 두꺼운 벽지는 색이 조금 바랬고, 그래서 그림이 걸렸던 자리마다 좀더 밝은 직사각형이나 타

---

* 이슬람교 사회의 지도자. 이 소설에서는 이란의 아야톨라 호메이니를 모델로 삼은 인물.

** 나폴레옹이 유배에 처한 섬들로, 엘바섬에서는 탈출하여 백일 천하를 누렸고(1815), 세인트헬레나섬에서는 사망했다(1821).

원형 흔적이 눈에 띈다. 이맘은 모든 영상을 증오한다. 그가 이사하던 날, 그림들은 소리 없이 벽에서 떨어져나와 살금살금 방에서 빠져나갔으니, 그의 말없는 불만과 분노가 두려워 스스로 자리를 비운 터였다. 그러나 남아 있는 그림도 없지 않다. 벽로 선반 위에는 그가 놓아둔 그림엽서 몇 장이 있는데, 그가 간단히 데시*라고 부르는 고향땅의 상투적인 모습이 담겼다: 도시 뒤에 치솟은 산, 거대한 나무 아래 펼쳐진 아름다운 마을 풍경, 모스크 하나. 그러나 침실에는 그가 몸을 눕히는 딱딱한 침대가 있고 맞은편 벽에는 더욱 강력한 우상이 걸려 있으니, 바로 그리스 조각상을 닮은 옆모습과 키에 맞먹는 길이의 흑발로 유명하며 무시무시한 힘을 가진 한 여인의 그림이다. 막강한 여인, 그의 숙적, 그의 맞수: 그래서 그는 그녀를 가까이 둔다. 마찬가지로 저 머나먼 궁전에서 전능한 힘을 휘두르는 그녀도 망토 속에서 그의 사진을 움켜쥐거나 로켓에 넣어 목에 걸었으리라. 그녀는 바로 여왕이며 이름은—달리 무엇이 있으랴?—아예샤다. 이 섬나라에는 망명객 이맘, 고향 데시에는 그녀. 그들은 서로 죽이고 싶어한다.

금빛 우단으로 만든 두꺼운 커튼은 하루종일 닫아둔다. 그러지 않으면 사악한 것이 기어들지도 모르기 때문이다: 외국풍, 이질성, 외계인. 그가 '그곳'이 아니라 이곳에 있다는 냉엄한 현실, 그의 모든 생각은 거기에 집착한다. 드문 일이긴 하지만 켄싱턴의 대기라도 마시고 싶을 때, 그래서 색안경과 여기저기 불룩불룩한 양복 차림의 청년 여덟 명이 형성하는 사각형의 중심에 서서 밖으로 나갈 때마다 이맘은 두 손

* 인도 지명에서 '-데시'는 '-의 땅'을 뜻한다. 여기서는 이란을 암시한다.

을 모아 합장하고 시선을 손끝에 고정시켜 이 혐오스러운 도시—이 죄악의 시궁창은 그에게 은신처를 제공함으로써 그를 모욕했고, 이곳의 음탕함과 탐욕과 허영에도 불구하고 신세를 질 수밖에 없으니까—의 어떤 요소나 성분도 흙먼지처럼 눈에 들어오지 못하게 한다. 언젠가 이 지긋지긋한 망명지를 떠나 엽서 속의 산 밑에 있는 다른 도시로 개선하는 그날, 비록 어쩔 수 없이 이 소돔에 머물러야 했지만 이곳에 대해서는 아무것도 모르는 채 지냈다고, 무지했기에 더럽혀지거나 변질되지 않고 여전히 순수하다고 자랑스럽게 말할 수 있으리라.

커튼을 닫아놓는 또하나의 이유는 물론 그의 주변에 수많은 눈과 귀가 있고 그중에는 우호적이지 않은 경우도 있기 때문이다. 이 오렌지색 건물들은 중립 지대가 아니다. 길 건너편 어딘가에는 줌 렌즈와 비디오 장비와 점보 마이크가 있으리라. 저격수가 숨어 있을 가능성도 항시 존재한다. 이맘이 있는 아파트의 윗집과 아랫집과 옆집은 모두 경호원들이 차지했다. 그들은 보자기와 은빛 새부리 가면으로 여장한 채 켄싱턴 거리를 배회한다. 지나치게 조심해서 손해 볼 일은 없다. 망명객에게는 피해망상증이 오히려 생존의 필수 조건이다.

그가 총애하는 미국인 개종자—전에는 가수로 성공했지만 지금은 빌랄 X라고 부른다—에게 들은 이야기 한 토막. 이맘은 이따금 어떤 나이트클럽에 보좌관들을 보내서 어떤 반대파의 어떤 인물들이 하는 말을 엿듣게 하는데, 그곳에서 빌랄은 데시에서 온 젊은 사내를 하나 만났고 그 역시 일종의 가수여서 두 사람은 곧 대화를 나누기 시작했다고 한다. 이 마흐무드는 몹시 겁에 질린 상태였다. 최근에 그는 키 크고 몸매 풍만하고 살결 붉은 어느 고리*와 살림을 차렸는데, 알고 보니 사랑스러운 레나타의 전 애인은 이란의 샤Shah가 거느리던 고문조직 사박**에서 우두머리로 일하다가 망명한 자였다. 다시 말하자면 발톱을 뽑거나 눈꺼풀에 불을 붙이는 정도의 재간을 가진 피라미급 새디스트가 아니라 그야말로 '거물 어르신', 위대한 악당이셨다는 말씀이다. 마흐무드와 레나타가 새 아파트에 들어간 이튿날, 마흐무드에게 편지 한 통이 날아들었다. 그래, 이 개새꺄, 네까짓 놈이 내 여자를 따먹다니, 인사나 하고 싶었다. 그다음날 두번째 편지가 도착했다. 그건 그렇고, 얼간아, 깜박 잊었는데, 이게 네놈의 새 전화번호다. 이때 마흐무드와 레나타는 전화번호부에 기재되지 않는 번호를 신청해두었지만 아직 전화회사에서 새 번호를 받지도 못한 상태였다. 이틀 후 번호가 통지되었는데 편지에 적힌 번호와 일치한다는 사실을 확인한 마흐무드는 머리가 한꺼번에 빠져버렸다. 베개 위에 수북한 머리카락을 본 그는 레나타 앞에서 두 손을 모으고 싹싹 빌었다. "당신을 사랑해, 하지만 나한테는 벅찬 사람이야, 제발 어딘가로 가줘, 멀리멀리." 이 이야기를 들었을 때 이맘은 고개를 절레절레 흔들며 말했다. 그 창녀, 이제 누가 그 여자에게 손을 댈꼬, 욕망을 부르는 몸뚱이가 다 무슨 소용이랴? 그 여자는 문둥병보다 더러운 오점을 자초했으니, 이렇듯 인간은 스스로 몸을 망치느니라. 그러나 이 이야기의 진짜 교훈은 끊임없는 경계가 필요하다는 사실이었다. 런던은 사박의 옛 우두머리가 전화회사에 막강한 연줄을 쥐고 있으며 샤의 옛 요리사가 하운즐로에서 잘나가는 레스토랑을 운영하고 있는 도시이기 때문이다. 아무나 반겨 맞는 도시,

---

* 피부색이 밝은 여자.

** 이란 비밀경찰(SAVAK).

대단한 은신처, 그들은 어떤 인간이든 가리지 않는다. 커튼을 닫아두는 수밖에.

현재로서는 이 아파트 건물의 오층에서 칠층까지가 이맘이 소유한 고향땅의 전부인 셈이다. 이곳에는 소총과 단파 무전기가 있고, 양복 차림의 매서운 청년들이 전화기 몇 대에 대고 긴급한 말을 쏟아내는 방들이 있다. 이곳에는 술도 없고, 트럼프 카드나 주사위도 눈에 띄지 않고, 여자라고는 노인의 침실 벽에 걸린 그 여자뿐이다. 불면증을 가진 성자가 대기실이나 공항 대합실쯤으로 여기는 이 임시 고향에서는 밤낮없이 중앙난방을 최고 온도에 맞춰놓고 창문도 꼭꼭 닫아놓는다. 망명객은 데시의 건조한 더위를 잊지 못하므로 이렇게 흉내라도 내야 한다. 마치 갓 구운 차파티에서 버터가 떨어지듯 달빛마저 뜨겁게 뚝뚝 떨어지는 그곳, 과거의 땅, 미래의 땅. 그리운 땅이여, 해님과 달님은 남성이되 그들의 뜨겁고 감미로운 빛에는 여성의 이름이 붙는 그곳이여. 밤이 되어 망명객이 커튼을 가르면 낯선 달빛이 방안으로 스며들고 그 차가움은 쇠못처럼 눈을 찌른다. 그는 움찔 놀라며 눈을 가늘게 뜬다. 헐렁한 옷을 걸친, 눈살을 찌푸린, 무시무시한, 깨어 있는: 이맘은 그런 사람이다.

망명지는 영혼이 없는 곳이다. 망명지에서는 가구마저 비싸기만 하고 볼품없기 마련인데, 한날한시에 한 가게에서, 그나마 너무 서두르며 한꺼번에 구입하기 때문이다: 오래된 뷰익 디소토 올즈모빌*처럼 지느러미가 달린 소파, 앞면이 유리로 되어 있고 속에는 책이 아니라

* 셋 다 자동차 이름.

오려낸 기사와 파일이 든 책장. 망명지에서는 누가 부엌에서 수도꼭지를 틀면 샤워기에서 갑자기 펄펄 끓는 물이 쏟아지고, 그래서 이맘이 목욕하러 들어가면 수행원 전원이 주전자에 물을 받거나 접시를 닦는 일이 없도록 명심해야 하고, 반면에 이맘이 변기에서 볼일을 보면 제자들은 샤워기에서 뜨거운 물을 뒤집어쓰고 펄쩍 뛴다. 망명지에서는 요리를 하는 일도 없는데, 음식은 검은 색안경을 쓴 보디가드가 밖으로 나가 사온다. 망명지에서는 그곳에 적응하려는 모든 노력이 배신처럼 보인다: 그런 행동은 곧 패배를 인정하는 일이기 때문이다.

이맘은 바퀴의 축과도 같다.

모든 움직임은 이십사 시간 내내 그에게서 비롯된다. 그의 아들 할리드가 물 한 잔을 가지고 그의 성소로 들어간다. 오른손으로 물잔을 쥐고 왼손으로 떠받치며. 이맘은 끊임없이 물을 마신다. 오 분마다 한 잔, 몸을 청결히 하기 위해서인데, 그 물도 그가 마시기 전에 미제 정수기로 불순물을 걸러낸다. 그를 둘러싼 청년들은 그의 유명한 '물에 대한 논문'을 잘 안다. 이맘은 물을 마시는 자에게도 물의 순수성이 전해진다고 믿는다. 물의 담백함과 소박함, 그 맛에서 느껴지는 금욕적 만족감까지. 그는 지적한다: '여왕은 포도주를 마신다.' 부르고뉴, 클라레, 혹, 그런 술이 그녀의 아름답고 더러운 몸뚱이를 취하게 하고 더욱 타락시킨다. 이 죄만 가지고도 그녀는 구원의 희망도 없는 영원한 저주를 받아 마땅하다. 그의 침실 벽에 걸린 그림에서 아예샤여왕은 검붉은 액체가 담긴 인간의 두개골을 두 손으로 받쳐들고 있다. 여왕은 피를 마시지만 이맘은 물을 고수한다. 논문에서도 이렇게 말한다: '뜨거운 땅에 사는 우리 백성이 물을 섬기는 것은 공연한 짓이 아니다.

물은 생명의 근원이다. 올바른 사람은 남에게 물을 거절하지 않는다. 어린아이가 다가와 *할머니*, 물, 하고 말하면 관절염으로 팔다리가 굳어진 할머니도 벌떡 일어나 수돗가로 달려간다. 물을 모독하는 자들을 경계하라. 물을 오염시키는 자는 제 영혼을 더럽힌다.'

이맘은 고인이 된 아가 칸을 떠올리며 분노를 쏟아내곤 했는데, 그 이스마일파 지도자가 고급 샴페인을 마신다는 인터뷰 기사를 읽었기 때문이다. 아, 이 샴페인은 과시용일 뿐입니다. 내 입술에 닿는 순간 물로 변하죠. 마귀, 하고 이맘은 고함을 지른다. 배교자, 신성모독자, 사기꾼. 그런 자들은 기필코 심판을 받으리라, 하고 그는 수하들에게 말한다. 물의 시대가 곧 오리니, 피가 포도주처럼 흐르리라. 바로 이런 점 때문에 망명객들의 미래는 불가사의하다고 하지 않을 수 없는데: 너무 뜨끈뜨끈한 아파트에서 무력하게 처음 내뱉은 말이 나중에는 국가의 운명을 좌우하기 때문이다. 누군들 이런 꿈을 품어보지 않았으랴, 단 하루라도 왕이 되고 싶다는 꿈을?—그러나 이맘이 꿈꾸는 것은 단 하루가 아니다. 그는 자신의 손끝에서 뻗어나오는 거미줄을 느끼는데, 머지않아 그것으로 역사의 흐름을 바꿔놓게 되리라.

아니: 역사가 아니다.

그의 꿈은 더욱 기이하다.

∽

그의 아들, 물 나르는 할리드가 제단 앞의 순례자처럼 아버지에게 머리를 조아리며, 현재 성소 밖을 지키는 경호원은 살만 파르시라고 아뢴다. 빌랄은 무선 송신기를 가지고 약속된 주파수에 맞춰 데시를 향해 오늘의 가르침을 방송하는 중이다.

지금 이맘은 장엄한 고요 그 자체다. 미동조차 없다. 살아 있는 바위다. 그의 크고 울퉁불퉁한 손, 화강암 같은 잿빛 손은 등받이가 높은 의자의 양쪽 날개에 무겁게 놓였다. 몸에 비해 너무 커 보이는 머리는 육중하게 기울어지고, 그 아래 백발과 흑발이 섞인 턱수염 사이로 놀랄 만큼 앙상한 목이 보인다. 이맘의 눈빛은 흐릿하고 입술도 움직일 줄 모른다. 그는 순수한 힘이며 대자연 같은 존재다. 움직이지 않고도 거동하며, 행동하지 않고도 행하며, 소리 내지 않고도 말한다. 그는 마법사이며 그의 마법은 역사를 만드는 일이다.

아니, 역사가 아니라: 더욱 기이한 무엇을.

이 수수께끼에 대한 설명은 바로 이 순간 은밀한 전파를 통해 들을 수 있다. 지금 그 전파를 타고 흐르는 것은 이맘의 성스러운 노래를 부르는 미국인 개종자 빌랄의 목소리다. 무에진* 빌랄: 그의 음성은 이맘의 우렁찬 설교로 탈바꿈하여 켄싱턴의 아마추어 무선국을 거쳐 꿈에도 그리는 데시로 날아간다. 관례에 따라 여왕을 욕하는 의식으로 시작하여 살인죄, 매수죄, 도마뱀과 성교한 죄 등등 그녀가 저지른 온갖 범죄를 일일이 나열한 후, 그녀가 다스리는 나라의 모든 악과 싸우기 위해 일제히 봉기할 것을 밤마다 백성들에게 촉구하는 이맘의 말씀을 낭랑한 음성으로 전한다. 이맘은 빌랄을 통하여 이렇게 선언한다. "우리는 혁명을 이룩할 것입니다. 폭군에 대한 항거일 뿐 아니라 역사

---

* 무슬림에게 기도시간을 알리는 사람.

에 대한 항거이기도 합니다." 아예샤보다 더 지독한 적이 있으니, 그것은 바로 역사 그 자체이기 때문이다. 역사는 피로 빚은 술, 더는 마시지 말아야 하는 술이다. 역사란 곧 마취제이며, 악마의, 저 못된 샤이탄의 창조물이자 소유물이며, 모든 거짓말—진보, 과학, 인권—가운데 으뜸가는 거짓말인바, 이맘은 단호히 역사를 규탄한다. 역사는 '정도正道'를 벗어남이며 지식은 미망에 지나지 않으니, 알라께서 마훈드에게 마지막 계시를 내리시던 그날, 이미 모든 지식이 완성되었기 때문이다. 빌랄은 귀기울여 듣는 밤의 백성을 향하여 열변을 토한다. "우리는 역사의 베일을 걷어낼 터, 그것이 사라진 후 우리는 빛과 영광의 낙원을 볼 것입니다." 이맘은 빌랄의 목소리가 아름답기 때문에 그에게 이 일을 맡겼다. 예전에 인기곡 순위의 에베레스트에 올랐던 목소리이니, 한 번도 아니고 여남은 번이나 정상을 차지했다. 성량이 풍부하고 권위 있는 목소리, 남들이 귀기울여 듣는 데 익숙해진 목소리였다. 잘 가꾸고 다듬은 목소리, 미국인의 자신감이 담긴 목소리, 말하자면 서양의 무기를 가지고 서양을 상대하는 셈이니, 바로 서양의 힘이 여왕과 그녀의 폭정을 밑받침하고 있기 때문이다. 빌랄 X도 처음에는 자기 목소리를 그렇게 표현하는 데 항의했다. 자신도 억압받는 민족의 한 사람인데 양키 제국주의자들과 동일시하다니 부당하다는 주장이었다. 그러자 이맘은 상냥한 어조로 대답했다. 빌랄, 너의 고통은 우리의 고통이기도 하다. 그러나 권력의 집에서 자란 사람은 그곳의 언행에 물들기 마련, 네가 억압받은 까닭은 피부색 때문이건만 바로 그 피부를 통하여 못된 것들이 스며든다. 권력이라는 습관, 그 성격, 그 태도, 남들을 대하는 자세. 빌랄, 그것은 가까이 있는 사람을 모두 감염시키는 질병이니라. 권력을 가진 자들이 남을 짓밟을 때 그들의 발바닥을 통해서도 질병이 옮겨지느니라.

빌랄은 어둠을 향해 말을 잇는다. "아예샤여왕의 폭정, 달력의 폭정*, 미국의 폭정, 시간의 폭정에 죽음이 내리길! 우리는 신의 영원성을, 그 무시간성을 추구합니다. 여왕의 흐르는 포도주가 아니라 신의 고요한 물을 원합니다." 책을 불사르고 성스러운 책을 신봉하라. 종잇장을 찢어버리고, 일찍이 천사 지브릴이 사자 마훈드에게 전하고 해석자와 이맘이 설명해놓은 '말씀'에 귀를 기울여라. "아멘Ameen." 그 말과 더불어 빌랄은 그날 밤의 방송을 끝마친다. 한편 성소에서는 이맘도 자신의 메시지를 전송한다. 대천사 지브릴을 소환하고 불러낸다.

그는 꿈속에서 자신을 본다. 화려한 천사가 아니라 한낱 인간의 모습, 평범한 차림새, 헨리 다이아몬드가 죽은 후 물려준 낡은 옷: 개버딘 외투, 트릴비, 멜빵 덕분에 겨우 흘러내리지 않는 헐렁한 바지, 어부들이 입는 모직 스웨터, 너풀거리는 흰 셔츠. 이 꿈속의 지브릴은 생시와 똑같은 모습으로 이맘의 성소에 서서 덜덜 떤다. 이맘의 눈은 구름처럼 하얗다.

지브릴은 두려움을 감추려고 투덜거린다.

"왜 꼭 대천사만 찾소? 그대도 알다시피 그런 시대는 지나갔거늘."

---

* 이란의 레자 팔레비 국왕이 전통적인 이슬람력을 폐지하려 했던 일을 가리킨다.

이맘은 눈을 감으며 한숨을 쉰다. 양탄자에서 긴 터럭 같은 덩굴손이 뻗어나가 지브릴을 휘감고 꽁꽁 동여맨다.

지브릴은 힘주어 말한다. "그대에겐 내가 필요 없소. 계시는 이미 끝났소. 나를 놓아주시오."

상대방은 고개를 저은 후 말하기 시작하는데, 입술은 전혀 움직이지 않고, 지브릴의 귀에 들려오는 것은 빌랄의 음성이고, 방송 담당자는 어디에도 보이지 않건만, 그 음성은 이렇게 말한다. 오늘밤이 바로 그날입니다, 당신은 저를 예루살렘으로 데려가셔야 합니다.

그 순간 아파트는 사라지고 그들은 물탱크가 놓인 지붕 위에 서 있다. 이맘은 무엇이든 원하기만 하면 한자리에 앉아서도 세상을 움직일 수 있기 때문이다. 그의 수염이 바람에 흩날린다. 지금은 수염이 더 길어져, 바람을 타고 하늘하늘한 시폰 스카프처럼 나부끼지 않았다면 바닥에 닿을 지경이다. 그의 눈빛은 붉고 음성은 공중에 매달려 흩어지지 않는다. 데려다주십시오. 지브릴은, 그대 스스로 얼마든지 갈 수 있을 터인데, 하고 말한다. 그러자 이맘은 눈부시게 빠른 움직임을 보이는데, 수염을 어깨 너머로 휙 넘기고, 옷자락을 걷어올려 괴물처럼 털이 많고 가냘픈 두 다리를 드러내고, 밤하늘을 향해 높이 뛰어오르고, 휘리릭 몸을 뒤집고, 지브릴의 어깨 위에 척 올라앉고, 어느새 길고 구부러진 갈고리로 변한 손톱으로 꽉 움켜쥐고, 이 모든 동작을 단숨에 해치워버린다. 지브릴은 이 '바다의 노인'을 태운 채 몸이 하늘로 떠오르는 것을 느낀다. 이맘의 머리카락은 시시각각 길어져 사방팔방으로 뻗고 눈썹은 깃발처럼 바람에 펄럭인다.

예루살렘이라, 그게 어느 쪽이지?—게다가 예루살렘은 워낙 알쏭달쏭한 말이라 어떤 장소일 뿐 아니라 관념일 수도 있다: 어떤 목표라든지, 환희라든지. 이맘의 예루살렘은 어떤 곳일까? 그러자 지브릴의 귓속에 육체 없는 음성이 쩌렁쩌렁 울린다. "그 매춘부의 파멸입니다. 그 여자가, 바빌로니아의 창녀*가 몰락하는 일입니다."

그들은 밤하늘을 가르며 날아간다. 달이 점점 뜨거워지더니 석쇠에 떨어진 치즈처럼 지글지글 끓기 시작한다. 지브릴은 이따금 달에서 떨어져나오는 부스러기를 본다. 뜨겁게 달아오른 번철 같은 하늘에서 달방울이 부글부글 끓는다. 저 밑에 땅이 나타난다. 열기가 더욱 강렬해진다.

광활한 풍경이 펼쳐진다. 불그스름한 땅, 우듬지가 평평한 나무들. 두 사람은 역시 꼭대기가 평평한 산을 차례로 날아 넘는다. 여기서는 돌멩이마저 열기에 녹아 납작납작하다. 이윽고 그들은 거의 완벽한 원뿔 모양의 높은 산에 도달하는데, 여기서 멀리 떨어진 어느 벽로 선반의 그림엽서 속에 담긴 바로 그 산이다. 그리고 이 산의 그늘 속에는 도시 하나가 탄원하는 사람처럼 산의 발치에 엎드렸고, 중턱 아래 산비탈에는 궁전 하나가, 그 궁전이, 그녀의 집이 있다. 방송에서 규탄하던 바로 그 여왕의 궁전이다. 이것은 아마추어 무선가들의 혁명이다.

지브릴은 한 장의 양탄자처럼 이맘을 태운 채 쏜살같이 아래로 내려간다. 가마솥 같은 밤하늘 아래, 마치 길거리가 살아 있는 듯, 온통 뱀떼처럼 꿈틀거린다. 그런데 패배한 여왕의 궁전 앞에 웬 언덕이 새로 생기더니 점점 자라나는 듯 보인다. 구경하는 건 좋은데, 바바, 여기서 무

---

* 「요한계시록」 17장. 일곱 개의 머리를 가진 괴수를 타고 나타나는 음녀(淫女).

슨 일이 벌어진 거요? 그러자 이맘의 목소리가 허공에 매달린다. "내려가십시다. '사랑'을 보여드리겠습니다."

그들은 지붕 높이에 떠 있고, 지브릴은 거리마다 사람들이 우글거리고 있음을 깨닫는다. 인간들, 그러나 구불구불한 길을 빈틈없이 메운 그들은 더 크고 복합적인 어떤 존재로 바뀌었다: 무자비한, 뱀 같은. 사람들은 일정한 속도로 천천히 움직인다. 뒷골목을 지나 샛길로, 샛길을 지나 작은 길로, 작은 길을 지나 한길로, 그렇게 모두 모여드는 곳은 12차선 너비의 탄탄대로인데, 거대한 유칼리나무가 늘어선 길은 궁전 대문 앞까지 곧장 이어진다. 길은 사람들로 메워져 발 디딜 틈조차 없다. 이 길이야말로 수많은 머리를 가지고 갓 태어난 생물의 중심 기관인 셈이다. 사람들은 일흔 명씩 어깨를 나란히 하고 여왕의 대문을 향해 엄숙하게 걸어간다. 대문 앞에는 여왕의 근위병들이 3열 횡대로 기다리는데, 각자 기관총을 들고 엎드리거나 무릎을 꿇거나 선 채로 사격 자세를 취했다. 사람들은 비탈길을 올라 총구 쪽으로 다가간다. 한 번에 일흔 명씩 사정거리 안으로 들어간다. 총들이 재잘거리고, 사람들이 죽고, 다음 줄 일흔 명이 죽은 자들의 시체를 넘어가고, 총들이 다시 낄낄거리고, 죽은 자들의 언덕은 더 높아진다. 다음 줄이 언덕을 넘어간다. 도시의 어두운 문간마다 머리를 가린 어머니들이 사랑하는 아들을 행렬 속으로 밀어넣는다. 가거라, 순교자가 되거라, 필요한 일을 하거라, 목숨을 바치거라. 그때 육체 없는 음성이 말한다. "저들이 나를 얼마나 사랑하는지 아시겠지요. 느리게 걷는 저 사랑의 힘을 견뎌낼 수 있는 폭정은 지상에 존재하지 않습니다."

지브릴은 눈물을 흘리며 대답한다. "이건 사랑이 아니오. 증오요. 저들은 그 여자에게 쫓겨 그대의 품에 뛰어들었을 뿐이오." 그러나 그의 설명은 빈약하고 피상적으로 들린다.

이맘의 음성이 말한다. "저들은 나를 사랑합니다. 나는 물이니까요. 나는 다산多産이고 그 여자는 죽음이니까. 내가 시계를 때려 부수는 사람이기에 저들은 나를 사랑합니다. 하느님을 외면하는 인간들은 사랑을 잃고, 확신을 잃고, 또한 하느님의 무한한 시간을 감지하는 능력도 잃어버립니다. 과거와 현재와 미래를 한꺼번에 껴안는 시간, 무시간의 시간, 움직일 필요조차 없는 시간 말입니다. 우리는 영원한 것을 갈구하는데, 내가 곧 영원입니다. 그 여자는 아무것도 아니지요: 단 한 번의 째깍이나 똑딱일 뿐. 그녀는 날마다 거울을 들여다보며 늙는다는 생각, 시간이 흐른다는 생각에 두려워합니다. 그녀의 본성이 그녀를 가두는 셈이지요. 그녀도 시간의 사슬에 묶여 있으니까요. 그러나 혁명이 끝난 후에는 모든 시계가 사라질 것입니다. 우리가 모조리 부숴버릴 테니까요. 혁명 후에는 생일도 없어질 것입니다. 우리 모두 새로 태어날 테니까, 전능하신 신께서 보시기에 우리 모두는 하나같이 동갑일 테니까요."

그는 이제 입을 다문다. 우리 밑에 드디어 위대한 순간이 도래했기 때문이다. 기관총이 있는 곳에 사람들이 도달했다. 이번에는 총들이 입을 다물고, 사람들이 만들어낸 끝없이 긴 뱀, 봉기한 군중들로 이루어진 거대한 이무기가 근위병들을 칭칭 감아 질식시키고 그들이 가진 무기의 치명적인 웃음소리를 잠재운다. 이맘이 무거운 한숨을 내쉰다. "끝났습니다."

사람들은 전과 다름없이 일정한 속도로 궁전을 향해 걸어간다. 궁전에서 일제히 불이 꺼진다. 그때, 어두워진 궁전 안에서 무시무시한 소리가 들린다. 높고 가늘고 날카로운 울음으로 시작되었다가 차츰 굵어져 울부짖음으로 변한 분노의 외침은 도시 구석구석까지 쩌렁쩌렁 울려퍼진다. 그러더니 궁전의 황금빛 둥근 지붕이 알처럼 쩍 갈라지고, 그 속에서 암흑의 빛을 발하며 신화 속의 괴수가 날아오른다. 검고 거대한 날개, 풀어헤친 머리카락: 이맘의 수염은 길고 하얗지만 괴수의 머리카락은 그만큼 길되 새까맣다. 지브릴은 깨닫는다. 알라트로구나, 아예샤의 껍질을 벗고 나왔구나.

"죽이십시오." 이맘이 명령한다.

지브릴은 궁전의 행사용 발코니에 그를 내려놓는다. 이맘은 두 팔을 활짝 벌려 군중의 환호성을 끌어안는다. 함성은 여신의 울부짖음마저 덮어버리고 노래처럼 높아만 간다. 다음 순간, 지브릴은 공중으로 쏘아진다. 선택의 여지도 없이 날아오르는 그는 싸움터로 나아가는 꼭두각시일 뿐이다. 여신이 다가오는 그를 보고 돌아서더니 허공에서 몸을 웅크렸다가 무서운 신음을 터뜨리며 전력으로 그를 향해 돌진한다. 이맘은 평소처럼 남을 앞세워 전쟁을 벌이는 것인데, 지브릴은 그가 궁전 대문 앞에 시체의 언덕을 쌓았듯이 자신도 기꺼이 희생해버릴 생각임을 깨닫는다. 그는 이 성직자의 목적에 이용당하는 한 명의 결사대 병사에 지나지 않는다. 나는 약해, 저 여자의 상대가 못 돼, 하지만 저 여자도 패배를 맛보고 약해졌으니까. 이맘의 힘이 지브릴을 움직이며 그의 손에 번개를 쥐여주고 마침내 싸움이 시작된다. 그는 번개 창을 던져 그녀의 두 발을 꿰뚫고 그녀는 혜성을 던져 그의 사타구니를 꿰뚫는다. 서로 죽이고 죽는구나, 둘 다 죽을 테고, 우주에는 별자리 두 개가 새

로 생기겠지: 알라트와 지브릴. 그들은 시체가 즐비한 싸움터의 기진맥진한 전사들처럼 비틀거리며 무기를 휘두른다. 둘 다 급속히 힘을 잃어간다.

그녀가 떨어진다.

밤의 여왕 알라트가 거꾸로 내리꽂히더니 땅바닥에 부딪히는 순간 머리가 산산이 터져버린다. 머리를 잃고 두 날개도 찢겨나간 검은 천사, 그녀는 궁전 정원의 작은 쪽문 옆에 처박혀 움직일 줄 모른다.—지브릴은 그 모습에 질겁하며 눈길을 돌리다가 거대한 괴물로 변한 이맘을 발견하는데, 그는 궁전 앞뜰에 누워 대문을 향해 입을 딱 벌린 채 사람들이 들어서는 족족 통째로 삼켜버린다.

잔디밭에 떨어진 알라트의 시체는 차츰 오그라들어 이내 검은 얼룩만 남는다. 그리고 데시의 수도인 이 도시의 모든 시계가 일제히 종을 울리는데, 열두 번을 넘어, 스물네 번을 넘어, 천 번하고도 한 번을 넘어, '시간'의 종언을 선포하며 때를 알린다: 헤아릴 수 없는 시각, 돌아온 망명객의 시각, 물이 포도주를 이겨낸 승리의 시각, 이맘의 '비非시간'의 시대가 시작되는 시각.*

∽

밤의 이야기가 자힐리아와 야트리브에서 벌어지던 일을 떠나 느닷없이 이맘과 여왕의 싸움으로 바뀌자 지브릴은 잠시나마 희망을 품어

---

* 호메이니가 주도한 이란 이슬람혁명의 경과를 상징적으로 묘사한 대목.

본다. 드디어 저주는 끝나고 다시 평범한 일상을 소재로 종잡을 수 없는 꿈이 시작되었구나. 그런데 이 새로운 이야기도 종전처럼 매번 중단되었던 곳에서 다시 이어지고 자신의 모습도 대천사의 아바타가 되어 재등장하는 것을 보게 되자 희망도 사라지고 그는 다시금 움직일 수 없는 상황에 굴복하고 만다. 이 같은 밤의 모험 중에서도 어떤 것은 다른 것보다 한결 견딜 만한데, 이맘의 묵시록이 끝나고 다음 이야기가 시작되면서 마음속의 레퍼토리가 더욱 늘어나자 거의 반가움을 느낄 지경이다. 적어도 이 이야기는 자신이 죽이려다 실패했던 신이 복수와 권능과 의무와 지배와 증오의 신일 뿐 아니라 사랑의 신일 수도 있음을 암시하기 때문이다. 잃어버린 고향땅을 그리워하는 향수에 대한 이야기이기도 하고, 어쩐지 과거로 되돌아가는 듯한 느낌인데…… 이번엔 어떤 이야기일까? 곧 알게 되리라. 우선 발단에서부터 시작하자면: 마흔번째 생일날 아침, 미르자 사이드 악타르는 나비가 가득한 방에서 잠든 아내를 바라보았는데……

∽

마흔번째 생일, 그 운명적인 아침, 나비가 가득한 방에서 자민다르* 미르자 사이드 악타르는 잠든 아내를 내려다보며 사랑으로 심장이 터질 듯했다. 오늘은 유독 일찍 일어났는데, 새벽이 오기 전에 악몽을 꾸고 쓰디쓴 입맛을 느끼며 깨어났다. 요즘 세상의 종말에 대한 꿈을 연거푸

* 대지주.

꾸는데, 재앙은 언제나 그의 잘못이었다. 간밤에는 니체를 읽다가—'지나치게 번식한 "인간"이라는 하찮은 종족의 무자비한 멸망'—가슴에 책을 엎어놓은 채 잠들었다. 서늘하고 그늘진 침실에서 눈을 뜨고, 바스락대는 나비들의 날갯소리를 들으며, 그는 잠자리에서 그런 읽을거리를 선택한 어리석음에 화가 치밀었다. 그러나 이미 잠은 싹 달아났다. 그는 조용히 몸을 일으켜 차팔을 신고 이 대저택의 베란다가 있는 쪽으로 어슬렁어슬렁 발을 옮겼다. 나비떼가 가신처럼 너울너울 따라왔다. 발이 드리워진 베란다는 아직 어두웠다. 멀리서 누군가 피리를 불었다. 미르자 사이드는 대나무 발을 하나하나 걷어올려 끈으로 묶었다. 정원은 짙은 안개에 싸여 있었는데, 그 속으로 나비떼가 구름처럼 몰려갔다. 안개와 또다른 안개가 하나로 뒤섞인다. 이 변방은 예로부터 인시류가 유명했다. 밤낮없이 하늘 가득히 날아다니는 이 신기한 나비떼는 카멜레온 같은 재주를 가졌으니, 주홍색 꽃이든 황토색 커튼이든 흑요석 술잔이든 호박 가락지든, 내려앉는 곳에 따라 날개의 빛깔도 변한다. 자민다르의 저택에서도 인근 마을에서도 이 나비떼의 기적은 이미 익숙해져 평범한 일상사처럼 여겨지지만 하녀들의 기억에 의하면 사실 나비들이 다시 나타난 것은 겨우 십구 년 전의 일이었다. 전설에 따르면 그들은 이 지역의 어느 성자가 거느리던 정령들이라는데, 비비지*라고만 알려진 이 성스러운 여인은 이백사십이 세까지 살았으며 지금은 위치마저 잊혔으나 그녀의 무덤은 발기부전과 사마귀를 치유하는 데 영험했다고 한다. 백이십 년 전에 비비지가 죽으면서 나

* 여성을 뜻하는 'bibi'에 존칭어미 '-ji'를 결합한 말.

비떼도 비비지와 더불어 전설의 영토로 사라졌는데, 그로부터 정확히 백 년하고도 일 년이 지나 그들이 돌아오자 처음에는 놀라운 일이 임박했음을 알리는 전조로 생각되었다. 비비지가 죽은 뒤에도—늦기 전에 짚고 넘어가야겠다—마을은 계속 번창했고 감자 수확량도 여전히 풍성했지만 많은 이들이 허전함을 느꼈다. 성자의 시대를 전혀 기억하지 못하는 지금의 마을 사람들도 예외는 아니었다. 그러므로 나비떼가 돌아오자 기뻐하는 사람이 많았는데, 막상 기대하던 이적이 일어나지 않자 차츰 하루하루의 궁핍한 일상 속으로 다시 가라앉았다. 자민다르의 저택에 붙은 '페리스탄'이라는 이름도 이 마법의 생물이 지닌 요정 같은 날개에서 비롯되었을 가능성이 크고, 마을 이름인 '티틀리푸르'* 의 경우는 확실히 그러했다. 그러나 이름이란 일단 일반적으로 사용되기 시작하면 곧 하나의 소리에 지나지 않는 법, 지상의 수많은 불가사의가 그랬듯이 어원 따위는 습관의 흙먼지 아래 묻히기 마련이다. 티틀리푸르에 거주하는 사람들과 나비떼는 서로 무시하며 지냈다. 마을 사람들도 자민다르의 가족도 집에서 나비를 쫓아내려는 노력은 이미 오래전에 포기했고, 그래서 지금은 트렁크를 열 때마다 판도라의 도깨비처럼 날개 한 무더기가 빛깔을 바꿔가며 후르르 날아오르는 형편이었다. 나비는 페리스탄의 변기뚜껑 속에도 있고, 벽장 속에도 있고, 책갈피 속에도 있었다. 잠에서 깨어날 때마다 뺨에 붙은 채 잠든 나비를 보게 되기 일쑤였다.

흔해빠진 것은 결국 눈에 안 띄는 법, 미르자 사이드가 나비들에게

* 나비마을.

아랑곳하지 않은 지도 벌써 여러 해였다. 그러나 마흔번째 생일날 아침, 첫 햇살이 집을 비추고 그 즉시 나비들이 빛나기 시작했을 때 그는 그 순간의 아름다움에 숨이 막혔다. 그는 당장 *내실* 모기장 안에서 잠든 아내 미샬에게 달려갔다. 마법의 나비들은 모기장 밖으로 삐져나온 그녀의 발가락에도 앉아 있었는데, 모기 한 마리가 안에까지 들어간 모양이었다. 그녀의 도드라진 쇄골을 따라 한 줄로 물린 자국이 있었다. 그는 모기장을 들어올리고 안으로 들어가 입맞춤으로 그 자국들을 없애주고 싶었다. 저렇게 새빨갛게 부어오르다니! 잠에서 깨어나면 얼마나 가려울까! 그러나 그는 충동을 억누르고, 차라리 잠들어 있는 그녀의 순진한 모습을 감상하기로 했다. 하늘하늘한 적갈색 머리카락, 희디흰 피부, 지금은 눈꺼풀에 가려진, 은은히 빛나는 회색 눈동자. 그녀는 국립은행장의 딸이었고 따라서 도저히 거절할 수 없는 결혼 상대였으며 이 중매결혼을 통하여 미르자는 몰락해가던 유서 깊은 가문을 다시 일으킬 수 있었는데, 비록 지금껏 아이를 갖지 못했지만 시간이 흐를수록 둘 사이는 차츰 무르익어 마침내 서로 진심으로 사랑하게 되었다. 미르자 사이드는 벅찬 가슴을 안고, 잠든 미샬을 바라보며 심중에 남은 악몽의 파편들을 마저 몰아냈다. 그리고 흐뭇한 마음으로 생각했다. '이 아름다운 새벽은 그야말로 완벽할 뿐인데, 이런 세상이 어떻게 끝날 수 있겠어?'

이렇게 즐거운 생각에 이어, 그는 쉬고 있는 아내에게 소리 없는 말을 들려주었다. '미샬, 나는 벌써 마흔 살이지만 사십 일 지난 아기처럼 행복하다오. 해가 갈수록 점점 더 깊은 사랑에 빠져든 모양이오. 지금 나는 그 따뜻한 사랑의 바다에서 한 마리 물고기처럼 헤엄치고 있소.' 그녀는 얼마나 많은 것을 베풀었던가, 얼마나 소중한 사람인가! 그들의 결혼생활은 단순한 육욕을 초월하여 한없이 친밀한 관계였으므로 이제 이별은 상상조차 할 수 없었다. 그는 잠든 아내에게 속삭였다. '당신 곁에서 늙어가는 일은, 미샬, 하나의 특권이오.' 그는 감상적인 짓임을 알면서도 그녀를 향해 키스를 던지며 발끝으로 살금살금 방을 나섰다. 저택 위층에 자리잡은 자기 거처로 올라간 그는 다시 중앙 베란다로 나갔고, 새벽과 더불어 안개가 물러나며 차츰 드러나는 정원 저편을 바라보다가 어떤 광경을 보게 되었는데, 그 광경이 마음의 평화를 영원히 망가뜨리고 말았으니, 어떠한 운명의 횡포에도 끄떡없으리라 확신하는 바로 그 순간에 그의 마음은 영영 돌이킬 수 없을 만큼 산산조각이 나버렸다.

젊은 여자 하나가 잔디밭에 쭈그리고 앉아 왼쪽 손바닥을 내밀고 있었다. 손바닥에는 나비들이 내려앉았는데, 그녀는 그것들을 붙잡아 차례차례 입에 넣었다. 천천히, 규칙적으로, 그녀는 그 순한 날개들로 아침식사를 하는 중이었다.

그녀의 입술과 뺨과 턱은 죽어가는 나비들이 남긴 수많은 빛깔로 알록달록했다.

자신의 잔디밭에서 그렇게 가벼운 아침을 먹는 여자를 보는 순간 미르자 사이드 악타르가 느낀 성욕은 너무도 강렬해서 즉시 부끄러워질 정도였다. 그는 자신을 꾸짖었다. '이건 말도 안 돼. 나는 짐승이 아니잖아.' 젊은 여자는 이 근방의 가난한 여자들이 흔히 그렇듯이 알몸에 사프란색 사리를 감았을 뿐인데, 그녀가 나비를 잡으려고 몸을 기울일 때마다 사리가 앞으로 벌어지면서, 넋을 잃고 바라보는 자민다르의 눈길 아래 조그만 젖가슴이 드러났다. 미르자 사이드는 두 손을 내밀어 발코니 난간을 움켜쥐었는데, 그의 하얀 쿠르타가 살짝 움직인 것이 그녀의 눈에 띄었던 모양이다. 그녀는 재빨리 고개를 들고 그의 얼굴을 똑바로 쳐다보았다.

그리고 금방 시선을 떨어뜨리지 않았다. 그리고 그가 어렴풋이 예상했던 것처럼 벌떡 일어나 도망치지도 않았다.

그녀가 한 일은: 그가 말을 걸지나 않을까 보려는 듯 몇 초 동안 기다렸다. 그리고 그에게서 아무 말도 나오지 않자 그의 얼굴에서 눈을 떼지 않은 채 이상한 식사를 계속했다. 무엇보다 기이했던 점은 차츰 밝아오는 하늘에서 나비들이 쏟아져내려오는 듯했다는 것, 그녀가 내민 손바닥과 자신의 죽음을 향해 스스로 몸을 던지는 듯했다는 것. 그녀는 나비들의 날개 끝을 쥐고 자신의 머리를 젖힌 후 가느다란 혀끝을 이용하여 입속으로 쏙 밀어넣었다. 한번은 입을 다물지 않고 여봐란듯이 검은 입술을 벌렸는데, 미르자 사이드는 그 캄캄한 죽음의 동굴 속에서 파닥거리면서도 날아갈 생각을 하지 않는 나비를 보고 부르르 몸을 떨었다. 그가 분명히 보았음을 확인한 그녀는 곧 입을 다물고 씹기 시작했다. 그들은 한참 동안 그대로 있었다. 촌부는 밑에서, 지주는 위에서. 그런데 느닷없이 여자의 눈이 홱 뒤집히더니 그녀는 곧 격렬히 몸을 떨며 왼쪽으로 털썩 쓰러졌다.

미르자는 놀라서 잠시 굳어졌다가 마침내 소리쳤다. "어이, 여보게들! 어이, 일어나, 비상이야!" 그와 동시에 그는 장엄한 마호가니 계단 쪽으로 달려갔다. 영국에서 가져온 이 계단은 상상조차 할 수 없는 워릭셔의 어느 환상적인 땅에서 이곳으로 옮겨졌는데, 먼 옛날 국왕 찰스

1세도 목이 잘리기 전에 그곳의 축축하고 어두운 수도원에서 바로 이 계단을 올라간 적이 있으니, 시간의 질서마저 지금과는 달랐던 17세기의 일이었다. 그런 계단을 허둥지둥 내려가는 미르자 사이드 악타르, 가문의 마지막 후손인 그는 목 잘린 국왕이 남긴 희미한 발자국을 짓밟으며 잔디밭을 향해 뛰었다.

여자가 경련을 일으켰다. 이리저리 몸을 뒤채고 발길질을 하며 나비들을 깔아뭉갰다. 미르자 사이드가 제일 먼저 도착했지만 고함소리를 듣고 깨어난 하인들과 미샬도 머지않아 달려왔다. 그는 여자의 턱을 붙잡아 억지로 벌리고 근처에 있던 나뭇가지를 끼워넣었는데 여자가 깨물어 반토막을 내버렸다. 다친 입에서 피가 흘러내리고 그는 그녀의 혀를 염려했는데, 바로 그 순간 증세가 사라졌고 그녀는 곧 잠잠해져 잠들었다. 미샬은 그녀를 자기 침실로 데려가게 했고, 그래서 미르자 사이드는 그 침대에서 잠자는 미녀를 또다시 보아야 했고, 그러면서 성욕이라는 천박한 이름으로 부르기에는 너무도 깊고 풍요로운 감각을 또다시 느껴야 했다. 자신의 이런 불순한 생각에 혐오감을 느끼면서도 한편으로는 즐거웠다. 그를 사로잡은 이 신선한 느낌은 매우 새로워 대단한 흥분을 안겨주었다. 미샬이 다가와 남편 곁에 섰다. "아는 여자요?" 사이드가 묻자 그녀는 고개를 끄덕였다. "고아 처녀예요. 에나멜을 입힌 작은 동물 인형을 만들어 대로변에서 팔아요. 아주 어렸을 때부터 간질병을 앓았죠." 미르자 사이드는 남들과 어울리는 아내의 능력에 다시금 감탄하지 않을 수 없었다. 마을 사람들 중에서 그가 아는 사람은 겨우 몇 명이었지만 그녀는 그들 모두의 애칭은 물론이고 가족사와 소득 수준까지 샅샅이 알고 있었다. 심지어 그들은 꿈 이야기도 서슴지 않고 그녀에게 들려줄 정도였다. 그들이 꿈을 꾸는 것은 대개 한 달에 한 번이 고작이었으니, 가난한 그들에게는 꿈조차도 사치였기 때문이다. 새벽녘에 느꼈던 가슴 벅찬 애정이 다시 찾아왔고 그는 아내의 어깨에 팔을 둘렀다. 그녀는 남편에게 머리를 기대며 나지막이 말했다. "생일 축하해요." 그는 그녀의 정수리에 입을 맞추었다. 그들은 그렇게 포옹한 채로, 자고 있는 여자를 바라보았다. 아예샤: 아내가 말해준 그 여자의 이름이었다.

고아 소녀 아예샤는 사춘기를 맞이하면서 멍하니 방심한 듯한 아름다움과 딴 세상을 응시하는 듯한 분위기 때문에 수많은 청년에게 욕망의 대상이었는데, 그때부터 천상의 연인을 찾는다는 말이 그녀를 따라다녔다. 하찮은 인간들과 어울리기에는 자기가 너무 잘났다고 생각한다는 설명이었다. 그녀에게 거절당한 남자들은 실질적인 면에서 보자면 그녀가 그토록 까다롭게 굴 이유는 하나도 없다고 불평했는데, 우선 천애고아인데다 지랄병 귀신까지 붙었으니 천사들이 관심을 가졌다가도 멀찌감치 도망갈 일이 아니랴. 앙심을 품은 일부 청년들은 아예샤에게 이런 결함이 있어 신랑감을 찾기는 어차피 글렀으니 차라리 정부라도 두는 편이 낫지 않겠느냐는 암시를 넌지시 하기도 했는데, 솔직히 말해서 더 좋은 조건을 가진 여자에게나 어울릴 만한 아름다움을 헛되이 낭비하다니 아까운 노릇이라는 주장이었다. 이렇게 티틀리푸르 청년들은 그녀를 자기들의 창녀로 전락시키려고 갖은 노력을 기울였지만 아예샤는 여전히 순결한 처녀였는데, 그녀에게는 사람들의 왼쪽 어깨 바로 위의 허공을 뚫어지게 쳐다보는 버릇이 있었으니, 경멸의 표시로 오해받기 십상이던 그 시선이 그녀를 지켜준 덕분이었다. 그러다가 사람들은 나비를 잡아먹는 새 버릇에 대한 소문을 듣게 되었고, 이에 따라 아예샤에 대한 평가도 수정된바, 아예샤는 미쳐버린 것이 분명하므로 그녀와 동침한다는 것은 정녕 위험한 짓이라는 결론이었다. 마귀들이 연인에게 옮겨갈지도 모르니까. 그때부터는 혈기왕성한 마을 청년들도 더는 추근거리지 않았고, 그녀는 자기 오두막집에서 장난감 동물을 만들고 파닥거리는 기이한 음식을 먹으며 홀로 살아갔다. 그러나 한 젊은이만은 그녀의 문 앞에서 약간 떨어진 곳에 앉아 있곤 했는데, 마치 보초를 서듯 사려 깊게 돌아앉아 반대쪽을 바라보았다. 그녀에게는 이제 보호자가 필요 없는데도. 그는 이웃 마을 차트나파트나 출신으로, 전에는 불가촉천민이었으나 이슬람교로 개종하여 오스만이라는 이름을 썼다. 아예샤는 오스만이 있거나 말거나 아는 체도 하지 않았고 오스만도 알아주길 기대하지 않았다. 이 마을의 나뭇잎 무성한 가지가 산들바람을 타고 그들의 머리 위에서 살랑거릴 뿐이었다.

티틀리푸르 마을은 거대한 바니안나무* 그늘에 생겨났는데, 이 제왕 같은 나무는 무수한 뿌리를 내려 지름 반 마일이 넘는 땅을 온통 뒤덮었다. 나무와 마을은 서로 복잡하게 뒤얽히며 함께 성장하여 지금은 둘을 구분하기가 아예 불가능할 정도였다. 나무의 어떤 부분은 연인들

* 인도 원산의 상록교목으로 인도의 국목. 가지에서 공기뿌리가 많이 나와 넓게 퍼진다.

의 은신처로 잘 알려졌고, 또 어떤 곳은 양계장으로 이용되었다. 가난한 인부들은 튼튼한 가지가 구부러진 곳에 날림집을 지어놓고 실제로 그 우거진 나무 위에서 살기도 했다. 어떤 가지는 마을길로 사용되고, 이 늙은 나무의 수염은 아이들의 그네가 되고, 가지가 지면 가까이 늘어진 곳에서는 나뭇잎이 수많은 오두막집의 지붕 구실을 했으니, 마치 푸른 가지에 피리새 둥지가 주렁주렁 매달린 모양 같았다. 마을에서 판차야트*가 열리는 곳도 이 나무에서 제일 굵은 가지 위였다. 마을 사람들은 이 나무를 부를 때 마을 이름을 사용하기도 하고 반대로 마을을 가리켜 간단히 거목이라고 부르기도 했다. 이 바니안나무에는 사람 말고도 여러 동물이 함께 살았는데—꿀개미, 다람쥐, 올빼미—그들도 이웃에게 합당한 예우를 받으며 지냈다. 나비들만 깨끗이 무시당했다. 마치 오래전에 부질없다고 밝혀진 희망처럼.

이곳은 무슬림 마을이었고, 개종자 오스만이 광대의 옷을 입고 자신의 '꺼떡꺼떡' 황소를 몰고 이 마을로 옮겨온 것도 실은 그 때문이었다. 필사적인 심정으로 신앙을 받아들인 후 그는 무슬림 이름을 얻은 것이 종전의 개명—이를테면 불가촉천민이 '신의 아이들'**로 개칭되었던 일—보다는 좀더 낫기를 기대하며 이곳으로 왔다. 신의 아이였던 그는 차트나파트나의 마을 우물에서 물을 길어갈 수도 없었는데, 천민의 손길이 닿으면 식수가 오염되기 때문이라나…… 가진 땅도 없고 아예샤처럼 고아였던 오스만은 광대 노릇으로 밥벌이를 했다. 그의 황소는 뿔에 새빨간 종이고깔을 쓰고 주둥이와 등허리에는 반짝거리

* 전통적인 원로회의.

** 마하트마 간디가 붙여준 명칭 '하리잔(harijan)'의 뜻풀이.

는 휘장을 잔뜩 걸쳤다. 오스만은 이 마을 저 마을로 돌아다니며 결혼식을 비롯한 경사스러운 자리에서 놀이판을 벌였는데, 이때 황소는 없어서는 안 될 짝패인 동시에 바람잡이였으니, 그가 질문을 던질 때마다 황소는 고개를 끄덕여 대답했다. 한 번 끄덕이면 아니오, 두 번 끄덕이면 예.

"우리가 찾아온 이 마을은 정말 좋은 곳이지?" 오스만은 그렇게 묻곤 했다.

꺼떡, 하고 황소는 반대 의견을 표시했다.

"아니라고? 그렇지 않아. 자, 봐라: 다 착한 사람들 아니냐?"

꺼떡.

"뭐야? 그럼 이 마을엔 죄인들만 산다는 거냐?"

꺼떡꺼떡.

"*어이쿠*! 그렇다면 다들 지옥으로 떨어지겠네?"

꺼떡꺼떡.

"그래도, 아우야. 혹시 저들에게도 희망이 있을까?"

꺼떡꺼떡. 황소는 구원의 길이 있다고 대답했다. 오스만은 흥분한 듯 몸을 굽혀 황소의 입가에 귀를 들이댔다. "말해봐, 빨리. 구원을 받으려면 어떻게 해야 되지?" 이 시점에서 황소는 오스만의 모자를 벗겨 입에 물고 군중들 사이로 돌아다니며 돈을 요구했고 오스만은 즐거운 얼굴로 고개를 끄덕였다. 꺼떡꺼떡.

티틀리푸르 사람들은 대체로 개종자 오스만과 꺼떡꺼떡 황소를 좋아했지만 이 젊은이가 원하는 것은 오직 한 사람의 마음이었고 그 여자는 좀처럼 곁을 주지 않았다. 그는 상당히 전략적인 이유로 이슬람교로 개종했다는 사실까지 그녀에게 털어놓았다. "물 한 잔이라도 얻어먹으려면 어쩔 수 없잖아, 안 그래, 비비?" 고백을 들은 그녀는 발끈하며, 그렇다면 결코 진정한 무슬림이라고 할 수 없고 그의 영혼은 위험에 빠졌으며 그가 차트나파트나로 돌아가서 갈증에 시달리다 죽든 말든 관심도 없다고 말했다. 그렇게 말하는 그녀의 얼굴은 빨갛게 상기되어 오스만에게 터무니없이 크나큰 실망감을 나타냈는데, 그 실망이 너무도 맹렬해서 그는 오히려 희망을 품고 여전히 날이면 날마다 그녀의 집에서 여남은 걸음 떨어진 곳에 쭈그리고 앉았지만 그녀는 매번 오만한 태도로 지나쳐갈 뿐, 잘 잤느냐 잘 있느냐 하는 인사 한마디 없었다.

티틀리푸르에서는 일주일에 한 번씩 감자를 실은 마차들이 비좁고 바퀫자국이 움푹 팬 오솔길을 따라 덜컹거리며 네 시간 거리에 있는 차트나파트나로 향하는데, 그 마을은 오솔길이 드넓은 대로와 만나는 지점에 있었다. 차트나파트나에는 감자 도매상들이 지어놓은 번쩍이는 알루미늄 사일로가 우뚝우뚝 서 있었지만 아예샤가 이곳을 자주 찾는 까닭은 그 때문이 아니었다. 그녀는 장난감을 내다팔기 위해 작은 마대 꾸러미를 움켜쥐고 감자 마차를 얻어 탔다. 차트나파트나는 아이들을 위한 자질구레한 장신구나 나무를 깎아 만든 장난감이나 에나멜 인형 따위로 이 근방에서는 제법 유명한 마을이었다. 오스만과 황소는 바니안나무의 가장자리에 서서, 감자 포대에 걸터앉아 흔들흔들 멀어져가는 그녀의 모습이 점처럼 조그맣게 보일 때까지 하염없이 지켜보았다.

차트나파트나에 도착한 후 그녀가 찾아가는 곳은 이 마을에서 가장 큰 장난감공장인데 스리 스리니바스가 운영하는 공장이었다. 공장 벽에는 정치적인 낙서가 적혔다. 손바닥*에 투표합시다. 좀더 정중한 내용도 있었다: 인도 공산당에 한 표 던져주십시오. 이런 문구 위에는 자부심 가득한 광고문이 있었다: 스리니바스 장난감 나라. 우리의 좌우명: 성실성과 창의성. 스리니바스는 공장 안에 있었다. 나이 쉰 살가량에 몸집이 크고 물렁물렁한 사내였는데, 태양처럼 빛나는 대머리였고, 장난감을 팔며 평생을 보냈지만 심술궂은 구석이라고는 찾아볼 수 없는 사람이었다. 아예샤는 그 사람 덕분에 살림을 꾸려갈 수 있었다. 그녀의 조각 솜씨에 매료된 그가 모든 작품을 사주기로 했기 때문이다. 그러나 버릇처럼 쾌활한 표정을 한 그의 얼굴은 아예샤가 보따리를 풀자마자 어두워졌는데, 보따리 속에서 나온 것은 스무 개 남짓한 인형으로, 광대 모자를 쓴 젊은 사내와 반짝이는 머리를 끄덕거릴 수 있는 화려한 황소를 나란히 새겨놓았다. 스리 스리니바스는 아예샤가 개종자 오스만을 용서했음을 깨닫고 이렇게 외쳤다. "너도 알다시피 그 녀석은 타고난 제 핏줄을 배신했어. 그렇게 도티 갈아입듯 간단히 신을 바꾸는 놈이 어디 있어? 무슨 생각으로 이러는지 모르겠다만, 얘야, 이런 인형은 받기 싫다." 그의 책상 뒷벽에는 증명서 액자가 걸렸는데, 증명서에는 정교한 장식체로 이런 말이 인쇄되었다: 이 증서는 스리 S. 스리니바스 씨가 유람 항공기를 타고 그랜드캐니언 상공을 비행했으며 따라서 지구 행성의 지질학적 역사에 대한 전문가임을 증명합니다. 스리니바스는 눈을 감고 팔짱을 꼈다. 웃지 않는 부처님 같은 그의 모습은 하늘을 날았던 사

* 문맹자가 많은 국가에서는 각 정당을 그림으로 표시하는데, 손바닥은 인도 국민회의당을 상징한다.

람의 확고부동한 위엄을 풍겼다. "그 녀석은 마귀야." 그가 딱 잘라 말했다. 아예샤는 마대 자루에 인형들을 도로 넣더니 가타부타 말도 없이 돌아서서 나가려 했다. 스리니바스가 눈을 번쩍 떴다. "젠장, 한 번쯤 따져보지도 않는 거냐? 돈이 필요하다는 걸 내가 모를 줄 아니? 어쩌자고 이렇게 멍청한 짓을 했어? 이제 어쩔 테냐? 당장 가서 가족 인형이나 만들어라. 빨리 만들어 오면 최고가에 덤까지 붙여주마. 나는 너무 후해서 탈이라니까." 가족계획 인형은 스리니바스 씨 자신의 발명품으로, 러시아 인형을 변형시켜 사회에 유익하도록 만든 작품이었다. 양복과 장화 차림의 아빠 인형 속에 사리를 입은 얌전한 엄마가 들어 있고 그 속에는 딸, 다시 그 속에는 아들이 들어 있다. 자식은 둘이면 충분하다: 그것이 이 인형의 메시지였다. 밖으로 나가는 아예샤에게 스리니바스가 소리쳤다. "빨리빨리 만들어라. 가족 인형은 수지맞는 장사라고." 그러자 아예샤가 돌아보며 미소를 지었다. "제 걱정은 하지 마세요, 스리니바스 아저씨." 그리고 떠났다.

아예샤가 바큇자국이 팬 감자 길을 따라 다시 티틀리푸르 쪽으로 걷기 시작할 때 그녀의 나이는 열아홉 살이었는데, 그로부터 약 사십팔 시간 후 자기 마을에 나타났을 때는 이미 나이를 짐작할 수 없었으니, 머리카락은 눈처럼 새하얀 백발로 변하고 살결은 갓 태어난 아기처럼 완벽해져 빛을 발했으며, 몸에는 실오라기 하나 걸치지 않았지만 나비떼가 온몸을 빈틈없이 뒤덮어 마치 세상에서 가장 섬세한 옷감으로 만든 드레스를 입은 듯했다. 때마침 광대 오스만은 꺼떡꺼떡 황소와 함께 오솔길 부근에서 연기 연습을 했는데, 그녀가 오랫동안 돌아오지 않아 죽도록 걱정하다가 간밤엔 밤새도록 찾아 헤맸지만 어쨌든 돈벌이는 꼭 필요했기 때문이다. 이 젊은이는 불가촉천민으로 태어나 일찍이 신을 공경한 적이 없지만 그녀를 보는 순간 경외감에 사로잡혔고, 그토록 깊이 사랑하는 처녀에게 감히 접근할 엄두조차 내지 못했다.

그녀가 자기 집에 들어가더니 꼬박 하루 낮과 밤 동안 한 번도 깨어나지 않고 잠만 잤다. 그리고 마을 이장인 사르판치* 무함마드 딘을 만나러 가서, 대천사 지브릴이 나타나 자기 곁에 누워 쉬는 환상을 보았다고 담담히 말했다. 놀라는 사르판치에게, 지금껏 하느님보다는 감자 할당량에 더 큰 관심을 가졌던 그에게 이렇게 밝혔다. "우리에게 위대한 사명이 떨어졌어요. 우리는 모든 것을 바쳐야 하고 모든 것을 얻을 거예요."

한편 거목의 다른 곳에서는 사르판치의 아내 카디자가 울고 있는 광대를 달래는 중이었는데, 그는 사랑하는 아예샤를 더욱 숭고한 존재에게 빼앗겼다는 사실을 받아들이기가 힘들었으니, 대천사가 어떤 여자와 함께 누웠다면 그녀는 영원히 사람의 몫이 될 수 없는 까닭이었다. 카디자는 늙고 건망증이 심한 여자였는데, 애정을 표시하는 일에는 서투를 때가 많아 오스만에게도 별로 위로가 되지 못했다. "호랑이를 무서워하면 꼭 해가 진다잖아." 그 말은 옛 속담이었는데, 나쁜 일은 반드시 겹친다는 뜻이었다.

이 기적에 대한 이야기가 나온 직후 아예샤는 곧 대저택으로 불려갔고, 그때부터 며칠 동안 자민다르의 아내 미샬 악타르 마님과 함께 오랜 시간 밀담을 나누었고, 때마침 딸네 집에 와 있던 마님의 어머니도

---

* 판차야트의 우두머리.

대천사의 백발 아내에게 홀딱 반하고 말았다.

∽

꿈꾸는 자는 꿈속에서도 강력히 항의하고 싶어하는데(그러나 어쩔 도리가 없다): 나는 그 여자에게 손끝 하나도 대지 않았어, 도대체 이게 뭐야, 무슨 몽정이라도 하는 거야? 제기랄, 저 여자가 어디서 그런 정보인지/영감인지를 얻었는지 알 게 뭐야. 아무튼 나하고는 아무 상관도 없다는 사실만은 확실하다고.

사연인즉슨: 아예샤는 마을을 향해 걷다가 갑자기 피로가 몰려오는 듯하여 길을 벗어나 어느 타마린드나무 그늘에 누워 잠시 쉬었다. 그런데 눈을 감는 순간 그가 나타났다. 꿈꾸는 지브릴은 무더위 속에서 외투와 모자 차림으로 땀을 뻘뻘 흘렸다. 그녀가 그를 보았지만 지브릴로서는 자신이 그녀에게 어떤 모습으로 보이는지, 날개와 후광 따위가 보이는지 안 보이는지 모를 일이었다. 그러다가 어느새 그녀 앞에 누웠는데 도저히 일어날 수가 없었다. 팔다리가 쇠몽둥이보다 무거워져 금방이라도 몸무게 때문에 땅이 푹 꺼져버릴 듯싶었다. 이윽고 그를 볼 만큼 보고 난 아예샤는 마치 그에게 무슨 말이라도 들은 듯이 엄숙하게 고개를 끄덕이더니 누더기 사리를 벗고 그의 곁에 알몸으로 드러누웠다. 그러다가 그는 꿈속에서 잠들고 말았는데 누가 업어 가도 모를 만큼 완전히 곯아떨어졌고, 꿈속에서 다시 깨어났을 때 그의 앞에는 이미 백발을 풀어헤치고 나비떼로 옷을 대신한 그녀가 서 있었다: 탈바꿈이었다. 그녀는 여전히 고개를 끄덕이고 있었는데, 황홀한

표정으로 어딘가에서 들려오는—그녀의 주장에 의하면 지브릴의—말을 듣는 중이었다. 이윽고 그녀는 누워 있는 그를 두고 그곳을 떠나 마을로 돌아갔다.

그러니까 이젠 꿈속의 마누라까지 생겼단 말이지, 하고 꿈꾸는 자는 어렴풋한 의식 속에서 생각한다. 저 여자를 어쩐다?—그러나 그 문제는 그의 몫이 아니다. 지금 아예샤와 미샬 악타르가 대저택에 함께 있다.

생일 이후로 미르자 사이드는 뜨거운 욕망을 드러냈고, 그의 아내는 '인생은 사십부터라더니 정말인가봐' 하며 놀라워했다. 부부생활이 하도 정열적이어서 하인들은 하루에도 세 번씩 침대 시트를 갈아야 했다. 미샬은 남편의 성욕이 왕성해졌으니 곧 임신하길 마음속으로 바랐는데, 왜냐하면 의사들이 뭐라고 말하든 간에 그녀는 의욕이야말로 정말 중요한 요소라고 굳게 믿었고, 또한 지난 수년간 아침마다 일어나기 전에 체온을 재고 결과를 모눈종이에 기록하며 배란 패턴을 파악하려 했던 것이 오히려 아기들을 태어나지 못하게 했다고 믿었으니, 우선 잠자리에까지 과학이 끼어드는 상황에서는 열정을 불태우기가 쉽지 않고, 게다가 그녀의 생각으로는, 자존심 있는 태아라면 그렇게 삭막한 계획에 따라 움직이는 어머니의 자궁 속에는 들어가길 꺼릴 테니까. 미샬은 여전히 아이를 원했지만 사이드에게는 그런 말을 다시 입 밖에 내지 않았다. 아이 문제로 그녀를 실망시켰다는 죄책감을 주기 싫어서였다. 그녀는 눈을 감고 자는 척하며 하느님에게 어떤 계시를 내려달라고 기도하곤 했는데, 사이드가 뜨겁고 빈번하게 애정을 표시하기 시작하자 혹시 이것이 계시가 아닐까 생각했다. 그래서, 남편이 이제부터는 페리스탄에 와서 지낼 때마다 '옛날식'으로 돌아가 푸르다*를 지키자는 이상한 제안을 했을 때도 그녀는 경멸해 마땅한 이 요청을 거부하지 않았다. 그들은 도시에도 크고 쾌적한 집 한 채를 소유했는데, 자민다르와 그의 아내는 그 근방에서도 둘째가라면 서러워할 만큼 '현대적'이고 '화끈한' 부부로 통했다. 그들은 현대 미술품을 수집했고, 친구들을 초대하여 소프트포르노 비디오를 보며 어둠 속에서 서로의 몸을 더듬는 난잡한 파티를 벌이곤 했다. 그러므로 미르자 사이드가 '우리 말이야, 미슈, 이 오래된 집에 어울리게 행동해보는 것도 감미롭지 않을까' 하고 말을 꺼냈을 때 미샬로서는 당연히 웃어넘겼어야 옳았다. 그러나 그녀는 '당신 좋을 대로 해요, 사이드' 하고 대답했는데, 그가 그 일을 일종의 에로틱한 게임처럼 설명했기 때문이다. 심지어 그는 그녀를 향한 열정이 너무 강렬해져 언제든지 그 자리에서 당장 표현해야 할 텐데 그런 상황에서 그녀가 바깥에 있으면 하인들이 당황하게 된다고 넌지시 암시하기도 했다. 더욱이 그녀가 자꾸 눈에 띄면 자기로서는 어떤 일에도 집중할 수가 없고, 어차피 도시에만 가면 '얼마든지 신식으로 살 수 있으니까'. 그 말을 듣고 그녀는, 도시에 가면 미르자가 마음을 빼앗길 일이 너무 많으니 차라리 이곳 티틀리푸르에서 지내는 편이 임신 확률도 높음을 깨달았다. 그래서 그냥 눌러앉기로 결심했다. 바로 그때 어머니에게 함께 지내자고 청했는데,

* 부녀자를 남의 눈에 띄지 않게 하는 관습.

내실에 갇혀 지내려면 아무래도 말동무가 필요하리라 싶었다. 쿠레이시 부인은 화가 머리끝까지 치밀어 걸음걸이까지 뒤뚱거리며 나타났는데, 사위를 단단히 꾸짖어 푸르다인지 뭔지 하는 허튼짓을 그만두게 만들 작정이었다. 그런데 놀랍게도 오히려 미샬이 애원했다. "제발 그러지 마세요." 국립은행장의 아내인 쿠레이시 부인도 아주 세련된 여자였다. "사실 말이다, 미슈, 십대 때 너는 너무 얌전했고 되레 내가 더 신식이었어. 지금은 너도 그런 촌티를 벗은 줄 알았는데 이제 보니 네 신랑 때문에 도로 촌뜨기가 돼버렸구나." 이 은행가의 아내는 옛날부터 사위가 실은 지독한 구두쇠라고 믿었는데, 그렇게 믿을 만한 증거는 아무것도 없었지만 여전히 그런 생각을 바꾸려 하지 않았다. 그녀는 딸의 거부권을 깨끗이 무시하고, 잘 정돈된 정원에서 미르자 사이드를 찾아낸 후, 평소 버릇대로 말의 내용을 강조하기 위해 몸을 뒤뚱거려가며 다짜고짜 공격을 퍼부었다. "도대체 어쩌자고 이런 식으로 사나? 내 딸은 가둬놓지 말고 풀어놔야 돼! 그렇게 꽁꽁 쌓아두기만 하면 그 많은 재산이 다 무슨 소용인가? 여보게, 지갑도 풀어주고 마누라도 좀 풀어줘! 어디든 데리고 나가 즐겁게 놀면서 사랑을 다시 키워 보라고!" 미르자 사이드는 입을 벌리다가 대꾸할 말이 없어 도로 다물었다. 쿠레이시 부인은 자신의 장광설에 스스로 도취했고, 말하는 도중에 뜬금없이 떠올랐던 휴가 여행에 대한 생각을 더욱 강력히 밀어붙였다. "다 툭툭 털고 나가라고! 가라고, 가! 그애를 데리고 놀러 나가라니까. 그렇게 가둬놨다가 그애가"—무시무시하게 하늘을 손가락질하며—"영영 떠나버려야 속이 시원하겠나?"

미르자 사이드는 떳떳하지 못한 태도로, 생각해보겠다고 약속했다.

"뭘 그렇게 우물쭈물해?" 쿠레이시 부인이 의기양양하게 소리쳤다. "사람이 왜 그렇게 약골인가? 자네가…… 자네가 햄릿이야?"

그러잖아도 미샬을 설득하여 은둔하게 해놓고 자주 자책감에 시달렸는데 장모의 힐책을 듣게 되자 다시 자책감이 밀려왔다. 그는 위안을 얻으려고 타고르의 소설 『가레바이레』를 읽기 시작했는데, 이 책에서는 어떤 자민다르가 아내를 설득하여 푸르다를 포기하게 하고, 그러자 그녀는 스와데시 운동*에 관련된 선동 정치가와 친해지게 되고, 결국 자민다르는 죽음을 당하고 만다. 이 소설 덕분에 일시적으로 기분 전환이 되긴 했지만 곧 다시 의혹이 찾아들었다. 아내에게 둘러댔던 이유가 과연 진실했을까, 아니면 나비떼의 마돈나이며 간질병 환자인 아예샤를 쫓아다니기 전에 방해물을 깨끗이 치워두려는 수작이었을까? '치우는 거 좋아하네.' 그는 독수리처럼 매섭게 노려보며 자신을 나무라던 쿠레이시 부인을 떠올렸다. '깨끗한 거 좋아하네.' 장모가 이곳에 있다는 사실만 보더라도 내가 진실하다는 증거가 아닐까. 나는 오히려 미샬에게 어머니를 불러들이라고 적극적으로 권하지 않았던가? 그 뚱보 할망구가 나를 싫어한다는 것도 잘 알고, 보나마나 내가 온갖 흉계를 다 꾸민다고 의심할 게 뻔한데도 말이야. 그는 자신에게 물었다. '내가 정말 나쁜 짓을 할 생각이었다면 과연 장모가 와주길 그토록 바랐을까?' 그러나 마음속의 성가신 목소리는 그칠 줄을 몰랐다. '네가 요즘 그렇게 섹스에 몰두하는 것, 갑자기 마누라에게 관심이 많아진 것, 그건 다 감정전이일 뿐이야. 네가 정말 원하는 것은 그 시골

---

* 독립 이전 인도에서의 국산품 애용 운동. '스와데시'는 조국이라는 뜻.

뜨기 계집애와 한바탕 뒹굴어보는 거라고.'

그런 죄의식 때문에 자민다르는 자신이 아주 쓸모없는 인간이라고 느꼈다. 그렇게 비참한 기분으로 생각해보니 장모가 내뱉은 모욕적인 발언들이 모두 옳은 듯했다. 그녀는 그를 '약골'이라고 불렀다. 그의 서재에는 책장이 가득하고, 그 속에서는 벌레들이 국립도서관에서조차 찾아볼 수 없는 귀중한 산스크리트어 고서들을 한창 맛있게 뜯어먹는 중이고, 맛은 좀 떨어지지만 퍼시 웨스터맨, G. A. 헨티, 돈퍼드 예이츠* 등의 전집도 기꺼이 먹어치우는데, 그곳에 앉아 있던 미르자 사이드는 스스로 인정했다. 그래, 맞아, 나는 약골이야. 이 집은 일곱 세대 전에 지어졌고 나약함도 일곱 세대에 걸쳐 발전했다. 그는 조상들이 초라한 도금 액자에 담겨 줄줄이 걸린 복도를 지나, 언젠가는 자신도 그 벽에 내걸리게 되리라는 뜻으로 끝자리에 걸어놓은 거울을 들여다보았다. 그에게는 날카롭거나 거칠어 보이는 부분이 전혀 없었다. 팔꿈치마저 도톰한 살로 뒤덮였다. 거울 속에서 그는 성긴 콧수염과 빈약한 턱과 판**에 물든 입술을 바라보았다. 뺨, 코, 이마: 모두 물렁물렁 물렁살. "나 같은 놈한테 누가 관심을 갖겠어?" 그렇게 외치던 그는 문득 너무 흥분해 소리 내어 말해버렸음을 깨달았고, 그와 동시에 틀림없이 사랑에 빠졌음을, 빠져도 아주 깊이 빠졌음을, 그리고 연모의 대상은 다정다감한 아내가 아니라는 사실을 알았다.

---

* 모두 19세기부터 20세기 중반 사이의 영국 소설가로, 어린이를 위한 모험소설을 주로 썼다.

** 후춧과 식물 구장의 잎에 빈랑자(종려나뭇과의 상록교목 빈랑나무의 열매)와 향신료를 싼 것. 판을 씹으면 붉은 벽돌색 침이 분비된다.

'그렇다면 나는 얼마나 가증스럽고 천박하고 교활하고 자기기만적인 놈인가.' 그는 한숨을 쉬었다. '이렇게 빨리 돌변하다니. 당장 죽어도 싸지.' 그러나 그는 스스로 목숨을 끊을 사람이 아니었다. 그래서 한동안 페리스탄의 복도에서 서성거렸고, 머지않아 이 집이 마법의 힘을 발휘하여 그의 기분을 웬만큼 돌려놓았다.

이 집은: 비록 몽환적인 이름이 붙었으나 실은 꽤 튼튼하고 오히려 좀 평범한 건물인데, 다만 엉뚱한 고장에 자리잡은 탓으로 색다르게 보일 뿐이었다. 일곱 세대 전에 페론이라는 자가 지었는데, 당시 식민지 권력자들에게 많은 인기를 끌었던 이 영국인 건축가의 유일한 건축양식은 신고전주의적인 영국식 시골 저택이었다. 그 시절의 대지주들은 유럽식 건축이라면 환장했다. 사이드의 6대조 할아버지도 총독의 연회 석상에서 페론을 만나 오 분만에 일을 맡겼는데, 인도 무슬림이라고 반드시 메루트 병사들의 소행*을 지지하거나 이후의 폭동에 공감하지는 않음을—아무렴, 그렇고말고—공개적으로 표명하기 위해서였고, 모든 결정을 페론에게 일임했다. 그리하여 지금 이 자리에 페리스탄이 솟아났으니, 아열대성 감자밭 사이에, 거대한 바니안나무 곁에 우뚝 서서, 부겐빌레아 덩굴에 덮여, 부엌에는 뱀이 기어다니고, 찬장마다 나비 시체가 즐비하다. 어떤 이들은 이 집의 이름이 무슨 상상의 세계에서 비롯된 것이 아니라 그 영국인의 이름을 딴 것이라고 주장하기도 했다. '페로니스탄'의 줄임말에 불과하다고.

* 1857년 인도 우타르프라데시주의 메루트에서 인도인 용병들이 차별에 불만을 품고 영국인 장교 및 가족들을 습격한 사건. 이를 계기로 대대적인 항쟁이 시작되었는데, 관점에 따라 '세포이(용병) 반란' 또는 '제1차 인도혁명'이라고 부른다.

일곱 세대가 흐르면서 이 집도 마침내 소달구지와 야자수가 많으며 높고 맑은 하늘에 별도 총총한 이 고장의 풍광과 제법 조화를 이루기 시작했다. 심지어 무두왕無頭王 찰스의 계단을 내려다보는 스테인드글라스 창마저 설명할 수는 없지만 왠지 자연스러워 보였다. 대지주들의 이런 저택 중에서 평등주의의 침탈을 이겨내고 지금까지 살아남은 집은 대단히 희귀하고, 따라서 페리스탄에는 어쩐지 박물관처럼 고풍스러운 분위기가 깃들었는데, 미르자 사이드가 이 낡은 집을 아주 자랑스럽게 여겨 관리 비용을 아끼지 않았는데도—어쩌면 그랬기 때문에 더욱—소용이 없었다. 그는 황동을 두드려 만든 드높은 닫집 밑에서, 세 명의 총독이 사용했던 배 모양의 침대에 누워 잠을 잤다. 그리고 미샬과 쿠레이시 부인과 함께 넓은 응접실에서 특이한 삼인용 러브시트에 앉아 있는 것도 좋아했다. 이 방의 한쪽 끝에는 둘둘 말아 각목 받침대 위에 세워놓은 어마어마한 시라즈 양탄자가 있는데, 이것은 언젠가 화려한 연회가 열려 다시 펼쳐질 날만 기다리지만 그날은 좀처럼 오지 않았다. 식당에는 화려한 코린트식 상단 장식을 새긴 굵고 고전적인 기둥들이 있고, 집 앞의 중앙계단에는 진짜 공작새와 돌로 만든 공작새가 함께 거닐고, 홀에는 베네치아 샹들리에가 짤랑거렸다. 원래 있던 풍카*도 멀쩡해서 지금껏 그대로 사용하는데, 이것들의 조종 끈은 제가끔 도르래를 지나고 벽과 바닥에 뚫어놓은 구멍을 거쳐 환기도 안 되는 작은 방으로 연결되었고, 그곳에 앉아 끈을 잡아당기는 풍카왈라는 집안 구석구석으로 시원한 바람을 보내주면서도 정작 자신은 창문

* 천장에 매단 대형 부채로 사람(풍카왈라)이 노끈으로 움직여 바람을 일으킨다.

도 없는 조그마한 구석방에 틀어박혀 퀴퀴한 공기를 마셔야 하는 얄궂은 신세였다. 하인들도 일곱 세대 전부터 대물림을 해온 사람들이라 이미 불평하는 재간마저 잃어버린 지 오래였다. 이곳에는 옛 관습이 그대로 남아 있었다. 티틀리푸르에서는 하다못해 사탕장수가 혁신적인 사탕과자 하나를 개발해도 팔기 전에 우선 자민다르의 허락부터 받아야 했다. 거목 아래의 삶은 고달팠지만 페리스탄의 삶은 안락했다. 그러나 이렇게 폭신폭신한 생활도 심각한 타격을 받을 때가 있다.

아내가 대부분의 시간을 아예샤와 함께 보낸다는 사실을 알았을 때 미르자는 참을 수 없는 노여움을 느꼈다. 이 정신적 습진은 마음껏 긁을 수도 없어 더욱 미칠 지경이었다. 미샬은 아예샤의 남편이라는 대천사의 도움으로 아기를 잉태하게 되길 바랐지만 남편에게는 그렇게 말할 수 없었고, 따라서 남편이 어째서 마을에서 제일 정신 나간 여자에게 시간을 낭비하느냐고 물었을 때 그녀는 시무룩한 얼굴로 귀찮다는 듯 으쓱 어깻짓만 했다. 미샬이 이렇게 말수가 적어지자, 미르자 사이드의 가슴속에서는 가려움증이 더욱 심화되고 질투심까지 일어났다. 그러나 아예샤를 시기하는지 미샬을 시기하는지는 자신도 알 수 없었다. 그는 나비떼의 여왕도 아내와 똑같은 색조의 반짝이는 회색 눈동자를 가졌음을 처음으로 알게 되었는데, 무슨 까닭인지 그 사실에 대해서도 괜스레 화가 치밀었다. 마치 자기만 빼놓고 두 여자가 작당하여 온갖 비밀을 속닥거린다는 듯이. 어쩌면 나에 대해 재잘대는지도 몰라! 아내를 내실로 들여보내 오히려 역효과가 난 듯했다. 심지어 저 할망구 쿠레이시 부인마저 아예샤에게 넘어가버렸다. 미르자 사이드는 생각했다. 참 대단한 삼총사야. 미신이 문을 열고 들어오면 분별은 창을 열고 나가기 마련이지.

아예샤에 대하여: 발코니나 정원에서 우르두어 연애시를 읽으며 서성대는 미르자와 마주칠 때마다 아예샤는 항상 다소곳하고 조심스러웠다. 그러나 성적인 관심이라고는 조금도 찾아볼 수 없는 이 정중한 태도는 오히려 미르자를 더 깊은 절망 속으로 밀어넣을 뿐이었다. 그래서, 어느 날 아내의 방으로 들어가는 아예샤를 보고 몇 분 후 자지러지듯 울부짖는 장모의 신파적인 비명을 들었을 때, 그는 고집스러운 복수심에 사로잡혀 무슨 일인지 얼른 가보지 않고 일부러 꼬박 삼 분이나 기다렸다. 그러고 나서 들어갔더니 쿠레이시 부인은 영화배우처럼 머리카락을 쥐어뜯으며 흐느끼고 미샬과 아예샤는 침대 위에 책상다리로 마주앉아 서로의 회색 눈동자를 들여다보는데 아예샤가 양손을 내밀어 미샬의 얼굴을 감싸쥔 자세였다.

알고 보니 대천사가 아예샤에게 자민다르의 아내가 암으로 죽어간다고 말해주었는데, 양쪽 유방에 죽음의 악성종양이 가득 퍼져 몇 개월밖에 살 수 없다고 한다. 암이 생긴 자리는 미샬에게 하느님의 잔인성을 여실히 보여주는 증거였으니, 새 생명에게 젖을 빨리는 일이 유일한 꿈이었던 여자에게 하필이면 젖가슴에 죽음을 넣어주다니 정말 심술궂은 하느님이 아닐 수 없었다. 사이드가 들어갔을 때 아예샤는 미샬에게 간절한 어조로 속삭이는 참이었다. “그런 식으로 생각하시면 안 돼요. 하느님이 구원해주실 거예요. 이건 믿음의 시험이라고요.”

쿠레이시 부인은 쉴새없이 울부짖으며 미르자 사이드에게 이 비보를 전했는데, 어리둥절한 자민다르로서는 더이상 참을 수 없었다. 그는 불같이 화가 나서 부들부들 떨며 고함을 지르기 시작했다. 당장이라도 방안의 가구를 때려 부수고 사람들까지 모조리 때려죽일 태세였다.

"암이라니 무슨 개수작이냐!" 그는 아예샤에게 분통을 터뜨렸다. "감히 내 집에서 천사가 어쩌고 하는 미친 소리로 내 가족을 꼬드기다니. 네 환상도, 눈에 안 보이는 네 서방도 다 필요 없으니 썩 나가라. 지금이 어떤 세상인데, 병이 있고 없고는 감자밭 유령 따위가 아니라 의사들이 말해준다. 무슨 이유로 이런 소동을 일으키느냐. 당장 꺼져라. 다시는 내 땅에 발끝 하나 들여놓지 마라."

아예샤는 그의 말을 들으면서도 끝까지 미샬에게서 눈을 떼거나 손을 떼지 않았다. 그리고 사이드가 두 주먹을 쥐었다 폈다 하며 숨을 돌릴 때 그의 아내에게 조용히 말했다. "우리는 모든 것을 바치고 모든 것을 얻을 거예요." 이 말, 온 마을 사람들이 무슨 뜻인지도 모르면서 앵무새처럼 되뇌는 이 말을 듣는 순간, 미르자 사이드 악타르는 이성을 잃고 손을 들어 아예샤를 후려갈겼다. 그녀는 의식을 잃고 방바닥에 나뒹굴었는데, 입에서는 피가 흐르고 이 하나가 주먹에 맞아 흔들거렸다. 그녀가 그렇게 쓰러져 있을 때 쿠레이시 부인이 사위에게 욕설을 퍼부었다. "맙소사, 내가 살인자에게 딸을 맡겼구나. 맙소사, 여자를 때리다니. 그래, 나도 때려라, 연습 좀 해봐. 성자들을 모욕하는 놈, 신성모독자, 마귀, 더러운 자식." 사이드는 아무 말도 없이 방을 빠져나갔다.

이튿날 미샬 악타르는 도시에 가서 종합검진을 받겠다고 고집을 부렸다. 사이드도 물러서지 않았다. "그런 미신을 믿고 싶다면 마음대로 해. 그렇지만 내가 따라가 주길 기대하진 말라고. 자동차로도 가는 데만 여덟 시간이 걸리는데 내가 미쳤다고 거길 가?" 미샬은 그날 오후 어머니와 운전사와 함께 길을 떠났고, 그리하여 검진 결과가 나왔을 때 미르자 사이드는 자기가 있어야 할 자리, 즉 아내 곁에 있어주지 못했다. 결과는: 양성, 너무 많이 진행되어 수술 불가, 가슴 전체에 암의 발톱이 깊이깊이 박혔다. 앞으로 몇 달, 운이 좋다면 육 개월, 그리고 그 이전에 통증이 시작될 터였다. 미샬은 페리스탄에 돌아오자마자 내실로 향했고, 거기서 라벤더색 편지지에 딱딱한 문체로 남편에게 의사의 진단 내용을 알렸다. 아내의 필적으로 적힌 아내의 사형선고를 읽었을 때 그는 간절히 울고 싶었지만 눈에서는 한 방울의 눈물도 나오지 않았다. 그는 벌써 오랫동안 한 번도 절대자를 생각하지 않았지만 지금은 아예샤가 했던 말이 뇌리를 떠나지 않았다. 하느님이 구원해주실 거예요. 모든 것을 얻을 거예요. 쓰라린 생각, 미신적인 생각이 떠올랐다. '이건 저주야. 내가 아예샤에게 눈독을 들였기 때문에 그녀가 내 아내를 죽이려는 거야.'

그가 내실로 찾아갔을 때 미샬은 만나주려 하지 않았고, 그 대신 그녀의 어머니가 문앞을 가로막고 서서 향긋한 파란색 종이에 쓴 두번째 편지를 전해주었다. '아예샤를 만나고 싶어요. 그것만 허락해줘요.' 미르자 사이드는 고개를 푹 수그리고 승낙을 표시한 후 수치스러운 몰골로 물러났다.

마훈드의 경우는 늘 투쟁이었고 이맘의 경우는 노예 노릇이었지만 이 여자의 경우에는 아무것도 없다. 지브릴은 몸을 움직이지 못하고, 실제로도 그렇듯이 꿈속에서도 대개 잠들어 있을 뿐이다. 그녀는 나무 밑이나 도랑 같은 곳으로 그를 찾아와 그가 하지도 않는 말을 혼자 듣고 제멋대로 받아들이며 가버린다. 예컨대, 도대체 암에 대해 내가 뭘 알아? 아무것도 모르는데.

비몽사몽간에 그는 이런 생각을 한다: 여기저기서 사람들이 환청을 듣고 말의 유혹에 빠지는데 그건 내가 아니야. 나는 한 번도 그런 말을 꺼낸 적이 없어. 그렇다면 누구지? 누가 그들의 귓속에 속삭이고 그들에게 산을 움직이는 능력을 주고 시계를 정지시키고 병을 진단해주는 거지?

지브릴은 짐작할 길이 없다.

미샬 악타르가 티틀리푸르로 돌아온 다음 날, 아예샤는—사람들은 그녀를 카힌 또는 피르라고 불렀다—어디론가 종적을 감추었고 일주일 동안 어디에도 나타나지 않았다. 그녀를 사모하던 비운의 광대 오스만은 마을 사람들에게 이런 말을 털어놓았다. 그는 흙먼지 자욱한 감자 길을 따라 멀찌감치 그녀를 뒤따랐는데, 느닷없이 바람이 불어 눈에 모래가 들어갔고 잠시 후 눈을 떠보니 그녀는 '온데간데없더라'

고 했다. 평소에는 오스만과 황소가 정령이나 마술 램프나 열려라 참깨 따위의 허황한 이야기를 시작할 때마다 마을 사람들은 억지로 참아준다는 표정으로 놀려대곤 했다. 좋아, 오스만, 그런 수작은 차트나파트나에 가서 써먹으라고. 거기 놈들이야 그런 이야기에도 홀랑 넘어가겠지만 우리 티틀리푸르 사람들은 사리 분별이 확실하니까, 궁전 하나가 나타나려면 일꾼 천 명하고도 한 명이 달라붙어 뚝딱뚝딱 지어야 한다는 것도 알고 그게 사라지려면 그만큼의 일꾼이 뚝딱뚝딱 무너뜨려야 한다는 것도 알거든. 그러나 이번에는 아무도 광대를 비웃지 않았다. 마을 사람들은 아예샤에 관한 일이라면 어떤 말이든 서슴지 않고 믿어버렸다. 그들은 머리가 눈처럼 새하얀 이 처녀가 옛날 비비지의 진정한 후계자라고 믿었다. 그녀가 태어나던 해부터 나비떼가 다시 나타났고 지금도 망토처럼 그녀를 감싸고 졸졸 따라다니지 않나? 아예샤는 나비떼가 돌아왔을 때 한동안 부풀었다가 이미 오래전에 시들어버린 그 희망이 결코 헛되지 않았다는 산 증거였고, 또한 이승에서도, 심지어 지상에서 가장 힘없고 가난한 사람들에게도 얼마든지 엄청난 이적이 일어날 수 있다는 산 증거였다.

"천사께서 데려가셨구나." 사르판치의 아내 카디자가 놀라워하며 말하자 오스만이 울음을 터뜨렸다. "아냐, 그건 오히려 좋은 일인데." 늙은 카디자가 영문 모르고 해명하려 들자 마을 사람들은 사르판치를 놀려댔다. "저렇게 똥오줌 못 가리는 여편네를 데리고 어떻게 이장이 됐는지 알다가도 모를 일이야."

그러자 사르판치가 시큰둥하게 대꾸했다. "댁들이 뽑아줬잖수."

아예샤는 실종 후 이레째 되던 날 마을 쪽으로 걸어오다가 사람들의 눈에 띄었는데, 역시나 벌거벗은 채 황금빛 나비떼로 몸을 감쌌고 은빛 머리카락은 바람에 날려 등뒤에서 물결쳤다. 그녀는 곧장 사르판치 무함마드 딘의 집으로 찾아갔고 당장 판차야트를 소집하여 비상 회의를 열어달라고 요청하며 이렇게 설명했다. "거목이 생긴 이래 가장 위대한 사명이 우리에게 떨어졌어요." 무함마드 딘은 차마 그녀의 부탁을 거절하지 못하고 회의 시간을 그날 일몰 후로 잡았다.

그날 밤 판차야트 구성원들은 종래의 나뭇가지로 모여들었고 카힌 아예샤는 그 앞의 땅에 서 있었다. "저는 천사님과 함께 저 높은 곳으로 날아갔어요. 그래요, 세상 끝에 있는 로테나무에도 가보았지요. 대천사 지브릴은 우리에게 말씀을 전하셨는데 그건 명령이기도 해요. 우리는 모든 것을 바치고 모든 것을 얻을 거예요."

사르판치 무함마드 딘은 한평생을 살면서 한 번도 겪어보지 못했을 만큼 난감한 선택을 앞두고 있었다. "천사께서 뭐라고 말씀하셨지, 아예샤, 아가?" 그는 목소리를 떨지 않으려고 안간힘을 썼다.

"천사께서 내리신 말씀은, 우리가, 남녀노소를 불문하고 우리 모두가 지금 당장 순례길에 나설 준비를 시작하라는 것이었어요. 우리는 여기서부터 메카 샤리프까지 걸어가서, 저 신성한 모스크 하람 샤리프의 중심부에 있는 카바의 검은 돌에 입을 맞춰야 해요. 무슨 일이 있어도 반드시 가야 해요."

그때부터 판차야트의 다섯 원로는 열띤 논쟁을 벌였다. 농작물을 돌봐야 한다는 말도 나왔고, 집을 팽개쳐두고 모두 떠나버릴 수는 없다는 말도 나왔다. "그건 생각도 못할 일이다, 얘야." 사르판치가 아예샤에게 말했다. "알라께서도 가난이나 건강 때문에 정말 떠날 수 없는 사람들은 하즈와 우므라*를 못해도 용서하신다고 하잖니." 그러나 아예샤는 계속 침묵을 지켰고 원로들은 계속 말다툼을 벌였다. 그러더니 아예샤의 침묵이 모두에게 전염된 듯했고 한참 동안 아무도 입을 열지 않았는데 그 사이에 이 문제에 대한 결론이 내려졌다. 다만 어떤 과정을 거쳐 그렇게 되었는지 명확히 아는 사람은 아무도 없었다.

마지막까지 이의를 제기한 사람은 광대 오스만이었다. 개종자 오스만에게는 새로운 믿음도 물 한 모금보다 나을 것이 없었다. 그가 외쳤다. "여기서 바다까지는 거의 이백 마일입니다. 이 마을에는 할머니도 계시고 갓난아기도 있어요. 그런데 어떻게 떠난다는 겁니까?"

"하느님이 힘을 주실 거예요." 아예샤가 차분히 대답했다.

그래도 오스만은 포기하지 않고 소리쳤다. "혹시 말입니다, 우리와 메카 샤리프 사이에 드넓은 바다가 있다는 생각들은 안 해보셨습니까? 어떻게 건너가죠? 순례선을 탈 만한 돈도 없잖아요. 천사님이 날개를 달아주실 테니 훨훨 날아가면 되나요?"

그러자 많은 사람이 성난 얼굴로 신성모독자 오스만을 나무랐다. 사르판치 무함마드 딘도 이렇게 꾸짖었다. "이젠 조용히 하게. 자넨 아직 우리 신앙도 우리 마을도 잘 모르잖나. 그러니까 입 닥치고 구경이나 하면서 잘 배우라고."

그러나 오스만은 건방지게 말대꾸를 하고 나섰다. "아하, 새로 들어

---

* '하즈'는 무슬림이 일생에 한 번은 해야 하는 대大순례이고, '우므라'는 '소(小)순례'로 무슬림이 메카에 들어갈 때마다 치러야 하는 의식이다. 신전 카바의 신성한 제단을 일곱 바퀴 돌고 검은 돌을 만지고 신성한 샘 잠잠의 물을 마시고 사파 언덕과 마르와 언덕 사이를 일곱 번 달리는 등 복잡한 과정을 거친다.

온 놈은 이런 식으로 대접하시는군요. 동등한 자격이 아니라 그저 시키는 대로 따르는 아랫것으로." 그러자 얼굴이 시뻘게진 남자들이 오스만을 둘러싸고 다가들었는데, 미처 무슨 일이 벌어지기 전에 카힌 아예샤가 광대의 질문에 대답하면서 분위기가 완전히 바뀌었다.

"그 이백 마일을 걸어서 가고, 해변에 도착해서 물거품에 발을 들여놓으면 바다가 열릴 거예요. 물이 갈라져 바닥이 드러나면 다시 메카까지 걸어가는 거죠."

이튿날 아침, 미르자 사이드 악타르는 유난히 조용해진 집에서 눈을 떴고, 하인들을 불렀지만 아무도 대답하지 않았다. 이 적막은 감자밭에도 이어졌다. 그러나 지붕처럼 넓게 펼쳐진 티틀리푸르 나무 밑은 온통 소란에 휩싸여 시끌벅적했다. 판차야트가 만장일치로 대천사 지브릴의 분부에 따르기로 결정했고 마을 사람들은 출발 준비를 시작했기 때문이다. 처음에 사르판치는 노인이나 환자가 타고 갈 수 있도록 목수 이사Isa를 시켜 소가 끄는 들것을 만들려 했는데, 이 발상은 다른 사람도 아니고 아내 때문에 박살나고 말았다. 그녀는 이렇게 말했다. "귀는 뒀다가 어디다 쓰시려나, 사르판치 어르신! 천사께서 걸어가라고 하셨잖아? 그럼 그렇게 해야지." 도보 순례에서 면제된 사람은 제일 어린 아기들뿐이었는데, 이들은 어른들이 모두 교대로 업고 가기로 결정했다. 마을 사람들은 가진 돈을 모조리 쓸어모았고, 판차야트 가지 앞에는 감자, 렌즈콩, 쌀, 여주, 고추, 가지 등등 채소가 산더미처럼 쌓여갔다. 식량은 무게에 따라 공평하게 나누어 각자 지참하기로 했다. 조리 도구는 물론이고 침구류도 있는 대로 끌어모으는 중이었다. 짐 나르는 짐승도 데려가고 두 대의 마차에 살아 있는 닭 따위를 싣고 갈 예정이었으나 개인 소지품은 최소화한다는 것이 사르판치의 전반적 방침이었다. 이 같은 준비 과정은 동트기 전부터 시작되었고, 따라서 노발대발한 미르자 사이드가 마을에 들어섰을 때는 이미 일이 상당히 진척된 상태였다. 그때부터 사십오 분 동안 자민다르는 화를 내며 소리치거나 마을 사람들의 어깨를 쥐고 흔들어 일을 더디게 만들었다. 그러나 다행히 그가 단념하고 떠나버리자 일은 다시 전처럼 빠른 속도로 진행되었다. 미르자는 떠나가면서도 자기 머리를 연거푸 두드리며 사람들을 욕했는데, 미치광이나 머저리를 비롯하여 아주 나쁜 말들도 마구 튀어나왔다. 그러나 그는 옛날부터 하느님을 공경할 줄 모르는 망나니였으니 자기 운명대로 살도록 내버려두는 수밖에 없다. 그런 사람과는 입씨름을 해봤자 소용없는 일이니까.

해질 무렵이 되자 마을 사람들은 떠날 준비를 끝마쳤고 사르판치는 모든 사람이 한밤중에 일어나 기도를 올리는 즉시 출발해야 한다고 말했다. 그래야 한낮의 땡볕을 피할 수 있다면서. 그날 밤, 그는 늙은 카디자 곁에 누워 중얼거렸다. "드디어. 옛날부터 나는 죽기 전에 카바를 참배하고 둘레를 돌고 싶었어." 그러자 그녀가 손을 내밀어 그의 손을 붙잡았다. "나도 간절히 바라던 일이야. 가망 없다는 걸 알면서도. 우린 끝까지 함께 걸어가는 거야."

한편 미르자 사이드는 온 마을이 짐을 꾸리는 장관을 보고 무력감과 분노에 사로잡혀 예고도 없이 아내에게 달려갔다. "미슈, 지금 무슨 일이 벌어지는지 알고 있소?" 그는 우스꽝스러운 몸짓을 해가며 소리쳤다. "티틀리푸르 사람들이 한꺼번에 회까닥 돌았는지 모두 바닷가로 떠난다는 거요. 그럼 집은 어떻게 되고 밭은 또 어떻게 되겠소? 다 망하는 거지. 틀림없이 정치판 선동가들 농간일 거야. 누가 누군가에게 뇌물을 먹였겠지.—혹시 내가 돈을 준다고 하면 다들 제정신을 차리고 그냥 남아 있지 않을까?" 그러다가 말을 뚝 끊었다. 방안에 아예샤도 있었다.

"이년이!" 그는 대뜸 욕설부터 내뱉었다. 아예샤는 책상다리를 하고 침대 위에 앉아 있었고, 미샬과 장모는 방바닥에 쪼그리고 앉아 이것저것 뒤적거리며 순례에 가져갈 소량의 물품을 가려내는 중이었다.

"당신은 못 가!" 미르자 사이드는 고래고래 고함을 질렀다. "절대로 허락할 수 없소. 저 갈보가 마을 사람들한테 무슨 망언을 퍼뜨렸는지 모르지만 당신은 내 아내요, 이런 자살 행위에 끼어드는 건 절대로 용납하지 않겠소."

그러자 미샬은 쓰디쓰게 웃었다. "말도 참 잘하는군요, 사이드, 좋은 말만 골랐네. 내가 살지 못한다는 걸 알면서도 자살 운운하다니. 사이드, 여기서 지금 무슨 일이 벌어지는 건 사실이지만 당신처럼 유럽에서 수입한 무신론을 믿는 사람은 어떤 일인지 이해할 수 없어요. 그 영국제 양복을 걷어내고 심장이 어디 있는지 찾아본다면 혹시 알게 될지도 모르지만."

사이드는 이렇게 외쳤다. "믿을 수 없군! 미샬, 미슈, 이게 정말 당신 맞아? 역사 저편으로 사라진 사람들처럼 당신도 갑자기 하느님에 미치기라도 한 거요?"

그러자 쿠레이시 부인이 말했다. "여보게, 어서 나가. 여긴 불신자가 있을 곳이 아니야. 천사께서 아예샤에게 말씀하셨어. 미샬이 메카로 가서 이번 순례를 끝마치면 암도 깨끗이 사라지고 없을 거라고. 모든 것을 바치고 모든 것을 얻는 거지."

미르자 사이드 악타르는 아내의 침실 벽에 두 손을 짚고 석고벽에 이마를 갖다댔다. 그리고 한참 후 말했다. "꼭 우므라를 해야겠다면 제발 시내로 가서 비행기를 탑시다. 이틀 이내로 메카에 도착할 수 있소."

그러자 미샬이 대답했다. "걸어서 가라는 분부를 받았어요."

사이드는 자제력을 잃고 말았다. 발악하듯 소리쳤다. "미샬? 미샬? 분부라고? 대천사라고, 미슈? 지브릴? 긴 수염 기른 하느님에다 날개 달린 천사까지? 천국과 지옥까지, 미샬? 뾰족한 꼬리와 갈라진 발굽을 가진 악마까지? 도대체 어디까지 믿는 거요? 여자들에게도 영혼이 있나, 어떻소? 아니, 반대로: 영혼에도 성별이 있소? 하느님은 흑인이오 백인이오? 바닷물이 쩍 갈라지면 나머지 물은 대체 어디로 간다는 거요? 무슨 담벼락처럼 우뚝 서 있나? 미샬? 대답 좀 해봐요. 기적이라는 게 정말 있소? 낙원을 믿소? 나도 죄를 용서받을 수 있겠소?" 그는 울기 시작했고, 벽에 이마를 기댄 채 털썩 무릎을 꿇었다. 그리고 멍하니 중얼거렸다. "정 그렇다면 순례에 따라가시오. 다만 메르세데스 스테이션왜건을 타고 가요. 에어컨도 있고 아이스박스에 콜라를 잔뜩 담아갈 수도 있잖소."

그러자 미샬이 상냥하게 말했다. "아니에요. 우리도 남들과 똑같이 갈 거예요. 우린 순례자예요, 사이드. 해변으로 소풍가는 게 아니라고요."

미르자 사이드 악타르는 울며 말했다. "난 어찌할 바를 모르겠소. 미슈, 나 혼자서는 도저히 감당할 수가 없어."

그때 침대 위에서 아예샤가 말했다. "미르자 사히브, 우리와 함께 가요. 당신의 사상은 다 끝났어요. 가서 당신 영혼을 구하세요."

사이드는 충혈된 눈으로 일어섰다. 그리고 쿠레이시 부인에게 사납게 쏘아붙였다. "나들이를 하라고 하셨죠. 그 말이 확실히 씨가 됐군요. 말씀하신 그 나들이가 우리 모두 끝장내고 말 겁니다. 일곱 세대에 걸쳐 이어진 이 집안을 통째로 말아먹겠죠."

미샬이 그의 등에 뺨을 기댔다. "같이 가요, 사이드. 그냥 가자고요."

사이드는 아예샤를 향해 돌아서서 단호하게 말했다. "신은 없어."

그러자 아예샤가 말했다. "신 이외의 신은 없고 무함마드는 하느님의 예언자로다."*

사이드는 이렇게 말을 받았다. "신비로운 경험은 주관적일 뿐, 객관적 진리는 결코 아니지. 바다는 갈라지지 않아."

아예샤가 대답했다. "천사께서 명령하시면 갈라질 거예요."

"넌 사람들을 분명한 파멸로 이끌고 있어."

"하느님의 품으로 이끄는 거죠."

"난 너를 믿지 않아." 미르자 사이드는 고집을 꺾지 않았다. "그래도 가긴 가겠어. 가면서 한순간도 쉬지 않고 이 미친 짓을 끝내려고 노력할 거야."

그러나 아예샤는 오히려 기뻐했다. "하느님은 수많은 방법, 수많은 길을 택하시어 의심하는 이들을 확신으로 이끄십니다."

---

* 이슬람 신앙의 핵심적 선언.

"지옥에나 가라!" 미르자 사이드 악타르는 그렇게 소리치고 나비떼를 흩어버리며 뛰쳐나갔다.

ഗ

비줍은 외양간에서 광대 오스만이 황소의 털을 손질하며 귓가에 속삭였다. "누가 더 미쳤을까. 미친 여자, 아니면 그 미친 여자를 사랑하는 바보?" 황소는 대답하지 않았다. 오스만이 말을 이었다. "어쩌면 우린 그냥 불가촉천민으로 살아야 했는지도 몰라. 강요된 바다는 금지된 우물보다 더 나쁜 것 같단 말이야." 그러자 황소가 고개를 끄덕였다. 옳다는 뜻으로 두 번, 끄떡끄떡.

제5부

보이지만 안 보이는 도시

1

"올빼미로 변한 뒤에 다시 내 모습으로 돌아오는 주문이나 해독제는 무엇이오?" 무함마드 수피안 씨는 산다르 카페의 소유자이며, 그 위에 있는 하숙집의 주인이며, 두 곳을 찾아와 잠깐씩 머무르는 각양각색의 손님에게는 정신적 스승이자 만물박사로 행세하며, 하지*이면서도 교조주의자와는 거리가 멀고 중독자에 가까울 만큼 지독한 비디오광이며, 독학으로 여러 문화권의 고전문학을 두루 섭렵한 전직 교사이며, 그러나 과거 방글라데시가 아직 '동부'였던 시절** 다카에서 몇몇 장군의 문화적 견해에 이견을 표시하다가 교직에서 쫓겨났으며, 따라서 자칭 '이

* 하즈, 즉 메카 참배를 완수한 사람.

** 방글라데시는 1947년 영국에서 독립한 파키스탄의 한 주(동파키스탄)였다가 1971년 분리 독립했다.

민자가 아니라 왜민자*'가 된 사람인데—이는 자신의 모자라는 키를 빗댄 농담으로, 그의 몸은 팔과 허리가 굵고 딱 바라졌으나 길이를 따지자면 지면으로부터 61인치에 불과하기에 나온 말이었고, 그는 한밤중에 점피 조시의 다급한 노크 소리를 듣고 깨어나 침실 문간에서 눈을 끔벅거리고, 벵골식 쿠르타의 (목둘레 끈은 나비 모양으로 단정하게 묶고) 옷자락에 반원형 안경을 닦고, 근시안을 질끈 감았다 떴다 감고, 다시 안경을 끼고, 눈을 뜨고, 콧수염은 없지만 헤나로 물들인 턱수염을 쓰다듬고, 쩝쩝 입맛을 다시고, 마침내 고양이가 쥐 물고 오듯 점피가 데려온 사내에 대한, 와들와들 떠는 몰골사나운 꼬락서니에 대한, 그리고 이제 의문의 여지도 없이 명백한 두 개의 뿔에 대한 즉흥적 반응으로 앞의 문장을 내뱉었는데—자다가 방금 깨어난 사람치고는 머리 회전이 제법 빠르다고 칭찬할 만한 일이었으나 사실 이 말은 마다우라의 루시우스 아풀레이우스**에게서 훔친 것이었으니, 대략 서기 120~180년경에 살았던 그는 모로코의 성직자였고 제국 초기의 식민지 백성이었는데, 어느 부유한 과부에게 마법을 걸었다는 죄목을 부인하며 옛날 언젠가 자기도 마법에 걸려 (올빼미가 아니라) 당나귀로 변한 적이 있다고 자못 빈정거리며 고백한 바 있었다. 수피안은 복도로 나와 두 손을 후후 불어 겨울의 하얀 입김을 안개처럼 피워올리며 말을 이었다. "그래, 그렇지. 불행한 일이지만 한탄한들 무슨 소용이 있겠

---

* 'an immig as an emig runt'. 이민자(immigrant)를 이용한 언어유희로, 왜소한 신장(약 155센티미터)을 빗댔다.

** 로마제정기의 문인으로 마법으로 나귀가 된 인간을 통해 풍자한 『황금의 나귀』 등을 썼다.

나. 그럴수록 건설적인 자세를 가져야지. 가서 마누라를 깨워야겠네."

참차는 수염과 먼지투성이였다. 담요를 토가처럼 둘렀는데, 그 밑에는 우스꽝스러운 염소 발굽으로 변한 두 발이 불쑥 드러났고, 담요 위에는 점피에게 빌린 양가죽 재킷을 걸쳤는데, 목깃을 세우는 바람에 곱슬곱슬한 양털 바로 위에 뾰족한 염소뿔이 돋아난 모습은 차라리 한 편의 슬픈 희극이었다. 그는 말을 못하는 듯했고 동작이 둔했으며 눈빛마저 흐릿했다. 점피는 그를 격려하려 했지만—"자, 보라고, 금방 해결될 거야"—살라딘은 한없이 지치고 맥 빠진—뭐랄까?—말해버리자: 사티로스였다. 한편 수피안도 계속 아풀레이우스식으로 연민을 표시했다. "당나귀의 경우에는 다시 사람으로 변신하려면 이시스 여신의 도움이 필요했다네. 하지만 그거야 까마득한 옛날 일이지. 자네 경우엔 말이야, 젊은 양반, 우선 따끈한 수프부터 한 그릇 먹는 게 좋겠구먼."

바로 그 순간, 공포에 사로잡힌 또다른 목소리가 오페라처럼 높이 울려퍼져 수피안의 상냥한 음성은 완전히 묻혀버렸고, 잠시 후에는 그의 왜소한 몸을 마구 밀치고 뒤흔들며 나타난 사람이 있었는데, 산더미 같은 몸집에 살이 출렁거리는 이 여자는 수피안을 옆으로 치워버려야 할지 아니면 앞에 세워 방패막이로 삼아야 좋을지 망설여지는 듯했다. 그녀는 수피안의 등뒤에 숨어 떨리는 팔을 앞으로 뻗었고 그 끝에서 진홍색 손톱의 포동포동한 검지가 바르르 떨었다. 여자가 울부짖었다. "저기 저거! 도대체 저게 뭐야?"

"조시 친구분이야." 수피안은 온화한 어조로 대답한 후 참차에게 말했다. "용서하게나. 워낙 뜻밖의 일이기도 하고—아무튼 이쪽은 우리

여편네야—*우리 마나님*—힌드."

그러자 웅크리고 있던 여자가 소리쳤다. "친구라니? 어떻게 친구가 될 수 있어? 맙소사, 당신 눈이 삐었어?"

복도에는—바닥은 맨 마루, 벽에는 찢어진 꽃무늬 벽지—졸린 눈의 하숙생이 하나둘씩 나타났다. 그중에서도 특히 눈에 띄는 이라면 두 십대 소녀였는데, 한 명은 펑크스타일 머리, 한 명은 꽁지머리였지만 둘 다 (점피에게 배운) 무술 공수도와 영춘권 솜씨를 뽐낼 기회가 생겨 반가워했다. 그들은 바로 수피안의 두 딸 미샤(17세)과 아나히타(15세)였는데, 그들은 새로운 마돈나*의 얼굴이 찍힌 티셔츠에 헐렁한 이소룡 파자마를 걸치고 전투태세로 방에서 뛰쳐나왔고,—살라딘의 비참한 모습을 보았고,—기쁨에 겨워 눈을 휘둥그레 뜨고 머리를 절레절레 흔들었다.

"굉장해." 미샤이 흡족한 듯 말했다. 그러자 동생도 고개를 끄덕였다. "끝내준다. 기똥차." 그러나 아나히타의 어머니는 딸의 말버릇을 꾸짖지 않았다. 힌드는 다른 일에 정신이 팔려 아까보다 더 크게 고함을 질렀다. "남편이라는 위인 좀 보소. 무슨 하지가 저래? 딴 사람도 아니고 샤이탄이 우리집에 들어왔는데 내 손으로 끓인 닭고기 야크니를 갖다 바치란 말이야?"

이때 점피 조시가 나서서 힌드에게 제발 고정하시라고 애원하며 사정을 해명하려 했지만 소용없었다. 힌드는 숨을 몰아쉬며 도저히 반박할 수 없는 말을 던졌다. "저게 악마가 아니라면 저 지독한 입냄새는

---

* 성모 마리아가 아니라 가수 마돈나.

대체 어디서 나는 거야? '향기로운 동산'에서 왔나?"

그때 참차가 불쑥 대답했다. "굴리스탄이 아니라 보스탄이죠. AI-420편 말입니다." 그러나 그의 목소리를 듣는 순간 힌드는 무시무시한 비명을 지르며 참차를 지나 주방 쪽으로 허둥지둥 달아났다.

어머니가 아래층으로 도망칠 때 미샬이 살라딘에게 말했다. "아저씨, 우리 엄마가 저렇게 겁을 먹는 걸 보니 아저씨 꼬락서니도 보통 심각한 게 아니라고요."

그러자 아나히타도 맞장구를 쳤다. "죽여주네요. 환영해요."

ꟸ

이 힌드라는 여자, 비록 지금은 잔뜩 흥분하여 고래고래 소리를 질러대지만 그녀도 한때는—신기한일이지만사실이다!—수줍음 많은 새색시였고 얌전하기 그지없었으며 그야말로 너그러움과 자상함의 화신이었다. 다카의 박학다식한 교사에게 시집오면서부터 완벽한 반려자로서 본분에 충실하기로 마음먹었고, 남편이 밤늦도록 시험지를 채점할 때는 소두구향 홍차를 끓여주었고, 교무진 가족 소풍 때는 교장의 환심을 사려고 노력했고, 쿠란 샤리프는 물론이고 리그베다까지 술술 읊어대고 줄리우스 카이사르의 무용담이나 성자 요한의 계시록도 거침없이 들먹이는 남편에게 더욱 어울리는 아내가 되기 위해 비부티 부샨 바네르지의 소설과 타고르의 형이상학을 붙잡고 끙끙거리기도 했다. 그 시절의 힌드는 남편의 다원론적이고 개방적인 정신에 감탄했는데, 이에 상응하는 절충주의를 부엌에서 실현하기 위해 남인도의 도사와 우타팜, 카슈미르의 말랑말랑한 고기완자 따위의 조리법을 익히려고 노력했다. 그러다가 점점 더 정열적으로 요리의 다원론에 몰두하게 되었으니, 세속주의자 수피안이 인도 아대륙의 복합적인 문화를 낼름낼름 집어삼킬 때—"서양 문화를 모르는 척할 필요는 없잖아, 수백 년이 지나서 이젠 우리 전통의 일부가 됐으니까"—그의 아내는 그곳의 음식을 꾸역꾸역 먹어치웠다. 그리하여 양념이 많이 들어간 각종 하이데라바드식 요리와 걸쭉한 러크나우식 요구르트 소스 따위를 즐기는 사이에 그녀의 몸도 변하기 시작했으니, 왜냐하면 그 많은 음식이 다 어디로 갈까, 결국 그녀도 아대륙의 광활한 땅덩어리를 닮아갔는데, 모름지기 음식이란 어떤 경계선도 거침없이 넘나드는 법이므로 그녀의 몸은 어디가 어디인지 모를 정도로 마냥 불어났다.

그러나 무함마드 수피안 씨는 조금도 체중이 늘지 않았다. 1톨라*도, 1온스도.

그가 좀처럼 살찌지 않아서 문제의 발단이 되기도 했다. 아내가 수피안을 나무랐을 때—"내 요리가 마음에 안 들어요? 내가 누구 때문에 그 고생을 하고 이렇게 풍선처럼 부풀었는데?"—그는 반원형 안경 너머로 그녀를 올려다보며(아내의 키가 더 컸으므로) 온화하게 말했다: "절제도 우리 전통이야, *마누라*. 배부르기 전에 두 숟갈쯤 덜 먹는 거지. 금욕은 수도자의 길이거든." 참으로 대단한 사람이다. 말대꾸는 척척 잘하지만 누가 시비를 걸어와도 속 시원하게 싸워볼 생각은 아예 못한다.

* 무게 단위, 약 180그램.

힌드에게 절제는 불가능했다. 만약 수피안이 불평을 했다면, 가령 단 한 번이라도 나는 한 여자와 결혼한 줄 알았는데 요즘 당신을 보면 두 몫을 하고도 남겠어 하고 말했다면, 힌드에게 조금이라도 자극을 주었다면!—그녀도 버릇을 고쳤을지도 모른다. 아니, 당연히 그랬으리라. 그러므로 수피안의 잘못이 컸다. 점잖은 것도 유분수지, 무슨 남자가 뚱뚱한 여편네에게 모욕적인 말 한 마디 못 던진단 말인가? 사실 수피안이 적당히 핀잔을 주거나 간절히 애원했더라도 힌드는 자신의 먹성을 다스리지 못했을 가능성이 크다. 그러나 그가 아무 말도 하지 않았으므로 그녀는 줄기차게 먹고 또 먹으며 자신의 몸매에 대한 책임을 남편에게 고스란히 떠넘겼다.

그렇게 한번 트집을 잡기 시작하더니 그녀는 곧 남편을 탓할 만한 일이 한두 가지가 아님을 깨달았고, 자신에게 혀가 있다는 사실도 깨달았고, 그리하여 이 학교 선생의 초라한 아파트는 시시때때로 시끄러워졌는데, 소심한 수피안으로서는 학생들에게도 차마 꺼내지 못할 질책의 소리였다. 무엇보다도 그는 지나치게 도의적이라는 이유로 호된 꾸지람을 들었는데, 덕분에 생전 부자 마누라 소리 한 번 듣기는 틀렸다고 힌드는 주장했다. 언젠가 은행에서 실수로 그의 계좌에 월급을 두 번 입금시킨 적이 있는데 그는 즉시 이 잘못을 은행에 알리고 돈을 돌려주었으니 무슨 말이 더 필요할까? 또 언젠가는 제일 돈 많은 학부형이 찾아와 아이들 시험지를 채점하는 수고의 보답으로 일반적인 성의 표시를 하려고 했을 때도 일고의 여지도 없이 단호하게 거절해버렸는데 도대체 이런 교사에게 무슨 희망이 있을까?

"그런 일이야 얼마든지 용서할 수 있지." 그녀는 넌지시 그렇게만 말해놓고 나머지 말은 생략해버렸는데, 생략된 내용은 다음과 같았다. 하지만 당신에겐 두 가지 심각한 잘못이 있단 말이야: 성적인 죄와 정치적인 죄.

신혼 때부터 두 사람의 성관계는 아주 드물었는데, 그나마도 캄캄한 어둠 속에서였고, 바늘 떨어지는 소리가 들릴 정도의 침묵 속에서였고, 움직임마저 거의 없었다. 몸을 흔들거나 몸부림을 친다는 것은 힌드로서는 상상도 못할 일이었고, 수피안은 끝까지 움직임을 최소화한 상태에서 일을 마쳤고, 따라서 그녀는—옛날부터—이 문제에 대해 두 사람의 마음이 일치한다고 생각했으니, 그 마음이란 곧 이것이 더러운 짓이라는 것, 하기 전이든 나중이든 입 밖에 낼 일이 못 된다는 것, 그리고 하는 도중에도 그 일에 몰두해서는 안 된다는 것이었다. 아이가 빨리 생기지 않을 때 그녀는 자기가 전생에 뭔가 죄를 지어 하느님이 벌을 내리신다고 믿었다. 태어난 아이들이 둘 다 딸이었을 때도 알라를 원망하는 대신 남편이 사내답지 못해 씨앗도 허약한 탓이라 믿었고, 그런 생각을 표현하는 데 주저함이 없었고, 오히려 더욱 강조했고, 그리하여 아나히타가 태어나자마자 힌드가 역겹다는 듯 내뱉은 말은 산파를 경악시키기에 충분했다. "또 딸이잖아. 하긴, 애아버지가 누구인지를 감안하면 바퀴벌레나 생쥐가 태어나지 않은 것만 해도 천만다행이지." 둘째 딸이 태어난 후 힌드는 이제 참을 만큼 참았다며 수피안에게 그의 침대를 밖으로 옮기라고 명령했다. 그는 아이를 더는 낳지 않겠다는 그녀의 생각을 말없이 받아들였다. 그러나 힌드는 이 호색한이 아직도 이따금 그녀의 불 꺼진 방에 들어와서 소리 없고 움직임도 없는—그녀가 생식을 위해 마지못해 참았던—그 이상한 의식을 치를 수 있으리라 생각한다는 것을 알게 되었다. 그러나 그가 처음 그 일을 시도했을 때 힌드는 대뜸 이렇게 소리쳤다. “내가 그 짓을 재미삼아 한 줄 알아?”

우둔한 수피안도 곧 그 말이 진담이었음을—지저분한 짓은 이제 끝, 절대 사절, 왜냐하면 나는 성에 굶주린 탕녀가 아니라 점잖은 숙녀니까—깨달았고 그때부터 밤늦도록 집에 들어오지 않았다. 이 기간 동안—힌드는 그가 창녀들을 만난다고 오해했지만—정계에 발을 들여놓았는데 그것도 평범한 정계가 아니었고, 맙소사, 이 똑똑한 양반이 글쎄 악마들과 한패가 되었으니, 다시 말해 공산당에 가입했으니 도의고 뭐고 물 건너간 셈이었다. 마귀들, 그것이 그들의 정체였고 그들은 창녀보다 훨씬 더 나빴다. 남편이 이런 사이비 종교에 빠졌기에 힌드는 황급히 짐을 꾸려 두 어린것을 데리고 영국으로 떠날 수밖에 없었고, 이 이데올로기적 요술놀음 때문에 이민 절차에 수반하는 온갖 고난과 굴욕을 참아내야 했고, 이 악마숭배 때문에 영국 땅에서 오도가도 못하고 고향 마을도 다시는 찾아갈 수 없게 되었다. 언젠가 그녀는 남편에게 이런 말을 했다. “난 당신이 내 몸에 음탕한 짓을 못하게 했고, 당신은 그 앙갚음으로 나를 영국으로 오게 만들었어.” 수피안은 대답하지 않았다. 침묵은 긍정을 뜻한다.

그런데 힌드의 유배지인 빌라예트에서, 섹스에 미친 남편의 복수심에서 비롯된 이 타향에서 그들은 무엇으로 생계를 이었을까? 뭐라고? 수피안이 책에서 배운 지식으로? 『기탄잘리』 『전원시』 혹은 희곡 『오셀로』 따위로? 그건 그렇고, 수피안은 오셀로가 원래는 아탈라 또는 아타울라였는데 작가가 철자를 잘 몰랐다고 설명하던데, 무슨 작가가 그 모양일까?

정답은: 그녀의 요리였다. 힌드의 솜씨는 '샨다르'라는 칭송을 받았다. '빼어나다, 굉장하다, 맛있다.' 낙원의 음식 같은 그녀의 사모사와 봄베이식 차트와 굴라브 자만을 맛보기 위해 런던 전역에서 사람들이 몰려들었다. 이때 수피안이 할 수 있는 일은 무엇이었을까? 공부를 그렇게 많이 했으면서도 돈을 받거나 홍차를 나르거나 이리저리 뛰어다니는 하인 노릇이 고작이었다. 아, 물론 손님들은 그의 성격을 좋아했다. 옛날부터 사람을 끄는 매력이 있었으니까. 그러나 사람들이 식당에 찾아와 돈을 내는 까닭은 대화를 위해서가 아니다. 잘레비, 바르피, '오늘의 특선 요리'. 인생은 알다가도 모를 일이다! 이제는 그녀가 가장이다.

승리!

그러나 실상은 조금 달랐다. 주방장도 그녀, 가족을 부양하는 사람도 그녀, 샨다르 카페의 성공을 일궈낸 주인공도 그녀, 마침내 사층 건물을 통째로 사들여 방을 세놓을 수 있었던 것도 그녀 덕분인데,—이상하게도 지독한 입냄새처럼 짙은 패배감의 독기가 감도는 것은 오히려 그녀 쪽이었다. 수피안은 계속 빛나건만 힌드는 불이 꺼져버린 듯했다. 필라멘트가 끊어진 전구처럼, 식어가는 별처럼, 사그라진 불꽃처럼.—왜 그럴까?—어째서, 직업도 제자들도 존경도 모두 잃어버린 수피안은 어린 양처럼 깡충깡충 뛰어다니며 조국에서와는 달리 이곳 진짜 런던에서는 체중도 늘어 점점 통통해지는데, 어째서, 권력은 이미 그의 손을 떠나 그녀의 손으로 넘어갔는데, 어째서 그녀는—남편의 표현에 의하면—'얼빠진 여자처럼' '골난 사람처럼' '매 맞은 개처럼' 행동할까? 간단하다: 그랬는데도가 아니라 그랬기 때문에라고 해야 옳다. 상황이 변하면서 그녀가 소중히 여기던 모든 것이 뒤죽박죽이 되어버렸다. 변환의 과정에서 상실되었다.

그녀의 언어: 지금은 혀를 피곤하게 만드는 온갖 생소한 소리를 발음해야 하는데 어찌 한탄하지 않으랴? 낯익은 곳: 다카에서는 교사의 초라한 아파트에서 살았고 지금은 탁월한 사업 감각과 저축과 양념을 다루는 재간 덕분에 테라스가 있는 사층 건물에 살지만 다 무슨 소용인가? 그녀가 잘 알던 도시는 지금 어디에 있나? 어린 시절을 보냈던 마을은 어디 있으며 고향의 푸른 물길은 또 어디 있나? 그녀의 삶을 지배하던 풍습도 지금은 영영 사라졌거나 찾아보기 어렵게 되었다. 빌라예트에 사는 사람들은 너무 바빠 조국에서처럼 느긋하게 인사를 주고받거나 수많은 계율을 일일이 지킬 여유가 없다. 더군다나: 예전에는 든든한 남편의 그늘에서 편안히 지냈건만 지금은 별 볼일 없는 남편과 함께 살지 않는가? 예전에는 집안에 들어앉아 자신에게 어울리는 호사를 누렸건만 지금은 어쩔 수 없이 자신과 남편의 생계를 책임져야 하는데 거기에 무슨 긍지가 있으랴?—그리고 그녀는 남편의 쾌활함 속에 감춰진 슬픔을 알고 (어떻게 모를 수 있으랴) 이 또한 패배였다. 예전에는 아내로서 부족하다고 느낀 적이 한 번도 없었다. 그런데 지금은, 무슨 여편네가 남편의 기분을 풀어주지도 못하고 그의 가짜 행복과 진짜인 체하는 시늉을 보고만 있단 말인가?—그리고 또: 그들은 언제 어떤 일이 벌어질지 모르는 악마의 도시에 들어왔다. 한밤중에 아무런 이유도 없이 유리창이 박살날 수도 있고, 길거리에서 보이지 않는 손에 떠밀려 넘어질 수도 있고, 가게 안에서 귀가 떨어져나가지나 않을까 염려될 만큼 지독한 욕설을 듣고 얼른 그쪽을 돌아보면 허

공과 미소 짓는 얼굴만 보이고, 날이면 날마다 이 남자애가 혹은 저 여자애가 유령에게 실컷 두들겨맞았다는 말을 듣게 된다.—그렇다, 무슨 설명이 필요하랴, 원래부터 귀신 도깨비의 나라인 것을. 그저 집안에 머무는 게 최고려니, 편지 한 통 부치러 나가는 일도 웬만하면 피하고, 마냥 집안에서, 문도 걸어 잠그고, 기도나 올리고, 그러면 마귀들도 (아마) 나타나지 않으리라.—패배의 이유? 바바, 누가 일일이 헤아릴 수 있을까? 자신은 가겟집 여편네이며 노예 같은 부엌데기에 지나지 않는다. 동포들도 믿을 수 없다.—점잖고 고상한 사람이라고 생각했던 남자들이 조국에 있는 아내에게 전화로 이혼을 통고하고 *허튼계집*과 놀아나고, 혼인 지참금 때문에 여자들이 죽임을 당하고(이렇게 관세도 없이 해외 세관을 통과하는 것들이 더러 있다),—그러나 가장 심각한 문제는 이 악마의 섬이 딸들에게 미친 해독이다. 그들은 말귀를 다 알아들으면서도 좀처럼 모국어를 쓰지 않는데, 순전히 엄마에게 상처를 주기 위해서다. 그게 아니라면 어째서 미샬이 머리를 몽땅 잘라버리고 무지개 색으로 물들였을까? 그리고 날이면 날마다 싸움, 말다툼, 반항,—그리고 가장 심각한 것은 그녀의 이런 불만이 전혀 새롭지 않다는 점이다. 그녀 같은 여자들은 언제나 그렇게 살았고, 따라서 지금의 그녀는 한 사람이 아니고 그녀 자신만이 아니고 수피안 선생의 아내 힌드만이 아니다. 그녀는 익명성에 파묻혀 특징 없는 복수複數가 되었고 그저 그녀-같은-여자들-중-하나가 되었다. 이것이 역사의 교훈이다: 그녀-같은-여자들은 다만 고통받고 기억하고 죽어갈 뿐.

그녀가 한 일은: 남편의 결점을 부정하기 위해 웬만하면 귀족처럼 혹은 임금처럼 떠받들었는데, 일찍이 잃어버린 과거의 세계에서는 남

편의 영광이 곧 자신의 영광이었기 때문이다. 그리고 카페 바깥에서 배회하는 유령들을 부정하기 위해 실내를 벗어나지 않았는데, 주방에 필요한 물품이나 각종 생활용품을 사오는 일도 남들에게 시켰고, 벵골어와 힌디어로 된 영화 비디오를 하염없이 (점점 쌓여가는 인도 영화 잡지와 함께) 조달하는 일도 남들에게 시켰고, 그것들을 통하여 '현실세계'의 일을 접할 수 있었으니, 이를테면 비길 데 없는 지브릴 파리슈타의 기괴한 실종 사건이나 그후 그가 비행기 사고로 사망했다는 비극적인 소식도 그렇게 알게 되었다. 그리고 패배감과 좌절감을 해소하기 위해 딸들에게 소리를 질렀다. 큰딸은 그 보복으로 머리를 싹둑 자르고 젖꼭지가 톡 튀어나올 정도로 몸에 꽉 끼는 도발적인 셔츠를 입고 다녔다.

그런데 완전한 악마의 모습을 갖춘 뿔 달린 염소인간이 나타났으니, 전술한 상황에 비춰볼 때 최후의 일격이랄까, 적어도 끝에서 두번째는 될 만한 충격이 아닐 수 없었다.

샨다르에 기거하는 사람들은 야간용 주방에 모여 즉석에서 비상대책회의를 열었다. 힌드가 닭고기 수프에 온갖 저주를 퍼붓는 동안 수피안은 참차를 식탁 앞에 앉혀놓고—이 가엾은 친구에게는 파란 플라스틱 좌석이 있는 알루미늄 의자를 따로 마련해주었다—야간 회의를 시작했다. 망명중인 학교 선생이 지극히 교육자다운 음성으로 라마르크의 이론을 인용했다는 사실을 여기서 밝힐 수 있게 되어 나로서는 기쁘기 그지없다. 그리고 참차가 하늘에서 떨어졌다는 믿어지지 않는 이야기를 점피가 나서서 들려주었을 때—이야기의 주인공은 닭고기 수프와 자신의 불행에 너무 몰두하여 스스로 설명할 만한 여유가 없었으므로—수피안은 쩝쩝 입맛을 다시며 최신판 『종의 기원』을 언급했다. "그 책에 의하면 위대한 찰스도 극한 상황에서는 종족을 보존하기 위해 돌연변이가 일어날 수 있다고 시인했어. 그러니까 설령 그 후계자들이—언제나 본인보다 더 철저한 다윈론자였는데!—그의 사후에 그런 라마르크식 이설을 거부하고 자연도태만 고집한들,—그렇지만 나로서도 인정할 수밖에 없는 건, 그런 이론은 개체의 생존에까지 적용되기보다 종족 전체에만 해당하고,—아울러 돌연변이의 본질을 따지자면 문제는 변화의 실질적 효용을 파악하는 일이지."

이때 아나히타 수피안이 지루하다는 듯 턱을 괴고 눈을 하늘로 치켜뜨며 생각의 흐름을 끊어버렸다. "아빠도 차암. 그만 좀 하세요. 중요한 문제는 저 아저씨가 어쩌다 저런, 저런,"—감탄하듯이—"괴물이 되신 거죠?"

그 말이 떨어지자 악마가 닭고기 수프에서 고개를 번쩍 들며 이렇게 외쳤다. "아냐, 그건 아니야. 나는 괴물이 아니라고. 천만에, 절대로 아니야." 끝없이 깊은 슬픔의 심연에서 올라오는 듯한 목소리는 수피안의 둘째 딸에게 감동과 두려움을 주었고, 그녀는 얼른 그의 곁으로 달려가 충동적으로 이 불행한 짐승의 어깨를 어루만지며 실수를 만회하려 했다. "그야 물론 아니죠, 죄송해요, 아저씨가 괴물이라는 게 아니라 괴물처럼 생겼다는 것뿐이에요."

살라딘 참차는 울음을 터뜨렸다.

한편, 둘째 딸이 악마의 몸에 실제로 손을 대는 모습을 보고 경악을 금치 못하던 수피안 부인은 잠옷 바람으로 모인 하숙생 관객들을 향해 돌아서서 수프 국자를 휘둘러대며 지지를 호소했다. "이걸 어떻게 참아요?—여자애들의 정조가, 안전이 위태로운데.—그것도 우리집에서, 저런 물건이……!"

이때 미샬 수피안이 참을성을 잃었다. "제기랄, 엄마."

"제기라알?"

그러나 미샬은 분개하는 힌드를 외면하고 수피안과 점피에게 물었다. "일시적 현상일까요? 무슨 귀신에 씌었다든지—혹시 귀신을 쫓아내면 해결되지 않을까요?" 오멘과 샤이닝과 굴리스와 엘름 스트리트의 악몽* 따위를 떠올리는 눈빛에 흥분한 기색이 역력했고, 여느 십대 못지않게 열렬한 비디오광인 아버지도 이 가능성을 진지하게 고려해 보는 듯했다. "『황야의 이리』**에서는—" 수피안이 그렇게 말문을 열었지만 점피는 더 들어보려고도 하지 않았다. "여기서 정말 필요한 일은 이 상황을 이데올로기적 관점에서 검토해보는 겁니다."

그 말에 모두 입을 다물었다.

점피는 어렴풋이 겸손한 미소를 띠며 말을 이었다. "객관적으로 봤을 때 어떤 일이 있었습니까? 첫째: 부당한 체포, 위협, 폭력. 둘째: 불법 구금, 병원에서 자행했던 알 수 없는 의학 실험."—여기서 사람들은 너나없이 맞장구를 치며 웅성거렸는데, 이 자리에 모인 사람들은 일찍이 질내膣內검사***, 데포-프로베라 사건****, 무단 산후 불임 시술

* 모두 공포영화의 제목들.

** 헤르만 헤세의 소설.

따위를 기억하고 더 앞으로 거슬러올라가면 제3세계 의약품 덤핑***** 에 대해서도 잘 알았으므로 점피의 말에 충분히 공감할 수 있었으니, — 왜냐하면 사람은 자신이 직접 목격한 일만 믿을 수 있으므로, — 단순히 눈에 보이는 정도가 아니라 자신이 받아들일 수 있어야 하므로, — 그리고 어차피 뿔이나 발굽 같은 것들은 어떤 식으로든 해명이 필요하고, 그렇게 경비가 철저한 병원이라면 또 어떤 일이 벌어지는지 모를 일이므로 — "셋째: 정신적 파탄, 자아 정체성 상실, 무력감. 우리가 다 경험했던 일이죠."

아무도, 힌드조차도 부인하지 않았다. 점피의 말에는 도저히 반박할 수 없는 진실이 담겨 있었다. 점피가 말을 이었다. "이데올로기적 측면에서 저는 희생자의 입장이 되길 거부합니다. 물론 저 친구는 분명히 피해를 입었지요. 그러나 아시다시피 모든 권력남용에는 피해자의 책임도 없지 않습니다. 우리 모두의 수동적인 태도가 그런 범죄를 방조하고 허용하죠." 이렇게 사람들을 꾸짖어 다들 부끄러운 얼굴로 고분고분해지게 만든 후 그는 수피안에게 현재 비어 있는 작은 다락방을 내어달라고 부탁했고, 수피안은 연대책임 의식과 죄책감 때문에 차마 단 한 푼의 방세도 요구할 수 없었다. 물론 힌드는 조금 투덜거렸다. "세상이 다 미쳐 돌아가는구나. 악마가 우리집 손님으로 들어오다니." 그러나 워낙 작은 소리로 말했으므로 맏딸 미샬 말고는 아무도 듣

*** 영국 이민국 직원들이 밀수품 적발을 사유로 실시했다.

**** 영국에서 빈민층 유색인 여성을 대상으로 FDA 승인 없이 피임약 데포-프로베라를 투약해 1973년 적발된 사건.

***** 선진국이 자국에서 금지된 의약품을 개발도상국에 수출하는 일.

지 못했다.

수피안은 둘째 딸이 그랬듯이 참차에게 다가갔다. 참차는 담요로 몸을 감싸고 힌드의 비길 데 없는 닭고기 야크니를 끝도 없이 퍼마셨는데, 수피안은 여전히 떨고 있는 이 불쌍한 중생에게 팔을 두르며 백치나 어린애에게 말하듯 중얼거렸다. "자네가 있어야 할 곳은 바로 여기야. 어딜 가서 망가진 몸을 고치고 건강을 되찾겠나? 여기가 아니면 어디로 가겠나? 우리와 함께, 동포와 함께, 동족과 함께 지내야지."

참차가 수피안의 수사 의문문에 대꾸한 것은 기력이 완전히 바닥난 채 다락방에 혼자 남았을 때였다. 그는 어둠을 향해 또박또박 말했다. "난 당신들의 동족이 아니야. 당신들도 내 동포가 아니고. 나는 당신들한테서 벗어나려 애쓰며 반평생을 보냈단 말이야."

∽

심장이 말썽을 부리기 시작했는데, 느닷없이 펄쩍 뛰었다가 곱드러졌다가 하는 꼴이 마치 저도 악마적인 새 모습으로 둔갑하고 싶다는 듯, 메트로놈처럼 정확하던 종전의 박자를 포기하고 이제부터는 타블라 즉흥 연주처럼 복잡하고 예측 불가능한 리듬으로 한바탕 놀아보겠다는 듯했다. 비좁은 침대에 누워 잠들지도 못하고 이리저리 뒤척일 때마다 침대 시트와 베갯잇에 뿔이 걸리적거렸다. 그는 다시 시작된 심장의 괴상한 짓을 숙명론적 자세로 받아들였다. 다른 것들이 다 변하는데 심장만 안 변하라는 법이 있나? 쿵더쿵, 심장이 뛰고 몸이 움찔거렸다. 까불면 정말 혼내줄 테야. 쿵쿵더쿵. 그렇다: 여기야말로 지옥이다. 런던시가 자하눔, 게헤나, 무스펠하임*으로 돌변해버렸다.

악마도 지옥에서 고통을 받나? 그들은 삼지창을 들고 괴롭히는 쪽이 아니었나?

지붕창에서 끊임없이 물이 떨어졌다. 이 위험천만한 도시에도 해빙기가 찾아와 지금 바깥 길거리는 젖은 골판지처럼 질척거렸다. 배달차의 발자국이 진창에 이리저리 골을 파놓았다. 먼동이 텄다. 이내 새벽의 합창이 시작되었다. 착암기가 재잘거리고, 도난 경보기가 지저귀고, 바퀴 달린 동물들이 길모퉁이에서 서로 치받으며 빽빽거리고, 커다란 올리브색 쓰레기핥기 한 마리가 웅웅거리고, 어느 술집 위층에 매달린 페인트공의 작업대에서 라디오가 깩깩거리는 목소리를 뱉어내고, 막 잠에서 깨어난 초대형 트럭들이 길고 비좁은 길을 따라 무섭게 질주하며 으르렁거린다. 땅속에서는 인간들을 통째로 삼켰다가 도로 게워내는 거대한 지하 벌레가 지나간다는 사실을 알려주는 진동이 전해지고, 하늘에는 헬리콥터가 파닥거리고, 더 높은 곳에는 번쩍거리는 새가 끼잉끼잉 울며 날아간다.

태양이 떠올라 선물 상자를 풀듯이 안개 낀 도시를 풀어본다. 살라딘 참차는 잠들었다.

잠은 그에게 휴식을 가져다주지 않았다. 휴식은커녕 물리치료사 히아신스 필립스와 함께 힘없는 발굽을 바삐 움직이며 운명을 향해 다가닥다가닥 도망치던 밤거리로 되돌려놓았고, 그리하여 그날 밤 속박은 멀어져가고 도시가 차츰 가까워질 때 히아신스의 얼굴과 몸이 변하는

---

* 각각 이슬람교, 유대교, 북유럽신화에서의 지옥.

듯했던 일을 다시 생각나게 했다. 그는 그녀의 윗니 중앙의 앞니 사이에 틈이 생겨 점점 넓어지는 것을 보았고, 그녀의 머리카락이 저절로 묶이고 뒤엉켜 메두사처럼 변해가는 것을 보았고, 옆얼굴의 윤곽이 기이한 삼각형으로 변하여 머리선에서 코끝까지가 바깥쪽으로 비스듬히 튀어나왔다가 다시 안쪽으로 꺾여 목에 이르기까지 일직선으로 이어지는 것을 보았다. 노란 불빛 속에서 그녀의 피부색이 시시각각 어두워지고 이빨이 점점 돌출되고 몸뚱이는 아이들이 낙서한 그림처럼 가늘고 길어졌다. 이때 그녀는 그에게 점점 더 노골적으로 음란한 시선을 던지면서 뼈만 앙상한데도 도저히 뿌리칠 수 없는 손으로 그의 손을 움켜쥐고—마치 해골에게 붙잡힌 듯했다—어느 무덤 속으로 끌고 내려가려 했다. 그녀의 숨결에서, 그녀의 입술에서 그는 새로 파헤친 흙의 냄새, 그 역겨운 냄새를 맡았고…… 혐오감이 엄습해왔다. 어떻게 이 여자를 매력적이라고 생각했을까, 어떻게 그녀를 원했을까, 더구나 그녀가 내 몸에 올라타고 허파를 두들겨 액체를 뽑아낼 때는 두 사람이 격렬한 성교에 몰두한다고 상상하지 않았던가?…… 도시는 그들을 둘러싸고 울창한 숲처럼 깊어졌다. 건물들이 서로 휘감기며 그녀의 머리처럼 헝클어졌다. 그녀가 속삭였다. "이곳엔 빛이 들어올 수 없어요. 여긴 어둡죠. 완전히 캄캄해요." 그녀는 그 자리에 드러누워 그를 자기 쪽으로, 즉 땅 쪽으로 끌어당길 자세를 취했지만 그는 이렇게 소리쳤다. "빨리, 교회로 갑시다." 그리고 멋대가리 없는 상자 같은 건물 속으로 재빨리 뛰어들었다. 그에게는 여러 의미에서 성역이 필요했다. 그러나 교회 안의 신자석에는 히아신스가 가득했다. 젊은 히아신스, 늙은 히아신스, 볼품없는 파란색 투피스 정장, 모조 진주, 망사 조각으로 장식한 작은 필박스 모자 따위로 치장한 히아신스, 순백색 잠옷을 걸친 히아신스, 상상할 수 있는 온갖 모습의 히아신스가 입을 모아 예수님, 저를 고쳐주소서 하고 떠들썩하게 노래했다. 그러다가 참차를 보더니 찬송을 중단하고 전혀 경건하지 않은 태도로 사탄이다, 악마다, 악마다 따위의 고함을 질렀다. 이제는 함께 들어온 히아신스마저 새로운 눈으로 그를 바라보는 기색이 역력했는데, 바로 조금 전 길거리에서 그가 그녀를 바라보던 시선이었다. 그녀 역시 그에게서 뭔가 메스꺼운 요소를 발견한 듯했다. 끔찍하게 뾰족하고 우중충한 얼굴에서 혐오감을 보는 순간 갑자기 화가 치밀었다. "훕시*들!" 무슨 까닭인지 오래전에 버렸던 모국어로 욕설이 튀어나왔다. 그들에게 잡년들, 야만인들이라고 소리쳤다. "정말 불쌍하구나. 너희가 아침에 거울을 들여다볼 때마다 어둠이 보이겠지. 더러운 흔적, 너희가 천하디천한 존재라는 증거가 뚜렷이 보일 거다." 그러자 히아신스들이 한꺼번에 덤벼들었고, 그의 히아신스도 그 속에 파묻혀 구별할 수 없고 더는 개개인이 아니라 그녀-같은-여자들일 뿐이었고, 그는 무섭게 얻어맞으며, 매애애 가련한 비명을 지르며, 빙글빙글 맴돌며 빠져나갈 길을 찾아 헤맸다. 그러다가 문득 이 공격자들이 분노보다 두려움에 사로잡혔음을 깨달은 그는 몸을 쫙 펴고 두 팔을 벌리며 악마의 소리로 울부짖었고, 여자들은 황급히 흩어져 저마다 신자석 뒤로 몸을 감추었고, 그는 비록 피투성이가 되었으나 숙이지 않고** 당당히 싸움터를 떠났다.

꿈이란 원래 현실과 달리 제멋대로 진행되기 마련이다. 그러나 심

---

* 깜둥이.

** 영국 시인 윌리엄 어니스트 헨리의 「불굴의 영혼」의 한 구절.

장이 또다시 당김음 단계로 접어들면서 잠시 잠에서 깨어난 참차는 이 악몽이 진실과 별반 다르지 않다는 쓰디쓴 사실을 깨달았다. 적어도 근본적인 상황은 똑같았다.—그것이 히아신스의 마지막 모습이었지, 하고 생각하며 다시 잠들었다.—그리고 자기 집 현관홀에서 떨고 있는 자신을 보았다. 위층에서는 점피 조시가 파멜라와 함께 격렬한 언쟁을 벌였다. 내 아내와 함께.

그리고 진짜 파멜라가 했던 말을 꿈속의 파멜라도 그대로 되풀이하며 백 번하고도 한 번 더 남편을 부인했을 때, 그런 건 존재하지 않아, 그런, 그런 괴물은 없어, 사랑과 욕망을 접어두고 도움의 손길을 내민 사람은 선량한 잠셰드였다. 울고 있는 파멜라를 놓아두고—그녀가 꼭대기층에서, 즉 살라딘의 골방에서 괴물을 다시 데려올 생각이라면 꿈도 꾸지마, 하고 소리쳤다—점피는 양가죽과 담요로 참차를 감싼 후 쇠약해진 친구를 데리고 어둠 속을 지나 샨다르 카페로 향하며 공허한 약속이 담긴 상냥한 말을 속삭였다. "괜찮아질 거야. 두고 보라고. 다 해결될 거야."

잠에서 깨어났을 때 살라딘 참차는 그런 말을 떠올리며 쓰라린 울분을 느꼈다. 문득 이런 생각이 들었다: 파리슈타는 어디 있을까? 망할 자식. 그놈은 잘 지내겠지.—그는 앞으로도 그런 생각을 자주 할 테고 거기서 놀라운 결과가 빚어질 터였다. 그러나 지금의 그에게는 더 중요한 일이 있었다.

그는 생각했다. 나는 악의 화신이다. 현실을 직시해야 한다. 어떻게 이런 일이 벌어졌든 간에 부인할 수 없는 현실이다. 나는 이제 내가 아니다, 혹은, 나만이 아니다. 나는 온갖 그릇된 것들과 우리가-증오하는-모든-것과 죄악이 유형화된 존재다.

그런데 왜? 왜 나야?

내가 무슨 잘못을 저질렀기에—도대체 내가 어떤 사악한 짓을 저지를 수 있다고, 또는 저지르려 한다고?

내가 무엇 때문에—이런 생각을 억누를 수 없었다—벌을 받는단 말인가? 그리고 말이 나온 김에, 누가 내리는 벌이지? (이때 나는 대답하지 않았다.)

나도 나름대로 선을 추구했고, 내가 누구보다 선망할 만한 사람이 되기 위해 노력했고, 영국을 정복하기 위해 강박관념이라고 할 만큼 집요하게 매진하지 않았더냐? 열심히 일하고 말썽을 피하고 새사람이 되려고 분투하지 않았더냐? 근면함, 투철함, 중용, 절제, 자립성, 정직성, 가정생활: 이를 모두 합치면 도덕률이 아니고 무엇이더냐? 파멜라와 나 사이에 아이가 없는 것이 어디 내 잘못인가? 유전적인 문제까지 내 책임인가? 혹시, 이 시대는 거꾸로 뒤집힌 세상이니까, 나는 지금 오히려 '선'을 추구했다는 바로 그 이유로 이렇게 운명이 주는—그는 자신을 괴롭히는 힘을 운명이라고 부르기로 했다—고통에 시달리는 것이 아닐까?—요즘은 그런 노력이 잘못이고 심지어 악이라고까지 말할 수 있는 것일까?—그렇다면 이 운명이란 얼마나 잔인한 것이기에 내가 그토록 염원하던 세계가 이렇게 나를 거부하게 만드는가. 이미 오래전에 점령했다고 믿었던 이 도시의 성문에서 이렇게 쫓겨나야 하다니 이 얼마나 허무한 노릇이냐!—나는 벌써 오래전부터 내 동포들을 까마득히 멀게만 생각했건만 이제 와서 다시 그들의 품속으로 내던지다니 이 얼마나 비열하고 속 좁은 짓이냐!—그때 문득 지니 바킬이 떠올랐고, 그는 죄책감과 불안을 느끼며 얼른 그 생각을 지워버렸다.

심장이 강렬한 발길질을 퍼부었다. 그는 벌떡 일어나 앉아 몸을 구부리고 헉헉거렸다. 진정하지 않으면 이것으로 막 내리는 거야. 그렇게 부담스러운 생각은 집어치워. 더는 안 돼. 그는 심호흡을 했다. 다시 누웠다. 마음을 비웠다. 가슴속의 배신자도 다시 정상 근무를 시작했다.

살라딘 참차는 엄하게 자신을 타일렀다: 이제 그만. 내가 사악하다는 생각은 하지 말자. 겉모습은 믿을 수 없는 거야. 표지만 가지고 책을 평가하면 어리석은 일이지. 악마, 염소, 샤이탄? 나는 아니다.

나는 아니야: 딴 놈이라고.

그럼 누구?

미샬과 아나히타가 아침식사가 담긴 쟁반을 들고 잔뜩 흥분한 얼굴로 들어왔다. 참차가 콘플레이크와 네스카페를 허겁지겁 먹어치우는 동안 소녀들은 잠시 수줍어하는 듯하더니 곧 수다를 떨기 시작했다. 한순간도 멈추지 않고 둘이 한꺼번에 떠들었다. "저기 말이죠, 아저씨 때문에 온 집안이 발칵 뒤집혔어요."—"혹시 밤사이에 다시 원래대로 돌아오진 않던가요?"—"저어, 이거 속임수는 아니죠? 제 얘긴, 분장이나 무슨 연극 같은 건 아니죠?—제 얘긴, 점피가 아저씨는 배우라고 하시기에 저는 그냥—그러니까 제 얘긴—" 그러다가 어린 아나히타는 얼른 입을 다물었다. 참차가 발끈하여 콘플레이크를 마구 튀기며 호통을 쳤기 때문이다. "분장? 연극? 속임수?"

그러자 미샬이 안절부절못하며 동생을 대신해 나섰다. "나쁜 뜻은 없었어요. 그냥 우리 생각엔, 아시잖아요, 그게 아니라면 아저씨한테는 정말 끔찍한 일이겠지만, 이건 진짜니까, 물론 진짜죠, 그러니까 괜찮다고요." 다시 노려보는 참차를 보고 미샬은 황급히 말을 끝맺었다. "요컨대—" 아나히타가 말문을 열더니 이내 더듬거렸다. "그러니까, 저기, 우린 이게 멋있다고 생각한다는 거예요."—그러자 미샬이 정정했다. "쟤 얘기는, 아저씨가 멋지다고요. 우리 생각은 그래요."—"굉장해요. 마술 같아요. 아시죠. 끝내준다고요." 그렇게 말하며 아나히타는 어리둥절한 참차에게 눈부신 미소를 던졌다.

"우린 밤새도록 한숨도 못 잤어요." 미샬이 말했다. "생각이 많아서."

그러자 아나히타가 흥분을 가누지 못하고 바들바들 떨며 말을 이었다. "우리 짐작에는요, 아저씨가 어차피 그—이런 모습이 됐으니까—그렇다면 혹시, 음, 어쩌면 말이죠, 사실은, 아직 해보지는 않으셨겠지만, 혹시 그게, 혹시 아저씨가……" 그때 언니가 생각을 정리해주었다. "그러니까 아저씨한테—있잖아요—어떤 초능력이 생겼을지도 모른다는 거예요."

참차의 표정이 언짢아지는 것을 보고 아나히타가 풀죽은 음성으로 덧붙였다. "어쨌든 우리 생각은 그랬어요." 그리고 문 쪽으로 뒷걸음질치며 다시 덧붙였다. "그렇지만 우리가 틀렸을지도 모르죠.—네. 틀렸을 거예요. 맛있게 드세요." 미샬은 빨강과 검정 체크무늬의 동키재킷* 주머니에서 초록색 액체가 든 작은 병을 꺼내 문 옆 방바닥에 내려

* 흔히 노동자들이 입는 두툼한 재킷. 방한, 방수 처리를 하고 어깨 부분에 가죽을 덧댄다.

놓더니 다음과 같은 말을 남기고 재빨리 달아났다. "아, 그리고 죄송한데요, 엄마가 그러시는데, 이거 써보시래요, 구강 청정제인데, 아저씨 입냄새 때문에요."

자신이 혐오해 마지않는 추한 몰골을 오히려 흠모하는 미샬과 아나히타를 보고 그는 옛날부터 느꼈듯이 자신의 '동포'들은 결코 제정신이 아니라고 확신했다. 두 계집애는 그가 아무리 모질게 대해도 연민 섞인 반응을 보여 더욱 견디기 힘들었다. 이를테면 다락방에서 맞는 두번째 아침, 그들이 은색 장난감 우주 비행사까지 들어 있는 시리얼 한 봉지 대신 마살라 도사를 가져왔을 때 그는 감사할 줄 모르고 이렇게 고함을 질렀다. "이젠 나더러 더러운 외국 음식을 먹으라는 거냐?" 그러자 미샬도 맞장구를 쳤다. "정말 맛대가리 없죠. 안 됐지만 여긴 뱅어* 같은 건 없어요." 그들의 호의를 모욕했음을 깨달은 그는 요즘 자신을, 뭐랄까, 영국인으로 생각한다고 설명했는데…… 그러자 아나히타가 물었다. "우린 어때요? 우리는 어느 나라 사람이라고 생각하세요?" 미샬도 털어놓았다. "방글라데시는 저한테 아무 의미도 없어요. 엄마 아빠가 끝도 없이 떠들어대는 어느 머나먼 땅일 뿐이죠." 그러자 아나히타가 결론을 내리듯 내뱉었다. "벙글디치."** —흡족한 듯 고개를 끄덕이며—"저는 그렇게 불러요."

---

* 영국의 아침식사용 소시지.

** Bungleditch. '엉망진창 시궁창.'

그러나 그는 그들에게 말해주고 싶었다. 그렇다고 영국인도 아니잖아. 자기가 보기에 그들은 어떤 면에서도 진짜 영국인은 아니었다. 그러나 예전에 가졌던 그런 확신은 시시각각 사라져갔고, 아울러 예전의 생활도…… "전화기는 어디 있지? 연락할 데가 있는데."

전화기는 복도에 있었다. 아나히타가 용돈을 헐어 동전을 빌려주었다. 참차는 터번을 빌려 머리에 감고 점피의 바지와 미샬의 신발로 몸을 가린 채 과거를 향해 다이얼을 돌렸다.

미미 마몰리언이 전화를 받았다. "참차! 당신은 죽었잖아."

그가 없는 사이에 있었던 일: 미미는 의식을 잃고 치아를 잃었다. "화이트아웃이었어." 턱을 움직이기가 힘든 탓에 그녀의 목소리는 평소보다 귀에 거슬렸다. "어쩌다 그랬느냐고? 묻지 마. 요즘 세상에 무슨 이유 같은 게 있겠어?" 이때 삑삑 하고 신호음이 들리자 그녀가 물었다. "전화번호가 뭐지? 내가 곧바로 다시 걸게." 그러나 그녀에게서 전화가 온 것은 꼬박 오 분이 지나서였다. "소변 좀 보느라고. 당신이 살아 있는 이유가 뭐야? 어째서 당신이랑 그 사람은 바다가 갈라져 살아나고 다른 사람들은 다 죽어버렸지? 당신들이 더 착해서 그랬다고는 하지 마. 요즘 사람들은 그런 말엔 안 넘어간다고. 참차 당신도 마찬가지잖아. 이번 일이 벌어진 건 내가 악어가죽 구두를 사려고 옥스퍼드 스트리트를 걸어갈 때였어. 걷다가 갑자기 의식을 잃고 통나무처럼 곧장 앞으로 쓰러졌는데, 하필이면 턱끝을 정통으로 찧는 바람에 이빨이 몽땅 빠져버렸고, 보도 위에서 카드 마술을 하던 남자 앞에 좌르르 쏟아졌지. 사람들도 참 사려 깊을 때가 있더라, 참차. 정신을 차리고 보니 바로 눈앞에 내 이빨이 소복하게 쌓였더라니까. 눈뜨자마자 처음

본 게 조그만 뼛조각들이었으니 참 친절도 하지? 그때 내가 제일 먼저 생각한 건 돈이 있어 천만다행이라는 거였어. 이빨은 도로 박아넣었지. 물론 비밀리에 했는데, 수술이 잘 돼서 전보다 더 나을 정도야. 그러느라고 한동안 쉬는 중이야. 그건 그렇고, 더빙 사업은 엉망이 됐어. 당신은 죽었지, 나는 이빨 망가졌지, 우린 정말 책임감도 없지 뭐야. 기준이 낮아졌어, 참차. 텔레비전이나 라디오를 켜봐. 피자 광고는 촌스럽기 짝이 없지, 맥주 광고엔 배역부配役部에 있는 셔먼 같은 사투리가 나오지, 감자 분말 먹는 화성인들은 달나라에서 온 듯한 말투를 쓴다고. 우린 〈에일리언 쇼〉에서 해고됐어. 빨리 낫길 바랄게. 기왕이면 당신도 나한테 그렇게 말해줘."

그렇다면 이제 아내와 집과 인생뿐 아니라 일자리까지 잃었다는 뜻이다. 미미가 다시 말을 이었다. "망가지는 건 이빨만이 아니야. 나는 파열음이 무서워 죽겠어. 내 뼈가 다시 길거리에 산산이 흩어질 거라는 생각이 자꾸 든다고. 늙는다는 건, 참차, 정말 굴욕스러워. 사람이 한 번 태어나면 실컷 두들겨 맞고 온몸에 멍이 들다가 결국 박살나면 남들이 삽으로 퍼다가 항아리에 담잖아. 어쨌든 나는 다시 일을 못하게 되더라도 편안히 죽을 수 있을 거야. 내가 요즘 빌리 바투타랑 사귄다는 건 알아? 그렇구나, 당연하지, 당신은 헤엄치는 중이었으니까. 그래, 당신을 기다리는 건 포기했고 그 대신 당신네 민족 중에서 연하의 남자를 낚아챈 거야. 당신을 향한 애정 표시로 봐도 되겠지. 이젠 나가봐야 해. 죽은 사람이랑 대화를 나누게 돼서 즐거웠어, 참차. 다음번엔 좀 낮은 다이빙대에서 뛰어내려. 안녕."

그는 연결이 끊어진 수화기에 대고 소리 없이 중얼거렸다. 나는 천성이 내향적인 사람이다. 그래서 숭고한 것들을 이해하겠다고, 조금이라도 고상해져 보겠다고 나름대로 꽤 노력했다. 어떤 날은 금방이라도 잡힐 것만 같았다. 내 안 어딘가에, 내면 어딘가에 있는 듯했다. 그런데 늘 놓치기만 했다. 온갖 일에, 세상과 그 난장판에 휩쓸렸고 어떻게 저항할 수도 없다. 전에는 평범한 일상이 나를 사로잡았는데 지금은 기괴한 일이 나를 사로잡았다. 바다는 나를 버렸고 땅은 나를 자꾸 끌어내린다.

그는 잿빛 비탈을 미끄러져 내려가는 중이고 검은 물결이 심장을 핥았다. 지브릴 파리슈타와 그에게는 두번째 기회가 주어졌다. 그런데 이 부활은 어째서 영원한 종말처럼 느껴질까? 그는 다시 태어나면서 죽음을 알게 되었다. 그리고 변화, 예전과는-달라진-것들, 돌이킬-수-없는-것들—피할 수 없는 현실은 두려움을 주었다. 과거를 잃어버린 자는 경멸을 머금은 죽음의 천사 아즈라일 앞에 알몸으로 서 있는 셈이다. 그는 자신에게 말했다. 가능하다면 붙잡아라. 수많은 어제를 놓치지 마라. 설령 미끄러지더라도 저 잿빛 비탈에 손톱자국이라도 남겨라.

빌리 바투타는: 쓸모없는 인간쓰레기. 바람둥이 파키스탄인으로, 별볼일 없는 휴가 사업체—'바투타 여행사'—를 초대형 유조선 선단으로 키워냈다. 본래는 협잡꾼일 뿐이지만 힌디 영화계를 대표하는 여배우들과 로맨스를 즐기기로 유명한데, 소문에 의하면 젖가슴이 거대하고 엉덩이도 펑퍼짐한 백인 여자들을 선호하며 완곡히 말해서 '거칠게 다루는' 대신 '충분한 보상'을 해준다고 한다. 그런데 미미는 못된 빌리 녀석에게 뭘 기대하지? 놈의 섹스 기구들, 아니면 놈의 마세라티 비

투르보[*]? 바투타 같은 녀석에게 백인 여자란—설령 뚱뚱하고 유대인이고 결코 다소곳하지 않은 백인 여자라도—몇 번 따먹고 내팽개칠 상대일 뿐이다. 백인들이 하는 짓—즉 갈색 설탕[**]을 좋아하는 경향—이 꼴 보기 싫다면 반대로 흑인들이 그런 짓을 할 때도 혐오해야 마땅하다. 차별은 힘 있는 자들의 전유물이 아니니까.

이튿날 저녁 미미가 뉴욕에서 다시 전화를 걸었다. 아나히타가 미국인 빰치는 말투로 전화 받으라고 불렀고 그는 허둥지둥 변장을 했다. 도착해보니 전화는 이미 끊어졌지만 잠시 후 미미가 다시 걸었다. "비싼 돈 내고 대서양 너머로 전화 걸어놓고 상대방이 받을 때까지 마냥 기다리는 사람은 없어." 그는 절박한 심정이 역력히 드러나는 목소리로 말했다. "미미, 말도 안 하고 떠나버리다니." 그러자 그녀가 대꾸했다. "당신은 주소도 안 가르쳐줬잖아. 그러니 둘 다 비밀이 있는 셈이지." 그는 말하고 싶었다: 미미, 돌아와, 당신은 곧 걷어차일 거야. 그때 그녀가 지나치게 장난스러운 어조로 말했다. "빌리를 우리 식구들한테 소개했어. 상상이 가지? 야세르 아라파트가 베긴 일가를 만나다.[***] 걱정 마. 아무도 안 죽을 테니." 그는 말하고 싶었다: 미미, 나한테 남은 건 당신뿐이야. 그러나 기껏 한다는 말이 그녀를 화나게 했을 뿐이다. "빌리에 대해 미리 경고해주고 싶었는데."

그러자 그녀는 얼음처럼 싸늘해졌다. "참차, 잘 들어. 당신이 워낙

---

* 이탈리아 마세라티사의 고급 승용차.

** 흑인 애인을 가리키는 속어.

*** 당시 팔레스타인 해방 기구(PLO) 의장 그리고 이스라엘 총리였던 메나헴 베긴을 가리킨다.

헛소리를 잘하지만 나를 조금은 좋아하는지도 모르니까 딱 한 번만 얘기할게. 제발 내가 지적인 여성이라는 사실을 알아달라고. 나는 『피네건의 경야』*도 읽었고 서구의 포스트모더니즘 비평에 대해서도 잘 알아. 예를 들자면, 우리는 지금 모방 작품밖에 만들지 못하는 사회에 산다더군. '납작해진' 세계지. 거품목욕비누 병 목소리를 더빙할 때는 뻔히 알면서도 스스로 그 납작나라에 들어가는 거야. 내가 어떤 일을 하는지, 왜 하는지 잘 알아. 돈벌이지. 그리고 지적인 여자로서, 스토아 철학에 대해서도 십오 분쯤은 지껄일 수 있고 일본 영화에 대해서는 더 오래 떠들 수 있는 여자로서 말하는데, 참차, 빌리의 평판에 대해서는 나도 충분히 알아. 나한테 착취에 대해 가르치려 들지 마. 우린 당신들이 알몸으로 뛰어다닐 때부터 착취를 겪었다고. 유대인에다 여자, 게다가 못생겨 봐. 차라리 당신 같은 흑인이 훨씬 낫지. 아, 미안. 갈색 인종이었지."

"그렇다면 그 녀석이 당신을 이용한다는 건 시인하는군." 참차가 말참견을 해보았지만 봇물 같은 미미의 말을 막을 수 없었다. 그녀는 트위티 파이** 목소리로 재잘거렸다. "그게 무슨 상관이지? 빌리는 재미있는 사람이야. 타고난 사기꾼이고 솜씨도 최고지. 우리 사이가 얼마나 갈지 누가 알겠어? 나한테는 전혀 필요 없는 것들이 있어: 애국심, 신, 사랑. 내 인생에 하등 쓸모 없는 것들이지. 나는 빌리가 세상 물정을 잘 알기 때문에 좋아하는 거야."

참차가 말했다. "미미, 나한테 일이 좀 생겼어." 그러나 그녀는 아직

---

* 제임스 조이스의 소설.

** 워너브러더스 사의 만화영화에서 고양이 실베스터를 골탕 먹이는 카나리아.

도 항변하느라 여념이 없어 그 말을 듣지 못했다. 그는 그녀에게 주소를 가르쳐주지 않은 채 수화기를 내려놓았다.

그녀는 몇 주 뒤에 한번 더 전화를 걸었지만 그때는 벌써 무언중에 전례가 굳어져버렸다. 그래서 그녀도 그가 있는 곳을 묻지 않았고, 그도 말해주지 않았고, 이미 한 시대가 끝났으며 두 사람은 서로 멀어졌으며 이제 작별인사를 나눠야 할 때임을 둘 다 분명히 알고 있었다. 미미는 여전히 빌리 생각뿐이었다. 빌리는 영국과 미국에서 힌디 영화를 만들 계획인데, 비노드 카나와 스리데비 같은 톱스타들을 끌어들여 브래드퍼드* 시청과 금문교 앞에서 한바탕 날뛰게 할 예정이란다. "세금을 떼어먹으려는 수작이야, 틀림없어." 미미가 명랑하게 재잘거렸다. 사실 빌리는 궁지에 몰린 터였다. 참차도 신문에서 그의 이름을 몇 차례 보았는데 기사마다 사기단이니 탈세니 하는 말이 따라다녔다. 그래도 한번 사기꾼이면 영원한 사기꾼이라고 미미가 말했다. "나한테 이러더라고: 밍크 옷 하나 갖고 싶어? 그래서 난, 빌리, 나한테 이것저것 사주려고 하지 마, 했지. 그랬더니, 누가 산댔어? 밍크 옷 하나 가지라고. 이건 사업이야. 그러더라." 당시에도 그들은 뉴욕에 있었는데 빌리가 기다란 메르세데스 리무진과 역시 기다란 운전사 한 명을 불렀다. 모피 가게에 도착한 빌리와 미미는 석유 갑부와 정부처럼 보였다. 미미는 다섯 자릿수 가격이 붙은 옷을 입어보며 빌리의 지시를 기다렸다. 이윽고 그가 말했다: 그게 마음에 들어? 멋있는데. 미미는, 빌리, 이거 4만이야, 하고 속삭였지만 그는 벌써 점원을 구워삶는 중이었다:

* 무슬림 인구가 많은 영국 도시.

금요일 오후라 은행이 문 닫았는데 수표를 내도 괜찮겠나? "자, 이쯤 되자 그쪽에서는 빌리가 정말 석유 갑부라고 믿어버렸고, 그래서 좋다고 했고, 우린 그 코트를 갖고 나왔어. 그런데 빌리가 나를 데리고 바로 모퉁이 너머에 있는 다른 가게로 들어가더니 코트를 가리키며 이렇게 말하더라고. 내가 방금 이걸 4만 달러에 샀다네, 영수증도 여기 있고, 이 옷을 3만 달러에 사지 않겠나, 현금이 필요해서 그러는데, 이번 주말에 중요한 일이 있어서." 그러자 이 두번째 가게에서는 미미와 빌리에게 잠시 기다리라고 해놓고 첫번째 가게로 전화를 걸었고, 그 순간 첫번째 가게 지배인의 머릿속에서는 수많은 비상벨이 한꺼번에 땡땡땡 울리기 시작했고, 오 분 후 경찰이 도착했고, 부도수표를 발행한 혐의로 빌리를 체포했고, 그리하여 빌리와 미미는 감옥에서 주말을 보내야 했다. 월요일 아침이 되자 은행이 문을 열었고, 알고 보니 빌리의 계좌에는 4만 하고도 2,117달러가 있었고, 그러므로 수표는 처음부터 아무런 문제도 없었던 셈이다. 그는 두 가게를 상대로 소송을 걸어 명예훼손에 대해 배상금 2백만 달러를 요구하겠다고 밝혔는데, 누가 보아도 결론이 명백한 사건이었으므로 사십팔 시간 이내에 양측은 법정 밖에서 만나 즉석에서 25만 달러에 합의를 보았다. "너무 멋있지 않아? 그 사람은 천재야. 진짜 끝내주는 솜씨였다고."

참차는 깨달았다: 나는 정말 세상 물정을 몰랐구나. 내가 사는 이곳은 적자생존이 지배하는 부도덕한 세상, 치고-빠지는 세상이구나. 무슨 까닭인지 몰라도 미샬과 아나히타 수피안은 그가 아무리 모질게 굴어도 여전히 그를 마음이 통하는 친구처럼 대했는데, 그들은 분명히 밀주업자나 들치기나 좀도둑 따위의 온갖 범법자들을 흠모했다. 참차

는 곧 자신의 생각을 정정했다: 아니, 흠모는 아니다. 바늘 하나라도 훔칠 아이들이 아니니까. 다만 그들은 그런 자들을 게슈탈트*의 표본으로, 즉 있는 그대로의 현실을 상징하는 존재로 본다. 그는 시험 삼아 아이들에게 빌리 바투타와 밍크코트에 대한 이야기를 들려주었다. 그들은 반짝이는 눈빛으로 이야기를 들었고, 마지막에는 신이 나서 깔깔거리며 박수를 쳤다. 나쁜 짓을 하고도 벌을 받지 않았다는 사실이 그들을 웃게 만들었다. 그렇다면—참차는 깨달았다—옛 사람들도 무법자들의 행적을 지켜보며 낄낄거리고 갈채를 보냈으리라. 딕 터핀, 네드 켈리, 풀란 데비, 그리고 또 한 명의 빌리: 윌리엄 보니, 그 역시 키드였다.**

참차의 그런 생각을 알아차리고 비웃기라도 하듯 미샬이 그의 못마땅한 마음을 황색신문의 헤드라인 같은 말로 요약했다. "범죄자들, 쓸모없는 청소년들의 우상이 되다." 그러면서 그 늘씬하고—참차는 이제야 깨닫는다—충격적인 몸매로 사뭇 관능적인 포즈를 과장되게 펼쳐 보였다. 그리고 자기가 참차를 자극했다는 사실을 충분히 의식하고 입술을 도발적으로 내밀며 덧붙였다. "키스 키스?"

동생도 질세라 미샬의 포즈를 흉내냈지만 결과는 훨씬 못 미쳤다. 아나히타는 다소 짜증스러운 표정으로 동작을 접으며 시무룩하게 말했다. "문제는 말이죠, 우리 앞날이 탁 트였다는 사실이에요. 가업이 있겠다, 남자 형제도 없겠다, 그렇다고요. 이 건물은 한마디로 돈다발이잖

---

* 지각의 대상을 형성하는 통일적 구조.

** 딕 터핀은 영국 노상강도, 네드 켈리는 호주 무법자, 윌리엄 보니는 미국 무법자 '빌리 더 키드'. 키드는 또한 '새끼염소'를 뜻한다.

아요? 그러니까." 샨다르 하숙집은 베드앤드브렉퍼스트로 분류되었는데, 숙박시설 부족난 때문에 시의회에서도 이런 집을 점점 더 많이 이용하는 추세였다. 위생이나 안전에 관한 규정도 깡그리 무시한 채 5인 가족을 한 방에 때려넣고 중앙정부에 '임시수용' 숙박비를 청구한다. 참차의 다락방에서 아나히타가 말했다. "하룻밤에 한 사람당 10파운드라고요. 일주일이면 방 하나에서 자그마치 350파운드가 쏟아져 들어오죠. 방이 여섯 개 나갔다고 치고 계산해보세요. 지금 이 다락방에서는 우리가 다달이 300파운드씩 손해 보는 셈이니 미안한 줄 아셔야 해요." 참차는 그 정도 금액이라면 일가족이 쓸 만한 괜찮은 아파트 한 채를 빌릴 수 있겠다고 생각했다. 그러나 임시수용시설로 분류되지 않으므로 중앙정부의 지원은 기대할 수 없을 터였다. 그리고 '예산 삭감'에 맞서 싸우는 이곳 정치인들도 반대할 것이 뻔했다. 투쟁은 계속되리라. 그 사이에 힌드와 딸들은 돈을 긁어모았고 탈속적인 수피안은 메카에 다녀와 소박한 지혜와 친절과 미소를 전파했다. 그리고 참차가 전화를 걸거나 화장실에 갈 때마다 빠끔 열리곤 하는 여섯 개의 문 너머에는 아마 서른 명쯤 되는 임시 인생이 끝끝내 영주 인생이 될 희망도 없이 머물고 있을 터였다.

현실 세계.

미샬 수피안이 말했다. "그렇다고 그렇게 심각하고 고결한 표정을 지을 필요는 없잖아요. 그렇게나 법을 잘 지키던 아저씨가 지금 어떻게 됐는지 보시라고요."

“자네들의 세계가 점점 좁아져.” 핼 밸런스는 바쁜 사람이었다. 〈에일리언 쇼〉의 창조자이며 유일한 소유권자인 그는 정확히 십칠 초를 할애하여 참차의 생환을 축하했고, 곧이어 이 사실이 그를 쫓아낸다는 결정에 아무런 영향도 미치지 못하는 까닭을 설명하기 시작했다. 밸런스는 원래 광고계에서 잔뼈가 굵은 사람이었고 그의 말투는 지금껏 그 시절의 버릇을 떨치지 못했다. 그러나 참차는 충분히 알아들었다. 오랫동안 더빙 일을 하다보면 형편없는 말솜씨도 웬만큼은 배우기 마련이니까. 마케팅 업계의 은어로 세계란 특정 제품이나 서비스의 잠재적 시장 전체를 가리키는 말이었다. 그러니까 치아의 세계는 이빨을 가진 모든 사람을 뜻했고 나머지는 틀니의 세계인 셈이었다. 밸런스는 수화기에 대고 딥스로트* 같은 목소리로 속삭였다. “내 말은 소수민족의 세계가 그렇다는 걸세.”

또 내 동포 이야기가 나오는군. 참차는 터번과 잘 맞지도 않는 의상으로 변장한 채 복도에서 전화통에 매달려—한편 열릴락 말락한 문틈으로 임시 여인들과 아이들의 눈빛이 반짝거렸다—도대체 이번에는 동포들이 자신에게 어떤 피해를 입혔는지 궁금했다. “노 카피시No capeesh.”** 그는 밸런스가 이탈리아계 미국인의 말투를 좋아한다는 사실을 기억하고 그렇게 말했다. 어쨌든 밸런스는 게타 피자 다 액션이라

* Deep Throat. 워터게이트 사건에 대해 결정적 정보를 제공했던 닉슨 행정부 내부 제보자의 별명.

** 이탈리아어를 흉내낸 미국식 구어. ‘무슨 말인지 모르겠습니다’라는 뜻.

는 패스트푸드 광고문까지 만들어냈던 사람이다. 그러나 지금은 농담하는 분위기가 아니었다. "시청자 설문에 의하면 소수민족도 소수민족에 대한 프로그램은 안 본다는군. 좋아하지 않는단 말일세, 참차. 그 사람들도 남들처럼 염병할 놈의 〈다이너스티〉*를 본다는 거야. 문제는 자네 프로필인데, 알아듣겠나? 자네가 있으면 우리 프로그램에 인종문제가 개입된다고. 그런 일 때문에 〈에일리언 쇼〉가 지장을 받는다면 너무 아까운 노릇이잖아. 상품화 가능성만 보더라도, 하긴 자네한테 이런 것까지 설명할 필요는 없겠지."

참차는 전화박스 위, 금이 간 작은 거울에 비친 자신의 모습을 보았다. 마치 잃어버린 마술 램프를 찾아 헤매는 정령 같았다. 그는 밸런스에게 대답했다. "그렇게 볼 수도 있겠군요." 따져도 소용없음을 알았기 때문이다. 핼에게 해명이란 이미 다 끝난 일을 합리화하는 과정에 지나지 않았다. 그는 철저히 자기 판단에 따라 움직이는 사람이었고 일찍이 딥스로트가 밥 우드워드**에게 던졌던 충고를 좌우명으로 삼았다: 돈을 따라가라.*** 그는 이 말을 산세리프 글꼴로 큼직하게 인쇄하여 자기 사무실에 걸린 〈대통령의 사람들〉**** 스틸 사진에 핀으로 꽂아두었다. 핼 홀브룩*****이 (또 한 명의 핼!) 주차장 그늘에 서 있는 장면이었다. 돈을 따라가라: 밸런스는 자기가 몇 번이나 결혼한 것도 그 말

---

* 영국에서도 선풍적인 인기를 모은 미국 연속극.

** 칼 번스타인과 함께 워터게이트 사건을 파헤친 〈워싱턴 포스트〉 기자.

*** 원래는 닉슨의 측근들이 사용한 돈의 출처를 추적해보라는 뜻.

**** 우드워드와 번스타인의 동명 저서를 바탕으로 제작한 앨런 파쿨라 감독의 워터게이트 영화(1976).

***** 위 영화에서 딥스로트 역을 맡았던 배우.

때문이었다고 설명했다. 그의 다섯 아내는 하나같이 부자였고 그는 그들에게서 매번 상당액의 이혼 합의금을 뜯어냈다. 지금은 자기 나이의 삼분의 일가량에 불과한 가녀린 계집애와 결혼한 상태였는데, 허리까지 내려오는 적갈색 머리와 유령 같은 얼굴을 하고 있어 이십오 년쯤 전이었다면 대단한 미인 소리를 들었을 여자였다. 언젠가—지금보다 행복했던 시절에—밸런스가 참차에게 이런 말을 한 적이 있었다. "이번 마누라는 가진 것이 한 푼도 없어. 지금도 내 재산을 야금야금 집어삼키는 중인데 그게 다 떨어지면 홀짝 떠나버리겠지. 어쩔 수 없지 뭐. 나도 사람이라고. 이번엔 사랑 때문이거든." 여기서도 어린애와의 결합이다. 요즘은 오나가나 이런 만남이 흔해빠졌다. 통화 도중에 참차는 그 아이의 이름이 생각나지 않는다는 사실을 깨달았다. 밸런스가 말했다. "자네도 내 좌우명을 잘 알잖나." 참차는 시큰둥하게 대답했다. "예. 제품에 딱 어울리는 말이군요." 개자식, 바로 네놈 얘기다.

그가 핼 밸런스와 처음 만나 (몇 년 전이었더라? 오 년, 어쩌면 육 년) 화이트타워*에서 점심을 먹을 때도 밸런스는 이미 괴물이었다. 스스로 만들어낸 순수해 보이는 이미지, 자기 말에 의하면 '오슨 웰스**가 되려고 단련중'이라던 몸매, 그 몸에 덕지덕지 두껍게 처바른 온갖 특징. 이를테면 만화처럼 우스꽝스러운 시가를 피웠는데, 타협할 줄 모르는 자본주의자의 위상을 지키느라 쿠바산 시가는 절대로 안 피웠다. 그리고 유니언잭이 그려진 조끼를 소유했고, 자신의 광고회사와 하이거트에 있는 자기 집 대문 위에도 한사코 이 깃발을 걸어놓았고,

* 런던의 고급 레스토랑.

** 미국 배우, 감독. 말년에는 몹시 비대했다.

중요한 프리젠테이션 자리에서 모리스 슈발리에* 같은 옷차림에 밀짚 모자와 은제 손잡이가 달린 지팡이까지 동원하여 노래를 불러 고객들을 놀라게 하기 일쑤였고, 루아르 강변에 성 하나를 갖고 있는데 그 지역에서는 처음으로 텔렉스와 팩스를 들여놓았다고 주장했고, 총리를 가리켜 '토처 여사'**라는 애칭으로 부르며 그녀와의 '절친한' 관계에 대해 떠벌렸다. 미드어틀랜틱 악센트***를 사용하는 핼은 속물근성의 화신이었으며 시내에서 제일 잘 나가는 광고회사인 밸런스 앤드 랭 합명회사의 두 우두머리 중 창의적인 일을 전담하는 쪽이었다. 빌리 바투타처럼 핼도 덩치 큰 운전사가 딸린 덩치 큰 차를 좋아했다. 소문에 의하면 언젠가 그는 유별나게 싸늘한 신장 7피트의 핀란드 모델 한 명을 '좀 달궈보려고' 콘월의 어느 도로를 고속으로 달려가다 사고를 냈다고 한다. 다친 사람은 없었다. 그러나 완전히 박살난 상대편 차량에서 성난 운전사가 빠져나오는데 덩치가 핼의 운전사보다도 컸다. 이 거인이 성큼성큼 다가오자 핼은 버튼식 차창을 내리고 상냥한 미소를 지으며 말했다. "강력히 충고하는데, 당장 돌아서서 잽싸게 꺼져. 십오 초 안에 사라지지 않으면 자네를 처치하라고 할 테니까." 광고계의 다른 천재들은 자신의 작업을 통해 명성을 얻었다: 메리 웰스는 핑크빛 브래니프 비행기로 유명했고,**** 데이비드 오길비는 안대로 유명했고,***** 제리

* 프랑스 샹송가수, 영화배우.

** Mrs Torture. 고문 여사. 마거릿 대처를 지칭한다.

*** 영국식 영어와 미국식 영어의 중간 형태.

**** 1965년 웰스는 브래니프 항공사의 비행기들을 일곱 가지 색깔로 다시 칠했으나 사실 핑크빛은 없었다.

***** 셔츠 광고에 검은 안대를 한 남자 모델을 등장시켰다.

델라 페미나는 '여러분에게 진주만을 안겨준 멋진 사람들'*이라는 말로 유명했다. 그러나 쓸모없는 자들만 모인 밸런스의 광고회사는 저속하고 천박하면서도 유쾌한 광고를 즐겨 제작했고 밸런스 자신도 '자네를 처치하라고 할 테니까'라는 (진위가 의심스러운) 발언으로 업계에서 유명해졌다. 내막을 아는 사람들은 이 기발한 한 마디가 그의 천재성을 입증한다고 생각했다. 참차는 오래전부터 혹시 밸런스가 꾸며낸 이야기는 아닐까 의심했다. 광고 나라 특유의 멋들어진 요소를 골고루 갖췄으니—스칸디나비아의 얼음여왕, 두 명의 거한, 값비싼 자동차, 그리고 밸런스 자신은 블로펠드 역**을 맡고, 007이 빠졌을 뿐—장사에도 도움이 될 만하다고 판단하지 않았을까.

점심식사는 당시 대히트를 쳤던 슬림빅스 다이어트 식품 광고에서 참차가 맡았던 역할에 대해 감사하는 자리였다. 살라딘은 거기서 만화로 그린 귀여운 물방울의 목소리를 연기했다. 안녕하세요. 제 이름은 칼이에요. 참 슬픈 칼로리랍니다. 그렇게 사람들을 설득하여 굶게 만든 대가로 그는 4코스 요리와 넉넉한 샴페인을 대접받았다. 저처럼 가난한 칼로리는 어떻게 먹고 살란 말인가요? 슬림빅스 덕분에 일자리를 잃었다고요. 참차로서는 핼 밸런스에게서 어떤 말이 나올지 미리 짐작할 길이 없었다. 그런데 그 자리에서 밸런스가 꺼낸 말은 적어도 솔직하다는 점에서는 높이 살 만했다. 핼은 축하인사부터 건넸다. "아주 잘해주었네. 담색 인종치고는 훌륭했어." 그러더니 참차의 얼굴에서 눈을 떼지 않은 채 말을 이었다. "몇 가지 사실을 말해주지. 석 달쯤 전에 우리가 땅

---

* 일본의 파나소닉에 대한 농담.

** 제임스 본드 영화에 등장하는 악당.

콩버터 포스터를 다시 찍었는데, 배경에 찍힌 흑인 아이를 빼는 편이 낫다는 조사 결과가 나왔기 때문이었어. 그리고 건설협회 주제가도 다시 녹음했는데, 거기 회장님께서 가수 목소리가 흑인 같다고 해서였지. 그 가수는 백지장처럼 새하얀 백인이었고 오히려 작년에 썼던 가수가 흑인이었는데 말이야. 운좋게도 그 녀석은 목소리만 들으면 흑인 같지 않거든. 그리고 어느 대형 항공사에서는 자기네 광고에서 흑인들을 빼달라고 요청했다네. 그 흑인들이 실은 자기네 직원이었는데도. 언젠가는 어느 흑인 배우가 오디션을 받으러 왔는데 까만 손과 하얀 손이 악수를 나누는 인종 평등 배지를 달고 있더군. 나는 이렇게 말했다네: 그런다고 내가 특별대우를 해줄 거라고 생각한다면 오산이다, 임마. 내 말 알겠나? 무슨 소린지 알아듣겠어?" 젠장, 오디션이었군, 하고 살라딘은 깨달았다. 그리고 이렇게 대답했다. "저 자신이 어떤 인종이라고도 생각해본 적이 없습니다." 그 말 때문이었을까, 핼 밸런스가 프로덕션을 차렸을 때 참차는 'A급 명단'에 들어갔고 결국 맥심 에일리언 역을 따냈다.

〈에일리언 쇼〉가 급진파 흑인들에게 비판을 받기 시작했을 때 참차에게도 별명 하나가 따라붙었다. 사립학교를 다녔고 가증스러운 밸런스와 친하다는 이유로 '브라운 엉클 톰'*이라고 불리게 되었다.

참차가 없는 사이에 프로그램에 대한 정치적 압력이 더욱 극심해진 모양인데, 지휘자는 우후루 심바 박사라는 자였다. 밸런스는 밀고자 같은 목소리로 말했다. "무슨 박사인지는 나도 몰라. 우리 쪽, 아, 조사

* 갈색 톰 아저씨. 참차의 피부색, 해리엇 비처 스토의 『톰 아저씨의 오두막』과 토머스 휴즈의 『톰 브라운의 학창 시절』을 한꺼번에 빗대어 조롱하는 말.

원들도 아직 아무것도 찾아내지 못했거든." 대규모 시위, 그리고 난처하기 짝이 없는 〈발언권〉 출연. "그 망할 자식은 몸집이 꼭 탱크 같더군." 참차는 밸런스와 심바를 서로의 상극으로 보았다. 항의는 먹혀들어간 듯했다. 밸런스는 이 프로그램을 '탈脫정치화'하기 위해 참차를 해고하고 대신 가슴 근육이 불룩하고 앞머리가 길게 늘어지고 몸집도 거대한 어느 금발 튜턴족*에게 주렁주렁 특수분장을 시켜 컴퓨터로 합성한 배경 속에 집어넣었다. 라텍스와 퀀텔사社가 만들어낸 슈워제네거, 〈블레이드 러너〉의 룻거 하우어처럼 인조인간이지만 말투는 순 건달. 유대인들도 쫓겨났다. 미미를 대신하여 인형처럼 요염한 식사** 하나가 새로 들어왔다. "심바 박사에게는 이런 말을 전했지. 박사 학위고 뭐고 엿이나 먹으라고. 아직 회답은 없었어. 그놈이 이 작은 나라를 제멋대로 주무르려면 훨씬 더 노력해야 할 거야." 그리고 핼 밸런스는 이렇게 선언했다. "난 이 빌어먹을 나라를 사랑한다네. 그래서 전 세계에 팔아먹으려 하는 거야. 일본, 미국, 염병할 놈의 아르헨티나. 어디든 죽어라고 팔아야지. 내가 한평생 팔아먹은 게 바로 그거야: 이 거지 같은 나라. 국기." 그는 신이야 넋이야 지껄였다. 이런 이야기에 발동이 걸리면 흥분하기 일쑤였고 걸핏하면 눈물까지 흘렸다. 화이트타워에서 처음 만났을 때도 그리스 음식을 꾸역꾸역 처먹으며 울었다. 참차는 그때가 언제였는지 생각해냈다: 포클랜드 전쟁 직후. 당시에는 사람들이 충성을 맹세하는 일이 유행했다. 버스 안에서 〈위풍당당 행진곡〉을 흥얼거리기도 했다. 그러므로 밸런스가 큼직한 브랜디 잔으

* 북유럽 민족, 특히 독일인.

** 유대인이 아닌 여자를 경멸적으로 일컫는 이디시어.

로 아르마냐크를 마시며 말문을 열었을 때—"내가 이 나라를 사랑하는 까닭을 말해주겠네"—포클랜드 지지자였던 참차는 그다음에 나올 내용이 뻔하다고 생각했다. 그러나 밸런스는 영국의 어느 항공우주 산업체의 연구 프로그램에 대해 설명하기 시작했는데, 그의 고객이라는 이 회사는 당시 평범한 집파리의 비행 형태를 연구하여 미사일 유도방식을 혁신시켰다고 한다. 밸런스는 속삭이는 시늉을 과장하며 말했다. "비행중 궤도 수정 기술일세. 종전의 방법은 비행궤도를 조금 바꾸는 정도였어. 각도를 살짝 올리거나 내리고 왼쪽이나 오른쪽으로 약간 틀어주는 거지. 그런데 하찮은 파리를 고속 촬영한 필름을 살펴보던 과학자들은 이 조그만 놈들이 언제나, 다시 말하지만 언제나 직각으로 방향을 바꾼다는 사실을 알아냈다네." 그는 손가락을 곧게 편 손바닥으로 시범을 보여주었다. "부웅! 부웅! 그 자식들은 수직으로 뜨거나 내리거나 옆으로 움직인다는 거야. 훨씬 더 정확하지. 연료도 크게 절약되고. 그런데 애당초 머리 쪽에서 꼬리 쪽으로 흐르는 기류를 이용하게 만든 엔진으로 그런 짓을 한다면 어떻게 되겠나? 이 한심한 물건은 숨을 못 쉬고 금방 멈춰버릴 테고, 그러면 미사일은 하늘에서 뚝 떨어져 아군을 폭격하겠지. 개판 되는 거지. 알아듣겠나? 무슨 말인지 알겠지? 그래서 이 친구들은 삼방향 기류를 이용하는 엔진을 개발했다네. 머리에서 꼬리로, 위에서 아래로, 옆에서 옆으로. 그러자, 야호! 파리 새끼처럼 날아다니는 미사일이 태어난 거야. 3마일 밖에서 대지속도對地速度 시속 100마일로 날아가 50펜스 동전도 맞힐 수 있지. 내가 이 나라를 사랑하는 이유는 바로 그걸세: 이 나라의 천재성. 세계에서 으뜸가는 발명가들. 정말 아름다운 나라야. 내 말이 맞나, 아니면 옳은가?" 그는 무섭게 진지했다. "옳습니다." 참차가 대답하자 밸런스가 다시 말했다. "당연히 옳고말고."

그들이 마지막으로 만난 것은 참차가 봄베이로 떠나오기 직전이었다. 국기가 나부끼는 하이거트 저택에서 일요일 점심식사를 함께했다. 자단 벽널로 꾸민 실내, 돌 항아리가 늘어선 테라스, 울창한 언덕이 내려다보이는 전망. 그날 밸런스는 곧 새로운 개발이 시작되어 경치가 망가질 예정이라고 투덜거렸다. 짐작했던 일이지만 역시 애국적인 식단이었는데: 로스비프, 부댕 요크셔, 슈 드 브뤼셀. 밸런스의 어린 아내 베이비는 그들과 합석하지 않고 옆방에서 당구를 치며 따끈한 파스트라미를 넣은 호밀빵을 먹었다. 하인들, 굉장한 부르고뉴 포도주, 아르마냐크, 시가. 출세한 사람의 천국이군. 그런 생각을 하다가 참차는 문득 그 속에 부러움이 깃들었음을 깨달았다.

점심식사 뒤에는 놀랄 일이 있었다. 밸런스가 어느 방으로 안내했는데 그곳에는 대단히 섬세하고 우아한 클라비코드 두 대가 있었다. 주인이 고백했다. "내가 만들었네. 피로를 풀려고. 베이비는 염병할 놈의 기타를 만들어달라고 조르지만." 핼 밸런스에게 목수로서의 재능이 있다는 것은 부인할 수 없는 사실이었는데 어쩐지 이 사람의 다른 면모와는 잘 어울리지 않았다. 참차가 캐묻자 밸런스는 이렇게 털어놓았다. "아버지가 이 일을 하셨거든." 그 순간 살라딘은 밸런스가 자신의 본모습 중 유일하게 남은 부분을 특별히 보여주었음을 알았다. 그것은 광적인 두뇌의 소산이 아니라 역사와 핏줄에서 비롯된 해럴드 밸런스 본래의 모습이었다.

그러나 클라비코드가 있는 비밀의 방을 나서자마자 낯익은 핼 밸런스가 다시 나타났다. 그는 테라스 난간에 기대며 말했다. "그 여자가 놀라운 것은 엄청난 일을 벌이려 하기 때문일세." 그 여자라니? 베이비? 참차는 어리둥절했다. 밸런스가 친절하게 설명해주었다. "누구 얘기인지는 자네도 알 거야. 토처 말이야. 악녀 매기." 아하. "정말 과격한 여자야. 그녀가 하려는 일은—자신도 그 일을 해낼 수 있다고 정말 믿는데—문자 그대로 이 나라에 새로운 중산층을 만들겠다는 거라네. 염병할 놈의 서리Surrey나 햄프셔에서 나오는 무식하고 무능한 구닥다리 놈들은 다 쫓아버리고 새로운 사람들을 끌어들이겠다는 거야. 배경도 없고 가족사도 없는 사람들. 굶주린 사람들. 진정으로 원하는 사람들, 그리고 그녀와 함께라면 얼마든지 가질 수 있다고 믿는 사람들. 염병할 놈의 계급 하나를 그렇게 송두리째 바꿔놓겠다고 덤벼든 놈은 일찍이 아무도 없었지. 그런데 더 기막힌 건, 누가 막지만 않는다면 그 여자는 정말 그런 일을 해치울지도 모른다는 점일세. 낡은 계급은 이제 다 죽었어. 내 말 알아듣겠나?" 참차는 거짓말을 했다. "알 것 같습니다." 밸런스가 혀 꼬부라진 소리로 말을 이었다. "장사꾼들만 그런 것도 아니야. 지식인이라는 놈들도 똑같아. 약해빠진 것들은 치워버려야지. 그 대신 잘못된 교육을 받았던 굶주린 사람들을 불러들이고. 새로운 교수들, 새로운 환쟁이들, 전부 다. 이건 혁명이라고. 늙어빠진 송장들이 판치는 이 나라에 신선한 새바람을 일으키는 거야. 정말 볼 만할 걸세. 지금도 그렇지만."

베이비가 어슬렁어슬렁 다가왔다. 따분한 표정이었다. 그녀의 남편이 명령하듯 말했다. "이만 가보게, 참차. 일요일 오후에는 침대에 들어가 포르노 비디오를 보거든. 그것도 새로운 세계라네, 살라딘. 언제 한번 다들 불러야겠어."

타협은 없다. 그들 틈에 끼지 못하면 죽은 사람이다. 그것은 참차의 방식이 아니었다. 그가 원하는 방식도 아니고, 또한 그가 일찍부터 영국을 숭배하다가 결국 정복하겠다고 찾아왔을 때 기대한 것도 아니었다. 그때 곧바로 알아차렸어야 했다. 예나 지금이나 경고의 조짐이 뚜렷했는데 스스로 외면했을 뿐이다.

그리고 이제 최후의 일격이 떨어졌다. 밸런스가 참차의 귓속에 중얼거렸다. "너무 언짢게 생각하지 말게. 또 만나세, 응? 그래, 그럼."

참차는 억지로 이의를 제기해보았다. "핼, 나한테 계약서가 있어요."

도살장으로 끌려가는 염소처럼. 그러자 귓속의 목소리는 아예 노골적으로 즐거워했다. "멍청하게 굴지 마. 계약서 따위는 없어. 작은 글자를 잘 읽어봐. 변호사를 구해 읽어달라고 하든지. 어디 소송을 걸어보라고. 마음대로 해봐. 나한테는 아무 일도 아니니까. 못 알아듣겠나? 자넨 끝났어."

발신음.

이렇게 이미 낯설어진 하나의 영국으로부터 버림받고 또 하나의 낯선 영국에 유배되어 낙심천만한 상태에서 살라딘 참차 씨는 사정이 훨씬 더 나은 듯한 옛 친구의 소식을 들었다. 하숙집 여주인의 고함소리를 듣고—"티니 벤체 아첸!"—참차는 뭔가 일이 터졌다고 생각했다. 힌드가 샨다르 비앤드비의 복도를 따라 출렁출렁 달려가며 뭔가 휘두르는데, 알고 보니 인도에서 수입하는 영화잡지 『시네블리츠』 최신호였다. 여기저기서 문이 열렸다. 임시 인간들이 저마다 어리둥절하고 놀란 표정으로 튀어나왔다. 미샬 수피안도 짤막한 탱크톱과 501*을 입고 속살을 다 드러낸 모습으로 자기 방에서 나왔다. 복도 건너편의 자기 사무실에서 어울리지 않게 산뜻한 스리피스 정장 차림으로 나타나던 하니프 존슨이 그 속살을 보고 깜짝 놀라 얼굴을 가렸다. "아이고, 맙소사." 그러나 미샬은 존슨을 무시하고 어머니에게 외쳤다. "무슨 일이죠? 누가 살아 있다는 거예요?"

그러자 힌드가 복도 저쪽에서 마주 소리쳤다. "넌 창피한 줄도 모르니? 몸뚱이 좀 가려라."

"제기랄." 미샬이 나지막이 투덜거리더니 반항적인 눈길로 하니프 존슨을 쳐다보았다. "엄마도 사리와 촐리 사이로 살덩어리를 내놓고 있으면서." 복도 끝에서는 힌드가 어슴푸레한 불빛 속에서 하숙생들에게 『시네블리츠』를 들이대며 그가 살아 있다는 말을 되풀이했다. 그녀는 정치가 람브라키스가 사라진 후 그리스인들이 그랬듯 대단한 열정을 보여주었다. 당시 그들은 흰색 페인트로 Z자를 그려 전국을 도배하다시피 했다. 지Zi: 그는 살아 있다.

"누가요?" 미샬이 다시 물었다.

그러자 임시 인간들의 아이들이 소리쳤다. "지브릴! 파리슈타 벤체 아첸." 이때 아래층으로 내려가던 힌드는 맏딸이—문을 조금 열어놓은 채—자기 방으로 돌아가는 것을 보지 못했고, 아무도 보는 사람이 없

* 리바이스 청바지의 대표 제품명.

을 때 저명한 변호사 하니프 존슨이 얼른 뒤따라 들어가는 것도 보지 못했다. 양복을 입고 부츠를 신은 존슨은 민초들과 접촉을 유지하려고 이곳에도 사무실을 두었지만 주택가에서도 성업중이고, 이 지역 노동당에도 연줄이 있고, 현직 국회의원에게서는 다음 선거 때 자기 자리를 빼앗으려 획책한다는 비난을 받았다.

미샬 수피안의 열여덟번째 생일이 언제였더라?—아직 몇 주 남았다. 그런데 미샬의 여동생은, 룸메이트는, 짝패는, 그림자는, 메아리는, 바람잡이는 지금 어디 있을까? 이 잠재적 보호자는 대체 어디 있을까? 그녀는: 나가고 없었다.

그러나 이야기를 계속하자:

『시네블리츠』 기사에 따르면 영화에 지대한 관심이 있다고 널리 알려진 재계의 천재적 거물 빌리 바투타가 이끄는 런던의 한 영화사가 독자적으로 활동하던 명망 높은 인도인 감독 S. S. 시소디아 씨와 손을 잡았는데, 이번에 독점 보도된 바와 같이 두번째로 죽음의 아가리를 무사히 탈출한 전설적인 지브릴을 위해 컴백 작품을 제작할 예정이란다. 이 대스타의 말도 인용되었다. '제가 나지무딘이라는 이름으로 그 비행기에 좌석을 예약한 일은 사실이에요. 당시 그 사건을 조사하던 탐정들이 그게 제 가명이라는 것을 확인했고—사실은 본명입니다만—그래서 온 나라가 큰 슬픔에 잠겼다는 사실은 저도 알고 있습니다. 그 점에 대해서는 팬 여러분께 진심으로 사과드립니다. 그렇지만 보시다시피 신의 은총으로 그 비행기를 놓쳤는데, 어차피 세상을 떠나려던 참이라, 아, 죄송합니다, 물론 그런 뜻은 아니고요, 아무튼 그래서 제가 죽었다는 헛소문을 바로잡으려 하지 않고 나중에 다른 비행기를 탔습니다. 운이 좋았지요. 정말 저를 지켜주는 천사가 있는 모양입니다.' 그러나 한동안 생각해본 끝에 그는 이렇게 떳떳하지 못하고 국민에게 고통을 주는 방법으로 진실을 감추는 것은 잘못이며 또한 스크린에서 자기 모습을 보여주지 않는 것도 옳은 일이 아니라는 결론을 내렸다. '그래서 기쁜 마음으로 이번 프로젝트를 흔쾌히 수락했습니다.' 이 영화도—달리 무엇이 있으랴—신화영화였지만 완전히 새로운 형태였다. 모래로 만들어진 멋진 가상도시를 배경으로 예언자와 대천사가 만나는 이야기를 다룰 터였다. 예언자가 유혹에 빠지지만 결국 속된 타협이 아니라 순수의 길을 선택한다는 내용이다. 시소디아 감독은 『시네블리츠』에 이렇게 밝혔다. '이 영화는 새로운 것이 세상에 등장하는 과정을 보여줄 것입니다.'—그러나 혹시 불경스러워 보이지는 않을까, 다시 말해서 죄를 짓는다고나 할까……—빌리 바투타는 이렇게 답변했다: '천만의 말씀입니다. 허구는 허구일 뿐이고 사실은 사실일 뿐이죠. 우리 목표는 〈메시지〉* 같은 실패작을 만드는 것이 아닙니다. 그 영화에서는 예언자 무함마드가 말할 때마다 (그의 이름에 평화가 있길!) 입을 나불대는 낙타 대가리만 보이죠. 그 영화는—외람된 말씀입니다만—품위가 없어요. 우리는 고상하고 탁월한 영화를 만들려고 합니다. 교훈적인 이야기죠. 말하자면—이런 걸 뭐라고 하더라?—우화입니다.'

시소디아 씨도 거들었다: '말하자면 꿈이죠.'

얼마 후 아나히타와 미샬 수피안이 다락방으로 찾아와 참차에게 이

---

* 무함마드의 생애를 그린 영화(1976). 그러나 무슬림들을 자극하지 않으려고 무함마드의 모습을 화면에 담는 일은 한사코 피했다.

소식을 전했을 때 그는 어느 때보다도 격렬하게 화를 냈다. 무시무시한 분노 때문에 목소리가 높아지다 못해 갈기갈기 찢어졌는데, 마치 목구멍에 칼날이 꽂혀 그의 고함소리를 조각내는 듯했고, 악취가 진동하는 입김은 소녀들을 날려버릴 정도였고, 두 팔을 높이 치켜들고 염소 다리로 펄펄 뛰는 모습은 드디어 명실공히 악마가 된 듯했다. 그는 그 자리에 없는 지브릴을 향해 울부짖었다. "거짓말쟁이! 배신자, 도망자, 인간쓰레기. 비행기를 놓쳤다고?—그렇다면 그건 누구의 머리였지, 내 무릎에 쓰러졌던, 내 손으로 어루만졌던 그 머리는……?—내 위로의 손길을 받으며 악몽에 대해 얘기하다가 결국 노래하며 하늘에서 떨어졌던 그놈은 도대체 누구였단 말이야?"

"자, 자. 진정하세요." 미샬이 겁에 질려 애원했다. "이러시면 엄마가 금방 쫓아올 거라고요."

살라딘은 마음을 가라앉혔다. 다시 가련한 염소가 되어 축 늘어진 모습은 이제 위협적으로 보이지 않았다. 그가 한탄했다. "그건 사실이 아니야. 그때 일어났던 일, 그건 우리 둘 다 겪었단 말이야."

그러자 아나히타가 격려해주었다. "그야 물론이죠. 어차피 그런 영화잡지 나부랭이를 믿는 사람은 아무도 없다고요. 도무지 못하는 소리가 없잖아요."

자매는 괴로워하는 참차를 남겨두고 숨을 참으며 뒷걸음질로 방에서 나갔다. 그들은 놀라운 현상을 미처 발견하지 못했다. 그렇다고 그들을 나무랄 수도 없는 일이었다. 참차의 괴이한 행동은 제아무리 눈썰미가 좋은 사람이라도 정신이 쏙 빠질 정도였기 때문이다. 그리고 살라딘 자신조차 그 변화를 눈치채지 못했다는 사실도 말해둬야 공평하겠다.

어떤 일이 벌어졌을까? 이것이다: 잠깐 동안이었지만 참차가 지브릴에 대해 격분할 때 그의 머리에 달린 뿔이 (샨다르 비앤드비의 다락방에 머무는 동안 몇 인치 더 자랐다는 사실도 밝혀두는 것이 좋겠다) 분명히, 틀림없이,—3/4인치 가량—줄어들었다.

그리고 엄밀히 말하자면, 그의 변형된 몸에서 더 아래쪽에 있는,—그러니까 빌려 입은 헐렁바지 속에 든 (예의상 더 자세한 내용은 차마 밝힐 수 없지만),—그 무엇도 (이 정도로 넘어가자) 조금 작아졌다.

그건 그렇고: 앞서 말한 수입품 영화잡지에 실린 낙관적인 기사는 결국 빗나가버렸다. 이 잡지가 간행되고 겨우 며칠이 지났을 때 런던의 신문들은 빌리 바투타가 뉴욕 중심가의 어느 일식집에서 밀드리드 마몰리언(여배우, 40세)과 함께 체포되었다는 소식을 일제히 보도했기 때문이다. 사연인즉슨, 그는 사교계를 '쥐고 흔드는' 부인들에게 접근하여 악마숭배자들의 교단에서 자유를 사는 데 필요하다며 '상당한 거금'을 요구했다고 한다. 한 번 사기꾼이면 영원한 사기꾼. 미미 마몰리언조차 기막힌 수법이라고 감탄할 만한 솜씨였다. 구원을 호소하여 미국인들의 신앙심을 교묘히 공략하는 수법으로—"영혼을 팔았다가 되사는 일은 푼돈으로 해결할 수 없죠"—빌리가 챙긴 돈은 '여섯 자릿수'에 달할 것이라고 수사관들은 추측했다. 1980년대 말이 되면서 전 세계 신앙인들은 절대자와 직접 접촉하게 되길 갈망했는데 빌리는 지옥의 마귀들을 불러냈다고 (그러나 그들에게서 벗어나고 싶다고) 주장하여 돈방석에 앉았다. 특히 전능한 달러화의 위력에 굴복하는 서민적인 악마를 내세워 더욱 효과적이었다. 빌리가 웨스트사이드의 귀부인

들에게 거액수표의 대가로 제시한 것은 확실한 증언이었다. 네, 악마는 정말 있습니다. 제 눈으로 직접 봤는데—맙소사, 정말 끔찍하더군요!—루시퍼가 존재한다면 가브리엘도 존재하겠지요. 타오르는 지옥불을 봤으니 어딘가에는, 무지개 저 너머에는, 찬란한 천국도 틀림없이 있을 겁니다. 이 사기 행각에는 미미 마몰리언도 한몫 단단히 거들었으리라 추정되었다. 아마도 전력을 다해 울고불고 애원했으리라. 그들이 파멸하게 된 것은 자만심 때문이었다. 일식집 타케스시에서 (흥청망청 놀며 주방장과 농담을 주고받다가) 에일린 스트루웰피터 부인이라는 여자에게 들켰는데, 그녀는 바로 전날 오후만 하더라도 잔뜩 겁에 질려 괴로워하던 그들 남녀에게 5천 달러짜리 수표를 끊어준 장본인이었다. 스트루웰피터 부인은 뉴욕 시경에도 막강한 영향력이 있었고, 결국 미미가 덴푸라를 다 먹기도 전에 푸른 제복의 사내들이 들이닥쳤다. 둘 다 순순히 붙잡혔다. 신문에 실린 사진에서 미미는 참차가 짐작하기에 4만 달러짜리가 분명한 밍크코트를 입었는데 얼굴 표정은 한 가지로밖에 해석할 수 없었다.

모두 지옥에나 떨어져라.

파리슈타의 영화에 대해서는 한동안 아무 소식도 없었다.

∽

정말인지 아닌지 몰라도, 살라딘 참차가 악마의 몸뚱이에 갇힌 채 샨다르 비앤드비의 다락방에 틀어박힌 기간은 몇 주를 넘어 몇 달로 이어졌는데, 그동안에도 상태가 꾸준히 악화된다는 사실이 점점 분명해졌다. 뿔은 (아무도 모르게 딱 한 번 일시적으로 줄어들기는 했지만) 더욱 굵어지고 길어지고 검어지며 비비 꼬여 화려한 아라베스크 무늬를 이루고 뼈로 만든 터번처럼 그의 머리를 장식했다. 수염도 길고 무성하게 자라났는데, 달처럼 둥글둥글한 얼굴에 털이라고는 그리 많지 않았던 그에게는 사뭇 얼떨떨한 변화가 아닐 수 없었다. 얼굴뿐만 아니라 온몸이 점점 털투성이가 되어갔고, 심지어 척추 끝에 멋진 꼬리가 돋아나더니 날이 갈수록 길어져 지금은 벌써 보통 바지는 입을 수 없을 정도였다. 그래서 새로 생긴 이 신체 부위를 감추려고 아나히타 수피안이 품이 넉넉한 자기 엄마 옷가지 중 슬쩍해온 자루 같은 살바르 헐렁바지를 입었다. 이렇게 변신의 과정이 계속되어 무슨 병 속의 괴상한 정령처럼 변해가는 것이 그에게 얼마나 괴로운 일이었는지는 충분히 상상할 수 있겠다. 하다못해 식성까지 달라졌다. 음식에 대해서는 늘 까다로웠는데 지금은 입맛이 터무니없이 둔해져 모든 음식의 맛이 다 비슷비슷했고, 때로는 멍하니 앉아 침대 시트나 묵은 신문지 따위를 질겅질겅 씹다가 문득 정신을 차리고 화들짝 놀라기 일쑤였고, 그때마다 자기가 자꾸 인간성을 잃고 점점 더—그렇다—염소성에 가까워진다는 또하나의 증거를 바라보며 죄책감과 수치심을 느꼈다. 입냄새도 웬만큼 견딜 만한 수준으로 유지하려면 초록색 구강 청정제를 점점 더 많이 써야 했다. 정말 도저히 참을 수 없을 만큼 비참한 상황이었다.

그가 집안에 있다는 사실이 힌드에게는 여전히 눈엣가시처럼 불쾌하기만 했는데, 거기에는 소득이 줄어든 데 대한 아쉬움도 있고 처음에 느꼈던 공포심이 일부나마 남은 탓도 있었다. 물론 차츰 익숙해짐에 따라 마력이 작용하며 그녀를 다소 진정시킨 것도 사실이었고, 덕분에 그녀는 살라딘의 상태를 엘리펀트맨병 같은 것으로 간주하여 좀 역겹기는 하지만 굳이 무서워할 필요는 없다고 생각하게 되었다. 그녀가 딸들에게 말했다. "그놈이 나를 건드리지만 않으면 나도 그놈을 건드리지 않으마. 그런데 이 애물단지들아, 청춘은 쏜살같이 지나가는데 너희는 어째서 그런 환자랑 붙어 앉아 시간을 낭비하는지 정말 알다가도 모르겠다. 이 빌라예트에서는 내가 알던 것이 모두 거짓인 것 같구나. 이를테면 전에는 계집애들이 엄마도 도와주고 결혼도 생각하고 공부도 열심히 했는데. 그리고 옛날에는 염소랑 한자리에 앉아 있기보다 큰 희생절* 때 목을 따버리는 게 우리 풍습이었고."

그러나 그녀의 남편은 어느 날 다락방에 올라갔다가 이상한 일을 겪었으면서도 여전히 참차를 염려해주었다. 그때 그는 살라딘에게 이런 말을 하는 중이었다. 혹시 우리 딸내미들이 한 말도 아주 틀린 건 아니지 않을까, 다시 말해서 그, 뭐라고 해야 하나, 자네 몸에 들어온 귀신도 물라**를 모셔오면 쫓아낼 수 있지 않을까? 그런데 성직자에 대한 말이 나오자마자 참차가 벌떡 일어섰고, 어찌된 영문인지 방안에는 유황냄새 지독한 연기가 가득 찼고, 비브라토를 곁들인 높고 날카롭고 갈기갈기 찢어지는 듯한 울부짖음이 수피안의 고막을 대못처럼 꿰뚫었다. 연기는 금방 사라졌다. 참차가 얼른 창문을 열어젖히고 미친듯이 부채질을 했기 때문인데, 그 와중에도 몹시 당황한 어조로 수피안

---

* 이드 알라드하(Eid al-Adha). 아브라함이 이스마일을 제물로 바치려 했던 일을 기리는 이슬람의 대축제.

** 이슬람교의 율법학자.

에게 사죄했다. "잠시 제정신이 아니었던 모양입니다만,—가끔은 내가 뭔가,—뭔가 사악하다고 할 수밖에 없는 어떤 괴물로 변해간다는 생각이 들어 겁이 납니다."

워낙 인정이 많은 수피안은 곧 뺨을 움켜쥐고 앉아 있는 참차에게 다가가 어깨를 두드리며 용기를 북돋워주려 했다. 그는 어색하게 말문을 열었다. "사람의 본질이 변할 수 있느냐 하는 문제는 옛날부터 심오한 논쟁거리였다네. 예를 들자면 저 위대한 루크레티우스는 『데 레룸 나투라』*에서 이런 말을 했지: '쿠오드쿰쿠에 수이스 무타툼 피니부스 엑시트, 콘티누오 혹 모르스 에스트 일리우스 쿠오드 푸이트 안테.' 어설픈 실력이지만 이 말을 해석하자면 대충 이런 뜻일세. '어떤 생물이든 변화를 일으켜 제 본령을 벗어나는 생물은,'—그러니까 강둑을 허무는,—아니면 한계를 뛰어넘는다고나 할까,—말하자면 자신의 규칙을 다 무시한다는 뜻이라고 볼 수도 있겠지만 지나친 비약인 듯하고…… 아무튼 루크레티우스는 이렇게 주장했지: '그렇게 함으로써 본래의 자신에게 즉각적인 죽음을 내리는 셈이다.' 그렇지만,"—여기서 전직 교사는 손가락 하나를 치켜들었다—"시인 오비디우스는 『변신 이야기』에서 완전히 상반되는 견해를 밝혔다네. 그는 이렇게 단언했어: '무른 봉랍에'—이건 물론 문서 따위를 봉하려고 가열했다는 뜻이고,—'새로운 무늬가 찍혀 / 그 모습이 바뀌고 예전과는 달라진 듯해도 / 실은 변함없듯이 우리 영혼도,'—알겠나? 우리의 얼! 우리가 가진 불멸의 본질 말이야!—'영원히 변함없으며 다만 / 옮겨 다니는

* '만물의 본성에 대하여'. 기원전 1세기 로마 시인이자 철학자인 루크레티우스의 대표작.

가운데 끊임없이 변화하는 형상을 취할 따름이다.'"

이제 그는 이 오래된 말에 스스로 흥분하여 폴짝폴짝 뛰었다. "난 옛날부터 루크레티우스보다 오비디우스를 더 좋아했다네. 이 가엾은 친구야, 그래도 자네 영혼은 변함이 없다 이거야. 다만 옮겨 다니는 가운데 지금은 이렇게 변화하는 형상을 취했을 뿐이라고."

참차는 통명스럽던 옛 모습을 조금이나마 되찾았다. "퍽도 위안이 되는 말씀이군요. 루크레티우스의 말을 받아들인다면 내 깊은 내면에서 어떤 악마적이고 돌이킬 수 없는 돌연변이가 일어나는 중이고, 오비디우스의 말을 믿는다면 지금의 이 모든 변화는 결국 옛날부터 존재했던 것이 밖으로 표출되었을 뿐이라는 결론이니까요."

그러자 수피안은 비참한 표정으로 사과했다. "내가 말을 잘못 꺼냈구먼. 그저 기운을 북돋워주려 했는데."

참차는 쓰라린 심경을 이렇게 토로했다. "저 같은 놈한테 무슨 말인들 위로가 되겠습니까? 오랜 친구이며 구원자였던 녀석이 밤마다 내 아내의 정부가 되는데, 그리고—옛날 책을 읽어보면 아시겠지만—오쟁이 진 남편을 가리켜 흔히 '뿔난 놈'이라고 했는데 말입니다." 제법 재치 있는 발언이지만 불행의 무게를 이겨내기에는 역부족이었다.

∽

한편 그 오랜 친구 점피 조시는 난생처음 자신의 양심에 따라 살겠다는 의지를 잃어버렸고, 깨어 있는 동안에는 단 한 순간도 그 생각을 뇌리에서 떨쳐버릴 수 없었다. 평소 그는 스포츠센터에서 점점 늘어나는 제자들에게 무술을 가르치며 특히 정신적인 측면을 강조하여 제자들을 즐겁게 해주었는데(수제자 미샬 수피안은 이렇게 그를 놀려대곤 했다: "아, 그러니까 메뚜기*야, 어느 캄캄한 뒷골목에서 고귀하신 파시스트 돼지 나리가 덤벼들더라도 그 고귀하신 불알을 걷어차기 전에 먼저 불타의 가르침을 전하도록 하여라"),—거기서도 그는 굉장한 성깔을 드러내기 시작했고, 그래서 제자들은 어떤 내면적 고뇌가 그렇게 나타났음을 눈치채고 걱정했다. 한번은 미샬과 점피가 대련을 했는데 두 사람은 서로에게 몹시 굶주린 연인들처럼 몸을 내던지며 맞붙었고, 그리하여 스승과 수제자가 똑같이 온몸에 멍이 들고 숨이 차서 헐떡거리게 되었는데, 수업이 끝난 후 미샬이 그의 행동에 대해 따지자 점피는 자기답지 않게 솔직한 답변을 회피하며 이렇게 대꾸했다. "사돈 남말 한다더니. 똥 묻은 개가 겨 묻은 개 나무란다더니." 그들은 자동판매기 앞에 서 있었다. 미샬이 어깨를 으쓱거렸다. "좋아요. 털어놓을게요. 하지만 비밀은 지켜주세요." 점피는 콜라를 꺼내려고 손을 내밀었다. "무슨 비밀?" 순진한 점피. 미샬은 그의 귓가에 이렇게 속삭였다. "제가 남자랑 자거든요. 바로 사부님 친구예요. 미스터 하니프 존슨, 변호사 아저씨 말예요."

그는 충격을 받았고 그 모습이 그녀의 비위를 건드렸다. "아, 뭘 그러세요? 제가 열다섯 살도 아니잖아요." 그는 맥없이 말문을 열었다. "너희 엄마가 아시면……" 그러나 그녀는 참지 못하고 또 짜증을 냈다. "사실은요, 엄마보다 아나히타가 더 걱정이라고요. 걔는 내가 가

* 1970년대 미국 텔레비전 드라마 〈쿵푸〉에서 눈먼 사부가 어린 주인공에게 지어준 애칭.

진 건 뭐든지 갖고 싶어하잖아요. 그런데 걔야말로 정말 열다섯 살이란 말예요." 점피는 자기가 종이컵을 쓰러뜨려 콜라가 신발에 쏟아진 것을 뒤늦게 알아차렸다. 미샬이 졸라댔다. "빨리 말씀하세요. 저는 고백했잖아요. 사부님 차례예요." 그러나 점피는 말할 수 없었다. 그는 아직도 하니프 때문에 머리를 가로젓는 중이었다. "그 친구도 볼 장 다 봤군." 그 말이 화근이었다. 미샬이 콧대를 높이 세웠다. "아하, 이제야 알겠어요. 제가 그 아저씨한테 너무 부족한 여자라고 생각하시는군요." 그리고 자리를 뜨며 어깨 너머로: "이것 보세요, 메뚜기 사부님. 성인聖人들은 성교도 안 하나요?"

성인과는 거리가 멀었다. 그는 성인이 될 만한 그릇이 아니었다. 하다못해 옛날에 방영된 〈쿵푸〉에서 데이비드 캐러딘이 연기했던 등장인물만큼도 되지 못했다. 메뚜기나 점피나 그게 그거다. 그는 날마다 노팅힐에 있는 대저택에 가지 않으려고 안간힘을 썼지만 저녁이 되면 어김없이 파멜라를 찾아갔고, 그때마다 엄지손가락을 입에 물고 손톱 주위의 살점을 잘근잘근 깨물며, 개를 쫓고 자신의 죄책감을 쫓으며 지체 없이 침실로 향하곤 했다. 그곳에서 그들은 다짜고짜 서로에게 덤벼들어 스스로 원하거나 상대방이 원하는 부위로 입을 가져갔다. 먼저 그의 입술이 그녀의 젖꼭지를 빨고 다음에는 그녀의 입술이 그의 하체에 달린 엄지손가락을 물고 오르내렸다.

그녀는 그의 이런 조급한 모습을 사랑하게 되었는데, 그 순간이 지나가면 곧 그녀가 한 번도 경험하지 못한 참을성을 즐길 수 있기 때문이었다. 그것은 누구에게도 '매력적인' 존재였던 적이 없는 사내, 그래서 모처럼 얻은 상대를 소중히 여길 줄 아는 사내만이 보여줄 수 있는 참을성이었다. 어쨌든 처음에는 그렇게 생각했다. 그러나 그녀는 곧 알게 되었는데: 그녀의 정신적 긴장상태를 의식하고 배려해주는 태도, 날씬하고 가냘프고 유방도 조그마한 그녀의 몸이 리듬을 찾고 익히고 마침내 그 속으로 뛰어드는 일이 얼마나 어려운지 이해해주는 마음씨, 그리고 때를 잘 아는 감각 등이 얼마나 고마운 것인지를. 아울러 자신을 이겨낼 줄 아는 그의 능력도 사랑했고, 두 사람이 함께 있을 수 있도록 양심의 가책마저 이겨내려는 그의 자세도 (잘못임을 알면서도) 사랑했고, 그에게 절대적이었던 모든 것을 압도해버리는 그의 욕망도 사랑했다. 그렇게 사랑했기에 그 사랑이 이미 이별을 내포하고 있음을 애써 모르는 체했다.

정사가 끝나갈 무렵이면 그녀는 사뭇 소란스러웠다. "아우!" 정신없이 고함을 질렀다. 그녀의 귀족적인 음성도 이 순간에는 의미 없는 외마디소리를 토해낼 뿐이었다. "어헝! 하이! 하아."

그녀는 아직도 술을 많이 마셨고—스카치 버번 라이—얼굴 중앙이 띠 모양으로 붉게 물들었다. 술에 취하면 오른쪽 눈이 가늘어져 왼쪽 눈의 절반 크기밖에 안 되었다. 점피는 그녀에게 혐오감을 느끼고 경악했다. 그러나 음주에 대한 언급은 허락되지 않았다. 한 번 말을 꺼낸 적은 있었지만 곧바로 오른손에 신발을 움켜쥐고 왼팔에 외투를 걸친 채 길거리로 쫓겨나야 했다. 그랬는데도 다시 그 집을 찾아갔다. 그녀는 아무 일도 없었다는 듯이 문을 열어주고 곧장 위층으로 올라갔다. 파멜라의 금기 사항: 그녀의 출신 배경에 대한 농담, 빈 위스키 병에 대한 발언, 그리고 고인이 된 남편 살라딘 참차가 아직 살아 있으며 초자연적인 괴수의 모습으로 시내 어느 베드앤드브렉퍼스트에서 지낸다는 사실을 암시하는 모든 말.

요즘 점피는—처음에는 살라딘의 일로 끊임없이 그녀를 귀찮게 했다: 차라리 당장 이혼해라, 괜히 미망인인 체하는 꼴은 못 봐주겠다, 그 친구의 재산은 다 어쩔 거냐, 이 집 소유권도 절반은 그의 몫인데, 기타 등등—그녀의 터무니없는 행동에 대해 더는 왈가왈부하지 않았다. 언젠가 딱 한 번 그녀가 남편에 대해 말했다. "나한테는 확인된 사망통지서가 있어. 그런데 당신한테는 뭐가 있지? 염소 한 마리, 곡마단 괴물. 나하고는 아무 상관도 없잖아." 그녀의 음주벽과 더불어 이런 태도도 둘 사이를 차츰 갈라놓았다. 이 같은 문제가 점점 더 심각하게 느껴질수록 점피의 무술 수업도 더욱 격렬해졌다.

파멜라는 멀어진 남편에 대한 여러 사실을 좀처럼 인정하려 하지 않았지만 방범 홍보 위원회에서의 직책 때문에 아이러니컬하게도 인근 경찰서 경관들이 마법에 걸렸다는 제보에 대해 조사하는 일을 맡게 되었다. 경찰서가 '통제 불능 상태'라는 소문은 이따금 여기저기서—노팅힐, 켄티시타운, 이즐링턴—터져나왔지만 난데없이 마법이라니? 점피는 회의적이었다. 파멜라가 한없이 거만한 목소리로 말했다. "당신은 말이야, 아직도 정상적인 일이 정상이라고 생각하는 게 문제라고. 맙소사: 이 나라에서 어떤 일이 벌어지는지 좀 보란 말이야. 순경 몇 명이 살짝 돌아서 옷을 훌러덩 벗고 철모에 오줌을 받아 마시는 정도는 별로 이상할 것도 없어. 노동자계급의 프리메이슨이라고 불러도 좋겠지. 날이면 날마다 흑인들이 우리를 찾아오는데, 다들 겁에 질려 제정신이 아닌 상태로 오비아*니 닭 내장이니 횡설수설한단 말이야. 그런 짓을 즐기는 망할 자식들이 있거든: 흑인들 미신을 역이용해서 오히려 겁을 주며 하룻밤 신나게 놀아보자는 거지. 그럴 리 없다고? 정신 좀 차려." 마녀사냥은 집안 내력인 모양이었다: 매슈 홉킨스에서 파멜라 러블레이스까지. 공개 토론회에서 발언하는 파멜라의 목소리가 라디오 전파를 탔고 심지어 텔레비전의 지역 뉴스에도 나왔는데, 옛날의 마녀 사냥꾼처럼 열정과 권위가 가득한 목소리였고, 20세기의 글로리아나** 같은 이 목소리 덕분에 그녀의 캠페인은 남들의 비웃음을 사지도 않고 즉시 중단되지도 않았다. 마녀들을 쓸어낼 새로운 빗자루가 필요합니다. 정식 수사를 시작해야 한다는 말도 나왔다. 그러나 점피를 미치게 만드는 것은 파멜라가 마법에 걸린 경찰관들에 대해 온갖 의견을 내세우면서도 그것을 자기 남편의 문제와 연관시키지 않는다는 사실이었다: 왜냐하면, 살라딘 참차의 변신도 따지고 보면 결국 요즘은 (옛날에도 마찬가지였는지도 모르지만) 진부하고 '정상적인' 일만 정상이라고 말할 수 없다는 주장과 일맥상통하기 때문이다. 그러나 점피가 이 점을 지적하자 그녀는 딱 잘라 이렇게 말했다. "그 문제와는 아무 상관도 없어." 점피는 그녀가 교수형을 언도하는 재판관처럼 거만하다고 생각했다.

미샬 수피안이 하니프 존슨과의 불법적인 성관계를 고백한 후 점피는 파멜라 참차를 만나러 가며 걷잡을 수 없이 떠오르는 온갖 속 좁은

* 아프리카, 서인도제도 흑인들의 주술신앙.

** 영국 여왕 엘리자베스 1세의 별칭.

생각을 억눌러야 했다. 예컨대, 제 아비가 백인이 아니었다면 그 녀석도 감히 그런 짓을 하지는 못했겠지. 점피는 분개했다. 하니프, 유치한 자식, 아마 여자를 정복할 때마다 자지에 눈금을 새겨넣겠지, 이 존슨 녀석은 동포들의 대표자가 되겠다는 포부를 품었으면서도 그들이 나이가 찰 때까지 기다리지 못하고 홀라당 따먹어버리다니!…… 미샬의 육체는 이미 모르는 것이 없다지만 아직은 다만, 다만, 어린애에 불과한데 그 자식은 왜 모를까?—아냐 어린애는 아니지.—나쁜 놈, 그렇다면 (여기서 점피는 깜짝 놀랐다) 먼저 따먹은 것만은 용서할 수 없어.

연인을 찾아가는 길에 점피는 하니프에 대한 내 친구 하니프에 대한 자신의 반감이 주로—뭐라고 해야 할까?—언어적인 것이라고 믿으려 노력했다. 하니프는 온갖 중요한 언어를 두루 갖추었다: 사회학적 언어, 사교적 언어, 급진파 흑인의 언어, 인종차별 반대의 반대의 반대의 언어, 선동적 언어, 웅변적 언어, 설교적 언어: 한 마디로, 힘을 지닌 말. 그렇지만 개자식아, 너는 내 서랍을 뒤졌고 내 시를 비웃었어. 진정한 언어문제는: 어떻게 언어를 매만지고 다듬을 것인가, 어떻게 언어를 이용하여 자유를 얻을 것인가, 독이 든 언어의 우물을 어떻게 되살릴 것인가, 낱말의 시간의 피의 강물을 어떻게 다스릴 것인가: 그런데 이런 문제에 대해서 너는 아는 게 아무것도 없잖아. 그 투쟁은 얼마나 힘겨운가, 아예 패배가 불가피한 일이 아니던가. 나는 어떤 자리에도 선출될 수 없겠지. 권력 기반도 없고 지지자도 없으니까. 낱말과의 싸움이 있을 뿐. 그러나 점피는 또한 하니프를 향한 시기심이 무엇보다 욕망의 언어를 그가 더 능숙하게 구사한다는 사실 때문임을 인정할 수밖에 없었다. 미샬 수피안은 확실히 대단한 여자였고 늘씬하고 매력적인 미녀였지만, 점피 자신으로서는 접근할 방법을 찾지 못했을 테고, 설령 그럴 마음이 있었더라도 감히 실천에 옮기지는 못했으리라. 언어는 곧 용기다: 어떤 일을 착안하고 말하고 그럼으로써 실현시키는 능력이다.

파멜라 참차가 문을 열어주었을 때 점피는 그녀의 머리가 하룻밤 사이에 눈처럼 새하얀 백발로 변해버렸다는 사실, 그리고 이 불가사의한 재앙에 그녀는 머리를 박박 밀어버리고 우스꽝스러운 포도주색 터번을 감은 후 절대로 벗지 않는 방법으로 대응했음을 알게 되었다.

"그냥 그렇게 됐어. 마법에 걸렸을 가능성도 배제할 수 없지."

점피는 그 말을 받아들일 수 없었다. "아니면 남편이 좀 달라지긴 했지만 멀쩡히 살아 있다는 소식에 대한 때늦은 반응일 수도 있고."

그러자 침실을 향해 올라가던 그녀가 계단 중간에서 홱 돌아서더니 열려 있는 거실 문을 극적인 동작으로 가리키며 의기양양하게 말했다. "그렇다면 어째서 저 개에게도 똑같은 일이 벌어졌을까?"

그날 밤 그는 그녀에게 관계를 끝내고 싶다고, 더는 양심이 허락하지 않는다고 말하려 했는데, —기꺼이 그녀의 분노를 감수하고 또한 어떤 결정이 양심적인 동시에 부도덕할 수도 있다는 (왜냐하면 잔인하고 일방적이고 이기적인 행동이므로) 역설적 진실을 받아들일 각오였는데, 그가 침실에 들어서자 그녀가 그의 얼굴을 두 손으로 감싸쥐고 그의 표정을 면밀히 지켜보며 그동안 피임에 대해 거짓말을 했다고 고백했다. 그녀는 임신중이었다. 이제 보니 일방적인 결정을 내리는 데는 그녀가 한수 위였고, 결국 살라딘 참차에게서 얻지 못했던 아이를 점피에게서 얻어냈다. 그녀는 얼굴을 바싹 들이대고 사뭇 도전적으로 외쳤다. "나도 아이를 갖고 싶었어. 이젠 낳을 수 있게 됐어."

그녀의 이기심이 선수를 쳐 그의 이기심을 꺾었다. 그러나 그는 오히려 마음이 가벼워지는 것을 느꼈다. 도덕적인 선택을 하고 그에 따라 행동해야 한다는 의무감에서 벗어날 수 있으므로, —왜냐하면, 이제 와서 어떻게 그녀를 버릴 수 있으랴?—그는 그런 생각을 머릿속에서 지워버렸고, 그녀가 살며시, 그러나 분명한 의도를 드러내며 그를 뒤로 밀어 침대에 눕힐 때도 저항하지 않았다.

서서히 변해가는 살라딘 참차는 과학소설이나 공포 비디오의 돌연변이 괴물처럼 머지않아 자연도태에 의해 저절로 사라질 임의 변이를 겪는 중인지, —아니면 지옥의 지배자의 아바타로 진화하는 것인지, —그것도 아니라면 무엇이든 간에, 어쨌든 어김없는 사실은 (이런 일에 대해서는 확인된 사실만 하나하나 짚어가며 조심스럽게 나아가는 것이 좋으므로, 적어도 우리의 목적지에 가까이 접근할 때까지는 섣불리 결론을 내리기보다 이렇게 '틀림없는 사실'로 이루어진 노란 벽돌 길*을 따라 차분히 걸어가야 하므로) 하지 수피안의 두 딸이 참차를 거둬들여 미녀에게만 가능한 방법으로 이 야수를 보살폈고 시간이 흐르면서

* 『오즈의 마법사』의 노란 벽돌 길에 대한 언급인 동시에 런던에서 아시아인이 많이 사는 브릭 레인 지역(작품 내 브릭홀)을 암시하는 말.

참차도 그들에게 듬뿍 정이 들었다는 점이었다. 그는 오랫동안 미샬과 아나히타가 바늘과 실처럼, 총성과 메아리처럼 서로 떼어놓을 수 없는 사이라고 생각했는데, 동생 쪽은 언제나 키가 더 크고 괄괄한 언니를 흉내냈고, 그래서 타협을 모르는 미샬의 태도를 찬양하고 모방하려는 듯 공수도 발차기나 영춘권 팔뚝치기 따위를 연습했다. 그러나 최근에 그는 두 자매 사이에 슬프게도 적대감이 자라난다는 사실을 눈치챘다. 어느 날 저녁, 미샬이 그의 다락방 창가에서 길거리의 여러 인물을 가리켰는데, —저기, 저 늙은 시크교도는 인종차별적인 공격에 충격을 받고 말을 못하게 되었는데, 들리는 말로는 벌써 칠 년 가까이 한 마디도 안 했다지만 그전에는 이 도시에서 몇 안 되는 '흑인' 치안판사였고…… 하지만 지금은 판결은커녕 일언반구도 못하고, 어딜 가든 변덕스러운 부인이 졸졸 따라다니며 걸핏하면 남편을 깔보고 짜증을 내는데, 아, 저이는 무시하세요, 찍소리도 못하니까, —그리고 저기 저쪽, 아주 평범해 보이는 저 '회계사 타입'(미샬의 표현), 서류 가방과 사탕 과자 한 상자를 들고 귀가하는 저 남자는 매일 저녁마다 반시간 동안 거실 가구를 옮겨야 하는 희한한 증상이 있다고 이 거리에 소문이 자자한데, 통로를 사이에 두고 의자를 두 줄로 늘어놓은 후 방글라데시행 일층버스의 차장 흉내를 내며 가족들까지 이 강박적인 망상에 억지로 참여시키지만, 정확히 반시간이 지나면 금방 멀쩡하게 정신을 차리는데, 그때부터는 다시 재미없기로 둘째가라면 서러워할 사람이 되고, —이런 설명이 한동안 이어진 뒤, 열다섯 살 아나히타가 못마땅한 듯 불쑥 끼어들었다: "언니 말은요, 아저씨만 피해자가 아니라는 거예요. 괴물이라면 이 근방에도 저렇게 흔해빠졌으니 한번 보시라고요."

이 거리에 대해 이야기할 때 미샬은 마치 신화 속의 전쟁터처럼, 그리고 참차의 높은 다락방에서 그곳을 내려다보는 자신은 기록을 맡은 천사 겸 파멸자처럼 생각하는 버릇이 있었다. 그녀를 통하여 참차는 새로운 쿠루족과 판다바족의 우화를 알게 되었는데, 이 현대판 『마하바라타』, 더 정확히 말하자면 『마하빌라예트』의 등장인물들은 백인 인종차별주의자들과 흑인 '자위대' 또는 민병대였다. 다시 말해서 국민전선과 사회노동당의 겁 없는 과격파가 저쪽 철도교 밑에서 싸움을 벌였는데, 미샬은 그들이 '일요일마다 폐점 때부터 개점 때까지 싸우는 바람에 일주일 내내 우리가 그 난장판을 치워야 했다고요' 하고 빈정거렸다.—저 뒷골목은 경찰이 '브릭홀 삼인조'를 두들겨패고 자백을 강요해 누명을 씌운 곳이고, 저쪽 옆길은 자메이카인 율리시스 E. 리가 살해된 현장이고, 저 술집 카펫에 남은 얼룩은 자틴더 싱 메타가 숨을 거둔 자리였다. 미샬이 투덜거렸다. "대처의 정책이 실효를 거둔 거죠." 그러나 참차에게는 그녀와 더 논쟁하거나 정의와 법질서에 대해 떠들 만한 의지도 없고 할 말도 없었으므로 아나히타의 분노가 점점 솟구치는 것을 말없이 지켜볼 뿐이었다. 미샬이 설명을 이어갔다. "요즘은 전면 충돌은 없어요. 소규모 기업과 개인주의가 판치는 세상이잖아요? 다시 말해서, 백인 대여섯 놈이 우리를 한 번에 한 명씩 죽여 없앤다고요." 요즘은 공격준비를 갖춘 민병대가 밤거리를 순찰했다. 미샬이 풀 한 포기도 없는 거리를 내다보며 말했다. "여긴 우리 땅이에요. 얼마든지 와서 빼앗아보라죠."

"언니 좀 보세요!" 아나히타가 불쑥 소리쳤다. "요조숙녀 같지 않아요? 정말 우아하고. 엄마가 알면 뭐라고 하실까."—"엄마가 뭘 알면 어쩐다는 거야, 이 쬐끄만 고자질쟁이가―?" 그러나 아나히타는 주눅 들지 않고 울부짖었다. "그래, 그렇다고, 우리도 알아, 모른다고 착각하지 마. 일요일 아침에 방그라 비트 장에 갈 때마다 화장실에서 매춘부 같은 옷으로 갈아입는 것도 알고―내가 핫 왁스 주간書間 디스코텍을 모른다고 생각하겠지만, 나는 언니가 거기서 누구랑 같이 몸을 흔들고 비트는지도 알고―어느 놈팡이랑 블루스 댄스홀에 갔는지, 거기서 무슨 일이 있었는지도 다 안단 말이야―참 대단한 언니라니까." 그리고 화려한 맺음말을 덧붙였다. "언니는 아마 그, 뭐더라, '무지無知' 때문에 죽을 거야." 참차도 알고 미샬도 알듯이―육지와 바다에서 표현주의적인 비석들이 솟아오르는 그 영화 같은 광고는 누구에게나 깊은 인상을 남겼으므로―그 말은 곧 에이즈를 의미했다.

미샬이 동생에게 덤벼들어 머리채를 잡아당겼고,―아나히타는 고통스러워하면서도 다시 빈정거렸고, "적어도 나는 바늘꽂이처럼 괴상한 머리 모양을 하고 다니진 않는데, 그런 꼬락서니를 좋아한다면 미친놈이겠지." 이윽고 두 소녀가 나간 후 홀로 남은 참차는 아나히타가 왜 갑자기 여성의 몸가짐에 대해 자기 어머니의 가치관을 절대적으로 지지하게 되었을까 의아해했다. 결론은 다음과 같았다: 곧 말썽이 생기겠군.

아니나다를까, 머지않아 말썽이 생겼다.

∽

혼자 있을 때마다 그는 몸이 점점 더 무거워지는 것을 느꼈고, 마침내 의식을 잃어버리고 태엽이 다 풀린 장난감처럼 축 늘어졌고, 언제나 손님들이 찾아오기 직전에 끝나는 이러한 정지 상태에서 그의 몸은 무시무시한 소음을 토해내곤 했는데, 그것은 지옥의 와와 페달 같은 울부짖음이었고 악마의 뼈들이 스네어 드럼처럼 우드득거리는 소리였다. 그때마다 그의 몸은 조금씩 자라났다. 그리고 몸이 자라면서 소문도 함께 자라났다. 다락방에 악마를 넣어두고 비밀이 영원히 지켜지길 기대할 수는 없으니까.

소문이 어떻게 새어나갔을까(사실을 아는 사람들은 모두 입을 굳게 다물었는데, 수피안 일가는 장사를 망칠까봐 그랬고, 임시 인생들은 지나가는 나그네라는 생각 때문에 당장은 아무것도 할 수 없어서였고, ―그리고 너나없이 경찰을 두려워했으니, 경찰은 이런 시설에 아무 거리낌 없이 쳐들어왔거니와, 들어왔다 하면 실수로 작은 가구를 망가뜨리거나 우연히 남의 팔 다리 목을 짓밟기 일쑤였으므로): 그가 이 동네 사람들의 꿈속에 나타나기 시작한 탓이었다. 전에는 유대교의 마흐지켈 하다스 회당이었고 또 그 전에는 위그노 칼뱅파 교회였던 자메 마스지드*의 율법학자들도 꿈을 꾸었고, ―아프리카식 필박스 모자를 쓰고 빨강, 노랑, 검정 판초를 걸치고 〈에일리언 쇼〉에 대한 항의 시위를 성공적으로 이끈 인간 산맥 우후루 심바 박사도 꿈을 꾸었는데, 그는 건방진 여자의 주둥이를 후려갈기는 버릇이 있어 미샬 수피안이 죽도록 미워했으니, 예를 들자면 그녀 자신도 어느 토론회에서 한 대 얻어맞았는데, 당시 수많은 목격자가 있었지만 박사는 주저하지 않았

* 런던 브릭 레인에 있는 모스크.

고, 그래서 어느 날 미샬은 다락방에서 참차에게 박사를 가리켜 보이며, 저 인간은 미친놈이에요, 무슨 짓을 저지를지 몰라요, 그때 하마터면 죽을 뻔했는데, 내가 사람들 앞에서 자기가 아프리카인이 아니라는 사실을 폭로했기 때문이었어요, 나는 저 사람이 뉴크로스 거리의 평범한 실베스터 로버츠였던 시절부터 알았거든요, 박사는 무슨 놈의 박사, 주술사라면 또 몰라도, 하고 말했고,—미샬과 점피와 하니프도 꿈을 꾸었고,—하다못해 버스 차장까지, 그렇게 모두가 꿈을 꾸었는데, 그는 묵시록처럼 이 거리에 솟아나서 이 도시를 토스트처럼 태워버렸다. 그리고 천 명하고도 한 명이 꾸었던 이 꿈속에서 살라딘 참차는 팔다리가 거대하고 머리에는 터번 모양의 뿔이 달린 모습으로 노래를 불렀는데 소름이 끼칠 만큼 무시무시하고 목쉰 소리 때문에 가사조차 알아들을 수 없었고, 더구나 끔찍하게도 이 꿈은 연속극처럼 전날 밤에 꾸었던 꿈이 다음날 다시 이어졌고, 그렇게 밤이면 밤마다 잇따라 나타났고, 그리하여 전직 치안판사인 '벙어리 사나이'마저—어느 날 밤 인도 식당에서 술에 취한 젊은이가 코밑에 칼날을 들이대며 얼굴을 그어버리겠다고 위협하고 게다가 그의 음식에 온통 침을 뱉어놓는 훨씬 더 불쾌한 만행을 저지른 이후로 한 마디의 말도 하지 않았던 이 온순한 신사마저—부인을 놀라게 했는데, 그는 잠결에 벌떡 일어나 앉아 비둘기처럼 목을 푹 꺾더니 오른쪽 귓가에 양쪽 손목을 마주대고 고래고래 목이 터져라 노래했는데 너무 낯설고 잡음이 심한 노래여서 한 마디도 알아들을 수 없었다고 한다.

꿈속에 나타났던 이 악마의 모습은 금방 유행하기 시작했는데—왜냐하면 요즘은 어떤 일에도 시간이 오래 걸리지 않으니까—오로지 핼 밸런스가 담색 인종이라고 불렀던 사람들 사이에서만 인기를 끌었다는 말도 덧붙일 필요가 있겠다. 비非유색 인종인 영국인들은 유황냄새를 풍기는 적이 나타나 연기가 피어오르는 발꿈치로 조지시대 양식을 완벽하게 복원한 자기들의 집을 밟아 뭉개는 꿈을 꾸었고, 반면에 갈색인 및 흑인들은 운명 계급 인종 역사 때문에 조금 왜곡되긴 했지만 결국-흑인일-수밖에-없는 이 괴물이 마침내 분연히 떨쳐 일어나 한바탕 대소동을 일으키는 꿈을 꾸며 밤마다 환호했다.

이런 꿈은 처음에는 개인적인 일에 지나지 않았지만 머지않아 생시에까지 스며 나오기 시작했는데, 그것은 배지 스웨터 포스터를 만들어 팔던 아시아계 제조업자 및 소매상들이 꿈의 힘을 잘 알았기 때문이고, 그리하여 그의 모습은 갑자기 사방에 나타나기 시작했으니, 어린 소녀들의 가슴팍에서도, 날아드는 벽돌을 막으려고 쇠창살을 끼운 유리창에서도 그의 모습을 볼 수 있었다. 그는 저항이었고 경고였다. 악마에 대한 공감*: 옛 노래가 새로운 생명력을 얻었다. 이 거리의 아이들은—몇 년 전에는 우주인 흉내를 낸답시고 빳빳한 철사 끝에 분홍색 초록색 공이 달린 장난감을 머리에 쓰고 흔들거리며 다녔듯이—고무로 만든 악마의 뿔을 달고 다니기 시작했다. 정치적 시위에 사용되는 깃발마다 '염소맨'을 상징하는 불끈 쥔 주먹이 등장하기 시작했다: 6인을 구하자, 4인을 석방하라, 하인즈 57을 맛보세요.** 라디오에서는 이런 노래가 흘러나왔다: 이러케 만나다니 방가워요오, 내 이르믈 마쳐바요오.*** 경찰의 방범 홍보관들은 '흑인 및 아시아계 청소년 사이 팽

---

* Sympathy for the Devil. 롤링스톤스의 노래 제목(1968).

** 하인즈 식품 회사의 광고문에 빗대어, 숫자를 잘 쓰는 영국식 구호를 조롱하는 말.

배하는 악마숭배'가 '개탄할 만한 현상'이라고 지적하며, 이 '악마교의 부흥'을 근거로 파멜라 참차와 CRC의 주장을 반박했다: '이제 어느 쪽이 마녀인가?' 미샬이 흥분한 어조로 말했다. "참차 아저씨, 아저씨는 영웅이에요. 제 말은요, 사람들이 정말 아저씨한테 공감한다는 뜻이에요. 이런 이미지는 백인 사회에서 오랫동안 거부하던 거니까 우리가 오히려 더 쉽게 받아들일 수 있죠. 그걸 점유하고 점거하고 잘 다듬어 우리 것으로 만드는 거예요. 이젠 아저씨가 행동을 생각해볼 때라고요."

살라딘은 당황하여 외쳤다. "어서 나가. 이건 내가 원했던 게 아니야. 내 의도가 아니었다고."

그러자 미샬이 발끈했다. "어차피 이 다락방에 머물기엔 아저씨가 너무 커졌어요. 좁아서 더는 못 버틸 날이 금방 온단 말예요."

사태가 막바지에 이른 것만은 확실했다.

"간밤에 할머니 한 명이 또 난도질당했다잉. 그 할머니, 사회보장이고 뭐고 물건너갔다잉." 하니프 존슨이 평소 버릇처럼 트리니다드 사투리로 소식을 전했다. 샨다르 카페 카운터에서 근무중이던 아나히타 수피안이 컵과 접시를 탕탕 때리며 툴툴거렸다. "도대체 아저씨는 왜 그러는지 모르겠네요. 괜히 짜증만 난다고요." 하니프는 그녀를 무시

*** 〈악마에 대한 공감〉의 가사.

하며 점피 옆에 앉았고, 점피는 멍하니 중얼거렸다. "사람들이 뭐라는데?" 곧 아버지가 된다는 사실이 점피 조시를 짓눌렀지만 하니프는 그의 등을 철썩 후려갈기며 연민을 표시했다. "형제, 시가 잘 안 풀리는 모양이네잉. 피의 강물이 다 말라붙었나 보네잉." 그러다가 점피의 눈빛을 보더니 금방 화제를 바꾸었다. "놈들이 하는 소리야 뻔하징. 차 몰고 돌아다니는 유색인종 조심해라잉. 그 할머니가 흑인이었다면 '인종적 동기 의심할 근거 없다'고 했겠징." 그러더니 사투리를 포기하고 이렇게 말을 이었다. "그건 그렇고, 가끔은 말이야, 이 도시의 껍질 바로 밑에서 들끓는 공격성이 나는 정말 무서워. 그 빌어먹을 할머니 살인마만 그렇다는 게 아니야. 어디나 그렇다고. 러시아워에 기차 안에서 어느 놈의 신문을 건드렸다가 얼굴이 박살날 수도 있거든. 너나없이 모두가 성난 사람들 같단 말이야. 그건 자네도 마찬가지야." 그는 눈치를 채고 얼른 말을 끝냈다. 점피가 일어서서 양해를 구하더니 뭐라고 설명도 없이 나가버렸다. 하니프는 두 팔을 벌리며 아나히타를 향해 가장 매력적인 미소를 던졌다. "내가 어쨌다고 저러지?"

아나히타도 상냥하게 웃어주었다. "혹시 말예요, 하니프 아저씨, 사람들이 아저씨를 별로 좋아하지 않는다는 생각은 안 해봤어요?"

이번 사건도 '할머니 살인마'의 소행이었다는 사실이 알려지면서, '인간의 탈을 쓴 악마'가—그자는 매번 희생자의 내장을 시신 주위에 가지런히 늘어놓았는데, 양쪽 귓가에 허파 하나씩, 그리고 심장은 당연히 입속에 넣어두었다—늙은 여자들을 살해하는 이 끔찍한 범죄를 해결하려면 아무래도 요즘 사법 당국에 적잖은 걱정을 끼치는 이 도시 흑인들의 새로운 사이비 종교를 조사해보는 게 제일 빠를 것이라는 의

견이 점점 빈번해졌다. 그에 따라 '담색 인종'에 대한 구금이나 심문도 늘어났고, '사이비 종교가 은닉중이라고 의심되는' 시설에 대한 기습 단속도 많아졌다. 그리고 이것은 엄연한 사실인데, 비록 아무도 인정하려 하지 않고 또한 처음에는 이해하지도 못했지만, 흑인 갈색인 백인을 불문하고 사람들은 저마다 꿈속의 괴물이 진짜라고, 이 존재가 제 본령을 떠나고 정상적인 통제를 벗어나 현재 이 도시에서 마음대로 돌아다니는 중이라고 믿기 시작했다. 불법 이민자, 무법자들의 왕, 못된 범죄자, 혹은 인종적 영웅, 아무튼 살라딘 참차는 점점 실존 인물이 되어갔다. 시내 전역에 온갖 낭설이 종횡무진 퍼져나갔다: 어느 물리치료사는 일요신문사에 터무니없는 이야기를 팔았고, 아무도 믿지 않았고, 그러나 사람들은 아니 땐 굴뚝에 연기 나랴 하고 말했다. 사태는 위험한 지경에 이르렀고, 이제 샨다르 카페에 경찰이 쳐들어와 모든 일이 한꺼번에 터져버리는 것도 시간문제였다. 게다가 성직자들까지 개입하면서 이 혼란에 또하나의 불안 요소가 추가되었으니, '흑인'이라는 용어에 '신성모독'이라는 죄악이 연관되기 시작했다. 어쨌든 살라딘 참차는 다락방에서 서서히 자라났다.

그는 오비디우스를 버리고 루크레티우스를 선택했다. 변하기 쉬운 영혼, 만물의 가변성, *자아*, 그 모든 것. 삶을 살아가는 존재는 살면서 많이 달라져 아예 타자가 될 수도 있다. 역사로부터 분리되어 개별적 존재가 된다. 그는 가끔 은하계의 먼 가장자리에 있는 또다른 행성 같은 봄베이의 지니 바킬을 떠올렸다: 지니, 절충주의, 잡종주의. 이런 사고방식에 깃든 낙천주의! 그 바탕에 깔린 확고함: 확고한 의지, 확고한 선택! 그러나 나의 지니여, 인생이란 우리에게 주어질 뿐: 뜻밖의 사고처럼. 아니지: 우리가 처한 상황의 결과로 주어진다. 선택이 아니라—기껏해야—과정, 그리고 최악의 경우에는 충격적이고 전면적인 변화. 새로움: 나도 다른 인생을 추구했지만 결국 이렇게 되고 말았지.

그리고 쓰라린 통한, 증오심, 이런 천박한 감정. 나도 이제 새로운 자아 속으로 들어가리라, 달라진 모습대로 변하리라: 시끄러운, 악취를 풍기는, 거대한, 흉측한, 비인간적인, 막강한. 새끼손가락만 내밀어도 교회 탑을 쓰러뜨릴 듯한 기분, 내 안에서 자라나는 이 힘, 분노, 분노, 분노. 권능.

그는 탓할 상대를 찾고 있었다. 그도 꿈을 꾸었다. 그리고 그 꿈속에서 어떤 형상, 어떤 얼굴이 두둥실 다가오는데, 유령처럼 고요하게, 불확실하게, 그러나 머지않아 그것의 이름을 알아낼 수 있을 터였다.

그는 현실을 받아들였다: 나는 스스로 있는 자니라.

순종.

누에고치처럼 샨다르 비앤드비에 틀어박혀 지내던 그의 생활이 끝난 것은 어느 날 저녁 하니프 존슨이 들어와 우후루 심바가 '할머니 살인마'로 체포되었다고 소리쳤을 때였다. 들리는 말에 의하면 심바는 흑마술에 대한 혐의까지 겹쳐 꼼짝없이 부두교제사장 바론사메디*로

몰렸으며 벌써부터 보복—구타, 가택 습격 등 일상적인 일—이 시작되었다고 한다. 하니프가 수피안과 힌드에게 말했다. "문단속 잘 하세요. 오늘밤은 좀 어수선할 테니까요."

하니프는 자기가 가져온 이 소식의 파급 효과를 확신하며 카페 한복판에 서 있었고, 그래서 힌드가 느닷없이 덤벼들어 그의 얼굴을 있는 힘껏 후려갈기는 순간 예상치 못한 공격을 당한 그는 그 자리에서 실제로 기절해버렸는데 고통보다 놀라움 때문이었다. 점피가 영화에서 배운 대로 물 한 잔을 뿌려주자 하니프는 곧 정신을 차렸다. 그러나 이때 힌드는 위층으로 올라가 그의 사무실 집기들을 길바닥으로 내던지는 중이었다. 타자기 리본이나 법률 서류를 묶는 빨간 리본 따위가 축제용 오색 테이프처럼 허공을 날았다. 질투심의 사악한 부추김을 견디다 못한 아나히타 수피안이 힌드에게 미샬과 유망한 변호사 겸 정치가 지망생의 관계를 털어놓았기 때문인데, 그때부터는 아무도 힌드를 말릴 수 없었고, 그리하여 오래도록 참았던 오욕의 세월이 한꺼번에 터져나왔으니, 그녀를 깜둥이들과 똑같이 취급하는 이방인과 유대인이 득실거리는 이 나라에 갇혀버린 것도 모자라서, 남편이라는 작자가 하즈까지 다녀왔으면서 자기 집에서조차 신앙을 지키지 못하는 약골인 것도 모자라서 이런 일까지 벌어지다니. 그녀는 부엌칼을 집어들고 미샬에게 달려들었고, 그러자 딸은 강력한 발차기와 주먹질로 응수했는데, 그나마 자기방어용이었으니 망정이지, 안 그랬다면 틀림없이 어머니를 때려죽이고 말았으리라.—하니프가 의식을 되찾았을 때 하

* 부두교에서 사령(死靈)을 몸속에 맞아들이는 영매.

지 수피안이 그를 내려다보았는데, 늘어뜨린 두 손을 빙빙 돌려 조그맣고 무력한 원을 그리며, 숨김없이 울며, 배움에서도 위안을 얻지 못하고, 왜냐하면 대부분의 무슬림에게는 메카 순례가 큰 축복이지만 그의 경우에는 오히려 저주의 시작이었으니까.—"가게나, 하니프, 내 친구, 어서 나가."—그러나 하니프도 할 말을 하기 전에는 떠날 수 없었고, 그래서 외쳤고, 내가 너무 오랫동안 입을 다물고 있었지만 당신들은 도덕군자인 체하면서도 동포들의 불행을 이용해 돈을 벌었잖아, 그 말이 나오면서 비로소 하지 수피안이 아내가 청구하는 요금에 대해 까맣게 몰랐다는 사실이 명백해졌는데, 그녀는 그동안 남편에게 밝히지 않았을 뿐 아니라 딸들에게도 구속력이 있는 무시무시한 맹세를 시켜 비밀을 지키게 했으니, 남편이 알면 어떻게든 돈을 돌려주려 할 테고, 그렇게 되면 온가족이 가난에 찌들 것이 뻔하기 때문이었다.—그리고 샨다르 카페의 반짝이는 영혼이었던 그는 그때 이후로 인생에 대한 사랑을 송두리째 잃고 말았다.—그리고 이제 미샬이 카페에 들어왔는데, 아, 돈 내는 손님들 앞에서 유치한 연극처럼 가족의 내밀하고 수치스러운 삶을 고스란히 내보이다니,—그러나 실은 홍차를 마시던 마지막 손님도 늙은 다리를 최대한 빨리 움직여 허둥지둥 그곳을 빠져나가는 참이었다. 미샬은 가방을 들고 있었다. "저도 떠날래요. 어디 잡을 테면 잡아보세요. 겨우 열하루 남았다고요."*

맏딸이 영영 떠나려 하자 힌드는 암흑 제왕을 자기 집에 묵게 한 결과가 무엇인지 깨달았다. 그녀는 남편에게 제발 정신 좀 차리라고, 그

---

* 성년이 되기까지 남은 기간을 뜻한다.

의 너그럽고 친절한 마음씨 덕분에 이런 지옥 같은 상황이 벌어졌고, 지금이라도 악마 참차를 이 집에서 내쫓기만 한다면 예전처럼 행복하고 부지런하던 가족으로 돌아갈 수 있을지도 모른다고 애원했다. 그러나 그녀가 말을 끝내기가 무섭게 머리 위에서 우르르 소리와 함께 집이 통째로 흔들리기 시작했다. 무엇인가 쿵쿵거리며 계단을 내려오는 소리, 으르렁대는 소리, 그리고 무슨 말인지 알아들을 수도 없을 만큼 지독하게 목쉰 음성으로 노래하는—혹은 노래하는 듯한—소리.

결국 계단을 올라가 그를 맞이한 사람은 미샬이었고, 하니프 존슨도 그녀의 손을 잡은 채 따라갔고, 배신자 아나히타는 계단 밑에서 지켜보았다. 참차는 이제 키가 8피트도 넘고, 콧구멍으로 두 가지 빛깔의 연기를 뿜어내는데 왼쪽은 노란색, 오른쪽은 검은색이었다. 그는 이제 옷을 입지도 않은 상태였다. 체모는 길고 무성하게 자라고, 꼬리는 성난 듯 이리저리 흔들리고, 두 눈은 희미하지만 빛을 발하는 붉은색을 띠고, 이러한 모습은 이 하숙집의 임시 거주자 전원에게 미칠듯한 공포심을 심어주기에 충분했다. 그러나 미샬은 너무 무서워 말도 못할 정도는 아니었다. "도대체 어딜 가시겠다는 거예요? 그런 몰골을 하고 밖에 나가서 단 오 분이라도 버틸 수 있을 것 같아요?" 참차는 걸음을 멈추고 자신의 몸을 훑어보고 사타구니에 우뚝 선 거대한 성기를 눈여겨본 후 으쓱 어깻짓을 했다. "난 지금 행동을 생각해보는 중이야." 미샬이 했던 말을 그대로 인용했지만 용암과 천둥이 어우러진 듯한 목소리 때문에 이미 미샬과는 아무런 상관도 없는 말처럼 들렸다. "찾아야 할 사람이 있거든."

그러자 미샬이 말했다. "잠깐만요. 뭔가 방법을 찾아보자고요."

샨다르에서 1마일 떨어진 이곳, 박자와 길거리가 만나는 이곳, 과거 블랙앤탠Blak-An-Tan이었던 클럽 핫 왁스에는 과연 무엇이 있을까? 달도 없는 불길한 밤, 저 그림자들을 따라가보자—더러는 잔뜩 빼입고 겅중겅중 뽐내며 걷는, 또 더러는 겁먹은 듯 어둠을 타고 은밀히 움직이는—사방에서 모여들다가 갑자기 지하로 숨어들어 아무 표시도 없는 저 문으로 사라지는 그들. 안에는 무엇이 있을까? 불빛, 액체, 분말, 몸을 흔드는 육체, 홀로, 둘씩, 셋씩, 온갖 가능성을 향해 움직인다. 그런데 저것은, 우주처럼 명멸하는 무지갯빛 광채 속에 어렴풋이 드러나는 다른 그림자들, 광란에 사로잡힌 춤꾼들 사이에서 얼어붙은 듯 움직이지 않는 저 형상들은 대체 무엇이란 말인가? 힙합과 힌디팝을 추는 자세 그대로 꼼짝도 하지 않는 저들은 무엇인가?—"핫 왁스를 찾아주쉰 녀러분, 줴말 멋쥐십니다아!" 우리의 진행자가 말한다: 횡설수설 떠드는 자, 축배의 말을 건네는 자, 비할 데 없는 디제이—기운이 넘치는 핑크왈라, 빛으로 만들어진 그의 의상이 박자에 맞춰 붉게 물든다.—그는 정녕 특이한 인물이다: 신장 7피트의 백변종, 머리는 연하디연한 장밋빛, 눈의 흰자위도 같은 색, 이목구비는 틀림없는 인도인, 오만한 코, 길고 얇은 입술, 〈함자나마〉 천에서 튀어나온 듯한 얼굴. 인도를 본 적이 없는 인도인, 서인도제도에서 온 동인도인, 하얀 흑인. 스타.

움직이지 않는 그림자들은 푸들푸들 몸을 떠는 여자들과 펄쩍펄쩍 날뛰는 청년들 틈에서 여전히 춤춘다. 그들은 무엇인가?—그야 물론 밀랍 인형일 뿐이다.—그들은 누구인가?—역사. 보라, 이쪽에는 메리 시콜, 그녀는 크림전쟁 때 마술 램프를 지녔던 또 한 명의 여인*에 못지 않은 업적을 세웠지만 흑인이었던 까닭에 플로렌스의 촛불에 가려져 빛을 보지 못했다.—그리고 저기 저쪽! 압둘 카림이라는 자, 별명은 문시**, 빅토리아여왕은 그의 지위를 높여주려 했지만 유색인종을 싫어한 대신들이 그를 헐뜯었다. 그런 그들이 여기 모여 뜨거운 밀랍을 뒤집어쓰고 움직임 없이 춤춘다: 오른쪽에는 셉티미우스 세베루스***의 흑인 광대, 왼쪽에는 조지 4세의 이발사가 노예 그레이스 존스와 함께 춤을 춘다. 옷감 6피트에 팔려온 아프리카 왕자 우코소 그로니오소는 1782년 영국에서 책을 낸 최초의 아프리카인 작가가 된 노예의 아들 이그나티우스 산초와 어울려 옛날식 춤을 춘다.—과거의 이주자들, 그들은 자기들의 혈육뿐만 아니라 저 살아 있는 춤꾼들의 조상이기도 한데, 그들이 뻣뻣하게 회전하는 동안 무대 위에서는 핑크왈라가 떠들썩하게 지껄이고 축배의 말을 던지고 랩을 읊조리고, 줘들이-이민에-대해-이야기할-때마다-줘들이-우리가-이-나라-백셩도-아니라고-넌쥐시-암시할-때마다-줘는-분노를-느낍니다-그러나-이-좌리에서-엄연한-쥔실을-밝힙니다-로마쥠령기부터-우리가-월마나-많은-공헌을-했숍니까아, 그리고 이 혼잡한 실내의 다른 부분에는 찌푸린 얼굴의 밀랍 악당들이 음침한 녹색 불빛 아래 웅크리고 있다: 모슬리, 파웰, 에드워드 롱 등등, 레그리****의 아바타들이 죄다 모였다. 그리고 이제 클럽 내부에서

---

* '등불의 여인'으로 불리던 플로렌스 나이팅게일을 가리킨다.

** 어학 교사.

*** 로마 황제(재위기간 193~211).

는 웅성거리는 소리가 시작되어 점점 커지더니 이윽고 하나의 낱말이 되어 몇 번이고 되풀이된다: "녹여라." 손님들이 요구한다. "녹여라, 녹여라, 녹."

핑크왈라가 군중들의 신호를 접수하고, 그럼-이제-녹여버릴-쉬간이니-죄지은-좌들을-쥐옥불에-통째로-튀겨버립세이, 그리고 군중을 향해 돌아서서 두 팔을 활짝 벌리고 박자에 맞춰 발을 구르며 묻는다: "누구로-할깝쇼? 녀러분은-누구를-원하쉽니까?" 여러 이름이 소리 높여 튀어나오고, 서로 경쟁하고, 차츰 합쳐지고, 마침내 여기 모인 사람들 모두가 다시 일심동체가 되어 하나의 이름을 연호한다. 핑크왈라가 손뼉을 친다. 그의 등뒤에서 커튼이 열리고 반짝이는 핑크빛 반바지와 속옷 차림의 여급들이 무시무시한 상자 하나를 밀고 나온다: 사람만한 크기, 앞면은 유리판, 내부에는 조명 시설—전기의자를 설치한 전자레인지랄까, 바로 클럽 단골들이 '지옥의 부엌'이라고 부르는 물건이다. 핑크왈라가 소리친다. "좋습니다! 이제 쉰나게 구워봅세이."

미움 받는 인물들이 있는 쪽으로 다가간 여급들이 오늘밤의 제물을 덮친다. 사실은 가장 빈번하게—적어도 일주일에 세 번—선택되는 인물이다. 파마머리, 진주 장신구, 파란 정장. 매기-매기-매기! 군중들이 고함을 지른다. 태워라-태워라-태워라. 인형이,—가이[*****]가,—전기의자에 꽁꽁 묶인다. 핑크왈라가 스위치를 올린다. 그러자, 오, 그녀는 얼마나 아름답게 녹아내리는가, 순식간에 허물어져 제 모습을 잃어버

**** 『톰 아저씨의 오두막』에 등장하는 사악한 노예주.

***** 구교도가 의회를 폭파하려 했던 화약 음모 사건(1605)을 기념하여, 매년 11월 5일 주모자 가이 포크스의 허수아비를 불태우는 풍습이 있다.

리는 광경. 이윽고 그녀는 흐물흐물한 진창으로 변하고 군중은 희열의 한숨을 내쉰다: 끝났다. 핑크왈라가 그들에게 말한다. "자, 이제 한바탕 놀아봅세이." 음악이 다시 이 밤을 차지한다.

친구 하니프와 미샬의 부탁을 받고 샨다르 뒤편에 소형 밴을 세워둔 디제이 핑크왈라는 어둠을 틈타 자기 차에 올라타는 그림자를 보고 오비아에 대한 두려움에 사로잡혔다. 그러나 자신의 꿈속에 몇 번이나 등장했던 막강한 주인공이 육신을 가진 실존 인물이었음을 알게 되자 두려움에 상반되는 흥분도 함께 느꼈다. 그로부터 반시간 동안 핑크왈라는 길 건너편 가로등 아래 서서 별로 춥지도 않은데 와들와들 떨었고 미샬과 하니프가 간곡히 말했다. 어디든 갈 데가 있어야 되잖아, 우린 저 사람 장래를 생각해야 한다고. 이윽고 핑크왈라가 어깨를 으쓱하더니 밴 쪽으로 걸어가 시동을 걸었다. 하니프는 그가 앉은 운전석 옆에 탔고 미샬은 살라딘과 함께 짐칸에 타서 보이지 않았다.

그들이 아무도 없는 나이트클럽에 도착하여 문을 잠그고 참차를 잠자리에 눕혔을 때는 벌써 새벽 네시가 가까웠다. 핑크왈라가—본명은 소성커였지만 전혀 사용되지 않았다—뒷방에서 침낭 두 개를 찾아냈고 그것으로 충분했다. 하니프 존슨은 애인 미샬이 전혀 무서워하지 않는 듯한 무시무시한 존재에게 잘 자라는 인사를 하며 사뭇 진지하게 말했다. "당신은 우리에게 아주 중요한 인물이 될 수도 있다는 걸 아셔야 해요. 당신 개인만의 문제가 아니라는 거죠." 그러나 돌연변이 살라딘은 노랗고 검은 콧방귀를 뀔 뿐이었고 하니프는 재빨리 물러났다. 이윽고 밀랍 인형들과 함께 홀로 남겨진 참차는 마음속에서 뭉쳐져 드디어 모습을 드러낸 얼굴에 다시 생각을 집중할 수 있었다. 머리 뒤쪽 어느 지점에서 광채가 뻗어나오는 찬란한 자태, 완벽한 사내, 신들의 역할을 연기하는 자, 언제나 운이 좋고 언제나 죄를 용서받고 사랑과 칭송과 연모를 한몸에 받는…… 살라딘이 꿈속에서 누구인지 알아내려 노력하던 얼굴, 미스터 지브릴 파리슈타: 참차가 악마의 형상으로 변했듯이 그는 천사의 모습으로 변했다.

악마가 대천사 지브릴을 탓하지 않으면 누구를 탓하랴?

침낭 속에 누워 있던 괴물이 눈을 떴다. 온몸의 털구멍에서 연기가 솟아나기 시작했다. 이제 밀랍 인형들은 모두 똑같은 얼굴을 하고 있었다: V자형 머리선이 뚜렷한 얼굴, 길쭉하고 여위고 음침하고 잘생긴 지브릴의 얼굴이었다. 괴물은 이를 드러내며 악취가 풍기는 긴 숨결을 토해냈고, 그러자 밀랍 인형들이 하나도 남김없이 모조리 녹아내리고 진창 속에는 텅 빈 옷가지만 덩그러니 남았다. 괴물은 그제야 만족한 듯이 드러누웠다. 그리고 자신의 적에게 정신을 집중시켰다.

그 순간 괴물은 도저히 설명할 수 없는 어떤 감각을 느꼈는데, 짓누르고 빨아들이고 잡아당기는 이 느낌은 온몸을 쥐어짜듯 끔찍한 고통을 주었고, 그래서 괴물은 찢어지는 비명을 질러야 했고, 그래서 클럽 위층에 있는 핑크왈라의 아파트에서 하니프와 함께 있던 미샬조차 감히 살펴볼 엄두를 내지 못했다. 고통은 점점 더 강렬해졌고, 괴물은 댄스 플로어에서 데굴데굴 구르고 몸부림치며 너무도 애처롭게 울부짖었고, 얼마 후 고통이 가라앉자 간신히 잠들었다.

몇 시간 후 미샬과 하니프와 핑크왈라가 용기를 내 클럽 안으로 들어섰을 때 엄청난 파괴의 현장을 볼 수 있었다. 테이블이 사방에 나뒹굴고 의자마다 두 토막이 나고 물론 밀랍 인형도—선악을 불문하고—톱시*든 레그리든—모조리 호랑이처럼 녹아 버터가 되어버렸다.** 그리고 이 폐허의 한복판에서 갓난아기처럼 곤히 잠든 자는 신화 속의 괴수도 아니고, 뿔이 돋고 지옥의숨결을 내뿜는 기괴한 괴물도 아니고, 바로 옛 모습으로 돌아온 미스터 살라딘 참차였는데, 실오라기 하나 걸치지 않은 벌거숭이였지만 몸집이나 생김새는 사람과 다름없었으니—달리 어떤 결론이 있을 수 있으랴?—무서운 증오심을 터뜨린 덕분에 도로 '인간화'된 모양이었다.

그가 눈을 떴다. 그 눈만은 여전히 붉은색으로 희미하게 빛났다.

(2권으로 이어집니다)

---

* 『톰 아저씨의 오두막』에 나오는 착한 여자 노예.

** 동화 「꼬마 검둥이 삼보」에서 삼보가 나무 위로 도망친 후 호랑이들은 서로 쫓고 쫓기다가 녹아버린다.

문학동네 세계문학전집 발간에 부쳐

세계문학은 국민문학 혹은 지역문학을 떠나 존재하는 문학이 아니지만 그것들의 총합도 아니다. 세계문학이라는 용어에는 그 나름의 언어와 전통을 갖고 있는 국민문학이나 지역문학의 존재를 인정하면서 그것을 넘어서는 문학의 보편적 질서에 대한 관념이 새겨져 있다. 그 용어를 처음 고안한 19세기 유럽인들은 유럽문학을 중심으로 그 질서를 구축했지만 풍부한 국민문학의 전통을 가지고 있는 현대의 문학 강국들은 나름의 방식으로 세계문학을 이해하면서 정전(正典)의 목록을 작성하고 또 수정한다.

한국에서도 세계문학 관념은 우리 사회와 문화의 변화 속에서 거듭 수정돼왔다. 어느 시기에는 제국 일본의 교양주의를 반영한 세계문학 관념이, 어느 시기에는 제3세계 민족주의에 동조한 세계문학 관념이 출현했고, 그러한 관념을 실천한 전집물이 출판됐다. 21세기 한국에 새로운 세계문학전집이 필요하다는 것은 명백하다. 우리의 지성과 감성의 기준에 부합하는 세계문학을 다시 구상할 때가 되었다.

문학동네 세계문학전집은 범세계적으로 통용되는 고전에 대한 상식을 존중하면서도 지난 반세기 동안 해외 주요 언어권에서 창작과 연구의 진전에 따라 일어난 정전의 변동을 고려하여 편성되었다. 그래서 불멸의 명작은 물론 동시대 세계의 중요한 정치·문화적 실천에 영감을 준 새로운 작품들을 두루 포함시켰다.

창립 이후 지금까지 한국문학 및 번역문학 출판에서 가장 전문적이고 생산적인 그룹을 대표해온 문학동네가 그간 축적한 문학 출판 경험을 바탕으로 새로운 세계문학전집을 펴낸다. 인류가 무지와 몽매의 어둠 속을 방황하면서도 끝내 길을 잃지 않은 것은 세계문학사의 하늘에 떠 있는 빛나는 별들이 길잡이가 되어주었기 때문이다. 우리가 자부심과 사명감 속에서 그리게 될 이 새로운 별자리가 독자들의 관심과 애정에 힘입어 우리 모두의 뿌듯한 자산이 되기를 소망한다.

문학동네 세계문학전집 편집위원

민은경, 박유하, 변현태, 송병선, 이재룡, 홍길표, 남진우, 황종연

지은이 **살만 루슈디**
1947년 인도에서 태어났다. 케임브리지대학교에서 역사학을 전공했고, 영국 광고회사에서 일하며 1975년 첫 소설 『그리머스』를 발표했다. 1981년 출간한 두번째 소설 『한밤의 아이들』로 부커상을 수상했다. 1988년 출간한 『악마의 시』로 이슬람교단의 처단 명령 '파트와'가 내려져 1995년까지 영국 정부의 보호 아래 도피생활을 하면서도 다양한 작품을 발표해 전 세계 유수의 문학상을 수상했다. 2000년 미국으로 이주했고 2012년 자서전 『조지프 앤턴』을 출간했다. 최신작으로 『키호테』 『진실의 언어』가 있다.

옮긴이 **김진준**
연세대학교 사회학과 및 영문과를 거쳐 마이애미대학교 대학원에서 영문학을 전공했다. 살만 루슈디의 『분노』 번역으로 제2회 유영번역상을 수상했고, 『한밤의 아이들』 『조지프 앤턴』(공역) 및 『롤리타』 『오늘을 잡아라』 등을 번역했다.

세계문학전집 217
악마의 시 1

초판 인쇄 2022년 9월 19일
초판 발행 2022년 9월 30일

지은이 살만 루슈디 | 옮긴이 김진준

책임편집 김경은
디자인 최윤미 이원경 이주영 | 저작권 박지영 형소진 이영은 김하림
마케팅 정민호 이숙재 박치우 한민아 이민경 안남영 김수현 정경주
브랜딩 함유지 함근아 김희숙 박민재 박진희 정승민
제작 강신은 김동욱 임현식 | 제작처 영신사

펴낸곳 (주)문학동네 | 펴낸이 김소영
출판등록 1993년 10월 22일 제2003-000045호
주소 10881 경기도 파주시 회동길 210
전자우편 editor@munhak.com | 대표전화 031) 955-8888 | 팩스 031) 955-8855
문의전화 031) 955-3578(마케팅) 031) 955-3560(편집)
문학동네카페 http://cafe.naver.com/mhdn
인스타그램 @munhakdongne | 트위터 @munhakdongne
북클럽문학동네 http://bookclubmunhak.com

ISBN 978-89-546-8827-7 04840
978-89-546-0901-2 (세트)

www.munhak.com

1, 2, 3 안나 카레니나 레프 톨스토이 | 박형규 옮김
4 판탈레온과 특별봉사대 마리오 바르가스 요사 | 송병선 옮김
5 황금 물고기 르 클레지오 | 최수철 옮김
6 템페스트 윌리엄 셰익스피어 | 이경식 옮김
7 위대한 개츠비 F. 스콧 피츠제럴드 | 김영하 옮김
8 아름다운 애너벨 리 싸늘하게 죽다 오에 겐자부로 | 박유하 옮김
9, 10 파우스트 요한 볼프강 폰 괴테 | 이인웅 옮김
11 가면의 고백 미시마 유키오 | 양윤옥 옮김
12 킴 러디어드 키플링 | 하창수 옮김
13 나귀 가죽 오노레 드 발자크 | 이철의 옮김
14 피아노 치는 여자 엘프리데 옐리네크 | 이병애 옮김
15 1984 조지 오웰 | 김기혁 옮김
16 벤야멘타 하인학교-야콥 폰 군텐 이야기 로베르트 발저 | 홍길표 옮김
17, 18 적과 흑 스탕달 | 이규식 옮김
19, 20 휴먼 스테인 필립 로스 | 박범수 옮김
21 체스 이야기·낯선 여인의 편지 슈테판 츠바이크 | 김연수 옮김
22 왼손잡이 니콜라이 레스코프 | 이상훈 옮김
23 소송 프란츠 카프카 | 권혁준 옮김
24 마크롤 가비에로의 모험 알바로 무티스 | 송병선 옮김
25 파계 시마자키 도손 | 노영희 옮김
26 내 생명 앗아가주오 앙헬레스 마스트레타 | 강성식 옮김
27 여명 시도니가브리엘 콜레트 | 송기정 옮김
28 한때 흑인이었던 남자의 자서전 제임스 웰든 존슨 | 천승걸 옮김
29 슬픈 짐승 모니카 마론 | 김미선 옮김
30 피로 물든 방 앤절라 카터 | 이귀우 옮김
31 숨그네 헤르타 뮐러 | 박경희 옮김
32 우리 시대의 영웅 미하일 레르몬토프 | 김연경 옮김
33, 34 실낙원 존 밀턴 | 조신권 옮김
35 복낙원 존 밀턴 | 조신권 옮김
36 포로기 오오카 쇼헤이 | 허호 옮김
37 동물농장·파리와 런던의 따라지 인생 조지 오웰 | 김기혁 옮김
38 루이 랑베르 오노레 드 발자크 | 송기정 옮김
39 코틀로반 안드레이 플라토노프 | 김철균 옮김
40 어두운 상점들의 거리 파트릭 모디아노 | 김화영 옮김
41 순교자 김은국 | 도정일 옮김
42 젊은 베르테르의 슬픔 요한 볼프강 폰 괴테 | 안장혁 옮김
43 더블린 사람들 제임스 조이스 | 진선주 옮김
44 설득 제인 오스틴 | 원영선, 전신화 옮김
45 인공호흡 리카르도 피글리아 | 엄지영 옮김
46 정글북 러디어드 키플링 | 손향숙 옮김
47 외로운 남자 외젠 이오네스코 | 이재룡 옮김
48 에피 브리스트 테오도어 폰타네 | 한미희 옮김

49 둔황 이노우에 야스시 | 임용택 옮김
50 미크로메가스 · 캉디드 혹은 낙관주의 볼테르 | 이병애 옮김
51, 52 염소의 축제 마리오 바르가스 요사 | 송병선 옮김
53 고야산 스님 · 초롱불 노래 이즈미 교카 | 임태균 옮김
54 다니엘서 E. L. 닥터로 | 정상준 옮김
55 이날을 위한 우산 빌헬름 게나치노 | 박교진 옮김
56 톰 소여의 모험 마크 트웨인 | 강미경 옮김
57 카사노바의 귀향 · 꿈의 노벨레 아르투어 슈니츨러 | 모명숙 옮김
58 바보들을 위한 학교 사샤 소콜로프 | 권정임 옮김
59 어느 어릿광대의 견해 하인리히 뵐 | 신동도 옮김
60 웃는 늑대 쓰시마 유코 | 김훈아 옮김
61 팔코너 존 치버 | 박영원 옮김
62 한눈팔기 나쓰메 소세키 | 조영석 옮김
63, 64 톰 아저씨의 오두막 해리엇 비처 스토 | 이종인 옮김
65 아버지와 아들 이반 투르게네프 | 이항재 옮김
66 베니스의 상인 윌리엄 셰익스피어 | 이경식 옮김
67 해부학자 페데리코 안다아시 | 조구호 옮김
68 긴 이별을 위한 짧은 편지 페터 한트케 | 안장혁 옮김
69 호텔 뒤락 애니타 브루크너 | 김정 옮김
70 잔해 쥘리앵 그린 | 김종우 옮김
71 절망 블라디미르 나보코프 | 최종술 옮김
72 더버빌가의 테스 토머스 하디 | 유명숙 옮김
73 감상소설 미하일 조셴코 | 백용식 옮김
74 빙하와 어둠의 공포 크리스토프 란스마이어 | 진일상 옮김
75 쓰가루 · 석별 · 옛날이야기 다자이 오사무 | 서재곤 옮김
76 이인 알베르 카뮈 | 이기언 옮김
77 달려라, 토끼 존 업다이크 | 정영목 옮김
78 몰락하는 자 토마스 베른하르트 | 박인원 옮김
79, 80 한밤의 아이들 살만 루슈디 | 김진준 옮김
81 죽은 군대의 장군 이스마일 카다레 | 이창실 옮김
82 페레이라가 주장하다 안토니오 타부키 | 이승수 옮김
83, 84 목로주점 에밀 졸라 | 박명숙 옮김
85 아베 일족 모리 오가이 | 권태민 옮김
86 폭풍의 언덕 에밀리 브론테 | 김정아 옮김
87, 88 늦여름 아달베르트 슈티프터 | 박종대 옮김
89 클레브 공작부인 라파예트 부인 | 류재화 옮김
90 P세대 빅토르 펠레빈 | 박혜경 옮김
91 노인과 바다 어니스트 헤밍웨이 | 이인규 옮김
92 물방울 메도루마 슌 | 유은경 옮김
93 도깨비불 피에르 드리외라로셸 | 이재룡 옮김
94 프랑켄슈타인 메리 셸리 | 김선형 옮김
95 래그타임 E. L. 닥터로 | 최용준 옮김

96 캔터빌의 유령 오스카 와일드 | 김미나 옮김
97 만(卍) · 시게모토 소장의 어머니 다니자키 준이치로 | 김춘미, 이호철 옮김
98 맨해튼 트랜스퍼 존 더스패서스 | 박경희 옮김
99 단순한 열정 아니 에르노 | 최정수 옮김
100 열세 걸음 모옌 | 임홍빈 옮김
101 데미안 헤르만 헤세 | 안인희 옮김
102 수레바퀴 아래서 헤르만 헤세 | 한미희 옮김
103 소리와 분노 윌리엄 포크너 | 공진호 옮김
104 곰 윌리엄 포크너 | 민은영 옮김
105 롤리타 블라디미르 나보코프 | 김진준 옮김
106, 107 부활 레프 톨스토이 | 백승무 옮김
108, 109 모래그릇 마쓰모토 세이초 | 이병진 옮김
110 은둔자 막심 고리키 | 이강은 옮김
111 불타버린 지도 아베 고보 | 이영미 옮김
112 말라볼리아가의 사람들 조반니 베르가 | 김운찬 옮김
113 디어 라이프 앨리스 먼로 | 정연희 옮김
114 돈 카를로스 프리드리히 실러 | 안인희 옮김
115 인간 짐승 에밀 졸라 | 이철의 옮김
116 빌러비드 토니 모리슨 | 최인자 옮김
117, 118 미국의 목가 필립 로스 | 정영목 옮김
119 대성당 레이먼드 카버 | 김연수 옮김
120 나나 에밀 졸라 | 김치수 옮김
121, 122 제르미날 에밀 졸라 | 박명숙 옮김
123 현기증. 감정들 W. G. 제발트 | 배수아 옮김
124 강 동쪽의 기담 나가이 가후 | 정병호 옮김
125 붉은 밤의 도시들 윌리엄 버로스 | 박인찬 옮김
126 수고양이 무어의 인생관 E. T. A. 호프만 | 박은경 옮김
127 맘브루 R. H. 모레노 두란 | 송병선 옮김
128 익사 오에 겐자부로 | 박유하 옮김
129 땅의 혜택 크누트 함순 | 안미란 옮김
130 불안의 책 페르난두 페소아 | 오진영 옮김
131, 132 사랑과 어둠의 이야기 아모스 오즈 | 최창모 옮김
133 페스트 알베르 카뮈 | 유호식 옮김
134 다마세누 몬테이루의 잃어버린 머리 안토니오 타부키 | 이현경 옮김
135 작은 것들의 신 아룬다티 로이 | 박찬원 옮김
136 시스터 캐리 시어도어 드라이저 | 송은주 옮김
137 고독한 산책자의 몽상 장자크 루소 | 문경자 옮김
138 용의자의 야간열차 다와다 요코 | 이영미 옮김
139 세기아의 고백 알프레드 드 뮈세 | 김미성 옮김
140 햄릿 윌리엄 셰익스피어 | 이경식 옮김
141 카산드라 크리스타 볼프 | 한미희 옮김
142 이 글을 읽는 사람에게 영원한 저주를 마누엘 푸익 | 송병선 옮김

143 마음 나쓰메 소세키 | 유은경 옮김
144 바다 존 밴빌 | 정영목 옮김
145, 146, 147, 148 전쟁과 평화 레프 톨스토이 | 박형규 옮김
149 세 가지 이야기 귀스타브 플로베르 | 고봉만 옮김
150 제5도살장 커트 보니것 | 정영목 옮김
151 알렉시·은총의 일격 마르그리트 유르스나르 | 윤진 옮김
152 말라 온다 알베르토 푸겟 | 엄지영 옮김
153 아르세니예프의 인생 이반 부닌 | 이항재 옮김
154 오만과 편견 제인 오스틴 | 류경희 옮김
155 돈 에밀 졸라 | 유기환 옮김
156 젊은 예술가의 초상 제임스 조이스 | 진선주 옮김
157, 158, 159 카라마조프가의 형제들 표도르 도스토옙스키 | 김희숙 옮김
160 진 브로디 선생의 전성기 뮤리얼 스파크 | 서정은 옮김
161 13인당 이야기 오노레 드 발자크 | 송기정 옮김
162 하지 무라트 레프 톨스토이 | 박형규 옮김
163 희망 앙드레 말로 | 김웅권 옮김
164 임멘 호수·백마의 기사·프시케 테오도어 슈토름 | 배정희 옮김
165 밤은 부드러워라 F. 스콧 피츠제럴드 | 정영목 옮김
166 야간비행 앙투안 드 생텍쥐페리 | 용경식 옮김
167 나이트우드 주나 반스 | 이예원 옮김
168 소년들 앙리 드 몽테를랑 | 유정애 옮김
169, 170 독립기념일 리처드 포드 | 박영원 옮김
171, 172 닥터 지바고 보리스 파스테르나크 | 박형규 옮김
173 싯다르타 헤르만 헤세 | 권혁준 옮김
174 야만인을 기다리며 J. M. 쿳시 | 왕은철 옮김
175 철학편지 볼테르 | 이봉지 옮김
176 거지 소녀 앨리스 먼로 | 민은영 옮김
177 창백한 불꽃 블라디미르 나보코프 | 김윤아 옮김
178 슈틸러 막스 프리슈 | 김인순 옮김
179 시핑 뉴스 애니 프루 | 민승남 옮김
180 이 세상의 왕국 알레호 카르펜티에르 | 조구호 옮김
181 철의 시대 J. M. 쿳시 | 왕은철 옮김
182 카시지 조이스 캐럴 오츠 | 공경희 옮김
183, 184 모비 딕 허먼 멜빌 | 황유원 옮김
185 솔로몬의 노래 토니 모리슨 | 김선형 옮김
186 무기여 잘 있거라 어니스트 헤밍웨이 | 권진아 옮김
187 컬러 퍼플 앨리스 워커 | 고정아 옮김
188, 189 죄와 벌 표도르 도스토옙스키 | 이문영 옮김
190 사랑 광기 그리고 죽음의 이야기 오라시오 키로가 | 엄지영 옮김
191 빅 슬립 레이먼드 챈들러 | 김진준 옮김
192 시간은 밤 류드밀라 페트루솁스카야 | 김혜란 옮김
193 타타르인의 사막 디노 부차티 | 한리나 옮김

194 고양이와 쥐 귄터 그라스 | 박경희 옮김
195 펠리시아의 여정 윌리엄 트레버 | 박찬원 옮김
196 마이클 K의 삶과 시대 J. M. 쿳시 | 왕은철 옮김
197, 198 오스카와 루신다 피터 케리 | 김시현 옮김
199 패싱 넬라 라슨 | 박경희 옮김
200 마담 보바리 귀스타브 플로베르 | 김남주 옮김
201 패주 에밀 졸라 | 유기환 옮김
202 도시와 개들 마리오 바르가스 요사 | 송병선 옮김
203 루시 저메이카 킨케이드 | 정소영 옮김
204 대지 에밀 졸라 | 조성애 옮김
205, 206 백치 표도르 도스토옙스키 | 김희숙 옮김
207 백야 표도르 도스토옙스키 | 박은정 옮김
208 순수의 시대 이디스 워턴 | 손영미 옮김
209 단순한 이야기 엘리자베스 인치볼드 | 이혜수 옮김
210 바닷가에서 압둘라자크 구르나 | 황유원 옮김
211 낙원 압둘라자크 구르나 | 왕은철 옮김
212 피라미드 이스마일 카다레 | 이창실 옮김
213 애니 존 저메이카 킨케이드 | 정소영 옮김
214 지고 말 것을 가와바타 야스나리 | 박혜성 옮김
215 부서진 사월 이스마일 카다레 | 유정희 옮김
216 사람은 무엇으로 사는가 레프 톨스토이 | 이항재 옮김
217, 218 악마의 시 살만 루슈디 | 김진준 옮김
219 오늘을 잡아라 솔 벨로 | 김진준 옮김

● 문학동네 세계문학전집은 계속 출간됩니다